MATHS

Réviser et consolider les bases de **Terminale** pour réussir la 1re année d'ECG

+ compléments Python

Mélanie Blazère

ellipses

ISBN 9782340-067486

8/10 rue la Quintinie 75015 Paris

www.editions-ellipses.fr

Avant-propos

Ce livre est destiné aux élèves de terminale qui souhaitent poursuivre leurs études en classe préparatoire ECG. Il a pour but d'aider les lecteurs à réviser et consolider les fondamentaux en mathématiques vus au lycée. Il leur permettra notamment d'adopter les bons réflexes et de s'assurer d'une bonne maîtrise des notions fondamentales en mathématiques, nécessaires pour bien commencer la première année d'ECG et ainsi augmenter ses chances de réussite. Ce livre a été pensé comme un pont entre la terminale et la prépa ECG, permettant aux uns de vérifier la solidité de leurs connaissances de terminale et aux autres de les retravailler plus en profondeur et de consolider leurs acquis de terminale.

En prépa ECG seront amenés à se côtoyer des élèves ayant suivi en terminale la spécialité maths (6 h) et d'autres ayant simplement suivi l'option maths complémentaires (3 h). Le programme de mathématiques en ECG pour une voie donnée (maths appliquées ou maths approfondies) restent quand à lui le même quel que soit le nombre d'heures effectuées par l'élève en terminale. Il ne s'agit pas dans ce livre de reprendre toutes les compétences travaillées au lycée et de combler toutes les différences de programme entre la spécialité maths et l'option maths complémentaires, ainsi que les différences de programme entre les maths appliquées et les maths approfondies en ECG, mais de mettre l'accent sur les bases de terminale nécessaires à un bon suivi des cours dans ces deux parcours mathématiques proposés en ECG.

Une bonne maîtrise du calcul algébrique est tout d'abord indispensable pour réussir en ECG. Même si aucun chapitre ne porte explicitement sur la pratique du calcul, un élève d'ECG sera amené à utiliser le calcul algébrique tout au long de l'année. L'expérience montre un manque d'autonomie en calcul de la part des élèves à la sortie du lycée, ainsi que des faiblesses dans la maîtrise des techniques de base de calcul littéral (calculs avec des fractions, erreurs simples de distributivité, règles de calcul sur les puissances, etc.). Le recours facile au lycée à la calculatrice est un obstacle majeur à l'acquisition d'une bonne familiarité avec les nombres. La calculatrice étant interdite au concours en ECG, il est nécessaire d'avoir une bonne maîtrise du calcul, non pas comme une fin en soi, mais comme un outil au service de la résolution d'un problème. C'est pourquoi la première partie de ce livre est consacré au calcul algébrique et a pour but de permettre au lecteur de réviser les notions de base (manipulation autour des fractions, des puissances, des racines carrées, développement, factorisation, résolution d'équations, d'inéquations, etc.) et de mettre tout cela en pratique, en s'entraînant grâce aux exercices proposés. Les erreurs fréquentes à éviter sont rappelées ainsi que les bons réflexes à adopter.

Une grande partie du programme de mathématiques en ECG 1ère année se situe dans la lignée de la partie commune à la spécialité maths et à l'option maths complémentaires du programme de terminale (études de fonctions, probabilités, suites, etc.). D'où la nécessité d'acquérir une bonne maîtrise de ces notions avant d'intégrer la prépa ECG. C'est pourquoi, la deuxième partie ce livre est consacrée à ces fondamentaux et permettra au lecteur de réviser ces notions, revoir les méthodes, s'entraîner sur des exercices classiques et s'assurer ainsi, à la fin de cette partie, que les connaissances les plus fondamentales, sur lesquelles reposent le programme d'ECG, sont maîtrisées et consolidées. Sans quoi l'élève risquera de rencontrer de grandes difficultés pour manier celles plus ambitieuses du programme d'ECG.

Enfin, l'informatique représente une part non négligeable du programme et de la note au concours en mathématiques. Il ne faut donc pas faire l'impasse sur cette partie du programme, d'autant plus que cela demande un investissement et un effort peu coûteux en termes de temps et de difficultés pour un gain en termes de points qui peut faire basculer radicalement votre classement au concours (cela est d'autant plus vraie en maths appliquées-informatique). C'est pourquoi, dans la troisième et dernière partie du livre, je propose une initiation à Python aux futurs étudiants d'ECG qui n'ont jamais manipulé ce langage (afin qu'ils se familiarisent avec ce langage), et à ceux qui en ont déjà fait de rafraîchir leurs connaissances et de vérifier qu'ils n'ont rien oublié des fondamentaux avant la rentrée de septembre.

Table des matières

Note de l'auteur

- **L'ordre des chapitres n'est pas anodin.** Je vous invite donc à travailler les chapitres dans l'ordre. En effet, pour bien maîtriser un chapitre donné, il est généralement nécessaire de bien maîtriser les chapitres précédents. Par exemple, le chapitre 7 portant sur la résolution d'équations et d'inéquations (dernier chapitre de la partie I) fait intervenir la notion d'ensembles, de fractions, de trinômes du second degré, de factorisation, d'égalités et d'inégalités. Autrement dit, il fait intervenir la quasi totalité des chapitres précédents. Seule une bonne maîtrise de ces derniers, vous permettra de maîtriser ce chapitre fondamental, sur lequel repose en grande partie le chapitre 9 (deuxième chapitre de la partie II) portant sur l'étude de fonctions. En effet, l'étude de l'ensemble de définition d'une fonction ou de ses variations au travers de l'étude du signe de sa dérivée revient à résoudre des inéquations. **Et s'il y a un chapitre à maîtriser qui vous permettra de partir sur des bases solides en ECG, c'est bien le chapitre 9 portant sur l'étude de fonctions, et donc aussi le chapitre 8 portant sur les fonctions usuelles.**
- Les exercices proposés dans un chapitre donné font appel à une des méthodes présentées dans la partie intitulée "méthodes" du chapitre. N'hésitez donc pas, si vous bloquez sur un exercice, à reprendre ces méthodes et voir si votre problème ne pourrait pas se ramener à une des problématiques expliquées dans ces fiches méthodes.
- **La rédaction est fondamentale en ECG** autant que le résultat lui-même. La rigueur du raisonnement à l'écrit fait souvent défaut à un grand nombre d'élèves en début d'année. Afin que vous ne rencontriez pas ce problème, **je vous invite à bien faire attention à la manière dont je rédige les solutions** dans les exemples ou les méthodes, et à vous obliger à faire de même lorsque vous cherchez les exercices. Vous verrez que si vous vous astreignez à cette précision de la rédaction, vous prendrez une belle avance et vous serez plus assurés par la suite. Autrement, vous risquez de perdre beaucoup de points au début de l'année. En prépa, **le raisonnement retranscrit à l'écrit doit effectivement être clair et toujours justifié par des arguments précis et rigoureux** pour avoir les points au concours.
  Autre point au niveau de la rédaction, pensez à utiliser des connecteurs logiques (donc, d'où, or, etc) afin d'expliciter l'enchaînement logique des ar-

guments de votre raisonnement. N'hésitez pas à mettre ces connecteurs en début de phrase et à retourner à la ligne à chaque nouveau connecteur logique. Comme on dit souvent, une ligne égale une idée. Dernier point au niveau de la présentation, pensez à aligner vos symboles $=$ et $\Leftrightarrow$ (comme je l'ai fait dans ce livre) avec un retour à la ligne à chaque nouveaux symboles, sauf si tout tient sur une ligne.

Première partie

Bases de calcul à avoir pour réussir en ECG

Chapitre 1

Ensembles et opérations

Ce premier chapitre est consacré au rappel de notions sur les ensembles, et notamment à la présentation des opérations élémentaires que l'on peut effectuer sur les ensembles. Nous commençons par présenter la notion d'ensemble ainsi que les ensembles usuels. Ensuite nous abordons la notion d'union et d'intersection d'ensembles. Ces opérations sont à maîtriser parfaitement, car nous y ferons appel lors de la résolution d'équations ou d'inéquations au moment d'écrire l'ensemble des solutions.

Sommaire

1.1 Rappel de cours

1.1.1 Généralités

Définition (Ensemble)

On appelle **ensemble** une collection ou un groupement d'objets distincts. Ces objets sont appelés les **éléments** de l'ensemble.
Afin d'énumérer les éléments d'un ensemble, on les notera entre accolade séparés par des virgules (,) ou des point-virgules (;).

Exemple 1.1

- L'ensemble E contenant les éléments a, b et c sera noté $E = \{a, b, c\}$ ou $E = \{a; b; c\}$.
- $E = \{0; \ln(2); 3\}$ est l'ensemble qui contient les réels 0, ln(2) et 3.

Remarque

1) Lorsqu'on travaille avec un ensemble dont les éléments sont des nombres décimaux, on privilégier le ; à , comme séparateur dans l'énumération des éléments, afin de ne pas confondre le séparateur (,) avec la virgule des nombres décimaux. Par exemple, l'ensemble contenant les deux décimaux $0,2$ et $7,8$ sera noté $\{0,2; 7,8\}$ et non $\{0, 2, 7, 8\}$ qui correspond à l'ensemble composé des quatre entiers 0, 2, 7 et 8.
2) Plutôt que de lister un à un tous les éléments d'un ensemble (ce qui n'est d'ailleurs pas faisable si l'ensemble contient une infinité d'éléments), on peut aussi le définir comme la partie d'un ensemble dotée d'une propriété. Par exemple, $E = \{x \in \mathbb{R},\ x^2 = 2\}$ correspond à l'ensemble des réels x qui vérifie que $x^2 = 2$ (la virgule se lit "tel que") .

Définition

- L'ensemble contenant aucun élément est un ensemble que l'on appelle l'**ensemble vide** et qui se note $\emptyset$.
- Soient p et q deux entiers naturels.
  On note $[\![p; q]\!] = \{n \in \mathbb{N},\ p \leq n \leq q\}$ l'ensemble des entiers compris entre p et q.

Exemple 1.2
$[\![1,4]\!] = \{1,2,3,4\}$.

Erreurs à éviter

Ne pas confondre $\{0,1\}$ qui est l'ensemble contenant les entiers 0 et 1 (et correspond donc aussi à $[\![0,1]\!]$) avec $[0,1]$ qui contient tous les réels compris entre 0 et 1.

1.1.2 Ensembles usuels

Voici les ensembles de nombres usuels que vous avez déjà vus au lycée.

Définition

- $\mathbb{N}$ désigne l'ensemble des entiers naturels
$$\mathbb{N} = \{0,1,2,3,...\}.$$
- $\mathbb{Z}$ désigne l'ensemble des entiers relatifs
$$\mathbb{Z} = \{\ldots,-32,\ldots,-3,-2,-1,0,1,2,3,...,100,\ldots\}.$$
- $\mathbb{Q}$ désigne l'ensemble des nombres rationnels
$$\mathbb{Q} = \left\{\frac{a}{b}, \text{où } a \in \mathbb{Z} \text{ et } b \in \mathbb{Z}^*\right\},$$
c'est-à-dire l'ensemble des nombres qui peuvent s'écrire sous la forme d'un quotient de deux entiers.
Par exemple, $\frac{15}{7}$ et $-\frac{3}{4}$ sont dans $\mathbb{Q}$, mais pas $\sqrt{2}$ ni π.
- $\mathbb{R}$ désigne l'ensemble des nombres réels.

1.1.3 Intervalles

Définition (Intervalle)

Soient a et b deux réels.
L'ensemble des nombres réels compris entre deux nombres réels a et b se note $[a;b]$ et est appelé un **intervalle**.
On a ainsi $[a;b] = \{x \in \mathbb{R}, a \leq x \leq b\}$.

Définition (Autre type d'intervalles)

Intervalle I	**Inégalité $x \in$ I**
$[a;+\infty[$	$x \geq a$
$]a;+\infty[$	$x > a$
$]-\infty;b]$	$x \leq b$
$]-\infty;b[$	$x < b$
$[a;b]$	$a \leq x \leq b$
$]a;b]$	$a < x \leq b$
$]a;b[$	$a < x < b$
$[a;b[$	$a \leq x < b.$

Exemple 1.3

- $]-3;4[$ est l'ensemble des réels compris strictement entre -3 et 4.
- $[2;+\infty[$ est l'ensemble des réels supérieurs ou égaux à 2.

Remarques

1) Par convention, les crochets sont toujours ouverts à l'infini.
2) $]-\infty;+\infty[$ est l'ensemble de tous les réels donc se note plus simplement $\mathbb{R}$.
3) Plus simplement, on notera :
   - $\mathbb{R}_+ = [0;+\infty[$ l'ensemble des réels positifs,
   - $\mathbb{R}_- =]-\infty;0]$ l'ensemble des réels négatifs,
   - $\mathbb{R}_+^* =]0;+\infty[$ l'ensemble des réels strictement positifs,
   - $\mathbb{R}_-^* =]-\infty;0[$ l'ensemble des réels strictement négatifs.

1.1.4 Appartenance et inclusion

Définition (Appartenance et inclusion)

Soient E et A deux ensembles et x un élément de E.
On écrit :

- $x \in E$ pour signifier que x **appartient à** E (autrement dit que x est un élément de E).
- $x \notin E$ pour signifier que x **n'appartient pas** à l'ensemble E. C'est donc la négation de $x \in E$.
- A est dit **inclus** dans E si tout élément de A est un élément de E. On dit aussi que A est un **sous-ensemble** de E ou une partie de E et on écrit dans ce cas $A \subset E$.
- $A \not\subset E$ est la négation de $A \subset E$. Cela signifie qu'il existe **au moins** un élément de A qui n'est pas dans E.

Exemple 1.4
$3 \in [3;7]$, $7 \notin [3;7[$, $\{2;4;6\} \subset [0;8]$, $\{0;2;4\} \not\subset \mathbb{R}^*$ (car $0 \notin \mathbb{R}^*$).

Remarque

$$\mathbb{N} \subset \mathbb{Z} \subset \mathbb{Q} \subset \mathbb{R}.$$

Remarque (Ne pas confondre)

Il est très important de ne pas confondre la notion d'appartenance (qui s'utilise entre un élément et un ensemble) et la notion d'inclusion (qui s'utilise entre deux ensembles).
Ainsi, il est important surtout en prépa d'être très précis sur le vocabulaire.

1.1.5 Union et intersection d'ensembles

Définition (Intersection et union)

Soient A et B deux parties d'un ensemble E.

1) L'**intersection** de A et B, noté $A \cap B$, est l'ensemble des éléments de E qui appartiennent à A **et** B :

$$x \in A \cap B \text{ équivaut à } (x \in A \textbf{ et } x \in B).$$

2) La **réunion** de A et B, noté $A \cup B$, est l'ensemble des éléments de E qui appartiennent à A **ou** B :

$$x \in A \cup B \text{ équivaut à } (x \in A \textbf{ ou } x \in B).$$

Exemple 1.5

1) $[1,2] \cap]-5,7[= [1,2]$.

2) $]-2,3] \cup \{-2\} = [-2,3]$.

3) $]-\infty,5[\cap [2,+\infty[= [2,5[$.

4) $]-\infty,4] \cup [3,+\infty[= \mathbb{R}$.

5) $[-3,2] \cap [7,+\infty[= \emptyset$.

Nous renvoyons le lecteur aux sous-sections 1.2.1 et 1.2.2 pour comprendre le calcul des unions et intersections ci-dessus.

1.2 Méthodes

1.2.1 Union d'ensembles dans les réels

Méthode (Union)

Effectuer l'union de deux intervalles dans les réels A et B, noté $A \cup B$, consiste à trouver l'ensemble des éléments qui sont **soit** dans A **soit** dans B.
Pour ce faire et afin de n'oublier aucun élément, une technique efficace consiste à tracer la droite des réels et à représenter les intervalles A et B avec deux couleurs différentes.
L'ensemble $A \cup B$ sera alors constitué par les éléments dans **l'une ou l'autre** des couleurs.

Exemple 1.6
Calculer $A \cup B$, où $A =]-3;2]$ et $B = [0;3]$.
Nous ne pouvons représenter ici A et B avec des couleurs différentes.
Nous choisissons donc des points pour représenter A et des tirets pour représenter B.

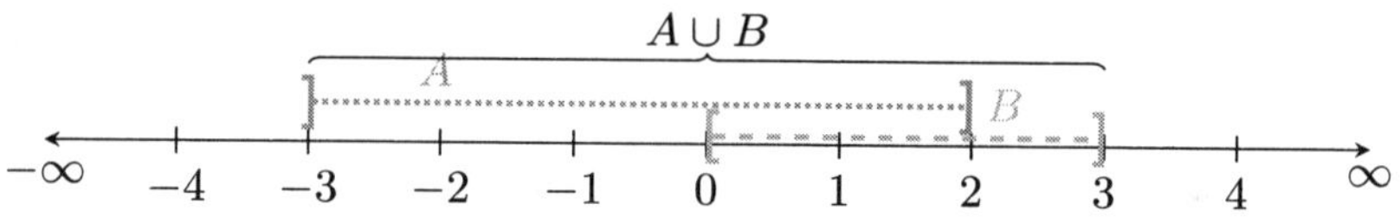

Nous pouvons ainsi conclure que $A \cup B =]-3;3]$.

1.2.2 Intersection d'ensembles dans les réels

Méthode (Intersection)

Effectuer l'intersection de deux intervalles dans les réels A et B, noté $A \cap B$, consiste à trouver l'ensemble des éléments qui sont à la fois dans A **et** dans B.
Pour ce faire et afin de n'oublier aucun élément, une technique efficace consiste à tracer la droite des réels et à représenter les intervalles A et B avec deux couleurs différentes.
L'ensemble $A \cap B$ sera alors constitué par les éléments qui sont des **deux couleurs**.

Exemple 1.7
Calculer $A \cap B$, où $A =]-3;2]$ et $B = [0;3]$.
Nous ne pouvons représenter ici A et B avec des couleurs différentes.
Nous choisissons donc des points pour représenter A et des tirets pour représenter B.

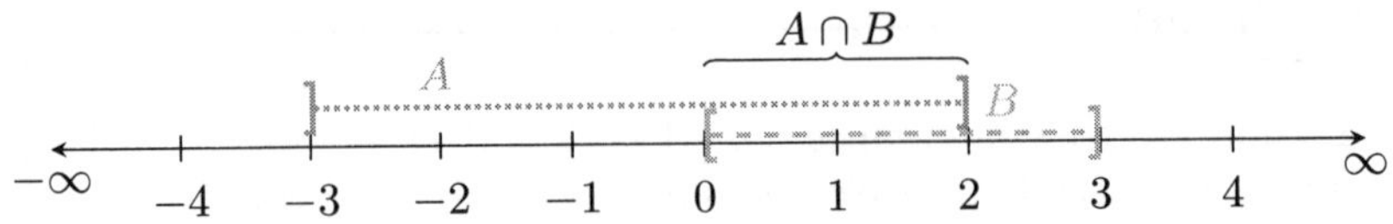

Nous pouvons ainsi conclure que $A \cap B = [0;2]$.

1.3 Pour s'entraîner

1.3.1 Exercices

Exercice 1.1
Soit $E = \{a, b, c\}$ un ensemble. Peut-on écrire :

1) $a \in E$?
2) $a \subset E$?
3) $\{a\} \subset E$?
4) $\emptyset \in E$?
5) $\emptyset \subset E$?
6) $\{\emptyset\} \subset E$?

Exercice 1.2
Calculer :

1) $[-1;2] \cap]0;4[$.
2) $]-3;2[\cup [1;3]$.
3) $]-\infty;1[\cap [0,+\infty[$.
4) $]-\infty;2] \cup [0;1[$.
5) $]-2;+\infty[\cap [0;+\infty[$.
6) $]-\infty;-1[\cap]1;+\infty[$.

1.3.2 Corrigés

Solution 1.1

1) Vrai (a est bien un élément de E, donc il appartient à E).
2) Faux (a est un élément et E un ensemble, donc la notion d'inclusion n'a pas de sens).
3) Vrai (car $\{a\}$ est un ensemble et E un ensemble, donc la notion d'inclusion a du sens et est vrai car a est un élément de E).
4) Faux ($\emptyset$ est un ensemble et E un ensemble, donc la notion d'appartenance n'a pas de sens).
5) Vrai (car $\emptyset$ qui est un ensemble est inclus dans n'importe quel autre ensemble).
6) Faux ($\emptyset$ est déjà un ensemble donc on n'écrit pas $\{\emptyset\}$).

Solution 1.2

1) Posons $A = [-1; 2]$ et $B =]0; 4[$.

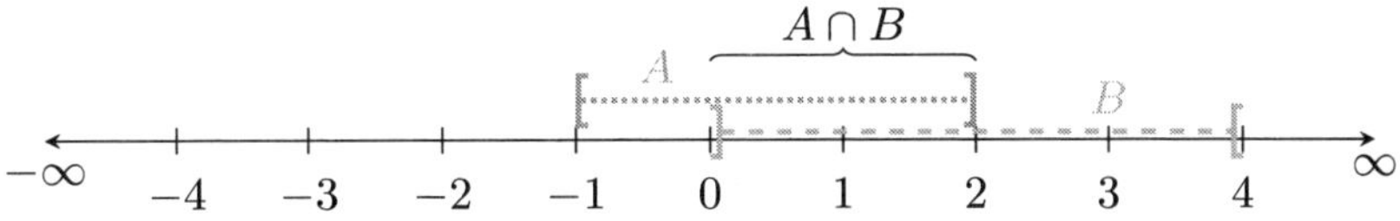

D'où $A \cap B =]0; 2]$.

2) Posons $A =]-3; 2[$ et $B = [1; 3]$.

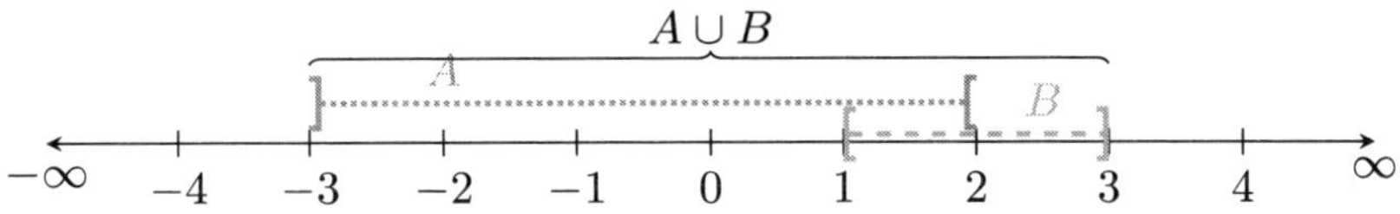

D'où $A \cup B =]-3; 3]$.

3) Posons $A =]-\infty; 1[$ et $B = [0, +\infty[$.

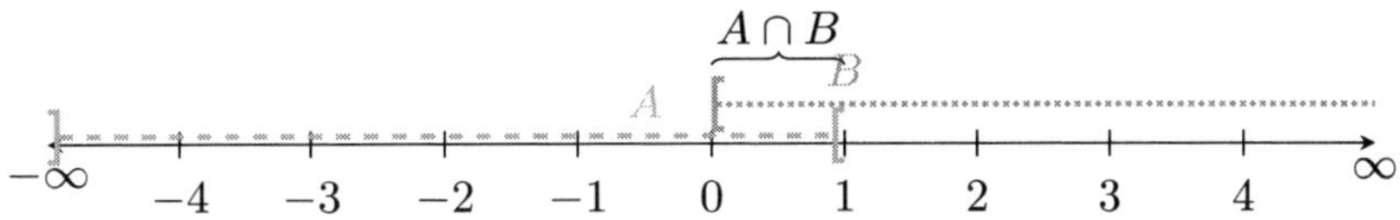

D'où $A \cap B = [0; 1[$.

4) Posons $A =]-\infty; 2]$ et $B = [0; 1[$

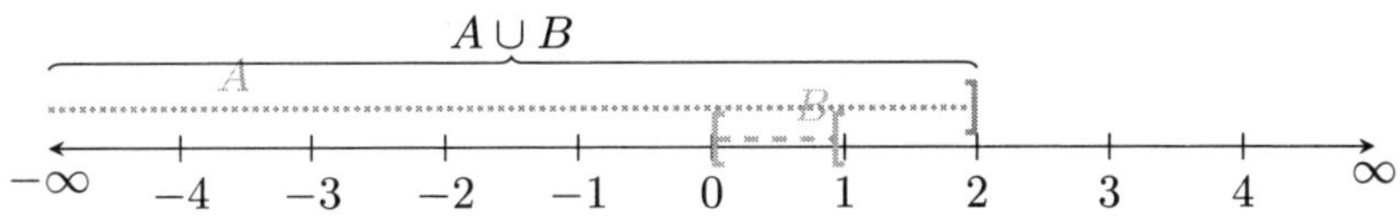

D'où $A \cup B =]-\infty; 2]$.

5) Posons $A =]-2; +\infty[$ et $B = [0; +\infty[$.

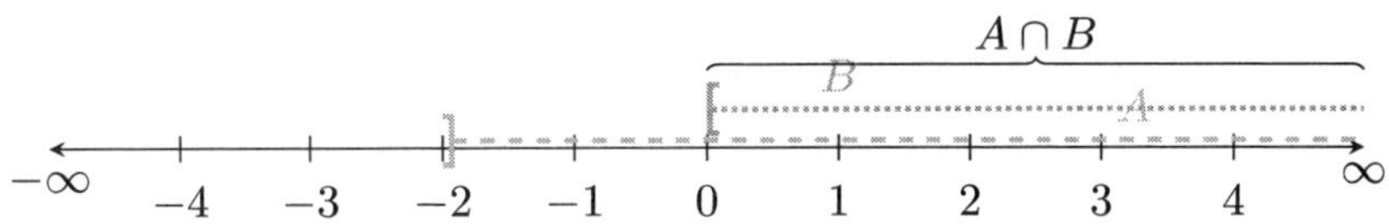

D'où $A \cap B = [0; +\infty[$.

6) Posons $A =]-\infty; -1[$ et $B =]1; +\infty[$.

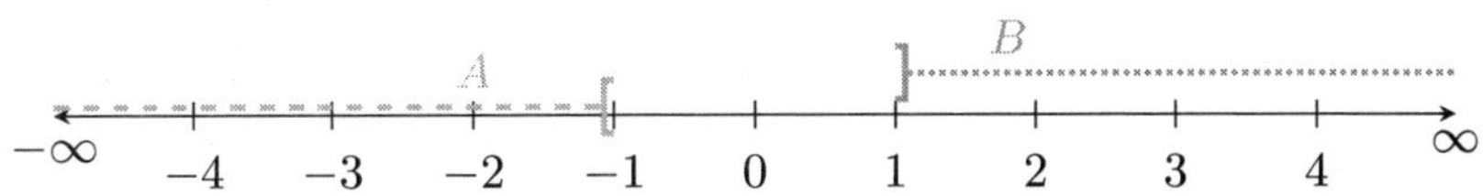

D'où $A \cap B = \emptyset$.

Chapitre 2

Fractions

Il est fondamental que vous soyez à l'aise dans la manipulation des fractions (calculs, simplifications, réduction au même dénominateur, etc.). La calculatrice étant interdite au concours, vous ne pourrez pas vous reposer dessus pour faire les calculs. Les problèmes rencontrés dans les sujets de concours ne portent pas spécifiquement sur les fractions, mais il s'agit là d'une notion que vous serez amenés à manipuler régulièrement, comme un outil nécessaire pour répondre à une question dans un problème donné.

Sommaire

2.1 Rappel de cours

Définition (Fraction)

Soient a et b deux entiers tels que $b \neq 0$.
Le réel $\frac{a}{b}$, appelé fraction, désigne le quotient de l'entier a par b.
a est appelé le numérateur et b le dénominateur.

Remarques

- Pour tout entier a, $a = \frac{a}{1}$.
- Pour tout entier $a \neq 0$, $\frac{0}{a} = 0$, mais $\frac{a}{0}$ n'a aucun sens !
  On ne divise jamais par 0.

Proposition (Opérations sur les fractions)

Soient a, b, c, d des entiers tels que $b \neq 0$ et $c \neq 0$.

- **Simplification de fractions**

$$\frac{c \times a}{c \times b} = \frac{a}{b}.$$

- **Addition de fractions**

$$\frac{a+d}{c} = \frac{a}{c} + \frac{d}{c}.$$

- **Produit de deux fractions**

$$\frac{a}{b} \times \frac{d}{c} = \frac{a \times d}{b \times c}.$$

Erreurs à éviter

Sous réserve d'existence des fractions intervenant dans les expressions :

- $\dfrac{a}{b+c} \neq \dfrac{a}{b} + \dfrac{a}{c}$ en général.
  Par exemple, $\dfrac{1}{1+1} = \dfrac{1}{2}$ *n'est pas égal à* $\dfrac{1}{1} + \dfrac{1}{1} = 1 + 1 = 2$.
- $\dfrac{c+a}{c+b} \neq \dfrac{a}{b}$ en général.
  Par exemple, $\dfrac{2+7}{2+9} = \dfrac{9}{11}$ *et n'est pas égal à* $\dfrac{7}{9}$.
- $\dfrac{a+d}{c+b} \neq \dfrac{a}{c} + \dfrac{d}{b}$ en général.
  Par exemple, $\dfrac{3+4}{1+2} = \dfrac{7}{3}$ *et n'est pas égal à* $\dfrac{3}{1} + \dfrac{4}{2} = 3 + 2 = 5$.

Remarque

Soient a et b deux entiers tels que $b \neq 0$. On a :
$\dfrac{a}{-b} = \dfrac{-a}{b} = -\dfrac{a}{b}$ et $\dfrac{-a}{-b} = \dfrac{a}{b}$.

Exemple 2.1
$\dfrac{1}{-2} = \dfrac{-1}{2} = -\dfrac{1}{2}$.
On préférera la largement la dernière expression à la première.
De même, on préférera écrire $\dfrac{3}{2}$ plutôt que $\dfrac{-3}{-2}$.

2.2 Méthodes

2.2.1 Simplifier des fractions

Définition (Nombres premiers)

On appelle nombre premier tout entier naturel qui admet exactement deux diviseurs distincts entiers et positifs.

Autrement dit, un nombre premier est un entier qui admet seulement 1 *et lui-même comme diviseur.*

Exemple 2.2
Voici la liste des nombres premiers inférieurs à 20 : 2, 3, 5, 7, 11, 13, 17 et 19.

Proposition (Décomposition en produit de facteurs premiers)

Tout entier naturel non nul peut se décomposer en produit de nombres premiers (appelés dans ce cas facteurs premiers).

Exemple 2.3
$6 = 2 \times 3,\ 14 = 2 \times 7,\ \ 30 = 2 \times 3 \times 5,\ \ 27 = 3 \times 3 \times 3.$

Méthode

Pour simplifier une fraction, pensez à décomposer le numérateur et le dénominateur en produit de nombres premiers.
Afin de décomposer un entier en produit de nombres premiers, il est important de bien connaître ses tables de multiplication. On en profitera donc pour les réviser si besoin.
Une fois le numérateur et le dénominateur décomposés en produit de nombres premiers, on peut ensuite simplifier les nombres premiers que l'on retrouve à la fois au numérateur et au dénominateur, selon la formule suivante

$$\frac{\cancel{c} \times a}{\cancel{c} \times b} = \frac{a}{b}.$$

A noter que c peut représenter un nombre premier, mais la simplification marche aussi avec n'importe quel entier c.
On appelle **fraction irréductible** une fraction qui ne peut plus être simplifiée.

Erreurs à éviter

$\frac{c+a}{c+b} \neq \frac{a}{b}$ en général.
On ne peut simplifier par c que si c est en facteur (produit et non somme) au numérateur et au dénominateur.

Exemple 2.4
$\frac{42}{30} = \frac{2 \times 21}{3 \times 10} = \frac{\cancel{2} \times \cancel{3} \times 7}{\cancel{2} \times \cancel{3} \times 5} = \frac{7}{5}.$

2.2.2 Diviser par une fraction

Méthode

Soit a, b, c trois entiers, avec $b \neq 0$ et $c \neq 0$.
On a :

$$\frac{a}{b} = \frac{a}{1} \times \frac{1}{b} = a \times \frac{1}{b}.$$

En d'autres termes, la division de a par b est égale à la multiplication de a par l'inverse de b qui est $\frac{1}{b}$.

Plus généralement, l'inverse de $\frac{b}{c}$ étant $\frac{c}{b}$ (car $\frac{b}{c} \times \frac{c}{b} = 1$), on a

$$\frac{a}{\left(\frac{b}{c}\right)} = a \times \frac{c}{b}.$$

En particulier,

$$\frac{1}{\left(\frac{b}{c}\right)} = \frac{c}{b}.$$

On retiendra que diviser par une fraction revient à multiplier par son inverse.

Erreurs à éviter

De manière générale, $\frac{1}{\left(\frac{a}{d} + \frac{b}{c}\right)} \neq \frac{d}{a} + \frac{c}{b}$.
Le raisonnement précédent ne marche que lorsque l'on a une fraction unique au dénominateur, mais pas avec une somme de fractions.
Dans le cas présent, il faut d'abord écrire sous forme d'une fraction irréductible la somme des fractions au dénominateur (cf. la méthode présentée à la Sous-section 2.2.3).

Exemple 2.5

$$\frac{\left(\frac{3}{4}\right)}{5} = \frac{3}{4} \times \frac{1}{5} = \frac{3}{20} \text{ et } \frac{3}{\left(\frac{4}{5}\right)} = 3 \times \frac{1}{\frac{4}{5}} = \frac{3}{1} \times \frac{5}{4} = \frac{15}{4}.$$

2.2.3 Écrire sous forme d'une fraction irréductible une somme de fractions

Méthode

Pour écrire sous forme d'une fraction unique une somme de fractions (**c'est ce que l'on appelle réduire au même dénominateur**), on peut toujours utiliser la formule suivante :

$$\frac{a}{b}+\frac{c}{d}=\frac{ad}{bd}+\frac{cb}{db}=\frac{ad+cb}{bd}.$$

Cependant, cela peut impliquer de gros calculs (notamment si b et d sont de grands nombres) qu'il est préférable d'éviter, la calculatrice étant interdite au concours.
Afin d'avoir les calculs les plus simples à effectuer, on cherchera d'abord le plus petit multiple commun aux deux dénominateurs (c'est ce que l'on appelle **le dénominateur commun le plus petit**), en procédant comme suit :

1) Décomposer les deux dénominateurs initiaux en produit de nombres premiers (cf. Définition 2.2.1).
2) Le dénominateur commun le plus petit sera alors composé du produit des nombres premiers (sans répétition) apparaissant dans chacun des deux dénominateurs des fractions initiales mis à la plus grande des puissances apparaissant dans les dénominateurs des fractions initiales.

Bien entendu, on peut facilement généraliser cette méthode à la somme de plusieurs fractions.

Exemple 2.6
Écrire sous forme d'une fraction irréductible $\frac{2}{18}-\frac{1}{12}$.

On pourrait choisir comme dénominateur commun 18×12, puis calculer $\frac{2\times 12}{18\times 12}-\frac{1\times 18}{12\times 18}$, mais cela engendre de gros calculs.

Étant donné que la calculatrice est interdite au concours, il vaut mieux chercher le dénominateur commun le plus petit, de manière à avoir les calculs les plus simples possibles.

1) **Dénominateur commun le plus petit**
On a : $18=2\times 9=2\times 3^2$ et $12=3\times 4=3\times 2^2$.
D'où, le dénominateur commun le plus petit est $2^2\times 3^2=36$.
En effet, les nombres premiers apparaissant dans 18 ou 12 sont 2 et 3.

Dans 18, 2 apparaît à la puissance 1 et dans 12 à la puissance 2.
D'où la plus grande puissance de 2 intervenant est 2, d'où un facteur $\mathbf{2^2}$.
Dans 18, 3 apparaît à la puissance 2 et dans 12 à la puissance 1.
D'où la plus grande puissance de 3 intervenant est 2, d'où un facteur $\mathbf{3^2}$.
Le dénominateur commun le plus petit sera donc $2^2 \times 3^2 = 4 \times 9 = 36$.

2) **Réduction au même dénominateur**
On va donc écrire $\frac{2}{18}$ et $\frac{1}{12}$ sur le même dénominateur 36.
On a $36 = 18 \times \mathbf{2}$.
D'où $\frac{2}{18} = \frac{2 \times \mathbf{2}}{18 \times \mathbf{2}} = \frac{4}{36}$.
De même, on a $36 = 12 \times \mathbf{3}$.
D'où $\frac{1}{12} = \frac{1 \times \mathbf{3}}{12 \times \mathbf{3}} = \frac{3}{36}$.

3) **Simplification**
Ainsi, $\frac{2}{18} - \frac{1}{12} = \frac{4}{36} - \frac{3}{36} = \frac{4-3}{36} = \frac{1}{36}$.
Remarque : on peut ensuite regarder si on ne pourrait pas encore simplifier la fraction obtenue à la fin, de manière à la rendre irréductible.

Exemple 2.7 (Généralisation)
Voici un autre exemple avec des expressions littérales.

Soit $x \in \mathbb{R} \setminus \{-3; -2\}$.
Réduire au même dénominateur $\frac{2}{(x+3)^2} - \frac{x+1}{(x+2)(x+3)}$.

On peut généraliser la méthode précédente à des expressions littérales.
On procède comme avec des valeurs numériques, en repérant les facteurs communs aux deux dénominateurs et leur puissances respectives, afin de déterminer le dénominateur commun le plus petit.
Ici le dénominateur commun le plus petit sera $(x+2)(x+3)^2$.
On peut alors écrire :

$$\begin{aligned}
\frac{2}{(x+3)^2} - \frac{x+1}{(x+2)(x+3)} &= \frac{2 \times \mathbf{(x+2)}}{(x+3)^2 \times \mathbf{(x+2)}} - \frac{(x+1) \times \mathbf{(x+3)}}{(x+2)(x+3) \times \mathbf{(x+3)}} \\
&= \frac{2(x+2)}{(x+2)(x+3)^2} - \frac{(x+1)(x+3)}{(x+2)(x+3)^2} \\
&= \frac{2(x+2) - (x+1)(x+3)}{(x+2)(x+3)^2} \\
&= \frac{2x+4-(x^2+4x+3)}{(x+2)(x+3)^2} \\
&= \frac{-x^2-2x+1}{(x+2)(x+3)^2}.
\end{aligned}$$

La résolution d'(in)équations avec quotients (cf. Chapitre 7) nécessite de savoir faire ce type de calculs sans se tromper.

2.3 Pour s'entraîner

2.3.1 Exercices

Exercice 2.1
Écrire sous la forme d'une fraction irréductible les quantités suivantes :

1) $\frac{36}{12}$. 2) $\frac{45}{27}$. 3) $\frac{24}{320}$. 4) $\frac{280}{49}$.

Exercice 2.2
Écrire sous la forme d'une fraction irréductible les quantités suivantes :

1) $\frac{1}{6}-\frac{1}{15}$. 2) $\frac{5}{12}-\frac{1}{15}$. 3) $\frac{2}{9}+\frac{1}{15}$. 4) $\frac{3}{14}-\frac{1}{21}$.

Exercice 2.3
Écrire sous la forme d'une fraction irréductible les quantités suivantes :

1) $A=\frac{\left(\frac{6}{35}\right)}{3}$.

2) $B=\frac{6}{\left(\frac{35}{3}\right)}$.

3) $C=\frac{\left(\frac{6}{35}\right)}{\left(\frac{3}{5}\right)}$.

4) $D=\frac{3\times\frac{5}{2}-\frac{1}{4}}{\frac{1}{3}-4}$.

Exercice 2.4
Calculer les expressions suivantes et donner le résultat sous la forme d'une fraction irréductible :

1) $A=\frac{3}{12}+\frac{2}{16}-\frac{1}{2}$.

2) $B=\left(\frac{7}{5}-\frac{2}{4}\right)-\left(\frac{21}{15}-1+\frac{2}{3}\right)$.

3) $C=\frac{\frac{1}{9}-\frac{1}{3}}{\frac{5}{18}-\frac{1}{27}}$.

4) $D=\frac{1+\frac{1}{2}}{1+\frac{1}{1+\frac{1}{2}}}$.

Exercice 2.5 (Pour aller plus loin)
Écrire les nombres suivants sous la forme d'une fraction la plus simple possible :

1) $\frac{x}{2}+\frac{2}{x}$, où $x\in\mathbb{R}^*$.

2) $1-\frac{x-1}{x+1}$, où $x\in\mathbb{R}\setminus\{-1\}$.

3) $\frac{x}{x+2}+\frac{2}{x}+3$, où $x\in\mathbb{R}\setminus\{-2,0\}$.

2.3.2 Corrigés

Solution 2.1

1) $\dfrac{36}{12} = \dfrac{\cancel{4} \times 9}{\cancel{4} \times 3} = \dfrac{9}{3} = \dfrac{\cancel{3} \times 3}{\cancel{3} \times 1} = 3.$

2) $\dfrac{45}{27} = \dfrac{\cancel{9} \times 5}{\cancel{9} \times 3} = \dfrac{5}{3}.$

3) $\dfrac{24}{320} = \dfrac{6 \times 4}{10 \times 32} = \dfrac{\cancel{2} \times 3 \times \cancel{4}}{5 \times \cancel{2} \times 8 \times \cancel{4}} = \dfrac{3}{5 \times 8} = \dfrac{3}{40}.$

4) $\dfrac{280}{49} = \dfrac{28 \times 10}{7 \times 7} = \dfrac{4 \times \cancel{7} \times 2 \times 5}{\cancel{7} \times 7} = \dfrac{40}{7}.$

Solution 2.2

1) Calculons $\dfrac{1}{6} - \dfrac{1}{15}$.
Cherchons le dénominateur commun plus petit.
On a : $6 = 2 \times 3$ et $15 = 3 \times 5$.
D'où, le dénominateur commun le plus petit est $2 \times 3 \times 5 = 30$.
Or, $30 = 6 \times \mathbf{5}$ et $30 = 15 \times \mathbf{2}$.
Ainsi : $\dfrac{1}{6} - \dfrac{1}{15} = \dfrac{1 \times \mathbf{5}}{6 \times \mathbf{5}} - \dfrac{1 \times \mathbf{2}}{15 \times \mathbf{2}} = \dfrac{5}{30} - \dfrac{2}{30} = \dfrac{5-2}{30} = \dfrac{3}{30} = \dfrac{\cancel{3} \times 1}{\cancel{3} \times 10} = \dfrac{1}{10}$
et on ne peut pas simplifier plus.

2) Calculons $\dfrac{5}{12} - \dfrac{1}{15}$.
Cherchons le dénominateur commun le plus petit.
On a : $12 = 4 \times 3 = 2^2 \times 3$ et $15 = 3 \times 5$.
D'où, le dénominateur commun le plus petit est $2^2 \times 3 \times 5 = 60$.
Or, $60 = 12 \times \mathbf{5}$ et $60 = 15 \times \mathbf{4}$.
Ainsi : $\dfrac{5}{12} - \dfrac{1}{15} = \dfrac{5 \times \mathbf{5}}{12 \times \mathbf{5}} - \dfrac{1 \times \mathbf{4}}{15 \times \mathbf{4}} = \dfrac{25}{60} - \dfrac{4}{60} = \dfrac{25-4}{60} = \dfrac{21}{60} = \dfrac{\cancel{3} \times 7}{\cancel{3} \times 20} =$
$\dfrac{7}{20}$
et on ne peut pas simplifier plus.

3) Calculons $\dfrac{2}{9} + \dfrac{1}{15}$.
Cherchons le dénominateur commun le plus petit.
On a : $9 = 3^2$ et $15 = 3 \times 5$.
D'où, le dénominateur commun le plus petit est $3^2 \times 5 = 9 \times 5 = 45$.
Or, $45 = 9 \times \mathbf{5}$ et $45 = 15 \times \mathbf{3}$.
Ainsi : $\dfrac{2}{9} + \dfrac{1}{15} = \dfrac{2 \times \mathbf{5}}{9 \times \mathbf{5}} + \dfrac{1 \times \mathbf{3}}{15 \times \mathbf{3}} = \dfrac{10}{45} + \dfrac{3}{45} = \dfrac{10+3}{45} = \dfrac{13}{45}$
et on ne peut pas simplifier plus.

4) Calculons $\frac{3}{14} - \frac{1}{21}$.
Cherchons le dénominateur commun le plus petit.
On a : $14 = 2 \times 7$ et $21 = 3 \times 7$.
D'où, le dénominateur commun le plus petit est $2 \times 3 \times 7 = 42$.
Or, $42 = 14 \times \mathbf{3}$ et $42 = 21 \times \mathbf{2}$.
Ainsi : $\frac{3}{14} - \frac{1}{21} = \frac{3 \times \mathbf{3}}{14 \times \mathbf{3}} - \frac{1 \times \mathbf{2}}{21 \times \mathbf{2}} = \frac{9}{42} - \frac{2}{42} = \frac{7}{42} = \frac{\cancel{7}}{\cancel{7} \times 6} = \frac{1}{6}$
et on ne peut pas simplifier plus.

Solution 2.3

1) $A = \frac{\left(\frac{6}{35}\right)}{3} = \frac{6}{35} \times \frac{1}{3} = \frac{6 \times 1}{35 \times 3} = \frac{6}{35 \times 3} = \frac{2 \times \cancel{3}}{35 \times \cancel{3}} = \frac{2}{35}$.

Remarques :

(a) *L'inverse de* 3 *est* $\frac{1}{3}$.

(b) *Avant de calculer* 35×3, *on regarde s'il n'y a pas des simplifications possibles avec le numérateur.*

2) $B = \frac{6}{\left(\frac{35}{3}\right)} = 6 \times \frac{3}{35} = \frac{6 \times 3}{35} = \frac{18}{35}$.

Remarque :
On ne peut pas simplifier plus car $6 \times 3 = 2 \times 3^2$ *et* $35 = 5 \times 7$ *et il n'y a donc pas de facteurs communs qui puissent se simplifier.*

3) $C = \frac{\left(\frac{6}{35}\right)}{\left(\frac{3}{5}\right)} = \frac{6}{35} \times \frac{5}{3} = \frac{6 \times 5}{35 \times 3} = \frac{2 \times \cancel{3} \times \cancel{5}}{\cancel{5} \times 7 \times \cancel{3}} = \frac{2}{7}$.

4) $D = \frac{3 \times \frac{5}{2} - \frac{1}{4}}{\frac{1}{3} - 4} = \frac{\frac{15}{2} - \frac{1}{4}}{\frac{1}{3} - \frac{12}{3}} = \frac{\frac{30}{4} - \frac{1}{4}}{-\frac{11}{3}} = \frac{\frac{29}{4}}{-\frac{11}{3}} = -\frac{29}{4} \times \frac{3}{11} = -\frac{29 \times 3}{4 \times 11} = -\frac{87}{44}$.

Remarque :
On ne peut pas simplifier plus car 29 *et* 11 *sont des nombres premiers et ne peuvent donc pas se re-décomposer en produit de deux entiers naturels.*

Solution 2.4

1) Calculons $A = \frac{3}{12} + \frac{2}{16} - \frac{1}{2}$.
On a $12 = 2^2 \times 3$ et $16 = 2^4$.
Le dénominateur commun le plus petit est donc $2^4 \times 3 = 48$.

$$\begin{aligned}
A &= \frac{3\times 4}{12\times 4}+\frac{2\times 3}{16\times 3}-\frac{1\times 24}{2\times 24}\\
&= \frac{12+6-24}{48}=\frac{-6}{48}\\
&= -\frac{6}{6\times 8}\\
&= -\frac{1}{8}.
\end{aligned}$$

Remarque : si vous aviez pensé à simplifier d'abord les fractions intervenant dans A, le calcul aurait été plus simple.
En effet,

$$A=\frac{\cancel{3}}{\cancel{3}\times 4}+\frac{\cancel{2}}{\cancel{2}\times 8}-\frac{1}{2}=\frac{1}{4}+\frac{1}{8}-\frac{1}{2}=\frac{2}{8}+\frac{1}{8}-\frac{4}{8}=-\frac{1}{8}.$$

2) Calculons B.
On a $\frac{2}{4}=\frac{\cancel{2}}{\cancel{2}\times 2}=\frac{1}{2}$ et $\frac{21}{15}=\frac{\cancel{3}\times 7}{\cancel{3}\times 5}=\frac{7}{5}$.
D'où :

$$\begin{aligned}
B &= \left(\frac{7}{5}-\frac{2}{4}\right)-\left(\frac{21}{15}-1+\frac{2}{3}\right)\\
&= \left(\frac{7}{5}-\frac{1}{2}\right)-\left(\frac{7}{5}-1+\frac{2}{3}\right)\\
&= \cancel{\frac{7}{5}}-\frac{1}{2}-\cancel{\frac{7}{5}}+1-\frac{2}{3}\\
&= -\frac{1}{2}+1-\frac{2}{3}\\
&= \frac{1}{2}-\frac{2}{3}\\
&= \frac{3}{6}-\frac{4}{6}\\
&= -\frac{1}{6}.
\end{aligned}$$

3) Calculons C.

$$C=\frac{\frac{1}{9}-\frac{1}{3}}{\frac{5}{18}-\frac{1}{27}}=\frac{\frac{1}{9}-\frac{3}{9}}{\frac{5\times 3}{18\times 3}-\frac{1\times 2}{27\times 2}}=\frac{-\frac{2}{9}}{\frac{15}{54}-\frac{2}{54}}=\frac{-\frac{2}{9}}{\frac{13}{54}}=-\frac{2}{9}\times\frac{54}{13}=-\frac{2\times\cancel{9}\times 6}{\cancel{9}\times 13}.$$

D'où $C=-\frac{12}{13}$.

4) Calculons D.

$$D=\frac{1+\frac{1}{2}}{1+\frac{1}{1+\frac{1}{2}}}=\frac{\frac{3}{2}}{1+\frac{1}{\frac{3}{2}}}=\frac{\frac{3}{2}}{1+\frac{2}{3}}=\frac{\frac{3}{2}}{\frac{5}{3}}=\frac{3}{2}\times\frac{3}{5}=\frac{9}{10}.$$

Remarque :
Ici l'ordre des opérations est très important. On commence d'abord par simplifier le numérateur et le dénominateur et pour le dénominateur, on commence par simplifier le terme de droite.

Solution 2.5

1) Soit $x \in \mathbb{R}^*$.
Le dénominateur commun le plus petit ici est $2x$.
Or, $\frac{x}{2}=\frac{x\times \boldsymbol{x}}{2\times \boldsymbol{x}}$ et $\frac{2}{x}=\frac{\mathbf{2}\times 2}{\mathbf{2}\times x}$.
Ainsi, $\frac{x}{2}+\frac{2}{x}=\frac{x\times x}{2\times x}+\frac{2\times 2}{2\times x}=\frac{x^2}{2x}+\frac{4}{2x}=\frac{x^2+4}{2x}$.
Remarque : ne surtout pas écrire que $\frac{x^2+4}{2x}=\frac{x^2+\cancel{2}\times 2}{\cancel{2}x}=\frac{x^2+2}{x}$.
Ceci est faux car 2 n'est pas en facteur de l'ensemble du numérateur.

2) Soit $x \in \mathbb{R}\setminus\{-1\}$.
Le dénominateur commun le plus petit ici est $x+1$.
Ainsi, on a :

$$\begin{aligned}1-\frac{x-1}{x+1}&=\frac{x+1}{x+1}-\frac{x-1}{x+1}\\&=\frac{(x+1)-(x-1)}{x+1}\\&=\frac{x+1-x+1}{x+1}\\&=\frac{2}{x+1}\end{aligned}.$$

Remarque : attention au signe − qui est bien en facteur de $x-1$.
Ne surtout pas écrire $\frac{x+1}{x+1}-\frac{x-1}{x+1}=\frac{x+1-x-1}{x+1}=\frac{0}{x+1}=0$ *qui est faux.*

3) Soit $x \in \mathbb{R}\setminus\{-2,0\}$.
Le dénominateur commun le plus petit ici est $x(x+2)$
Ainsi, on a :

$$\begin{aligned}\frac{x}{x+2}+\frac{2}{x}+3&=\frac{\boldsymbol{x}^2}{\boldsymbol{x}(x+2)}+\frac{2\boldsymbol{(x+2)}}{x\boldsymbol{(x+2)}}+\frac{\mathbf{3}\boldsymbol{x(x+2)}}{\boldsymbol{x(x+2)}}\\&=\frac{x^2+2(x+2)+3x(x+2)}{x(x+2)}\\&=\frac{4x^2+8x+4}{x(x+2)}.\end{aligned}$$

Chapitre 3

Puissance entière et racine carrée d'un nombre réel

Il est important de savoir manipuler et simplifier des puissances. Cela vous sera très utile en ECG, notamment dans les chapitres portant sur la récurrence, l'étude de suites, le calcul de sommes finies, l'étude de séries, ainsi que lorsque vous aurez à calculer les puissances de certaines matrices. De même, vous pourrez être amenés à manipuler des racines carrées de nombres réels dans ces chapitres.

Sommaire

3.1 Rappel de cours

3.1.1 Puissance entière d'un nombre réel

Définition (Puissance)

Soit $x \in \mathbb{R}$ et $n \in \mathbb{N}$.
Le réel x^n, qui se lit "x puissance n", se définit par $x^n = \underbrace{x \times x \times \cdots \times x}_{n}$ pour $n \geq 1$.
Par convention $x^0 = 1$ pour $x \neq 0$.
Si de plus $x \neq 0$, on définit $x^{-n} = \dfrac{1}{x^n}$.

Exemple 3.1
$2^3 = 2 \times 2 \times 2 = 8, \qquad 2^{-3} = \dfrac{1}{2^3} = \dfrac{1}{8}, \quad 2^0 = 1, \quad 3^1 = 3.$

Remarque

Attention, à bien noter que x^{-n}, où $n \in \mathbb{N}$, n'est qu'une notation pour désigner la quantité $\dfrac{1}{x^n}$ et n'a de ce fait de sens que pour x non nul (afin de s'assurer de ne pas diviser par 0 au dénominateur).
Par exemple, $x^{-2} = \dfrac{1}{x^2}$ n'est défini que pour $x \neq 0$.

Propriétes (Règles de calcul)

Soit $n \in \mathbb{Z}, m \in \mathbb{Z}$, $x \in \mathbb{R}^*$ et $y \in \mathbb{R}^*$.

- $x^n \times x^m = x^{n+m}$
- $(x^n)^m = x^{n \times m} = x^{m \times n}$
- $(x \times y)^n = x^n \times y^n$
- $\dfrac{x^n}{x^m} = x^{n-m}$.

Exemple 3.2
$2^3 \times 2^4 = 2^{3+4} = 2^7, \quad (3^2)^5 = 3^{2\times 5} = 3^{10}, \quad 2^3 \times 7^3 = (2 \times 7)^3 = 14^3,$
$\dfrac{7^2}{7^5} = 7^{2-5} = 7^{-3} = \dfrac{1}{7^3}.$

Erreurs à éviter

- Les formules des puissances fonctionnent bien avec **le produit et la division**.
- Par contre, en général, **on ne peut rien dire sur la somme de puissance**.
  Faites attention à éviter l'erreur classique qui consiste à dire que :
  $$x^n + y^n = (x+y)^n.$$
  Contre exemple : $(x+y)^2 \neq x^2 + y^2$.
  En effet, $(x+y)^2 = x^2 + 2xy + y^2$.
  Par exemple, on n'écrira surtout pas que $2^n + 3^n = (2+3)^n = 5^n$.

3.1.2 Racine carrée d'un nombre réel

Définition (Racine carrée)

Soit $x \in \mathbb{R}_+$. La racine carrée de x est le nombre réel **positif**, noté $\sqrt{x}$, dont le carré est égal à x. Autrement dit, il vérifie
$$\sqrt{x} \times \sqrt{x} = (\sqrt{x})^2 = x.$$

Exemple 3.3
$\sqrt{0} = 0$, $\quad \sqrt{9} = 3$ car $3^2 = 9$, $\quad \sqrt{16} = 4$ car $4^2 = 16$, $\quad \sqrt{25} = 5$ car $5^2 = 25$.

Propriétes (Règles de calcul)

Soit $x \in \mathbb{R}_+$ et $y \in \mathbb{R}_+$.
On a :
$$\sqrt{xy} = \sqrt{x}\sqrt{y}, \qquad \frac{\sqrt{x}}{\sqrt{y}} = \sqrt{\frac{x}{y}} \text{ si de plus } y \neq 0.$$

Exemple 3.4
$$\sqrt{2}\sqrt{3} = \sqrt{2 \times 3} = \sqrt{6}, \qquad \frac{\sqrt{15}}{\sqrt{5}} = \sqrt{\frac{15}{5}} = \sqrt{3}.$$

Erreurs à éviter

- De même que pour les puissances, **il n'y a pas de formule pour la somme et la différence de racines carrées.**
- Faites attention à éviter l'erreur qui consiste à écrire que :

$$\sqrt{x+y} = \sqrt{x} + \sqrt{y}.$$

Contre exemple : $\sqrt{2+2} = \sqrt{4} = 2$ *mais* $\sqrt{2} + \sqrt{2} = 2\sqrt{2} \neq 2$.

Définition (Expression conjuguée)

Soit $x \in \mathbb{R}_+$ et $y \in \mathbb{R}_+$.
$\sqrt{x} - \sqrt{y}$ est appelée l'**expression conjuguée** de $\sqrt{x} + \sqrt{y}$ et vérifie

$$(\sqrt{x} - \sqrt{y})(\sqrt{x} + \sqrt{y}) = (\sqrt{x})^2 - (\sqrt{y})^2 = x - y,$$

en utilisant l'identité remarquable $(a-b)(a+b) = a^2 - b^2$.
L'expression conjuguée permet de simplifier le dénominateur des fractions de la forme $\dfrac{1}{\sqrt{x}+\sqrt{y}}$ ou $\dfrac{1}{\sqrt{x}-\sqrt{y}}$ (sous réserve d'existence de ces quantités) et notamment de les écrire sous forme de fraction sans racine carrée au dénominateur.
Ainsi,

$$\frac{1}{\sqrt{x}+\sqrt{y}} = \frac{\sqrt{x}-\sqrt{y}}{(\sqrt{x}+\sqrt{y})(\sqrt{x}-\sqrt{y})} = \frac{\sqrt{x}-\sqrt{y}}{x-y}.$$

Exemple 3.5

$$\frac{1}{\sqrt{3}+\sqrt{2}} = \frac{\sqrt{3}-\sqrt{2}}{(\sqrt{3}+\sqrt{2})(\sqrt{3}-\sqrt{2})} = \frac{\sqrt{3}-\sqrt{2}}{3-2} = \sqrt{3}-\sqrt{2}.$$

Remarque

A noter que l'expression conjuguée de $\sqrt{x} - y$ (où x et y sont des réels positifs) est $\sqrt{x} + y$ et réciproquement. En effet, $\sqrt{x} - y = \sqrt{x} - \sqrt{y^2}$ et donc son expression conjuguée est $\sqrt{x} + \sqrt{y^2} = \sqrt{x} + y$.

3.2 Méthodes

3.2.1 Simplifier des puissances de nombres entiers

Méthode

On décompose les entiers sous la puissance en produit de nombres premiers, puis on utilise les propriétés des puissances pour simplifier.

Exemple 3.6

- $\dfrac{3^2 \times 12}{2^3 \times 3^4} = \dfrac{3^2 \times 3 \times 4}{2^3 \times 3^4} = \dfrac{3^{2+1} \times 2^2}{2^3 \times 3^4} = \dfrac{3^3}{3^4} \times \dfrac{2^2}{2^3} = 3^{3-4} \times 2^{2-3} = 3^{-1} \times 2^{-1}.$
- $\dfrac{10^3}{5^5} = \dfrac{(2 \times 5)^3}{5^5} = \dfrac{2^3 \times 5^3}{5^5} = 2^3 \times \dfrac{5^3}{5^5} = 2^3 \times 5^{3-5} = 2^3 \times 5^{-2} = 8 \times \dfrac{1}{5^2} = \dfrac{8}{25}.$

3.2.2 Lien entre racine carrée et puissance

Méthode

Soit $x \geq 0$.

- On peut identifier $\sqrt{x}$ à $x^{\frac{1}{2}}$.
  Une telle identification est possible, car $\sqrt{x}$ est le réel positif qui élevé au carré donne x.
  Or, $(x^{\frac{1}{2}})^2 = x^{\frac{1}{2} \times 2} = x^1 = x$, en étendant les propriétés des puissances entières aux fractions.
- Cette notation peut aider à simplifier des calculs faisant intervenir des racines carrées, en étendant les propriétés des puissances entières à la puissance $\frac{1}{2}$.
  En ECG, vous verrez d'ailleurs la définition exacte de ce qu'est une puissance réelle et comment étendre les propriétés des puissances entières à des puissances réelles.

Exemple 3.7
Soit $x \geq 0$. $\sqrt{x}^6 = (x^{\frac{1}{2}})^6 = x^{\frac{1}{2} \times 6} = x^3$.

3.2.3 Simplifier des racines carrées de nombres entiers

Méthode

La méthode est la même que celle à employer pour simplifier des puissances. Il s'agit de décomposer l'entier sous la racine en produit de nombres premiers, puis d'utiliser les propriétés des racines pour simplifier.

Exemple 3.8
$\sqrt{9}\sqrt{5}\sqrt{15}\sqrt{12} = 3\sqrt{5}\sqrt{3\times 5}\sqrt{4\times 3} = 3\sqrt{5}\sqrt{3}\sqrt{5}\sqrt{4}\sqrt{3} = 3\times 2\times(\sqrt{5})^2(\sqrt{3})^2 = 6\times 5\times 3 = 90$.

3.3 Pour s'entraîner

3.3.1 Exercices

Exercice 3.1
Simplifier au maximum les expressions suivantes :

1) $A = \dfrac{12^5}{3^4 2^{11}}$.
2) $B = \dfrac{18\times 10^{-4}}{3\times 10^{-3}}$.
3) $C = \dfrac{15^2\times 5^{-2}\times 7^3\times 6\times 2^{-5}}{10^2\times 21\times 5^{-3}\times(2^{-2})^3}$.

Exercice 3.2
Simplifier au maximum les expressions suivantes :

1) $A = (\sqrt{7}-3)(\sqrt{7}+3)$.
2) $B = \sqrt{6}\times\sqrt{14}\times\sqrt{7}$.
3) $C = \sqrt{\dfrac{4}{9}}$.
4) $D = \sqrt{\dfrac{5}{2}} + 3\sqrt{\dfrac{20}{18}} - \sqrt{\dfrac{45}{32}}$.

Indications :

- *Pour A pensez à utiliser une identité remarquable.*
- *Pour B, pensez à utiliser que* $\sqrt{14} = \sqrt{7\times 2} = \sqrt{7}\sqrt{2}$ *et faire de même pour* $\sqrt{6}$.
- *Pour D procéder comme pour B.*

Exercice 3.3
Écrire les nombres suivants sous la forme $3^n \times 2^p$ avec n et p des entiers relatifs que l'on précisera :

1) $A = (3^2 \times 16^3)^3$.
2) $B = (\sqrt{3} \times \sqrt{2})^4$.
3) $C = 0,25$.
4) $D = \dfrac{9}{8}$.
5) $E = \sqrt{3^6 \times 2^4}$.
6) $F = \dfrac{3^{-2} \times 27}{(3^2)^3 \times 3^{-1}}$.

Exercice 3.4
Écrire sans racines carrées au dénominateur les fractions suivantes :

1) $\dfrac{3}{\sqrt{2}}$.
2) $\dfrac{3}{\sqrt{3}-2}$.
3) $\dfrac{\sqrt{7}+\sqrt{5}}{\sqrt{7}-\sqrt{5}}$.

Exercice 3.5 (Pour aller plus loin)

1) Calculer $(-1)^0$, $(-1)^1$, $(-1)^2$, $(-1)^3$, $(-1)^4$. Que peut-on en déduire sur $(-1)^n$, où $n \in \mathbb{N}$?
2) Soit $n \in \mathbb{N}$. Simplifier $4 \times \dfrac{3^{n+1}-1}{2} - 3 \times \dfrac{3^n - 1}{2}$.
3) Soit $n \in \mathbb{N}$. Montrer que $5(2^{n+1} + 3^{n+1}) - 6(2^n + 3^n) = 2^{n+2} + 3^{n+2}$.

3.3.2 Corrigés

Solution 3.1

1) $A = \dfrac{12^5}{3^4 2^{11}} = \dfrac{(4 \times 3)^5}{3^4 2^{11}} = \dfrac{(2^2 \times 3)^5}{3^4 2^{11}} = \dfrac{2^{10} \times 3^5}{3^4 2^{11}} = \dfrac{2^{10}}{2^{11}} \times \dfrac{3^5}{3^4} = 2^{10-11} \times 3^{5-4}$.
D'où $A = 2^{-1} \times 3^1 = \dfrac{3}{2}$.
2) On a :
$$\begin{aligned} B &= \frac{18 \times 10^{-4}}{3 \times 10^{-3}} \\ &= \frac{2 \times 3^2 \times (2 \times 5)^{-4}}{3 \times (2 \times 5)^{-3}} \\ &= \frac{2 \times 3^2 \times 2^{-4} \times 5^{-4}}{3 \times 2^{-3} \times 5^{-3}} \\ &= \frac{2 \times 2^{-4}}{2^{-3}} \times \frac{3^2}{3} \times \frac{5^{-4}}{5^{-3}} \\ &= 2^{1-4-(-3)} \times \frac{3^2}{3} \times \frac{5^{-4}}{5^{-3}}. \end{aligned}$$
D'où $B = 2^0 \times 3^{2-1} \times 5^{-4-(-3)} = 1 \times 3^1 \times 5^{-1} = 3 \times \dfrac{1}{5} = \dfrac{3}{5}$.

3) On a :

$$\begin{aligned} C &= \frac{15^2 \times 5^{-2} \times 7^3 \times 6 \times 2^{-5}}{10^2 \times 21 \times 5^{-3} \times (2^{-2})^3} \\ &= \frac{(3 \times 5)^2 \times 5^{-2} \times 7^3 \times 2 \times 3 \times 2^{-5}}{(2 \times 5)^2 \times 3 \times 7 \times 5^{-3} \times 2^{-6}} \\ &= \frac{3^2 \times 5^2 \times 5^{-2} \times 7^3 \times 2 \times 3 \times 2^{-5}}{2^2 \times 5^2 \times 3 \times 7 \times 5^{-3} \times 2^{-6}} \\ &= \frac{2^{-4} \times 3^3 \times 7^3}{2^{-4} \times 3 \times 5^{-1} \times 7}. \end{aligned}$$

D'où $C = 3^2 \times 5 \times 7^2 = 9 \times 5 \times 49 = 2205$.

Solution 3.2

1) $A = (\sqrt{7} - 3)(\sqrt{7} + 3) = \sqrt{7}^2 - 3^2 = 7 - 9 = -2$.

2) $B = \sqrt{6} \times \sqrt{14} \times \sqrt{7} = \sqrt{2 \times 3} \times \sqrt{2 \times 7} \times \sqrt{7} = \sqrt{2} \times \sqrt{3} \times \sqrt{2} \times \sqrt{7} \times \sqrt{7} = (\sqrt{7})^2 (\sqrt{2})^2 \times \sqrt{3} = 7 \times 2 \times \sqrt{3} = 14\sqrt{3}$.

3) $C = \sqrt{\frac{4}{9}} = \frac{\sqrt{4}}{\sqrt{9}} = \frac{2}{3}$.

4) On cherchera à décomposer $20, 18, 45, 32$ sous forme de produit d'entiers naturels en faisant apparaître si c'est possible dans le produit des carrés parfaits, c'est-à-dire des entiers naturels qui s'écrivent sous forme a^2 où a est lui même un entier naturel (comme $4 = 2^2$, $9 = 3^2$, $16 = 4^2$, etc). Ainsi, on pourra ensuite simplifier ces termes en utilisant le fait que $\sqrt{a^2} = a$.

On a :

$$\begin{aligned} D &= \sqrt{\frac{5}{2}} + 3\sqrt{\frac{20}{18}} - \sqrt{\frac{45}{32}} \\ &= \sqrt{\frac{5}{2}} + 3\sqrt{\frac{4}{9} \times \frac{5}{2}} - \sqrt{\frac{9}{16} \times \frac{5}{2}} \\ &= \sqrt{\frac{5}{2}} + 3\sqrt{\frac{4}{9}}\sqrt{\frac{5}{2}} - \sqrt{\frac{9}{16}}\sqrt{\frac{5}{2}} \\ &= \sqrt{\frac{5}{2}} + 3 \times \frac{2}{3}\sqrt{\frac{5}{2}} - \frac{3}{4}\sqrt{\frac{5}{2}} \\ &= \left(1 + 2 - \frac{3}{4}\right)\sqrt{\frac{5}{2}} \\ &= \frac{9}{4}\sqrt{\frac{5}{2}}. \end{aligned}$$

Solution 3.3

1) $A = (3^2 \times 16^3)^3 = (3^2)^3 \times (16^3)^3 = 3^6 \times 16^9 = 3^6 \times (2^4)^9 = 3^6 \times 2^{36}$.

2) $B = (\sqrt{3} \times \sqrt{2})^4 = (\sqrt{3})^4 \times (\sqrt{2})^4 = ((\sqrt{3})^2)^2 \times ((\sqrt{2})^2)^2 = 3^2 \times 2^2$.

3) $C = 0,25 = \frac{1}{4} = \frac{1}{2^2} = 2^{-2} = 3^0 \times 2^{-2}$.

4) $D = \frac{9}{8} = \frac{3^2}{2^3} = 3^2 \times 2^{-3}$.

5) $E = \sqrt{3^6 \times 2^4} = \sqrt{3^6} \times \sqrt{2^4} = \sqrt{(3^3)^2}\sqrt{(2^2)^2} = 3^3 \times 2^2.$

6) $F = \dfrac{3^{-2} \times 27}{(3^2)^3 \times 3^{-1}} = \dfrac{3^{-2} \times 3^3}{3^6 \times 3^{-1}} = \dfrac{3}{3^5} = 3^{-4} = 3^{-4} \times 2^0.$

À retenir : $4 = 2^2,\ 8 = 2^3,\ 16 = 2^4,\ 9 = 3^2,\ 27 = 3^3.$

Solution 3.4

1) On a $\dfrac{3}{\sqrt{2}} = \dfrac{3\sqrt{2}}{\sqrt{2} \times \sqrt{2}} = \dfrac{3\sqrt{2}}{(\sqrt{2})^2} = \dfrac{3\sqrt{2}}{2}.$

Remarque : dans le cas d'une fraction du type $\dfrac{a}{\sqrt{b}}$ *inutile de passer par l'expression conjuguée. Il suffit de multiplier au numérateur et au dénominateur par* $\sqrt{b}$ *pour obtenir* $\dfrac{a}{\sqrt{b}} = \dfrac{a\sqrt{b}}{(\sqrt{b})^2} = \dfrac{a\sqrt{b}}{b}$. *Ceci étant, il est intéressant de noter que* $\sqrt{b}$ *est l'expression conjuguée de* $\sqrt{b}$.
En effet, $\sqrt{b} = \sqrt{b} - \sqrt{0}$ *et donc son expression conjuguée est* $\sqrt{b} + \sqrt{0} = \sqrt{b}$.

2) On a :

$$\begin{aligned}\frac{3}{\sqrt{3}-2} &= \frac{3(\sqrt{3}+2)}{(\sqrt{3}-2)(\sqrt{3}+2)}\\ &= \frac{3(\sqrt{3}+2)}{(\sqrt{3})^2-2^2}\\ &= \frac{3(\sqrt{3}+2)}{3-4}\\ &= -3(\sqrt{3}+2).\end{aligned}$$

3) On a :

$$\begin{aligned}\frac{\sqrt{7}+\sqrt{5}}{\sqrt{7}-\sqrt{5}} &= \frac{(\sqrt{7}+\sqrt{5})(\sqrt{7}+\sqrt{5})}{(\sqrt{7}-\sqrt{5})(\sqrt{7}+\sqrt{5})}\\ &= \frac{(\sqrt{7}+\sqrt{5})^2}{(\sqrt{7})^2-(\sqrt{5})^2}\\ &= \frac{(\sqrt{7})^2+2\sqrt{7}\sqrt{5}+(\sqrt{5})^2}{7-5}\\ &= \frac{7+2\sqrt{35}+5}{2}\\ &= \frac{12+2\sqrt{35}}{2}\\ &= 6+\sqrt{35}.\end{aligned}$$

Solution 3.5

Je vous invite à travailler cet exercice qui présente des techniques de calcul qui vous seront utiles plus tard en ECG.

1) Soit $n \in \mathbb{N}$.
$(-1)^0 = 1,\ (-1)^1 = -1,\ (-1)^2 = (-1) \times (-1) = 1,\ (-1)^3 = (-1)^2 \times (-1) = -1,\ (-1)^4 = (-1)^3 \times (-1) = (-1) \times (-1) = 1.$
On peut donc en déduire que $(-1)^n = 1$ pour n pair et $(-1)^n = -1$ pour n impair.

À retenir : $(-1)^n = 1$ *pour* n *pair et* $(-1)^n = -1$ *pour* n *impair.*
De manière plus générale, pour x *réel, on a :*
$(-x)^2 = ((-1)x)^2 = (-1)^2x^2 = 1 \times x^2 = x^2$,
$(-x)^3 = ((-1)x)^3 = (-1)^3x^3 = -1 \times x^3 = -x^3$,
$(-x)^4 = x^4$, $(-x)^5 = -x^5$ *etc.*

2) Soit $n \in \mathbb{N}$.

$$\begin{aligned}
4 \times \frac{3^{n+1}-1}{2} - 3 \times \frac{3^n - 1}{2} &= \frac{4 \times (3^{n+1}-1) - 3 \times (3^n - 1)}{2} \\
&= \frac{4 \times 3^{n+1} - 4 - 3^{n+1} + 3}{2} \\
&= \frac{(4-1) \times 3^{n+1} - 4 + 3}{2} \\
&= \frac{3 \times 3^{n+1} - 1}{2} \\
&= \frac{3^{n+2} - 1}{2}.
\end{aligned}$$

3) Soit $n \in \mathbb{N}$.

$$\begin{aligned}
5(2^{n+1} + 3^{n+1}) - 6(2^n + 3^n) &= 5 \times 2^{n+1} + 5 \times 3^{n+1} - 6 \times 2^n - 6 \times 3^n \\
&= 5 \times 2 \times 2^n + 5 \times 3 \times 3^n - 6 \times 2^n - 6 \times 3^n \\
&\quad \textit{faire apparaître uniquement des puissances} \\
&\quad \textit{de } n \textit{ en utilisant le fait que } a^{n+1} = a \times a^n \\
&= 10 \times 2^n + 15 \times 3^n - 6 \times 2^n - 6 \times 3^n \\
&= (10-6) \times 2^n + (15-6) \times 3^{n+1} \\
&\quad \textit{on factorise par } 2^n \textit{ et par } 3^n \\
&= 4 \times 2^n + 9 \times 3^n \\
&= 2^2 \times 2^n + 3^2 \times 3^n \\
&= 2^{n+2} + 3^{n+2}.
\end{aligned}$$

Attention à une erreur à éviter absolument dans ce genre d'exercice, celle qui consiste à écrire par exemple que

$$2 \times 3^n = (2 \times 3)^n = 6^n \quad \textit{ou} \quad -(-2)^n = (-(-2))^n = 2^n.$$

En effet, $(2 \times 3)^n = 2^n \times 3^n \neq 2 \times 3^n$.
De même, $(-(-2))^n = ((-1) \times (-2))^n = (-1)^n(-2)^n \neq -(-2)^n$, *car* $(-1)^n$ *n'est pas toujours égal à* -1.

Chapitre 4

Trinômes du second degré

Il est impératif de savoir résoudre les yeux fermés des équations et inéquations de degré deux et leurs cas particuliers, sans se tromper dans les calculs. En effet, vous aurez à résoudre très souvent de telles équations et inéquations, notamment lorsque vous vous intéresserez au domaine de définition d'une fonction ou au signe de sa dérivée afin d'en étudier ses variations.

Sommaire

4.1 Rappel de cours

Soit $x \in \mathbb{R}$.

4.1.1 Équation du second degré

Théorème (Équation du second degré)

Soient a, b et c trois réels avec $a \neq 0$ et $\Delta = b^2 - 4ac$.

- Si $\Delta > 0$, l'équation $ax^2 + bx + c = 0$ admet deux solutions $\begin{cases} x_1 = \frac{-b+\sqrt{\Delta}}{2a} \\ x_2 = \frac{-b-\sqrt{\Delta}}{2a} \end{cases}$.
- Si $\Delta = 0$, l'équation $ax^2 + bx + c = 0$ admet une solution $x_0 = -\frac{b}{2a}$.
- Si $\Delta < 0$, l'équation $ax^2 + bx + c = 0$ n'admet aucune solution.

Proposition (Cas particulier)

Soit $a \in \mathbb{R}$.

- Si $a > 0$, l'équation $x^2 = a$ admet deux solutions $\sqrt{a}$ et $-\sqrt{a}$.
- Si $a = 0$, l'équation $x^2 = a$ admet une seule solution 0.
- Si $a < 0$, l'équation $x^2 = a$ n'admet aucune solution réelle.

La meilleure façon de retrouver ces résultats est d'avoir la représentation graphique de la fonction carrée ci-dessous en tête.

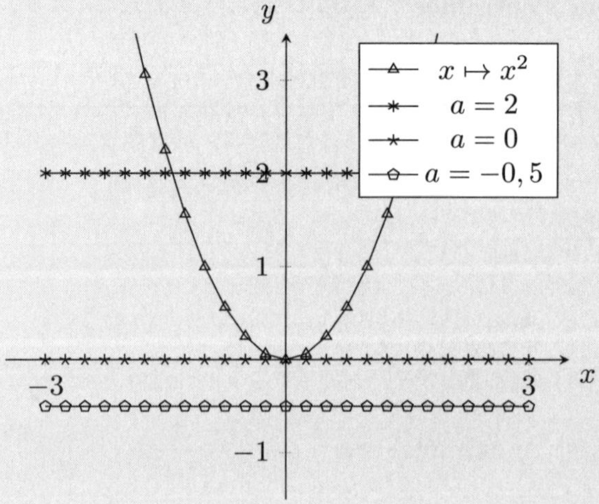

4.1.2 Inéquation du second degré

Théorème (Inéquation du second degré)

Soient a, b et c trois réels avec $a \neq 0$ et $\Delta = b^2 - 4ac$.

- Si $\Delta > 0$, le nombre réel $ax^2 + bx + c$ est du signe de a à l'extérieur des racines et du signe de $-a$ ailleurs.
- Si $\Delta \leq 0$, alors le nombre réel $ax^2 + bx + c$ est toujours du signe de a.

Les tableaux suivants résument le signe de $ax^2 + bx + c$ en fonction de Δ :

$\Delta > 0$

x	$-\infty$		x_1		x_2		$+\infty$
$ax^2 + bx + c$		signe de a	0	$-$signe de a	0	signe de a	

$\Delta = 0$

x	$-\infty$		x_0		$+\infty$
$ax^2 + bx + c$		signe de a	0	signe de a	

$\Delta < 0$

x	$-\infty$		$+\infty$
$ax^2 + bx + c$		signe de a	

Proposition (Cas particulier)

Soit $a \geq 0$.

- $x^2 \leq a \Leftrightarrow -\sqrt{a} \leq x \leq \sqrt{a}$.
- $x^2 \geq a \Leftrightarrow x \geq \sqrt{a}$ ou $x \leq -\sqrt{a}$.

Proposition (Cas particulier (suite))

La meilleure façon de retrouver ces résultats est d'en faire la représentation graphique.

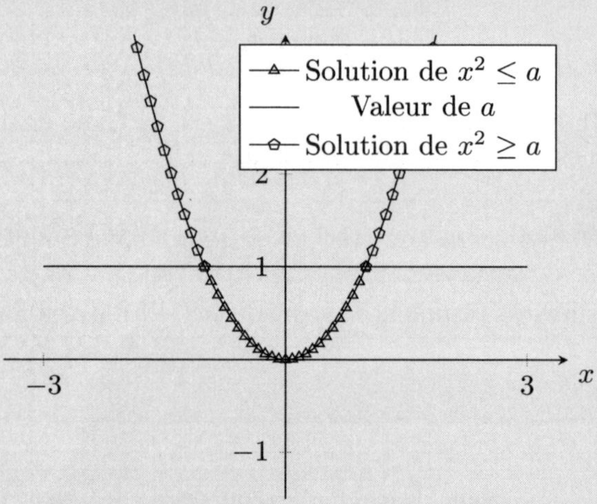

Les abscisses des points de la portion de courbe avec les triangles correspondent aux solutions de l'inéquation $x^2 \leq a$ et celles de la portion de courbe avec les pentagones aux solutions de l'inéquation $x^2 \geq a$.

Remarques

- Soit $a \geq 0$.
  - $-\sqrt{a} \leq x \leq \sqrt{a} \Leftrightarrow x \in [-\sqrt{a}; \sqrt{a}]$.
  - $x \geq \sqrt{a}$ ou $x \leq -\sqrt{a} \Leftrightarrow x \in]-\infty; -\sqrt{a}] \cup [\sqrt{a}; +\infty[$.
- Soit $a < 0$.
  - $x^2 \leq a$ est impossible, d'où l'ensemble des solutions de cette inéquation est l'ensemble vide.
  - $x^2 \geq a$ est toujours vrai, d'où l'ensemble des solutions de cette inéquation est $\mathbb{R}$.

4.2 Méthodes

4.2.1 Résoudre une équation du second degré

Nous présentons ici, à l'aide d'exemples, les étapes à suivre pour résoudre une équation du second degré.

Méthode

Lorsque l'on a à résoudre une équation du type $ax^2 + bx + c = 0$ (avec $a \neq 0$), trois cas de figures peuvent se présenter :

1) $b \neq 0$, auquel cas on passe par le calcul du discriminant pour déterminer les solutions.
2) $b = 0$, auquel on peut se ramener à une équation du type $x^2 = d$, que l'on résout directement en appliquant le cours.
3) $c = 0$, auquel cas on factorise $ax^2 + bx$ par x et on résout directement l'équation ainsi : $ax^2 + bx = 0 \Leftrightarrow x(ax + b) = 0 \Leftrightarrow x = 0$ ou $ax + b = 0 \Leftrightarrow x = 0$ ou $x = -\frac{b}{a}$.

Exemple 4.1 (Cas général)
Résoudre dans $\mathbb{R}$ l'équation (E) : $2x^2 + x - 6 = 0$.

1) Ensemble de définition de (E)
Soit $x \in \mathbb{R}$.
2) Résolution
L'équation $2x^2 + x - 6 = 0$ est de la forme $ax^2 + bx + c = 0$ avec $a = 2$, $b = 1$ et $c = -6$.
Son discriminant Δ vaut :

$$\Delta = b^2 - 4ac = 1^2 - 4 \times 2 \times (-6) = 1 + 48 = 49 > 0.$$

D'où $\sqrt{\Delta} = \sqrt{49} = 7$ et l'équation $2x^2 + x - 6 = 0$ admet deux solutions qui sont

$$x_1 = \frac{-b - \sqrt{\Delta}}{2a} = \frac{-1 - 7}{4} = -\frac{8}{4} = -2$$

et

$$x_2 = \frac{-b - \sqrt{\Delta}}{2a} = \frac{-1 + 7}{4} = \frac{6}{4} = \frac{3}{2}.$$

Attention à ne pas oublier de diviser par $2a$ et non par 2, lorsque a est différent de 1.
3) Conclusion
$S = \left\{-2; \frac{3}{2}\right\}$.

4) Vérification

$2 \times (-2)^2 - 2 - 6 = 0$. De même, on vérifie par calcul que $\frac{3}{2}$ est bien solution de l'équation.

Exemple 4.2 (Cas particulier)
Résoudre dans $\mathbb{R}$ l'équation (E) : $x^2 - 8 = 0$.

Soit $x \in \mathbb{R}$.
$x^2 - 8 = 0$ est un cas particulier de trinôme du second degré de la forme $ax^2 + bx + c = 0$ avec $a = 1$, $b = 0$ et $c = -8$.
On résout ce type d'équation sans passer par un calcul de discriminant qui serait lourd ici, mais plutôt en écrivant tout simplement

$$x^2 - 8 = 0 \Leftrightarrow x^2 = 8 \Leftrightarrow x = -\sqrt{8} \text{ ou } x = \sqrt{8}.$$

D'où $S = \{-\sqrt{8}; \sqrt{8}\}$.

Remarque : $\sqrt{8} = \sqrt{4 \times 2} = \sqrt{4} \times \sqrt{2} = 2\sqrt{2}$.

Exemple 4.3 (Cas particulier)
Résoudre dans $\mathbb{R}$ l'équation (E) : $x^2 + 2x = 0$.

$x^2 + 2x = 0$ est un cas particulier de trinôme du second degré de la forme $ax^2 + bx + c = 0$ avec $a = 1$, $b = 2$ et $c = 0$.
On résout ce type d'équation sans passer par un calcul de discriminant, mais en écrivant tout simplement

$$x^2 + 2x = 0 \Leftrightarrow x(x+2) = 0 \Leftrightarrow x = 0 \text{ ou } x + 2 = 0 \Leftrightarrow x = 0 \text{ ou } x = -2.$$

D'où $S = \{-2; 0\}$.

4.2.2 Résoudre une inéquation du second degré

Nous présentons ici, à l'aide d'exemples, les étapes à suivre pour résoudre une inéquation du second degré.

Méthode

Lorsque l'on a à résoudre une inéquation du type $ax^2 + bx + c \geq 0$ (avec $a \neq 0$), trois cas de figures peuvent se présenter :

1) $b \neq 0$, auquel cas on passe par le calcul du discriminant et le tableau de signe pour déterminer les solutions.
2) $b = 0$, auquel on peut se ramener à une équation du type $x^2 \geq d$, que l'on résout directement en appliquant le cours.
3) $c = 0$, auquel cas $ax^2 + bx + c = ax^2 + bx = x(ax + b)$ et il est alors plus simple de faire directement un tableau de signe.

Exemple 4.4 (Cas général)
Résoudre l'inéquation (I) : $-2x^2 - x + 6 \geq 0$.

1) Ensemble de définition de (I)
Soit $x \in \mathbb{R}$.
2) Résolution
Le trinôme $-2x^2 - x + 6$ est de la forme $ax^2 + bx + c$ avec $a = -2$, $b = -1$ et $c = 6$.
Son discriminant Δ vaut :

$$\Delta = b^2 - 4ac = (-1)^2 - 4 \times (-2) \times 6 = 1 + 48 = 49 > 0.$$

D'où $\sqrt{\Delta} = \sqrt{49} = 7$ et le trinôme $2x^2 + x - 6$ admet deux racines qui sont

$$x_1 = \frac{-b - \sqrt{\Delta}}{2a} = \frac{1-7}{-4} = \frac{6}{4} = \frac{3}{2}$$

et

$$x_2 = \frac{-b + \sqrt{\Delta}}{2a} = \frac{1+7}{-4} = \frac{6}{4} = -2.$$

D'où le tableau de signe suivant :

x	$-\infty$		-2		$3/2$		$+\infty$
$-2x^2 - x + 6$		$-$	0	$+$	0	$-$	

Attention à ne pas oublier qu'ici on est du signe contraire de $a = -2$ entre les racines, c'est-à-dire de signe positif.
3) Conclusion
$S = \left[-2; \frac{3}{2}\right]$
Remarque : pensez à vérifier la cohérence de votre ensemble de solutions en prenant un élément particulier x dans ce dernier, en calculant $-2x^2 - x + 6$ et en vérifiant que le signe correspond bien à celui recherché. Cela ne prouve pas que votre ensemble de solution est le bon, mais cela peut permettre de détecter des erreurs de signe.

Exemple 4.5 (Cas particulier)
Résoudre l'inéquation (I) : $x^2 \geq 3$.

Soit $x \in \mathbb{R}$.
On a directement, d'après le cours, $x^2 \geq 3 \Leftrightarrow x \leq -\sqrt{3}$ ou $x \geq \sqrt{3}$.
D'où, $S = \left]-\infty; -\sqrt{3}\right] \cup \left[\sqrt{3}; +\infty\right[$.

4.3 Pour s'entraîner

4.3.1 Exercices

Exercice 4.1
Résoudre dans $\mathbb{R}$ les équations suivantes :

1) $x^2 + x - 6 = 0$.
2) $x^2 - x = 18$.
3) $3x^2 + 3x - 18 = 0$.
4) $-x^2 + 3x - 2 = 0$.
5) $2 - x^2 = 1$.

Exercice 4.2
Résoudre dans $\mathbb{R}$ les inéquations suivantes :

1) $2 - x^2 \geq 0$.
2) $x^2 + x + 1 < 0$.
3) $x^2 - 9 \geq 0$.
4) $-x^2 + 3x - 2 > 0$.
5) $x^2 - 3x < 0$.

4.3.2 Corrigés

Dès à présent faites bien attention à bien rédiger vos réponses lorsque vous résolvez des équations ou inéquations de degré deux.
En effet, la rédaction compte autant en prépas que la réponse elle-même. L'examinateur doit être en capacité de comprendre vos notations et les étapes de votre raisonnement. Ainsi on n'écrira pas simplement sur une copie : $\Delta = ...$, d'où $x_1 = ...$ et $x_2 = ...$, sans dire que Δ représente le discriminant du trinôme considéré et x_1 et x_2 ses deux racines.
Faites aussi attention au vocabulaire, on parle des ***racines du trinômes*** *ou des* ***solutions de l'équation****, mais pas des racines de l'équation ou des solutions du trinômes qui sont deux expressions qui n'ont aucun sens.*

Solution 4.1

1) Soit $x \in \mathbb{R}$.
Le discriminant du trinôme $x^2 + x - 6$ vaut $\Delta = 1^2 - 4 \times 1 \times (-6) = 1 + 24 = 25 > 0$.
Donc l'équation $x^2 + x - 6 = 0$ admet deux solutions qui sont :

$$x_1 = \frac{-1 + \sqrt{25}}{2 \times 1} = \frac{-1 + 5}{2} = 2 \quad \text{et} \quad x_2 = \frac{-1 - \sqrt{25}}{2 \times 1} = \frac{-1 - 5}{2} = -3.$$

D'où, $S = \{-3; 2\}$.
Remarque : n'oubliez pas de vérifier vos solutions à la fin.

2) Soit $x \in \mathbb{R}$.
On a $x^2 - x = 18 \Leftrightarrow x^2 - x - 18 = 0$.
Le discriminant du trinôme $x^2 - x - 18$ vaut $\Delta = (-1)^2 - 4 \times 1 \times 18 = 1 + 72 = 73 > 0$.
Donc l'équation $x^2 - x - 18 = 0$ admet deux solutions qui sont :

$$x_1 = \frac{1 - \sqrt{73}}{2} \quad \text{et} \quad x_2 = \frac{1 + \sqrt{73}}{2}.$$

D'où, $S = \left\{ \frac{1 - \sqrt{73}}{2} ; \frac{1 + \sqrt{73}}{2} \right\}$.

3) Soit $x \in \mathbb{R}$.
Le discriminant du trinôme $3x^2 + 3x - 18$ vaut $\Delta = 3^2 - 4 \times 3 \times (-18) = 225 > 0$.
On peut poursuivre les calculs en remarquant que $\sqrt{225} = 15$. Mais d'une part il faut le savoir et d'autre part le calcul des racines fait intervenir ensuite lui-même de grandes valeurs, augmentant le risque d'erreur de calcul puisque les calculs doivent se faire de tête, la calculatrice étant interdite aux concours.
Ici il était plus judicieux de voir que l'on pouvait dès le départ simplifier l'équation par 3.
En effet, $3x^2 + 3x - 18 = 0 \Leftrightarrow 3(x^2 + x - 6) = 0 \Leftrightarrow x^2 + x - 6 = 0$ et on est alors ramené à la première équation de l'exercice.
L'ensemble des solutions est donc le même.
D'où, $S = \{-3; 2\}$ directement.

4) Soit $x \in \mathbb{R}$.
Le discriminant du trinôme $-x^2 + 3x - 2$ vaut $\Delta = 3^2 - 4 \times (-1) \times (-2) = 9 - 8 = 1 > 0$.
D'où l'équation $-x^2 + 3x - 2 = 0$ admet deux solutions qui sont :

$$x_1 = \frac{-3 - 1}{-2} = 2 \quad \text{et} \quad x_2 = \frac{-3 + 1}{-2} = 1.$$

D'où, $S = \{1; 2\}$.

Remarques :

(a) *Attention ici à bien diviser par -2 à cause du -1 devant x^2.*

(b) *Afin d'éviter toutes erreurs de signe, il aurait été plus judicieux de voir que $-x^2 + 3x - 2 = 0 \Leftrightarrow x^2 - 3x + 2 = 0$ (en multipliant par -1 l'équation, ce qui revient à changer tous les signes) et de résoudre cette dernière équation.*
Je vous conseille de toujours procéder ainsi lorsque vous avez un coefficient négatif devant x^2, cela vous évitera des erreurs de calcul dues à des erreurs de signe.

5) Soit $x \in \mathbb{R}$.
$2 - x^2 = 1 \Leftrightarrow x^2 = 1 \Leftrightarrow x = -\sqrt{1}$ ou $x = \sqrt{1} \Leftrightarrow x = -1$ ou $x = 1$.
D'où, $S = \{-1; 1\}$.

Solution 4.2

1) Soit $x \in \mathbb{R}$.
$2 - x^2 \geq 0 \Leftrightarrow x^2 \leq 2 \Leftrightarrow -\sqrt{2} \leq x \leq \sqrt{2}$, en utilisant directement le cours (car $2 \geq 0$).
D'où, $S = \left[-\sqrt{2}; \sqrt{2}\right]$.

2) Soit $x \in \mathbb{R}$.
Le discriminant du trinôme $x^2 + x + 1$ vaut $\Delta = 1^2 - 4 \times 1 \times 1 = -3 < 0$.
D'où, $x^2 + x + 1$ est toujours du signe de 1 (qui est le coefficient devant x^2), c'est-à-dire strictement positif.
D'où, $S = \emptyset$.

3) Soit $x \in \mathbb{R}$.

$$x^2 - 9 \geq 0 \Leftrightarrow x^2 \geq 9 \Leftrightarrow x \leq -\sqrt{9} \text{ ou } x \geq \sqrt{9} \Leftrightarrow x \leq -3 \text{ ou } x \geq \sqrt{3}.$$

D'où, $S = \left]-\infty; -3\right] \cup \left[3; +\infty\right[$.

4) Soit $x \in \mathbb{R}$.
Le discriminant du trinôme $-x^2 + 3x - 2$ vaut $\Delta = 3^2 - 4 \times (-1) \times (-2) = 9 - 8 = 1 > 0$.
Donc $-x^2 + 3x - 2$ admet deux racines qui sont :

$$x_1 = \frac{-3+1}{-2} = 1 \quad \text{et} \quad x_2 = \frac{-3-1}{-2} = 2.$$

D'où le tableau de signe suivant :

x	$-\infty$		1		2		$+\infty$
$-x^2 + 3x - 2$		$-$	0	$+$	0	$-$	

Attention $-x^2 + 3x - 2$ est du signe de -1 (le coefficient devant x^2), c'est-à-dire négatif, à l'extérieur des racines.
D'où, $S =]1; 2[$.

Remarque : afin d'éviter des erreurs de signe, il aurait pu être judicieux de résoudre l'inéquation $x^2 - 3x + 2 < 0$ plutôt que $-x^2 + 3x - 2 > 0$, les deux inéquations ayant le même ensemble de solution puisqu'elles sont équivalentes.

5) Soit $x \in \mathbb{R}$.
Plutôt que de passer par le calcul du discriminant pour trouver les racines de $x^2 - 3x$, il est plus judicieux de voir que $x^2 - 3x = x(x - 3)$ et de résoudre $x(x - 3) = 0 \Leftrightarrow x = 0$ ou $x = 3$.
Ainsi le trinôme $x^2 - 3x$ admet deux racines qui sont 0 et 3.
D'où le tableau de signe suivant :

x	$-\infty$		0		3		$+\infty$
$x^2 - 3x$		$+$	0	$-$	0	$+$	

D'où, $S =]0; 3[$.

Remarque générale : on ne peut pas vérifier de manière exhaustive l'ensemble des solutions qui contient souvent une infinité de solutions, mais pensez quand même à prendre une solution particulière dans l'ensemble que vous avez trouvé et à vérifier la cohérence de vos résultats en vérifiant le signe du trinôme pour cette valeur donnée. S'il y a cohérence, cela ne vous permettra pas d'être certain que votre semble de solution et juste. Par contre, s'il y a une incohérence, c'est qu'il y a une erreur quelque part et qu'il vous faut reprendre vos calculs.

Chapitre 5

Développer et factoriser

Ce chapitre présente des méthodes permettant de développer et de factoriser des expressions données. Développer ne pose généralement pas de problème, contrairement à la factorisation qui n'est pas toujours intuitive. Pourtant il est fondamental de savoir factoriser des expressions de manière à pouvoir en étudier leur signe. C'est un outil à maîtriser parfaitement, car il sera très utile, comme nous le verrons plus loin, lorsque vous serez amenés à résoudre des inéquations plus générales, par exemple dans le cadre de l'étude du signe d'une fonction ou de sa dérivée.

Sommaire

Dans tout ce chapitre x désignera un réel quelconque.

5.1 Rappel de cours

5.1.1 Définition

Définition (Développer/Factoriser)

1) **Développer** signifie transformer un produit en une somme ou une différence.
Soient a, b et c trois réels : $c(a+b) = ca + cb$.

2) **Factoriser** signifie transformer une somme ou une différence en un produit.
Soient a, b et c trois réels : $\mathbf{c}a + \mathbf{c}b = \mathbf{c}(a+b)$.

Factoriser est l'opération inverse de développer.

5.1.2 Identités remarquables

Nous rappelons ici les trois identités remarquables de degré deux qu'il faut connaître par cœur et qui permettent, suivant le sens de lecture, de développer et de factoriser des expressions ayant une forme particulière.

Proposition (Identités remarquables de degré deux)

Soient a et b deux réels. On a :

$$(a+b)^2 = a^2 + 2ab + b^2.$$

$$(a-b)^2 = a^2 - 2ab + b^2.$$

$$(a+b)(a-b) = a^2 - b^2.$$

5.1.3 Factorisation des trinômes du second degré

Théorème (Trinômes du second degré)

Soient a, b et c trois réels, avec $a \neq 0$ et $\Delta = b^2 - 4ac$.

- Si $\Delta > 0$, l'équation $ax^2 + bx + c = 0$ admet deux solutions $\begin{cases} x_1 = \frac{-b+\sqrt{\Delta}}{2a} \\ x_2 = \frac{-b-\sqrt{\Delta}}{2a} \end{cases}$ et on a la factorisation

$$ax^2 + bx + c = a(x - x_1)(x - x_2).$$

- Si $\Delta = 0$, l'équation $ax^2 + bx + c = 0$ admet une solution $x_0 = -\frac{b}{2a}$ et on a la factorisation

$$ax^2 + bx + c = a(x - x_0)^2.$$

- Si $\Delta < 0$, l'équation $ax^2 + bx + c = 0$ n'admet aucune solution et il n'y a pas de factorisation possible.

5.2 Méthodes

5.2.1 Développer

Méthode

Pour développer :

1) On utilise les propriétés de distributivité de la somme et/ou les identités remarquables de degré deux.
2) On simplifie les calculs, en utilisant si besoin, les propriétés des puissances, des racines, etc.

Remarque

S'il y a un signe moins en facteur, attention à ne pas vous tromper dans les signes en développant et à bien changer l'ensemble des signes des termes en facteur.
Exemple : $-2(x - x^2) = -2 \times x - (-2) \times x^2 = -2x + 2x^2$.

Exemple 5.1
Développer $A = (x^3 + x^2 + x + 1)(x^2 + 2x + 1)$.

On a :

$$\begin{aligned} A &= (x^3 + x^2 + x + 1)(x^2 + 2x + 1) \\ &= x^3 \times x^2 + x^3 \times 2x + x^3 \times 1 + x^2 \times x^2 + x^2 \times 2x + x^2 \times 1 \\ &\quad + x \times x^2 + x \times 2x + x \times 1 + 1 \times x^2 + 1 \times 2x + 1 \times 1 \\ &= x^5 + 2x^4 + x^3 + x^4 + 2x^3 + x^2 + x^3 + 2x^2 + x + x^2 + 2x + 1 \\ &= x^5 + 3x^4 + 4x^3 + 4x^2 + 3x + 1, \end{aligned}$$

en utilisant le fait que $x^3 \times x^2 = x^{3+2} = x^5$, etc.

Exemple 5.2
Développer $B = (x + 3)^2$.

On a $B = x^2 + 2 \times x \times 3 + 3^2 = x^2 + 6x + 9$, en utilisant l'identité remarquable $(a + b)^2 = a^2 + 2ab + b^2$ avec $a = x$ et $b = 3$.

5.2.2 Factoriser lorsqu'un facteur commun est évident

Méthode

Pour factoriser :

- On repère dans l'expression le ou les facteurs communs à tous les termes intervenant dans la somme.
- On met en facteur ce terme ou ces termes communs en les multipliant entre crochet par les termes restant, en respectant les signes + et − intervenant dans l'expression.
- On simplifie ensuite le crochet.

On peut à la fin vérifier le résultat obtenu en développant l'expression initiale (si elle n'est pas déjà développée) et celle finale obtenue et en vérifiant que les deux expressions obtenues sont bien égales.

Exemple 5.3
Factoriser $A = (x - 5)(x + 2) - (2x + 3)(x + 2)$.

On a :

$$\begin{aligned} A &= (x - 5)\boldsymbol{(x + 2)} - (2x + 3)\boldsymbol{(x + 2)} \\ &= \boldsymbol{(x + 2)}[(x - 5) - (2x + 3)] \\ &= (x + 2)[x - 5 - 2x - 3] \\ &= (x + 2)[-x - 8] \\ &= (x + 2)[\boldsymbol{(-1)} \times x + \boldsymbol{(-1)} \times 8] \\ &= (x + 2)\boldsymbol{(-1)}(x + 8) \\ &= -(x + 2)(x + 8). \end{aligned}$$

5.2.3 Factoriser à l'aide des identités remarquables

Méthode

- Lorsqu'on souhaite factoriser une expression, on cherche d'abord à repérer des termes communs dans l'expression à factoriser.
- Si aucun terme en commun n'apparaît, on peut alors regarder si on ne pourrait pas faire apparaître une identité remarquable, comme par exemple celle de la forme $a^2 - b^2$, que l'on pourra ensuite factoriser en $(a-b)(a+b)$, faisant ainsi apparaître de nouveaux facteurs.

Remarque : n'hésitez pas à bien poser les valeurs de a et b au brouillon afin de ne pas vous tromper dans la factorisation.

Exemple 5.4
Factoriser $B = (x^2 - 4x + 1)^2 - (6x^2 - 3x + 1)^2$.

On a :

$$\begin{aligned} B &= (x^2 - 4x + 1)^2 - (6x^2 - 3x + 1)^2 \\ &= \left[(x^2 - 4x + 1) + (6x^2 - 3x + 1)\right]\left[(x^2 - 4x + 1) - (6x^2 - 3x + 1)\right] \\ &= (7x^2 - 7x + 2)(-5x^2 - x) \\ &= -x(5x + 1)(7x^2 - 7x + 2). \end{aligned}$$

On a ici utilisé l'identité remarquable : $a^2 - b^2 = (a+b)(a-b)$, avec $a = x^2 - 4x + 1$ et $b = 6x^2 - 3x + 1$, puis factoriser par $-x$ dans le deuxième terme du produit ligne 3.

5.2.4 Factoriser des trinômes du second degré

Méthode

Lorsqu'on ne voit pas de facteurs communs évidents et que dans l'expression à factoriser interviennent des trinômes du second degré, on cherchera d'abord à les factoriser de manière faire apparaître de nouveaux facteurs et donc potentiellement des facteurs communs.

Exemple 5.5
Factoriser $C = (x - 5)(x + 2) - (x^2 + 4x + 4)(x - 2)$.

Comme on ne voit pas de facteurs communs évidents, on va d'abord chercher à factoriser $x^2 + 4x + 4$.
Le calcul du discriminant montre que ce trinôme admet une unique racine -2.
D'où $x^2 + 4x + 4 = 1 \times (x - (-2))^2 = (x+2)^2$ (cf. Théorème 5.1.3 pour les formules de factorisation des trinômes du second degré).

Remarque :
On aurait pu aussi voir directement que $x^2+4x+4 = x^2+2\times 2\times x+2^2$ *et en déduire que* $x^2+4x+4 = (x+2)^2$*, en utilisant l'identité remarquable* $a^2+2ab+b^2 = (a+b)^2$*, avec* $a = x$ *et* $b = 2$*.*

On peut alors écrire

$$\begin{aligned} C &= (x-5)\boldsymbol{(x+2)} - \boldsymbol{(x+2)}^2(x-2) \\ &= \boldsymbol{(x+2)}[(x-5)-(x+2)(x-2)] \\ &= (x+2)[x-5-(x^2-4)] \\ &= (x+2)[-x^2+x-1]. \end{aligned}$$

Regardons si $-x^2+x-1$ peut encore se factoriser.
Le discriminant de ce trinôme vaut -3 et on ne peut donc pas le factoriser plus.
Ainsi nous avons obtenu la factorisation maximale pour C.

5.2.5 Factoriser par un terme donné

Méthode

Il peut arriver que l'on souhaite factoriser par un terme donné qui n'apparaît pas en tant que facteurs communs de tous les termes d'une somme.
Ce sera par exemple le cas dans certaines situations où vous souhaiterez déterminer la limite d'une fonction.
Dans ce cas, la factorisation consiste à mettre ce terme en facteur devant multiplié entre crochets par les termes de l'expression initiale divisés par ce dernier.

Exemple 5.6
Factoriser x^2-3x+1 par x^2 et simplifier.

On a : $x^2-3x+1 = x^2\left(\dfrac{x^2}{x^2}-\dfrac{3x}{x^2}+\dfrac{1}{x^2}\right) = x^2\left(1-\dfrac{3}{x}+\dfrac{1}{x^2}\right)$.

Exemple 5.7
Factoriser $\dfrac{x^5-2x^3+x}{x^4+1}$ par x^5 au numérateur et x^4 au dénominateur et simplifier.

On a : $\dfrac{x^5-2x^3+x}{x^4+1} = \dfrac{x^5\left(\dfrac{x^5}{x^5}-\dfrac{2x^3}{x^5}+\dfrac{x}{x^5}\right)}{x^4\left(\dfrac{x^4}{x^4}+\dfrac{1}{x^4}\right)} = x\dfrac{\left(1-\dfrac{2}{x^2}+\dfrac{1}{x^4}\right)}{\left(1+\dfrac{1}{x^4}\right)}$.

5.3 Pour s'entraîner

5.3.1 Exercices

Exercice 5.1
Développer les expressions suivantes :

1) $A = (x^2 + 2x + 1)(x + 3)$.
2) $B = (-x + 2)^2$.
3) $C = (3x + 3)^2 - (-6 + x)^2$.
4) $D = (x - 3)^3$.
5) $E = (2 + x)^2 + (2 - x)(2 + x)$.
6) $F = (-x + 1)(-x - 2)$.

Exercice 5.2
Factoriser les expressions suivantes :

1) $A = (3x - 1)(4x + x^2) - x(3x - 1)$.
2) $B = x^2 - 9 + 3(x - 3)$.
3) $C = (2x - 1)^3 - (2x - 1)$.
4) $D = (x^2 - 4)(x - 1) - (x^2 - 3x + 2)(x + 3)$.

5.3.2 Corrigés

Solution 5.1

1) $A = x^3 + 3x^2 + 2x^2 + 6x + x + 3 = x^3 + 5x^2 + 7x + 3$.
2) $B = (-x)^2 + 2 \times (-x) \times 2 + 2^2 = x^2 - 4x + 4$.

   Remarque :
   Nous avons utilisé ici l'identité remarquable $(a+b)^2 = a^2 + 2ab + b^2$ avec $a = -x$ et $b = 2$ et utiliser le fait que $(-x)^2 = ((-1)x)^2 = (-1)^2x^2 = 1 \times x^2 = x^2$.
   Attention cette façon de procéder induit souvent des erreurs de signe à cause du signe moins devant x.
   Ici il vaut mieux procéder en remarquant que $(-x + 2)^2 = (2 - x)^2$ et en utilisant l'identité remarquable $(a - b)^2 = a^2 - 2ab + b^2$ avec $a = 2$ et $b = x$.
   Ainsi a et b ne font pas intervenir de signe $-$ susceptibles de causer des erreurs de signe.

3) On a $(3x + 3)^2 = (3x)^2 + 2 \times 3x \times 2 + 3^2 = 9x^2 + 18x + 9$
   et $(-6 + x)^2 = (x - 6)^2 = x^2 - 2 \times x \times 6 + 6^2 = x^2 - 12x + 36$,
   en utilisant à deux reprises des identités remarquables de degré deux pour développer).
   D'où :
   $$\begin{aligned} C &= (9x^2 + 18x + 9) - (x^2 - 12x + 36) \\ &= 9x^2 + 18x + 9 - x^2 + 12x - 36 \\ &= 8x^2 + 30x - 27 \end{aligned}.$$

Remarque :
Attention à bien changer tous les signes à l'intérieur de la parenthèse $(x^2 - 12x + 36)$ *lorsque vous distribuez* -1 *dans* $-(x^2 - 12x + 36)$.

4) $D = (x-3)^3 = (x-3)^2(x-3) = (x^2 - 6x + 9)(x-3) = x^3 - 3x^2 - 6x^2 + 18x + 9x - 27 = x^3 - 9x^2 + 27x - 27$.

5) On a $(2+x)^2 = 2^2 + 2 \times 2 \times x + x^2 = 4 + 4x + x^2$
et $(2-x)(2+x) = 2^2 - x^2 = 4 - x^2$, en utilisant deux identités remarquables.
D'où, $E = (2+x)^2 + (2-x)(2+x) = (4 + 4x + x^2) + (4 - x^2) = 8 + 4x$.

6) $F = (-x+1)(-x-2) = (-x) \times (-x) + (-x) \times (-2) + 1 \times (-x) + 1 \times (-2) = x^2 + 2x - x - 2 = x^2 + x - 2$.
Remarque :
Il aurait été plus simple ici de remarquer que $(-x+1) = -(x-1)$ *et que* $(-x-2) = -(x+2)$ *et de développer ainsi* $-(x-1) \times (-(x+2)) = (x-1)(x+2)$, *toujours dans l'optique d'avoir le moins de signe moins dans l'expression.*

Solution 5.2

1) On a :
$$\begin{aligned} A &= \boldsymbol{(3x-1)}(4x+x^2) - x\boldsymbol{(3x-1)} \\ &= \boldsymbol{(3x-1)}\left[(4x+x^2) - (x)\right] \\ &= (3x-1)(\boldsymbol{x^2} + \boldsymbol{3x}) \\ &= (3x-1)\boldsymbol{x}(x+3). \end{aligned}$$

2) En repérant l'identité remarquable $x^2 - 9 = x^2 - 3^2 = (x-3)(x+3)$, il vient :
$$\begin{aligned} B &= x^2 - 9 + 3(x-3) \\ &= \boldsymbol{(x-3)}(x+3) + 3\boldsymbol{(x-3)} \\ &= \boldsymbol{(x-3)}((x+3)+3) \\ &= (x-3)(x+6). \end{aligned}$$

3) On a :
$$\begin{aligned} C &= (2x-1)^3 - (2x-1) \\ &= \boldsymbol{(2x-1)}(2x-1)^2 - \boldsymbol{(2x-1)} \times 1 \\ &= \boldsymbol{(2x-1)}\left[(2x-1)^2 - 1\right] \\ &= (2x-1)(4x^2 - 4x + 1 - 1) \\ &= (2x-1)(4\boldsymbol{x^2} - 4\boldsymbol{x}) \\ &= (2x-1)4\boldsymbol{x}(x-1). \end{aligned}$$

4) Ici il n'y a pas de facteurs communs évidents.
D'où, nous allons d'abord factoriser les trinômes du second degré qui interviennent dans les expressions.
D'une part, $x^2 - 4 = (x-2)(x+2)$ en repérant une identité remarquable.
D'autre part, en calculant son discriminant, on trouve que $x^2 - 3x + 2$ admet deux racines 1 et 2.
D'où, $x^2 - 3x + 2 = 1 \times (x-1)(x-2) = (x-1)(x-2)$.
Ainsi :

$$
\begin{aligned}
D &= (x^2-4)(x-1)-(x^2-3x+2)(x+3)\\
&= \boldsymbol{(x-2)}(x+2)\boldsymbol{(x-1)}-\boldsymbol{(x-1)(x-2)}(x+3)\\
&= \boldsymbol{(x-2)(x-1)}\left[(x+2)-(x+3)\right]\\
&= (x-2)(x-1)(-1)\\
&= -(x-2)(x-1).
\end{aligned}
$$

Chapitre 6

Égalités, inégalités et encadrement

Ce chapitre est consacré au rappel des opérations que l'on peut effectuer sur des égalités et des inégalités. Ceux sont des résultats élémentaires et fondamentaux que vous avez abordés au cours de votre scolarité au lycée et manipulés de façon assez naturelle. Ces points sont à maîtriser parfaitement, car nécessaires pour la résolution d'équations et d'inéquations, ainsi que pour procéder à l'encadrement de réels à partir d'une inégalité donnée.

Sommaire

6.1 Rappel de cours

6.1.1 Égalités

Proposition (Règles de calcul sur les égalités)

Soient a, b, c et d quatre réels.

- $a = b \Leftrightarrow a + c = b + c$.
- $a = b \Leftrightarrow a - c = b - c$.
- $a = b \Leftrightarrow a * c = b * c$, si de plus $c \neq 0$e .
- Si de plus, $c \neq 0$ alors $a = b \Leftrightarrow \frac{a}{c} = \frac{b}{c}$.
- Si de plus, $b \neq 0$ et $d \neq 0$ alors $\frac{a}{b} = \frac{c}{d} \Leftrightarrow ad = bc$.

Exemple 6.1
Soit $x \in \mathbb{R}$.

- $x + 1 = 2 \Leftrightarrow x + 1 \mathbf{-1} = 2 \mathbf{-1} \Leftrightarrow x = 1$.
- $-2x = 6 \Leftrightarrow x = -\frac{6}{2} = -3$.
- $\frac{x}{2} = \frac{3}{2} \Leftrightarrow x = 3$.
- $\frac{x}{2} = \frac{2x}{3} \Leftrightarrow 3x = 2 \times 2x \Leftrightarrow 3x = 4x \Leftrightarrow -x = 0 \Leftrightarrow x = 0$.

6.1.2 Inégalités

Proposition (Règles de calcul sur les inégalités)

Soient a, b, c trois réels.

- Si $a \leq b$ et $b \leq c$ alors $a \leq c$.
- Si $a \leq b$ alors $a + c \leq b + c$ et $a - c \leq b - c$.
- Si $a \leq b$ et $c \geq 0$ alors $ac \leq bc$ et $\frac{a}{c} \leq \frac{b}{c}$ (si de plus $c \neq 0$).
- Si $a \leq b$ et $c \leq 0$ alors $ac \geq bc$ et $\frac{a}{c} \geq \frac{b}{c}$ (si de plus $c \neq 0$).

Remarque

On ne change pas le sens de l'inégalité lorsqu'on ajoute, soustrait ou multiplie par un réel **positif** les deux membres d'une inégalité. Par contre, **il faut bien penser à changer le sens de l'inégalité lorsqu'on multiplie par un réel négatif ou divise par un réel strictement négatif.**

Exemple 6.2
Soit $x \in \mathbb{R}$.

- $x+1>2 \Leftrightarrow x+1-1>2-1 \Leftrightarrow x>1$.
- $-2x<6 \Leftrightarrow x>-\frac{6}{2}=-3$
(on change le sens des inégalités car on divise par $-2<0$).
- $3x+1<7 \Leftrightarrow 3x<7-1 \Leftrightarrow 3x<6 \Leftrightarrow x<\frac{6}{3} \Leftrightarrow x<2$
(on ne change pas le sens des inégalités car on divise par $3>0$).

Afin d'aller un peu plus loin, je vous présente ici le passage à l'inverse dans les inégalités.

Proposition (Passage à l'inverse)

Soient a et b deux réels.

- Si $0<a \leq b$ alors $\frac{1}{a} \geq \frac{1}{b}$.
- Si $a \leq b<0$ alors $\frac{1}{a} \geq \frac{1}{b}$.

Remarques

- A noter que l'**on change le sens des inégalités lorsque l'on passe à l'inverse**, mais attention cela n'est vrai que si au départ on a deux **quantités non nulles de même signe**. Cela est du au fait que la fonction inverse $x \mapsto \frac{1}{x}$ est strictement décroissante sur $\mathbb{R}_+^*$ et sur $\mathbb{R}_-^*$, comme nous le verrons dans le chapitre 8.

- Par contre, **le passage à l'inverse ne change pas le signe des quantités** en jeu (en effet, 1 étant positif, le signe de $\dfrac{1}{x}$ dépend uniquement de celui de x). C'est pourquoi il est facile de comparer l'inverse de deux réels qui ne sont pas de même signe.
Ainsi si $a > 0$ et $b < 0$ alors $\dfrac{1}{a} > 0$ et $\dfrac{1}{b} < 0$, d'où $\dfrac{1}{b} < \dfrac{1}{a}$.

Exemple 6.3

- On a $0 < 2 < 3$ mais $\dfrac{1}{2} > \dfrac{1}{3}$.
- On a $-4 < -2 < 0$ mais $-\dfrac{1}{4} > -\dfrac{1}{2}$.

6.2 Méthodes

6.2.1 Comparaison de réels

Méthode

Pour comparer deux réels a et b, on étudie le signe de leur différence (sauf si la comparaison est évidente bien sûr).
En effet, si $a - b < 0$ alors cela signifie que $a < b$ et si $a - b > 0$ alors on peut en déduire que $a > b$.

Exemple 6.4
Comparer $\dfrac{7}{6}$ et $\dfrac{5}{4}$.

Comme les deux fractions n'ont pas le même dénominateur, il est difficile de dire qui est plus grand que qui sans calculs.
Pour le savoir, on étudie le signe de la différence des deux fractions en les mettant au même dénominateur (cf. chapitre 2).

On a $\dfrac{7}{6}=\dfrac{7\times 4}{6\times 4}=\dfrac{28}{24}$ et $\dfrac{5}{4}=\dfrac{5\times 6}{4\times 6}=\dfrac{30}{24}$.

D'où, $\dfrac{7}{6}-\dfrac{5}{4}=\dfrac{28}{24}-\dfrac{30}{24}=\dfrac{28-30}{24}=-\dfrac{2}{24}<0$.

D'où, $\dfrac{7}{6}-\dfrac{5}{4}<0$ et donc $\dfrac{7}{6}<\dfrac{5}{4}$.

Exemple 6.5
Soit $n\geq 1$.
Comparer $2n^2-3n+1$ avec n^2-2n+1.

Il n'est pas évident à première vue de savoir quelle quantité est plus grande que l'autre.
De ce fait, nous allons étudier le signe de la différence.
On a $(2n^2-3n+1)-(n^2-2n+1)=2n^2-3n+1-n^2+2n-1=n^2-n=n(n-1)\geq 0$, car $n\geq 1$ donc $n>0$ et $n-1\geq 0$.
D'où $(2n^2-3n+1)-(n^2-2n+1)\geq 0$ et donc $2n^2-3n+1\geq n^2-2n+1$.

6.2.2 Encadrement de réels par opérations élémentaires

Méthode

On utilise les propriétés présentées dans la section 6.1.
On retiendra surtout les points suivants :

- On ne change pas le sens de l'inégalité lorsqu'on ajoute, soustrait ou multiplie par un réel **positif** les deux membres d'une inégalité.
- Par contre, **il faut bien penser à changer le sens de l'inégalité lorsqu'on multiplie ou divise par un réel négatif.**
- Concernant le passage à l'inverse, **on peut passer à l'inverse dans une inégalité à condition que les réels soient non nuls et de même signe** : il faut alors juste changer le sens de l'inégalité.

Exemple 6.6
Sachant que $2\leq x\leq 3$, déterminer un encadrement des nombres suivant :

1) $7x+3$.
2) $-x+1$.
3) $\dfrac{1}{7x+3}$.

Solution :

1) On a :

$$\begin{array}{lll} & 2\leq x\leq 3 & \\ \text{donc} & 14\leq 7x\leq 21 & \textit{en multipliant par } 7>0, \\ & & \textit{donc on ne change pas le sens des inégalités,} \\ \text{donc} & 17\leq 7x+3\leq 24. & \end{array}$$

2) On a :

$$2 \leq x \leq 3$$

donc $-2 \geq -x \geq -3$ *en multipliant par* $-1 < 0$, *donc on change le sens des inégalités,*

donc $-3 \leq -x \leq -2$ *en remettant dans l'ordre croissant,*

donc $-2 \leq -x + 1 \leq -1$ *en ajoutant* 1.

3) On a :

$$17 \leq 7x + 3 \leq 24$$

donc $\dfrac{1}{17} \geq \dfrac{1}{7x+3} \geq \dfrac{1}{24}$ *en prenant l'inverse, donc on change le sens des inégalités.*

Remarque

Pensez à vérifier la cohérence de vos encadrements.
Ainsi, si vous trouvez un encadrement du type $2 \leq x \leq 1$ c'est qu'il y a un problème quelque part, car $2 \leq 1$ est faux.

6.2.3 Encadrement de réels grâce aux variations de la fonction

Méthode

La méthode précédente permet d'encadrer une quantité de la forme $ax + b$ ou $\dfrac{1}{ax+b}$ à partir d'une inégalités du type $c \leq x \leq d$, grâce aux opérations élémentaires sur les inégalités.
Mais comment faire si l'on a une expression plus complexe du type $f(x)$ où f n'est ni une fonction du type $f : x \mapsto ax + b$, ni une fonction du type $f : x \mapsto \dfrac{1}{ax+b}$?
Dans ce cas, on utilise les variations de la fonction f, soit directement, soit en la dérivant pour trouver un encadrement de $f(x)$ pour x appartenant à un intervalle donné.
Nous renvoyons le lecteur au chapitre 9 pour le détail de la méthode.

6.3 Pour s'entraîner

6.3.1 Exercices

Exercice 6.1
Comparer les réels suivants :

1) $\frac{7}{8}$ et $\frac{8}{9}$.
2) $\frac{x}{y}$ et $\frac{x+1}{y+1}$, où x et y sont deux réels tels que $0 < x < y$.
3) $2n$ et $n+1$, où $n \geq 1$.
4) $2(n+1)^2$ et $(n+2)^2$, où $n \geq 2$.
5) $\frac{2n+5}{n+2}$ et $\frac{2n+3}{n+1}$, où $n \in \mathbb{N}$.
6) $\frac{(n+1)}{(n+1)^2+n+2}$ et $\frac{n}{n^2+n+1}$, où $n \in \mathbb{N}$.
7) $\frac{2^{n+1}}{(n+1)^2}$ et $\frac{2^n}{n^2}$, où $n \geq 3$.

Exercice 6.2
Sachant que $2 \leq x \leq 3$, déterminer un encadrement des nombres suivant :
1) $5x+3$ 2) $-2x+1$ 3) $\frac{1}{x-1}$.

6.3.2 Corrigés

Solution 6.1

1) On a $\frac{7}{8} = \frac{7 \times 9}{8 \times 9} = \frac{63}{72}$ et $\frac{8}{9} = \frac{8 \times 8}{9 \times 8} = \frac{64}{72}$.
D'où, $\frac{7}{8} - \frac{8}{9} = \frac{63}{72} - \frac{64}{72} = \frac{63-64}{72} = -\frac{1}{72} < 0$.
D'où, $\frac{7}{8} - \frac{8}{9} < 0$ et donc $\frac{7}{8} < \frac{8}{9}$.
2) Soient x et y deux réels tels que $0 < x < y$.
On a $\frac{x}{y} - \frac{x+1}{y+1} = \frac{x(y+1)-y(x+1)}{y(y+1)} = \frac{xy+x-yx-y}{y(y+1)} = \frac{x-y}{y(y+1)} < 0$,
car $0 < x < y$ donc $x-y<0$ et $y>0$ et $y+1>0$.
Donc $\frac{x}{y} - \frac{x+1}{y+1} < 0$ et donc $\frac{x}{y} < \frac{x+1}{y+1}$.
Remarque : la question 1) est un cas particulier de cette question avec $x=7$ et $y=8$.

3) Soit $n \geq 1$.
On a $2n - (n+1) = 2n - n - 1 = n - 1 \geq 0$, car $n \geq 1$.
D'où, $2n \geq n + 1$.

4) Soit $n \geq 2$.
On a $2(n+1)^2 - (n+2)^2 = 2(n^2 + 2n + 1) - (n^2 + 4n + 4) = n^2 - 2$.

Or, $n \geq 2$, d'où $n^2 \geq 4$ et donc $n^2 - 2 \geq 0$.

D'où, $2(n+1)^2 - (n+2)^2 \geq 0$.

Et donc $2(n+1)^2 \geq (n+2)^2$.

5) Soit $n \in \mathbb{N}$, on a :

$$\begin{aligned}
\frac{2n+5}{n+2} - \frac{2n+3}{n+1} &= \frac{(2n+5)(n+1) - (2n+3)(n+2)}{(n+2)(n+1)} \\
&= \frac{(2n^2 + 2n + 5n + 5) - (2n^2 + 4n + 3n + 6)}{(n+2)(n+1)} \\
&= \frac{-1}{(n+2)(n+1)} \leq 0.
\end{aligned}$$

Et donc $\dfrac{2n+5}{n+2} \leq \dfrac{2n+3}{n+1}$.

6) Soit $n \in \mathbb{N}$, on a :

$$\begin{aligned}
\frac{(n+1)}{(n+1)^2 + n + 2} - \frac{n}{n^2 + n + 1} &= \frac{(n+1)}{(n+1)^2 + n + 2} - \frac{n}{n^2 + n + 1} \\
&= \frac{(n+1)}{n^2 + 3n + 3} - \frac{n}{n^2 + n + 1} \\
&= \frac{(n+1)(n^2 + n + 1) - n(n^2 + 3n + 3)}{(n^2 + 3n + 3)(n^2 + n + 1)} \\
&= \frac{(n^3 + 2n^2 + 2n + 1) - (n^3 + 3n^2 + 3n)}{(n^2 + 3n + 3)(n^2 + n + 1)} \\
&= \frac{-n^2 - n + 1}{(n^2 + 3n + 3)(n^2 + n + 1)},
\end{aligned}$$

du signe de $-n^2 - n + 1$, car $n \geq 0$, donc $n^2 + 3n + 3 > 0$ et $n^2 + n + 1 > 0$.
Or le trinôme $-x^2 - x + 1$ a pour discriminant $\Delta = 5 > 0$, et donc admet deux racines qui sont $x_1 = \dfrac{1+\sqrt{5}}{-2} = -\dfrac{1+\sqrt{5}}{2}$ et $x_2 = \dfrac{1-\sqrt{5}}{-2} = \dfrac{\sqrt{5}-1}{2}$.

Ainsi, $-x^2 - x - 1 \geq 0 \Leftrightarrow x \in \left[-\dfrac{1+\sqrt{5}}{2}; \dfrac{\sqrt{5}-1}{2}\right]$

et $-x^2 - x - 1 \leq 0 \Leftrightarrow x \in \left]-\infty; -\frac{1+\sqrt{5}}{2}\right] \cup \left[\frac{\sqrt{5}-1}{2}; +\infty\right[$.

Or, $1 \leq 5 \leq 4$, donc $1 \leq \sqrt{5} \leq 2$ (par croissance de la fonction racine carrée sur $\mathbb{R}^+$.

D'où, $0 \leq \frac{\sqrt{5}-1}{2} \leq \frac{1}{2}$.

Ainsi , pour tout $x \geq 1$, $-x^2 - x + 1 \leq 0$.

Et donc, en particulier, pour tout $n \geq 1$, $-n^2 - n + 1 \leq 0$.

Ainsi, pour tout $n \geq 1$, $\frac{(n+1)}{(n+1)^2+n+2} - \frac{n}{n^2+n+1} \leq 0$.

D'où, on en conclut que pour tout $n \geq 1$, $\frac{(n+1)}{(n+1)^2+n+2} \leq \frac{n}{n^2+n+1}$.

Par contre, pour $n = 0$, on a $\frac{(n+1)}{(n+1)^2+n+2} - \frac{n}{n^2+n+1} = \frac{1}{4} - 0 = \frac{1}{3} \geq 0$.

D'où, pour $n = 0$, $\frac{(n+1)}{(n+1)^2+n+2} \geq \frac{n}{n^2+n+1}$.

7) Soit $n \geq 3$.

$$
\begin{aligned}
\frac{2^{n+1}}{(n+1)^2} - \frac{2^n}{n^2} &= \frac{2^{n+1}n^2}{(n+1)^2n^2} - \frac{2^n(n+1)^2}{n^2(n+1)^2} \\
&= \frac{2^{n+1}n^2 - 2^n(n+1)^2}{n^2(n+1)^2} \\
&= \frac{2^n 2n^2 - 2^n(n+1)^2}{n^2(n+1)^2} \\
&= \frac{2^n\left[2n^2 - (n+1)^2\right]}{n^2(n+1)^2} \\
&= \frac{2^n\left[2n^2 - (n^2+2n+1)\right]}{n^2(n+1)^2} \\
&= \frac{2^n\left[n^2 - 2n - 1)\right]}{n^2(n+1)^2},
\end{aligned}
$$

du signe de $n^2 - 2n - 1$ car $n \geq 3$, donc $2^n \geq 0$ et $n^2(n+1)^2 \geq 0$.

Or, le trinôme $x^2 - 2x - 1$ a pour discriminant $\Delta = 8 > 0$ et admet donc deux racines :

$x_1 = \frac{2-\sqrt{8}}{2} = \frac{2-2\sqrt{2}}{2} = 1 - \sqrt{2}$ et $x_2 = \frac{2+\sqrt{8}}{2} = 1 + \sqrt{2}$.

D'où le tableau de signe suivant :

x	$-\infty$		$1-\sqrt{2}$		$1+\sqrt{2}$		$+\infty$
x^2-2x-1		$+$	0	$-$	0	$+$	

Or $1 \leq 2 \leq 4$, donc $1 \leq \sqrt{2} \leq 2$, donc $1+\sqrt{2} \leq 3$.
D'où, pour tout $x \geq 3$, $x^2 - 2x - 1 \geq 0$.
En particulier, pour tout $n \geq 3$, $n^2 - 2n - 1 \geq 0$.
D'où, pour tout $n \geq 3$, $\dfrac{2^n\left[n^2 - 2n - 1)\right]}{n^2(n+1)^2} \geq 0$ et donc $\dfrac{2^{n+1}}{(n+1)^2} - \dfrac{2^n}{n^2} \geq 0$.
En conclusion, pour tout $n \geq 3$, $\dfrac{2^{n+1}}{(n+1)^2} \geq \dfrac{2^n}{n^2}$.

Solution 6.2

1) Soit $2 \leq x \leq 3$.
On a :

	$2 \leq x \leq 3$	
donc	$10 \leq 5x \leq 15$	*en multipliant par 5 qui est positif*
donc	$13 \leq 5x+3 \leq 18$	*en ajoutant 3.*

Ainsi, $13 \leq 5x+3 \leq 18$.

2) Soit $2 \leq x \leq 3$.
On a :

	$2 \leq x \leq 3$	
donc	$-4 \geq -2x \geq -6$	*en multipliant par -1 qui est négatif, il faut donc changer le sens de l'inégalité*
donc	$-6 \leq -2x \leq -4$	*en remettant dans l'ordre croissant*
donc	$-5 \leq -2x+1 \leq -3$	*en ajoutant 1.*

Ainsi, $-5 \leq -2x+1 \leq -3$.

3) Soit $2 \leq x \leq 3$.
On a :

	$2 \leq x \leq 3$	
donc	$1 \leq x-1 \leq 2$	*en ajoutant -1,*
donc	$\dfrac{1}{1} \geq \dfrac{1}{x-1} \geq \dfrac{1}{2}$	*en passant par l'inverse (tout est positif strictement), donc on change le sens des inégalités*
donc	$\dfrac{1}{2} \leq \dfrac{1}{x-1} \leq 1$.	

Ainsi, $\dfrac{1}{2} \leq \dfrac{1}{x-1} \leq 1$.

Chapitre 7

Résoudre des équations et inéquations

Ce chapitre commence par rappeler la résolution d'(in)équations de degré un ou deux, puis présente la méthode globale à appliquer lorsque l'on a une (in)équation plus générale à résoudre. Avant d'entamer ce chapitre, j'invite le lecteur à bien travailler le Chapitre 4 sur la résolution des équations et inéquations de degrés deux, ainsi que le Chapitre 5 sur la factorisation et le Chapitre 1, car les points abordés dans ces chapitres seront nécessaires pour mener à bien les résolutions d'(in)équations de manière générale. La résolution des (in)équations est au cœur du Chapitre 9 portant sur l'étude de fonctions, car leur résolution intervient notamment dans la recherche du domaine de définition d'une fonction et dans l'étude du signe de sa dérivée (afin d'en étudier ses variations).

Sommaire

7.1 Rappel de cours

7.1.1 Équations et inéquations de degré un

Théorème (Équation du premier degré)

Soient a et b deux réels, avec $a \neq 0$.
L'équation $ax + b = 0$ admet une unique solution qui vaut $-\dfrac{b}{a}$.

Exemple 7.1
Résoudre dans $\mathbb{R}$ l'équation $3x + 1 = 0$.

Soit $x \in \mathbb{R}$.
$3x + 1 = 0 \Leftrightarrow 3x = -1 \Leftrightarrow x = -\dfrac{1}{3}$.
D'où, $S = \left\{-\dfrac{1}{3}\right\}$.

Proposition (Inéquations du premier degré)

Soient a et b deux réels tels que $a \neq 0$.
Soit $x \in \mathbb{R}$. Le nombre réel $ax + b$ est du signe de a lorsque $x \geq -\frac{b}{a}$ et de $-a$ lorsque $x \leq -\frac{b}{a}$.
Ce qui se traduit par le tableau de signe suivant :

x	$-\infty$		$-b/a$		$+\infty$
$ax + b$		signe de $-a$	0	signe de a	

Exemple 7.2
Résoudre dans $\mathbb{R}$ l'inéquation : $-3x + 1 \leq 0$.

Soit $x \in \mathbb{R}$,
$-3x + 1 \leq 0 \Leftrightarrow -3x \leq -1 \Leftrightarrow x \geq \dfrac{-1}{-3} \Leftrightarrow x \geq \dfrac{1}{3}$.
Attention à bien changer le sens des inégalités lorsque vous divisez par un terme négatif.

D'où, $S = \left[\dfrac{1}{3}; +\infty\right[$.

On pouvait aussi résoudre cette inéquation, en passant directement par le tableau de signe de $-3x+1$.

x	$-\infty$		$1/3$		$+\infty$
$-3x+1$		$+$	0	$-$	

Attention, ici le signe - est bien situé à droite, car le coefficient devant x est négatif (puisque égal à -3).

7.1.2 Équations et inéquations de degré deux

Cf. Chapitre 4.

7.1.3 Cas général

Ci-dessous est présentée la méthode générale à appliquer lorsque l'on souhaite résoudre une (in)équation, à relire après avoir travaillé les méthodes générales présentées ci-après.

1) **Recherche du domaine de définition**
Même si ce n'est pas explicitement demandé dans l'énoncé, il faut toujours commencer par donner le domaine de résolution de l'(in)équation, c'est-à-dire l'ensemble des nombres réels pour lesquels les quantités présentent dans l'(in)équation sont bien définies. Cette recherche est particulièrement importante en présence d'(in)équations comportant des quotients, de racines carrées et de logarithmes, pour lesquels le domaine de définition ne sera pas nécessairement tout $\mathbb{R}$.

2) **Mise en forme de l'(in)équation**
   - Regrouper tous les termes dans un même membre de manière à obtenir une expression de la forme $A(x) = 0,\ (\geq, \leq, <, >)$.
   - S'il y a des fractions qui interviennent dans l'expression de $A(x)$, mettre tout sous forme d'une fraction unique en réduisant au même dénominateur.
   - Factoriser au maximum au numérateur et au dénominateur (s'il y en a un), de manière à faire apparaître des facteurs de degré un (de la forme $ax+b$) ou deux (de la forme ax^2+bx+c).

3) **Résolution**
   - **Pour une équation :** on utilise le fait qu'un produit de facteurs est nul si et seulement si un des facteurs est nul.
   - **Pour les inéquations :** on étudie le signe de chacun des facteurs et on fait un **tableau de signe**.

   D'où l'intérêt de la factorisation en facteurs de degré un ou deux, car on sait parfaitement résoudre des équations ou inéquations de degré un ou deux.

4) **Vérification**
Une fois la résolution effectuée, il faut conserver uniquement les solutions qui appartiennent à l'ensemble de définition de l'(in)équation.
À la fin pensez toujours à vérifier vos résultats !

Remarque

On **raisonne toujours par équivalence pour résoudre des (in)équations** (à condition bien sûr que ce soit possible, c'est-à-dire que les équivalents soient justes).
Autrement, si vous raisonnez juste par implication, alors il est impératif à la fin de votre résolution de vérifier vos potentielles solutions.
Dans ce cas, la vérification n'est pas accessoire ou juste un moyen de vérifier que l'on ne s'est pas trompé, elle est fondamentale car vous pourriez à la fin obtenir des valeurs pour votre inconnue qui ne soient en fait pas des solutions.

7.2 Méthodes

7.2.1 Méthode générale pour résoudre une équation

Méthode

1) On donne l'ensemble de définition de l'équation, noté $D_{(E)}$.
2) On regroupe tous les termes dans un même membre pour obtenir une équation de la forme $A(x) = 0$.
3) On cherche à factoriser au maximum l'expression $A(x)$ par des facteurs de degré un ou deux.
4) Si aucune factorisation n'est possible, on développe (mais vraiment en dernier recours), pour voir s'il n'y aurait pas des simplifications qui permettraient de se ramener à des équations de degré un ou deux.
5) On utilise le fait qu'un produit est nul si et seulement si un de ses facteurs est nul.
6) On résout indépendamment chacune des équations de degré un ou deux.
7) On donne l'ensemble des solutions, en ne gardant que les solutions qui appartiennent à l'ensemble de définition de l'équation.
8) On vérifie l'ensemble des solutions.

Exemple 7.3
Résoudre l'équation (E) : $3(x+1)(x+3) = (x+3)^2$.

1) Ensemble de définition de (E)
$D_{(E)} = \mathbb{R}$.
2) Résolution
Soit $x \in D_{(E)}$,

$$\begin{aligned} & 3(x+1)(x+3) = (x+3)^2 \\ \Leftrightarrow\ & 3(x+1)\boldsymbol{(x+3)} - \boldsymbol{(x+3)}^2 = 0 \\ \Leftrightarrow\ & \boldsymbol{(x+3)}\,[3(x+1) - (x+3)] = 0 \\ \Leftrightarrow\ & (x+3)(2x) = 0 \\ \Leftrightarrow\ & x+3 = 0 \ \text{ ou } \ 2x = 0 \\ \Leftrightarrow\ & x = -3 \ \text{ ou } \ x = 0. \end{aligned}$$

3) Conclusion
$S = \{0; 3\}$.
4) Vérification
$3(0+1)(0+3) = 9$ et $(0+3)^2 = 9$, donc 0 est bien solution de l'équation (E).
De même, on vérifie que 3 est bien solution.

Erreurs à éviter

1) Attention, dans l'exemple précédent, vous pourriez être tenté de diviser par $(x+3)$ les deux membres de l'équation (E) et écrire :

$$\begin{aligned} & 3(x+1)(x+3) = (x+3)^2 \\ \Leftrightarrow\ & 3(x+1) = x+3 \\ \Leftrightarrow\ & 2x = 0 \end{aligned}$$

Ceci est faux !
En effet, $x \in D_{(E)} = \mathbb{R}$.
D'où, x peut très bien valoir -3, auquel cas $x+3$ serait égal à 0.
Or, **la division par 0 est strictement interdite.**
De ce fait, d'une part vous écrivez une grosse bêtise et, d'autre part, vous oubliez des solutions possibles, car -3 est bien solution.
Lorsque vous avez envie de faire une telle division, dites vous que c'est parce que ce terme est en facteur de tous les termes intervenant dans l'équation.
Vous pouvez donc le factoriser, et c'est ce qu'il faut faire pour éviter d'écrire des bêtises et oublier des solutions.

2) Si vous aviez eu $(x+3)(2x) = 1$ ne surtout pas écrire que cela équivaut à $x+3 = 1$ ou $2x = 1$.
Cela ne fonctionne qu'avec 0.

Remarques

- Parfois la factorisation de $A(x)$ n'est pas évidente.
  Si elle ne l'est pas, pensez à factoriser les trinômes du second degré qui pourraient apparaître dans l'expression (soit en faisant apparaître des identités remarquables, soit en calculant les racines et en utilisant la technique de factorisation vue dans le Chapitre 4).
  Par exemple :
  - ⋆ $(x+1)(x+5)-(x+3)(x^2+3x+2) = \mathbf{(x+1)}(x+5)-(x+3)\mathbf{(x+1)}(x+2)$,
    car $x^2+3x+2=(x+1)(x+2)$, en factorisant le trinôme via le calcul de ses racines.
  - ⋆ $x^2-16-(x-4)(x+5)^2 = \mathbf{(x-4)}(x+4)-(x-4)(x+5)^2$,
    car $x^2-16=(x-4)(x+4)$ en reconnaissant une identité remarquable.
- En dernier recours, on développe et on voit si on peut simplifier et se ramener à un des cas précédents.

7.2.2 Résolution d'une équation avec des quotients

Méthode

1) Dans le cas de ce type d'équation, il est impératif de donner d'abord l'ensemble de définition de l'équation, qui dans la plupart des cas n'est pas tout $\mathbb{R}$ à cause des dénominateurs qui ne doivent pas s'annuler pour que l'équation soit bien définie.
   De ce fait, on repère d'abord le dénominateur des fractions intervenant dans l'équation et on cherche quand est ce qu'ils pourraient être égaux à 0. Ces valeurs sont des valeurs interdites.
2) On regroupe ensuite l'ensemble des termes dans le membre de gauche. Puis on réduit le membre de gauche au même dénominateur, de manière à obtenir une fraction unique.
3) On utilise le fait qu'une fraction est nulle si et seulement si son numérateur est égal à 0. On est ainsi ramené à résoudre une équation classique sans quotient.
4) On peut alors appliquer la méthode présentée à la Section 7.2.1.
5) Il est important de vérifier à la fin si les solutions appartiennent au domaine de définition de l'équation (car celui-ci n'est généralement pas tout $\mathbb{R}$) et le cas échéant, de retirer ces valeurs de l'ensemble des solutions globales.

Exemple 7.4

Résoudre l'équation (E) : $\dfrac{x}{x+2} + \dfrac{2}{x} = -3$.

1) Ensemble de définition de (E)

Pour que l'équation soit bien définie, il faut que $x + 2 \neq 0$ et que $x \neq 0$ (afin que l'on ne divise pas par 0), c'est-à-dire $x \neq -2$ et $x \neq 0$.
D'où, $D_{(E)} = \mathbb{R} \setminus \{-2, 0\}$.

2) Résolution de l'équation

Soit $x \in D_{(E)}$.

$$\frac{x}{x+2} + \frac{2}{x} = -3$$

$$\Leftrightarrow \quad \frac{x}{x+2} + \frac{2}{x} + 3 = 0$$

$$\Leftrightarrow \quad \frac{x^2}{x(x+2)} + \frac{2(x+2)}{x(x+2)} + \frac{3x(x+2)}{x(x+2)} = 0$$

$$\Leftrightarrow \quad \frac{x^2 + 2(x+2) + 3x(x+2)}{x(x+2)} = 0$$

$$\Leftrightarrow \quad \frac{4x^2 + 8x + 4}{x(x+2)} = 0$$

car une fraction est nulle si et seulement si son numérateur est nul

$\Leftrightarrow \quad 4x^2 + 8x + 4 = 0$

à noter qu'on est ainsi ramené à résoudre une équation sans fractions

$\Leftrightarrow \quad 4(x^2 + 2x + 1) = 0$

$\Leftrightarrow \quad x^2 + 2x + 1 = 0$

$\Leftrightarrow \quad (x+1)^2 = 0$

en reconnaissant une identité remarquable
ou sinon on passe par le calcul du discriminant

$\Leftrightarrow \quad x + 1 = 0$

$\Leftrightarrow \quad x = -1.$

3) Conclusion

On a $-1 \in D_{(E)}$.
D'où, $S = \{-1\}$.

4) Vérification

$$\frac{-1}{-1+2} + \frac{2}{-1} = -3.$$

7.2.3 Méthode générale pour résoudre une inéquation

Méthode

1) On donne l'ensemble de définition de l'inéquation, noté $D_{(I)}$.
2) On regroupe tout dans un même membre pour obtenir une inéquation de la forme $A(x) \geq 0$ (ou $\leq, <, >$).
3) On cherche à factoriser au maximum l'expression $A(x)$ par des facteurs de degré un ou deux.
4) On en déduit le signe de $A(x)$ en étudiant séparément le signe de chacun des facteurs de degré un ou deux intervenant dans $A(x)$ et en synthétisant le tout à l'aide d'un **tableau de signe**.
5) Attention à ne pas conclure en se basant uniquement sur les signes donnés dans le tableau de signe. L'ensemble des solutions correspond en effet aux intervalles du tableau de signe correspondant au signe de l'inéquation **intersecté avec l'ensemble de définition** $D_{(I)}$.

Exemple 7.5
Résoudre l'inéquation (I) : $(2x-1)(x^2+5) \leq 3(2x-1)^2$.

1) Ensemble de définition de (I)
$D_{(I)} = \mathbb{R}$.

2) Résolution de l'inéquation
Soit $x \in D_{(I)}$.
On a :
$(2x-1)(x^2+5) \leq 3(2x-1)^2$
$\Leftrightarrow \boldsymbol{(2x-1)}(x^2+5) - 3\boldsymbol{(2x-1)}^2 \leq 0$
$\Leftrightarrow (2x-1)(x^2+5-3(2x-1)) \leq 0$
$\Leftrightarrow (2x-1)(x^2+5-6x+3) \leq 0$
$\Leftrightarrow (2x-1)(x^2-6x+8) \leq 0$

On étudie maintenant séparément le signe des deux facteurs.
D'une part, on a $2x-1 \geq 0 \Leftrightarrow x \geq \dfrac{1}{2}$.
Et d'autre part, $x^2-6x+8 \geq 0 \Leftrightarrow x \in]-\infty, 2] \cup [4, +\infty[$.
En effet, le discriminant du trinôme x^2-6x+8 vaut

$$\Delta = (-6)^2 - 4 \times 8 = 36 - 32 = 4 > 0.$$

D'où, le trinôme $x^2 - 6x + 8$ admet deux racines qui sont

$$x_1 = \frac{6+2}{2} = 4 \quad et \quad x_2 = \frac{6-2}{2} = 2.$$

Et on conclut quant au signe du trinôme en utilisant le tableau de signe des trinômes du second degré.
Au final, on obtient le tableau de signe suivant :

x	$-\infty$		$1/2$		2		4		$+\infty$
$2x-1$		$-$	0	$+$	|	$+$	|	$+$	
x^2-6x+8		$+$	|	$+$	0	$-$	0	$+$	
$(2x-1)(x^2-6x+8)$		$-$	0	$+$	0	$-$	0	$+$	

3) Solution
$S = D_{(I)} \cap \left(\left]-\infty; \frac{1}{2}\right] \cup [2;4]\right) = \mathbb{R} \cap \left(\left]-\infty; \frac{1}{2}\right] \cup [2;4]\right) = \left]-\infty; \frac{1}{2}\right] \cup [2;4]$.

Erreurs à éviter

1) Ne surtout pas écrire des choses du type :

$$(2x-1)(x^2-6x+8) \geq 0 \Leftrightarrow 2x-1 \geq 0 \text{ ou } x^2-6x+8 \geq 0$$

qui est totalement faux !
Car le "ou" inclut le cas où l'un des facteurs peut être négatif tandis que l'autre est positif. Or un positif fois un négatif donne un négatif !
Par contre, il exclut le cas où les deux facteurs sont négatifs. Or, le produit de deux facteurs négatifs donne un positif !
D'où la nécessité lorsqu'on résout une inéquation, de faire un tableau de signe avant de conclure.
Le tableau de signe constitue en effet un moyen simple de passer en revue l'ensemble des signes possibles des facteurs intervenant dans le produit, et donc d'en déduire le signe du produit sans se tromper.

2) De même que pour les équations, le tableau de signe ne sert que lorsqu'on a à résoudre une inéquation dont le second membre est égal à 0.

7.2.4 Résolution d'une inéquation avec des quotients

Méthode

La méthode est sensiblement la même que celle présentée à la Sous-section 7.2.3, à ceci près que dans ce cas il faut aussi prendre en compte le signe du dénominateur.

1) On donne l'ensemble de définition de l'inéquation, noté $D_{(I)}$.
2) On regroupe tout dans un même membre pour obtenir une inéquation de la forme $A(x) \geq 0$ (ou $\leq, <, >$).
3) On cherche à factoriser au maximum l'expression $A(x)$ par des facteurs de degré un ou deux. Mais ici on l'applique à la fois au numérateur **et au dénominateur** de $A(x)$.
4) On en déduit le signe de $A(x)$ en étudiant séparément le signe de chacun des facteurs de degré un ou deux intervenant à la fois au numérateur **et au dénominateur** de $A(x)$ (en effet le signe du dénominateur influe aussi sur le signe de la fraction) et en synthétisant le tout à l'aide d'un **tableau de signe**.
5) Attention à ne pas conclure en se basant uniquement sur les signes donnés dans le tableau de signe. L'ensemble des solutions correspond en effet aux intervalles du tableau de signe correspondant au signe de l'inéquation **intersecté avec l'ensemble de définition** $D_{(I)}$.

Exemple 7.6

Résoudre l'équation (I) : $\dfrac{x}{x+2} + \dfrac{2}{x} < -3$.

1) Ensemble de définition de (I)

Pour que l'équation soit bien définie, il faut que $x+2 \neq 0$ et que $x \neq 0$, c'est-à-dire $x \neq -2$ et $x \neq 0$ (afin que l'on ne divise pas par 0).
D'où : $D_{(I)} = \mathbb{R} \setminus \{-2, 0\}$.

2) Résolution de l'inéquation
Soit $x \in D_{(I)}$.

$$\begin{aligned}
& \frac{x}{x+2} + \frac{2}{x} < -3 \\
\Leftrightarrow \quad & \frac{x}{x+2} + \frac{2}{x} + 3 < 0 \\
\Leftrightarrow \quad & \frac{x^2}{x(x+2)} + \frac{2(x+2)}{x(x+2)} + \frac{3x(x+2)}{x(x+2)} < 0 \\
\Leftrightarrow \quad & \frac{x^2 + 2(x+2) + 3x(x+2)}{x(x+2)} < 0 \\
\Leftrightarrow \quad & \frac{4x^2 + 8x + 4}{x(x+2)} < 0 \\
\Leftrightarrow \quad & \frac{4(x^2 + 2x + 1)}{x(x+2)} < 0 \\
\Leftrightarrow \quad & \frac{4(x+1)^2}{x(x+2)} < 0.
\end{aligned}$$

Ensuite, une fois l'ensemble factorisé, on fait un tableau de signe en écrivant **l'ensemble des facteurs dans le tableau !**

On en déduit le tableau suivant :

x	$-\infty$		-2		-1		0		$+\infty$
$(x+1)^2$		$+$	|	$+$	0	$+$	|	$+$	
x		$-$	|	$-$	|	$-$	0	$+$	
$x+2$		$-$	0	$+$	|	$+$	|	$+$	
$\frac{4(x+1)^2}{x(x+2)}$		$+$	||	$-$	0	$-$	||	$+$	

D'où : $S =]-2; -1[\cup]-1; 0[$.

Attention à bien exclure -1 ici car on demande à ce que l'expression soit strictement négative et à exclure -2 et 0 qui ne font pas partie de l'ensemble de définition de l'inéquation.

Erreurs à éviter

Surtout ne pas écrire des choses du type $\dfrac{4(x+1)^2}{x(x+2)} < 0 \Leftrightarrow 4(x+1)^2 < 0$.
En effet, écrire cela revient à multiplier l'inégalité par $x(x+2)$.
Or, suivant les valeurs de x cette expression peut être positive ou négative.
Si $x(x+2)$ est négatif, il faudrait alors changer le sens des inégalités.
C'est pourquoi, **il faut faire un tableau de signe comportant le signe de chacun des facteurs intervenant au numérateur et au dénominateur**.
En procédant ainsi, on tient compte des signes de tous les facteurs et on évite ainsi les erreurs.

7.3 Pour s'entraîner

7.3.1 Exercices

Exercice 7.1
Résoudre dans $\mathbb{R}$ les équations suivantes :

1) $(x+2)(2x+3)+(x+2)(-x+5)=0$.
2) $(3x-1)(4x+x^2)=x(3x-1)$.
3) $x^2-9+3(x-3)=0$.
4) $\dfrac{2x}{3x+1}=\dfrac{x}{2}+\dfrac{1}{6}$.

Exercice 7.2
Résoudre dans $\mathbb{R}$ les inéquations suivantes :

1) $(2x-1)^3 \geq 2x-1$.
2) $\dfrac{x}{x+1}+\dfrac{x+1}{x} \leq 1$.
3) $\dfrac{x+5}{x^2-1} > \dfrac{2}{x+1}$.
4) $\dfrac{2}{x-2} < \dfrac{3}{x+1}$.

7.3.2 Corrigés

Solution 7.1

1) $D_{(E)} = \mathbb{R}$.
Soit $x \in D_{(E)}$,
$$\begin{aligned} & \boldsymbol{(x+2)}(2x+3) + \boldsymbol{(x+2)}(-x+5) = 0 \\ \Leftrightarrow\ & \boldsymbol{(x+2)}\left[(2x+3) + (-x+5)\right] = 0 \\ \Leftrightarrow\ & \boldsymbol{(x+2)}(2x+3-x+5) = 0 \\ \Leftrightarrow\ & \boldsymbol{(x+2)}(x+8) = 0 \\ \Leftrightarrow\ & x+2 = 0 \text{ ou } x+8 = 0 \\ \Leftrightarrow\ & x = -2 \text{ ou } x = -8. \end{aligned}$$
D'où $S = \{-8; -2\}$.
Remarque : pensez à la fin à vérifier vos solutions.

2) $D_{(E)} = \mathbb{R}$.
Soit $x \in D_{(E)}$,
$$\begin{aligned} & (3x-1)(4x+x^2) = x(3x-1) \\ \Leftrightarrow\ & \boldsymbol{(3x-1)}(4x+x^2) - x\boldsymbol{(3x-1)} = 0 \\ \Leftrightarrow\ & \boldsymbol{(3x-1)}\left[(4x+x^2) - (x)\right] = 0 \\ \Leftrightarrow\ & (3x-1)(\boldsymbol{x}^2 + 3\boldsymbol{x}) = 0 \\ \Leftrightarrow\ & (3x-1)\boldsymbol{x}(x+3) = 0 \\ \Leftrightarrow\ & 3x-1 = 0 \ \text{ ou } \ x = 0 \ \text{ ou } \ x+3 = 0 \\ \Leftrightarrow\ & x = \frac{1}{3} \ \text{ ou } \ x = 0 \ \text{ ou } \ x = -3. \end{aligned}$$
D'où $S = \left\{-3; 0; \frac{1}{3}\right\}$.

3) $D_{(E)} = \mathbb{R}$.
Soit $x \in D_{(E)}$,
$$\begin{aligned} & x^2 - 9 + 3(x-3) = 0 \\ \Leftrightarrow\ & \boldsymbol{(x-3)}(x+3) + 3\boldsymbol{(x-3)} = 0 \\ \Leftrightarrow\ & \boldsymbol{(x-3)}((x+3)+3) = 0 \\ \Leftrightarrow\ & (x-3)(x+6) = 0 \\ \Leftrightarrow\ & x-3 = 0 \ \text{ ou } \ x+6 = 0 \\ \Leftrightarrow\ & x = 3 \ \text{ ou } \ x = -6. \end{aligned}$$
D'où $S = \{-6; 3\}$.

4) $D_{(E)} = \{x \in \mathbb{R} \text{ tel que } 3x+1 \neq 0\}$.
Or $3x+1 = 0 \Leftrightarrow x = -\frac{1}{3}$.
D'où $D_{(E)} = \mathbb{R} \setminus \left\{-\frac{1}{3}\right\}$.

Soit $x \in D_{(E)}$,

$$\frac{2x}{3x+1} = \frac{x}{2} + \frac{1}{6}$$

$$\Leftrightarrow \quad \frac{2x}{3x+1} - \frac{x}{2} - \frac{1}{6} = 0$$

$$\Leftrightarrow \quad \frac{12x - 3x(3x+1) - (3x+1)}{6(3x+1)}$$

$$\Leftrightarrow \quad \frac{-9x^2 + 6x - 1}{6(3x+1)} = 0$$

$$\Leftrightarrow \quad -9x^2 + 6x - 1 = 0.$$

$$\Leftrightarrow \quad x = \frac{1}{3} \in D_{(E)}$$

en passant par le calcul du discriminant ou en repérant l'identité remarquable $-(3x-1)^2 = -9x^2 + 6x - 1$.

D'où $S = \left\{\frac{1}{3}\right\}$.

Solution 7.2

1) $D_{(I)} = \mathbb{R}$.
Soit $x \in D_{(I)}$,

$$(2x-1)^3 \geq (2x-1)$$

$$\Leftrightarrow \quad \mathbf{(2x-1)}\left[(2x-1)^2 - 1\right] \geq 0$$

$$\Leftrightarrow \quad (2x-1)(4x^2 - 4x + 1 - 1) \geq 0\ .$$

$$\Leftrightarrow \quad (2x-1)(4\boldsymbol{x}^2 - 4\boldsymbol{x}) \geq 0$$

$$\Leftrightarrow \quad (2x-1)4\boldsymbol{x}(x-1) \geq 0.$$

On en déduit alors le tableau suivant :

x	$-\infty$		0		$\frac{1}{2}$		1		$+\infty$
$x-1$		$-$	|	$-$	|	$-$	0	$+$	
$4x$		$-$	0	$+$	|	$+$	|	$+$	
$2x-1$		$-$	|	$-$	0	$+$	|	$+$	
$(2x-1)4x(x-1)$		$-$	0	$+$	0	$-$	0	$+$	

D'où $S = \left[0; \frac{1}{2}\right] \cup [1; +\infty[$.

2) $D_{(I)} = \{x \in \mathbb{R} \text{ tel que } x+1 \neq 0 \text{ et } x \neq 0\} = \mathbb{R} \setminus \{-1; 0\}$.
Soit $x \in D_{(I)}$,

$$\frac{x}{x+1} + \frac{x+1}{x} \leq 1$$

$$\Leftrightarrow \quad \frac{x^2 + (x+1)^2}{x(x+1)} \leq 1$$

$$\Leftrightarrow \quad \frac{2x^2 + 2x + 1}{x(x+1)} \leq 1$$

$$\Leftrightarrow \quad \frac{2x^2 + 2x + 1}{x(x+1)} - 1 \leq 0$$

$$\Leftrightarrow \quad \frac{2x^2 + 2x + 1 - x(x+1)}{x(x+1)} < 0$$

$$\Leftrightarrow \quad \frac{x^2 + x + 1}{x(x+1)} < 0.$$

On a $x + 1 \geq 0 \Leftrightarrow x \geq -1$.

Par ailleurs, étudions du signe de $x^2 + x + 1$.
Son discriminant vaut $\Delta = 1^2 - 4 \times 1 \times 1 = -3 < 0$.
D'où, $x^2 + x + 1$ est toujours du signe de 1, c'est-à-dire strictement positif.

On en déduit alors le tableau de signe suivant :

x	$-\infty$		-1		0		$+\infty$
x^2+x+1		$+$	$\mid$	$+$	$\mid$	$+$	
x		$-$	$\mid$	$-$	0	$+$	
$x+1$		$-$	0	$+$	$\mid$	$+$	
$\frac{x^2+x+1}{x(x+1)}$		$+$	$\parallel$	$-$	$\parallel$	$+$	

D'où $S =]-1, 0[$.
Remarque : attention à bien exclure -1 *et* 0 *qui ne font pas partie de l'ensemble de définition de l'inéquation.*

3) $D_{(I)} = \{x \in \mathbb{R} \text{ tel que } x^2 - 1 \neq 0 \text{ et } x + 1 \neq 0\}$.
Or, $x^2 - 1 = 0 \Leftrightarrow x^2 = 1 \Leftrightarrow x = 1$ *ou* $x = -1$ et $x + 1 = 0 \Leftrightarrow x = -1$.
D'où $D_{(I)} = \mathbb{R} \setminus \{-1; 1\}$.

Soit $x \in D_{(I)}$.

$$\frac{x+5}{x^2-1} > \frac{2}{x+1}$$

$$\Leftrightarrow \quad \frac{x+5}{x^2-1} - \frac{2}{x+1} > 0$$

$$\Leftrightarrow \quad \frac{x+5}{(x+1)(x-1)} - \frac{2}{x+1} > 0$$

$$\Leftrightarrow \quad \frac{x+5-2(x-1)}{(x+1)(x-1)} > 0$$

$$\Leftrightarrow \quad \frac{-x+7}{x^2-1} > 0$$

Or $x^2 - 1 \geq 0 \Leftrightarrow x \in \,]-\infty, -1] \cup [1, +\infty[$, car $x^2 - 1$ est une équation du second degré qui a pour racines 1 et -1 et qui prend donc des valeurs positives à l'extérieur des racines.

On en déduit alors le tableau suivant :

x	$-\infty$		-1		1		7		$+\infty$
$-x+7$		$+$	0	$+$	$\mid$	$+$	$\mid$	$-$	
x^2-1		$+$	$\mid$	$-$	0	$+$	0	$+$	
$\frac{-x+7}{x^2-1}$		$+$	$\Vert$	$-$	$\Vert$	$+$	0	$-$	

Attention à ne pas vous tromper dans le signe de $-x+7$ (le coefficient devant x est négatif, puisqu'il vaut -1 et donc le signe - se situe à droite du 7). Autre façon de le voir, on résout $-x + 7 \geq 0 \Leftrightarrow -x \geq -7 \Leftrightarrow x \leq 7$ en n'oubliant de changer le sens des inégalités dans la dernière équivalence, car on multiplie par -1 qui est négatif.
D'où $S = \,]-\infty; -1[\, \cup \,]1; 7[$.

4) $D_{(I)} = \{x \in \mathbb{R} \text{ tel que } x-2 \neq 0 \text{ et } x+1 \neq 0\}$.
Or, $x - 2 = 0 \Leftrightarrow x = 2$ et $x + 1 = 0 \Leftrightarrow x = -1$.
D'où $D_{(I)} = \mathbb{R} \setminus \{-1; 2\}$.

Soit $x \in D_{(I)}$,

$$\frac{2}{x-2} < \frac{3}{x+1}$$

$$\Leftrightarrow \quad \frac{2}{x-2} - \frac{3}{x+1} < 0$$

$$\Leftrightarrow \quad \frac{2(x+1)}{(x-2)(x+1)} - \frac{3(x-2)}{(x+1)(x-2)} < 0$$

$$\Leftrightarrow \quad \frac{2(x+1) - 3(x-2)}{(x-2)(x+1)} < 0$$

$$\Leftrightarrow \quad \frac{2x + 2 - 3x + 6}{(x-2)(x+1)} < 0$$

$$\Leftrightarrow \quad \frac{-x+8}{(x-2)(x+1)} < 0.$$

On en déduit alors le tableau suivant :

x	$-\infty$		-1		2		8		$+\infty$
$-x+8$		$+$	|	$+$	|	$+$	0	$-$	
$x-2$		$-$	|	$-$	0	$+$	|	$+$	
$x+1$		$-$	0	$+$	|	$+$	|	$+$	
$\frac{-x+8}{(x-2)(x+1)}$		$+$	||	$-$	||	$+$	0	$-$	

D'où $S =]-1; 2[\cup]8; +\infty[$.

Deuxième partie

Savoirs fondamentaux étudiés en spécialité maths et dans l'option maths complémentaires, à maîtriser pour réussir en ECG

Chapitre 8

Fonctions usuelles

Il est capital de connaître parfaitement le domaine de définition, la représentation graphique et les propriétés des fonctions présentées dans ce chapitre, fonctions qui interviendront tout au long de l'année dans les chapitres d'analyse en ECG.

Sommaire

8.1 Rappel de cours

8.1.1 Définition

Définition (Fonction)

On dit que f est une **fonction** d'une variable réelle s'il existe un sous-ensemble I de $\mathbb{R}$ tel que chaque réel $x \in I$ possède une **unique** image $f(x)$ qui est aussi un nombre réel.
On note $f : \begin{cases} I & \to & \mathbb{R} \\ x & \mapsto & f(x) \end{cases}$.
L'ensemble I, des nombres réels qui possèdent une image par f, est appelé **ensemble de définition** de f, noté traditionnellement $\mathcal{D}_f$.

Remarque : il arrivera que l'on note plus simplement $f : x \mapsto f(x)$, lorsqu'il n'y a pas d'ambiguïté sur l'ensemble de définition de la fonction f.

Exemple 8.1
$f : \begin{cases} \mathbb{R} & \to & \mathbb{R} \\ x & \mapsto & x \end{cases}$ désigne la fonction que l'on appelle fonction identité.

8.1.2 Fonction carrée

Définition

La fonction **carrée** $x \mapsto x^2$ est définie sur $\mathbb{R}$.

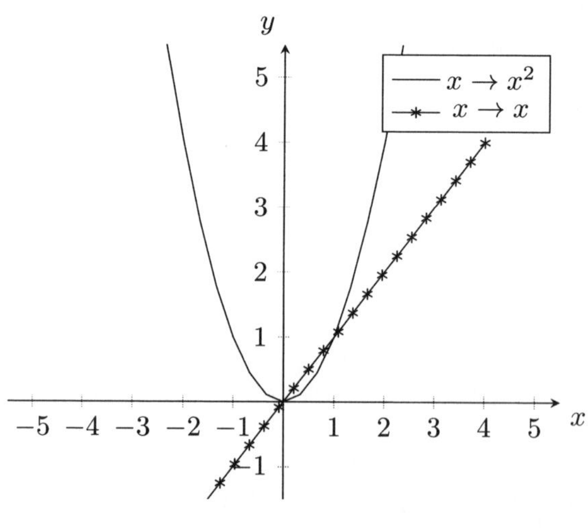

Propriétes

1) Pour tout $x \in \mathbb{R}$, $x^2 \geq 0$.
2) Pour tout $x \in [0;1]$, $x^2 \leq x$.
3) Pour tout $x \geq 1$, $x^2 \geq x$.

Remarque

Les propriétés de la fonction carrée présentées ci-dessus se retrouvent facilement en ayant en tête la représentation graphique de cette fonction. De manière générale, les représentations graphiques des fonctions usuelles sont le meilleur moyen de retrouver les propriétés classiques de ces fonctions.

8.1.3 Fonction inverse

Définition

La fonction **inverse** $x \mapsto \dfrac{1}{x}$ est définie sur $\mathbb{R} \setminus \{0\}$.

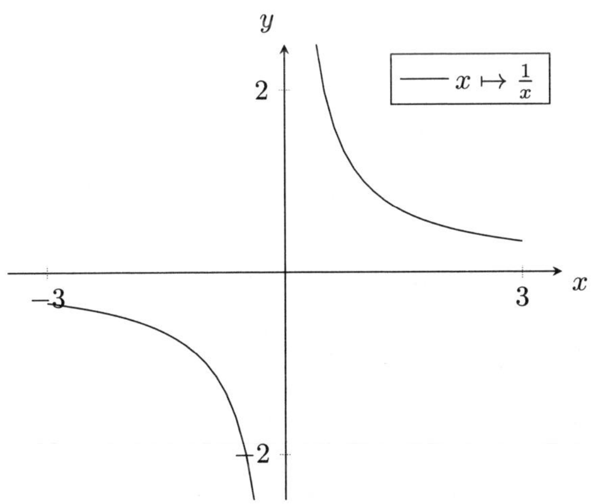

8.1.4 Fonction racine carrée

Définition

La fonction **racine carré** $x \to \sqrt{x}$ est définie sur $[0, +\infty[$.

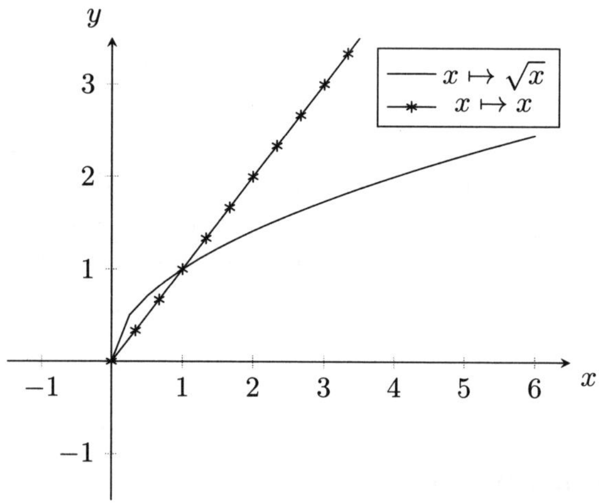

Proposition

1) Pour tout $x \in [0;1]$, $\sqrt{x} \geq x$.
2) Pour tout $x \geq 1$, $\sqrt{x} \leq x$.

Proposition

1) Pour tout $x \in \mathbb{R}^+$, $\sqrt{x} \geq 0$.
2) Pour tout $x \in \mathbb{R}^+$, $(\sqrt{x})^2 = x$.

8.1.5 Fonction logarithme népérien

Définition

La fonction **logarithme**, notée ln, est définie sur $]0, +\infty[$.

Attention, 0 est exclu de l'ensemble de définition ! Ne jamais écrire sur une copie $\ln(0)$ qui n'a aucun sens.

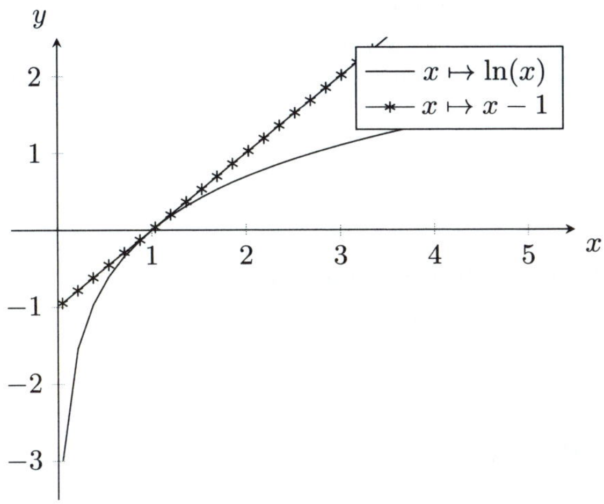

Remarque

La représentation graphique ci-dessus montre que, pour tout $x \in \mathbb{R}_+^*$, $\ln(x) \leq x - 1$.
Comme on le verra plus loin, la droite d'équation $y = x - 1$ représente la tangente en 1 à la courbe représentative de la fonction logarithme.

Propriétes (À connaître parfaitement)

Soient $a \in \mathbb{R}_+^*$ et $b \in \mathbb{R}_+^*$. On a :

- $\ln(ab) = \ln(a) + \ln(b)$.
- $\ln\left(\frac{a}{b}\right) = \ln(a) - \ln(b)$.

Conséquences

- $\ln\left(\frac{1}{a}\right) = -\ln(a)$.
- Pour tout $n \in \mathbb{Z}$, $\ln(a^n) = n\ln(a)$.
- $\ln\left(\sqrt{a}\right) = \frac{1}{2}\ln(a)$.

Erreurs à éviter

De manière générale, $\dfrac{\ln(a)}{\ln b} \neq \ln\left(\frac{a}{b}\right)$ et $\ln(a+b) \neq \ln(a) + \ln(b)$.
On retiendra que le logarithme transforme le produit en somme et le quotient en différence. Vous remarquerez qu'il n'y a jamais la même opération d'un côté et de l'autre du signe égal dans les propriétés du logarithme définies ci-dessus.

Exemple 8.2
En utilisant les propriétés du logarithme, on peut écrire :
$\ln\left(\dfrac{16}{9}\right) = \ln(16) - \ln(9) = \ln(2^4) - \ln(3^2) = 4\ln(2) - 2\ln(3)$.

8.1.6 Fonction exponentielle

Définition

La fonction **exponentielle**, notée exp, est définie sur $\mathbb{R}$.

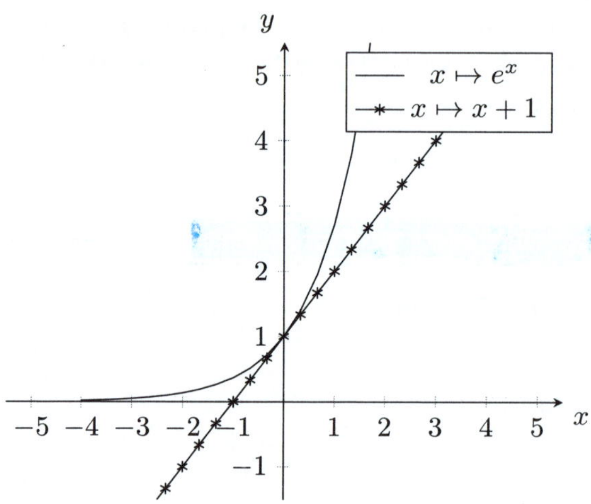

Remarque

$\exp(0) = 1$ et $\exp(1) = e^1 = e \approx 2,718$.

Proposition

1) Pour tout $x \in \mathbb{R}$, $e^x > 0$.
2) Pour tout $x \in \mathbb{R}$, $e^x \geq x + 1$ (cf. représentation graphique).

Remarque

Comme on le verra plus loin, la droite d'équation $y = x + 1$ représente la tangente en 0 à la courbe représentative de la fonction exponentielle.

Proposition

La fonction exponentielle est la fonction réciproque de la fonction logarithme népérien vu précédemment :

$$\text{pour tout } x \in \mathbb{R} \text{ et pour tout } y \in \mathbb{R}_+^*, \quad e^x = y \Leftrightarrow x = \ln y.$$

Autrement dit :

Pour tout $x \in \mathbb{R}_+^*$, $\quad e^{\ln x} = x$.

Pour tout $x \in \mathbb{R}$, $\quad \ln e^x = x$.

A noter que les deux propriétés ci-dessus ne sont pas valables sur le même ensemble ($\mathbb{R}_+^*$ pour la première à cause de $\ln(x)$ et $\mathbb{R}$ pour la deuxième, car le logarithme est appliqué à e^x qui est toujours strictement positif).

Erreurs à éviter

On évitera à tout prix l'erreur qui consiste à écrire des choses du type

$$e^{2\ln(x)} = 2x, \text{ avec } x > 0.$$

qui est faux !

Pour simplifier un logarithme et une exponentielle, il faut que le logarithme et l'exponentielle soient "accolées", c'est-à-dire être écrit sous la forme $e^{\ln \square}$ ou $\ln(e^{\Delta})$, où Δ et $\square$ peuvent prendre n'importe quelles formes à partir du moment où $\square > 0$. Dans ce cas, on peut bien écrire $e^{\ln \square} = \square$ ou $\ln(e^{\Delta}) = \Delta$.

Toute autre forme ne permet pas des simplifications directes. Il faut alors souvent utiliser les propriétés du logarithme et de l'exponentielle pour d'abord modifier l'expression et ensuite la simplifier.

Ainsi, ce qui est juste, c'est d'écrire $e^{2\ln(x)} = e^{\ln(x^2)} = x^2$, en utilisant la forme $e^{\ln \square}$ avec $\square = x^2 > 0$.

Propriétes (À connaître parfaitement)

Soient $a \in \mathbb{R}$ et $b \in \mathbb{R}$. On a :

- $e^{a+b} = e^a \times e^b$.
- $\dfrac{e^a}{e^b} = e^{a-b}$.

Conséquences

- $\dfrac{1}{e^a} = e^{-a}$.
- Pour tout $n \in \mathbb{Z}$, $(e^a)^n = e^{an}$.

Erreurs à éviter

De manière générale, $e^a + e^b \neq e^{a+b}$.

On retiendra qu'à l'inverse du logarithme, l'exponentielle transforme la somme en produit et la différence en quotient. Vous remarquerez qu'il n'y a jamais la même opération d'un côté et de l'autre du signe égal dans les propriétés de l'exponentielle définies ci-dessus.

Remarque

A noter que les propriétés de l'exponentielle sont identiques à celles des puissances.

8.1.7 Fonction valeur absolue

Vous avez normalement abordé cette fonction en première spécialité maths, même si cela a sans doute été fait de manière très succincte.

Définition

La fonction **valeur absolue** est la fonction définie sur $\mathbb{R}$ par

$$f : x \mapsto |x| = \begin{cases} x & \text{si } x \geq 0 \\ -x & \text{si } x < 0 \end{cases}$$

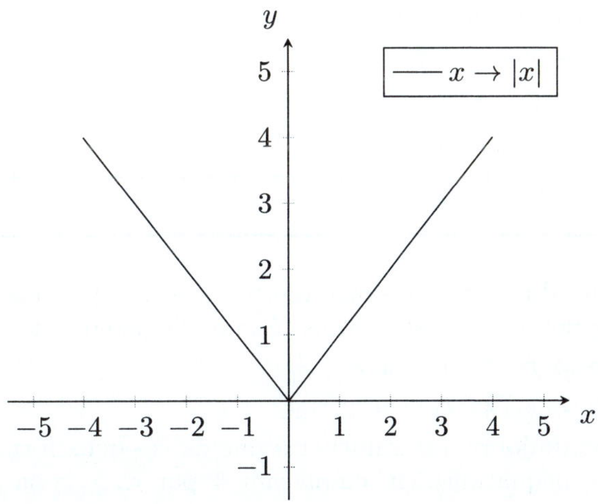

Exemple 8.3
$|3| = 3, \quad |-10| = 10, \quad |0| = 0, \quad |-\sqrt{2}| = \sqrt{2}.$

8.2 Méthodes

8.2.1 Équation et inéquation avec des logarithmes

Méthode

Afin de résoudre des équations et des inéquations avec des logarithmes, nous utiliserons les propriétés suivantes du logarithme, qui sont dues à sa stricte croissance sur $\mathbb{R}_+^*$,

Proposition

Soient $x \in \mathbb{R}_+^*$ et $a \in \mathbb{R}_+^*$.

- $\ln(x) = \ln(a) \Leftrightarrow x = a$.
- $\ln(x) < \ln(a) \Leftrightarrow x < a$.

ainsi que le fait que le logarithme est la réciproque de l'exponentielle et qui se traduit (comme vu plus haut) par :

Proposition

Soient $x \in \mathbb{R}_+^*$ et $a \in \mathbb{R}$.

$$\ln(x) = a \Leftrightarrow x = e^a.$$

Avec pour cas particuliers :

- $\ln(x) = 0 \Leftrightarrow x = 1$.
- $\ln(x) = 1 \Leftrightarrow x = e$.

Ainsi, dans le cadre du cours, on saura résoudre deux types d'équations, dont on précise la forme générale ci-dessous, sous réserve d'existence des expressions :

- $\ln(f(x)) = a \Leftrightarrow f(x) = e^a$, où $a \in \mathbb{R}$.
- $\ln(f(x)) = \ln(g(x)) \Leftrightarrow f(x) = g(x)$.

On cherchera donc toujours à se ramener à une de ces deux formes là.
De même pour les inéquations, en remplaçant $=$ par $<, >, \geq$ ou $\leq$.

Attention, les équations ou inéquations faisant intervenir du logarithme nécessitent de bien étudier l'ensemble de définition de l'équation ou de l'inéquation. Ainsi les équations ci-dessus d'inconnues x n'ont de sens que si $f(x) > 0$ et $g(x) > 0$ afin que les logarithmes soient bien définis.

Remarque

On peut retrouver les résultats précédents en composant les égalités ou inégalités précédentes par la fonction exponentielle et en utilisant le fait que, pour tout $x \in \mathbb{R}_+^*$, $e^{\ln(x)} = x$.
Ainsi, on a :

- $\ln(x) = \ln(a) \Leftrightarrow e^{\ln(x)} = e^{\ln(a)} \Leftrightarrow x = a$,
- $\ln(x) = a \Leftrightarrow e^{\ln(x)} = e^{a} \Leftrightarrow x = e^{a}$,
- $\ln(x) < \ln(a) \Leftrightarrow e^{\ln(x)} < e^{\ln(a)} \Leftrightarrow x < a$.

A noter que l'on ne change pas le sens des inégalités en composant les inégalités ci-dessus par la fonction exponentielle, car la fonction exponentielle est strictement croissante sur $\mathbb{R}$.

Erreurs à éviter

1) Attention à ne pas utiliser des propriétés qui n'existent pas, juste parce qu'elles vous arrangent. Ainsi, on n'écrira surtout pas des choses du type :
$$\begin{array}{ll} & \ln(2x) + \ln(-3x+1) = 1 \\ \Leftrightarrow & 2x + (-3x+1) = e^1 \end{array}.$$
Cela sous entend que vous affirmez que $e^{\ln(2x)+\ln(-3x+1)} = 2x + (-3x+1)$, ce qui est faux.

2) Il faut d'abord utiliser les propriétés du logarithme pour se ramener à une expression du type $\ln(f(x)) = a$ ou du type $\ln(f(x)) = \ln(g(x))$.
Reprenons l'exemple ci-dessus :
$$\begin{array}{ll} & \ln(2x) + \ln(-3x+1) = 1 \\ \Leftrightarrow & \ln(2x \times (-3x+1)) = 1 \text{ en utilisant } \ln(a) + \ln(b) = \ln(ab) \\ \Leftrightarrow & \ln(-6x^2 + 2x) = 1 \\ \Leftrightarrow & -6x^2 + 2x = e^1 \\ \Leftrightarrow & \ldots \end{array}.$$

Exemple 8.4
Résoudre l'équation $(E) : \ln(x^2 - 3) + 5 = 0$.

1) Ensemble de définition
Il faut que $x^2 - 3 > 0$ pour que $\ln(x^2 - 3)$ soit bien définie, car le logarithme est défini sur $]0, +\infty[$.
Or $x^2 - 3 > 0 \Leftrightarrow x^2 > 3 \Leftrightarrow x < -\sqrt{3}$ ou $x > \sqrt{3}$.
D'où
$$D_{(E)} = \left]-\infty; -\sqrt{3}\right[\cup \left]\sqrt{3}; +\infty\right[.$$

2) Résolution de l'équation
Soit $x \in D_{(E)}$,

$$\begin{aligned} & \ln(x^2-3) = -5 \\ \Leftrightarrow\ & x^2 - 3 = e^{-5} \\ \Leftrightarrow\ & x^2 = e^{-5} + 3 \\ \Leftrightarrow\ & x = \sqrt{e^{-5}+3} \text{ ou } x = -\sqrt{e^{-5}+3}. \end{aligned}$$

Remarque : $x^2 = e^{-5} + 3$ a des solutions car $e^{-5} + 3 \geq 0$.

3) Conclusion
Comme, $e^{-5} > 0$, on a $e^{-5} + 3 > 3$ et donc $\sqrt{e^{-5}+3} > \sqrt{3}$.
D'où, $\sqrt{e^{-5}+3} \in D_{(E)}$ et $-\sqrt{e^{-5}+3} \in D_{(E)}$.
D'où $S = \left\{-\sqrt{e^{-5}+3}, \sqrt{e^{-5}+3}\right\}$.

4) Vérification
Pensez à vérifier à la fin vos solutions.

8.2.2 Équation et inéquation avec des exponentielles

Méthode

Afin de résoudre des équations et des inéquations avec des exponentielles, nous utiliserons les propriétés suivantes de l'exponentielle, qui sont dues à sa stricte croissance sur $\mathbb{R}$,

Proposition

Soient $x \in \mathbb{R}$ et $a \in \mathbb{R}$.

- $e^x = e^a \Leftrightarrow x = a$.
- $e^x < e^a \Leftrightarrow x < a$.

ainsi que le fait que le logarithme est la réciproque de l'exponentielle, ce qui se traduit par :

Proposition

Soient $x \in \mathbb{R}$ et $a \in \mathbb{R}_+^*$.

$$e^x = a \Leftrightarrow x = \ln(a).$$

Avec pour cas particulier, $e^x = 1 \Leftrightarrow x = 0$.

Ainsi, dans le cadre du cours, on saura résoudre deux types d'équations, dont on précise la forme générale ci-dessous, sous réserve d'existence des expressions :

- $e^{f(x)} = a \Leftrightarrow f(x) = \ln(a)$, avec $a > 0$,
  sinon il n'y a pas de solution, car pour tout $x \in \mathbb{R}$, $e^x > 0$,
- $e^{f(x)} = e^{g(x)} \Leftrightarrow f(x) = g(x)$.

On cherchera donc toujours à se ramener à une de ces deux formes là.
De même pour les inéquations, en remplaçant $=$ par $<, >, \geq$ ou $\leq$.

Le domaine de définition de l'exponentielle étant $\mathbb{R}$ les équations ci dessus ont du sens à partir du moment où $f(x)$ et $g(x)$ sont bien définies.

Remarque

On peut retrouver les résultats précédents en composant les égalités ou inégalités précédentes par la fonction logarithme et en utilisant le fait que, pour tout $x \in \mathbb{R}$, $\ln(e^x) = x$. Ainsi, on a :

- $e^x = e^a \Leftrightarrow \ln(e^x) = \ln(e^a) \Leftrightarrow x = a$,
- $e^x = a \Leftrightarrow \ln(e^x) = \ln(a) \Leftrightarrow x = \ln(a)$,
- $e^x < e^a \Leftrightarrow \ln(e^x) < \ln(e^a) \Leftrightarrow x < a$,

A noter que l'on ne change pas le sens des inégalités en composant les inégalités ci-dessus par la fonction logarithme, car la fonction logarithme est strictement croissante sur $\mathbb{R}_+^*$.

Erreurs à éviter

1) Attention à ne pas écrire des choses fausses du type :

$$e^{2x} - e^{x^2} = 2 \Leftrightarrow 2x - x^2 = \ln(2).$$

Cela sous-entend que vous affirmez que $\ln(e^{2x} - e^{x^2}) = 2x - x^2$, ce qui est faux, car il n'existe pas de propriétés du logarithme pour la somme ou la différence de termes.

2) Il faut d'abord utiliser les propriétés de l'exponentielle pour se ramener à une expression du type $e^{f(x)} = a$ ou du type $e^{f(x)} = e^{g(x)}$.
Exemple :

$$\begin{array}{ll} & e^{2x} \times e^{-3x+x^2} = 1 \\ \Leftrightarrow & e^{2x+(-3x+x^2)} = 1 \\ \Leftrightarrow & e^{x^2-x} = 1 \\ \Leftrightarrow & x^2 - x = \ln(1) \\ \Leftrightarrow & \ldots \end{array}$$

Exemple 8.5
Résoudre l'équation $(E) : e^{2x} = 2$.

1) Ensemble de définition de (E)
$D_{(E)} = \mathbb{R}$.
2) Résolution de l'équation
Soit $x \in D_{(E)}$,

$$\begin{aligned}
& e^{2x} = 2 \\
\Leftrightarrow\quad & \ln(e^{2x}) = \ln(2) \\
& \textit{on peut composer par le logarithme car tous les termes sont positifs} \\
\Leftrightarrow\quad & 2x = \ln(2) \\
& \textit{on est ramené à une équation classique sans exponentielle} \\
\Leftrightarrow\quad & x = \frac{\ln(2)}{2}.
\end{aligned}$$

3) Conclusion
$S = \left\{ \frac{\ln(2)}{2} \right\}$.
4) Vérification
$e^{2\times\frac{\ln(2)}{2}} = e^{\ln(2)} = 2$.

8.3 Pour s'entraîner

8.3.1 Exercices

Exercice 8.1
En admettant que toutes les quantités sont bien définies, déterminer parmi les assertions suivantes, celles qui sont vraies et celles qui sont fausses et corriger celles qui sont fausses si possible.

1) $e^{a\times b} = e^a \times e^b$.
2) $\ln\left(\frac{a}{b}\right) = \ln a - \ln b$.
3) $b\exp(a) = \exp(a^b)$.
4) $e^a + e^b = e^{a+b}$.
5) $\dfrac{e^a}{e^b} = e^{a-b}$.
6) $\ln x$ existe si $x \geqslant 0$.
7) $\ln(a+b) = \ln a + \ln b$.
8) $\ln(e^a - e^b) = a - b$.

Exercice 8.2

1) Exprimer uniquement à l'aide de $\ln(2)$ les quantités suivantes :

   (a) $\ln 8$.
   (b) $\ln(\sqrt{2})$.
   (c) $\ln 6 - \ln 3$.
   (d) $\ln(2e^2)$.

2) Simplifier les quantités suivantes :

(a) $\ln(e^7)$.
(b) $e^{-3\ln(2)}$.
(c) $\ln\left(\dfrac{1}{e^3}\right)$.
(d) $\ln\left(\dfrac{2}{3}\right) + \ln\left(\dfrac{3}{2}\right)$.

3) En admettant que toutes les quantités sont bien définies, simplifier les lorsque c'est possible :

(a) $\dfrac{e^{x^2}}{(e^x)^2}$.
(b) $\dfrac{e^{x^2+2x}}{e^{(x+1)^2}}$.
(c) $\dfrac{\ln(2x)}{\ln x}$.
(d) $e^{2\ln x}$.
(e) $\ln(2x) - \ln x$.
(f) $\ln\left(\dfrac{1}{x^2}\right)$.
(g) $\ln(\sqrt{3}+\sqrt{2}) + \ln(\sqrt{3}-\sqrt{2})$.
(h) $\ln(\mathrm{e}^2\sqrt{\mathrm{e}}) + \ln\left(\frac{1}{\mathrm{e}}\right)$.
(i) $\dfrac{\ln(\mathrm{e}^5)}{\ln(\mathrm{e}^3)}$.
(j) $\sqrt{\mathrm{e}^{2x}} \cdot \mathrm{e}^{-x}$.

4) Simplifier chaque expression sous la forme proposée :

(a) $A = \dfrac{\sqrt{e^{5x+3}}}{e^{3x} \times e^{-3x+1}}$ sous la forme $A = e^y$ avec $y \in \mathbb{R}$.
(b) $B = \ln\left(\frac{e^2 \times 24}{e^3} \times e^2\right)$ sous la forme $B = m + n\ln 2 + p\ln 3$ avec $m \in \mathbb{Z}$, $n \in \mathbb{Z}$ et $p \in \mathbb{Z}$.

Exercice 8.3
Résoudre dans $\mathbb{R}$ les équations ou inéquations suivantes :

1) $\ln(x^2 - 3) = -8$.
2) $\ln(2x - 1) = 2\ln(x)$.
3) $e^{2x} - e^{x^2} = 0$.
4) $\ln(x) + \ln(x-1) = \ln(2) + 2\ln(3)$.
5) $\ln(2x) < \ln(x+3)$.
6) $e^x e^{x^2+2x} \leq 1$.
7) $\ln(\ln x) > 0$.

8.3.2 Corrigés

Solution 8.1

1) Faux : $e^{a+b} = e^a \times e^b$.
2) Vrai.
3) Faux : $b\ln(a) = \ln(a^b)$.
4) Faux : $e^a \times e^b = e^{a+b}$.
5) Vrai.
6) Faux : $\ln x$ existe si $x > 0$.
7) Faux : $\ln(ab) = \ln(a) + \ln(b)$.
8) Faux : $\ln(e^a - e^b) \neq a - b$ car $\ln(e^a - e^b) \neq \ln(e^a) - \ln(e^b)$.

Solution 8.2

1) (a) $\ln 8 = \ln(2^3) = 3\ln(2)$.
   (b) $\ln(\sqrt{2}) = \ln(2^{\frac{1}{2}}) = \dfrac{1}{2}\ln(2)$.
   (c) $\ln 6 - \ln 3 = \ln(2 \times 3) - \ln 3 = \ln 2 + \ln 3 - \ln 3 = \ln 2$.
   On peut aussi écrire plus simplement que
   $\ln 6 - \ln 3 = \ln\left(\dfrac{6}{3}\right) = \ln 2$.
   (d) $\ln(2e^2) = \ln 2 + \ln(e^2) = \ln 2 + 2\ln(e) = \ln 2 + 2$.
   A retenir : $\ln(e) = \ln(e^1) = 1$.

2) (a) $\ln(e^7) = 7$.
   (b) $e^{-3\ln(2)} = e^{\ln(2^{-3})} = 2^{-3} = \dfrac{1}{2^3} = \dfrac{1}{8}$.
   (c) $\ln\left(\dfrac{1}{e^3}\right) = -\ln(e^3) = -3$.
   (d) $\ln\left(\dfrac{2}{3}\right) + \ln\left(\dfrac{3}{2}\right) = \ln(2) - \ln(3) + \ln(3) - \ln(2) = 0$.

3) (a) $\dfrac{e^{x^2}}{(e^x)^2} = \dfrac{e^{x^2}}{e^{2x}} = e^{x^2-2x}$.
   A retenir : $(e^x)^2 = e^{2x}$ *et non* e^{x^2}, *car* $(e^a)^b = e^{ab}$.
   (b) $\dfrac{e^{x^2+2x}}{e^{(x+1)^2}} = e^{x^2+2x-(x+1)^2} = e^{-1} = \dfrac{1}{e}$.
   (c) $\dfrac{\ln(2x)}{\ln x} = \dfrac{\ln 2 + \ln x}{\ln x} = \dfrac{\ln 2}{\ln x} + \dfrac{\ln x}{\ln x} = \dfrac{\ln 2}{\ln x} + 1$, mais on ne peut pas simplifier plus.

   Attention à ne surtout pas écrire $\dfrac{\ln(2x)}{\ln x} = \ln(2x - x)$.

   (d) $e^{2\ln x} = e^{\ln x^2} = x^2$.
   Attention à ne surtout pas écrire $e^{2\ln x} = 2x$.
   Pour simplifier une exponentielle et un logarithme, il faut qu'ils soient "accolés".

(e) $\ln(2x) - \ln x = \ln\left(\dfrac{2x}{x}\right) = \ln 2$.

(f) $\ln\left(\dfrac{1}{x^2}\right) = -\ln(x^2) = -2\ln(x)$.

(g) $\ln(\sqrt{3}+\sqrt{2}) + \ln(\sqrt{3}-\sqrt{2}) = \ln\left((\sqrt{3}+\sqrt{2})(\sqrt{3}-\sqrt{2})\right)$
$= \ln\left((\sqrt{3})^2 - (\sqrt{2})^2\right) = \ln(3-2) = \ln 1 = 0$.
Surprenant comme résultat, non ?

(h) $\ln(\mathrm{e}^2\sqrt{\mathrm{e}}) + \ln\left(\frac{1}{\mathrm{e}}\right) = \ln(\mathrm{e}^2) + \ln\left(\sqrt{\mathrm{e}}\right) - \ln e = 2\ln e + \dfrac{1}{2}\ln e - \ln e$
$= 2 + \dfrac{1}{2} - 1 = \dfrac{3}{2}$.

(i) $\dfrac{\ln(\mathrm{e}^5)}{\ln(\mathrm{e}^3)} = \dfrac{5}{3}$.

(j) $\sqrt{\mathrm{e}^{2x}}\mathrm{e}^{-x} = \mathrm{e}^{\frac{1}{2}2x}\mathrm{e}^{-x} = \mathrm{e}^{x-x} = \mathrm{e}^0 = 1$.

4) (a)

$$\begin{aligned} A &= \frac{\sqrt{e^{5x+3}}}{e^{3x}\times e^{-3x+1}} \\ &= \frac{(e^{5x+3})^{\frac{1}{2}}}{e^{(3x)+(-3x+1)}} \\ &= \frac{e^{\frac{1}{2}(5x+3)}}{e} \\ &= e^{\frac{1}{2}(5x+3)-1} \\ &= e^{\frac{5}{2}x+\frac{1}{2}} \end{aligned}$$

de la forme $A = e^y$ avec $y = \frac{5}{2}x + \frac{1}{2}$.

(b)

$$\begin{aligned} B &= \ln\left(\tfrac{e^2\times 24}{e^3}\times e^2\right) \\ &= \ln\left(e^{2-3+2}\times 24\right) \\ &= \ln(e\times 24) \\ &= \ln e + \ln 24 \\ &= 1 + \ln(4\times 6) \\ &= 1 + \ln(4) + \ln(6) \\ &= 1 + \ln(2^2) + \ln(2\times 3) \\ &= 1 + 2\ln(2) + \ln(2) + \ln(3) \\ &= 1 + 3\ln(2) + \ln(3) \end{aligned}$$

de la forme $B = m + n\ln 2 + p\ln 3$ avec $m = 1,\ n = 3$ et $p = 1$.

Solution 8.3

1) $D_{(E)} = \left\{x \in \mathbb{R} \text{ tels que } x^2 - 3 > 0\right\}$ afin que le logarithme soit bien défini.
On rappelle que le logarithme est défini sur $]0, +\infty[$.
Or $x^2 - 3 > 0 \Leftrightarrow x^2 > 3 \Leftrightarrow x < -\sqrt{3}$ *ou* $x > \sqrt{3}$.
D'où $D_{(E)} = \left]-\infty; -\sqrt{3}\right[\cup \left]\sqrt{3}; +\infty\right[$.

Soit $x \in D_{(E)}$,

$$\begin{aligned} & \ln(x^2-3) = -8 \\ \Leftrightarrow \quad & e^{\ln(x^2-3)} = e^{-8} \\ \Leftrightarrow \quad & x^2 - 3 = e^{-8} \\ \Leftrightarrow \quad & x^2 = e^{-8} + 3 \\ \Leftrightarrow \quad & x = \sqrt{e^{-8}+3} \quad ou \quad x = -\sqrt{e^{-8}+3}. \end{aligned}$$

Comme $\sqrt{e^{-8}+3} > \sqrt{3}$ (car $e^{-8} > 0$), on a bien que $\sqrt{e^{-8}+3} \in D_{(E)}$ et $-\sqrt{e^{-8}+3} \in D_{(E)}$ (car $\sqrt{e^{-8}+3} > \sqrt{3} \Leftrightarrow -\sqrt{e^{-8}+3} < -\sqrt{3}$).
D'où $S = \left\{-\sqrt{e^{-8}+3}, \sqrt{e^{-8}+3}\right\}$.

2) $D_{(E)} = \{x \in \mathbb{R}$ tels que $2x-1>0$ et $x>0\} = \left]\frac{1}{2}; +\infty\right[\cap]0; +\infty[= \left]\frac{1}{2}; +\infty\right[$.
Soit $x \in D_{(E)}$,

$$\begin{aligned} & \ln(2x-1) = 2\ln(x) \\ \Leftrightarrow \quad & \ln(2x-1) = \ln(x^2) \\ & \textit{de la forme } \ln a = \ln b \textit{ avec } a = 2x-1 \textit{ et } b = x^2 \\ \Leftrightarrow \quad & 2x - 1 = x^2 \\ \Leftrightarrow \quad & x^2 - 2x + 1 = 0 \\ \Leftrightarrow \quad & (x-1)^2 = 0 \quad \textit{en repérant une identité remarquable} \\ \Leftrightarrow \quad & x = 1 = 0 \\ \Leftrightarrow \quad & x = 1 \in D_{(E)}. \end{aligned}$$

D'où $S = \{1\}$.
Remarque : ne surtout pas écrire que $\ln(2x-1) = 2\ln(x) \Leftrightarrow 2x-1 = 2x$*, ceci est faux. Deux façons de le voir :*

- *On a ici une expression de la forme* $\ln(a) = 2\ln(b)$ *et rien dans le cours ne permet de simplifier ce genre d'expression directement. Il faut d'abord se ramener à quelque chose de la forme* $\ln(c) = \ln(d)$ *en utilisant le fait que* $2\ln(x) = \ln(x^2)$.
- *Une autre façon de le voir est de composer* $\ln(2x-1) = 2\ln(x)$ *par l'exponentielle, on obtient alors* $e^{\ln(2x-1)} = e^{2\ln(x)}$*. or* $e^{2\ln(x)} \neq e^{\ln(2x)}$.

3) $D_{(E)} = \mathbb{R}$.
Soit $x \in D_{(E)}$,

$$\begin{aligned} & e^{2x} - e^{x^2} = 0 \\ \Leftrightarrow \quad & e^{2x} = e^{x^2} \\ & \textit{de la forme } e^a = e^b \textit{ avec } a = 2x \textit{ et } b = x^2 \\ \Leftrightarrow \quad & 2x = x^2 \\ \Leftrightarrow \quad & x^2 - 2x = 0 \\ \Leftrightarrow \quad & x(x-2) = 0 \\ \Leftrightarrow \quad & x = 0 \quad ou \quad x = 2. \end{aligned}$$

D'où $S = \{0; 2\}$.

4) $D_{(E)} = \{x \in \mathbb{R} \text{ tels que } x > 0 \text{ et } x - 1 > 0\} =]1; +\infty[$.
Soit $x \in D_{(E)}$,

$$\begin{array}{ll} & \ln(x) + \ln(x-1) = \ln(2) + 2\ln(3) \\ \Leftrightarrow & \ln(x(x-1)) = \ln(2) + \ln(3^2) \\ \Leftrightarrow & \ln(x(x-1)) = \ln(2 \times 9) \\ \Leftrightarrow & \ln(x(x-1)) = \ln(18) \\ & \textit{de la forme } \ln a = \ln b \textit{ avec } a = x(x-1) \textit{ et } b = 18 \\ \Leftrightarrow & x(x-1) = 18 \\ \Leftrightarrow & x^2 - x - 18 = 0. \end{array}$$

Remarque : ne surtout pas écrire que

$$\ln(x) + \ln(x-1) = \ln(2) + 2\ln(3) \Leftrightarrow x + (x-1) = 2 + 2 \times 3$$

par composition avec le logarithme, ceci est faux.
Le discriminant du trinôme $x^2 - x - 18$ vaut $\Delta = (-1)^2 - 4 \times 1 \times 18 = 1 + 72 = 73 > 0$.
D'où l'équation $x^2 - x - 18 = 0$ admet deux solutions qui sont :

$$x_1 = \frac{1 - \sqrt{73}}{2} \quad \text{et} \quad x_2 = \frac{1 + \sqrt{73}}{2}.$$

Mais en encadrant $\sqrt{73}$, on voit que $x_2 \in D_E$ mais $x_1 \notin D_E$ (cf. méthode de la sous-section 9.1.1 du chapitre 9).
D'où $S = \left\{ \frac{1 + \sqrt{73}}{2} \right\}$.

5) $D_{(I)} = \{x \in \mathbb{R}, \text{ tel que } 2x > 0 \text{ et } x + 3 > 0\} =]0; +\infty[\cap]-3; +\infty[=]0; +\infty[$.
Soit $x \in D_{(I)}$,

$$\begin{array}{ll} & \ln(2x) < \ln(x+3) \\ & \textit{de la forme } \ln a < \ln b \textit{ avec } a = 2x \textit{ et } b = x + 3 \\ \Leftrightarrow & 2x < x + 3 \\ \Leftrightarrow & x < 3. \end{array}$$

D'où $S = D_{(I)} \cap] - \infty; 3[=]0; +\infty[\cap] - \infty; 3[=]0; 3[$.

6) $D_{(I)} = \mathbb{R}$.
Soit $x \in D_{(I)}$,

$$\begin{array}{ll} & e^x e^{x^2+2x} \leq 1 \\ \Leftrightarrow & e^{x+x^2+2x} \leq 1 \\ \Leftrightarrow & e^{x^2+3x} \leq 1 \\ \Leftrightarrow & \ln(e^{x^2+3x}) \leq \ln(1) \\ & \textit{car la fonction logarithme est strictement croissante sur } \mathbb{R}_+^* \\ & \textit{d'où on ne change pas le sens des inégalités} \\ \Leftrightarrow & x^2 + 3x \leq 0 \\ \Leftrightarrow & x(x+3) \leq 0. \end{array}$$

On a le tableau de signe suivant :

x	$-\infty$		-3		0		$+\infty$
x		$-$	$\vert$	$-$	0	$+$	
$x+3$		$-$	0	$+$	$\vert$	$+$	
$x(x+3)$		$+$	0	$-$	0	$+$	

D'où $S = D_{(I)} \cap [-3;0] = \mathbb{R} \cap [-3;0] = [-3;0]$.

7) $D_{(I)} = \{x \in \mathbb{R},\ \text{tel que } x > 0 \text{ et } \ln x > 0\}$.
En effet, il faut que $x > 0$ afin que $\ln x$ soit bien définie et que $\ln x > 0$ afin que $\ln(\ln x)$ soit bien définie.
Or $\ln x > 0 \Leftrightarrow e^{\ln x} > e^0 \Leftrightarrow x > 1$.
D'où $D_{(I)} =]1;+\infty[$.
Soit $x \in D_{(I)}$,

$$\begin{aligned}
& \ln(\ln x) > 0 \\
\Leftrightarrow\quad & e^{\ln(\ln x)} > e^0 \\
& \textit{car la fonction exponentielle est strictement croissante sur } \mathbb{R} \\
\Leftrightarrow\quad & \ln x > 1 \\
\Leftrightarrow\quad & e^{\ln x} > e^1 \\
& \textit{car la fonction exponentielle est strictement croissante sur } \mathbb{R} \\
\Leftrightarrow\quad & x > e.
\end{aligned}$$

D'où $S = D_{(I)} \cap]e;+\infty[=]1;+\infty[\cap]e;+\infty[=]e;+\infty[$, car $e > 1$.

Chapitre 9

Étude de fonctions

Ce chapitre est au cœur de la partie analyse du programme de mathématiques en ECG, le point principal étant l'étude des variations d'une fonction au moyen de la dérivation. L'étude de fonctions en ECG fera intervenir l'ensemble des chapitres précédents, qui doivent donc être maîtrisés parfaitement avant d'aborder celui-ci.

Sommaire

9.1 Rappel de cours

9.1.1 Variation d'une fonction

Définition (Monotonie)

Soit f une fonction définie sur un intervalle I.
On dit que :

1) f est **croissante** sur I si, pour tout $(x, y) \in I^2$, on a :

$$x \leqslant y \Rightarrow f(x) \leqslant f(y).$$

2) f est **décroissante** sur I si, pour tout $(x, y) \in I^2$, on a :

$$x \leqslant y \Rightarrow f(x) \geqslant f(y).$$

3) f est **strictement croissante** sur I si, pour tout $(x, y) \in I^2$, on a :

$$x < y \Rightarrow f(x) < f(y).$$

4) f est **strictement décroissante** sur I si, pour tout $(x, y) \in I^2$, on a :

$$x < y \Rightarrow f(x) > f(y).$$

Une fonction est (strictement) **monotone** sur un intervalle si elle est (strictement) croissante ou (strictement) décroissante sur cet intervalle.

Remarques

1) Les inégalités doubles ci-dessus se généralisent à des inégalités triples, etc.
Ainsi si f est croissante sur I, alors pour tout $(x, y, z) \in I^3$, on a

$$x \leq y \leq z \Rightarrow f(x) \leq f(y) \leq f(z).$$

2) On peut retraduire la définition ci-dessous en disant qu'une fonction **croissante ne change pas le sens des inégalités** lorsque l'on "applique" cette fonction à une inégalité, mais que par contre une fonction **décroissante change le sens des inégalités.**

Exemple 9.1
La fonction carrée est strictement décroissante sur $\mathbb{R}^-$ et strictement croissante sur $\mathbb{R}^+$. Par conséquent, elle n'est pas monotone sur $\mathbb{R}$.

Exemple 9.2
La fonction racine carrée est strictement croissante sur $\mathbb{R}_+$.
D'où, si $3 \leq x \leq 5$ alors $\sqrt{3} \leq \sqrt{x} \leq \sqrt{5}$.
On ne change pas le sens des inégalités car la fonction racine est strictement croissante sur $\mathbb{R}_+$.

Application : encadrer une racine carrée entre deux entiers consécutifs.
Pour encadrer une racine carrée $\sqrt{a}$ (où $a \geq 0$) entre deux entiers, on procède comme suit :

1) Encadrer a entre les deux carrés parfaits les plus proches (c'est-à-dire deux entiers dont la racine carrée est lui-même un entier).
2) Composer l'inégalité par la fonction racine carrée, en utilisant le fait qu'elle est strictement croissante sur $\mathbb{R}_+$.

Encadrons par exemple $\sqrt{73}$ entre deux entiers consécutifs.
On a $64 \leq 73 \leq 81$.
Donc $\sqrt{64} \leq \sqrt{73} \leq \sqrt{81}$, car la fonction racine est strictement croissante sur $\mathbb{R}^+$.
Donc $8 \leq \sqrt{73} \leq 9$.
Savoir encadrer des racines carrées entre deux entiers consécutifs pourra vous être utile par exemple pour encadrer les solutions d'un trinôme du second degré, dont le discriminant ne serait pas un carré parfait et que l'on ne pourra donc pas simplifier. Dans ce cas, il est intéressant d'être capable de donner un encadrement le plus précis possible de ces solutions et pour se faire de la racine du discriminant (la calculatrice étant interdite au concours), afin d'avoir une idée de leur valeur et/ou de leur signe (cf. exercice 9.1).

Remarque

La monotonie des fonctions usuelles permet de retrouver les opérations sur les inégalités présentées au chapitre 6.
En effet, la fonction $f : x \mapsto x + c$, où c est un réel fixé, est une fonction affine croissante sur $\mathbb{R}$ (puisque son coefficient directeur 1>0).
D'où, le fait que lorsqu'on ajoute (ou enlève puisque c peut être négatif) un réel aux deux membres d'une inégalité, on ne change pas le sens de cette inégalité.
Par contre $g : x \mapsto cx$, où $c < 0$, est décroissante sur $\mathbb{R}$ (fonction affine ayant un coefficient directeur $c < 0$).
De même, la fonction inverse $g : x \mapsto \dfrac{1}{x}$ est décroissante sur $\mathbb{R}_+^*$ et $\mathbb{R}_-^*$.
D'où le fait que lorsqu'on multiplie les deux membres d'une inégalité par un nombre négatif ou qu'on en prend l'inverse (à condition que les deux termes soient de même signe), on change le sens de cette inégalité.

9.1.2 Maximum et minimum d'une fonction

Définition (Maximum-Minimum)

Soit f une fonction définie sur intervalle I et x_0 un élément de I.

On dit que f admet un **maximum** (resp. **minimum**) en x_0 sur I si

$$\text{pour tout } x \in I, f(x) \leqslant f(x_0) \quad (\text{resp. } f(x) \geqslant f(x_0).$$

On note $\underset{x\in I}{max} f(x) = f(x_0)$ (resp. $\min_{x\in I} f(x) = f(x_0)$).

Un **extremum** désigne un maximum ou un minimum.

Remarques

- On parle toujours du minimum ou du maximum d'une fonction **relativement à un intervalle donné.**
  Le minimum ou le maximum d'une fonction dépend en effet de l'intervalle sur lequel on se place.
- Il n'y a pas nécessairement existence du minimum ou du maximum d'une fonction sur un intervalle, car le minimum ou le maximum d'une fonction **doit être une valeur prise par la fonction.**
  Ainsi, la fonction carré n'admet pas de maximum sur $\mathbb{R}$, car elle peut prendre des valeurs aussi grandes que l'on veut sur $\mathbb{R}$.

Exemple 9.3
Le minimum de la fonction carré sur $\mathbb{R}$ est 0, car pour tout $x \in \mathbb{R}$, $x^2 \geq 0$ et la valeur 0 est atteinte en 0 (car $0^2 = 0$).

Le maximum de la fonction carré sur $[-1, 1]$ est 1, car pour tout $x \in [-1, 1]$, $x^2 \leq 1$ et la valeur 1 est atteinte en 1 par exemple (car $1^2 = 1$).

Le maximum de la fonction carré sur $[-2, 2]$ est 4, car pour tout $x \in [-2, 2]$, $x^2 \leq 4$ et la valeur 2 est atteinte en -2 par exemple (car $(-2)^2 = 4$).

On voit bien ici que le maximum de la fonction carrée dépend de l'intervalle sur lequel on se place.

9.1.3 Un outil puissant : la dérivation

Soit I un intervalle de $\mathbb{R}$ et $f : I \to \mathbb{R}$ une fonction.

Définition (Taux d'accroissement et dérivée en un point)

- Le **taux d'accroissement** (ou **taux de variation**) de la fonction f entre $a \in I$ et $x \in I$ est le quotient
$$\frac{f(x) - f(a)}{x - a}.$$

- f est **dérivable** en a et on note cette dérivée $f'(a)$ si la limite du taux d'accroissement existe et est finie. On a alors :
$$f'(a) = \lim_{x \to a} \frac{f(x) - f(a)}{x - a}.$$

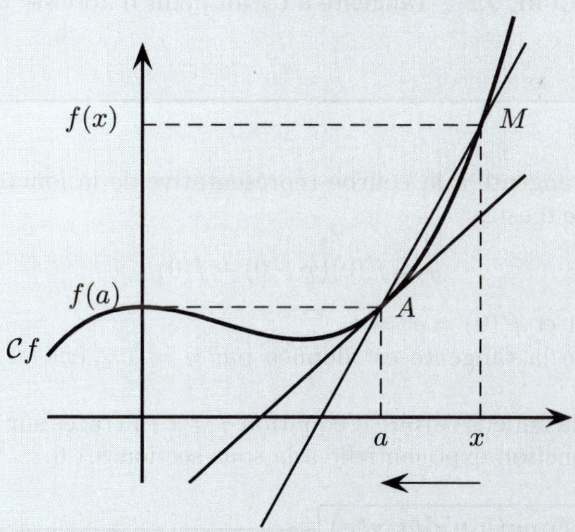

FIGURE 9.1 – Lorsque x tend vers a, le point M tend vers le point A, et la corde (AM) "tend vers" la tangente à $\mathcal{C}_f$ en A. Le nombre dérivé $f'(a)$ est le coefficient directeur de la tangente à $\mathcal{C}_f$ au point d'abscisse a.

Définition (Tangente)

Soit f une fonction dérivable en a.

On appelle **tangente** à la courbe représentative de f au point d'abscisse $x = a$, la droite d'équation

$$y = f'(a)(x - a) + f(a).$$

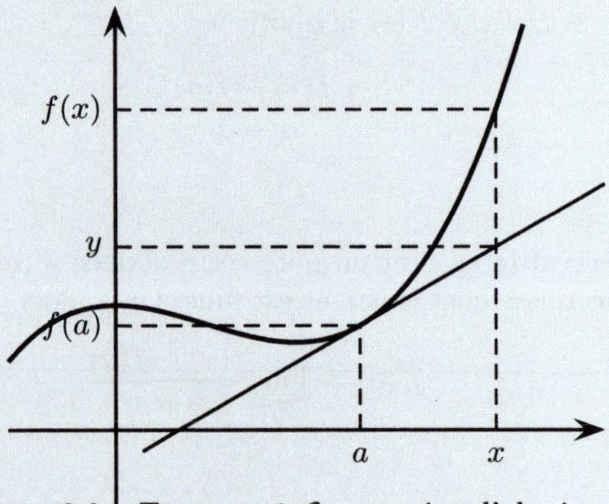

FIGURE 9.2 Tangente à $\mathcal{C}_f$ au point d'abscisse a.

Exemple 9.4

L'équation de la tangente à la courbe représentative de la fonction exponentielle au point d'abscisse 0 est :

$$y = f'(0)(x - 0) + f(0),$$

avec $f(0) = e^0 = 1$ et $f'(0) = e^0 = 1$.
D'où l'équation de la tangente est donnée par $y = 1 \times (x - 0) + 1$ c'est-à-dire $y = x + 1$.
On retrouve ainsi la fameuse droite d'équation $y = x+1$ tracée sur la représentation graphique de la fonction exponentielle à la sous-section 8.1.6.

Définition (Fonction dérivée)

Soit f une fonction dérivable en tout point x d'un intervalle I.
Alors la fonction qui à x associe $f'(x)$ est appelé **fonction dérivée** de f sur I.

Le tableau suivant contient les dérivées de fonctions usuelles.

Il est impératif de connaître ce tableau par cœur (dérivée mais aussi ensemble de définition).

D_f	**Fonction** f	**Fonction** f'	**Ensemble de définition de** f'
$\mathbb{R}$	k	0	$\mathbb{R}$
$\mathbb{R}$	$ax+b$	a	$\mathbb{R}$
$\mathbb{R}$	$x^n, \ n \in \mathbb{N}$	nx^{n-1}	$\mathbb{R}$
$\mathbb{R}^*$	$\frac{1}{x}$	$-\frac{1}{x^2}$	$\mathbb{R}^*$
$\mathbb{R}_+$	$\sqrt{x}$	$\frac{1}{2\sqrt{x}}$	$\mathbb{R}_+^*$
$\mathbb{R}_+^*$	$\ln(x)$	$\frac{1}{x}$	$\mathbb{R}_+^*$
$\mathbb{R}$	e^x	e^x	$\mathbb{R}$

Remarques

- À noter que l'on a toujours $D_{f'} \subset D_f$, car pour parler de la dérivée de f en un point il faut d'abord que la fonction existe en ce point.
- **À l'exception de la fonction racine carrée** (qui n'est pas dérivable en 0), les autres fonctions usuelles citées ci-dessus sont dérivables sur leur ensemble de définition.

Proposition (Opérations sur les dérivées)

Soient u et v sont deux fonctions définies et dérivables sur un même intervalle I.

Fonction	**Dérivée**	**Domaine de dérivation**
$u+v$	$u'+v'$	I
$k \times u,\ k \in \mathbb{R}$	$k \times u'$	I
$u \times v$	$u' \times v + u \times v'$	I
$\dfrac{u}{v}$	$\dfrac{u' \times v - u \times v'}{v^2}$	$\{x \in I,\ v(x) \neq 0\}$
u^2	$2 \times u' \times u$	I
$\dfrac{1}{u}$	$-\dfrac{u'}{u^2}$	$\{x \in I,\ u(x) \neq 0\}$
e^u	$u'\ e^u$	I
$\ln(u)$	$\dfrac{u'}{u}$	$\{x \in I,\ u(x) > 0\}$
$u(ax+b),\ (a,b) \in \mathbb{R}^2$	$au'(ax+b)$	I

Théorème (Dérivation et monotonie)

Soit f une fonction définie et dérivable sur un **intervalle** I. Si :

1) $\forall x \in I,\ f'(x) = 0$, alors f est constante sur I.
2) $\forall x \in I,\ f'(x) > 0$, alors f est strictement croissante sur I.
3) $\forall x \in I,\ f'(x) < 0$, alors f est strictement décroissante sur I.

*A noter que les deux derniers points restent vrais si $f'(x) = 0$ **pour un nombre fini** de valeurs de x. C'est le cas par exemple pour la fonction cube $f : x \mapsto x^3$, dont la dérivée s'annule en 0 et qui pourtant est strictement croissante sur $\mathbb{R}$ (car $\forall x \in \mathbb{R}^*, f'(x) > 0$).*

Erreurs à éviter

Attention, il est nécessaire de considérer **un intervalle** pour appliquer le théorème précédent, sinon il peut être faux.
Ainsi, la fonction inverse $f : x \mapsto \frac{1}{x}$ n'est pas strictement décroissante sur $\mathbb{R}^*$. En effet, $-3 < 2$ mais $-1/3 < 1/2$ (l'ordre des images est le même que celui des antécédents), alors même que sa dérivée est strictement négative $\mathbb{R}^*$ (pour tout $x \in \mathbb{R}^*$, $f'(x) = -\frac{1}{x^2} < 0$).
Le problème c'est que $\mathbb{R}^*$ n'est pas un intervalle, mais l'union de deux intervalles qui sont $\mathbb{R}_+^*$ et $\mathbb{R}_-^*$.
On peut par contre affirmer que la fonction inverse est décroissante sur $\mathbb{R}_+^*$ (car pour tout $x \in \mathbb{R}_+^*$, $f'(x) = -\frac{1}{x^2} < 0$) et qu'elle est décroissante sur $\mathbb{R}_-^*$ (car pour tout $x \in \mathbb{R}_-^*$, $f'(x) = -\frac{1}{x^2} < 0$).

9.2 Méthodes

9.2.1 Déterminer l'ensemble de définition d'une fonction

Méthode

Il est important de savoir donner l'ensemble de définition d'une fonction. Pour cela il faut faire attention à trois points :

1) $\frac{*}{\Delta}$ existe si et seulement si $\Delta \neq 0$.
2) $\ln(*)$ existe si et seulement si $* > 0$, car le logarithme est défini sur $\mathbb{R}_+^*$.
3) $\sqrt{*}$ existe si et seulement si $* \geq 0$, car la racine carrée est définie sur $\mathbb{R}_+$.

Autrement dit,

1) un quotient est bien défini si et seulement si son dénominateur est non nul,
2) un logarithme est bien défini si et seulement si ce qu'il y a à l'intérieur du logarithme est **strictement** positif,
3) une racine carrée est bien définie si et seulement si ce qu'il y a sous la racine est positif.

Pour trouver l'ensemble de définition d'une fonction vous serez souvent amené à résoudre des équations ou inéquations. D'où l'importance de maîtriser le chapitre 7.

Exemple 9.5
Voici quelques exemples de recherche de domaine de définition.

- $f : x \mapsto \dfrac{x-1}{x+3}$.
  On a $\mathcal{D}_f = \{x \in \mathbb{R},\ x+3 \neq 0\}$.
  Or, $x+3=0 \Leftrightarrow x=-3$.
  D'où $\mathcal{D}_f = \mathbb{R} \setminus \{-3\}$.
- $f : x \mapsto \sqrt{x^2+x+1}$.
  On a $\mathcal{D}_f = \left\{x \in \mathbb{R},\ x^2+x+1 \geq 0\right\}$.
  On étudie alors le signe du trinôme du second degré x^2+x+1.
  Son discriminant vaut $\Delta = -3 < 0$.
  D'où x^2+x+1 est toujours du signe de 1, c'est-à-dire positif.
  Donc, pour tout $x \in \mathbb{R}, x^2+x+1 \geq 0$.
  D'où $\mathcal{D}_f = \mathbb{R}$.
- $f : x \mapsto \ln(x+4)$.
  On a $\mathcal{D}_f = \{x \in \mathbb{R},\ x+4 > 0\}$.
  Or, $x+4>0 \Leftrightarrow x>-4$.
  D'où $\mathcal{D}_f =]-4;+\infty[$.

9.2.2 Dériver à l'aide des opérations usuelles

Méthode

1) Donner l'ensemble de définition de la fonction.
2) Repérer la forme de la fonction (somme, produit ou quotient de fonctions usuelles).
3) Appliquer la formule de dérivation associée et la justifier par une phrase.

Remarque

Lorsque vous avez à dériver des sommes, produits, quotients de fonctions usuelles, je vous invite à toujours identifier rapidement u et v et à écrire la formule de dérivation au brouillon, puis à retranscrire le résultat sur votre copie, et ce afin d'éviter des erreurs de calculs.

Voici trois exemples rédigés pour la somme, le produit et le quotient.
Je vous invite à bien retenir les phrases justificatives et à rédiger ainsi lorsque l'on vous demande de dériver une fonction. Il est très important de bien rédiger ce type de questions.
Comme vous l'aurez compris le résultat seul ne suffit plus en prépa, il faut aussi une rédaction précise et soignée qui témoigne de la rigueur et de la justesse du raisonnement.

Exemple 9.6
Étudier la dérivabilité de $f : x \mapsto e^x + \sqrt{x}$.

$D_f = \mathbb{R}_+$.
f est dérivable sur $\mathbb{R}_+^*$ car c'est une somme de fonctions dérivables sur $\mathbb{R}_+^*$ (car attention $x \mapsto \sqrt{x}$ est dérivable uniquement sur $\mathbb{R}_+^*$) et, pour tout $x \in \mathbb{R}_+^*$,

$$f'(x) = e^x + \frac{1}{2\sqrt{x}}.$$

Exemple 9.7
Étudier la dérivabilité de $f : x \mapsto xe^x$.

$D_f = \mathbb{R}$.
f est dérivable sur $\mathbb{R}$ car c'est un produit de fonctions dérivables sur $\mathbb{R}$ et, pour tout $x \in \mathbb{R}$,

$$f'(x) = 1 \times e^x + x \times e^x.$$

Exemple 9.8
Étudier la dérivabilité de $f : x \mapsto \dfrac{x}{x+2}$.

$D_f = \{x \in \mathbb{R} \text{ tels que } x + 2 \neq 0\} = \mathbb{R} \setminus \{-2\}$.
f est dérivable sur $\mathbb{R} \setminus \{-2\}$ car c'est un quotient de fonctions dérivables sur $\mathbb{R} \setminus \{-2\}$ **dont le dénominateur ne s'annule pas sur** $\mathbb{R} \setminus \{-2\}$.
C'est important d'écrire cette phrase : c'est parce que $x + 2 \neq 0$ *sur* $\mathbb{R} \setminus \{-2\}$ *que le quotient est défini et dérivable sur* $\mathbb{R} \setminus \{-2\}$.
Et, pour tout $x \in \mathbb{R} \setminus \{-2\}$,

$$f'(x) = \frac{1 \times (x+2) - x \times 1}{(x+2)^2} = \frac{2}{(x+2)^2}.$$

Attention la formule de dérivation d'un quotient n'est pas symétrique par rapport au rôle du numérateur et du dénominateur : on commence toujours par dériver le numérateur et non l'inverse.

9.2.3 Dériver une fonction composée

Méthode

- Toute fonction de la forme $x \mapsto \exp(u(x))$ est dérivable sur tout intervalle sur lequel u est définie et dérivable.
- Toute fonction de la forme $x \mapsto \ln(u(x))$ est dérivable sur tout intervalle sur lequel u est définie, **strictement positive** et dérivable.

Exemple 9.9
Étudier la dérivabilité de $f : x \mapsto e^{x^2+1}$.

$D_f = \mathbb{R}$.
f est dérivable sur $\mathbb{R}$, par composition de fonctions dérivables sur $\mathbb{R}$, et pour tout $x \in \mathbb{R}$, $f'(x) = 2xe^{x^2+1}$.

Remarque : l'exponentielle étant dérivable sur tout $\mathbb{R}$, ici il n'y a pas besoin de plus de justifications.

Exemple 9.10
Étudier la dérivabilité de $f : x \mapsto \ln(x+1)$.

$D_f =]-1; +\infty[$.
f est dérivable sur $]-1; +\infty[$, car de la forme $\ln(u)$ avec $u : x \mapsto x+1$ dérivable et strictement positive sur $]-1; +\infty[$.
Et, pour tout $x \in]-1; +\infty[$,

$$f'(x) = \frac{u'(x)}{u(x)} = \frac{1}{x+1}.$$

9.2.4 Recherche du minimum/maximum sur un intervalle

Méthode

Pour trouver le minimum ou le maximum d'une fonction, on étudie ses variations (en dérivant si besoin) et en concluant grâce au tableau de variation.

Exemple 9.11
Déterminer le minimum de la fonction $g : x \to e^x - (x+1)$ sur $\mathbb{R}$.

Solution.
g est dérivable sur $\mathbb{R}$, car c'est une somme de fonctions usuelles dérivables sur $\mathbb{R}$ et pour tout $x \in \mathbb{R},\ g'(x) = e^x - 1$.
Soit $x \in \mathbb{R}$, $e^x - 1 \geq 0 \Leftrightarrow e^x \geq 1 \Leftrightarrow x \geq 0$.

D'où le tableau de variation suivant :

x	$-\infty$		0		$+\infty$
$g'(x)$		$-$	0	$+$	
g		$\searrow$	0	$\nearrow$	

D'où g admet sur $\mathbb{R}$ un minimum atteint en 0 et qui vaut 0.

Remarque

Cela se traduit aussi par, pour tout $x \in \mathbb{R},\ g(x) \geq 0$.
Ce qui donne encore que, pour $x \in \mathbb{R},\ e^x - (x+1) \geq 0$.
Et donc que, pour tout $x \in \mathbb{R},\ e^x \geq x + 1$.
Cela montre notamment que la représentation graphique de l'exponentielle se situe au dessus de sa tangente en 0 ((cf. représentation graphique de l'exponentielle au chapitre 8).

C'est une inégalité importante sur l'exponentielle que vous démontrerez et retrouverez à plusieurs reprises tout au long de l'année en ECG.

9.2.5 Monotonie des fonctions usuelles et encadrement

Cette partie n'est pas explicitement au programme de Terminale, mais elle se base sur des notions vues en Terminale et aborde un type de raisonnement que vous serez amenés à mettre en œuvre à plusieurs reprises en ECG.

Méthode

Soit I un intervalle.
Pour montrer que, pour tout $x \in I$, $h(x) \leq g(x)$ plusieurs méthodes sont possibles :

1) Soit de manière directe par encadrement, en utilisant la monotonie des fonctions usuelles.
2) Soit en montrant que, pour tout $x \in I$, $g(x) - f(x) \geq 0$.
   On se ramène ainsi en fait à l'étude du signe sur I de la fonction $f : x \mapsto g(x) - h(x)$.
   Pour étudier le signe de la fonction f à nouveau deux possibilités :
   (a) Soit directement par calcul.
   (b) Soit en dérivant f et en étudiant ses variations sur I, de façon à trouver son minimum par exemple et à monter qu'il est positif.

   Cas particuliers.
   Pour montrer que, pour tout $x \in I$, $h(x) \leq a$, on peut appliquer une des méthodes précédentes avec $g : x \mapsto a$.
   On peut aussi montrer plus simplement que h admet sur I un maximum qui est inférieur ou égal à a, par exemple en dérivant simplement la fonction h.

Remarque

La méthode par étude du signe de la différence des deux fonctions en dérivant fonctionne généralement toujours, mais elle peut parfois se révéler plus complexe que les autres méthodes.
On regardera donc toujours rapidement si la première méthode par encadrement direct ou la deuxième par étude du signe de la différence par un calcul direct fonctionnent.

Exemple 9.12

Montrer que, pour tout $x \geq 0$, $\sqrt{\dfrac{1}{x+3}} \leq \sqrt{\dfrac{1}{x+1}}$.

Solution.
Soit $x \geq 0$.

On a $0 < x + 1 \leq x + 3$

Donc $\dfrac{1}{x+1} \geq \dfrac{1}{x+3}$, car $x \mapsto \dfrac{1}{x}$ est décroissante sur $\mathbb{R}_+^*$.

Donc $\dfrac{1}{x+3} \leq \dfrac{1}{x+1}$, en remettant dans l'ordre croissant.

Donc $\sqrt{\dfrac{1}{x+3}} \leq \sqrt{\dfrac{1}{x+1}}$, car $x \mapsto \sqrt{x}$ est croissante sur $\mathbb{R}_+$.

Conclusion : pour tout $x \geq 0$, $\sqrt{\dfrac{1}{x+3}} \leq \sqrt{\dfrac{1}{x+1}}$.

Attention !
Cette méthode peut donner une inégalité bien plus grossière que l'inégalité demandée.
Ce n'est pas que l'on se soit trompé mais c'est juste que la méthode est grossière. Il faudra donc en choisir une autre plus raffinée (par exemple en étudiant le signe de la différence par dérivation).

Il faut par ailleurs bien justifier à chaque étape le sens des inégalités.

Exemple 9.13

Montrer que pour tout $x \geq 1$, $\dfrac{x^2}{2x-1} \leq x$.

Solution.
Soit $x \geq 1$, $\dfrac{x^2}{2x-1} - x = \dfrac{x^2 - x(2x-1)}{2x-1} = \dfrac{x-x^2}{2x-1} = \dfrac{x(1-x)}{2x-1}$.

Or, pour $x \geq 1$, on a $x > 0$, $1 - x \leq 0$ et $2x - 1 > 0$.

D'où, pour tout $x \geq 1$, $\dfrac{x^2}{2x-1} - x \leq 0$

(en utilisant la règle des signes pour un produit).

Et donc, pour tout $x \geq 1$, $\dfrac{x^2}{2x-1} \leq x$.

Remarque

Il y a des cas où on peut étudier directement le signe d'une fonction f.

1) Si la fonction est un polynôme du premier ou second degré, je calcule les racines et je fais un tableau de signe.
2) Si la fonction se présente sous forme de quotient ou produit que je peux factoriser à l'aide de termes de degré un ou deux, je fais un tableau de signe en étudiant le signe de tous les facteurs.
3) Si la fonction est une différence de fractions, **je mets tout au même dénominateur** et je vois si je peux me ramener au cas précédent.
Exemple : $1 - \dfrac{1}{x} = \dfrac{x-1}{x}$ *et je fais ensuite un tableau avec le signe de* $x - 1$ *et celui de* x.

Exemple 9.14

Montrer que, pour tout $x \in \mathbb{R}_+$, $\ln(1+x) \geq x - \frac{x^2}{2}$.

Solution.
Démontrer cette inégalité par encadrement direct ou par étude directe du signe de la différence n'est pas possible ici.
Nous allons donc étudier le signe de la différence des deux fonctions en passant par la dérivation.

Montrer que pour tout $x \in \mathbb{R}_+$, $\ln(1+x) \geq x - \frac{x^2}{2}$ équivaut à montrer que pour tout $x \in \mathbb{R}_+$, $\ln(1+x) - (x - \frac{x^2}{2}) \geq 0$.

On définit sur $\mathbb{R}_+$ la fonction $f : x \mapsto \ln(1+x) - (x - \frac{x^2}{2}) = \ln(1+x) - x + \frac{x^2}{2}$ et on étudie son signe sur $\mathbb{R}_+$.

Pour cela on étudie d'abord les variations de f.
f est dérivable sur $\mathbb{R}_+$, car somme de fonctions dérivables sur $\mathbb{R}_+$, et pour tout $x \in \mathbb{R}^+$,

$$f'(x) = \frac{1}{1+x} - 1 + x = \frac{x^2}{x+1} \geq 0$$

car $x \geq 0$, donc $x^2 \geq 0$ et $x+1 \geq 0$.
Ainsi, f est strictement croissante sur $\mathbb{R}^+$.
D'où le tableau de variation suivant (avec $f(0) = 0$) :

x	0		$+\infty$
$f'(x)$	0	$+$	
f	0	↗	

f est strictement croissante sur $\mathbb{R}^+$ et $f(0) = 0$.
Le minimum de f sur $\mathbb{R}_+$ est donc atteint en 0 et vaut 0.
Autrement dit, pour tout $x \in \mathbb{R}_+$, $f(x) \geq 0$.
En conclusion, pour tout $x \in \mathbb{R}_+$, $\ln(1+x) - x + \frac{x^2}{2} \geq 0$.
Ce qui équivaut à, pour tout $x \in \mathbb{R}_+$, $\ln(1+x) \geq x - \frac{x^2}{2}$.

9.3 Pour s'entraîner

9.3.1 Exercices

Exercice 9.1

1) Justifier que $5 \leq \sqrt{29} \leq 6$.
2) Résoudre dans $\mathbb{R}$ l'équation $x^2 - x - 7 = 0$ et donner un encadrement des solutions.

Exercice 9.2
Déterminer les variations des fonctions suivantes, après en avoir précisé l'ensemble de définition.

1) $f : x \mapsto xe^x$.
2) $g : x \mapsto \dfrac{x+1}{x+2}$.
3) $h : x \mapsto x + \dfrac{1}{x}$.
4) $l : x \mapsto \ln(x^2 + 1)$.
5) $m : x \mapsto \dfrac{10x+4}{5x^2+1}$.

Exercice 9.3 (Exercice plus difficile)
Déterminer l'ensemble de définition des fonctions suivantes et les dériver :

1) $f_1 : x \mapsto \ln\left(-x^2 - 2x + 3\right)$.
2) $f_2 : x \mapsto \dfrac{1}{\ln(2-x^2)}$.
3) $f_3 : x \mapsto \dfrac{\ln(x^2+1)}{xe^{2x}}$.

Exercice 9.4 (Exercice type début 1ère année ECG)
On considère les fonctions g et f, définies respectivement par :

$$g(x) = \ln(1+x^2) + \frac{2x^2}{1+x^2} - 2 \quad \text{et} \quad f(x) = x\ln(1+x^2) - 2x.$$

Ce problème a pour but d'étudier les variations de f.

1) Déterminer l'ensemble de définition de g et f.
2) Calculer $g(0)$ et $f(0)$.
3) Montrer que, pour tout $x \geq 0, g'(x) = \dfrac{2x(3+x^2)}{(1+x^2)^2}$.
4) En déduire le sens de variation de g sur $\mathbb{R}_+$.
5) Montrer que $f' = g$.

6) En admettant qu'il existe un unique $\alpha \in \mathbb{R}_+$ tel que $g(\alpha) = 0$, en déduire le tableau de variations de f sur $\mathbb{R}_+$.

Exercice 9.5 (Exercice type début 1ère année ECG)
Montrer que pour tout $x \geqslant 0$, $(x-1)e^x + \dfrac{x^2 e^x}{2} + 1 \geqslant 0$.

9.3.2 Corrigés

Solution 9.1

1) On a $25 \leq 29 \leq 36$.
Donc $\sqrt{25} \leq \sqrt{29} \leq \sqrt{36}$, car la fonction racine carrée est croissante sur $\mathbb{R}_+$.
Donc $5 \leq \sqrt{29} \leq 6$.

2) Résolvons l'équation du second degré $x^2 - x - 7 = 0$.
Son discriminant vaut $\Delta = (-1)^2 - 4 \times 1 \times (-7) = 1 + 28 = 29 > 0$.
Cette équation admet donc deux solutions qui sont

$$x_1 = \frac{1-\sqrt{29}}{2} \quad \text{et} \quad x_2 = \frac{1+\sqrt{29}}{2}.$$

Or d'après la question 1), on a $5 \leq \sqrt{29} \leq 6$.
Donc $6 \leq 1 + \sqrt{29} \leq 7$ (en ajoutant 1).
Donc $3 \leq \dfrac{1+\sqrt{29}}{2} \leq \dfrac{7}{2}$ (en divisant par 2>0, donc on ne change pas le sens des inégalités).

De même, on a $5 \leq \sqrt{29} \leq 6$.
Donc $-5 \geq -\sqrt{29} \geq -6$ (on change le sens des inégalités, car on multiplie par $-1 < 0$).
Donc $-6 \leq -\sqrt{29} \leq -5$ (en réécrivant l'inégalité dans l'ordre croissant).
Donc $-5 \leq 1 - \sqrt{29} \leq -4$ (en ajoutant 1).
Donc $-\dfrac{5}{2} \leq \dfrac{1-\sqrt{29}}{2} \leq -2$ (en divisant par 2>0, don on ne change pas le sens des inégalités).
Ainsi, $-\dfrac{5}{2} \leq x_1 \leq -2$ et $3 \leq x_2 \leq \dfrac{7}{2}$.

Solution 9.2

1) $D_f = \mathbb{R}$.
f est dérivable sur $\mathbb{R}$, car c'est le produit de fonctions usuelles dérivables sur $\mathbb{R}$, et pour tout $x \in \mathbb{R}$,

$$f'(x) = 1 \times e^x + x \times e^x = (1+x)e^x.$$

Pensez toujours à factoriser au maximum la dérivée avant d'en étudier le signe.
Or, pour tout $x \in \mathbb{R}$, $e^x > 0$, d'où le signe de $f'(x)$ dépend uniquement du signe de $1 + x$.
Or, pour tout $x \in \mathbb{R}$, $1 + x > 0 \Leftrightarrow x > -1$.
Ainsi, f est strictement croissante sur $[-1; +\infty[$ et strictement décroissante sur $]-\infty; -1]$.

2) $D_g = \{x \in \mathbb{R},\ x + 2 \neq 0\}$.
Or, pour tout $x \in \mathbb{R}$, $x + 2 \Leftrightarrow x = -2$.
D'où, $D_g = \mathbb{R} \setminus \{-2\}$.
g est dérivable sur D_g, car c'est un quotient de fonctions usuelles dérivables sur D_g dont le dénominateur ne s'annule pas sur D_g, et pour tout $x \in D_g$,

$$g'(x) = \frac{1 \times (x+2) - 1 \times (x+1)}{(x+2)^2} = \frac{1}{(x+2)^2} > 0.$$

D'où, g est strictement croissante sur $\mathbb{R} \setminus \{-2\}$.

3) $D_h = \mathbb{R}^*$.
h est dérivable sur $\mathbb{R}^*$, car c'est une somme de fonctions dérivables sur $\mathbb{R}^*$, et pour tout $x \in \mathbb{R}^*$,

$$h'(x) = 1 - \frac{1}{x^2} = \frac{x^2 - 1}{x^2}.$$

Or, pour tout $x \in \mathbb{R}^*$, $x^2 > 0$, donc le signe de $h'(x)$ dépend uniquement de celui de $x^2 - 1$.
Or, pour tout $x \in \mathbb{R}^*$, $x^2 - 1 > 0 \Leftrightarrow x^2 > 1 \Leftrightarrow x < -1$ ou $x > 1$.
Ainsi, h est strictement croissante sur $]-\infty; -1] \cup [1; +\infty[$ et strictement décroissante sur $[-1; 1] \setminus \{0\}$.

4) $D_l = \{x \in \mathbb{R},\ x^2 + 1 > 0\}$.
Or, pour tout $x \in \mathbb{R}, x^2 \geq 0$ et donc $x^2 + 1 > 0$.
D'où, $D_l = \mathbb{R}$.
l est dérivable sur $\mathbb{R}$, car de la forme $\ln(u)$ avec $u : x \mapsto x^2 + 1$ dérivable et strictement positive sur $\mathbb{R}$, et pour tout $x \in \mathbb{R}$,

$$l'(x) = \frac{2x}{x^2 + 1}.$$

Or, pour tout $x \in \mathbb{R}$, $x^2 + 1 > 0$, d'où le signe de $l'(x)$ est celui de $2x$.
Or, pour tout $x \in \mathbb{R}$, $2x > 0 \Leftrightarrow x > 0$.
Ainsi, l est strictement croissante sur $\mathbb{R}^+$ et strictement décroissante sur $\mathbb{R}_-$.

5) $D_m = \{x \in \mathbb{R},\ 5x^2 + 1 \neq 0\}$.

Or, pour tout $x \in \mathbb{R}$, $5x^2 + 1 > 0$.
D'où $D_m = \mathbb{R}$.

m est dérivable sur D_m, car c'est un quotient de fonctions usuelles dérivables sur D_m dont le dénominateur ne s'annule pas sur D_m, et pour tout $x \in D_m$,

$$\begin{aligned} m'(x) &= \frac{10(5x^2+1) - 10x(10x+4)}{(5x^2+1)^2} \\ &= \frac{50x^2 + 10 - 100x^2 - 40x}{(5x^2+1)^2} \\ &= \frac{-50x^2 - 40x + 10}{(5x^2+1)^2} \\ &= -\frac{10(5x^2+4x-1)}{(5x^2+1)^2} \end{aligned}$$

Or, pour tout $x \in \mathbb{R}$, $(5x^2+1)^2 > 0$, d'où le signe de $m'(x)$ est contraire à celui de $5x^2 + 4x - 1$ (car $-10 < 0$).
Or, le trinôme du second degré $5x^2 + 4x - 1$ a pour discriminant $\Delta \doteq 4^2 - 4 \times 5 \times (-1) = 36 > 0$.
D'où $5x^2 + 4x - 1$ admet deux racines distinctes qui sont $x_1 = \dfrac{-4-6}{10} = -1$ et $x_2 = \dfrac{-4+6}{10} = \dfrac{1}{5}$.
D'où, le tableau de variation suivant :

x	0		-1		$1/5$		$+\infty$
$5x^2 + 4x - 1$		$+$	0	$-$	0	$+$	
$m'(x)$		$-$	0	$+$	0	$-$	
m	↘		-1	↗	5	↘	

D'où m est strictement croissante sur $[-1; 1/5]$ et strictement décroissante sur $]-\infty; -1] \cup [1/5; +\infty[$.

Solution 9.3

1) $D_{f_1} = \{x \in \mathbb{R},\ -x^2 - 2x + 3 > 0\}$,
afin que $\ln(-x^2 - 2x + 3)$ soit bien défini.
En calculant le discriminant du trinôme $-x^2 - 2x + 3$, on trouve que ses racines sont -3 et 1.
Comme le coefficient devant x^2 est $-1 < 0$, on en conclut que $-x^2-2x+3 > 0$ entre les racines (faire un tableau de signe si besoin).

D'où, $D_{f_1} =]-3; 1[$.

Par ailleurs, f_1 est de la forme $\ln u$, avec $u : x \mapsto -x^2 - 2x + 3$.
Or, u est dérivable et strictement positive sur D_{f_1}.
D'où f_1 est dérivable sur D_{f_1} et, pour tout $x \in D_{f_1}$,

$$f_1'(x) = \frac{u'(x)}{u(x)} = \frac{-2x-2}{-x^2-2x+3} = \frac{-(2x+2)}{-(x^2+2x-3)} = \frac{2x+2}{x^2+2x-3}.$$

2) $D_{f_2} = \{x \in \mathbb{R},\ 2 - x^2 > 0 \text{ et } \ln(2-x^2) \neq 0\}$,
afin que $\ln(2-x^2)$ soit bien défini et la fraction aussi.
Or,
- $2 - x^2 > 0 \Leftrightarrow x^2 < 2 \Leftrightarrow -\sqrt{2} < x < \sqrt{2}$.
- $\ln(2-x^2) = 0 \Leftrightarrow 2 - x^2 = e^0 \Leftrightarrow 2 - x^2 = 1 \Leftrightarrow x^2 = 1 \Leftrightarrow x = -1$ ou $x = 1$.

D'où, $D_{f_2} =]-\sqrt{2}; \sqrt{2}[\setminus \{-1; 1\} =]-\sqrt{2}; -1[\cup]-1; 1[\cup]1; \sqrt{2}[$.

Par ailleurs, f_2 est de la forme $\frac{1}{u}$ avec $u : x \mapsto \ln(2-x^2)$.
Or, u est dérivable et ne s'annule pas sur D_{f_2}.
D'où, f_2 est dérivable sur D_{f_2} et pour tout $x \in D_{f_2}$,

$$f_2'(x) = -\frac{u'(x)}{(u(x))^2} = -\frac{\frac{-2x}{2-x^2}}{(\ln(2-x^2))^2} = \frac{2x}{(2-x^2)(\ln(2-x^2))^2}.$$

3) $D_{f_3} = \{x \in \mathbb{R},\ x^2 + 1 > 0 \text{ et } xe^{2x} \neq 0\}$.
Or :
- $x^2 + 1 > 0$ est vrai pour tout réel.
- $xe^{2x} = 0 \Leftrightarrow x = 0$ (car $e^{2x} > 0$).

D'où, $D_{f_3} = \mathbb{R}^*$.
Par ailleurs, f_3 est de la forme $\frac{u}{v}$, avec $u : x \mapsto \ln(x^2+1)$ et $v : x \mapsto xe^{2x}$ toutes deux dérivables sur $\mathbb{R}^*$, avec pour tout $x \in \mathbb{R}^*$, $u'(x) = \frac{2x}{x^2+1}$ et $v'(x) = e^{2x} + 2xe^{2x} = (1+2x)e^{2x}$.
De plus, v ne s'annule pas sur $\mathbb{R}^*$.
D'où, f_3 est dérivable sur $\mathbb{R}^*$, car quotient de fonctions dérivables sur $\mathbb{R}^*$ dont le dénominateur ne s'annule pas sur $\mathbb{R}^*$, et pour tout $x \in \mathbb{R}^*$,

$$\begin{aligned} f'(x) &= \frac{u'(x)v(x) - u(x)v'(x)}{(v(x))^2} \\ &= \frac{\frac{2x}{x^2+1} \times xe^{2x} - \ln(x^2+1) \times (1+2x)e^{2x}}{(xe^{2x})^2} \\ &= \frac{\frac{2x^2}{x^2+1} - \ln(x^2+1) \times (1+2x)}{x^2e^{3x}}. \end{aligned}$$

Solution 9.4

1) $D_g = \{x \in \mathbb{R},\ 1 + x^2 > 0 \text{ et } 1 + x^2 \neq 0\}$.
Or $x^2 \geq 0$ pour tout $x \in \mathbb{R}$, d'où $1 + x^2 \geq 1$ pour tout $x \in \mathbb{R}$.
Les deux conditions sont donc toujours vérifiées pour tout x réel.
D'où, $D_g = \mathbb{R}$.

De même, $D_f = \{x \in \mathbb{R},\ 1 + x^2 > 0\}$.
D'où, $D_f = \mathbb{R}$.

2) $g(0) = \ln(1 + 0^2) + \dfrac{2 \times 0^2}{1 + 0^2} - 2 = \ln(1) + 0 - 2 = 0 - 2 = -2$.
$f(0) = 0 \times \ln(1 + 0^2) - 2 \times 0 = 0 - 0 = 0$.

3) Pour tout $x \in \mathbb{R}_+$, $g(x)$ est de la forme $\ell(x) + m(x) - 2$ avec $\ell(x) = \ln(1 + x^2)$ et $m(x) = \dfrac{2x^2}{1 + x^2}$.
ℓ est de la forme $\ln(u)$ avec $u : x \mapsto 1 + x^2$.
Or, u est dérivable sur $\mathbb{R}_+$ avec, pour tout $x \in \mathbb{R}_+$ $u'(x) = 2x$, et est strictement positive sur $\mathbb{R}_+$.
D'où, ℓ est dérivable sur $\mathbb{R}_+$, par composition, et pour tout $x \in \mathbb{R}_+$,

$$\ell'(x) = \frac{u'(x)}{u(x)} = \frac{2x}{1 + x^2}.$$

Par ailleurs, m est de la forme $\dfrac{v}{w}$ avec, pour tout $x \in \mathbb{R}_+$, $v(x) = 2x^2$ et $w(x) = 1 + x^2$.
Or, v et w sont dérivables sur $\mathbb{R}_+$ avec, pour tout $x \in \mathbb{R}_+$, $v'(x) = 4x$ et $w'(x) = 2x$, et de plus w ne s'annule pas sur $\mathbb{R}_+$.
D'où m est dérivable sur $\mathbb{R}_+$, comme quotient de fonctions dérivables sur $\mathbb{R}_+$ dont le dénominateur ne s'annule pas sur $\mathbb{R}_+$, et pour tout $x \in \mathbb{R}_+$,

$$m'(x) = \frac{v'(x)w(x) - v(x)w'(x)}{(w'(x))^2} = \frac{4x(1 + x^2) - (2x) \times 2x^2}{(1 + x^2)^2} = \frac{4x + 4x^3 - 4x^3}{(1 + x^2)^2}.$$

Ainsi, pour tout $x \in \mathbb{R}_+$, $m'(x) = \dfrac{4x}{(1 + x^2)^2}$.
On en déduit que g est dérivable sur $\mathbb{R}_+$, car somme de fonctions dérivables sur $\mathbb{R}_+$ et, pour tout $x \in \mathbb{R}_+$,

$$g'(x) = \ell'(x) + m'(x) = \frac{2x}{1 + x^2} + \frac{4x}{(1 + x^2)^2} = \frac{2x(1 + x^2) + 4x}{(1 + x^2)^2} = \frac{2x + 2x^3 + 4x}{(1 + x^2)^2}.$$

Ainsi, pour tout $x \in \mathbb{R}_+$, $g'(x) = \dfrac{6x + 2x^3}{(1 + x^2)^2}$.

Après factorisation, on en déduit que, pour tout $x \in \mathbb{R}_+$, $g'(x) = \dfrac{2x(3 + x^2)}{(1 + x^2)^2}$.

4) Pour tout $x \geq 0$, $3 + x^2 > 0$ et $1 + x^2 > 0$.
D'où le signe de g' est le même que celui de x.
On a donc le tableau suivant :

x	0		$+\infty$
$g'(x)$	0	$+$	
g	-2	$\nearrow$	

5) f est dérivable sur $\mathbb{R}_+$, car somme, produit et composées de fonctions dérivables sur $\mathbb{R}_+$ (on ne détaille pas autant que pour g ici), et pour tout $x \in \mathbb{R}_+$,
$$f'(x) = 1 \times \ln(1 + x^2) + x \times \frac{2x}{1 + x^2} - 2 = \ln(1 + x^2) + \frac{2x^2}{1 + x^2} - 2 = g(x).$$

6) On admet qu'il existe un unique $\alpha \in \mathbb{R}_+$ tel que $g(\alpha) = 0$.

Comme g est strictement croissante sur $\mathbb{R}_+$, on en déduit que :

(a) Si $0 \leq x \leq \alpha$ alors $g(-2) \leq g(x) \leq g(\alpha)$.

(b) Si $\alpha \leq x$ alors $g(\alpha) \leq g(x)$.

Or, $g(\alpha) = 0$.
D'où, si $0 \leq x \leq \alpha$ alors $g(x) \leq 0$ et si $\alpha \leq x$ alors $g(x) \geq 0$.

Comme le signe de f' est celui de g sur $\mathbb{R}^+$ (cf. q. précédente), on en déduit alors le tableau suivant :

x	0		α		$+\infty$
$f'(x)$		$-$	0	$+$	
f		$\searrow$	$f(\alpha)$	$\nearrow$	

Solution 9.5

On définit sur $[0, +\infty[$ la fonction f par $f : x \mapsto (x-1)e^x + \dfrac{x^2e^x}{2} + 1$.

f est dérivable sur $[0, +\infty[$ (car produit et somme de fonctions dérivables sur $[0, +\infty[$) et, pour tout $x \in [0, +\infty[$,

$$\begin{aligned}
f'(x) &= e^x + e^x(x-1) + xe^x + \frac{1}{2}x^2e^x \\
&= e^x + xe^x - e^x + xe^x + \frac{1}{2}x^2e^x \\
&= 2xe^x + \frac{1}{2}x^2e^x \\
&= \frac{4xe^x + x^2e^x}{2} \\
&= \frac{xe^x(4+x)}{2}.
\end{aligned}$$

Cette dérivée est clairement positive sur $[0, +\infty[$.
Et on en déduit donc le tableau de variation suivant :

x	0		$+\infty$
$f'(x)$	0	$+$	
f	0	↗	

La fonction f est donc croissante sur $[0, +\infty[$ et, puisque $f(0) = 0$, on en déduit que f admet sur $[0, +\infty[$ un minimum atteint en 0 et qui vaut 0.
D'où, pour tout $x \in \mathbb{R}_+$, $f(x) \geqslant 0$.

Autrement dit, pour tout $x \in \mathbb{R}_+$, $(x-1)e^x + \dfrac{x^2e^x}{2} + 1 \geqslant 0$.

Chapitre 10

Suites réelles

Dans ce chapitre, nous rappelons les principales notions à maîtriser sur les suites réelles et nous passons en revue les propriétés essentielles des deux types de suite à connaître parfaitement : les suites arithmétiques et géométriques.

Sommaire

10.1 Rappel de cours

10.1.1 Définition et monotonie d'une suite

Définition (Suite)

Une suite réelle $u = (u_n)_{n\in\mathbb{N}}$ est une fonction définie sur $\mathbb{N}$ et à valeurs dans $\mathbb{R}$.
L'image de n par la suite u se note u_n et est appelé le terme d'indice n ou de rang n de la suite.

Exemple 10.1
Considérons la suite $(u_n)_{n\in\mathbb{N}}$ définie, pour tout $n \in \mathbb{N}$, par $u_n = 2^n$.
Ses premiers termes sont $u_0 = 2^0 = 1$, $u_1 = 2^1 = 2$, $u_2 = 2^2 = 4$, etc.

Remarques

- Une suite n'est pas nécessairement définie sur $\mathbb{N}$. Elle peut être définie sur $\mathbb{N}^*$ ou débuter au rang 2, 3, etc.
- Lorsqu'il n'y a pas d'ambiguïté, on ne précise pas toujours le rang à partir duquel la suite est définie et on écrit souvent "la suite (u_n)" ou même "la suite u" tout simplement.

Sans perte de généralité, nous considérerons dans ce qui suit des suites qui sont définies sur $\mathbb{N}$.

Erreurs à éviter

On ne confondra pas la suite (u_n) et son terme de rang n noté u_n.
La **suite** (l'ensemble de tous les termes) est notée entre parenthèses $(u_n)_{n\in\mathbb{N}}$.
Un **terme de la suite** est noté sans parenthèse u_n et désigne un nombre réel. Il peut donc être manipulé comme n'importe quel réel.

Remarque

Il faut voir l'indice n comme une "boîte", dans laquelle on peut mettre ce que l'on veut, à condition que ce soit un entier et que l'on mette le même entier dans toutes les "boîtes".
Par exemple, considérons la suite définie, pour tout $n \in \mathbb{N}$, par $u_n = 2n+3$.
Alors, pour tout $n \in \mathbb{N}$, on a :

- $u_{\boxed{2n}} = 2\boxed{2n} + 3$, c'est-à-dire $u_{2n} = 4n + 3$.
- $u_{\boxed{n^2}} = 2\boxed{n^2} + 3$, c'est-à-dire $u_{n^2} = 2n^2 + 3$.

Pour ne pas se tromper dans les calculs, remplacez le carré de la "boîte" par des parenthèses.
Ainsi, ne faites pas l'erreur fréquente qui consiste à écrire que
$u_{n+1} = 2n + 1 + 3 = 2n + 4$ alors que $u_{n+1} = 2(n + 1) + 3 = 2n + 5$.

Définition (Monotonie d'une suite)

Une suite $(u_n)_{n\in\mathbb{N}}$ est :

1) **Croissante** si et seulement si, pour tout $n \in \mathbb{N}$, $u_{n+1} \geq u_n$.
2) **Décroissante** si et seulement si, pour tout $n \in \mathbb{N}$, $u_{n+1} \leq u_n$.
3) **Monotone** si et seulement si elle est croissante ou décroissante.
4) **Constante** si et seulement si,
pour tout $n \in \mathbb{N}$, $u_{n+1} = u_n$.
5) **Strictement croissante** si et seulement si,
pour tout $n \in \mathbb{N}$, $u_{n+1} > u_n$.
6) **Strictement décroissante** si et seulement si,
pour tout $n \in \mathbb{N}$, $u_{n+1} < u_n$.
7) **Strictement monotone** si et seulement si elle est strictement croissante ou strictement décroissante.

Remarque

Dans la pratique, seule les variations de la suite à partir d'un certain rang nous intéressent.
Ainsi, si on trouve que les premiers termes d'une suite (u_n) commencent par décroître jusqu'au rang 5, puis croissent à partir du rang 5, on dira simplement que « (u_n) est croissante à partir du rang 5 ».

Remarque

Une suite n'est pas nécessairement monotone. Il existe plein de suites qui ne sont ni croissantes ni décroissantes. On peut citer l'exemple de la suite $(u_n)_{n\in\mathbb{N}}$ définie par $u_n = (-1)^n$, dont les termes prennent alternativement les valeurs 1 et -1, et qui est donc ni croissante ni décroissante.

10.1.2 Suites arithmétiques et géométriques

Définition

Définition (Suite arithmétique)

Une suite $(u_n)_{n\in\mathbb{N}}$ est dite arithmétique s'il existe un réel r tel que, pour tout $n \in \mathbb{N}$, $u_{n+1} = u_n + r$.
Le nombre r est appelé raison de la suite.

Exemple 10.2
La suite $(u_n)_{n\in\mathbb{N}}$ définie par $u_0 = 1$ et, pour tout $n \in \mathbb{N}$, $u_{n+1} = u_n + 2$ est une suite arithmétique de raison 2.

Proposition

Soit $(u_n)_{n\in\mathbb{N}}$ une suite arithmétique de raison r et de premier terme u_0.
Alors, pour tout $n \in \mathbb{N}$, on a $u_n = u_0 + nr$.
Et de manière plus générale, pour tout $n \in \mathbb{N}$ et pour tout $p \in \mathbb{N}$, on a $u_n = u_p + (n-p)r$.

La proposition ci-dessus permet de trouver une expression explicite du terme général u_n d'une suite arithmétique en fonction de n.

Erreurs à éviter

Si la suite commence au rang 1, ne pas faire l'erreur qui consiste à écrire que, pour tout $n \geq 1$, $u_n = u_1 + nr$.
Ce qui est vrai dans ce cas, c'est que, pour tout $n \geq 1$, $u_n = u_{\mathbf{1}} + (n - \mathbf{1})r$.

Exemple 10.3
Reprenons la suite (u_n) définie dans l'exemple 10.2.
On peut en déduire par exemple que, pour tout $n \in \mathbb{N}$, $u_n = u_0 + 2n = 1 + 2n$ mais aussi que $u_n = u_1 + 2(n-1)$.
On retrouve bien la première expression, car $u_1 = u_0 + 2 = 1 + 2 = 3$ (par définition de la suite) et donc $u_1 + 2(n-1) = 3 + 2(n-1) = 3 + 2n - 2 = 1 + 2n$.

Définition (Suite géométrique)

Une suite $(u_n)_{n \in \mathbb{N}}$ est dite géométrique s'il existe un réel q tel que, pour tout $n \in \mathbb{N}$, $u_{n+1} = u_n \times q$.
Le nombre q est appelé raison de la suite.

Exemple 10.4
La suite $(u_n)_{n \in \mathbb{N}}$ définie par $u_0 = 2$ et, pour tout $n \in \mathbb{N}$, $u_{n+1} = 3u_n$ est une suite géométrique de raison 3.

Proposition

Soit $(u_n)_{n \in \mathbb{N}}$ une suite géométrique de raison q et de premier terme u_0.
Alors, pour tout $n \in \mathbb{N}$, on a $u_n = u_0 q^n$.
Et de manière plus générale, pour tout $n \in \mathbb{N}$ et pour tout $p \in \mathbb{N}$, on a $u_n = u_p q^{n-p}$.

La proposition ci-dessus permet de trouver une expression explicite du terme général u_n d'une suite géométrique en fonction de n.

Erreurs à éviter

Si la suite commence au rang 1, ne pas faire l'erreur qui consiste à écrire que, pour tout $n \geq 1$, $u_n = u_1 q^n$.
Ce qui est juste, c'est d'écrire que, pour tout $n \geq 1$, $u_n = \mathbf{u_1 q^{n-1}}$.

Exemple 10.5
Reprenons la suite (u_n) définie dans l'exemple 10.4.
On peut en déduire par exemple que, pour tout $n \in \mathbb{N}$, $u_n = u_0 \times 3^n = 2 \times 3^n$ mais aussi que $u_n = u_2 \times 3^{n-2}$.
On retrouve bien la première expression, car $u_1 = 3u_0 = 6$ et donc $u_2 = 3u_1 = 18$ (par définition de la suite) et donc $u_2 \times 3^{n-2} = 18 \times 3^{n-2} = 2 \times 3^2 \times 3^{n-2} = 2 \times 3^n$.

Les expressions explicites et implicites des suites arithmétiques et géométriques sont résumées dans le tableau ci-dessous (que vous devez connaître par cœur).

Il faut que cela devienne naturel pour vous de passer de la définition par récurrence à la formule explicite du terme général, et inversement.

Soit $n \in \mathbb{N}$ et $p \in \mathbb{N}$.

	Suite arithmétique de raison r de premier terme u_0	Suite géométrique de raison q de premier terme u_0
Définition par récurrence	$u_{n+1} = u_n + r$	$u_{n+1} = u_n \times q$
Formule explicite	$u_n = u_0 + nr$	$u_n = u_0 \times q^n$
Relation entre deux termes	$u_n = u_p + (n-p)r$	$u_n = u_p q^{n-p}$

A noter que les formules présentées à la deuxième ligne du tableau sont un cas particulier de celles présentées à la troisième ligne du tableau en prenant $p = 0$.

Remarque

- On retiendra qu'une suite (u_n) est arithmétique de raison r si l'on passe d'un terme au suivant en ajoutant à chaque fois la même quantité r, **indépendante de** n.
  Cette quantité est appelée raison de la suite arithmétique.
- On retiendra qu'une suite (u_n) est géométrique de raison q si l'on passe d'un terme au suivant en multipliant à chaque fois par la même quantité q, **indépendante de** n.
  Cette quantité est appelée raison de la suite géométrique.

Somme des termes successifs d'une suite arithmétique ou géométrique

Proposition (Sommes de référence)

1) Si $(u_n)_{n\in\mathbb{N}}$ est arithmétique de raison r alors, pour tout $n \in \mathbb{N}$, on a :
$$u_0 + u_1 + \ldots + u_n = \frac{(u_0 + u_n)(n+1)}{2}.$$
De façon plus générale, pour $p \in \mathbb{N}$ tel que $p \leq n$, on a :
$$u_p + u_{p+1} + \ldots + u_n = \frac{(u_p + u_n)(n-p+1)}{2}.$$

2) Si $(u_n)_{n\in\mathbb{N}}$ est géométrique de raison $q \neq 1$ alors, pour tout $n \in \mathbb{N}$, on a :
$$u_0 + u_1 + \ldots + u_n = u_0 \frac{1 - q^{n+1}}{1-q}.$$
De façon plus générale, pour $p \in \mathbb{N}$ tel que $p \leq n$, on a :
$$u_p + u_{p+1} + \ldots + u_n = u_p \frac{1 - q^{n-p+1}}{1-q}.$$

Remarque

Je vous conseille de retenir la proposition précédente de la manière suivante :

- La somme des termes successifs d'une suite arithmétique égale $\dfrac{(\text{nb de termes}) \times (1^{\text{er}} \text{ terme} + \text{dernier terme})}{2}$.
- La somme des termes successifs d'une suite géométrique égale $(1^{\text{er}} \text{ terme}) \times \dfrac{1 - q^{\text{nb. de termes}}}{1-q}$.
- Le nombre de termes qu'il y a dans une somme du type
$$u_p + u_{p+1} + \ldots + u_n$$
vaut $n - p + 1$, c'est à dire égale l'indice le plus grand des termes de la suite moins l'indice le plus petit auquel on ajoute 1.

Monotonie

Proposition (Monotonie des suites arithmétiques)

Soit (u_n) une suite arithmétique de raison r.

1) Si $r > 0$, (u_n) est strictement croissante.
2) Si $r < 0$, (u_n) est strictement décroissante.
3) Si $r = 0$, (u_n) est constante.

Remarque

Ce résultat est du au fait que, dans une suite arithmétique de raison r, on passe d'un terme au suivant en ajoutant r. D'où, si r est positif, on ajoute à chaque fois un nombre positif au terme précédent et on obtient donc nécessairement un terme plus grand au rang suivant. Les termes de la suite vont donc dans ce cas en croissant.
Et inverse, si r est négatif, on ajoute à chaque fois un nombre négatif au terme précédent et on obtient donc nécessairement un terme plus petit au rang suivant. Les termes de la suite vont donc dans ce cas en décroissant.

Proposition

Soit (q^n) une suite géométrique de raison q telle que $q \neq 0$.

1) Si $0 < q < 1$, (q^n) est strictement décroissante.
2) Si $q > 1$, (q^n) est strictement croissante.
3) Si $q = 1$, (q^n) est constante.
4) Si $q < 0$, (q^n) non monotone.

Exemple 10.6

- La suite $\left(\left(\frac{1}{2}\right)^n\right)_{n\in\mathbb{N}}$ est strictement décroissante (ses premiers termes sont $1, \dfrac{1}{2}, \dfrac{1}{4}, \ldots$).
- La suite $(2^n)_{n\in\mathbb{N}}$ est strictement croissante (ses premiers termes sont $2, 4, 8, 16, \ldots$).
- La suite $(1^n)_{n\in\mathbb{N}}$ est constante, car tous ses termes valent 1.
- La suite $((-1)^n)_{n\in\mathbb{N}}$ est non monotone, car ses termes prennent successivement les valeurs 1 et -1.

Remarque

Soit (u_n) une suite géométrique de raison q telle que, pour tout $n \in \mathbb{N}$, $u_n = u_0 q^n$.
De la proposition ci-dessus, on peut en déduire que :

1) Si $u_0 > 0$ alors
   - si $0 < q < 1$, (u_n) est strictement décroissante ;
   - si $q > 1$, (u_n) est strictement croissante,

   car la multiplication par u_0 ne change pas l'ordre des termes.
2) Si $u_0 < 0$ alors
   - si $0 < q < 1$, (u_n) est strictement croissante ;
   - si $q > 1$, (u_n) est strictement décroissante,

   car la multiplication par u_0 change l'ordre des termes.

On retiendra ainsi que la monotonie d'une suite géométrique dépend à la fois de sa raison q et de son premier terme u_0.

10.2 Méthodes

10.2.1 Montrer qu'une suite est arithmétique ou géométrique

Méthode

1) **Suite arithmétique**
   Pour démontrer qu'une suite est arithmétique, il suffit de montrer que, pour tout $n \in \mathbb{N}$, on a :
   $$u_{n+1} - u_n = \text{constante}.$$
   Cette constante sera alors la raison de la suite arithmétique.
2) **Suite géométrique**
   Pour démontrer qu'une suite est géométrique, il suffit de montrer que, pour tout $n \in \mathbb{N}$, on a :
   $$u_{n+1} = \text{constante} \times u_n.$$
   Ou, **lorsque** $u_n \neq 0$, que pour tout $n \in \mathbb{N}$, on a $\dfrac{u_{n+1}}{u_n} = \text{constante}$.
   Cette constante sera alors la raison de la suite géométrique.

Remarques

- Lorsqu'on parle de constante, on sous-entend **une valeur indépendante de n** et qui doit donc être la même quelque soit le rang n de la suite considéré.
- Lorsqu'on souhaite montrer qu'une suite n'est pas arithmétique ou n'est pas géométrique, il suffit de trouver un contre exemple aux propriétés citées ci-dessus.

Exemple 10.7

1) La suite formée par les nombres entiers naturels pairs est une suite arithmétique de raison 2. Celle formée par les nombres entiers naturels impairs aussi, puisque dans les deux cas on passe d'un terme à l'autre en ajoutant 2.

2) La suite définie par $u_n = 5n - 2$, pour tout $n \in \mathbb{N}$, est arithmétique de raison 5.
En effet, pour tout $n \in \mathbb{N}$, $u_{n+1} - u_n = 5(n+1) - 2 - (5n - 2) = 5$.
Ainsi, on a bien que, pour tout $n \in \mathbb{N}$, $u_{n+1} = u_n + 5$.

3) La suite définie par $u_n = n^2$, pour tout $n \in \mathbb{N}$, n'est pas arithmétique.
En effet, $u_1 - u_0 = 1 \neq u_2 - u_1 = 3$.

4) La suite définie par $u_n = 2^n$, pour tout $n \in \mathbb{N}$, est géométrique de raison 2.
En effet, pour tout $n \in \mathbb{N}$, $\dfrac{u_{n+1}}{u_n} = \dfrac{2^{n+1}}{2^n} = 2$.
Ainsi, on a bien que, pour tout $n \in \mathbb{N}$, $u_{n+1} = 2u_n$.

On pouvait aussi voir que, pour tout $n \in \mathbb{N}$, $u_{n+1} = 2^{n+1} = 2 \times 2^n = 2u_n$.

5) La suite définie par $u_n = n^2$, pour tout $n \in \mathbb{N}$, n'est pas géométrique.
En effet, $\dfrac{u_2}{u_1} = 4 \neq \dfrac{u_3}{u_2} = \dfrac{9}{4}$.

10.2.2 Étudier la monotonie d'une suite

Plusieurs méthodes sont possibles.

Méthode

1) On peut étudier **le signe de la différence** $u_{n+1} - u_n$, pour tout $n \in \mathbb{N}$.
   - Si, pour tout $n \in \mathbb{N}$, $u_{n+1} - u_n \geq 0$, alors $u_{n+1} \geq u_n$ et la suite est donc croissante.
   - Si, pour tout $n \in \mathbb{N}$, $u_{n+1} - u_n \leq 0$, alors $u_{n+1} \leq u_n$ et la suite est donc décroissante.
   - Si, pour tout $n \in \mathbb{N}$, $u_{n+1} - u_n = 0$, alors $u_{n+1} = u_n$ et la suite est donc constante.

   Cette méthode est la première à essayer car elle ne nécessite pas d'hypothèses sur le terme général de la suite.
   Cependant, si u_n est complexe, l'étude directe du signe de $u_{n+1} - u_n$ a de fortes chances de l'être aussi.

2) Si tous les termes de la suite **sont strictement positifs**, on peut **comparer $\frac{u_{n+1}}{u_n}$ et 1**.
   - Si, pour tout $n \in \mathbb{N}$, $\frac{u_{n+1}}{u_n} \geq 1$, alors $u_{n+1} \geq u_n$ et la suite est donc croissante.
   - Si, pour tout $n \in \mathbb{N}$, $\frac{u_{n+1}}{u_n} \leq 1$, alors $u_{n+1} \leq u_n$ et la suite est donc décroissante.
   - Si, pour tout $n \in \mathbb{N}$, $\frac{u_{n+1}}{u_n} = 1$, alors $u_{n+1} = u_n$ et la suite est donc constante.

   Cette méthode peut être intéressante lorsque le terme général de la suite s'écrit sous la forme d'un quotient ou d'un produit, mais elle nécessite des hypothèses fortes qui doivent être vérifiées et ne peut donc pas toujours être appliquée.

3) Si **on reconnaît une suite arithmétique ou géométrique**, on peut appliquer directement les résultats du cours concernant la monotonie de ces suites particulières.

4) Si $u_n = f(n)$ (on parle alors d'une suite définie de manière explicite), **on peut étudier les variations de f** afin d'en déduire la monotonie de la suite. Pour les détails de cette méthode, nous renvoyons le lecteur à la sous-section 10.2.3 portant sur l'étude de suites définies de manière explicite.

Remarques

1) Soit $n \in \mathbb{N}$.
Le fait que $\frac{u_{n+1}}{u_n} \geq 1(*)$ implique que $u_{n+1} \geq u_n$ n'est vrai que si $u_n > 0$.
En effet, ce résultat se déduit en multipliant les deux membres de l'inégalité $(*)$ par u_n et donc, u_n étant positif, on ne change pas le sens des inégalités.
Par contre, si les termes u_n de la suite sont strictement négatifs, on peut raisonner de même mais en intervertissant le sens des inégalités au moment de la multiplication par $u_n < 0$.
Ainsi, si tous les termes de la suite **sont strictement négatifs**, on peut en déduire les résultats suivants :
   - Si, pour tout $n \in \mathbb{N}$, $\frac{u_{n+1}}{u_n} \geq 1$, alors $u_{n+1} \leq u_n$ et la suite est donc décroissante.
   - Si, pour tout $n \in \mathbb{N}$, $\frac{u_{n+1}}{u_n} \leq 1$, alors $u_{n+1} \geq u_n$ et la suite est donc croissante.

   Pour ne pas que vous vous trompiez, je vous invite à toujours refaire le raisonnement en partant de l'inégalité obtenues sur $\frac{u_{n+1}}{u_n}$.
2) Vous pouvez remplacer les "pour tout $n \in \mathbb{N}$, par "pour tout $n \geq p$", et dans ce cas vous conclurez simplement que la suite est croissante ou décroissante ou constante à partir du rang p.
3) Vous pouvez aussi remplacer les inégalités larges ($\geq$ ou $\leq$) par des inégalités strictes ($>$ ou $<$) et ajouter dans ce cas "strictement" devant "croissante" ou "décroissante".

Exemple 10.8
Étudier les variation des suites (u_n) définies ci dessous par :

1) $u_n = n^2 - n$, pour tout $n \in \mathbb{N}$.
2) $u_n = \dfrac{2^n}{n}$, pour tout $n \in \mathbb{N}^*$.

Solution.

1) Soit $n \in \mathbb{N}$.
On a $u_{n+1} - u_n = \left[(n+1)^2 - (n+1)\right] - \left[n^2 - n\right] = 2n \geq 0$.
D'où, pour tout $n \in \mathbb{N}$, $u_{n+1} \geq u_n$.
Donc (u_n) est croissante.
2) Soit $n \in \mathbb{N}^*$.
Comme $n \geq 1$, $\dfrac{2^n}{n} \neq 0$ et on peut donc considérer la quantité $\dfrac{u_{n+1}}{u_n}$, qui est plus adaptée que $u_{n+1} - u_n$, car le terme général s'écrit sous forme d'un quotient.

On a $\dfrac{u_{n+1}}{u_n} = \dfrac{\frac{2^{n+1}}{n+1}}{\frac{2^n}{n}} = \dfrac{2^{n+1}}{n+1} \times \dfrac{n}{2^n} = \dfrac{2n}{n+1}$.

Il s'agit donc de comparer $\dfrac{2n}{n+1}$ à 1.

Remarque : comparer $\dfrac{a}{b}$ *et 1 revient à comparer* $a-b$ *et 0.*

En effet, par exemple si $b>0$, $a-b \geq 0 \Leftrightarrow a \geq b \Leftrightarrow \dfrac{a}{b} \geq 1$ *(car* $b>0$ *donc on ne change pas le sens des inégalités).*

On a $2n-(n+1) = n-1 \geq 0$ (car $n \geq 1$).

D'où $2n \geq n+1$ et donc $\dfrac{2n}{n+1} \geq 1$ (on ne change pas le sens des inégalités car on divise par $n+1>0$).

D'où, $\dfrac{u_{n+1}}{u_n} \geq 1$.

Et donc, $u_{n+1} \geq u_n$ (on ne change pas le sens des inégalités car on multiplie par $u_n > 0$).

Ainsi, pour tout $n \geq 1$, $u_{n+1} \geq u_n$.

Donc (u_n) est croissante.

Remarque : on aurait pu aussi étudier le signe de $u_{n+1} - u_n$ *pour tout* $n \geq 1$*, mais dans ce cas il fallait pensait à réduire au même dénominateur et à factoriser par* 2^n *pour étudier le signe de la différence.*

En effet, pour tout $n \geq 1$*, on a :*

$$\begin{aligned} u_{n+1} - u_n &= \frac{2^{n+1}}{n+1} - \frac{2^n}{n} = \frac{n2^{n+1} - (n+1)2^n}{n(n+1)} = \frac{n2 \times 2^n - (n+1)2^n}{n(n+1)}, \\ &= \frac{2^n(2n-(n+1))}{n(n+1)} = \frac{2^n(n-1)}{n(n+1)} \geq 0 \end{aligned}$$

car $n \geq 1$ *donc* $n-1 \geq 0$.

D'où $u_{n+1} \geq u_n$ *et donc* (u_n) *est croissante.*

10.2.3 Cas particulier d'une suite définie de manière explicite

Ici, nous allons expliquer comment étudier la monotonie d'une suite définie de façon explicite, c'est-à-dire d'une suite $(u_n)_{n\in\mathbb{N}}$ définie par $u_n = f(n)$ (où f une fonction définie au moins sur $\mathbb{R}^+$, car $n \in \mathbb{N} \subset \mathbb{R}^+$).

Exemple 10.9

La suite (u_n) définie par $u_n = \frac{2+n}{n^2+1}$, pour tout $n \in \mathbb{N}$, est définie de manière explicite.

En effet, pour tout $n \in \mathbb{N}$, $u_n = f(n)$ avec $f : x \mapsto \frac{2+x}{x^2+1}$.

Méthode

Afin d'étudier la monotonie d'une suite $(u_n)_{n\in\mathbb{N}}$ définie de manière explicite par $u_n = f(n)$, on peut :

1) Soit appliquer une des méthodes évoquées à la sous-section 10.2.2. Il est d'ailleurs conseillé de d'abord vérifier si elles peuvent permettre de conclure rapidement.
2) Soit passer par l'étude de la fonction f.
En effet, on peut utiliser le résultat suivant :
   - Si f est croissante sur $[0;+\infty[$, alors pour tout $n \in \mathbb{N}$,
   $$n+1 \geq n \quad \text{et donc} \quad f(n+1) \geq f(n).$$
   Autrement dit, pour tout $n \in \mathbb{N}$, $u_{n+1} \geq u_n$ et la suite est donc croissante.
   - Si f est décroissante $[0;+\infty[$, alors pour tout $n \in \mathbb{N}$,
   $$n+1 \geq n \quad \text{et donc} \quad f(n+1) \leq f(n).$$
   Autrement dit, pour tout $n \in \mathbb{N}$, $u_{n+1} \leq u_n$ et la suite est donc décroissante.

Remarques

1) Pour montrer que f est croissante ou décroissante sur $[0;+\infty[$, on étudie ses variations généralement en passant par la dérivation.
D'où l'importance de bien maîtriser le chapitre précédent sur la dérivation.
2) Si la suite est définie à partir d'un rang p quelconque ou que l'on souhaite montrer qu'elle est monotone à partir d'un rang p donné, on remplacera $[0,+\infty[$ par $[p,+\infty[$.

Exemple 10.10

On considère la suite $(u_n)_{n\in\mathbb{N}}$ définie par $u_n = \dfrac{2n+3}{n+1}$, pour tout $n \in \mathbb{N}$.
Montrer que $(u_n)_{n\in\mathbb{N}}$ est croissante.

Solution.
Pour tout $n \in \mathbb{N}$, on a $u_n = f(n)$, avec $f : x \mapsto \dfrac{2x+3}{x+1}$.

1) Étudions les variations de f sur $[0, +\infty[$

f est dérivable sur $[0, +\infty[$ (car quotient de fonctions dérivables sur $[0, +\infty[$ dont le dénominateur ne s'annule pas sur $[0, +\infty[$) et pour tout $x \in [0, +\infty[$,

$$f'(x) = \frac{2(x+1) - (2x+3)}{(x+1)^2} = -\frac{1}{(x+1)^2} < 0.$$

D'où, f est strictement décroissante sur $[0, +\infty[$.

x	0 $\qquad\qquad\qquad$ $+\infty$
f	3 $\searrow$

2) Étude des variations de la suite

Soit $n \geq 0$.

On a $n + 1 \geq n \geq 0$.

Donc $f(n+1) \leq f(n)$ car f est décroissante sur $[0, +\infty[$.

Donc $u_{n+1} \leq u_n$.

Remarque : on peut visualiser tout cela à l'aide du tableau de variation de f :

x	0 $\quad$ n $\quad$ $n+1$ $\quad$ $+\infty$
f	0 $\searrow$ u_n $\searrow$ u_{n+1} $\searrow$ ∞

3) Conclusion

On a montré que, pour tout $n \geq 0, u_{n+1} \leq u_n$.

La suite (u_n) est donc décroissante.

Remarque : on aurait pu ici étudier directement le signe de $u_{n+1} - u_n$, pour tout $n \geq 0$,

$$\begin{aligned}
u_{n+1} - u_n &= \frac{2n+5}{n+2} - \frac{2n+3}{n+1} \\
&= \frac{(2n+5)(n+1) - (2n+3)(n+2)}{(n+2)(n+1)} \\
&= \frac{-1}{(n+2)(n+1)} \leq 0.
\end{aligned}$$

Cela était possible ici, car la fonction f était assez simple, mais dans le cas de fonctions plus complexes, généralement seule la méthode par étude des variations de f est possible.

10.3 Pour s'entraîner

10.3.1 Exercices

Exercice 10.1 (Changements de suite divers)

1) On considère une suite arithmétique $(u_n)_{n\in\mathbb{N}}$ vérifiant $u_5 = 4$ et $u_{11} = 22$. Déterminer le terme général de la suite.
2) Soit $(u_n)_{n\in\mathbb{N}}$ la suite définie par $u_0 = 0$ et $u_{n+1} = 6u_n + 2 \times 7^n$, pour tout $n \in \mathbb{N}$.
   On pose $v_n = u_n - 2 \times 7^n$, pour tout $n \in \mathbb{N}$.
   (a) Montrer que la suite $(v_n)_{n\in\mathbb{N}}$ est géométrique de raison 6.
   (b) Pour tout $n \in \mathbb{N}$, en déduire l'expression de v_n en fonction de n, puis u_n en fonction de n.
3) Soit $(a_n)_{n\in\mathbb{N}}$ la suite définie par $a_0 = 2$ et $a_{n+1} = a_n + 2n + 4$, pour tout $n \in \mathbb{N}$.
   On considère la suite $(b_n)_{n\in\mathbb{N}}$ définie par $b_n = a_n - n^2$.
   (a) Démontrer que $(b_n)_{n\in\mathbb{N}}$ est une suite arithmétique de raison 3.
   (b) Pour tout $n \in \mathbb{N}$, en déduire l'expression de a_n en fonction de n.
4) Soit $(u_n)_{n\geq 1}$ la suite définie par $u_1 = 2$ et $u_{n+1} = 2\dfrac{(n+1)^2}{n\,(n+2)}u_n$ pour tout $n \geq 1$.
   On considère la suite $(v_n)_{n\geq 1}$ définie par $v_n = \dfrac{n+1}{n}u_n$.
   (a) Démontrer que la suite $(v_n)_{n\geq 1}$ est géométrique et en déduire son expression en fonction de n.
   (b) Pour tout $n \geq 1$, en déduire l'expression de u_n en fonction de n.

Exercice 10.2
Étudier les variation des suites (u_n) définies ci-dessous par :

1) Pour tout $n \in \mathbb{N}$, $u_n = 2n^2 - 1$.
2) Pour tout $n \in \mathbb{N}^*$, $u_n = \dfrac{2^n}{n^2}$.
3) Pour tout $n \in \mathbb{N}$, $u_n = \dfrac{n}{n^2 + n + 1}$.

Exercice 10.3 (Suites couplées)
Soient $(a_n)_{n\in\mathbb{N}}$ et $(b_n)_{n\in\mathbb{N}}$ deux suites définies par $a_0 = 2$, $b_0 = 0$ et les relations suivantes : pour tout $n \in \mathbb{N}$, $a_{n+1} = 2a_n + b_n$ et $b_{n+1} = a_n + 2b_n$.

1) Calculer a_1, b_1, a_2 et b_2
2) Posons, pour tout $n \in \mathbb{N}$, $s_n = a_n + b_n$. Montrer que $(s_n)_{n\in\mathbb{N}}$ est géométrique et déterminer son terme général.

3) Posons, pour tout $n \in \mathbb{N}$, $d_n = a_n - b_n$. Montrer que $(d_n)_{n\in\mathbb{N}}$ est constante et déterminer son terme général.
4) Déduire en résolvant un système les termes généraux de $(a_n)_{n\in\mathbb{N}}$ et $(b_n)_{n\in\mathbb{N}}$.

Exercice 10.4 (Suites arithmético-géométriques)
Une suite (u_n) définie par une relation du type $u_{n+1} = au_n + b$ est appelée suite arithmético-géométrique. Ce type de suites sera étudiée en détails en ECG. Nous présentons ici le plan d'étude de ces suites dans un cas particulier.

Soit $(u_n)_{n\in\mathbb{N}}$ la suite définie par $u_0 = 3$ et $u_{n+1} = \frac{1}{2}u_n + 1$, pour tout $n \in \mathbb{N}$.
On pose $a = \frac{1}{2}$ et $b = 1$.

1) Résoudre l'équation $x = ax + b$. On notera ℓ la solution de cette équation.
2) On introduit la suite auxiliaire $(v_n)_{n\in\mathbb{N}}$ définie par : pour tout $n \in \mathbb{N}$, $v_n = u_n - \ell$.
Montrer que la suite $(v_n)_{n\in\mathbb{N}}$ est géométrique de raison a.
3) En déduire l'expression de v_n en fonction de n, pour tout $n \in \mathbb{N}$.
4) En déduire l'expression de u_n en fonction de n, pour tout $n \in \mathbb{N}$.

10.3.2 Corrigés

Solution 10.1

1) On va utiliser ici, à deux reprises (une fois pour trouver la raison r de la suite à l'aide des valeurs de u_{11} et u_5 et une seconde fois pour en déduire l'expression explicite du terme général de la suite), le résultat suivant valable pour une suite arithmétique de raison r :

$$\text{pour tout } n \in \mathbb{N} \text{ et pour tout } p \in \mathbb{N},\ u_n = u_p + (n-p)r.$$

Soit r la raison de la suite $(u_n)_{n\in\mathbb{N}}$ de l'énoncé.
D'après la formule précédente, on a $u_{11} = u_5 + (11-5)r$.
D'où, $r = \frac{22-4}{6} = 3$.
Et donc, pour tout $n \in \mathbb{N}$, $u_n = u_5 + 3(n-5) = 4 + 3n - 15 = 3n - 11$.
Remarque : pensez à vérifier votre résultat en remplaçant n par 11 puis par 5 dans l'expression que vous avez obtenue de u_n et en vérifiant que vous retombez bien sur les valeurs données dans l'énoncé.

2) (a) Soit $n \in \mathbb{N}$. On a :

$$\begin{aligned} v_{n+1} &= u_{n+1} - 2 \times 7^{n+1} && \textit{par définition de } (v_n) \\ &= 6u_n + 2 \times 7^n - 2 \times 7^{n+1} && \textit{par définition de } (u_n) \\ &= 6u_n + 2 \times 7^n(1-7) \\ &= 6u_n - 2 \times 7^n \times 6 \\ &= 6(u_n - 2 \times 7^n) \\ &= 6v_n. \end{aligned}$$

Donc $(v_n)_{n\in\mathbb{N}}$ est une suite géométrique de raison $q = 6$.

(b) On a $v_0 = u_0 - 2 \times 7^0 = 0 - 2 \times 1 = -2$.
Ainsi, $(v_n)_{n\in\mathbb{N}}$ est une suite géométrique de raison $q = 6$ et de premier terme $v_0 = -2$.
D'où, pour tout $n \in \mathbb{N}$, $v_n = v_0 \times q^n = -2 \times 6^n$.
Et donc, pour tout $n \in \mathbb{N}$,

$$u_n = v_n + 2 \times 7^n = -2 \times 6^n + 2 \times 7^n = 2(7^n - 6^n).$$

3) (a) Soit $n \in \mathbb{N}$. On a :

$$\begin{aligned} b_{n+1} - b_n &= \left[a_{n+1} - (n+1)^2\right] - \left[a_n - n^2\right] \\ &\quad \textit{par définition de } (u_n) \\ &= (a_n + 2n + 4) - (n^2 + 2n + 1) - a_n + n^2 \\ &\quad \textit{par définition de } (a_n) \\ &= a_n + 2n + 4 - n^2 - 2n - 1 - a_n + n^2 \\ &= 3. \end{aligned}$$

Donc $(b_n)_{n\in\mathbb{N}}$ est une suite arithmétique de raison $r = 3$.

(b) On a $b_0 = a_0 - 0 = 2$.
Donc $(b_n)_{n\in\mathbb{N}}$ est une suite arithmétique de raison $r = 3$ et de premier terme $b_0 = 2$.
D'où, pour tout $n \in \mathbb{N}$, $b_n = b_0 + rn = 2 + 3n$.
Et donc, pour tout $n \in \mathbb{N}$, $a_n = b_n + n^2 = 2 + 3n + n^2$.

4) Soit $(u_n)_{n\geq 1 \geq}$ la suite définie par $u_1 = 2$ et $u_{n+1} = 2\frac{(n+1)^2}{n(n+2)}u_n$ pour tout $n \in \mathbb{N}^*$.

(a) Soit $n \geq 1$. On a :

$$\begin{aligned} v_{n+1} &= \frac{n+2}{n+1}u_{n+1} && \textit{par définition de } (v_n) \\ &= \tfrac{n+2}{n+1} \times 2\frac{(n+1)^2}{n(n+2)}u_n && \textit{par définition de } (u_n) \\ &= 2\frac{n+1}{n}u_n \\ &= 2v_n. \end{aligned}$$

D'où, $(v_n)_{n\geq 1}$ est une suite géométrique de raison $q = 2$ et de premier terme $v_1 = \dfrac{1+1}{1}u_1 = 2 \times 2 = 4$.
D'où, pour tout $n \geq 1$, $v_n = v_1 q^{n-1} = 4 \times 2^{n-1} = 2^2 \times 2^{n-1} = 2^{n+1}$.

Attention ici à ne pas écrire que $v_n = v_1 q^n$ qui est faux, car le premier terme de la suite est v_1 et non v_0.

(b) Et donc, pour tout $n \geq 1$, $u_n = \dfrac{n}{n+1}v_n = \dfrac{n}{n+1}2^{n+1}$.

Vérification avec le calcul du premier terme : $\dfrac{1}{1+1}2^{1+1} = \dfrac{4}{2} = 2 = u_1$.

Solution 10.2

1) Soit $n \in \mathbb{N}$. On a :

$$\begin{aligned} u_{n+1} - u_n &= \left[2(n+1)^2 - 1\right] - \left[2n^2 - 1\right] \\ &= 2(n^2 + 2n + 1) - 1 - 2n^2 + 1 \\ &= 2n^2 + 4n + 2 - 1 - 2n^2 + 1 \\ &= 4n + 2 \\ &\geq 0 \quad \textit{car } n \geq 0. \end{aligned}$$

D'où, pour tout $n \in \mathbb{N}$, $u_{n-1} - u_n \geq 0$.
Donc la suite (u_n) est croissante.

2) Soit $n \in \mathbb{N}^*$.
Comme u_n s'exprime sous forme de quotient et que, pour tout $n \in \mathbb{N}^*$, $u_n \neq 0$, il paraît plus simple de comparer $\dfrac{u_{n+1}}{u_n}$ à 1 que d'étudier le signe $u_{n+1} - u_n$ (ceci est cependant possible, si l'on pense à réduire au même dénominateur et à factoriser par 2^n au numérateur, cf. exercice 6.1 du chapitre 6).
On a :

$$\frac{u_{n+1}}{u_n} = \frac{\frac{2^{n+1}}{(n+1)^2}}{\frac{2^n}{n^2}} = \frac{2^{n+1}}{(n+1)^2} \times \frac{n^2}{2^n} = \frac{2n^2}{(n+1)^2}.$$

Il s'agit donc de comparer $\dfrac{2n^2}{(n+1)^2}$ à 1.
Pour cela nous allons comparer $2n^2$ et $(n+1)^2$ en étudiant le signe de leur différence.
On a $2n^2 - (n+1)^2 = n^2 - 2n - 1$.
Le trinôme $x^2 - 2x - 1$ a pour discriminant $\Delta = 8 > 0$ et admet donc deux racines :
$x_1 = \dfrac{2 - \sqrt{8}}{2} = \dfrac{2 - 2\sqrt{2}}{2} = 1 - \sqrt{2}$ et $x_2 = \dfrac{2 + \sqrt{8}}{2} = 1 + \sqrt{2}$.

D'où le tableau de signe suivant :

x	$-\infty$		$1-\sqrt{2}$		$1+\sqrt{2}$		$+\infty$
x^2-2x-1		$+$	0	$-$	0	$+$	

Or $1 \leq 2 \leq 4$, donc $1 \leq \sqrt{2} \leq 2$, donc $1+\sqrt{2} \leq 3$.
D'où, pour tout $x \geq 3$, $x^2-2x-1 \geq 0$.
En particulier, pour tout $n \geq 3$, $n^2-2n-1 \geq 0$.
D'où, pour tout $n \geq 3$, $2n^2-(n+1)^2 \geq 0$ et donc $2n^2 \geq (n+1)^2$.
Donc, pour tout $n \geq 3$, $\dfrac{2n^2}{(n+1)^2} \geq 1$
(on ne change pas le signe des inégalités en divisant par $(n+1)^2$ car $(n+1)^2 > 0$).
D'où, pour tout $n \geq 3$, $u_{n-1}-u_n \geq 0$.
La suite (u_n) est donc croissante au moins à partir du rang 3.
On peut ensuite étudier séparément les trois premiers termes.
On a $u_1 = 2$, $u_2 = 1$ et $u_3 = \dfrac{8}{9}$. Donc $u_1 \geq u_2 \geq u_3$.
D'où la suite (u_n) est croissante uniquement à partir du rang 3.

3) On peut étudier ici le signe de $u_{n+1}-u_n$, pour tout $n \geq 0$ (cf. exercice 6.1 du chapitre 6).
Il est cependant plus simple, ici de passer par l'étude d'une fonction.

Soit $n \in \mathbb{N}$, on a $u_n = f(n)$ avec $f : x \to \dfrac{x}{x^2+x+1}$.
Afin d'étudier la monotonie de la suite (u_n) nous allons passer par l'étude des variations de f.
f est dérivable sur $[0,+\infty[$ (car quotient de fonctions dérivables sur $[0,+\infty[$ dont le dénominateur ne s'annule pas sur $[0,+\infty[$) et, pour tout $x \in [0,+\infty[$,

$$f'(x) = \frac{1 \times (x^2+x+1) - (2x+1) \times x}{(x^2+x+1)^2} = \frac{-x^2+1}{(x^2+x+1)^2}.$$

$f'(x)$ est donc du signe de $-x^2+1$ sur $[0,+\infty[$.
Or, $-x^2+1 \geq 0 \Leftrightarrow x^2 \leq 1 \Leftrightarrow -1 \leq x \leq 1$.
D'où, f est croissante sur $[0,1]$ et décroissante sur $[1,+\infty[$.
On peut alors en déduire que la suite $(u_n)_{n\in\mathbb{N}}$ est décroissante à partir du rang 1.

En effet, pour tout $n \geq 1$, on a $n+1 \geq n \geq 1$.
Donc $f(n+1) \leq f(n)$ car f est décroissante sur $[1,+\infty[$.
Donc $u_{n+1} \leq u_n$.

Ainsi, pour tout $n \geq 1, u_{n+1} \leq u_n$.
La suite $(u_n)_{n\in\mathbb{N}}$ est donc décroissante à partir du rang 1.

Mais $(u_n)_{n\in\mathbb{N}}$ n'est pas décroissante à partir du rang 0.
En effet, $u_0 = 0$ et $u_1 = \dfrac{1}{3}$ et donc $u_0 \leq u_1$.

Solution 10.3

1) $a_1 = 2a_0 + b_0 = 4 + 0 = 4$,
$b_1 = a_0 + 2b_0 = 2 + 0 = 2$,
$a_2 = 2a_1 + b_1 = 8 + 2 = 10$,
$b_2 = a_1 + 2b_1 = 4 + 4 = 8$.

2) Soit $n \in \mathbb{N}$.

$$s_{n+1} = a_{n+1} + b_{n+1} = 2a_n + b_n + a_n + 2b_n = 3a_n + 3b_n = 3(a_n + b_n) = 3s_n.$$

La suite (s_n) est donc géométrique de raison 3 et de premier terme $s_0 = a_0 + b_0 = 2$.
On en déduit donc que, pour tout $n \in \mathbb{N}$, $s_n = 2 \times 3^n$.

3) Soit $n \in \mathbb{N}$.

$$d_{n+1} = a_{n+1} - b_{n+1} = 2a_n + b_n - a_n - 2b_n = a_n - b_n = d_n.$$

La suite (d_n) est donc constante, de premier terme $d_0 = a_0 - b_0 = 2$.
On en déduit donc que, pour tout $n \in \mathbb{N}$, $d_n = 2$.

4) Soit $n \in \mathbb{N}$, on a

$$(S) : \begin{cases} s_n = a_n + b_n \\ d_n = a_n - b_n \end{cases} \Leftrightarrow \begin{cases} 2 \times 3^n = a_n + b_n \\ 2 = a_n - b_n \end{cases} \Leftrightarrow \begin{cases} a_n + b_n = 2 \times 3^n \\ a_n - b_n = 2 \end{cases}.$$

Nous allons résoudre ce système 2 équations et 2 inconnues (a_n et b_n) par substitution, en exprimant a_n en fonction de b_n dans la seconde équation et en remplaçant a_n par cette expression dans la première équation, afin d'obtenir une équation avec une seule inconnue b_n.
Ainsi, on a :

$$(S) \Leftrightarrow \begin{cases} a_n + b_n = 2 \times 3^n \\ a_n = 2 + b_n \end{cases} \Leftrightarrow \begin{cases} 2 + 2b_n = 2 \times 3^n \\ a_n = 2 + b_n \end{cases} \Leftrightarrow \begin{cases} b_n = 3^n - 1 \\ a_n = 2 + b_n \end{cases}$$

Ce qui équivaut à $(S) \Leftrightarrow \begin{cases} b_n = 3^n - 1 \\ a_n = 2 + 3^n - 1 = 3^n + 1 \end{cases}$.

Il est aussi possible de résoudre le système $\begin{cases} a_n + b_n = 2 \times 3^n \\ a_n - b_n = 2 \end{cases}$ en faisant des opérations sur les lignes (c'est ce que l'on appelle la méthode du pivot de Gauss que vous généraliserez en ECG à des systèmes avec plus deux équations ou inconnues).
En effet, si l'on ajoute la ligne 1 à la ligne 2, on obtient : $2a_n = 2 + 2 \times 3^n$, d'où $a_n = 1 + 3^n$ en divisant par 2.
Et, si l'on soustrait la ligne 2 à la ligne 1, on obtient : $2b_n = 2 \times 3^n - 2$, d'où $b_n = 3^n - 1$ en divisant par 2.
En conclusion, pour tout $n \in \mathbb{N}, a_n = 3^n + 1$ et $b_n = 3^n - 1$.

Solution 10.4

1) Soit $x \in \mathbb{R}$.
$x = \dfrac{1}{2}x + 1 \Leftrightarrow x = 2$.
On pose alors $\ell = 2$.

2) On introduit la suite auxiliaire $(v_n)_{n\in\mathbb{N}}$ définie par $v_n = u_n - \ell = u_n - 2$, pour tout $n \in \mathbb{N}$.
Soit $n \in \mathbb{N}$, on a :
$v_{n+1} = u_{n+1} - \ell = \dfrac{1}{2}u_n + 1 - 2 = \dfrac{1}{2}u_n - 1 = \dfrac{1}{2}(u_n - 2) = \dfrac{1}{2}v_n$.
D'où, la suite $(v_n)_{n\in\mathbb{N}}$ est géométrique de raison $a = \dfrac{1}{2}$.

3) La suite (v_n) est géométrique de raison $\dfrac{1}{2}$ et son premier terme vaut $v_0 = u_0 - \ell = 3 - 2 = 1$.
D'où, pour tout $n \in \mathbb{N}$, $v_n = v_0 \times a^n = 1 \times \left(\frac{1}{2}\right)^n = \left(\frac{1}{2}\right)^n$.

4) On en déduit que, pour tout $n \in \mathbb{N}$, $u_n = v_n + \ell = (\frac{1}{2})^n + 2$.
Remarque : pensez à vérifier votre résultat en vérifiant au moins le premier terme : $(\frac{1}{2})^0 + 2 = 1 + 2 = 3 = u_0$.

Chapitre 11

Probabilités sur un univers fini

Les chapitres précédents portaient sur des révisions qui concernaient la partie analyse du programme de mathématiques de première et terminale. Ce chapitre porte sur les probabilités, qui constituent une autre partie importante du programme d'ECG. Nous allons dans ce chapitre passer en revue des notions de probabilités qui ont été abordées en première spécialité maths (événements, probabilités, probabilités conditionnelles, formule des probabilités totales, indépendance d'événements, etc.), notions qui constituent la base des probabilités du programme d'ECG.

Sommaire

11.1 Rappel de cours

11.1.1 Vocabulaire probabiliste

Définition (Expérience aléatoire)

Une **expérience aléatoire** $\mathcal{E}$ est une expérience qui, lorsqu'on la reconduit dans des conditions identiques, peut mener à des résultats différents et dont on ne peut pas connaître à l'avance le résultat.

On note usuellement Ω l'ensemble de tous les résultats possibles et on appelle cet ensemble **l'univers des résultats possibles.**

Dans toute la suite on se place sur un univers Ω fini, autrement dit Ω sera un ensemble fini.

Remarque

En général, on note $\omega_1, \omega_2, \ldots, \omega_n$, les résultats possibles d'une expérience aléatoire sur un univers fini et on a donc $\Omega = \{\omega_1, \omega_2, \ldots, \omega_n\}$.

Exemple 11.1

1) Jeter un dé à 6 faces : $\Omega = \{1; 2; 3; 4; 5; 6\} = [\![1; 6]\!]$.
2) Lancer une pièce de monnaie : $\Omega = \{P; F\}$.
3) Lancer deux fois de suite une pièce de monnaie : $\Omega = \{PP\,;\, PF\,;\, FP\,;\, FF\}$.
4) Lancer deux fois de suite un dé : $\Omega = \{(i\,;\,j)$ où $1 \leqslant i \leqslant 6$ et $1 \leqslant j \leqslant 6\}$.

Définition (Événements)

- Un **événement** (ou **issue**) est une résultat qui peut être observé lors de l'expérience aléatoire.
- Comme Ω est fini, cela revient à considérer une partie (ou un sous-ensemble) quelconque de Ω.
  On dit alors que l'événement est :
  - ⋆ **élémentaire** lorsque c'est une partie de Ω réduite à un élément (un **singleton**),
  - ⋆ **certain** s'il est toujours réalisé (c'est alors Ω),
  - ⋆ **impossible** s'il n'est jamais réalisé (c'est alors $\emptyset$).

Exemple 11.2

On jette un dé à 6 faces et on s'intéresse au numéro obtenu.
On appelle A l'événement "le numéro obtenu est pair" et B l'événement "le numéro obtenu est supérieur ou égal à 4".
Les issues qui réalisent A sont les nombres 2, 4 et 6, d'où $A = \{2; 4; 6\}$.
De même, $B = \{4; 5; 6\}$.
On notera bien que A et B sont des ensembles, d'où la présence d'accolades.
A noter que $\Omega = [\![1; 6]\!]$, d'où les évènements élémentaires sont les évènements "le numéro obtenu vaut i", pour tout $i \in [\![1; 6]\!]$.
Un évènement certain est par exemple l'évènement "obtenir un nombre plus petit que 6".
Un évènement impossible est par exemple l'évènement "obtenir un nombre plus grand que 8".

Définition (Opérations sur les événements)

1) Deux événements A et B d'intersection vide ($A \cap B = \emptyset$) sont dits **incompatibles** (plutôt que **disjoints**).
2) On appelle **l'événement contraire** d'un événement A (plutôt que le **complémentaire** de A dans Ω) et on note $\overline{A}$ l'ensemble de toutes les éléments de Ω qui ne sont pas dans A.
3) L'événement $A \cap B$ est réalisé si les événements A **et** B sont réalisés.
4) L'événement $A \cup B$ est réalisé si l'événement A **ou** l'événement B est réalisé.

Remarque : deux événements contraires sont incompatibles.

Définition (Système complet d'événements/ Partition de l'univers)

Soit $n \in \mathbb{N}^*$ et $(A_1, A_2, \ldots, A_n)$ une famille d'événements.
On dit que cette famille est un **système complet d'événements** (s.c.e.) lorsque :

1) Les événements sont **deux à deux incompatibles**
$A_i \cap A_j = \emptyset$ pour tout $i \neq j$, avec $i \in [\![1; n]\!]$ et $j \in [\![1; n]\!]$.
2) La réunion des événements est l'**événement certain**
$A_1 \cup A_2 \cup \cdots \cup A_n = \Omega$.

Remarque : on peut aussi employer le mot de partition de l'univers au lieu de système complet d'événement, même si ce terme est moins employé.

Exemple 11.3

1) On lance un dé trois fois de suite et on considère les événements suivants : $A =$" la somme des dés est paire" et $B=$" la somme des dés est impaire". Alors $A \cap B = \emptyset$ et $A \cup B = \Omega$, car tout entier non nul est soit pair soit impair, mais ne peut être les deux en même temps.
Donc A et B forment un système complet d'événements.

2) Cas typique n°1 : si A est un événement, alors $(A, \bar{A})$ forment un s.c.e. de manière évidente ($A \cup \bar{A} = \Omega$ et $A \cap \bar{A} = \emptyset$).

3) Cas typique n°2 : l'ensemble des événements élémentaires forment un s.c.e.

Proposition (Loi de Morgan)

Soient A et B deux événements. On a :

1) $\overline{A \cap B} = \overline{A} \cup \overline{B}$
2) $\overline{A \cup B} = \overline{A} \cap \overline{B}$

11.1.2 Probabilités et premières propriétés

Définition (Probabilité)

On appelle **probabilité** sur un ensemble Ω toute application P à valeur dans $[0, 1]$ vérifiant :

1) $P(\Omega) = 1$.
2) Pour tous événements A et B incompatibles ($A \cap B = \emptyset$),

$$P(A \cup B) = P(A) + P(B).$$

On muni dorénavant Ω d'une probabilité P.

Proposition (Calculer avec une probabilité)

Soit A un événement.

1) $P(\overline{A}) = 1 - P(A)$.
2) $P(\emptyset) = 0$.
3) Si $(A_1, A_2, \ldots, A_n)$ forme un système complet d'événements, alors $P(A_1) + \cdots + P(A_n) = 1$.
   En particulier, la somme des probabilités de tous les événements élémentaires vaut 1.

Remarque

En pratique, on se sert souvent du point 1 de la proposition précédente pour calculer la probabilité d'un événement utilisant le mot "au moins". Par exemple, si l'on veut calculer la probabilité de tirer "au moins une boule noire", il est plus facile de calculer la probabilité de ne tirer "aucune boule noire", qui est l'évènement contraire du premier.

Exemple 11.4
Prenons l'exemple du lancer d'un dé équilibré à 6 faces.
On a alors $\Omega = [\![1;6]\!]$.
Notons A_k l'évènement "obtenir le chiffre k", pour tout $k \in [\![1;6]\!]$.
Alors $P(A_1) + P(A_2) + P(A_3) + P(A_4) + P(A_5) + P(A_6) = 1$.

Proposition (Formule du crible de Poincaré)

Soient A et B deux événements. On a :

$$P(A \cup B) = P(A) + P(B) - P(A \cap B).$$

Remarques

1) La formule du crible de Poincaré se comprend d'autant mieux si l'on raisonne en termes d'ensemble.
En effet, lorsque l'on fait l'union de A par B et que l'on procède au décompte des éléments, les éléments communs à A et B ne sont comptés qu'une fois.
Par contre si l'on comptabilise séparément les éléments de A et B et que l'on en fait l'addition, alors les éléments communs à A et B sont comptabilisés deux fois. Ces éléments communs sont représentés par

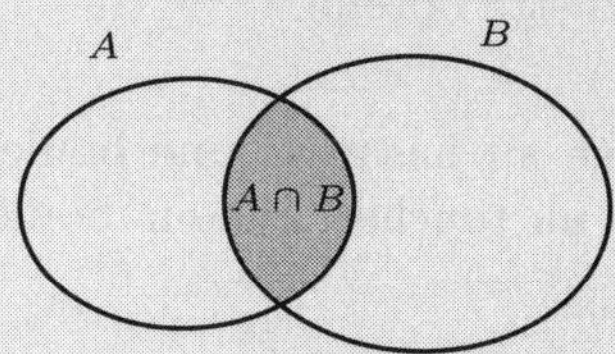

l'ensemble $A \cap B$.

2) Si $A \cap B = \emptyset$ alors on retrouve que $P(A \cup B) = P(A) + P(B)$ (car $P(\emptyset) = 0$).

11.1.3 Équiprobabilité

Définition (Équiprobabilité)

On dit qu'on est dans une situation d'**équiprobabilité si tous les événements élémentaires ont la même probabilité**.
Dans ce cas, P est appelé la probabilité uniforme.

Remarque

Lorsqu'il y a **équiprobabilité**, tous les événements élémentaires ont même probabilité, chacun ayant donc une probabilité de $\frac{1}{n}$, où $n = \text{card}\,(\Omega)$.

On rappelle que le cardinal de l'ensemble Ω, noté $\text{card}\,(\Omega)$*, représente le nombre d'éléments de l'ensemble Ω.*

Exemple 11.5
Voici quelques exemples d'expériences aléatoires pour lesquelles on est en situation d'équiprobabilité :

1) L'expérience du lancer de pièce équilibrée (contrairement à l'expérience du lancer d'une pièce truquée), chaque face ayant de ce fait même probabilité $\frac{1}{2}$ d'être obtenue.

2) L'expérience du lancer d'un dé équilibré, chaque numéro ayant de ce fait même probabilité $\frac{1}{6}$ d'être obtenu.

3) L'expérience du tirage au hasard d'une boule dans une urne contenant n boules indiscernables au toucher, chaque boule ayant de ce fait même probabilité $\frac{1}{n}$ d'être choisie.

Théorème (Probabilité uniforme)

Soit A un événement. En situation d'équiprobabilité , on a :

$$P(A) = \frac{Card(A)}{Card(\Omega)} = \frac{\text{nombre de cas favorables (où } A \text{ se réalise)}}{\text{nombre de cas possibles}}.$$

Ainsi, lorsqu'il y a équiprobabilité, calculer une probabilité revient à dénombrer l'ensemble des cas possibles et l'ensemble des cas favorables.

Exemple 11.6
Reprenons l'exemple du lancer d'un dé équilibré à 6 faces.
On a alors $\Omega = [\![1; 6]\!]$, d'où $Card(\Omega) = 6$.
Notons A l'évènement "obtenir un nombre pair".
Alors $A = \{2; 4; 6\}$ et donc $Card(A) = 3$.
D'où, comme l'on est en situation d'équiprobabilité, puisque le dé est équilibré, on en déduit que :

$$P(A) = \frac{Card(A)}{Card(\Omega)} = \frac{3}{6} = \frac{1}{2}.$$

11.1.4 Probabilités conditionnelles

Définition (Probabilité conditionnelle)

Soit A un événement de probabilité non nulle ($P(A) \neq 0$) et B un événement quelconque.

On note $P_A(B)$ la probabilité d'avoir l'événement B sachant que l'événement A est réalisé.
Cette probabilité est définie par :

$$P_A(B) = \frac{P(A \cap B)}{P(A)}.$$

Ainsi, dès que des probabilités conditionnelles apparaissent dans des formules, il faut avant justifier leur existence en écrivant que le ou les événements par lesquels on conditionne sont de probabilités non nulles.

Exemple 11.7
Reprenons l'exemple du lancer d'un dé équilibré à 6 faces.
On a alors $\Omega = [\![1;6]\!]$, d'où $Card(\Omega) = 6$.
Notons A l'évènement "obtenir un nombre pair" et B l'évènement "obtenir un nombre plus grand ou égal à 4" et calculons $P_A(B)$.

Solution.
D'après la formule des probabilités conditionnelles, on a $P_A(B) = \dfrac{P(A \cap B)}{P(A)}$.
Or, $A = \{2;4;6\}$ et $B = \{4;6\}$. D'où $A \cap B = \{4;6\}$.
D'où, comme l'on est en situation d'équiprobabilité (le dé est équilibré), on en déduit que :

$$P(A) = \frac{Card(A)}{Card(\Omega)} = \frac{3}{6} = \frac{1}{2} \quad \text{et} \quad P(A \cap B) = \frac{Card(A \cap B)}{Card(\Omega)} = \frac{2}{6} = \frac{1}{3}.$$

D'où, $P_A(B) = \dfrac{\frac{1}{3}}{\frac{1}{2}} = \dfrac{1}{3} \times 2 = \dfrac{2}{3}$.

Remarque

Il est souvent plus facile de calculer $P_A(B)$ que $P(A \cap B)$ directement.
De ce fait, il est assez fréquent d'utiliser la définition de la probabilité conditionnelle pour calculer $P(A \cap B)$: $P(A \cap B) = P(A)P_A(B)$.

Erreurs à éviter

Attention, il ne pas confondre $P(A \cap B)$ et $P_A(B)$.
Pour $P(A \cap B)$, on cherche à savoir quand A et B se réalisent **sans** connaissance a priori, alors que pour $P_A(B)$, on **sait** que A est réalisé, et on cherche seulement à savoir dans ce cas quand est ce que B se réalise.

Remarque

Une probabilité conditionnelle restant une probabilité, toutes les propriétés vraies pour une probabilité quelconque , restent vraies pour une probabilité conditionnelle.

11.1.5 Formule des probabilités totales

Proposition (Formule des probabilités totales)

Soit $(A_1, A_2, \ldots, A_n)$ un **système complet d'événements** et soit B un événement. Alors :

$$P(B) = P(B \cap A_1) + P(B \cap A_2) + \cdots + P(B \cap A_n).$$

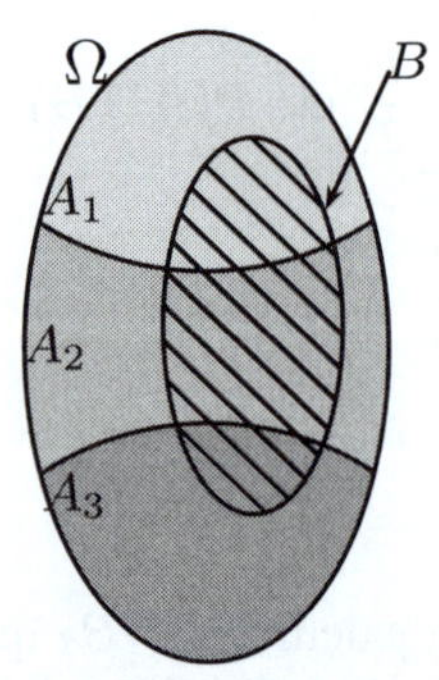

FIGURE 11.1 – Illustration avec trois événements.

Remarque (Autre expression)

Si, de plus, pour tout $i \in [\![1,n]\!], P(A_i) \neq 0$ (autrement dit si les événements du s.c.e. sont tous de probabilités non nulles) alors on peut ensuite utiliser la formule des probabilités conditionnelles pour réécrire les probabilités d'intersections des événements et en déduire une autre expression de $P(B)$:

$$P(B) = P(A_1) \times P_{A_1}(B) + P(A_2) \times P_{A_2}(B) + \cdots + P(A_n) \times P_{A_n}(B).$$

Les cas particuliers présentés ci dessous sont à retenir, car très utile en pratique.

Remarque (Cas particulier $n = 2$)

Soit B un événement.
Soit A un autre événement tel que $P(A) \neq 0$.
Alors $(A, \bar{A})$ forme une partition de Ω.
En appliquant la formule des probabilités totales à ce s.c.e., on obtient :

$$P(B) = P(A \cap B) + P(\bar{A} \cap B) = P(A)P_A(B) + P(\bar{A})P_{\bar{A}}(B).$$

Remarque (Cas particulier $n = 3$)

Soit B un événement.
Soit A_1, A_2 et A_3 une partition de Ω en trois événements.
En appliquant la formule des probabilités totales à ce s.c.e., on obtient :

$$\begin{aligned} P(B) &= P(B \cap A_1) + P(B \cap A_2) + P(B \cap A_3) \\ &= P(A_1) \times P_{A_1}(B) + P(A_2) \times P_{A_2}(B) + P(A_3) \times P_{A_3}(B). \end{aligned}$$

11.1.6 Lien avec les arbres pondérés

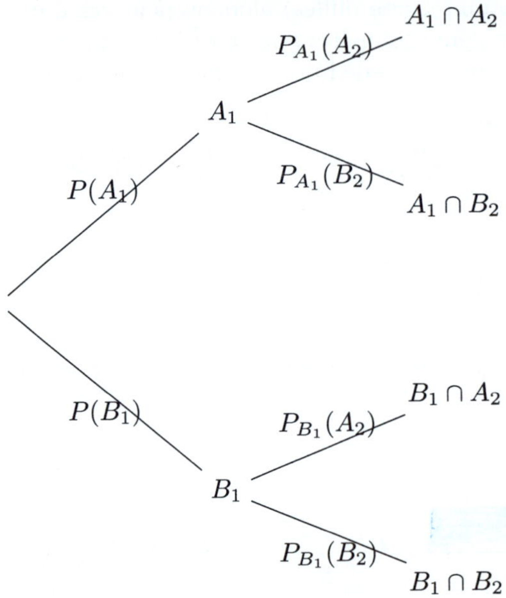

Règle 1 : la somme des probabilités des branches issues d'un même nœud est égale à 1.

Par exemple sur l'arbre ci-dessus, ceci correspond aux formules $P(A_1) + P(B_1) = 1$ ou encore $P_{A_1}(A_2) + P_{A_1}(B_2) = 1$.

Cela correspond au fait que la somme des probabilités des événements d'un s.c.e. vaut 1.

Règle 2 : la probabilité de l'événement représenté par un chemin est égal au produit des probabilités inscrites sur les branches de ce chemin.

Par exemple, la probabilité du chemin $A_1 - A_2$, qui traduit l'événement $A_1 \cap A_2$, est $P(A_1 \cap A_2) = P(A_1) \times P_{A_1}(A_2)$.

Cela correspond à la formule des probabilités conditionnelles.

Règle 3 : la probabilité d'un événement E est la somme des probabilités des chemins qui composent E.

Par exemple, la probabilité de l'événement "obtenir A_2" est $P(A_1 \cap A_2) + P(B_1 \cap A_2)$.

Cela correspond à la formule des probabilités totales.

Remarque

Lorsque vous avez un exercice de probabilité, je vous invite à visualiser la situation à l'aide d'un arbre pondéré si cela est possible. Mais attention, un arbre pondéré ne pourra jamais faire office de preuve dans une copie de prépa. Il vous faudra à chaque fois justifier vos calculs par les formules du cours (formule des probabilités conditionnelles, formules des probabilités totales, etc), que vous écrirez d'ailleurs d'abord avec la probabilité des évènements adéquats avant de les remplacer par leur valeur numérique.

11.1.7 Indépendance d'événements

Définition (Indépendance entre deux événements)

Deux événements A et B sont **indépendants** par rapport à une probabilité P si :

$$P(A \cap B) = P(A) \times P(B).$$

Exemple 11.8
Cf. exemple 11.9.

Remarque

L'hypothèse d'indépendance peut être donnée dans l'énoncé. Par exemple, si l'on effectue des tirages successifs de boules dans une urne avec remise, alors il est naturel de supposer l'indépendance des tirages.

En revanche, si on tire successivement et sans remise des boules dans une urne, les tirages successifs ne seront pas indépendants, car le tirage suivant dépendra de la nouvelle composition de l'urne après tirage des boules précédentes.

La notion d'indépendance est cependant une notion délicate et il arrivera donc que l'on vous demande de la vérifier par le calcul.

Proposition (Lien avec les probabilités conditionnelles)

Soient A et B deux événements, tels que $P(A) \neq 0$ et $P(B) \neq 0$.

On a équivalence entre :

1) A et B sont indépendants pour P.
2) $P_B(A) = P(A)$ ou $P_A(B) = P(B)$.

Erreurs à éviter

Attention à ne pas confondre des événements **indépendants** (l'un n'influe pas sur l'autre) avec des événements **incompatibles** (qui ne peuvent pas se produirent en même temps).
L'indépendance fait intervenir des probabilités d'intersection ($P(A \cap B) = P(A)P(B)$), tandis que l'incompatibilité porte sur l'union d'événements ($P(A \cup B) = 0$).

Proposition

Si A et B sont deux événements indépendants alors A et $\overline{B}$ (resp. $\overline{A}$ et B, resp. $\overline{A}$ et $\overline{B}$) le sont aussi.

Définition (Généralisation)

Soient $A_1, A_2, \ldots, A_n$ n événements mutuellement indépendants. Alors :

$$P(A_1 \cap A_2 \cap \cdots \cap A_n) = P(A_1) \times P(A_2) \times \cdots \times P(A_n).$$

11.2 Méthodes

11.2.1 Modéliser une expérience aléatoire

Méthode

1) **Commencez par introduire les événements dont vous avez besoin.**
Pensez à leur donner des noms évocateurs.
S'il y a une chronologie, les noms des événements doivent en tenir compte.
Par exemple, on note B_1 : "obtenir une boule blanche au 1er tirage" et B_2 : "obtenir une boule blanche au 2ème tirage".
2) **Traduisez l'énoncé en terme mathématiques.**
   - "et", "aucun", "tous" $\longrightarrow \bigcap$
   - "ou", "au moins" $\longrightarrow \bigcup$
   - "sachant" $\longrightarrow$ probabilités conditionnelles

Vocabulaire probabiliste	Notation ensembliste
A n'est pas réalisé	$\overline{A}$
A **et** B sont réalisés	$A \cap B$
A **ou** B est réalisé	$A \cup B$
A et B sont **incompatibles**	$A \cap B = \emptyset$

3) **Calculez la probabilité demandée** en utilisant la formule du cours adaptée (cf. méthodes ci-dessous).

Erreurs à éviter

- Vérifier que les probabilités obtenues sont bien **des réels entre 0 et 1**.
- **Il ne faut pas confondre le langage des événements et celui des probabilités :**
  Soient A et B des événements.
  Il ne faut surtout pas écrire $P(A) \cup P(B)$ **mais** $P(A \cup B)$.
  De même, on n'écrira pas $P(A) \cap P(B)$ **mais** $P(A \cap B)$.
  Les événements sont des ensembles, on peut donc les intersecter ou en faire l'union, mais pas en faire l'addition ou le produit.
  Tandis que **les probabilités sont des réels** que l'on peut additionner ou multiplier, mais pas intersecter ou unir.
  Ainsi $A \cup B$, $A \cap B$, $P(A) + P(B)$ et $P(A) * P(B)$ a du sens, mais pas $A + B$, $A * B$, $P(A) \cup P(B)$ et $P(A) \cap P(B)$ qu'il ne faut jamais écrire sur une copie.

11.2.2 Montrer que deux événements sont indépendants

Méthode

- L'indépendance peut être une propriété de l'énoncé (tirages successifs avec remise, dans des conditions identiques, etc.).
- Sinon montrer une des propriétés suivantes :

$$P(A \cap B) = P(A)P(B) \quad \text{ou} \quad P_A(B) = P(B)$$

Exemple 11.9
On lance un dé à 6 faces équilibré.
Les événements A : "on obtient un tirage pair" et B : "on obtient le tirage 3 ou 6" sont-ils indépendants ?

Solution.
On a $A = \{2; 4; 6\}$ et $B = \{3; 6\}$. D'où $A \cap B = \{6\}$.
D'où, comme l'on est en situation d'équiprobabilité (le dé est équilibré), on en déduit que :
$P(A) = \dfrac{Card(A)}{Card(\Omega)} = \dfrac{3}{6} = \dfrac{1}{2}$, $P(B) = \dfrac{Card(B)}{Card(\Omega)} = \dfrac{2}{6} = \dfrac{1}{3}$
et $P(A \cap B) = \dfrac{Card(A \cap B)}{Card(\Omega)} = \dfrac{1}{6}$.
D'où $P(A)P(B) = \dfrac{1}{2} \times \dfrac{1}{3} = \dfrac{1}{6} = P(A \cap B)$.
Les événements A et B sont donc indépendants.

11.2.3 Savoir calculer la probabilité d'une intersection d'événements

Méthode (Calcul de $P(A \cap B)$)

1) **Si les événements A et B sont indépendants**

$$P(A \cap B) = P(A)P(B).$$

2) **Sinon**
On utilise la **formule des probabilités conditionnelles**

$$P(A \cap B) = P(A)P_A(B).$$

Exemple 11.10
On lance de manière indépendante une pièce non truquée 2 fois. Quelle est la probabilité d'obtenir 2 fois pile ?

Notons A l'événement "obtenir 2 fois pile".
Notons P_k l'événement "obtenir un pile au k-ième lancer", pour tout $k \in \{1; 2\}$.
On a $A = P_1 \cap P_2$.
D'où, $P(A) = P(P_1 \cap P_2)$.
Les lancers étant **indépendants**, on en déduit que :

$$P(A) = P(P_1) \times P(P_2) = \frac{1}{2} \times \frac{1}{2} = \frac{1}{4}.$$

Exemple 11.11
Une urne contient 3 boules blanches et 7 boules noires.
On tire successivement 2 boules sans remise.
Quelle est la probabilité d'obtenir 2 boules blanches ?

Solution.
Notons A l'événement : "on obtient 2 boules blanches".
Notons B_k (resp. N_k), l'événement : "le k-ième tirage donne une boule blanche (resp. noire)", pour tout $k \in \{1; 2\}$.

On peut s'aider ici d'un arbre pondéré.

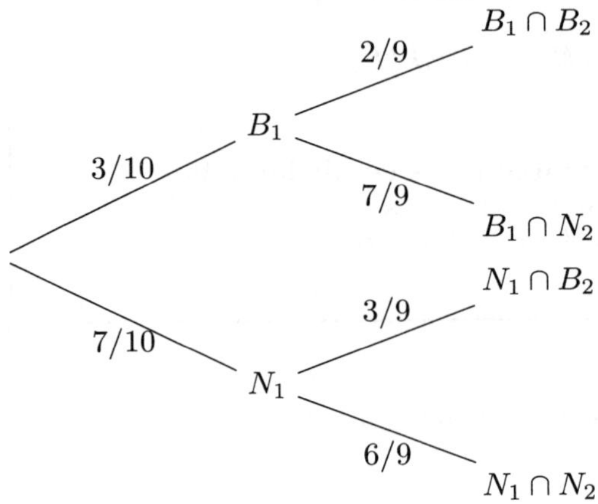

On a $A = B_1 \cap B_2$.
D'où, $P(A) = P(B_1 \cap B_2)$.

*Attention, ici **il n'y a pas indépendance car il n'y a pas remise** et donc le contenu de l'urne dépend à chaque fois du tirage précédent.*

D'après la **formule des probabilités conditionnelles avec** $P(B_1) \neq 0$,

$$P(A) = P(B_1)P_{B_1}(B_2).$$

On a $P(B_1) = 3/10$ par équiprobabilité, car l'urne contient 10 boules dont 3 blanches.

À l'issue du premier tirage, l'urne contient 9 boules et si la première boule tirée est blanche, il ne reste que 2 boules blanches.

Donc, par équiprobabilité, $P_{B_1}(B_2) = 2/9$.

Ainsi, $P(A) = \frac{3}{10} \times \frac{2}{9} = \frac{1}{15}$.

11.2.4 Savoir calculer la probabilité d'une union d'événements

Méthode (Calcul de $P(A \cup B)$)

1) **Si les événements sont incompatibles**

$$P(A \cup B) = P(A) + P(B).$$

2) **Si les événements sont indépendants**
L'astuce consiste à passer par l'événement **contraire** :

$$P(A \cup B) = 1 - P(\overline{A \cup B}) = 1 - P(\overline{A} \cap \overline{B}) = 1 - (P(\overline{A})P(\overline{B})).$$

3) **Sinon**
On peut essayer d'utiliser la **formule du crible de Poincaré :**

$$P(A \cup B) = P(A) + P(B) - P(A \cap B).$$

Exemple 11.12
Reprenons l'exemple 11.10, où on lance de manière indépendante une pièce non truquée 2 fois. Quelle est la probabilité d'obtenir un pile au premier lancer ou un face au deuxième lancer ?

Solution.
Notons B l'événement "obtenir un pile au premier lancer ou un face au deuxième lancer".
Notons P_k (resp. F_k) l'événement "obtenir un pile (resp. face) au k-ième lancer", pour tout $k \in \{1; 2\}$.
On a $B = P_1 \cup F_2$.
Les évènements P_1 et P_2 n'étant pas incompatibles (on peut très bien obtenir un pile au première lancer puis un face au deuxième) mais étant indépendants (par indépendance des lancers), nous allons passer par le calcul de $P(\overline{B})$.
Nous avons que $P(\overline{B}) = P(\overline{P_1 \cup F_2}) = P(\overline{P_1} \cap \overline{F_2}) = P(F_1 \cap P_2) = P(F_1)P(P_2)$, par indépendance des évènements.
D'où $P(\overline{B}) = \dfrac{1}{2} \times \dfrac{1}{2} = \dfrac{1}{4}$.
Et donc $P(B) = 1 - P(\overline{B}) = 1 - \dfrac{1}{4} = \dfrac{3}{4}$.

11.2.5 Savoir utiliser la formule des probabilités totales

Méthode

La formule des probabilités totales s'utilise lorsqu'à la question : « quelle est la probabilité de l'événement B » on répond « ça dépend ».
Le s.c.e. adapté est alors l'ensemble des événements qui permettent de décrire les différentes possibilités par disjonction des cas ("soit on a ceci", "soit on a cela", etc.).

Exemple 11.13
Une urne contient 3 boules blanches et 7 boules noires.
On tire successivement 2 boules sans remise.
Quelle est alors la probabilité d'obtenir une boule noire au 2e tirage ?

Solution.
Notons B_k (resp. N_k), l'événement : "le k-ième tirage donne une boule blanche (resp. noire)", pour tout $k \in \{1, 2\}$.
On peut s'aider ici d'un arbre pondéré (cf. exemple 11.11).

Il s'agit de calculer $P(N_2)$.
Pour calculer cette probabilité, il faut connaître la composition de l'urne juste avant ce deuxième tirage, c'est-à-dire la composition de l'urne à l'issue du premier tirage.
$\{N_1, B_1\}$ **forment un système complet d'événements tous de probabilités non nulles.**
D'où en appliquant la formule des probabilités totales avec ce s.c.e., on en déduit que :

$$P(N_2) = P(B_1 \cap N_2) + P(N_1 \cap N_2) = P(B_1)P_{B_1}(N_2) + P(N_1)P_{N_1}(N_2).$$

Or $P(B_1) = \dfrac{3}{10}$, $P(N_1) = \dfrac{7}{10}$, $P_{B_1}(N_2) = \dfrac{7}{9}$ et $P_{N_1}(N_2) = \dfrac{6}{9}$.

D'où $P(N_2) = \dfrac{3}{10} \times \dfrac{7}{9} + \dfrac{7}{10} \times \dfrac{6}{9} = \dfrac{7}{10}$.

11.2.6 Savoir utiliser la formule des probabilités conditionnelles inversée

Méthode

Lorsque l'on fait une constatation d'un événement B à posteriori (c'est à dire à l'issue de l'expérience) et qu'on nous demande la probabilité d'un événement A à priori (c'est-à-dire au début de l'expérience), on nous demande en fait de calculer la probabilité $P_B(A)$ avec un ordre chronologique inversé.
Pour calculer $P_B(A)$, on utilise alors la relation suivante :

$$P_B(A) = \frac{P(A \cap B)}{P(B)} = \frac{P(A)P_A(B)}{P(B)},$$

à condition d'avoir bien sûr $P(A) \neq 0$ et $P(B) \neq 0$.
Remarque : on appelle cette formule la formule de Bayes. Elle s'obtient en appliquant la formule des probabilités conditionnelles deux fois.

Exemple 11.14
Une urne contient 3 boules blanches et 7 boules noires.
On tire successivement 2 boules sans remise.
Le second tirage ayant donné une boule blanche, quelle est la probabilité que la première boule tirée ait été blanche ?

Solution.
Notons B_k (resp. N_k), l'événement : "le k-ième tirage donne une boule blanche (resp. noire)", pour tout $k \in \{1; 2\}$.
On peut s'aider ici d'un arbre pondéré (cf. exemple 11.11).

Il s'agit de calculer $P_{B_2}(B_1)$.
Et donc de remonter dans le passé sachant le présent.
Or $P(B_1) \neq 0$ et $P(B_2) \neq 0$.
D'où, **en appliquant la formule de Bayes, il vient :**

$$P_{B_2}(B_1) = \frac{P(B_1 \cap B_2)}{P(B_2)} = \frac{P(B_1)P_{B_1}(B_2)}{P(B_2)}$$

avec :

- $P(B_1) = \dfrac{3}{10}$.
- $P_{B_1}(B_2) = \dfrac{2}{9}$.
- $P(B_2) = \dfrac{3}{10}$ (déjà calculé dans l'exemple 11.13, car $P(B_2) = 1 - P(N_2)$, ou sinon on le recalcule à l'aide de la formule des probabilités totales).

En conclusion,

$$P_{B_2}(B_1) = \frac{\frac{3}{10} \times \frac{2}{9}}{\frac{3}{10}} = \frac{2}{9}.$$

11.3 Pour s'entraîner

11.3.1 Exercices

Exercice 11.1
Soient A et B deux évènements tels que

$$P(A) = 1/6, P(A \cup B) = 1/2 \text{ et } P(B) = a \in \mathbb{R}.$$

Calculer a sachant que A et B sont indépendants.

Exercice 11.2
On dispose d'un jeu de 32 cartes et de trois jeux de 52 cartes.
On tire au sort l'un des jeux puis on tire une carte dans ce jeu.

1) Quelle est la probabilité d'obtenir la dame de cœur ?
2) Si on obtient la dame de cœur, quelle est la probabilité d'avoir choisi le jeu de 32 cartes ?

Exercice 11.3
On dispose de trois urnes contenant chacune cinq boules, rouges ou noires.
La première contient 3 rouges et 2 noires, la deuxième 2 rouges et 3 noires et la troisième 1 rouge et 4 noires.

Clément lance un dé bien équilibré.

- S'il obtient 1, il extrait au hasard une boule de l'urne 1.
- S'il obtient 3 ou 5, il extrait au hasard une boule de l'urne 2.
- S'il obtient 2, 4 ou 6, il extrait au hasard une boule de l'urne 3.

1) Quelle est la probabilité que la boule tirée soit rouge et provienne de l'urne 1 ?
2) Quelle est la probabilité que la boule tirée soit rouge ?

Exercice 11.4
Soit $n \in \mathbb{N}^*$.
On extrait avec remise à chaque fois de la boule tirée, n boules d'une urne contenant une boule noire et une boule blanche. Quelle est la probabilité qu'au moins l'une des boules tirées soit blanche ?

Exercice 11.5
On dispose de deux urnes U_1 et U_2.
U_1 contient 2 boules blanches et 2 boules noires et U_2 contient une boule blanche et 3 boules noires.
On effectue deux tirages au hasard avec remise d'une boule selon le protocole suivant :

- Le premier tirage se fait dans l'urne U_1.
- Si le premier tirage a donné une boule blanche (resp. noire), le deuxième tirage s'effectue dans l'urne U_1 (resp. U_2).

Soit $n \in \{1; 2\}$. On introduit les événements B_n (resp. N_n) "le n-ième tirage donne une boule blanche (resp. noire) " et on note $p_n = P(B_n)$.

1) Calculer p_1 puis p_2.
2) Les événements B_1 et B_2 sont-ils indépendants ?

11.3.2 Corrigés

Solution 11.1
Soient A et B deux évènements tels que $P(A) = 1/6, P(A \cup B) = 1/2$ et $P(B) = a$, où $a \in \mathbb{R}$.
Supposons de plus que A et B soient indépendants.
D'après la formule du crible de Poincaré, on a : $P(A \cup B) = P(A) + P(B) - P(A \cap B)$.
Or, comme A et B sont indépendants, on a aussi que $P(A \cap B) = P(A)P(B)$.
D'où :

$$\begin{aligned}
& P(A \cup B) = P(A) + P(B) - P(A)P(B) \\
\Leftrightarrow \quad & \frac{1}{2} = \frac{1}{6} + a - \frac{1}{6}a \\
\Leftrightarrow \quad & \frac{1}{2} = \frac{1+5a}{6} \\
\Leftrightarrow \quad & 6 = 2(1+5a) \\
\Leftrightarrow \quad & 6 = 2 + 10a \\
\Leftrightarrow \quad & 4 = 10a \\
\Leftrightarrow \quad & a = \frac{4}{10} \\
\Leftrightarrow \quad & a = \frac{2}{5}.
\end{aligned}$$

En conclusion, $a = \dfrac{2}{5}$.

Solution 11.2

Nous invitons le lecteur à représenter la situation à l'aide d'un arbre pondéré. Attention un arbre pondéré n'est pas une preuve. Il faut toujours justifier les calculs en citant le nom des formules utilisées et en écrivant les probabilités des événements intervenant dans la formule de manière théorique, avant de les remplacer par des valeurs numériques.

Notons J_{32} l'événement "le jeu de carte tiré est celui de 32 cartes", J_{52} l'événement "le jeu de carte tiré est un jeu de 52 cartes".
Notons A l'événement "obtenir la dame de cœur".

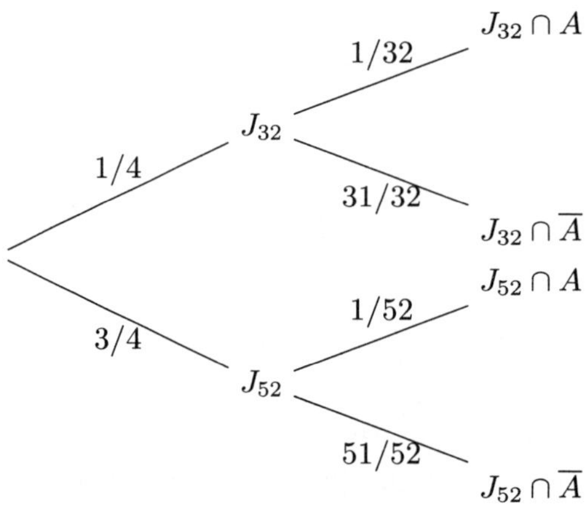

1) On cherche à calculer $P(A)$. Les événements J_{32} et J_{52} forment un système complet d'événements de probabilités non nuls. De ce fait, en appliquant la formule des probabilités totales appliquée avec ce s.c.e., on obtient :

$$P(A) = P(J_{32} \cap A) + P(J_{52} \cap A) = P(J_{32})P_{J_{32}}(A) + P(J_{52})P_{J_{52}}(A).$$

Il y a un seul jeu de 32 cartes sur les quatre jeux dont on dispose. Le jeu de cartes étant choisi au hasard, on est en situation d'équiprobabilité et donc $P(J_{32}) = \frac{1}{4}$.
Par un raisonnement similaire, on a $P(J_{52}) = \frac{3}{4}$.
Par ailleurs, $P_{J_{32}}(A) = \frac{1}{32}$, car un jeu de 32 cartes contient 32 cartes et 1 dame de cœur, et la carte étant choisie au hasard, on est en situation d'équiprobabilité.
Enfin, $P_{J_{52}}(A) = \frac{1}{52}$, car un jeu de 52 cartes contient 52 cartes et 1 dame de cœur, et la carte étant choisie au hasard, on est en situation d'équiprobabilité.
Ainsi :

$$P(A) = \frac{1}{4} \times \frac{1}{32} + \frac{3}{4} \times \frac{1}{52} = \frac{1}{128} + \frac{3}{208} = \frac{37}{1664}.$$

2) On cherche à calculer $P_A(J_{32})$.
Ici la chronologie des événements est inversée.
Nous allons de ce fait appliquer la méthode présentée à la Sous-section 11.2.6.
Comme $P(J_{32}) \neq 0$ et $P(A) \neq 0$, on peut écrire :

$$P_A(J_{32}) = \frac{P(J_{32} \cap A)}{P(A)} = \frac{P(J_{32}) \times P_{J_{32}}(A)}{P(A)}$$

avec $P(J_{32}) = \frac{1}{4}$, $P_{J_{32}}(A) = \frac{1}{32}$, $P(A) = \frac{37}{1664}$ (cf. q.1).
Ainsi :

$$P_A(J_{32}) = \frac{\frac{1}{4} \times \frac{1}{32}}{\frac{37}{1664}} = \frac{13}{37}.$$

Solution 11.3

Nous invitons le lecteur à représenter la situation à l'aide d'un arbre pondéré. Attention un arbre pondéré n'est pas une preuve. Il faut toujours justifier les calculs en citant le nom des formules utilisées et en écrivant les probabilités des événements intervenant dans la formule de manière théorique, avant de les remplacer par des valeurs numériques.

Soient $k \in \{1, 2, 3\}$. Notons U_k l'événement " la boule est extraite de l'urne k " et R l'événement "la boule obtenue est rouge".

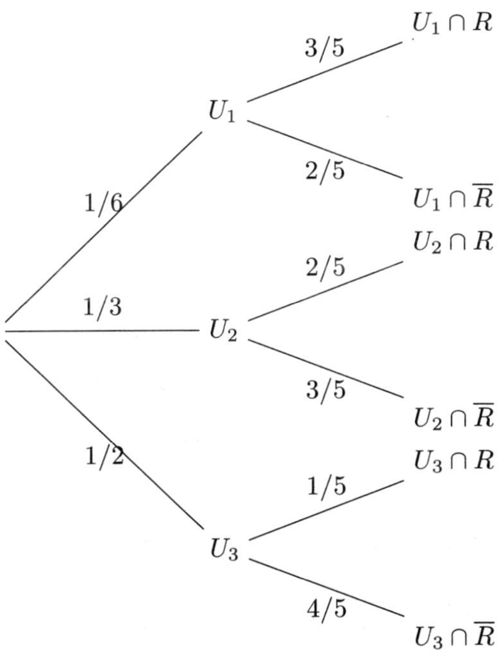

1) La probabilité cherchée est $P(U_1 \cap R)$.
En appliquant la formule des probabilités conditionnelles, avec $P(U_1) \neq 0$, on obtient :
$$P(U_1 \cap R)) = P(U_1) \times P_{U_1}(R).$$
Or, la boule est tirée dans l'urne 1 si on obtient 1 lorsqu'on lance le dé. Le dé étant équilibré, on est en situation d'équiprobabilité et donc $P(U_1) = \frac{1}{6}$.
Par ailleurs, dans l'urne numéro 1, il y a 3 boules rouges et 5 boules au total. La boule étant extraite au hasard, on est en situation d'équiprobabilité et donc $P_{U_1}(R) = \frac{3}{5}$.
D'où :
$$P(U_1 \cap R) = \frac{1}{6} \times \frac{3}{5} = \frac{1}{10}.$$

2) On cherche à calculer $P(R)$.
Les événements U_1, U_2 et U_3 forment un système complet d'événements tous de probabilités non nulles.
En appliquant la formule des probabilités totales à ce s.c.e., on obtient :
$$P(R) = P(U_1 \cap R) + P(U_2 \cap R) + P(U_3 \cap R).$$
Puis en appliquant la formule des probabilités conditionnelles, on en déduit que :
$$P(R) = P(U_1) \times P_{U_1}(R) + P(U_2) \times P_{U_2}(R) + P(U_3) \times P_{U_3}(R).$$
Or, on a $P(U_1) = \frac{1}{6}$, $P(U_2) = \frac{1}{3}$, $P(U_3) = \frac{1}{2}$, $P_{U_1}(R) = \frac{3}{5}$, $P_{U_2}(R) = \frac{2}{5}$ et $P_{U_3}(R) = \frac{1}{5}$.
D'où :
$$P(R) = \frac{1}{6} \times \frac{3}{5} + \frac{1}{3} \times \frac{2}{5} + \frac{1}{2} \times \frac{1}{5} = \frac{2}{3}.$$

Solution 11.4
Soit $n \in \mathbb{N}^*$.
Notons A l'événement "au moins une des boules tirées est blanche".
Notons N_k l'événement "obtenir un boule noire au k-ième tirage" et B_k l'événement "obtenir un boule blanche au k-ième tirage", pour tout $k \in \mathbb{N}$.
On considère plutôt l'événement contraire $\overline{A}$ "obtenir aucune boule blanche".
On a $\overline{A} = N_1 \cap N_2 \cap ... \cap N_n$.
D'où, $P(\overline{A}) = P(N_1 \cap N_2 \cap ... \cap N_n)$.
Les lancers étant mutuellement indépendants, on en déduit que
$$P(\overline{A}) = P(N_1) \times ... \times P(N_n) = \frac{1}{2} \times ... \times \frac{1}{2} = \frac{1}{2^n}.$$
D'où :
$$P(A) = 1 - P(\overline{A}) = 1 - \frac{1}{2^n}.$$

Solution 11.5

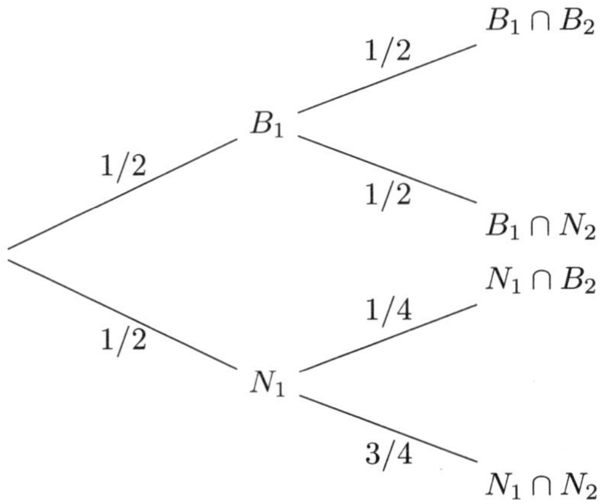

1) On cherche à calculer $p_1 = P(B_1)$.
Les issues du premier tirage (effectué dans l'urne U_1) sont équiprobables, puisque l'on tire les boules au hasard.
Comme il y a deux boules blanches parmi les 4 boules de l'urne U_1, on a $p_1 = P(B_1) = \frac{2}{4} = \frac{1}{2}$.
On cherche maintenant à calculer $p_2 = P(B_2)$.
Pour connaître l'issue du second tirage, il nous faut savoir dans quelle urne on tire, autrement dit, il faut connaître la couleur de la première boule tirée.
(B_1, N_1) forment un s.c.e. de probabilités non nulles.
En appliquant la formule des probabilités totales à ce s.c.e., on en déduit que :
$$P(B_2) = P(B_1 \cap B_2) + P(N_1 \cap B_2) = P(B_1)P_{B_1}(B_2) + P(N_1)P_{N_1}(B_2).$$
Or $P(B_1) = \frac{1}{2}$ et donc $P(N_1) = 1 - P(B_1) = \frac{1}{2}$.

Puis sachant B_1 (c'est-à-dire que l'on a tiré une boule blanche lors du premier tirage), le second tirage s'effectue dans l'urne 1 qui contient toujours 4 boules dont 2 blanches.
Comme chaque boule a même probabilité d'être tirée, on est en situation d'équiprobabilité et donc $P_{B_1}(B_2) = \frac{2}{4} = \frac{1}{2}$.
De même sachant N_1 (c'est-à-dire que l'on a tiré une boule noire lors du premier tirage), le second tirage s'effectue dans l'urne U_2, qui contient 1 blanche parmi les 4 boules, et donc $P_{N_1}(B_2) = \frac{1}{4}$.
D'où :
$$P(B_2) = \frac{1}{2} \times \frac{1}{2} + \frac{1}{2} \times \frac{1}{4} = \frac{3}{8}.$$

2) Intuitivement, les événements B_1 et B_2 ne vont pas être indépendants, car si B_1 est réalisé, le second tirage se fait dans l'urne U_1, où il y a plus de boules

blanches que dans l'urne U_2.
Théoriquement, cela se prouve en écrivant que :

$$P(B_1 \cap B_2) = P(B_1)P_{B_1}(B_2) = \frac{1}{2} \times \frac{1}{2} \neq P(B_1)P(B_2) = \frac{1}{2} \times \frac{3}{8}$$

ou simplement que :

$$P_{B_1}(B_2) = \frac{1}{2} \neq P(B_2) = \frac{3}{8}.$$

Chapitre 12

Variables aléatoires

Dans ce chapitre, nous présentons la notion de variable aléatoire. Nous verrons qu'il s'agit essentiellement d'un outil pratique pour modéliser des événements aléatoires. Puis, nous introduisons la notion de loi d'une variable aléatoire, ainsi que les notions d'espérance et de variance. À la fin de ce chapitre, nous évoquons une loi particulière importante : la loi binomiale.

Sommaire

12.1 Cours

12.1.1 Variables aléatoires

Soit Ω un univers associé à une expérience aléatoire.

Définition (Variable aléatoire)

On appelle **variable aléatoire réelle** (notée v.a.r.) sur Ω une fonction $X : \Omega \to \mathbb{R}$, c'est-à-dire une fonction qui à chaque issue de Ω associe un nombre.

Exemple 12.1
Considérons un lancer de 2 dés et notons X la somme des résultats des 2 dés. X est une variable aléatoire qui vérifie

$$X : \begin{cases} (1,1) & \to 2 \\ (1,2) & \to 3 \\ (2,1) & \to 3 \\ ... & \to ... \\ (6,6) & \to 12 \end{cases}$$

Remarque

Le vocabulaire de **variable aléatoire** est usuel mais malheureux. X n'est en réalité pas une variable, mais une application.
De plus, X n'a rien d'aléatoire (à chaque issue de l'expérience est associé un réel fixe), c'est l'expérience qui est aléatoire.

Définition (Support)

L'ensemble des valeurs prises par X, noté $X(\Omega)$, est appelé le **support** de X.

Dans la suite, nous nous intéressons à des variables aléatoires ayant un support fini.

12.1.2 Loi de probabilité

Définition (Loi de probabilité)

Soit X une variable aléatoire sur Ω et $X(\Omega) = \{x_1, x_2, \ldots, x_n\}$ l'ensemble des valeurs prises par X.
On appelle **loi de probabilité** de X l'ensemble des couples

$$\{(x_i, p_i), i \in [\![1;n]\!]\}, \quad \text{où } p_i = P(X = x_i).$$

Théorème (Système complet d'événements associés à X)

Soit X une variable aléatoire sur Ω et $X(\Omega) = \{x_1, x_2, \ldots, x_n\}$ l'ensemble des valeurs prises par X.
Alors la famille $(X = x_1), (X = x_2), \ldots, (X = x_n)$ est un s.c.e. appelé **système complet d'événements associé à X.**

En particulier, on a $P(X = x_1) + P(X = x_2) + \cdots + P(X = x_n) = 1$.

12.1.3 Espérance et variance

Définition (Espérance et variance)

Soit X une variable aléatoire sur Ω telle que $X(\Omega) = \{x_1, x_2, \ldots, x_n\}$.
On pose, pour tout $i \in [\![1;n]\!]$, $p_i = P([X = x_i])$.

On appelle **espérance** de X, notée $E(X)$, la quantité définie par :

$$E(X) = p_1x_1 + p_2x_2 + \cdots + p_nx_n.$$

On appelle **variance** de X, notée $V(X)$, la quantité définie par :

$$V(X) = E(X^2) - (E(X))^2.$$

où $E(X^2) = p_1x_1^2 + p_2x_2^2 + \cdots + p_nx_n^2$.
On appelle **écart-type** de X, notée $\sigma(X)$, la quantité définie par :

$$\sigma(X) = \sqrt{V(X)}.$$

Remarques

- L'espérance se comprend comme la moyenne des valeurs prises par la variable X pondérée par la probabilité de l'événement associé.
- La formule $V(X) = E(X^2) - (E(X))^2$ porte le nom de formule de Koenig-Huygens.

Erreurs à éviter

Attention à ne pas commettre l'erreur qui consiste à écrire que

$$V(X) = (E(X))^2 - E(X^2).$$

Dans ce cas, vous devriez vite vous rendre compte de votre erreur, car $V(X)$ sera alors négatif.
Or, **une variance est toujours positive.**

12.1.4 Loi de Bernoulli et loi binomiale

Nous allons aborder dans cette sous-section une loi usuelle particulière, la loi de Bernoulli et sa généralisation, la loi binomiale.

Épreuves de Bernoulli et loi de Bernoulli

Définition (Épreuve de Bernoulli)

Une épreuve de Bernoulli de paramètre p (où $p \in [0; 1]$) est une expérience aléatoire à deux issues possibles, l'une appelée "succès" de probabilité p et l'autre "échec" de probabilité $q = 1 - p$.

Exemple 12.2
On tire au hasard une boule dans une urne contenant 5 boules blanches et 2 boules noires. On appelle succès l'évènement "tirer une boule blanche". Cette expérience aléatoire peut être vue comme une épreuve de Bernoulli de paramètre 5/7.
En effet, la probabilité du succès (autrement dit de tirer une boule blanche) vaut 5/7 puisque l'on est en situation d'équiprobabilité.

Lorsque l'on a à faire à une épreuve de Bernoulli, on peut définir une variable aléatoire X prenant la valeur 1 en cas de succès et 0 en cas d'échec. On dit alors que cette variable aléatoire suit une loi de Bernoulli.

Définition (Loi de Bernoulli)

Soit $p \in [0;1]$.
On dit qu' une variable aléatoire X suit une **loi de Bernoulli de paramètre** p si :

- $X(\Omega) = \{0;1\}$.
- $P(X=1) = p$ et $P(X=0) = 1-p$.

On note alors $X \hookrightarrow \mathcal{B}(p)$.

Proposition (Paramètres d'une loi de Bernoulli)

Soit $p \in [0;1]$ et $X \hookrightarrow \mathcal{B}(p)$. Alors

$$E(X) = p \quad \text{et } V(X) = p(1-p).$$

Schéma de Bernoulli et loi binomiale

Définition (Schéma de Bernoulli)

On appelle schéma de Bernoulli de paramètres (n,p) la répétition de n épreuves de Bernoulli de paramètre p identiques et indépendantes.

La variable aléatoire X qui correspond au nombre de succès obtenus à l'issue d'un schéma de Bernoulli de paramètre (n,p) suit ce que l'on appelle une loi binomiale de paramètres (n,p).

Définition (Loi binomiale)

Soient $n \in \mathbb{N}^*$ et $p \in [0;1]$.
On dit qu'une variable aléatoire X suit une **loi binomiale de paramètres** n **et** p si

- $X(\Omega) = [\![0;n]\!]$.
- Pour tout $k \in [\![0;n]\!]$, $P(X=k) = \binom{n}{k} p^k (1-p)^{n-k}$.

On note alors $X \hookrightarrow \mathcal{B}(n,p)$.

Remarque

La loi de Bernoulli $\mathcal{B}(p)$ est le cas particulier d'une loi binomiale $\mathcal{B}(n,p)$ avec $n=1$.

12.2 Méthodes

12.2.1 Déterminer la loi d'une variable aléatoire X

Méthode

1) Déterminer le support de X.
2) Calculer chacune des probabilités associées aux événements élémentaires $(X=i)$, où $i \in X(\Omega)$.
3) Vérifier vos calculs en sommant les probabilités calculées précédemment et en vérifiant que leur somme vaut bien 1.

Remarque : il est usuel de récapituler à la fin de l'exercice la loi à l'aide d'un tableau.

Exemple 12.3
On effectue 2 tirages avec remise dans un sac contenant 3 boules numérotées de 1 à 3.
Soit X la variable égale à la somme des nombres obtenus.
Donner la loi de probabilité associée à X.

Solution.
La meilleure façon de visualiser cette expérience et de la représenter par un tableau à double entrée, avec en ligne et en colonne le numéro de la première et deuxième boule tirée et à l'intersection la somme de leur numéros.

tirage 1\tirage 2	1	2	3
1	2	3	4
2	3	4	5
3	4	5	6

Ainsi, on a $X(\Omega) = \{2, 3, 4, 5, 6\}$.
On est en situation d'équiprobabilité, chaque tirage de deux boules ayant même probabilité d'être obtenu, car il y a remise.
D'où $P(X = 2) = \dfrac{\text{nombre de cas favorables}}{\text{nombre de cas possibles}}$.
Or, $\text{Card}(\Omega) = 3^2 = 9$ (ce qui correspond aux 9 cases du tableau ci-dessus).
Et, il y a une seule issue favorable pour que la somme des deux boules soit égale à 2, c'est de tirer la boule numéro 1 puis à nouveau la boule numéro 1.
D'où $P(X = 2) = \dfrac{1}{9}$.
On trouve les autres probabilités en dénombrant de la même façon le nombre d'issues favorables (pour cela vous pouvez vous aidez du tableau ci-dessus).
On obtient alors le tableau suivant pour la loi de X :

i	2	3	4	5	6
$p_i = P(X = i)$	$\frac{1}{9}$	$\frac{2}{9}$	$\frac{3}{9}$	$\frac{2}{9}$	$\frac{1}{9}$

Remarque : on a bien que $\dfrac{1}{9} + \dfrac{2}{9} + \dfrac{3}{9} + \dfrac{2}{9} + \dfrac{1}{9} = 1$.

12.2.2 Calculer l'espérance et la variance d'une variable aléatoire X

Méthode

1) Déterminer la loi de X.
2) Utiliser les définitions du cours (cf. Sous-section 12.1.3).

Exemple 12.4
Reprenons l'exemple 12.3 du sac contenant 3 boules numérotées de 1 à 3. On effectue deux tirages avec remise et on note X la somme des résultats. On a vu que sa loi était donnée par :

i	2	3	4	5	6
p_i	1/9	2/9	3/9	2/9	1/9

L'espérance de X vaut donc :

$$E(X) = 2 \times \frac{1}{9} + 3 \times \frac{2}{9} + 4 \times \frac{3}{9} + 5 \times \frac{2}{9} + 6 \times \frac{1}{9} = \frac{2+6+12+10+6}{9} = \frac{36}{9} = 4.$$

Par ailleurs,

$$E(X^2) = 2^2 \times \frac{1}{9} + 3^2 \times \frac{2}{9} + 4^2 \times \frac{3}{9} + 5^2 \times \frac{2}{9} + 6^2 \times \frac{1}{9} = \frac{4+18+48+50+36}{9} = \frac{156}{9} = \frac{52}{3}.$$

D'où la variance de X vaut :

$$V(X) = E(X^2) - (E(X))^2 = \frac{52}{3} - 4^2 = \frac{4}{3}.$$

Pensez à vérifier que vous obtenez bien une variance positive.

12.2.3 Reconnaître et justifier la loi de Bernoulli et celle binomiale

Méthode (Loi de Bernoulli)

Modélisation
On utilise la loi de Bernoulli dès que l'on considère une épreuve ayant deux issues possibles : succès avec probabilité p et échec avec probabilité $1 - p$. En effet, dans ce cas, la variable aléatoire valant 1 en cas de succès et 0 en cas d'échec suit la loi de Bernoulli de paramètre p.

Rédaction
On écrira : « On appelle succès l'événement ... de probabilité p.
Alors X, la variable aléatoire qui vaut 1 en cas de succès, 0 en cas d'échec, suit une loi de Bernoulli de paramètre p ».

Exemple 12.5

1) Un exemple typique d'utilisation est le suivant. On lance une pièce truquée pour laquelle le côté Face est obtenu avec la probabilité p. On appelle succès l'événement "obtenir Face" de probabilité p. Soit X la variable aléatoire qui vaut 1 lorsqu'on obtient Face, et 0 sinon. Alors $X \hookrightarrow \mathcal{B}(p)$.
2) On considère une urne contenant 2 boules blanches et 1 boule noire. On tire une boule dans cette urne. On appelle succès l'événement "obtenir une boule noire" de probabilité $p = \frac{1}{3}$. Soit X la variable aléatoire égale à 1 si la boule tirée est noire et 0 si la boule tirée est blanche. Alors $X \hookrightarrow \mathcal{B}\left(\frac{1}{3}\right)$.

Méthode (Loi binomiale)

Modélisation
Soit X une variable aléatoire qui compte le nombre de succès sur n réalisations indépendantes d'une même expérience aléatoire. Alors $X \hookrightarrow \mathcal{B}(n,p)$, où p représente la probabilité d'un succès.
Attention, le paramètre p est fixe. Autrement dit, la probabilité du succès ne varie pas en fonction des expériences !

Rédaction
On écrira : « Dans cette expérience à deux issues, on appelle succès l'événement ..., qui est de probabilité p. On répète n fois cette expérience de manière indépendante. Alors la v.a. X qui **compte le nombre de succès** suit une loi binomiale $\mathcal{B}(n,p)$ ».

Exemple 12.6
On lance n fois, de manière identique indépendante, une pièce truquée dont la probabilité d'obtenir face est p. On appelle succès l'événement "obtenir face" de probabilité p. Soit X la variable aléatoire égale au nombre de faces obtenues durant ces n lancers. Alors $X \hookrightarrow \mathcal{B}(n,p)$.

12.3 Pour s'entraîner

12.3.1 Exercices

Exercice 12.1
On considère un jeu qui consiste à lancer successivement deux dés équilibrés.

On note :

- D_1 le résultat du premier dé et D_2 le résultat du deuxième dé,
- E_1 l'événement $(D_1 < D_2)$, E_2 l'événement $(D_1 = D_2)$ et E_3 l'événement $(D_1 > D_2)$.

Lors d'une partie,

- si l'événement E_1 se produit alors le joueur ne marque pas de point,
- si l'événement E_2 se produit alors le joueur marque 2 points,
- si l'événement E_3 se produit alors le joueur marque 1 point.

Soit X la variable aléatoire représentant le nombre de points marqués.

1) Calculer la probabilité de chacun des événements E_1, E_2 et E_3.
2) Déterminer la loi de la variable aléatoire X, puis calculer son espérance et sa variance.

Exercice 12.2
On s'intéresse au taux de réussite d'un gymnaste lors d'une figure. On suppose que la variable aléatoire qui vaut 1 lorsqu'il réussit cette figure et 0 sinon suit une loi de Bernoulli de paramètre $p \in [0; 1]$.
On a déterminé que $V(X) = \frac{1}{4}$. Avec quelle probabilité le gymnaste réussit-il sa figure ?

Exercice 12.3
Soit $p \in]0, 1[$ et X une variable aléatoire dont la loi est donnée par $P(X = 1) = p$ et $P(X = -1) = 1 - p$.

1) Calculer $E(X)$ et $V(X)$.
2) On pose $Y = \dfrac{1 + X}{2}$. Quelle est la loi de la variable aléatoire Y ?

Exercice 12.4 (Pour aller plus loin)
On tire sans remise dans une urne contenant 4 boules vertes et 2 boules rouges, jusqu'à obtenir la première boule rouge.
Soit N le nombre de tirages nécessaires.
Donner la loi de N, puis calculer $E(N)$ et $V(N)$.

Afin de calculer la loi de probabilité de N, on pourra utiliser une généralisation de la formule des probabilités conditionnelles, appelées formules des probabilités composées que vous verrez l'an prochain et qui dit que :

1) Soient A, B, C trois événements tels que $P(A \cap B) \neq 0$.
   Alors $P(A \cap B \cap C) = P(A)\, P_A(B)\, P_{A \cap B}(C)$.
2) Soient A, B, C, D quatre événements tels que $P(A \cap B \cap C) \neq 0$.
   Alors $P(A \cap B \cap C \cap D) = P(A)\, P_A(B)\, P_{A \cap B}(C)\, P_{A \cap B \cap C}(D)$.
3) Soient A, B, C, D, E quatre événements tels que $P(A \cap B \cap C \cap D) \neq 0$.
   Alors $P(A \cap B \cap C \cap D \cap E) = P(A)\, P_A(B)\, P_{A \cap B}(C)\, P_{A \cap B \cap C}(D)\, P_{A \cap B \cap C \cap D}(E)$.

Cette formule des probabilités composées dont vous verrez la généralisation à n événements en ECG est très utile pour calculer des probabilités d'intersection d'événements, lorsqu'il n'y a pas indépendance entre eux.

12.3.2 Corrigés

Solution 12.1

1) On a $\Omega = [[1,6]]^2$, d'où $\text{Card}(\Omega) = 6^2 = 36$.

On peut résumer l'ensemble des issues possibles par le tableau suivant, où la première colonne représente le résultat du premier dé et la première ligne le résultat du deuxième dé :

$D_1 \backslash D_2$	1	2	3	4	5	6
1	$=$	$<$	$<$	$<$	$<$	$<$
2	$>$	$=$	$<$	$<$	$<$	$<$
3	$>$	$>$	$=$	$<$	$<$	$<$
4	$>$	$>$	$>$	$=$	$<$	$<$
5	$>$	$>$	$>$	$>$	$=$	$<$
6	$>$	$>$	$>$	$>$	$>$	$=$

On est en situation d'équiprobabilité et le nombre d'issues totales est au nombre de 36.
Le tableau ci-dessus permet de dénombrer facilement le nombre d'issues favorables et d'en déduire ainsi que :

$$P(E_1) = \frac{15}{36} = \frac{5}{12}, \quad P(E_2) = \frac{6}{36} = \frac{1}{6}, \quad P(E_3) = \frac{15}{36} = \frac{5}{12}.$$

2) On a $(X = 0) = E_1$, $(X = 1) = E_3$ et $(X = 2) = E_2$.
On en déduit alors facilement, grâce à la q.1, que la loi de X est donnée par :

i	0	1	2
$\text{P}(X = i)$	$\frac{5}{12}$	$\frac{5}{12}$	$\frac{1}{6}$

On en déduit alors que , $E(X) = 0 \times \frac{5}{12} + 1 \times \frac{5}{12} + 2 \times \frac{1}{6} = \frac{3}{4}$.
Et, $E(X^2) = 0^2 \times \frac{5}{12} + 1^2 \times \frac{5}{12} + 2^2 \times \frac{1}{6} = \frac{13}{12}$.
D'où, $V(X) = E(X^2) - E(X)^2 = \frac{13}{12} - \left(\frac{3}{4}\right)^2 = \frac{25}{48}$.
A noter que l'on trouve bien une variance positive.

Solution 12.2
Notons X la variable aléatoire qui vaut 1 lorsque le gymnaste réussit sa figure et 0 sinon.
On a $P(X = 1) = p$ d'après l'énoncé.
D'où, $X \hookrightarrow \mathcal{B}(p)$.
On cherche la probabilité que le gymnaste réussisse sa dernière figure, c'est-à-dire la valeur de p.

Or, comme $X \hookrightarrow \mathcal{B}(p)$, on a $V(X) = p(1-p)$.
D'après l'énoncé $V(X) = \frac{1}{4}$.
D'où, $p(1-p) = \frac{1}{4} \Leftrightarrow 4p(1-p) = 1 \Leftrightarrow 4p^2 - 4p + 1 = 0 \Leftrightarrow (2p-1)^2 = 0 \Leftrightarrow p = \frac{1}{2}$.
Ainsi la probabilité que le gymnaste réussisse sa figure vaut $\frac{1}{2}$.

Solution 12.3

1) On $X(\Omega) = \{-1; 1\}$.
   D'où, on a :
   $E(X) = 1 \times P(X=1) + (-1) \times P(X=-1) = 1 \times p + (-1) \times (1-p) = 2p-1$.
   Par ailleurs, on a :
   $E(X^2) = 1^2 \times P(X=1) + (-1)^2 \times P(X=-1) = 1^2 \times p + (-1)^2 \times (1-p) = 1$.
   D'où, $V(X) = E(X^2) - (E(X))^2 = 1 - (2p-1)^2 = 4p - 4p^2 = 4p(1-p)$.
2) On $X(\Omega) = \{-1; 1\}$.
   D'où, $Y = \frac{1+X}{2}$ peut prendre les valeurs $\frac{1-1}{2} = 0$ ou $\frac{1+1}{2} = 1$.
   Ainsi, $Y(\Omega) = \{0; 1\}$ et donc Y suit une loi de Bernoulli.
   De plus, on a :
   $P(Y=0) = P\left(\frac{1+X}{2} = 0\right) = P(1+X=0) = P(X=-1) = 1-p$
   $P(Y=1) = P\left(\frac{1+X}{2} = 1\right) = P(1+X=2) = P(X=1) = p$.
   On en déduit donc que $Y \hookrightarrow \mathcal{B}(1-p)$.

Solution 12.4

Nous invitons le lecteur à représenter la situation à l'aide d'un arbre pondéré. Nous représentons ici seulement le début de l'arbre par manque de place.

Pour tout $i \in [\![1, 5]\!]$, note R_i l'événement "obtenir une boule rouge au ième tirage".

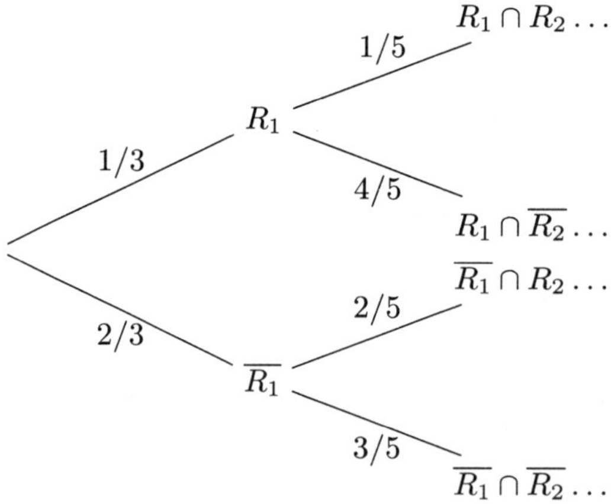

$N(\Omega) = [\![1, 5]\!]$, car on peut obtenir la première rouge au premier tirage ou au deuxième ou au troisième ou au quatrième ou au cinquième (une fois les 4 boules vertes tirées).

L'évènement $(N = 1)$ correspond à l'évènement "un seul tirage est nécessaire pour obtenir la première boule rouge", autrement dit à l'événement "obtenir une boule rouge au 1er tirage".
D'où $(N = 1) = R_1$.
Ainsi, $P(N = 1) = P(R_1) = \frac{2}{6} = \frac{1}{3}$,
car lors du premier tirage il y a dans l'urne 2 boules rouges et 6 boules au total et, comme le tirage se fait au hasard, on est en situation d'équiprobabilité.

L'évènement $(N = 2)$ correspond à l'évènement "deux tirages sont nécessaires pour obtenir la première boule rouge", autrement dit à l'événement "ne pas obtenir de boule rouge au premier tirage et obtenir une boule rouge au deuxième tirage".
D'où $(N = 2) = \overline{R_1} \cap R_2$.
Et donc, comme $P(\overline{R_1}) \neq 0$, en utilisant la formule des probabilités conditionnelles, on en déduit que $P(N = 2) = P(\overline{R_1} \cap R_2) = P(\overline{R_1})P_{\overline{R_1}}(R_2) = \frac{2}{3} \times \frac{2}{5} = \frac{4}{15}$,
en utilisant le fait que :

- $P(\overline{R_1}) = \frac{4}{6} = \frac{2}{3}$, car l'on est en situation d'équiprobabilité et que lors du premier tirage il y a dans l'urne 4 boules vertes et 6 boules au total ;
- $P_{\overline{R_1}}(R_2) = \frac{2}{5}$, car lors du deuxième tirage, sachant que l'on a tiré une boule verte lors du premier tirage et qu'on ne l'a remet pas dans l'urne, il reste 2 boules rouges et 5 boules au total et l'on est en situation d'équiprobabilité.

Puis, en raisonnant de même et en utilisant la généralisation de la formule des probabilités conditionnelles proposée dans l'énoncé, on en déduit que :

$$\begin{aligned} P(N = 3) &= P(\overline{R_1} \cap \overline{R_2} \cap R_3) \\ &= P(\overline{R_1})P_{\overline{R_1}}(\overline{R_2})P_{\overline{R_1} \cap \overline{R_1}}(R_3). \end{aligned}$$

D'où, $P(N = 3) = \frac{4}{6} \times \frac{3}{5} \times \frac{2}{4} = \frac{1}{5}$.

$$\begin{aligned} P(N = 4) &= P(\overline{R_1} \cap \overline{R_2} \cap \overline{R_3} \cap R_4) \\ &= P(\overline{R_1})P_{\overline{R_1}}(\overline{R_2})P_{\overline{R_1} \cap \overline{R_2}}(\overline{R_3})P_{\overline{R_1} \cap \overline{R_2} \cap \overline{R_3}}(R_4). \end{aligned}$$

D'où, $P(N = 4) = \frac{4}{6} \times \frac{3}{5} \times \frac{2}{4} \times \frac{2}{3} = \frac{2}{15}$.

$$\begin{aligned} P(N = 5) &= P(\overline{R_1} \cap \overline{R_2} \cap \overline{R_3} \cap \overline{R_4} \cap R_5) \\ &= P(\overline{R_1})P_{\overline{R_1}}(\overline{R_2})P_{\overline{R_1} \cap \overline{R_2}}(\overline{R_3})P_{\overline{R_1} \cap \overline{R_2} \cap \overline{R_3}}(\overline{R_4})P_{\overline{R_1} \cap \overline{R_2} \cap \overline{R_3} \cap \overline{R_4}}(R_5). \end{aligned}$$

D'où, $P(N = 5) = \frac{4}{6} \times \frac{3}{5} \times \frac{2}{4} \times \frac{1}{3} \times 1 = \frac{1}{15}$.

Ainsi, on obtient le tableau suivant :

i	1	2	3	4	5
$P(N=i)$	$\frac{1}{3}$	$\frac{4}{15}$	$\frac{1}{5}$	$\frac{2}{15}$	$\frac{1}{15}$

On vérifie que la somme des probabilités vaut 1 avant de continuer !

On en déduit alors que :

$$E(X) = 1 \times \frac{1}{3} + 2 \times \frac{4}{15} + 3 \times \frac{1}{5} + 4 \times \frac{2}{15} + 5 \times \frac{1}{15} = \frac{7}{3}.$$

De même, $E(X^2)$ existe et vaut par la formule de transfert :

$$E(X^2) = 1^2 \times \frac{1}{3} + 2^2 \times \frac{4}{15} + 3^2 \times \frac{1}{5} + 4^2 \times \frac{2}{15} + 5^2 \times \frac{1}{15} = \frac{105}{15}.$$

Par la formule de Koenig-Huygens, on en déduit que :

$$V(X) = E(X^2) - (E(X))^2 = \frac{105}{15} - \frac{49}{9} = \frac{70}{45}.$$

A noter que l'on trouve bien une variance positive.

Troisième partie

Python

Chapitre 13

Introduction à Python

L'informatique représente une part non négligeable de la note finale au concours. Il ne faut donc pas faire l'impasse sur cette partie du programme, d'autant plus que cela demande un investissement et un effort peu coûteux en termes de temps et de difficultés pour un gain en termes de points qui peut faire basculer votre classement au concours. Le langage au programme en prépa ECG est le langage Python. Dans cette partie, nous proposons au lecteur une initiation à ce langage, afin de lui permettre de se sentir plus à l'aise dès la rentrée dans ce domaine.

Sommaire

13.1 Le langage Python

Un **algorithme** est une suite d'étapes non ambiguës et en nombre fini à appliquer dans un ordre déterminé à un nombre fini de données en entrée, pour arriver à un résultat. Pour qu'un algorithme puisse être mis en œuvre par un ordinateur, il faut qu'il soit exprimé dans un langage compris par l'ordinateur, appelé **langage de programmation**. Cette traduction d'un algorithme en langage machine est ce que l'on appelle un **programme informatique**.
Python est un langage de programmation open source créé par le programmeur Guido van Rossum en 1991, qu'il appela ainsi en hommage aux Monty Python qu'il admirait. Au fur et à mesure des années, ce langage de programmation s'est hissé parmi les plus utilisés dans le domaine du développement de logiciels et d'analyse de données. Il est aussi un des éléments moteur de l'expansion du Big Data.

Python doit sa popularité à plusieurs avantages qui profitent aussi bien aux débutants qu'aux experts :

- **un langage libre et gratuit,** avec une documentation très complète et à jour ;
- **un langage facile à apprendre et à utiliser,** sa syntaxe est conçue pour être directe et lisible, ce qui permet ainsi de se focaliser sur ce que l'on fait plutôt que sur la façon dont on le fait ;
- **un langage populaire,** Python fonctionne sur tous les principaux systèmes d'exploitation (Linus, Windows, Mac, Android) et peut servir pour des usages aussi divers que variés.

Voici quelques exemples d'entreprises qui utilisent Python :

- la NASA utilise le langage Python ;
- des jeux vidéos comme Civilization IV ou Battlefield 2 sont codés Python ;
- la plateforme YouTube est écrite en Python ;
- Pixar utilise Python pour produire ses films d'animation
- etc.

13.2 Installation de Python

Lorsque Python est installé sur une machine, un interpréteur Python doit être aussi installé pour pouvoir exécuter le code écrit en Python. Un interpréteur est un programme qui lit le code et exécute les instructions qu'il contient. On peut le voir comme un programme qui exécute d'autres programmes.

L'installation de l'interpréteur Python dépend du système d'exploitation :

- Python est généralement installé de manière automatique sous Linux et Mac OS X ;
- sur Windows, l'installation de Python est généralement à faire par l'utilisateur.

Pour installer Python, rendez vous sur le site `http://www.python.org` pour télécharger la bonne version. Vous pouvez aussi installer la distribution Anaconda sur votre ordinateur `https://www.anaconda.com/products/individual` et Python sera ainsi directement installé sur votre ordinateur.

En dernier recours, si vous n'arrivez vraiment pas à installer Python sur vos ordinateurs, vous pouvez l'utiliser directement en ligne, via les liens suivants : `www.online-python.com` ou `www.pythontutor.com`.

Attention il existe plusieurs versions de Python. Pensez à installer la plus récente ou à mettre à jour votre ancienne version.

A ce sujet, ce qui est présenté dans ce livre se base sur la dernière version de Python qui est la version 3.
Si vous utilisez la version 2, il se peut qu'il y ait des différences mineures par rapport à ce qui est écrit dans le livre.
Je vous conseille cependant vivement d'installer la version 3, si ce n'est pas déjà fait, car c'est la version que vous utiliserez en ECG et sur laquelle se base le programme officiel.

13.3 Environnement de développement logiciel (IDE)

Je vous invite à programmer en Python à partir d'un environnement de développement logiciel (IDE). Un IDE est un logiciel qui permet à la fois d'éditer, d'exécuter et de débuger des programmes via une interface graphique agréable et pratique d'utilisation.
Il est possible que vous en ayez déjà un qui ait été installé directement au moment de l'installation de Python (pour le vérifier, faire une recherche dans les programmes installés sur votre ordinateur en tapant un des noms cités ci-dessous).

Parmi les IDE Python les plus connus vous trouverez :

- Edupython (`https://edupython.tuxfamily.org/`) ;
- Spyder (`https://www.spyder-ide.org/`) ;
- Pyzo (`https://pyzo.org/`) .

Mais il en existe de nombreux autres (PyScripter, PyCharm, PyDev, Thonny, pour ne citer qu'eux). N'hésitez pas à en installer plusieurs et à choisir celui qui vous semble le plus maniable.

Ces IDE Python se composent généralement d'au moins deux fenêtres :

1) une appelée console qui permet d'écrire de petites instructions, que l'on exécutera une à une, que l'on ne pourra pas modifier ni enregistrer ;
2) une appelée éditeur qui permet d'écrire des programmes plus long, de les enregistrer en format .py, de les modifier sans problème et de les exécuter.

Par exemple, avec Edupython vous trouverez :

- en bas la console, avec le symbole $\ggg$ qui signifie que Python attend une instruction ;
- en haut l'éditeur de texte (à noter que lors de l'exécution d'un programme écrit dans l'éditeur, les résultats ou messages d'erreur éventuels apparaissent dans la console).

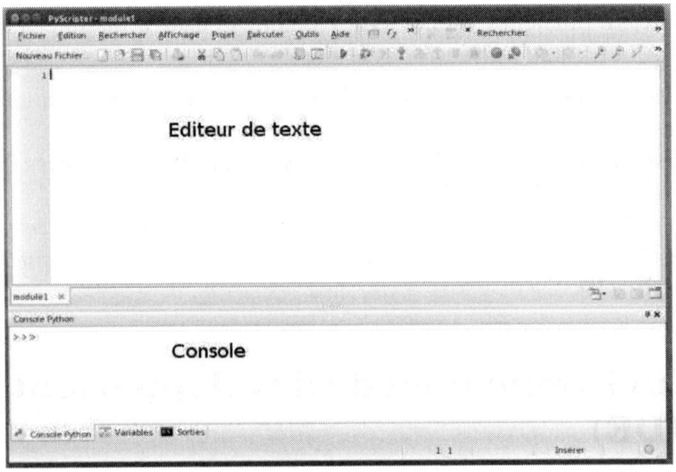

FIGURE 13.1 – IDE Edupython.

A noter que des différences mineures peuvent apparaître au niveau de ce que vous voyez dans la console suivant l'IDE avec lequel vous travaillez. Par exemple, sous Spyder, l'invite de commande n'est pas représentée par le symbole classique $\ggg$ *mais par* `In[]:`.

Ouvrez un éditeur de programme.
Dans la console, un curseur apparaît juste après l'invite de commandes ($\ggg$). C'est à cet endroit que vous pourrez lancer les instructions qui seront exécutées. Chaque commande doit se terminer par un retour à la ligne, ce qui limite à une commande par ligne (le retour à la ligne équivaut à demander à l'ordinateur d'exécuter la commande qui vient d'être tapée).

Ainsi les instructions sont interprétées et exécutées dès qu'elles ont été saisies.

Saisissons par exemple la commande `x=2`, puis celle `y=3` et enfin celle `print(x+y)`, avec un retour à la ligne après chaque commande.
Chaque ligne s'exécute. La dernière ligne renvoie le résultat de la dernière opération.

```
>>> x = 3
>>> y = 2
>>> x + y
5
```

Remarque : dans les encadrés gris, les lignes commençant par ⋙ représentent les lignes de commande à taper dans la console. Les lignes sans le symbole ⋙ représente ce qui s'affiche alors dans la console après exécution (elles ne sont pas à rentrer dans la console).

A noter que, si vous ne souhaitez pas ou n'arrivez pas à installer un IDE pour faire les premiers essais vous pouvez lancer directement Python à partir de la console de votre ordinateur, en ouvrant cette dernière et en tapant « python » dedans. Pour quitter Python tapez la commande « exit() » dans la console.
Vous pouvez aussi saisir le code python dans un fichier texte avec un éditeur de texte du type Vi, Vim, Emacs etc. Ne pas utiliser cependant un traitement de texte, comme OpenOffice, Word, etc. dont le format ne sera pas compris par Python. Par convention l'extension du nom du fichier devra être « .py ». Une fois votre programme écrit dans un éditeur de texte, vous pourrez l'exécuter via la console, en tapant dedans « python nomdufichier.py », en s'étant au préalable placé dans le répertoire contenant le fichier.

Si l'on a une seule ligne de commande à exécuter, on peut le faire directement dans la console. L'inconvénient cependant c'est que l'on ne peut pas modifier une ligne de commande rentrée dans la console une fois qu'elle a été exécutée. Si l'on a commis une erreur sur cette ligne, il faut alors la retaper dans la console en corrigeant l'erreur. A noter, cependant que plutôt que de la retaper en entier, on peut la faire réapparaître dans la console en utilisant la flèche du haut située à côté du pavé numérique de votre clavier et ainsi la corriger plus rapidement. Lorsqu'on a un programme comportant plus d'une ligne de code, on l'écrira dans un éditeur de texte avant de l'exécuter et non dans la console, d'une part parce que la console ne permet pas d'exécuter tout un bloc de code et d'autre part parce qu'on peut ainsi plus facilement corriger les erreurs potentiellement commise.

13.4 Aide Python

Deux possibilités pour rechercher de l'aide pour Python.

1) Vous trouverez une aide complète à l'adresse suivante :

   `https://docs.python.org/`

   Vous pouvez rentrer sur cette page des mots-clés (nom de fonctions, bibliothèque, etc) afin d'en trouver l'aide associer.

2) Lorsque vous êtes sous un éditeur de programme, vous pouvez utiliser la commande `help()` qui affiche l'aide spécifique à une fonction ou à l'ensemble des fonctions d'une bibliothèque spécifique. Par exemple, `help(print)` affiche l'aide sur la fonction `print` et `help(math)` affiche l'aide sur la bibliothèque `math`.

3) Vous pouvez aussi utiliser la console en tapant la commande `help()` qui remplace alors l'invite de commande ⋙ par `help>` . Vous pouvez alors taper à la suite le nom de la commande ou de l'objet dont vous souhaitez obtenir l'aide. Par exemple, si à la suite de `help>` , vous tapez `print`, l'aide de la commande `print` s'affichera alors. Pour sortir de l'aide tapez `quit`. Vous pouvez aussi obtenir l'aide sur une commande en tapant `help('MotRecherché')`. L'aide associée à cette commande s'affichera alors directement. Attention, contrairement à ce qui se passe sous l'éditeur de texte, au niveau de la console les apostrophes ou guillemets autour du mot recherché sont fondamentales. Autrement un message d'erreur s'affichera. Pour sortir de l'aide, tapez `q`.

Chapitre 14

Variables et types de données

Nous allons aborder ici la notion de variables, de type de données (réels, entiers, chaînes de caractère et booléens) ainsi que quelques unes des opérations basiques que l'on peut effectuer sur ces types de données et variables.

Sommaire

14.1 Autour des variables

14.1.1 Définition et premières manipulations

Lorsque l'on programme, il peut être utile de garder en mémoire certains résultats. Pour cela on utilise ce qu'on appelle des variables. Une variable est une case mémoire de l'ordinateur à laquelle on a donné un nom et dans laquelle on pourra stocker des données, qui peuvent d'ailleurs varier au cours de l'exécution du programme.
Si cela vous aide, vous pouvez visualiser une variable `a` comme une boîte que l'on identifie par une étiquette qui porte la lettre `a` et dans laquelle on pourra mettre des données.

Pour affecter une valeur à une variable, on utilise le signe `=`.
On place à droite du signe égal la valeur à affecter et à gauche on place la variable qui reçoit cette valeur.

```
>>> x = 2
```

Ainsi la commande «`x = 2`» signifie que j'affecte la valeur 2 à la variable `x` (autrement dit, je mets la valeur 2 dans la boîte portant l'étiquette `x`).

Pour faire afficher le contenu d'une variable dans la console, il vous suffit de taper son nom.

```
>>> x = 2
>>> x
2
```

Attention à l'ordre dans les affectations. Ainsi on n'écrira pas `2=x` pour affecter 2 à la variable `x`, autrement un message d'erreur s'affiche.

```
>>> 2=x
SyntaxError: can't assign to literal
```

Voici les règles que doit vérifier le nom d'une variable en Python :

- ne peut contenir que des lettres, des chiffres et des blancs soulignés ;
- ne peut pas commencer par un chiffre ;
- ne peut pas contenir d'espace, d'accent ou de caractères spéciaux ;

— distingue minuscules et majuscules ;

```
>>> a=3
>>> a
3
>>> A
NameError: name 'A' is not defined
```

En maths, on donne généralement seulement une lettre à une inconnue (x par exemple). Dans un programme il est préférable d'utiliser des noms pour une meilleure lisibilité (par exemple `liste` pour une liste, `moyenne` pour une moyenne, etc).

14.1.2 La commande print

Comme vu ci-dessus, lorsque l'on est directement sur la console, on peut faire afficher le contenu de la variable en tapant simplement son nom en ligne de commande.

Par contre si l'on tape les commandes suivantes dans l'éditeur de texte

```
a=3
a
```

et qu'on les exécute dans la console, alors la valeur de `a` ne s'affichera pas.

Voici en effet ce que vous obtiendrez dans la console

```
>>>
```

Pour voir apparaître le contenu de la variable `a`, il faut utiliser la commande `print` :

```
a=3
print(a)
```

Voici alors ce qui s'affichera dans la console

```
>>> a=3
>>> print(a)
3
```

14.2 Les types numériques `float` et `int`

14.2.1 Généralités

Python fait une distinction entre les **nombres entiers** (`int`) et les **nombres réels** (`float`).
Ainsi, 2 et `2.0` ne représentent pas le même objet pour Python. L'un est un entier quand l'autre est un réel. Pour le voir, nous pouvons utiliser la commande `type` qui renvoie le type d'une donnée.

```
>>> a = 2
>>> b = 2.0
>>> type(a)
<class 'int'>
>>> type(b)
<class 'float'>
```

Ainsi `<class 'int'>` signifie que `a` est un entier, tandis que `<class 'float'>` signifie que `b` est un réel.

Les fonctions `int()` et `float()` permettent elles de convertir un entier en réel et réciproquement.

```
>>> a = 2
>>> type(a)
<class 'int'>
>>> b=float(2)
>>> b
2.0
>>> type(b)
<class 'float'>
```

14.2.2 Opérations

La console peut être utilisée comme une grosse calculatrice.
Les principales opérations sont listées ci-dessous :

- $+$ pour l'addition
- $-$ pour la soustraction
- $*$ pour la multiplication
- $**$ pour la puissance
- / pour la division
- // pour le quotient de la division euclidienne
- % pour le reste de la division euclidienne
- `aeb` pour $\mathtt{a}.10^{\mathtt{b}}$

Voici quelques exemples d'opérations :

```
>>> 3+6
9
>>> 2**3  # 2 puissance 3
8
>>> (25-17)/4
2.0
>>> 2e1
20
```

Il est aussi possible d'appliquer ces opérations directement sur des variables :

```
>>> a=3
>>> b=2
>>> a+b
5
>>> 2*a
6
```

14.2.3 La commande range

La commande `range(a,b,c)` (où `a`, `b` et `c` sont des entiers) permet de créer une séquence de nombres entiers allant d'une borne initiale `a` à une borne finale `b` (**attention `b` non inclus**) avec un pas `c`. Si la borne initiale est omise, la valeur par défaut sera 0. Le pas par défaut vaut quant à lui 1. A minima il faut ainsi toujours préciser la borne finale.

```
>>> x=range(5)
>>> x
range(5)   # ne  permet pas de visualiser le contenu de x
>>> type(x)
<class 'range'>
>>> x+2
TypeError: unsupported operand type(s) for +: 'range' and
    'int'
```

A noter que que l'on ne peut pas faire d'opérations sur un objet de type `range`.

Pour visualiser le contenu d'un objet de type `range` et faire des opérations dessus, on le convertit en liste à l'aide de la fonction `list()` :

```
>>> a = list(range(5))
>>> a
[0, 1, 2, 3, 4] # notez que l'on  s'arrête à 4 et non 5
>>> b = list(range(4, 6))
>>> b
[4, 5]
>>> c = list(range(2, 10, 2))
>>> c
[2, 4, 6, 8]
```

On notera bien que `a`, `b` et `c` doivent être des entiers, la commande `range` ne marchant pas avec des nombres décimaux par exemple.

14.3 Chaînes de caractère

Nous allons maintenant étudier un autre type de données fondamentales : les chaînes de caractères (type `str`), que l'on peut voir plus simplement comme des suites de lettres ou de symboles.

14.3.1 Définition

Les apostrophes (`'...'`) et guillemets (`"..."`) s'utilisent indifféremment pour définir une chaîne de caractères :

```
>>> "bonjour le monde"
'bonjour le monde'
>>> 'bonjour le monde'
'bonjour le monde'
```

L'utilisation conjointe des apostrophes et des guillemets permet d'écrire des chaînes de caractères qui contiennent elles mêmes des guillemets ou des apostrophes.

```
>>> 'l'equation'
SyntaxError: invalid syntax
>>> "l'equation"
"l'equation"
```

Dans le premier cas, un message d'erreur s'affiche, car la première apostrophe marque le début d'une chaîne de caractères et la seconde après la lettre `l` la fin de la chaîne de caractère, ce qui fait que ce qui suit n'a pas de sens pour Python.

Si la chaîne de caractère contient à la fois des guillemets et des apostrophes, on peut utiliser la commande \' pour distinguer l'apostrophe comme chaîne de caractère et l'apostrophe comme signal de début ou de fin de chaînes de caractère.

```
>>> 'le professeur a dit: "attention à l\'apostrophe sous
    Python".'
'le professeur a dit: "attention à l'apostrophe sous
    Python".'
```

On peut tout à fait affecter une chaîne de caractère à une variable.

```
>>> chaine= 'bonjour le monde'
>>> print(chaine)
bonjour le monde
```

A noter que la commande `print` permet de ne pas afficher les apostrophes de début et fin de chaînes de caractère.

On peut aussi utiliser les chaînes de caractères pour préciser en français le contenu d'une variable, en mettant le nom de la variable après la chaîne de caractère séparée de celle-ci par une virgule.

```
>>> a=3
>>> print('La valeur de a vaut ', a)
La valeur de a vaut 3
```

14.3.2 La commande input

Il se peut que dans un programme on souhaite que l'objet associé à une variable soit fourni par l'utilisateur. Dans ce cas on utiliser la commande input dont voici un exemple de syntaxe

```
n=input('entrer un entier')
```

Lorsqu'on exécute cette commande le message "entrer un entier" s'affiche dans la console, l'utilisateur rentre alors la valeur de l'entier souhaité, qui est alors affecté à la variable `n`.

Ainsi la commande `input` permet d'afficher un message à l'écran et de donner la main à l'utilisateur pour qu'il saisisse des caractères au clavier et qu'il appuie sur la touche entrée pour affecter la valeur choisie à la variable.

```
>>> n=input('Veuillez saisir un entier:')
Veuillez saisir un entier:2
>>> n
'2'
```

Attention cependant à ce que le contenu de la variable est dans ce cas considérée comme une chaîne de caractère (d'où la présence des apostrophes).
De ce fait il n'est pas possible de faire des opérations sur `n` comme si c'était un réel ou un entier.

```
>>> n=input('Veuillez saisir un entier:')
Veuillez saisir un entier:2
>>> n+3
Can't convert 'int' object to str implicitly
```

Pour le transformer en entier ou en réel, il faut utiliser les commandes `int` ou `float`.

```
>>> n=int(input('Veuillez saisir un entier:'))
Veuillez saisir un entier:2
>>> n
2
>>> n+3
5
```

La variable `n` contient maintenant l'entier 2 qui peut donc être additionné avec l'entier 3.

14.3.3 Convertir une variable en chaîne de caractère

Il est possible de convertir le contenu d'une variable quelconque en chaîne de caractère en utilisant la fonction `str()`.

```
>>> a = 4.16
>>> b = str(a)
>>> type(b)
<class 'str'>
>>> b
'4.16'
```

`<class 'str'>` signifie que le contenu de `b` est une chaîne de caractère.

Ainsi on ne pourra pas, par exemple, additionner le contenu de `b` avec 3 par exemple.

```
>>> b+3
Can't convert 'int' object to str implicitly
```

14.3.4 Concaténer deux chaînes de caractère

On peut concaténer deux chaînes de caractère (c'est-à-dire les mettre bout à bout) grâce à la commande +.

```
>>> 'bonjour'+'le monde'
'bonjour le monde'
>>> a=2
>>> 'la variable a vaut'+str(a)
'la variable a vaut 2'
```

14.4 Le type booléen

14.4.1 Définition et premières manipulations

Le terme booléen s'applique à un langage informatique binaire, inventé par le mathématicien George Boole, qui consiste à programmer des variables qui ne peuvent prendre que deux états (généralement notés vrai et faux), destinés à représenter les valeurs de vérité de la logique.

En Python ces deux états sont `True` et `False`.

```
>>> type(True)
<class 'bool'>
```

Notez bien que `True` et `False` commencent par une majuscule. Si vous utiliser `true` et `false` sans la majuscule vous obtiendrez un message d' erreur.

En Python, les booléens `True` et `False` ont le même comportement que les entiers 1 et 0.

```
>>> float(True)
1.0
>>> float(False)
0.0
>>> int(True)
1
>>> int(False)
0
```

Et peuvent donc être manipuler comme tel.

```
>>> False + 5
5
>>> True*2
2
>>> False * 5
0
>>> True +2
3
```

14.4.2 Opérateurs de comparaison

Voici quelques exemples d'opérateurs de comparaison permettant de faire des tests.

Opérateur	**Signification**
$>$	Supérieur
$<$	Inférieur
$>=$	Supérieur ou égal
$<=$	Inférieur ou égal
$==$	Egal
$!=$ ou $<>$	Différent de

```
>>> 3<1
False
>>> 4==2*2
True
```

Ne pas confondre = (affectation) avec == (test).

```
>>> 4=2
SyntaxError: cannot assign to literal
>>> 4==2
False
```

Ainsi on ne confondra pas `x= 2` (affectation de la valeur 2 à `x`) et `x==2` (condition vraie si `x` égale 2).

14.5 Exercices

Exercice 14.1 (Premières opérations)
Écrire dans la console les commandes permettant de calculer :
$48 + 124$, 28×52, $\frac{1}{6}$, 2^3, $\frac{1+3^2-3\times 5}{3}$, $16^{1/2}$, 3×10^4.

Exercice 14.2 (Commande `range`)
A l'aide de la commande `range`, créer et faire afficher :

1) la séquence des entiers allant de 0 à 10 avec un pas de 1,
2) la séquence des entiers allant de 2 à 12 avec un pas de 1,
3) la séquence des entiers allant de 100 à 123 avec un pas de 3,
4) la séquence des entiers allant de 10 à 2 avec un pas de -2.

Exercice 14.3 (Affectation de variables)
On considère trois variables `a`, `b` et `c` et on effectue les affectations suivantes :

Affectation 1 :

```
a=1
b=2
c=3
```

Affectation 2 :

```
a=3*b+1
```

Affectation 3 :

```
c=a
b=c
```

Affectation 4 :

```
a=c+2*b+a
```

1) Compléter le tableau de valeurs des variables a, b et c sans écrire les instructions dans la console.

Variables	a	b	c
Affectation 1			
Affectation 2			
Affectation 3			
Affectation 4			

2) Vérifier vos résultats en tapant les instructions dans la console.

Exercice 14.4 (Commande `str`)
Taper dans la console les instructions suivantes et les commenter :

```
a=1
a+3
b=str(1)
b+3
type(a)
type(b)
```

Exercice 14.5 (Commande `input`)
Taper dans la console les instructions suivantes et les commenter :

```
a=input('Donner une valeur pour a:')
a+2
type(a)
a=float(input('Donner une valeur pour a:'))
a+2
type(a)
```

Exercice 14.6 (Résolution de l'équation $ax + b = 0$)

1) Entrer dans un éditeur de texte les instructions suivantes :

```
print("Ce programme résout l'equation ax+b=0 pour a
    non nul")
a=float(input('Entrez un réel non nul pour a:'))
b=float(input('Entrer un réel pour b:'))
x=-b/a
print('La solution est '+str(x)+'.')
```

2) Sauvegarder le fichier (au format .py), puis exécuter le fichier et suivre les instructions.
3) Recommencer avec différentes valeurs de a et b.
4) Comprendre la syntaxe de « `print('La solution est'+str(x)+'.')` ».

Exercice 14.7 (Calcul du discriminant d'un trinôme du second degré)

1) Écrire avec un éditeur un programme qui demande les coefficients a, b et c du trinôme du second degré $ax^2 + bx + c$, puis calcule et affiche la valeur de son discriminant.
2) Enregistrer le programme, puis exécuter le.
3) Calculer les discriminants des polynômes $x^2 - 2x + 1$ et $x^2 - 6x + 5$ à l'aide du programme précédent.

14.6 Corrigés

Solution 14.1

```
>>> 48+124
172
>>> 28*52
1456
>>> 1/6
0.16666666666666666
>>> 2**3
8
>>> (1+3**2-3*5)/3
-1.6666666666666667
>>> 16**(1/2)
4.0
>>> 3e4
30000.0
```

A noter que pour $\dfrac{1+3^2-3\times 5}{3}$ *et* $16^{1/2}$*, il ne faut pas oublier les parenthèses et bien les placer.*
Par exemple, si vous écrivez `16**1/2` *au lieu de* `16**(1/2)` *alors Python calculera en réalité* $\dfrac{16^1}{2}$ *et vous renverra* 8*, alors que* $16^{1/2} = \sqrt{16} = 4$.

Solution 14.2

1) Nous allons ici utiliser la commande `range(a,b,c)`.

```
>>> list(range(11))
[0, 1, 2, 3, 4, 5, 6, 7, 8, 9, 10]
```

Attention, n'oubliez pas que pour s'arrêter à `10`*, il faut poser* `10+1=11` *pour la borne* `b`.
On aurait pu aussi utiliser la commande `list(range(0,11,1))` (puisque la séquence démarre à `0`) avec un pas de `1`) qui donnent le même résultat, mais on privilégiera la syntaxe la plus simple.

2) Voici la commande à écrire :

```
>>> list(range(2,13))
[2, 3, 4, 5, 6, 7, 8, 9, 10, 11, 12]
```

3) Voici la commande à écrire :

```
>>> list(range(100,124,3))
[100, 103, 106, 109, 112, 115, 118, 121]
```

Attention la borne 123 *ne peut être atteinte ici, puisque si le pas vaut 3 alors l'entier suivant* 121 *sera* 124 *et il est strictement supérieur à* 123.

4) Voici la commande à écrire :

```
>>> list(range(10,1,-2))
[10, 8, 6, 4, 2]
```

Attention, ici il faut aller jusqu'à `2-1=1` *pour la borne* `b`.

Solution 14.3

1) Voici le tableau complété :

Variables	a	b	c
Affectation 1	1	2	3
Affectation 2	7	2	3
Affectation 3	7	7	7
Affectation 4	28	7	7

- En effet, au départ la variable `a` vaut 1, `b` vaut 2 et `c` vaut 3.
- Ensuite, la commande `a=3*b+1` affecte à la variable `a` 3 fois la valeur de `b` à laquelle on ajoute 1. Or, `b` vaut 2. D'où on affecte à `a` la valeur 7, car $3 \times 2 + 1 = 7$.
  A noter que l'ancienne valeur de `a` *qui était* 11 *a été effacée par cette dernière opération et remplacée par* 7.
  Les variables `b` et `c` quant à elles ne sont pas modifiées et conservent donc respectivement les valeurs 2 et 3.
- La commande `c=a` signifie que l'on affecte à `c` la valeur de la variable `a`. La variable `a` valant 7, la variable `c` prend ainsi la valeur 7.
- La commande `b=c` signifie que l'on affecte à `b` la valeur de la variable `c`. La variable `c` valant 7, la variable `b` prend aussi de ce fait la valeur 7.
  Attention, la variable `b` *ne reçoit pas la valeur* 2 *qui était la valeur initiale de* `c`, *car la variable* `c` *a été modifiée juste avant, et donc* `b` *prend la dernière valeur qui a été affectée à* `c`.
- Enfin, la commande `a=c+2*b+a` signifie que l'on affecte à `a` la valeur de `c` à laquelle on ajoute deux fois la valeur de `b` à laquelle on ajoute la valeur de `a`. Les variables `a`, `b` et `c` valant maintenant toutes 7, cela revient à affecter la valeur 28 à la variable `a`, car $7 + 2 \times 7 + 7 = 28$.

2) Pour le vérifier demander à Python d'afficher la valeur des variables a, b et c après chaque affectation :

```
>>> a=1
>>> a
1
>>> b=2
>>> b
2
>>> c=3
>>> c
3
>>> a=3*b+1
>>> a
7
>>> c=a
>>> c
7
>>> b=c
>>> b
7
>>> a=c+2*b+a
>>> a
28
```

Solution 14.4

La commande a=1 signifie que l'on affecte à a la valeur 1.
La commande a+3 signifie que l'on additionne le contenu de la variable a avec 3, ce qui renvoit la valeur 4 (car 1+3=4).
La commande b=str(1) signifie que l'on affecte à la variable b la chaîne de caractère 1.
La commande b+3 signifie que que l'on additionne le contenu de la variable b avec 3, ce qui renvoit un message d'erreur. Cela est du au fait que l'on on ne peut pas additionner une chaîne de caractère avec un entier. En effet, 3 est un entier, alors que b contient non pas l'entier 1 mais '1' qui la chaîne de caractère 1 (d'où les apostrophes) et que l'on peut interpréter juste comme un symbole.
Cela est confirmé par le fait que la commande type(a) renvoie <class 'int'>, ce qui montre bien que a contient l'entier 1, alors que la commande type(b) renvoie <class 'str'>, ce qui montre bien que b contient la chaîne de caractère 1.

```
>>> a=1
>>> a+3
4
>>> b=str(1)
>>> b+3
TypeError: cannot concatenate 'str' and 'int' objects
>>> type(a)
<class 'int'>
>>> type(b)
<class 'str'>
```

Solution 14.5

La commande `a=input('Donner une valeur pour a:')` affiche le message « Donner une valeur pour a : ».
Si l'on tape alors `4.2` dans la console, le réel `4.2` sera alors affecté à la variable `a`.
La commande `a+2` signifie que l'on demande à Python d'additionner l'entier 2 au contenu de la variable `a`. Un message d'erreur s'affiche alors.
Cela se comprend, car si l'on tape la commande `type(a)` alors Python renvoie `<class 'str'>`. Ce qui montre que `a` contient non pas le réel `4.2` mais la chaîne de caractère `4.2`. Or, on ne peut additionner une chaîne de caractère avec un réel.

La commande `a=float(input('Donner une valeur pour a:'))` quant à elle affiche le message « Donner une valeur pour a : ».
Si l'on tape alors `3.8` dans la console, le réel `3.8` sera alors affecté à la variable `a`.
La commande `a+2` signifie que l'on demande à Python d'additionner l'entier 2 au contenu de la variable `a`. La valeur `5.8` (qui correspond à `3.8+2`) est alors renvoyée.
Cela se comprend, car si l'on tape la commande `type(a)` alors Python renvoie `<class 'float'>`. Ce qui montre que `a` contient maintenant le réel `3.8`, qui peut bien être additionné avec l'entier 2.

Ainsi, on retiendra que la commande `input` transforme la valeur entrée par l'utilisateur en chaîne de caractère et l'affecte à une variable donnée. L'ajout de la commande `float` permet de transformer la chaîne de caractère en un réel.

```
>>> a=input('Donner une valeur pour a:')
Donner une valeur pour a: 4.2
>>> a+2
TypeError: Can't convert 'int' object to str implicitly
>>> type(a)
<class 'str'>}
>>> a=float(input('Donner une valeur pour a:'))
Donner une valeur pour a: 5.8
>>> a+2
5.8
>>> type(a)
<class 'float'>
```

Solution 14.6

1) A faire par le lecteur.
2) Une fois le fichier exécuter, la phrase « Entrez un réel non nul pour a : » s'affiche dans la console. Si vous voulez par exemple demander à Python de résoudre l'équation $7x + 9 = 0$, il vous faut affecter la valeur 7 à la variable `a`. Pour cela, il vous suffit de taper 7 dans la console puis entrer.
   La phrase « Entrez un réel pour b : » s'affiche alors dans la console.
   Pour affecter la valeur 9 à `b`, il vous suffit de taper 9 dans la console puis entrer.
3) Relancer le programme et recommencer la procédure de la question précédente avec différentes valeurs de `a` et `b`.

4) Si par exemple la variable `x` contient la valeur `2`, alors la commande `print('La solution est'+str(x)+'.')` permet d'afficher la phrase « La solution est 2. ». Chaque morceaux entre les symboles + correspondent à des chaînes de caractère (texte en français écrite entre apostrophes ou commande `str` qui convertit le contenu d'une variable en chaîne de caractère). Le symbole + correspond à la concaténation de ces chaînes de caractères, autrement dit signifie que l'on demande à les écrire les unes à la suite des autres. La partie `+'.'` est optionnelle, elle permet simplement d'ajouter un point à la fin de la phrase que l'on veut afficher.
A noter que si vous écrivez dans votre programme :

```
print('La solution est x.')
```

alors la phrase qui s'affichera sera « La solution est `x.` » quelque soit la valeur de la solution. D'où la nécessité d'utiliser la commande `str`.

Solution 14.7

1) Le programme suivant permet de calculer le discriminant d'un trinôme du second degré :

```
print("Ce programme calcul le discriminant de  a*x
    **2+b*x+c")
a=float(input('Donner la valeur de a:'))
b=float(input('Donner la valeur de b:'))
c=float(input('Donner la valeur de c:'))
d=b**2-4*a*c
print('Le discriminant vaut '+str(d)+'.')
```

2) A faire.

3) Lancer le programme précédent et affecter respectivement les valeurs `1`, `-2` et `1` à `a`, `b` et `c`. Le programme affiche alors `'Le discriminant vaut 0.0.'`. Ainsi, le discriminant du polynôme $x^2 - 2x + 1$ vaut 0.

Lancer le programme précédent et affecter respectivement les valeurs `1`, `-6` et `5` à `a`, `b` et `c`. Le programme affiche alors `'Le discriminant vaut 16.0.'` Ainsi, le discriminant du polynôme $x^2 - 6x + 5$ vaut 16.

Vous pouvez bien sûr vérifier ces résultats en faisant le calcul des discriminants à la main.

Chapitre 15

Syntaxe Python

Nous allons voir ici comment coder non pas seulement une ou deux instructions mais toute une suite d'instructions en Python. Nous détaillerons notamment la syntaxe à utiliser pour définir une fonction, une boucle `for`, `while`, une structure `if`, etc. A noter que lorsque l'on a une suite d'instructions à exécuter pour obtenir un résultat final, on passera par un éditeur de texte plutôt que par la console.

Sommaire

15.1 Structure d'un code Python

15.1.1 Généralités

Un programme consiste en une suite d'instructions. En Python, il n'y a pas de symbole de fin d'instructions, c'est le passage à la ligne suivante qui joue ce rôle.

```
instruction1
instruction2
instruction3
```

L'indentation (décalage par rapport au bord gauche) est utilisée pour définir un bloc de code : instructions avec conditions (if), répétitions un nombre donné de fois d'une suite d'instructions (for), répétitions d'une suite d'instructions tant qu'une condition n'est pas vérifiée (while), définition d'une fonction, etc.
Le bloc de code commence par la ligne d'en tête qui se termine toujours par deux points (:). La ligne d'en tête est suivie du bloc d'instructions avec une indentation.

```
ligne_d_en_tete:
    bloc_d_instructions
```

La fin de l'indentation correspond à la fin du bloc d'instructions. Il n'y a besoin de rien de plus (notamment pas de end comme dans certains langages). Ainsi la structure d'un code en Python est simple, homogène et permet de rendre le programme plus lisible.

De plus, l'éditeur de l'IDE fera automatiquement l'indentation avec une tabulation après que vous ayez tapés les deux points (:) et appuyés sur entrée. Il vous faudra juste penser à revenir bien à gauche pour les instructions qui suivent la fin du bloc.

Si vous utilisez un éditeur de texte hors de IDE pensez à utiliser la commande tabulation (symbolisée sur le clavier par →| et généralement situé en haut à gauche du clavier) qui vous fera l'indentation directement (ne pas la faire à la main avec des espaces, car il y a un risque de décalage pas toujours perceptible à l'oeil nu, ce qui entraînera un message d'erreur).

15.1.2 Commenter un programme

Python permet d'intégrer des commentaires au sein du code afin de le commenter. Ces commentaires ne modifient pas votre code, car ils seront ignorés par l'interpréteur. Pour cela il faut débuter le commentaire pas un caractère #. Et ce dernier se terminera tout simple à la fin de la ligne.

```
ligne_d_en_tete:
  instruction1  # première instruction
  instruction2  # deuxième instruction
```

15.2 Les fonctions

Une fonction est un objet qui permet de spécifier des paramètres en entrée, d'y appliquer une succession d'instructions et de renvoyer un résultat en sortie (qui pourra ainsi varier d'une exécution à l'autre en fonction des paramètres en entrée).

Une fonction en Python débute par le mot clé **def** suivi du nom de la fonction, puis de parenthèses entre lesquels on spécifie les paramètres d'entrée séparés par une virgule, et se termine par deux points (:). Les instructions qui forment le corps de la fonction (c'est à dire celle qui seront exécutées lorsque la fonction sera appelée dans un programme) débutent à la ligne suivante, précédées d'une tabulation. La fonction se termine par un **return** suivi des variables de sorties de la fonction (attention indenté au même niveau que les instructions précédentes). La fonction se termine donc lorsque l'indentation retourne à son niveau initial.

Voici le cas le plus général de syntaxe pour définir une fonction

```
def ma_fonction(parametre_1 , ..., parametre_n):
    instruction_1
    ...
    instruction_n
    return resultat
```

La convention, qui est la même que pour le nom des variables, veut que l'on écrive les noms de fonctions en minuscule en séparant les mots par des underscores.

L'appel d'une fonction se fait en écrivant dans le programme le nom de la fonction avec entre les parenthèses la valeur des paramètres auquel on souhaite appliquer la fonction :

```
ma_fonction(parametre_1 , ..., parametre_n)
```

Voici un exemple de fonction permettant de calculer la moyenne de trois nombres.

```
def moyenne(a,b,c):
     y=(a+b+c)/3
     return y
>>> moyenne(1,2,3)
2.0
```

A noter que lorsque ⋙ n'apparaît pas au début de l'encadré gris, cela signifie qu'il s'agit des instructions d'un programme complet et que ces instructions doivent être écrites dans un éditeur de texte, enregistrées puis exécutées.
La ligne qui démarre par ⋙ signifie que l'on rentre ces instructions dans la console, puis qu'on les exécute. La ou les lignes qui suivent représentent ce qui est renvoyé dans la console après exécution de la commande précédente.

15.3 Les tests

Les tests permettent de mettre des conditions à l'exécution d'instructions. La syntaxe Python prend la forme suivante :

```
if condition:
    instruction1
    instruction2
    ...
```

Ainsi, si la condition est vérifiée alors les instructions 1 et 2 seront exécutées.

Si des instructions sont à exécuter lorsque la condition n'est pas réalisée, on ajoute la syntaxe `else` :

```
x = 1
if x >= 0:
    print("x positif")
else:
    print("x négatif")

>>> x positif
```

A noter que le `else` ("sinon" en français) n'est pas suivi d'une condition, car le sinon revient à dire que si la condition première est fausse (autrement dit si la condition inverse de la première est vérifiée) alors on applique les instructions qui suivent.

15.4 Les boucles

Les boucles permettent d'exécuter plusieurs fois un même bloc d'instructions.

15.4.1 La boucle for

La boucle `for` permet d'exécuter un même bloc d'instructions un nombre de fois déterminer à l'avance. Sa syntaxe est la suivante :

```
for element in iterable:
    bloc_instructions
```

On notera bien l'indentation à respecter.

Un usage fréquent des boucles `for` est le parcours de séquences d'entiers (lorsqu'on veut par exemple répéter les instructions un nombre `n` donnée de fois). On utilise alors la commande `range` (cf. Sous-section 14.2.3) :

```
for i in range (0 , 10 , 2) :
    print (i )
else :
    print ( 'Fin ')

>>>
0
2
4
6
8
Fin
```

Ainsi les instructions sont effectuées pour la première fois pour `i=0`, puis `i=2`, etc (car `range(0, 10, 2)` correspond à la séquence constituées des entiers 0,2,4,6,8). Le programme précédent affiche ainsi la valeur de `i` pour `i` allant de `0` à `8`.

A noter que les instructions peuvent dépendre de i ou non.

On préférera parfois donner un nom à la séquence itérable (par exemple S) et écrire :

```
S=range(0,10,2)
for i in S
...
```

15.4.2 La boucle while

La boucle `while` permet d'exécuter un bloc d'instructions tant qu'une condition est réalisée (on ne sait alors pas a priori combien de fois il faudra le répéter). Sa syntaxe est la suivante :

```
while condition:
    instructions
```

Notez bien à nouveau l'indentation à respecter.

Cela donne par exemple :

```
a = 0
while a < 8:
    print (a)
    a= a+ 2
>>>
0
2
4
6
```

A noter que :

- Le bloc d'instructions qui suit la boucle while peut ne pas être exécutée si la condition de départ n'est pas vérifiée dès le début.
- Avant d'exécuter une boucle while, il faut vérifier que la condition devient fausse au bout d'un certain temps, sinon le programme s'exécutera indéfiniment.
- Pour connaître le nombre de fois où la boucle va s'exécuter, il suffit de mettre un compteur `c`, qui est initialisé avant le while, (`c=0`), puis incrémenté à chaque passage dans la boucle (`c=c+1`).
  Par exemple avec le programme précédent cela donne :

```
a = 0
c=0
while a < 8:
    a= a+ 2
    c=c+1
print('c=',c)
>>> c=4
```

15.5 Exercices

Exercice 15.1 (Définir des fonctions)
Définir avec Python les fonctions suivantes :

1) $f : x \mapsto 2x^2 - 3x + 2$.
   Vérifier votre programme en demandant le calcul de $f(4)$.
2) $g : x \mapsto \dfrac{x-3}{x^2+1}$.
   Vérifier votre programme en demandant le calcul de $g(3)$.

Exercice 15.2 (Fonction valeur absolue)

1) Écrire un programme Python pour définir la fonction valeur absolue :

$$f : x \mapsto |x| = \begin{cases} x & \text{si } x \geq 0 \\ -x & \text{si } x < 0 \end{cases}$$

2) Vérifier votre programme en calculant les valeurs de $f(2)$, $f(-4)$, $f(2,3)$ et $f(-7,8)$.

Exercice 15.3 (Nombre de racines d'un trinôme du second degré)

1) Modifier le programme de l'exercice 14.7 du chapitre 14 de façon à afficher « Le trinôme du second degré admet deux racines (distinctes ou confondues) » si le discriminant est positif et « Le trinôme admet aucunes racines » si le discriminant est strictement négatif.
2) Enregistrer et exécuter ce programme. Le tester avec les polynômes

$$P(x) = x^2 - 2x + 2, \qquad Q(x) = x^2 + 3x + 9, \qquad R(x) = x^2 + 5x + 5.$$

Exercice 15.4 (Permutation de variables)

1) Étant données deux variables a et b auxquelles l'utilisateur attribue deux valeurs réelles, écrire un programme qui attribue à a la plus petite des deux valeurs et attribue à b la plus grande.
2) Essayer votre programme avec $a = 4$ et $b = 7.2$, puis avec $a = 8.4$ et $b = 1$.

Exercice 15.5 (Boucle for)
Écrire un programme Python qui affiche un à un les entiers de 1 à 10.

Exercice 15.6 (Calcul de sommes)

1) Entrer dans l'éditeur de texte les instructions suivantes :

```
n=int(input('Donner une valeur de n: '))
S=0
for k in range(1,n+1):
    S=S+k
print('S='+str(S))
```

2) Tester pour différents entiers naturels `n`. A quoi correspond la valeur de `S` à la fin de la boucle ?

Exercice 15.7 (Boucle while)
Écrire un programme Python qui partant d'un entier n choisi par l'utilisateur, affiche la liste de toutes les entiers positifs qui le précède à l'aide d'une boucle while. Comment peux-on faire sans boucle while ?

Exercice 15.8 (Boucle while)
Écrire une fonction qui, étant donné un réel positif x renvoie le plus petit entier n tel que $x \leq 2^n$.
Puis tester votre programme avec $x = 10$.

15.6 Corrigés

Pensez à écrire vos fonctions dans un éditeur de texte (et non dans la console), à enregistrer vos programme en .py et à les exécuter dans la console.

Solution 15.1

1)
```
def f(x):
    y=2*x**2-3*x+2
    return y
```

Faites bien attention à l'indentation : `return y` *est au même niveau que* `y=....`

Enregistrer et exécuter ce programme.
Taper ensuite dans la console `f(4)`.
Le résultat qui s'affiche est 22 et, si l'on effectue le calcul à la main, on obtient bien que

$$f(4) = 2 \times 4^2 - 3 \times 4 + 2 = 32 - 12 + 2 = 22.$$

2)
```
def g(x):
    y=(x-3)/(x**2+1)
    return y
```

Enregistrer et exécuter ce programme.
Taper ensuite dans la console `g(3)`. Le résultat qui s'affiche est `0` et, si l'on effectue le calcul à la main, on obtient bien que

$$g(3) = \frac{3-3}{3^2+1} = 0.$$

Solution 15.2

1) Voici le programme à écrire :

```
def f(x):
    if x>=0:
        y=x
    else:
        y=-x
    return y
```

Enregistrer et exécuter ce programme.

2) Si l'on tape ensuite dans la console `f(2)` on obtient bien `2`, `f(-4)` renvoie bien `4`, `f(2.3)` renvoie `2.3` et enfin `f(-7.8)` renvoie `7.8`.

Solution 15.3

1) Voici le programme à écrire :

```
print("Ce programme calcul le discriminant de a*x**2+
    b*x+c")
a=float(input('Donner la valeur de a:'))
b=float(input('Donner la valeur de b:'))
c=float(input('Donner la valeur de c:'))
d=b**2-4*a*c
print('Le discriminant vaut '+str(d)+'.')
if d>=0:
    print('Le trinôme admet deux racines (distinctes
        ou confondues)')
else:
    print('Le trinôme admet aucunes racines')
```

Enregistrer et exécuter ce programme.

2) Pour les polynômes P et Q, le programme précédent affiche « Le trinôme admet aucunes racines ».
Pour le polynôme R, il affiche « Le trinôme admet deux racines (distinctes ou confondues) ».
Vous pouvez bien sûr vérifier votre programme en effectuant le calcul du discriminant à la main.

Solution 15.4

1) Voici le programme à écrire :

```
a=float(input('Entrez une valeur réelle pour a:'))
b=float(input('Entrez une valeur réelle pour b:'))
if a>b:
    c=b
    b=a
    a=c
print('a vaut '+str(a))
print('b vaut '+str(b))
```

Notez bien la nécessité d'introduire une troisième variable `c` afin de permuter les valeurs de `a` et `b` dans le cas où `a>b`.
En effet, si vous écrivez simplement

```
if a>b:
    b=a
    a=b
```

alors `a` et `b` aurons à la fin les même valeurs (celle initiale de la variable `a`). En effet, la commande `b=a` signifie que l'on attribue à `b` la valeur initiale de `a`. Et la commande `a=b` signifie que l'on attribue à `a` la valeur actuelle `b` qui vaut maintenant la valeur initiale de `a` et ne contient donc plus la valeur initiale que l'utilisateur avait attribuée à `b` au tout début du programme.
Pour éviter ce problème, il faut conserver dans une troisième variable `c` la valeur initialement attribuée à `b` par l'utilisateur.

2) Après avoir exécuté ce programme, lorsque l'on rentre dans la console `4` comme valeur pour `a` et `7.2` comme valeur pour `b`, le programme renvoie :
`a vaut 4.0`
`b vaut 7.2`
Et, si l'on rentre dans la console, `8.4` comme valeur pour `a` et `1` comme valeur pour `b`, le programme renvoie :
`a vaut 1`
`b vaut 8.4`
Ainsi, après exécution du programme, la variable `a` contient bien la plus petite valeur et `b` la plus grande des deux valeurs rentrées par l'utilisateur.

Solution 15.5

Voici le programme à écrire :

```
for i in range(1,11):
    print(i)
```

Lorsque l'on exécute ce programme la séquence des entiers entre 0 et 10 est bien renvoyée.
A noter que pour aller jusqu'à 10, il ne faut pas écrire `range(1,10)` (sinon la séquence s'arrête à 9) mais bien `range(1,11)`.

Solution 15.6

1) A faire par le lecteur.
2) Par exemple, lorsque l'on rentre la valeur `3` pour `n`, on obtient `3`.
Lorsque l'on rentre la valeur `5` pour `n`, on obtient `15`.
Et, lorsque l'on rentre la valeur `10` pour `n`, on obtient `55`.
La valeur de `S` correspond à `1+2+...+(n-1)+n`.
En effet, la boucle est répétée `n` fois (car `range(1,n+1)` correspond à la séquence des entiers consécutifs entre un `1` et `n`).
On fait ainsi varier une variable `k` entre `1` et `n` et à chaque passage de la boucle on rajoute la valeur de la variable `k` à la valeur de la variable `S`.
Ainsi, au début `S` vaut `0`, la variable `k` prend alors la valeur `1` et on ajoute cette valeur à la valeur de `S`, ce qui donne `S=0+1=1`.
Ensuite, la variable `k` prend alors la valeur `2` et on ajoute cette valeur à la valeur précédente de `S`, ce qui donne `S=1+2=3`.
Et ainsi de suite jusqu'à ce que `k` prenne la valeur `n`.
Lorsque la boucle se termine, la variable `S` prend ainsi la valeur `0+1+2+...+n`.

Solution 15.7

Voici le programme à écrire :

```
n=int(input('Entrer un entier n:'))
while n>0:
    n=n-1
    print(n)
```

On peut vérifier ce programme en l'exécutant par exemple ce programme avec `4`. Le programme renvoie alors la séquence d'entiers suivante : `4, 3, 2, 1, 0`.

On peut aussi utiliser la commande `range` qui donne le même résultat :

```
n=int(input('Entrer un entier n:'))
x=list(range(n,-1,-1))
print(x)
```

Solution 15.8

Voici le programme à écrire :

```
def f(x):
    n=0
    while x> 2**n :
      n=n+1
    return n
```

On peut vérifier ce programme en l'exécutant avec x qui vaut10. Le premier exposant de 2 qui dépasse $x = 10$ est $n = 4$, car $2^3 = 8 < x = 10 < 2^4 = 16$. Lorsqu'on tape `f(10)` dans la console, la valeur 4 est bien renvoyée.

Chapitre 16

Les bibliothèques numpy et matplotlib

Un grand nombre de fonctions ou programmes classiques fréquemment utilisés sont déjà prédéfinis et rangés dans ce que l'on appelle des modules externes. Ces modules peuvent ensuite être regroupés dans ce que l'on appelle des bibliothèques (aussi appelées packages ou paquets ou encore librairies) qui regroupent donc des modules qui sont par exemple fréquemment utilisés dans un domaine particulier ou utiles pour une application particulière. La multitude de bibliothèques disponibles sur Python est ce qui en fait une de ses grandes forces. Dans ce chapitre nous verrons comment importer des bibliothèques et nous nous intéresserons plus particulièrement à deux d'entre elles (`numpy` et `matplotlib`).

Sommaire

16.1 Importer une bibliothèque

Pour charger une bibliothèque, il faut utiliser le mot clé `import` et employer l'une des deux syntaxes suivantes :

`from bibliotheque import *`

ou

`import bibliotheque as bib.`

Que l'on utilise l'une ou l'autre des syntaxes, l'ensemble des fonctions contenues dans la bibliothèque sont alors importées et alors il est alors ensuite possible de les utiliser.

Le soucis qui peut se produire avec la première syntaxe, si l'on importe plusieurs bibliothèques, c'est qu'une même fonction peut se retrouver dans plusieurs de ces bibliothèques. Dans ce cas, si on importe deux bibliothèques qui contiennent la même fonction, comment savoir dans laquelle des deux bibliothèques aller récupérer la fonction pour l'utiliser ensuite.
C'est pourquoi on privilégiera de préférence la seconde syntaxe. Dans ce cas les fonctions de la bibliothèque sont importées dans un espace dédié qui porte un nom que l'on détermine en le mettant après le `as`, par exemple ici `bib`. Pour accéder à une `fonction` donnée, il faudra de ce fait préciser dans quel espace il faudra aller chercher cette fonction, en utilisant la commande `bib.fonction()`.

Voici un exemple d'utilisation de la fonction racine carrée `sqrt` de la bibliothèque `math` importée dans un espace dédié que l'on appellera `mt`.

```
>>> import math as mt
>>> mt.sqrt(4)
2.0
```

Par convention, on place tous les imports de bibliothèques au début d'un programme, même s'ils n'interviennent que plus loin dans le programme.

16.2 Installer une librairie particulière

La meilleure façon d'installer des bibliothèques sous Python est de le faire en utilisant son système de gestion de bibliothèques : **pip** (installé automatiquement dans les dernières versions par défaut). Pip permet d'installer simplement une bibliothèque de la manière suivante

```
pip install paquet
```

L'avantage de ce système, c'est que pip se charge tout seul de télécharger la bibliothèque ainsi que ses dépendances, en se connectant au site :

http://pypi.python.org/pypi

où chaque développeur Python est libre d'enregistrer ses bibliothèques, en respectant quelques conditions, dont le renseignement de dépendances.

De plus, pip permet de choisir la version que l'on souhaite installer.

Par exemple, la version 1.5 de la bibliothèque `bib` :

```
pip install bib==1.5
```

Il permet de mettre à jour une bibliothèque avec la commande upgrade :

```
pip install bib --upgrade
```

Mais aussi de désinstaller les bibliothèques devenues inutiles avec la commande uninstall :

```
pip uninstall bib
```

16.3 La bibliothèque numpy

La bibliothèque `numpy` est la boîte à outils indispensable pour faire du calcul scientifique avec Python. Elle a commencé à être développée dans les années 1990 par Travis Oliphan.

Lorsque nous utiliserons cette bibliothèque nous l'importerons dans un espace de nom dédié appelé `np`, comme cela est spécifié dans le programme officiel d'ECG.

```
import numpy as np
```

16.3.1 Fonctions usuelles

La bibliothèque `numpy` contient le module maths et de ce fait toutes les fonctions classiques (exponentielle, logarithme, etc).
En voici listées quelques unes.

Fonctions	Signification
np.exp()	fonction exponentielle
np.log()	fonction logarithme
np.sqrt()	fonction racine carrée
np.abs()	fonction valeur absolue

```
>>> import numpy as np
>>> np.sqrt(4)
2.0
>>> np.log(1)
0.0
```

16.3.2 Constantes et fonctions mathématiques classiques

La bibliothèque `numpy` contient aussi les valeurs de π et de $\exp(1)$ au travers des commandes `np.pi` et `np.e`.

```
>>> import numpy as np
>>> np.pi
3.141592653589793
>>> np.e
2.718281828459045
```

16.3.3 Construction de vecteurs

La bibliothèque `numpy` permet aussi de modéliser des tableaux (type `ndarray`) et notamment des tableaux 1D. Les tableaux 1D sont des tableaux à une dimension, c'est-à-dire des tableaux constitués d'une seule ligne, que l'on appelle aussi vecteurs.

Pour créer un vecteur, on utilisera la commande `np.array` en rentrant les coefficients du vecteur à la main entre crochet.

Voici un exemple :

```
>>> import numpy as np
>>> T= np.array([1, 2, 3])
>>> T
array([1, 2, 3])
>>> type(T)
<class 'numpy.ndarray'>
```

16.3.4 Vecteurs particuliers

np.arange

La commande `np.arange(a,b,c)` permet de créer un tableau 1D dont les coefficients vont de `a` à `b` **(non inclus)** avec un pas de `c` (où `a`, `b` et `c` sont des réels).

```
>>> import numpy as np
>>> T = np.arange(2,12,2)
>>> T
array([ 2,4,6,8,10])
>>> U=np.arange(0,1.3,0.2)
>>> U
array([ 0. , 0.2, 0.4, 0.6, 0.8, 1. , 1.2])
```

Si l'on ne précise pas le pas, il est de 1 par convention et, si on ne précise pas, le départ il vaut 0 par convention. Par contre il faut toujours préciser l'arrivée.

Notez bien la différence avec la commande `range(a,b,c)` qui crée uniquement des séquences d'entiers (dans ce cas `a`, `b` et `c` doivent être des entiers) alors que la commande `np.arange(a,b,c)` peut s'utiliser avec `a`, `b` et `c` réels. L'autre différence est que `np.arange(a,b,c)` est de type `array` (on peut faire des opérations dessus) alors que la commande `range(a,b,c)` est de type `range` (on ne peut pas faire d'opérations dessus).

np.linspace

La commande `np.linspace(a,b,c)` permet de créer un vecteur contenant `c` valeurs uniformément réparties entre les valeurs `a` et `b` qui sont dans ce cas incluses.

```
>>> import numpy as np
>>> np.linspace(2,12,5)
array([ 2. ,  4.5,  7. ,  9.5, 12. ])
```

Autres vecteurs particuliers

La commande `np.zeros(n)` crée un vecteur de taille n contenant que des 0.
La commande `np.ones(n)` crée un vecteur de taille n contenant que des 1.
La commande `np.empty(n)` crée un vecteur vide de taille `n`, c'est à dire un tableau 1 ligne et `n` colonne avec rien à l'intérieur.

16.3.5 Manipulation des coefficients

On accède à un élément du tableau par des crochets, en précisant entre crochet sa position (aussi appelée indice).
Attention, les indices des éléments commencent à 0.

```
>>> import numpy as np
>>> T= np.array([1, 2, 3])
>>> T[0] #1er coefficient
1
>>> T[1]  #2ème coefficient
2
>>> T[2]  #3ème coefficient
3
>>> T[-1] # dernier coefficient = 3ème coefficient
3
```

A noter que l'on peut aussi, en utilisant des indices négatifs, récupérer le dernier coefficient (indice `-1`) ou l'avant dernier coefficient (indice `-2`), etc.

Attention, quand on parle de la ième position, comme les indices commence à 0, il s'agit en fait de la i+1 ème position dans notre manière classique de compter en démarrant à 1.

16.3.6 Opérations classiques

Soit T et M des tableaux et a un réel.

Opérateur	Signification
T + M	somme coefficients par coefficients des tableaux T et M
T+a	ajout de a à tous les coefficients de T
T*a	multiplication de tous les coefficients de T par a
T**a	tous les coefficients de T sont élevés à la puissance a
T/a	division de tous les coefficients de T par a

Voici un exemple de manipulation de tableaux 1D :

```
>>> import numpy as np
>>> a = np.array([1, 2, 3, 4])
>>> a  # a est un tableau d'entiers
array([1, 2, 3, 4])
>>> b = a * 1.5
# les élements du tableau a sont multipliés par 1.5
>>> b
array([ 1.5,  3. ,  4.5,  6. ])
# b est devenu un tableau de réels
>>> c=a+b
# addition des éléments de a et b situés à la même
    position
>>> c
array([  2.5,   5. ,   7.5,  10. ])
```

16.4 La bibliothèque matplotlib

16.4.1 Tracer de la représentation graphique d'une fonction

Cette bibliothèque `matplotlib` permet toutes sortes de représentations de graphes 2D.
C'est plus précisément le module `pyplot` qui permet de tracer des représentations graphiques de fonctions.

Lorsque nous utiliserons cette bibliothèque nous l'importerons dans un espace de nom dédié appelé `plt`, comme cela est spécifié dans le programme officiel d'ECG.

```
>>> import matplotlib.pyplot as plt
```

Si lors de l'import vous avez l'erreur « ModuleNotFoundError : No module named 'matplotlib' », c'est probablement que la librairie « python'i'-matplotlib » n'est pas installée, où 'i' est un numéro de version. Si vous n'utilisez pas le gestionnaire de bibliothèque **pip**, la commande pour installer cette bibliothèque dépend de votre OS.

Pour tracer des fonctions, Python procède par interpolation de points (tracé de segments entre deux points donnés par l'utilisateur et déterminés par leur abscisse et leur ordonnée).

Lorsque l'on souhaite tracer une fonction, on utilisera ainsi la fonction `plt.plot` qui possède deux arguments en entrée :

- un tableau 1D, noté par exemple `x`, contenant les valeurs des abscisses des points à tracer, que l'on construit généralement à l'aide des commandes `np.arange` ou `np.linspace` (suivant que l'on veuille un pas fixe suffisamment petit ou un nombre de points donné suffisamment grand pour définir les abscisses des points à tracer de manière à obtenir une courbe lisse) ;

- un tableau 1D, noté par exemple `y`, de même longueur que celui `x`, contenant les valeurs des ordonnées des points à tracer.
  A noter que si l'on souhaite tracer la fonction f on pourra ainsi poser `y=f(x)`.

On utilisera ensuite la commande `plt.plot` pour faire le tracé.
A noter que la fonction `plt.plot` seule ne permet pas l'affichage de la courbe à l'écran. Il faut lui ajouter à la suite la fonction `plt.show()` qui remplit ce rôle.

Voici un exemple de tracé de fonction :

```
import numpy as np
# on importe la bibliothèque numpy
import matplotlib.pyplot as plt
# on importe le sous-module pyplot
x = np.linspace(0,2*np.pi,100)
# on définit ici le vecteur des abscisses x
y = np.cos(x)
# on définit ici le vecteur des ordonnées y
plt.plot(x,y)
 # on réalise le tracé par interpolation des points d'
    abscisse x et d'ordonnée y
plt.show()
# on demande à Python d'afficher la courbe à l'écran
```

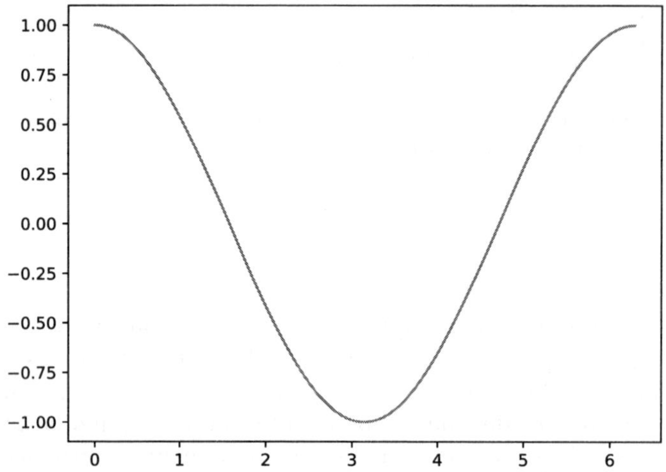

FIGURE 16.1 Tracé simple d'un cosinus.

A noter que la fermeture de la fenêtre dans la quelle apparaît le graphe permet la continuation du programme.

16.4.2 Amélioration de la représentation graphique

On peut peaufiner les représentations graphiques grâce aux commandes suivantes :

- `plt.xlabel()` permet de donner un titre à l'axe des abscisses ;
- `plt.ylabel()` permet de donner un titre à l'axe des ordonnées ;
- `plt.title()` permet de donner un titre au graphique ;
- `plt.legend()` permet d'afficher la légende définie par `label='nom'` dans `plt.plot`.

On peut aussi changer la couleur de la représentation graphique en ajoutant par exemple dans `plt.plot` les symboles suivants :

Symbole	**Couleur**
'b'	bleue
'r'	rouge
'm'	magenta
'c'	cyan

On peut aussi changer le style si l'on ne veut pas un tracé continu :

Symbole	Couleur
'–'	Tiret
'-.'	Pointillé
'o'	Rond
'x'	Croix
'+'	Plus

Voici un second exemple qui améliore le tracé de la figure 16.4.2.

```
import numpy as np
import matplotlib.pyplot as plt
x = np.linspace(0,2*np.pi,100)
y = np.cos(x)
plt.plot(x,y,  'm-.', label='cos(x)')
#tracé en magenta avec des pointillés
plt.title('Tracé de la fonction cosinus')
# on ajoute un titre au graphique
plt.xlabel('Angle (en radians)')
# on ajoute un titre à l'axe x
plt.legend() # affiche la légende définie par label
plt.show()
```

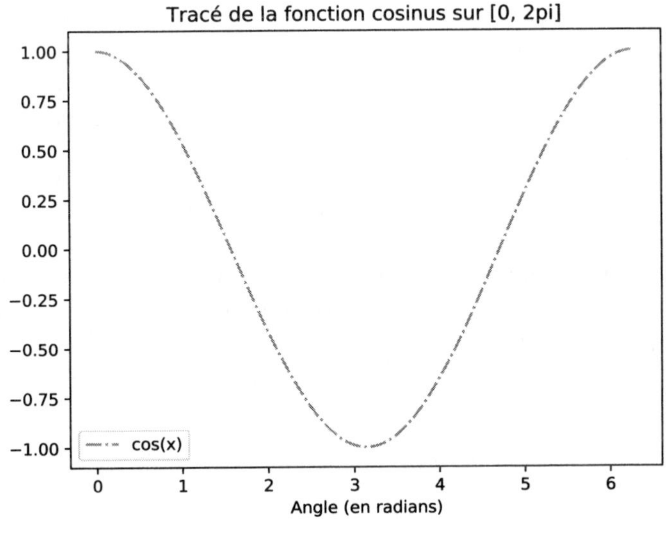

16.5 Exercices

Exercice 16.1 (Commandes `np.arange` et `np.linspace`)
Écrire une ligne de commande dans la console permettant de créer :

1) un vecteur a dont les coefficients vont de 1 à 10 avec un pas de 1,
2) un vecteur b dont les coefficients vont de $2,3$ à $5,4$ avec un pas de 0.1,
3) un vecteur c comportant 10 coefficients équirépartis entre 7 à 20.

Exercice 16.2 (Commande `np.array`)

1) Définir le vecteur $v = [1, 7, 8, 4, 5, 6, 9]$ dans la console, puis écrire une ligne de commande permettant de calculer $u = 2v + 3$.
2) Définir le vecteur $r = [1, 2, \ldots, 9, 10]$ dans la console, puis écrire une ligne de commande permettant de calculer $s = [e^1, e^2, \ldots, e^9, e^{10}]$.
3) Écrire un programme avec une boucle `for` permettant de créer le vecteur $w = [1, 2, 2^2, \ldots, 2^n]$, où n est un entier entré par l'utilisateur.
Vérifiez votre programme avec $n = 5$.
Proposer une autre méthode sans utiliser de boucle `for`.

Exercice 16.3 (Représentation de fonctions usuelles)

1) Tracer dans différentes fenêtres graphiques les fonctions suivantes :
   - La fonction carrée sur l'intervalle $[-4; 4]$.
   - La fonction cube sur l'intervalle $[-3; 3]$.
   - La fonction racine carré sur l'intervalle $[0; 5]$.
2) Ajouter un titre (le nom de la fonction) à chaque tracé obtenu.

Exercice 16.4 (Fonction exponentielle et sa tangente en 0)

1) Représentez avec deux couleurs différentes sur l'intervalle $[-2; 2]$ avec un pas de 0.1, la fonction exponentielle et sa tangente au point d'abscisse 0.
2) Ajoutez un titre et une légende avec la dénomination des deux courbes.

Exercice 16.5 (Représentation graphique des termes d'une suite)
On considère la suite $(u_n)_{n\in\mathbb{N}}$ définie par : $\forall n \in \mathbb{N},\ u_n = \dfrac{2n+1}{n+5}$.

1) Écrire un programme permettant de représenter les les premiers termes de cette suite jusqu'à u_{100} en bleu et avec des croix.
2) Que constatez-vous ?

16.6 Corrigés

Solution 16.1
Voici ce qu'il faut écrire dans la console :

1)
```
import numpy as np
a=np.arange(1,11)
```

N'oubliez pas d'importer au début la bibliothèque `numpy`.
Attention, à ne pas écrire `np.arange(1,10)` *qui vous renverrez un vecteur dont les coefficients seraient les entiers allant de* 1 *à* 9 *uniquement.*

2)
```
import numpy as np
b=np.arange(2.3, 5.5, 0.1)
```

```
import numpy as np
c=np.linspace(7,20, 10)
```

Solution 16.2
Voici ce qu'il faut écrire dans la console :

1)
```
import numpy as np
v=np.array([1,7,8,4,5,6,9])
u=2*v+3
```

2)
```
import numpy as np
r=np.arange(1,11)
s=np.exp(r)
```

```
import numpy as np
n=int(input('Entrez une valeur entière pour n: '))
w=np.empty(n+1)
for k in range(n+1):
    w[k]=2**k
print(w)
```

Attention à l'indentation, à bien initialiser la boucle `for` *en affectant à* `w` *le vecteur* `np.empty(n+1)` *constitué de* `n+1` *cases vides (car entre* 0 *et* `n` *inclus il y a* `n+1` *éléments) et au fait qu'il faille bien écrire* `range(n+1)` *et non* `range(n)` *si l'on souhaite passer en revue les entiers consécutifs allant de* 0 *à* `n`.

Lorsque l'on exécute ce programme avec `n=5`, on obtient bien le vecteur
`[ 1. 2. 4. 8. 16. 32.]` .

On pouvait aussi procéder ainsi sans boucle `for` :

```
import numpy as np
n=int(input('Entrez une valeur entière pour n: '))
m=np.arange(n+1)
res=x**m
print('res=', res)
```

en créant un vecteur m contenant les entiers 0,1,2,3,4,5 et en élevant ensuite 2 à la puissance des termes de ce vecteur.

Solution 16.3

1)

```
import numpy as np
# importation du module permettant les repré
    sentations graphiques
import matplotlib.pyplot as plt
# création d'un vecteur allant de -4 à 4 avec un pas
    de 0.1
x=np.arange(-4,4.1,0.1)
# calcul du vecteur image
y= x**2
# ajout d'un titre
plt.title('Fonction carrée')
# tracé du graphe
plt.plot(x,y)
# affichage du graphe
plt.show()
```

2)

```
import numpy as np
import matplotlib.pyplot as plt
x=np.arange(-3,3.1,0.1)
y= x**3
plt.title('Fonction cube')
plt.plot(x,y)
plt.show()
```

```
import numpy as np
import matplotlib.pyplot as plt
x=np.arange(0,5.1,0.1)
y=np.sqrt(x)
plt.title('Fonction racine carrée')
plt.plot(x,y)
plt.show()
```

Solution 16.4

```
import numpy as np
import matplotlib.pyplot as plt
x = np.arange(-2,2.1,0.1)
y1= np.exp(x)
y2= x+1
plt.plot(x,y1,'b', label="fonction exponentielle")
plt.plot(x,y2,'g', label="tangente en 0")
plt.title('Fonction exponentielle et sa tangente en 0')
plt.legend()    #affiche la légende définie par label=..."
plt.show()
```

Solution 16.5

1) Voici le programme à écrire :

```
import numpy as np
import matplotlib.pyplot as plt
n=np.arange(101)
u=(2*n+1)/(n+5)
plt.title('100 premiers termes de la suite')
plt.plot(n,u, 'bx')
plt.show()
```

2) On constate que la suite semble être croissante et converger vers 2.

Cet ouvrage a été achevé d'imprimer en avril 2022
dans les ateliers de Normandie Roto Impression s.a.s.
61250 Lonrai (Orne)
N° d'imprimeur : 2202158
Dépôt légal : mai 2022

Imprimé en France

De Ketting

www.boekerij.nl

ADRIAN McKINTY

SLACHTOFFER.
OVERLEVER.
ONTVOERDER.
CRIMINEEL.
JE WORDT HET ALLEMAAL.

JE BENT NU ONDERDEEL VAN

DE KETTING

ISBN 978-90-225-8789-8
ISBN 978-94-023-1364-2 (e-book)
NUR 330

Oorspronkelijke titel: *The Chain*
Vertaling: Sabine Mutsaers
Omslagontwerp: DPS Design & Prepress Studio, Amsterdam
Omslagbeeld: © Getty Images
Zetwerk: ZetSpiegel, Best

‘Het kan verstandig zijn om een somber standpunt in te nemen en de wereld te beschouwen als een soort hel.’

– Arthur Schopenhauer,
Parerga en paralipomena, 1851

‘We must never break the chain.’

– Stevie Nicks,
‘The Chain’ (originele demo), 1976

DEEL 1

ALLE VERDWENEN MEISJES

1

Donderdag, 07.55 uur

Ze zit bij de bushalte de likes op haar Instagram te bekijken en ziet de man met het vuurwapen niet eens tot hij bijna naast haar staat.

Ze zou haar schooltas op de grond kunnen gooien en door het drassige veld kunnen rennen. Ze is dertien en vlug, behendig, en ze kent de moerassen en het drijfzand van Plum Island op haar duimpje. Er hangt een lichte ochtendmist van zee en de man is log en onhandig. Hij zou moeite hebben met de achtervolging en zou het vast en zeker opgeven voordat de schoolbus kwam, om acht uur.

Dat alles schiet in een seconde door haar hoofd.

De man staat nu pal voor haar. Hij heeft een zwarte bivakmuts op en richt het wapen op haar borst. Ze hapt geschrokken naar adem en laat haar telefoon vallen. Dit is duidelijk niet zomaar een rotgeintje. Het is november, Halloween ligt al een week achter hen.

'Weet je wat dit is?' vraagt hij.

'Een pistool,' zegt Kylie.

'Het is een pistool dat op jouw hart is gericht. Als je gaat gillen, als je tegenstribbelt of probeert te vluchten, schiet ik je neer. Begrepen?'

Ze knikt.

'Goed. Mooi zo. Rustig blijven. Doe deze blinddoek om. Wat jouw moeder de komende vierentwintig uur doet bepaalt of je blijft leven of niet. En wanneer we je… áls we je laten gaan, willen we niet dat je ons kunt identificeren.'

Kylie doet trillend de doorgestikte, rekbare blinddoek om.

Er stopt een auto naast haar. Het portier gaat open.

'Instappen. Pas op voor je hoofd.'

Ze wurmt zich moeizaam de auto in. Het portier valt achter haar dicht. Ze denkt koortsachtig na. Ze weet dat ze niet had moeten instappen. Zo verdwijnen meisjes. Zo verdwijnen er dagelijks meisjes. Als je in de auto stapt, is het een bekeken zaak. Als je instapt, ben je voorgoed verloren. Je moet niet in de auto stappen, je moet je omdraaien en maken dat je wegkomt.

Te laat.

'Maak haar gordel vast,' zegt een vrouw op de voorstoel.

Kylie begint te huilen onder de blinddoek.

De man komt op de achterbank naast haar zitten en doet haar gordel om. 'Probeer alsjeblieft gewoon rustig te blijven, Kylie. We willen je echt geen kwaad doen.'

'Dit moet een misverstand zijn. Mijn moeder heeft geen geld. Haar nieuwe baan is pas vanaf…'

'Zeg dat ze haar mond houdt!' snauwt de vrouw op de voorstoel.

'Het gaat niet om geld, Kylie,' zegt de man. 'Je moet nu gewoon even niet praten, oké?'

De auto rijdt weg in een regen van opspattend zand en grind. Hij trekt snel op, steeds in een hogere versnelling.

Kylie luistert naar de auto terwijl ze over de brug van Plum Island rijden, en ze krimpt in elkaar als ze het astmatische gegrom hoort van de schoolbus die hen inhaalt.

'Blijf langzaam rijden,' zegt de man.

De portiervergrendeling klikt en Kylie vervloekt zichzelf voor de gemiste kans. Ze had haar gordel kunnen losklikken, het portier open kunnen doen en naar buiten kunnen rollen. Een blinde paniek overvalt haar. 'Waarom doet u dit?' jammert ze.

'Wat moet ik tegen haar zeggen?' vraagt de man.

'Helemaal niks. Zeg dat ze haar kop houdt,' antwoordt de vrouw.

'Je moet stil zijn, Kylie.'

De auto rijdt nu hard, waarschijnlijk over Water Street, vlak bij Newburyport. Kylie dwingt zichzelf om diep in en uit te ademen.

In en uit, in en uit, zoals ze op school heeft geleerd bij mindfulness. Om in leven te blijven moet ze goed opletten en geduld hebben, dat weet ze. Ze zit in de tweede klas van de middelbare school, het verkorte traject. Iedereen zegt dat ze heel slim is. Ze moet rustig blijven, alles in de gaten houden en haar kans grijpen zodra die zich aandient.

Dat meisje in Oostenrijk heeft het overleefd, net als de meisjes in Cleveland. En ze heeft het interview bij *Good Morning America* gezien met dat mormonenmeisje dat op haar veertiende ontvoerd was. Ze hebben het allemaal overleefd. Ze hebben geluk gehad, maar misschien was het wel meer dan alleen geluk.

Kylie slikt een nieuwe golf van angst weg die haar bijna verstikt.

Ze hoort dat de auto de brug van Route 1 bij Newburyport op rijdt. Ze gaan de rivier over, de Merrimack, naar New Hampshire.

'Niet zo snel,' mompelt de man, en even mindert de auto vaart, maar dan gaat hij geleidelijk weer steeds harder.

Kylie denkt aan haar moeder. Die rijdt vanochtend naar Boston voor een afspraak met haar oncoloog. Haar arme moeder, dit zal haar...

'O, god,' zegt de vrouw achter het stuur plotseling vol afschuw.

'Wat is er?' vraagt de man.

'We zijn net een politieagent gepasseerd die op wacht stond bij de staatsgrens.'

'Niks aan de hand, ik denk dat hij... O, shit nee, hij zet zijn zwaailichten aan. Hij geeft een stopteken. Je reed te hard! Nu moet je wel stoppen.'

'Ik weet het,' antwoordt de vrouw.

'Komt goed. Deze auto is vast nog niet als gestolen opgegeven. Hij heeft weken in die zijstraat in Boston gestaan.'

'De auto is het probleem niet. Zíj is het probleem. Geef me dat pistool eens.'

'Wat ga je doen?'

'Wat kunnen we doen?'

'We praten ons er wel uit,' zegt de man dringend.

'Met een geblinddoekt ontvoerd kind op de achterbank?'

'Ze zegt heus niks. Nee toch, Kylie?'

'Nee, dat beloof ik,' piept Kylie.

'Zeg dat ze haar mond houdt. Haal die lap weg voor haar ogen en zeg dat ze omlaag moet blijven kijken,' zegt de vrouw.

'Hou je ogen stijf dicht. En geen geluid maken,' draagt de man Kylie op, en hij doet de blinddoek af en duwt haar hoofd omlaag.

De vrouw zet de auto aan de kant, en waarschijnlijk stopt de politiewagen pal achter hen. De vrouw houdt hem duidelijk in de gaten via de binnenspiegel. 'Hij noteert het kenteken in zijn boekje. Hij zal het ook wel hebben doorgegeven aan de centrale.'

'Niks aan de hand. Doe jij het woord, het komt wel goed.'

'Die surveillancewagens van de staatspolitie hebben toch allemaal ingebouwde camera's?'

'Dat weet ik niet.'

'Straks gaan ze naar deze auto op zoek. Een auto met drie mensen erin. We zullen hem in de schuur moeten verbergen. Misschien wel jarenlang.'

'Draaf niet zo door. Je krijgt gewoon een boete voor te hard rijden.'

Kylie hoort de schoenen van de politieman knerpen als hij uit zijn wagen stapt en naar hen toe komt lopen.

Ze hoort dat de vrouw haar raampje opendoet. 'O, god,' fluistert de vrouw als hij hen nadert.

Het knerpen van de politieschoenen houdt op bij het open raam.

'Is er iets mis, meneer agent?'

'Mevrouw, weet u hoe hard u reed?' vraagt de politieman.

'Nee,' zegt de vrouw.

'Ik heb bijna vijfentachtig geklokt. U rijdt hier in een officiële schoolzone. Hebt u de borden niet gezien?'

'Nee. Ik wist niet dat hier een school was.'

'Er staan overal borden, mevrouw.'

'Het spijt me. Ik heb ze gewoon niet gezien.'

'Ik wil graag uw rijbe...' De agent valt stil. Kylie weet dat hij naar haar kijkt. Ze trilt over haar hele lichaam.

'Meneer, is dat uw dochter die naast u zit?'

'Ja,' antwoordt de man.

'Jongedame, kun je even je gezicht laten zien?'

Kylie heft haar hoofd maar houdt haar ogen stijf dicht. Ze trilt nog steeds. De politieman heeft gezien dat er iets niet in de haak is.

Er verstrijkt een halve seconde waarin de agent, Kylie, de vrouw en de man allemaal bedenken wat ze moeten doen.

De vrouw kreunt en dan klinkt het geluid van één enkel pistoolschot.

2

Donderdag, 08.35 uur

Het zou officieel een routinebezoekje aan de oncoloog moeten zijn. De halfjaarlijkse controle, om haar ervan te verzekeren dat alles in orde is en de borstkanker niet is teruggekeerd. Rachel heeft tegen Kylie gezegd dat ze zich geen zorgen hoeft te maken, want ze voelt zich prima en er is vrijwel zeker niets aan de hand.

Maar diep vanbinnen weet ze natuurlijk dat het best eens mis zou kunnen zijn. Haar oorspronkelijke afspraak stond op de dinsdag voor Thanksgiving, maar ze heeft vorige week bloed laten prikken in het lab, en toen dokter Reed de uitslag zag, heeft ze Rachel gevraagd al vandaag te komen. 's Ochtends als eerste. Dokter Reed is een stugge, evenwichtige vrouw die zich niet van de wijs laat brengen. Ze komt oorspronkelijk uit Nova Scotia en het is geen type dat snel paniekerig zal reageren.

Rachel doet haar best om er niet aan te denken terwijl ze in zuidelijke richting over de I-95 rijdt.

Wat heeft het voor zin om te piekeren? Ze weet niets. Misschien gaat dokter Reed met Thanksgiving naar haar familie en heeft ze daarom al haar afspraken naar voren geschoven.

Rachel voelt zich niet ziek. Sterker nog, ze heeft zich in jaren niet zo goed gevoeld. Een tijdlang heeft ze gedacht dat de pech haar achtervolgde, maar dat is helemaal veranderd. Haar echtscheiding ligt nu achter haar. Ze werkt aan de filosofiecolleges die ze straks gaat geven in haar nieuwe baan, vanaf januari. Haar haar is na de chemo weer grotendeels aangegroeid, ze heeft haar kracht terug en is wat aangekomen. De psychische tol van het afgelopen jaar is betaald. Ze is weer de efficiënte vrouw die haar zaakjes op orde heeft, de vrouw die een tijdlang twee banen had zodat Marty zijn rechtenstudie kon afmaken en ze het huis op Plum Island konden betalen.

Ze is pas vijfendertig. Haar hele leven ligt nog voor haar.

Afkloppen, denkt ze, en ze tikt op een groen stukje dashboard waarvan ze hoopt dat het hout is, maar waarschijnlijk is het plastic.

Tussen de raadselachtige rommel achter in de Volvo 240 moet nog een oude eikenhouten wandelstok liggen, maar het heeft geen zin om nu lijf en leden op het spel te zetten door te proberen die aan te raken.

De telefoon geeft 08.36 uur aan. Kylie stapt nu zo'n beetje uit de bus en loopt met Stuart over de speelplaats. Ze appt Kylie het flauwe grapje dat ze de hele morgen voor haar heeft bewaard: *Hoe open je een champagnefabriek?*

Als Kylie niet meteen reageert, stuurt Rachel haar het antwoord: *Door er een schip tegenaan te gooien.*

Nog steeds geen reactie.

Snap je hem niet? stuurt Rachel dan.

Kylie negeert haar gewoon. Maar, denkt Rachel met een grijns, Stuart kan er vast wel om lachen. Hij lacht altijd om haar flauwe grapjes.

Het is nu 08.38 uur en het verkeer loopt vast.

Ze wil niet te laat komen. Ze komt nooit te laat. Misschien moet ze hier de snelweg af gaan en Route 1 nemen?

In Canada vieren ze Thanksgiving op een andere datum, schiet haar dan te binnen. Dokter Reed wil vast dat ze eerder komt omdat de uitslag niet goed is. 'Nee,' zegt ze hardop. Ze mag nu niet terugvallen in die spiraal van negatieve gedachten. Ze gaat door met haar leven. En ook al heeft ze nog steeds een paspoort van het Koninkrijk der Zieken, dat bepaalt niet wie ze is. Die tijd ligt achter haar, net als haar banen als serveerster en Uber-chauffeur, en haar geloof in Marty's gladde praatjes.

Eindelijk haalt ze alles uit zichzelf. Ze is nu docente. Ze denkt aan haar openingscollege. Schopenhauer is misschien te zwaar voor iedereen. Misschien moet ze beginnen met het grapje over Sartre en de serveerster bij Les Deux...

Ze schrikt als haar telefoon gaat.

ONBEKEND NUMMER.

Ze neemt op via de speaker. 'Hallo?'

'Je moet twee dingen goed onthouden,' zegt een stem die wordt vervormd via een of ander apparaatje. 'Eén: je bent niet de eerste en je zult zeker niet de laatste zijn. Twee: denk erom, het gaat niet om het geld. Het gaat om de Ketting.'

Dit moet een grap zijn, een rotstreek, zegt een deel van haar hersenen. Maar andere, dieper gelegen structuren van haar cerebellum beginnen te reageren met wat alleen maar pure, dierlijke angst genoemd kan worden.

'Ik denk dat u het verkeerde nummer hebt,' oppert ze.

De stem vervolgt onverstoorbaar: 'Over vijf minuten, Rachel, krijg je het belangrijkste telefoontje van je leven. Je zult je auto aan de kant moeten zetten. Hou je hoofd er goed bij. Je krijgt gedetailleerde instructies. Zorg dat je telefoon helemaal opgeladen is en hou pen en papier bij de hand om de instructies te noteren. Ik zal je niet wijsmaken dat het gemakkelijk voor je wordt. De komende dagen worden heel zwaar, maar de Ketting sleept je er wel doorheen.'

Rachel krijgt het ijskoud. Haar mond smaakt naar oude koperen muntjes. Ze voelt zich licht in het hoofd. 'Ik zal de politie moeten bellen, of...'

'Geen politie. Geen enkele instantie. Je kunt dit, Rachel. Je zou niet uitgekozen zijn als we dachten dat jij er het type naar was om in te storten. Wat er van je wordt gevraagd lijkt nu misschien onmogelijk, maar het is voor jou heel haalbaar.'

Er glijdt een scherfje ijs langs haar ruggengraat omlaag. De toekomst lekt heel even naar het heden. Een angstwekkende toekomst die zich kennelijk binnen een paar minuten zal openbaren.

'Wie ben jij?' vraagt ze.

'Bid maar dat je er nooit achter zult komen wie wij zijn en waartoe we in staat zijn.'

De verbinding wordt verbroken.

Ze kijkt nog een keer op het schermpje, maar het nummer is niet weergegeven. Maar die stem... Mechanisch vervormd en vastberaden, zelfverzekerd, kil, arrogant. Wat kan de beller daarmee bedoeld hebben, dat ze het belangrijkste telefoontje van haar leven krijgt? Ze kijkt in de achteruitkijkspiegel om in te voegen op de minder snelle middelste baan, voor het geval er echt nog een telefoontje komt.

Nerveus plukt ze aan een draadje dat los aan haar rode trui hangt, precies op het moment dat de iPhone weer gaat.

Opnieuw een onbekend nummer.

Ze priemt met haar vinger op de groene opneemknop. 'Hallo?'

'Spreek ik met Rachel O'Neill?' Een andere stem. Een vrouw. Een vrouw die van streek lijkt te zijn.

Rachel wil nee zeggen, ze wil het naderende onheil afweren door te zeggen dat ze tegenwoordig weer haar meisjesnaam gebruikt – Rachel Klein – maar ze weet dat dat geen zin heeft. Ze kan niets zeggen of doen om te voorkomen dat deze vrouw haar gaat vertellen dat het ergst denkbare is gebeurd.

'Ja,' antwoordt ze.

'Het spijt me heel erg, Rachel, ik heb zeer slecht nieuws voor je. Heb je pen en papier bij de hand voor de instructies?'

'Wat is er aan de hand?' vraagt ze, nu pas echt bang.

'Ik heb je dochter ontvoerd.'

3

Donderdag, 08.42 uur

De hemel komt omlaag. De hemel drukt op haar neer. Ze krijgt geen lucht, kan niet meer ademen. Ze wil niet meer ademen. Haar kleine meid. Nee. Het is niet waar. Kylie is niet meegenomen. Deze vrouw klinkt niet als een ontvoerder. Ze liegt. 'Kylie zit op school,' zegt Rachel.

'Nee. Ze is bij mij. Ik heb haar ontvoerd.'

'Dat is niet... Het is een grap.'

'Ik ben bloedserieus. We hebben Kylie meegenomen bij de bushalte. Ik stuur je een foto van haar.'

Er komt een foto binnen van een meisje dat geblinddoekt op de achterbank van een auto zit. Ze draagt dezelfde zwarte trui en lichtbruine wollen jas die Kylie vanmorgen heeft aangetrokken voordat ze de deur uit ging. Ze heeft Kylies wipneus met sproetjes, en hetzelfde bruine haar met rode highlights. Ze is het inderdaad.

Rachel wordt misselijk. Haar zicht wordt wazig. Ze laat het stuur los. Andere auto's beginnen te toeteren als de Volvo over de rijbaan slingert.

De vrouw is nog aan het woord. 'Je moet rustig blijven en goed luisteren naar alles wat ik zeg. Jij moet het precies zo doen als ik het heb gedaan. Schrijf alle regels op en wijk er niet van af. Als je de regels overtreedt of de politie belt, wordt dat je aangerekend – en mij ook. Dan zal je dochter vermoord worden, en mijn zoon ook. Dus schrijf alles op wat ik nu ga zeggen.'

Rachel wrijft in haar ogen. In haar hoofd klinkt gebulder, alsof een enorme vloedgolf haar ieder moment kan wegspoelen. Haar met één klap zal wegvagen. Het allerergste wat er bestaat gebeurt nu. Is al gebeurd.

'Ik wil Kylie spreken, bitch!' schreeuwt ze, en dan pakt ze het stuur en gooit de Volvo naar rechts, waarbij ze op een haar na een tientonner mist. Ze loodst de Volvo door de rechterbaan de berm in. Daar komt ze slippend tot stilstand en zet de motor af terwijl tientallen automobilisten toeteren en vloeken.

'Het gaat vooralsnog goed met Kylie.'

'Ik bel de politie!' brult Rachel.

'Nee, dat doe je niet. Je moet tot bedaren komen, Rachel. Ik zou jou niet hebben uitgekozen als ik dacht dat je zou flippen. Ik heb onderzoek naar je gedaan. Ik weet van Harvard en je herstel van kanker. Ik ben op de hoogte van je nieuwe baan. Je hebt je zaakjes goed op orde en ik weet dat je dit niet zult verpesten. Want als je dat wel doet, is het heel simpel: dan sterft Kylie en dan sterft mijn zoon. Vooruit, pak een stuk papier en schrijf op.'

Rachel haalt diep adem en grist een agenda uit haar tas. 'Oké,' zegt ze.

'Je maakt nu deel uit van de Ketting, Rachel. Wij allebei. En de Ketting beschermt zichzelf. Dus allereerst: geen politie. Als je ooit een agent aanspreekt, weten degenen die de Ketting runnen dat, en dan geven ze mij opdracht om Kylie te doden en een ander slachtoffer te kiezen. En dat zal ik doen ook. Ze geven niks om jou of je gezin, het enige wat telt is de veiligheid van de Ketting. Begrepen?'

'Geen politie,' zegt Rachel in een roes.

'Twee: wegwerptelefoons. Je moet anonieme prepaidtoestellen kopen, die je één keer gebruikt om mee te bellen, zoals ik nu ook doe. Begrepen?'

'Ja.'

'Drie: installeer zoekmachine Tor. Daarmee kun je het darkweb op. Het is lastig, maar dat lukt je wel. Zoek via Tor naar Infinity-Projects. Schrijf je het op?'

'Ja.'

'InfinityProjects is niet meer dan een loze naam. Het betekent niks, maar op de site vind je een bitcoinaccount. Je kunt op Tor op een handjevol plekken bitcoins kopen, met je creditcard of via een banktransfer. Het rekeningnummer van InfinityProjects is 2-2-8-9-7-4-4. Schrijf dat op. Als geld eenmaal is overgemaakt, is het niet meer te achterhalen. De Ketting wil 25.000 dollar van je.'

'25.000 dollar? Hoe moet ik...'

'Dat kan me niet schelen, Rachel. Leen het tegen een woekerrente, sluit een tweede hypotheek af, pleeg voor mijn part een huurmoord. Maakt mij niet uit, als je het geld maar regelt. Je betaalt het bedrag en dat is het eerste gedeelte. Het tweede is moeilijker.'

'Wat is het tweede gedeelte?' vraagt Rachel angstig.

'Ik moet nu tegen je zeggen dat je niet de eerste bent en dat je niet de laatste zult zijn. Je maakt deel uit van de Ketting en dat is een proces dat ver terugvoert. Ik heb jouw dochter ontvoerd zodat mijn zoon vrijgelaten zal worden. Hij is gekidnapt en wordt vastgehouden door een mij onbekende man en vrouw. Jij moet een doelwit uitkiezen en van diegene een dierbare persoon ontvoeren, zodat de Ketting wordt voortgezet.'

'Wat! Ben je gek ge...'

'Je moet naar me luisteren. Dit is belangrijk. Jij ontvoert iemand die de plaats van je dochter kan innemen in de Ketting.'

'Waar hèb je het over?'

'Je moet een doelwit kiezen en een van zijn of haar dierbaren vasthouden tot jouw doelwit het losgeld heeft betaald en zelf weer iemand heeft ontvoerd. Je pleegt exact ditzelfde telefoontje naar degene die je uitkiest. Wat ik jou nu aandoe, doe jij straks je doelwit aan. Zodra je de ontvoering hebt uitgevoerd en het geld hebt betaald, zal mijn zoon worden vrijgelaten. Zodra jouw doelwit iemand heeft ontvoerd en ook weer heeft betaald, wordt jouw dochter vrijgelaten. Zo eenvoudig is het. Zo werkt de Ketting, dat gaat eeuwig zo door.'

'Wat? Maar wie moet ik dan uitkiezen?' vraagt Rachel vol afgrijzen.

'Iemand die de regels niet zal overtreden. Geen politie, geen politici of journalisten – dan gaat de deal niet door. Iemand die bereid is een ander te ontvoeren en het losgeld te betalen, iemand die zijn mond houdt en de Ketting voortzet.'

'Hoe weet je van mij dat ik dat zal doen?'

'Als je het niet doet, dood ik Kylie en begin ik opnieuw met iemand anders. Als ik het verknal, vermoorden ze mijn zoon en daarna mij. Ons hele leven ligt toch al overhoop. Laat me heel duidelijk zijn, Rachel: ik zal Kylie doden als het moet. Ik weet dat ik ertoe in staat ben.'

'Doe dit alsjeblieft niet. Laat haar gaan, ik smeek het je. Als moeders onder elkaar, alsjeblieft. Het is een fantastisch kind. Ze is alles wat ik heb in deze wereld. Ik hou zo veel van haar.'

'Daar reken ik op. Begrijp je alles wat ik je tot nu toe heb verteld?'

'Ja.'

'Dag, Rachel.'

'Nee! Wacht!' roept Rachel, maar de vrouw heeft al opgehangen.

4

Donderdag, 08.56 uur

Rachel begint hevig te trillen. Ze voelt zich beroerd, misselijk, stuurloos. Zoals tijdens haar behandeling, toen ze zich vrijwillig liet vergiftigen en verbranden in de hoop dat ze er beter van zou worden.

Links van haar raast het verkeert onafgebroken voorbij, en zij zit daar roerloos, als een lang geleden gestorven ontdekkingsreiziger die is gecrasht op een onbekende wereld. Er zijn vijfenveertig seconden verstreken sinds de vrouw heeft opgehangen. Het voelt als vijfenveertig jaar.

Ze schrikt van haar telefoon die opnieuw gaat. 'Hallo?'

'Rachel?'

'Ja.'

'Je spreekt met dokter Reed. We verwachtten je hier om negen uur, maar je hebt je nog niet gemeld beneden.'

'Ik ben laat. File,' zegt ze.

'Geeft niet. Het verkeer is altijd een ramp rond deze tijd. Hoe laat mogen we je verwachten?'

'Wat? O... ik kom vandaag niet. Dat gaat niet.'

'Echt niet? Ach, jee. Nou ja... komt morgen je beter uit?'

'Nee. Deze week lukt niet.'

'Rachel, je moet echt langskomen, ik wil de uitslag van het bloedonderzoek met je bespreken.'

'Ik moet ophangen.'

'Luister, Rachel, ik bespreek dit soort dingen niet graag aan de telefoon, maar het bloed van de laatste controle vertoont een erg hoog CA 15-3-gehalte. We moeten het echt...'

'Ik kan niet komen. Dag, dokter Reed.' Ze verbreekt de verbinding en ziet in de binnenspiegel dat er achter haar een zwaailicht opduikt. Een grote, forse agent van de snelwegpolitie met donker haar stapt uit zijn wagen en komt naar de Volvo 240 toe gelopen.

Ze zit daar maar, compleet van de wereld, terwijl de tranen op haar wangen langzaam opdrogen.

De politieman tikt op haar raampje, dat ze na een korte aarzeling laat zakken. 'Mevrouw,' begint hij, en dan ziet hij dat ze heeft gehuild. 'Eh, mevrouw, zijn er problemen met uw voertuig?'

'Nee. Sorry.'

'De vluchtstrook is alleen voor de hulpdiensten.'

Zeg het tegen hem, denkt ze. Vertel hem alles. Nee, dat gaat niet, dan vermoorden ze haar. Die vrouw vermoordt haar. 'Ik weet dat ik hier niet mag staan. Ik had mijn oncoloog aan de telefoon. Het... het ziet ernaar uit dat mijn kanker terug is.'

De agent begrijpt de situatie. Hij knikt traag. 'Mevrouw, denkt u dat u in staat bent om onder de huidige omstandigheden de reis voort te zetten?'

'Jawel.'

'Ik zal u geen bekeuring geven, maar ik wil u wel verzoeken de vluchtstrook te verlaten, alstublieft. Ik hou het verkeer voor u tegen tot u hebt ingevoegd.'

'Dank u wel.'

Ze draait de sleutel om in het contact en de oude Volvo komt grommend tot leven. De politieman houdt het verkeer op de rechterbaan tegen en ze voegt probleemloos in. Rachel rijdt zo'n anderhalve kilometer tot aan de volgende afrit. In zuidelijke richting ligt het ziekenhuis waar ze haar misschien beter kunnen maken, maar dat kan haar nu niet schelen. Dat doet er totaal niet toe. Kylie terugkrijgen, dat is nu de zon, de sterren en het hele universum.

Ze neemt de I-95 in noordelijke richting en laat de Volvo harder werken dan hij ooit in zijn leven heeft gedaan.

De rechterbaan, de middelste, de linker-.

Vijfennegentig kilometer per uur, honderd, honderdtien, honderdtwintig, honderddertig.

De motor brult, maar Rachel kan alleen maar denken: harder, harder, harder.

In het noorden moet ze zijn. Geld lenen bij de bank. Wegwerptelefoons kopen. Een wapen regelen, en alles wat ze nog meer nodig heeft om Kylie terug te krijgen.

5

Donderdag, 09.01 uur

Het is allemaal zo snel gegaan. En pistoolschot en daarna zijn ze doorgereden. Hoe lang rijden ze al? Kylie is alle gevoel voor tijd kwijt. Misschien zeven of acht minuten voordat ze een kleinere weg insloegen, en toen was er een oprijlaan, waar ze gestopt zijn. Daar heeft de vrouw een foto van haar genomen, waarna ze is uitgestapt om te bellen. Misschien met haar moeder, of haar vader.

Kylie zit op de achterbank samen met de man. Hij ademt zwaar en vloekt zachtjes, en hij maakt rare, dierlijke jammergeluidjes.

Het neerschieten van de politieman hoorde duidelijk niet bij het plan, en hij kan er slecht mee omgaan.

Kylie hoort de vrouw terugkomen naar de auto.

'Oké, afgehandeld. Ze snapt het helemaal en weet wat ze moet doen. Neem jij haar mee naar de kelder, dan verstop ik de auto.'

'Oké,' zegt de man gedwee. 'Je moet uitstappen, Kylie. Ik zal het portier voor je openmaken.'

'Waar gaan we naartoe?' vraagt Kylie.

'We hebben een kamertje voor je ingericht. Maak je maar geen zorgen. Je doet het heel goed tot nu toe.'

Ze voelt dat hij zich over haar heen buigt om de autogordel los te maken. Zijn adem is zuur en weerzinwekkend. Het portier naast haar gaat open.

'Hou de blinddoek om, ik heb een pistool op je gericht,' zegt de vrouw.

Kylie knikt.

'Waar wacht je nog op? Vooruit!' roept de vrouw op hoge, hysterische toon.

Kylie zwaait haar benen uit de auto en gaat staan.

'Pas op voor je hoofd,' mompelt de man.

Langzaam komt ze overeind, voorzichtig. Ze spitst haar oren, misschien hoort ze verkeer of andere geluiden, maar niets van dat alles. Geen auto's, geen vogels, niet de vertrouwde golven van de Atlantische Oceaan. Ze moeten zich een flink stuk landinwaarts bevinden.

'Deze kant op,' zegt de man. 'Ik pak je bij je arm en neem je mee naar beneden. Geen gekke dingen doen. Je kunt nergens heen en we zijn allebei bereid je neer te schieten, oké?'

Ze knikt.

'Geef antwoord,' dringt de vrouw aan.

'Ik zal geen gekke dingen doen.'

Ze hoort een grendel opengeschoven worden en een deur opengaan.

'Voorzichtig, deze trap is oud en nogal steil,' zegt de man.

Kylie loopt behoedzaam de houten trap af terwijl de man haar bij de elleboog vasthoudt. Als ze onder aan de trap komt, voelt ze dat ze op beton staat. De moed zakt haar in de schoenen. Als het een open kruipruimte was geweest zoals bij haar thuis, had ze alleen maar zand onder haar voeten gevoeld. Uit zand kun je je een weg naar buiten graven. Door beton lukt dat niet.

'Deze kant op,' zegt de man en hij neemt haar mee. Het is een kelder, dat is duidelijk. De kelder van een huis op het platteland, ver van iedereen vandaan.

Kylie denkt aan haar moeder en voelt een snik opkomen in haar keel. Haar arme moeder! Ze moet binnenkort aan haar nieuwe baan beginnen. Haar leven kwam net weer een beetje op de rit na de kanker en de scheiding. Het is niet eerlijk.

'Ga daar zitten. Laat je maar zakken. Het is een matras op de vloer.'

Kylie gaat op het matras zitten, waar zo te voelen een laken en een slaapzak op liggen.

Ze hoort een klik als de vrouw een foto neemt. 'Oké, ik ga nu naar het huis om haar deze te sturen en om op Wickr te kijken. Laten we in godsnaam hopen dat ze niet kwaad op ons is,' zegt de vrouw.

'Niet vertellen dat er iets is misgegaan. Zeg gewoon dat alles volgens plan is verlopen.'

'Ja, dat snap ik ook wel!'

'Het komt goed,' zegt de man weinig overtuigend.

Kylie hoort de vrouw de houten trap op rennen, en de kelderdeur valt dicht. Ze is nu alleen met de man en dat maakt haar bang. Hij kan wel van alles uithalen.

'Stil maar. Je mag je blinddoek afdoen.'

'Ik wil uw gezicht niet zien.'

'Dat gebeurt ook niet, ik draag een bivakmuts.'

Ze doet de blinddoek af. Hij staat vlak bij haar, nog steeds met het pistool in de hand. Zijn jas heeft hij uitgedaan. Hij heeft een spijkerbroek aan, een zwarte trui en instappers die onder de aangekoekte klei en modder zitten. Een forse man van in de veertig of vijftig.

De kelder is rechthoekig, zo'n zes bij negen meter. Aan één kant zijn twee raampjes, verstikt door bladeren. Een betonnen vloer, een matras en daarnaast een elektrische lamp. Ze hebben haar een slaapzak gegeven, een emmer, wc-papier, een kartonnen doos en twee grote flessen water. Verder is de kelder leeg, op een antiek gietijzeren fornuis na dat tegen een van de muren staat, en in de verste hoek is een verwarmingsketel.

'Hier blijf je de komende dagen. Tot je moeder het losgeld heeft betaald en nog wat andere dingen heeft gedaan. We maken het je zo aangenaam mogelijk. Je zult wel doodsbang zijn. Ik moet er niet aan denken hoe...' begint hij, en hij eindigt met een soort snik. 'Wij zijn dit niet gewend, Kylie. We zijn niet zo. We worden gedwongen om dit allemaal te doen. Dat moet je begrijpen.'

'Waarom hebben jullie me ontvoerd?'

'Je moeder legt het je wel uit als je weer bij haar terug bent. Mijn vrouw wil niet dat ik er met jou over praat.'

'U lijkt me aardiger dan zij. Kunt u niet gewoon proberen me...'

'Nee. Als je probeert te ontsnappen, zullen we je... poeh... doden. Dat meen ik. Je w-weet waartoe we in staat zijn. Je hebt het gehoord. Die arme man. O, god. Doe deze om je linkerpols,' zegt hij dan, en hij geeft haar een handboei. 'Strak genoeg om niet te kunnen ontsnappen, maar niet zo strak dat je je huid openhaalt... Zo ja. Een beetje strakker. Laat eens zien.'

Hij pakt haar pols, bekijkt die aandachtig en trekt de handboei strakker aan. Dan pakt hij de andere helft, bevestigt die aan een zware metalen ketting en maakt hem met een hangslot vast aan het ijzeren fornuis.

'De ketting is een meter of drie lang, dus je kunt wat rondlopen. Zie je dat, daar bij de trap? Dat is een camera. We houden je in de gaten, ook als we niet hierbeneden zijn. De tl-lamp blijft altijd aan, zodat we kunnen zien wat je doet. Dus je hoeft niks te proberen, oké?'

'Oké.'

'Je hebt een slaapzak en een kussen. In die doos zitten toiletspullen, en nog een extra rol wc-papier, crackers en boeken. Hou je van *Harry Potter*?'

'Ja.'

'De hele reeks zit erin. En nog wat oud spul. Goede titels voor een meisje van jouw leeftijd. Ik weet waar ik het over heb. Ik ben le... Goede boeken.'

Ik ben leraar. Wilde hij dat zeggen? vraagt Kylie zich af. 'Dank u wel,' zegt ze. Beleefd blijven, Kylie, houdt ze zichzelf voor. Gedraag je als een lief, bang meisje dat geen problemen zal veroorzaken.

De man komt op zijn hurken naast haar zitten, nog steeds met het pistool op haar gericht.

'We zitten hier in het bos. Aan het einde van ons eigen zandpad. Als je gaat gillen, hoort niemand je. Het terrein is groot en overal om ons heen staan bomen. Maar mocht je toch gaan gillen, dan horen en zien wij dat via de camera en ik kan geen risico nemen. Dan zal ik naar beneden moeten komen en je mond dicht moeten plakken. En om te voorkomen dat je de tape lostrekt, moeten we in dat geval je handen op je rug binden. Begrijp je dat?'

Kylie knikt.

'Keer je zakken binnenstebuiten en geef me je schoenen.'

Ze maakt haar zakken leeg. Er zit alleen geld in. Geen zakmes of telefoon. Haar telefoon ligt ergens op de onverharde weg op Plum Island.

Als de man overeind komt, wankelt hij even. 'Goeie god,' mompelt hij voor zich uit en hij slikt moeizaam. Hoofdschuddend loopt hij de trap op, zo te zien vol ongeloof over wat hij heeft aangericht.

Als de deur van de kelder dichtvalt, leunt Kylie achterover op het matras en ademt uit.

Ze begint weer te huilen. Ze huilt tot ze geen tranen meer heeft, gaat dan rechtop zitten en kijkt naar de twee flessen water. Zouden ze haar vergiftigen? De doppen zijn verzegeld en het is Poland Spring. Gretig begint ze te drinken, maar dan roept ze zichzelf een halt toe.

Stel je voor dat hij niet terugkomt. Misschien moet ze wel dagen of weken met dit water doen.

Ze kijkt in de grote kartonnen doos. Twee pakken crackers, een Snickers en een buis Pringles. Tandenborstel, tandpasta, toiletpapier, vochtige doekjes en een stuk of vijftien boeken. Er zit ook een tekenblok in met twee potloden, en speelkaarten. Met haar rug naar de camera probeert ze het potlood te gebruiken om het slot van de handboei open te prutsen, maar na tien tellen geeft ze het op. Daarvoor heb je een paperclip of iets dergelijks nodig. Ze bekijkt de boeken. *Harry Potter*, J.D. Salinger, Harper Lee, Herman Melville, Jane Austen. Ja, waarschijnlijk is hij leraar Engels.

Ze neemt nog een slokje water en rolt een stukje wc-papier af om de tranen van haar gezicht te vegen.

Dan gaat ze weer op het matras liggen. Het is koud. Ze kruipt in de slaapzak en duikt diep weg, zodat de camera haar niet kan zien.

Hier voelt ze zich veiliger.

Als ze haar niet zien, is dat mooi meegenomen. Dat is een truc van Daffy Duck. Zolang ze je niet kunnen zien, besta je niet.

Willen ze haar echt geen kwaad doen, zoals ze beweren? Je gelooft mensen tot ze je hun ware, wrede aard toonden.

Maar dat hebben ze eigenlijk al gedaan, hè?

De politieman. Hij is waarschijnlijk dood of stervende. O, god.

Als ze terugdenkt aan het pistoolschot, zou ze het liefst gaan gillen. Gillen totdat iemand haar komt helpen.

Help! Help! Help! Ze vormt de woorden met haar mond, maar spreekt ze niet hardop uit.

Jezus, Kylie, hoe heeft dit kunnen gebeuren? Hier hebben ze je altijd voor gewaarschuwd: nooit bij vreemden in de auto stappen. Er verdwijnen heel vaak meisjes, en als dat gebeurt, komen ze meestal niet meer terug.

Maar soms komen ze wel terug. Velen blijven voor altijd vermist, maar niet alle verdwenen meisjes verdwijnen voorgoed. Soms komen ze weer naar huis.

Elizabeth Smart – zo heette dat mormonenmeisje. In het interview deed ze waardig en rustig haar verhaal. Ze zei dat er in dit soort situaties altijd hoop is. Haar geloof had haar die hoop steeds gegeven, zei ze.

Maar Kylie is niet gelovig, en dat is natuurlijk de schuld van haar stomme ouders.

Het is hier claustrofobisch.

Ze duwt de slaapzak omlaag, haalt een paar keer paniekerig adem en kijkt dan weer om zich heen.

Houden ze haar echt in de gaten?

In het begin vast wel. Maar ook om drie uur 's nachts? Misschien kan ze dat fornuis verplaatsen. Misschien zit er ergens een oude spijker die ze kan gebruiken om het slot van de handboei open te krijgen. Wachten. Rustig blijven, gewoon afwachten. Ze kijkt in de doos en haalt er papier en een potlood uit.

Help, ik word gevangengehouden in deze kelder, schrijft ze op, maar er is niemand aan wie ze het papier kan geven.

Ze scheurt het vel eruit en maakt er een prop van.

Dan begint ze te tekenen. Ze tekent het plafond van de graftombe van Senenmoet uit haar boek over Egypte. Daar wordt ze rustig van. Ze tekent de maan en de sterren. De Egyptenaren dachten dat het hiernamaals achter de sterren lag. Maar er is geen hiernamaals, of wel? Oma gelooft erin, maar verder niemand. Het is toch ook niet logisch? Als je vermoord wordt, ben je gewoon dood en verder niks. En over honderd jaar wordt je lijk misschien gevonden in het bos en dan weet niemand nog wie je was of dat je vermist werd.

Je wordt uit de geschiedenis gewist, weggevaagd als een tekening op een door elkaar geschudde Etch A Sketch.

'Mama,' fluistert ze. 'Help me. Help me alsjeblieft. Mama!'

Maar ze weet dat er geen hulp zal komen.

6

Donderdag, 09.16 uur

Terug bij haar huis op Plum Island loopt Rachel de keuken in en zakt daar op de vloer in elkaar. Het is geen flauwvallen, ze kan gewoon niet langer verticaal blijven. Als een slordig vraagteken ligt ze op het keukenzeil. Haar hart gaat als een razende tekeer, haar keel wordt dichtgesnoerd. Het voelt alsof ze een hartaanval heeft.

Maar ze mag nu geen hartaanval hebben. Ze moet haar dochter redden.

Dus gaat ze rechtop zitten en probeert rustig door te ademen en na te denken.

Geen politie, hebben ze gezegd. Waarschijnlijk zijn ze bang voor de politie.

De politie weet vast wel wat ze moet doen. Ja toch?

Ze pakt de telefoon, maar houdt zichzelf dan tegen. Niet doen. Ze mag geen risico nemen.

Niet de politie bellen. Nooit de politie bellen. Als ze erachter komen dat ze de politie heeft gebeld, vermoorden ze Kylie meteen. Iets in de stem van die vrouw... De wanhoop. De vastberadenheid. Ze zou het echt doen, en daarna gewoon een nieuw slachtoffer kiezen. Dat hele verhaal over de Ketting is onvoorstelbaar, krankzinnig, en toch... de stem van die vrouw... Het klonk alsof ze de waarheid sprak. Deze vrouw was duidelijk doodsbang voor de Ketting en de macht ervan, en ze geloofde erin.

En ik ook, dacht Rachel.

Maar ze hoeft niet alleen te zijn. Ze moet hulp hebben.

Marty. Die weet vast wel wat ze moet doen.

Ze toetst zijn voorgeprogrammeerde nummer in en krijgt de voicemail. Nog een keer, en opnieuw de voicemail. Dan scrolt ze door haar lijst met contactpersonen en belt zijn nieuwe huis in Brookline.

'Hallooo,' antwoordt Tammy op dat zangerige toontje van haar.

'Tammy?' zegt Rachel.

'Ja, met wie spreek ik?'

'Met Rachel. Ik kan Marty niet bereiken.'

'Hij is de stad uit.'

'O? Waar is hij naartoe?'

'Hij zit in, eh... hoe heet het...'

'Voor werk?'

'Nee... Je weet wel, waar ze altijd golfen.'

'Schotland?'

'Nee! Waar iedereen naartoe gaat. Hij had er zo'n zin in.'

'Golfen, sinds wanneer... Laat ook maar. Tammy, ik moet hem echt spreken, het is een noodgeval en hij neemt zijn telefoon niet op.'

'Hij is met de zaak. Het is een soort retraite, dus ze moesten allemaal hun telefoon inleveren.'

'Maar waar is het, Tammy? Denk alsjeblieft goed na.'

'Augusta! Hij zit in Augusta. Ik denk dat ik wel ergens een telefoonnummer heb, als je wilt.'

'Dat moet ik hebben.'

'Ogenblikje, dan kijk ik even... Hier heb ik het.' Ze leest een nummer op.

'Dank je wel, Tammy, ik ga hem meteen bellen.'

'Wacht, is er iets ernstigs?'

'Nee, niks aan de hand, gewoon problemen met het dak. Dat lekt, verder niks. Dank je wel,' zegt ze nog en ze hangt op.

Dan toetst ze het nummer in dat Tammy haar heeft gegeven.

'Gleneagle Augusta Hotel,' zegt de receptioniste.

'Ik wil graag Marty O'Neill spreken. Ik ben zijn, eh... vrouw en ik weet niet meer welke kamer hij heeft.'

'Eh, eens even kijken... vierenzeventig. Ik verbind u door.'

Ze verbindt Rachel door met de kamer, maar hij is er niet. Dan belt Rachel opnieuw naar de receptie en vraagt de receptioniste om aan Marty door te geven dat hij haar moet bellen zodra hij terug is.

Als ze heeft opgehangen, laat ze zich weer op de keukenvloer zakken.

Ze is versuft, sprakeloos van afschuw.

Er lopen zo veel kwaadaardige mensen rond die nog wat tegoed hebben op karmagebied, waarom moet uitgerekend haar dit overkomen? Zeker als je bedenkt wat ze de afgelopen jaren al heeft doorgemaakt. Het is niet eerlijk. En die arme Kylie is nog maar een kind, ze...

De telefoon naast haar rinkelt. Ze pakt het toestel en kijkt op het display. Weer een anoniem nummer.

O, nee.

'Je ex bellen,' zegt de vervormde stem. 'Vind je dat nou echt een goed idee? Kun je hem vertrouwen? Vertrouw je hem je eigen leven en dat van je kind toe? Dat zal wel moeten, want als hij ook maar tegen één iemand zijn mond voorbijpraat, is Kylie er geweest, en ik denk dat we jou dan ook zullen moeten doden. De Ketting beschermt zichzelf altijd. Misschien moet je daar eens over nadenken voordat je weer gaat bellen.'

'Het spijt me. Ik... ik kon hem niet bereiken, ik heb een bericht achtergelaten. Het komt gewoon door... Ik weet niet of ik dit in mijn eentje kan, ik...'

'Misschien staan we je in een latere fase toe om hulp in te schakelen. We zullen je een manier sturen om contact met ons op te nemen, dan kun je ons om toestemming vragen. Maar voorlopig praat je met niemand, als je weet wat goed voor je is. Regel het geld en denk na over een doelwit. Je kunt dit, Rachel. Je hebt die agent op de snelweg goed afgeschud. Jazeker, dat hebben we gezien. En we houden je nauwlettend in de gaten tot dit achter de rug is. Vooruit, aan de slag.'

'Ik kan het niet,' protesteert Rachel zwakjes.

De stem zucht. 'Wij selecteren geen mensen die de hele tijd begeleiding nodig hebben. Dat is voor ons veel te vermoeiend. We kiezen zelfstarters uit, mensen die van aanpakken weten. Dat ben jij ook, Rachel. Kom verdorie van die vloer af en steek je handen uit de mouwen!'

De verbinding wordt verbroken.

Rachel kijkt vol afschuw naar de telefoon. Ze houden haar echt in de gaten. Ze weten wie ze belt en houden precies bij wat ze doet.

Ze schuift de telefoon van zich af, komt overeind en strompelt naar de badkamer alsof ze wegloopt na een auto-ongeluk.

Ze draait de kraan open en maakt haar gezicht nat. Er is hier geen spiegel. Nergens in huis zijn spiegels, behalve op Kylies kamer. Ze heeft ze allemaal weggedaan in die afschuwelijke periode dat haar haar uitviel. Natuurlijk heeft niemand van haar familie haar toegestaan om te denken aan de mogelijkheid dat ze dood zou gaan. Haar moeder, de verpleegkundige, heeft haar vanaf het allereerste begin uitgelegd dat het borstkanker stadium 2A was, een vorm die goed zou reageren op een agressieve operatieve ingreep, gevolgd door bestraling en chemotherapie. Maar als Rachel die eerste paar weken in de badkamerspiegel keek, zag ze zichzelf verschrompelen, uitgehold raken, wegkwijnen.

Het wegdoen van alle spiegels is een belangrijke stap geweest bij haar herstel. Ze heeft niet hoeven zien hoe ze in die donkere dagen van de chemo veranderde in een akelig, bleek geraamte. Haar herstel was niet bepaald een wonder; de kans dat je na vijf jaar nog leefde was voor stadium 2A negentig procent, maar je kon altijd bij die andere tien procent horen, nietwaar?

Ze draait de kraan dicht.

Het is verdomme maar goed dat er geen spiegel is, want spiegel-Rachel zou haar nu met dode, beschuldigende ogen hebben aangekeken. Wie laat nu een kind van dertien in haar eentje bij de bushalte wachten? Denk je dat dit ook gebeurd zou zijn als Kylie bij Marty was geweest?

Nee, echt niet. Niet onder zijn wakend oog. Zoiets gebeurt alleen als ze bij jou is, Rachel. Want zeg nou zelf, je bent gewoon een loser. Ze hebben je totaal verkeerd ingeschat. Een tragische vergissing. Je bent vijfendertig en moet nog aan je eerste echte baan beginnen. Wat heb je al die tijd uitgevoerd? Je hebt je kansen vergooid. Het vredeskorps. Wie gaat er nou bij het vredeskorps? En al die jaren dat je na Guatemala bij Marty bent blijven hangen. Jíj ging werken toen híj eindelijk had besloten dat hij rechten wilde studeren.

Het was allemaal maar schijn. Je bent een loser en nu is je arme dochter verstrikt geraakt in jouw losersweb.

Rachel wijst naar de plek waar vroeger de spiegel hing. *Domme trut, ik wou dat je doodgegaan was. Dat jij bij die tien procent had gehoord die het niet overleeft!*

Ze sluit haar ogen, haalt diep adem, telt terug van tien naar nul en doet ze weer open. Dan holt ze naar de slaapkamer en trekt de zwarte rok en de witte blouse aan die ze heeft gekocht voor als ze straks les gaat geven. En het duur uitziende leren jasje, met een paar nette hakken eronder. Ze haalt een hand door haar haar en grist haar schoudertas mee. Pakt haar papieren van de bank, haar laptop en het werkgeverscontract van Newburyport Community College. Dan gaat ze op zoek naar Marty's noodvoorraad sigaretten uit zijn examenperiode en het verzegelde zakje met geld voor noodgevallen. Als ze naar de keuken vliegt, glijdt ze uit op de hoge hakken en klapt bijna met haar gezicht tegen de afzuigkap. Ze herstelt zich, pakt haar telefoon en schiet naar buiten, naar de auto.

7

Donderdag, 09.26 uur

De First National Bank in State Street, in het centrum van Newburyport, gaat om half tien open. Rachel ijsbeert over het trottoir voor de bank en neemt kleine trekjes van haar Marlboro.

State Street is verlaten, op een lijkbleke, nerveuze oudere man na. Hij draagt een dikke jas en een Red Sox-honkbalpetje, en hij komt op haar af gelopen.

Hun blikken kruisen elkaar als hij voor haar stilstaat.

'Ben jij Rachel O'Neill?' vraagt hij.

'Ja.'

De man slikt moeizaam en trekt zijn pet lager over zijn voorhoofd. 'Ik moet zeggen dat ik nu een jaar los ben van de Ketting. Ik moet zeggen dat mijn gezin in veiligheid is omdat ik heb gedaan wat me was opgedragen. Ik moet zeggen dat er honderden mensen zijn zoals ik die ze kunnen inschakelen wanneer de Ketting denkt dat er een boodschap moet worden doorgegeven aan jou of je familie.'

'Begrepen.'

'Je... je bent toch niet zwanger, hè?' vraagt de man aarzelend, waarbij hij even lijkt af te wijken van het script.

'Nee,' antwoordt Rachel.

'Dan is dit je boodschap.' Zonder waarschuwing geeft hij haar een stomp in de maag.

De lucht wordt uit haar longen geslagen en ze zakt in elkaar. Hij is verrassend sterk en de pijn is verschrikkelijk. Het duurt tien tellen voordat ze weer kan ademen. Niet-begrijpend en bang kijkt ze naar de man op.

'Ik moest tegen je zeggen dat als je nog meer bewijzen wilt van ons bereik, je de familie Williams uit Dover in New Hampshire maar eens moet googelen. Mij zie je niet meer terug, maar er zijn vele anderen zoals ik. Probeer me niet te volgen,' zegt de man, en terwijl de tranen van schaamte hem over de wangen lopen draait hij zich om en loopt snel de straat in.

Precies op dat moment gaat de deur van de bank open, en de bewaker ziet haar languit op de grond liggen. Hij kijkt naar de man die bij haar vandaan snelt en balt zijn vuisten; het is duidelijk dat hij doorheeft dat er zojuist iets is voorgevallen.

'Kan ik u helpen?' vraagt hij aan Rachel.

Rachel hoest en raapt zichzelf bij elkaar. 'Nee, het gaat wel, geloof ik. Ik eh... ik ben gestruikeld.'

De bewaker van de bank steekt een hand naar haar uit en helpt haar omhoog.

'Bedankt,' zegt ze met een van pijn vertrokken gezicht.

'Weet u zeker dat het wel gaat?'

'Ja, prima!'

De bewaker kijkt haar even bevreemd aan en volgt dan met zijn blik de andere man, die maakt dat hij wegkomt. Ze kan merken dat hij zich afvraagt of ze soms een of andere truc uithaalt in een poging de bank te beroven. Zijn hand gaat naar zijn pistool.

'Hartelijk dank.' Ze dempt haar stem en fluistert nu. 'Ik ben niet gewend aan die hoge hakken. Lekker dan, ik wilde nog wel indruk maken daarbinnen bij de bank!'

De bewaker ontspant. 'Niemand heeft het gezien, alleen ik. Ik snap niet hoe u op die dingen kunt lopen.'

'Ik maak altijd een grap tegen mijn dochter: hoe noem je een dinosaurus op hakken?'

'Nou?'

'Een dino-*au*-rus. Zij kan er niet om lachen. Ze lacht sowieso nooit om mijn flauwe grapjes.'

De beveiligingsman glimlacht. 'Ik vind het grappig.'

‘Nogmaals bedankt,’ zegt Rachel. Ze haalt een hand door haar haar, gaat het bankfiliaal binnen en vraagt naar Colin Temple, de bedrijfsleider.

Temple is een oudere man die vroeger op het eiland woonde, voordat hij naar de stad verhuisde. Rachel en hij kwamen wel eens bij elkaar thuis, voor een barbecue, en Marty was een keer met hem gaan vissen op zijn boot. Colin had haar niet het vel over de oren getrokken toen ze na de scheiding een enkele keer een achterstand had opgelopen met de aflossing van de hypotheekschuld.

‘Rachel O’Neill, dat ik dit nog mag meemaken,’ zegt hij met een grijns. ‘O, Rachel, *why do birds suddenly appear every time you are near?*’

Het zijn niet zomaar vogeltjes die verschijnen, denkt Rachel. Het zijn aasgieren en ik ben verdomme een soort zombie. Maar ze zegt hardop: ‘Goedemorgen, Colin. Alles goed?’

‘Prima. Wat kan ik voor je doen, Rachel?’

Ze verbijt de pijn van de stomp in haar maag en forceert een lachje. ‘Ik zit een beetje in de nesten en ik vroeg me af of ik je even zou kunnen spreken.’

Ze trekken zich terug in zijn kantoor, dat is gedecoreerd met foto’s van jachten en minuscule, gedetailleerde modelbootjes die Colin zelf in elkaar gezet heeft. Er hangen diverse foto’s van een King Charles-spaniël, een beestje met een snotneusje waarvan ze zich met geen mogelijkheid de naam kan herinneren. Colin laat de deur op een kier staan en neemt plaats achter zijn bureau. Rachel gaat tegenover hem zitten en probeert een vriendelijk gezicht op te zetten.

‘Wat kan ik voor je betekenen?’ vraagt Colin, nog steeds tamelijk opgewekt, maar het wantrouwen sluipt langzaam zijn ogen binnen.

‘Het gaat om het huis, Colin. Dat dak boven de keuken lekt. Ik heb gisteren een aannemer laten komen en volgens hem moet het helemaal vervangen worden, nog voordat het gaat sneeuwen, anders kan de boel wel eens instorten.’

‘Echt waar? De laatste keer dat ik er was, zag het er nog prima uit.’

‘Ja, klopt. Maar het is nog het oorspronkelijke dak uit de jaren dertig. En het lekt iedere winter. Alleen is het dus echt een gevaar. Voor ons, bedoel ik. Voor mij en Kylie. En eigenlijk ook voor het huis. Ik heb mijn hypotheek bij jullie lopen en als het huis eraan gaat, is jullie onderpand dus niks meer waard,' zegt ze, en ze slaagt er zelfs in er een lachje uit te persen.

'Hoeveel vraagt die aannemer?'

Rachel heeft overwogen de volle 25.000 te vragen, maar dat lijkt haar belachelijk voor een dakdekkersklus. Ze heeft geen spaargeld, maar ze kan 10.000 dollar opnemen met haar Visa-card. Over de afbetaling maakt ze zich later wel weer druk, als Kylie veilig terug is.

'15.000. Maar dat zit wel goed, Colin, ik kan het makkelijk aflossen. In januari begin ik met een nieuwe baan.'

'O?'

'Ik ben aangenomen als docent op Newburyport Community College. Een introductiecursus moderne filosofie. Existentialisme, Schopenhauer, Wittgenstein, dat soort fraaie dingen.'

'Dus je gaat eindelijk iets doen met je diploma.'

'Ja. Kijk, ik heb het contract en alle salarisgegevens meegebracht. Het is niet veel, maar het is een vast inkomen, en meer dan ik verdiende als Uber-chauffeur. Het gaat ons voor de wind, Colin – op dat dak na natuurlijk,' zegt ze terwijl ze hem de papieren overhandigt.

Colin bestudeert de formulieren, kijkt dan op en bestudeert haar. Ze ziet dat hij onraad ruikt. Hij voelt dat er iets niet klopt. Waarschijnlijk ziet ze er belabberd uit. Uitgemergeld, afgetrokken, zorgelijk. Als een vrouw wier borstkanker terug is of iemand die zich in de laatste fase van een neerwaartse crackgebruikersspiraal bevindt.

Hij knijpt zijn ogen tot spleetjes. De stemming slaat om. 'Ik ben bang dat we geen betalingen kunnen doen, en de oorspronkelijke lening mag niet verhoogd worden. Dat is niet toegestaan. Over dit soort dingen heb ik erg weinig zeggenschap.'

'Een tweede hypotheek dan,' zegt ze.

'Het spijt me, Rachel, maar daarvoor is de waarde van je huis als onderpand te laag. Eerlijk gezegd, om het even bot te zeggen: het is toch eigenlijk niet meer dan een veredeld strandhuisje? En je woont niet eens pal aan het strand.'

'Maar wel aan het getijdenbassin. Het blijft een huis aan het water, Colin.'

'Het spijt me echt. Ik weet dat Marty en jij het er jarenlang over hebben gehad om de boel te verbouwen, maar daar is het nooit van gekomen, hè? Het is niet fatsoenlijk winterklaar gemaakt, er is geen centrale verwarming.'

'Maar de grond dan? De prijzen zijn hier in de buurt gestegen.'

'Je zit aan de niet-gewilde westkant van Plum Island, niet aan de Atlantische Oceaan. Je kijkt uit op moerasland en er zijn vaak overstromingen. Het spijt me, Rachel, ik kan niets voor je betekenen.'

'Maar, maar... ik heb die nieuwe baan.'

'Dat arbeidscontract is maar voor één semester. Je vormt een groot risico voor de bank – dat zie je zelf toch ook wel in?'

'Je weet dat ik het netjes zal terugbetalen,' houdt ze vol. 'Je kent me, Colin. Ik ben bijna altijd netjes op tijd, ik los mijn schulden af. Ik werk hard.'

'Ja, maar daar gaat het niet om.'

'En Marty is er ook nog. Hij is nu junior partner. Ik heb de laatste tijd niet moeilijk gedaan over de alimentatie omdat Tammy failliet ging, maar...'

'Tammy?'

'Zijn nieuwe vriendin.'

'En die is failliet?'

Shit, denkt Rachel. Ze weet dat deze informatie haar geen goed zal doen, dus probeert ze er snel overheen te praten. 'O, dat stelt niks voor. Ze had een bonbonwinkel op Harvard Square die het niet heeft gered. Ze is geen zakenvrouw. Volgens mij is ze pas een jaar of vijfentwintig, en...'

'Hoe krijgt iemand het voor elkaar om failliet te gaan met een bonbonwinkel in een stad waar zo veel zoetekauwen wonen?'

'Dat weet ik niet. Luister, Colin, we zijn oude vrienden. En ik... ik heb dit geld nodig. Zo snel mogelijk. Het is een noodgeval.'

Colin leunt achterover in zijn stoel.

Rachel ziet dat hij de afweging maakt. Hij heeft waarschijnlijk geleerd om leugens te herkennen...

'Het spijt me, Rachel, echt waar. Als je een aannemer zoekt, kan ik je Abe Foley aanbevelen. Hij is eerlijk en werkt goed en snel. Meer kan ik niet voor je doen.'

Rachel knikt. 'Bedankt,' zegt ze gedwee, en dan loopt ze totaal verslagen zijn kantoor uit.

8

Donderdag, 09.38 uur

Hm, bij deze voelt het anders.

Er is natuurlijk geen bewijs dat het echt anders is. Dat zou het ook niet moeten zijn. Ze zeggen áltijd dezelfde dingen, gedragen zich op dezelfde manier en voegen zich dan keurig naar de eisen. Mensen zijn slaapverwekkend voorspelbaar. Daarom werken de statistieken en tabellen zo goed.

En het is maar een gevoel, meer niet. Ze kan het makkelijk van zich af zetten en er een nieuw gevoel voor in de plaats laten komen. Maar dat wil ze niet, nu niet. Ze wil daar blijven zitten met dat rotgevoel, het belèven; ze wil dat het aan haar verklaart waarom het er is. Als dit gevoel iets te betekenen heeft, draait het vrijwel zeker om de huidige persoon in de Ketting.

Misschien is het verstandig om naar de actuele stand van zaken te kijken. Ze opent het versleutelde bestand op haar computer en bekijkt aandachtig de hoofdfiguren van dat moment. Alles ziet er prima uit. Link min twee is Hank Callaghan uit Nashua, een tandarts die tevens lesgeeft aan de zondagsschool en die alles heeft gedaan wat er van hem werd gevraagd. Link min één is Heather Porter, ook uit New Hampshire, een administratief medewerkster die aan alle verzoeken heeft voldaan. Link zero is Rachel O'Neill, of zoals ze zichzelf tegenwoordig noemt: Rachel Klein. Voormalig serveerster en Uber-chauffeur, en binnenkort docente aan een kleine, plaatselijke universiteit.

Is Rachel de rotte appel?

Het doet er eigenlijk niet toe. Zoals Olly altijd zegt: de Ketting is grotendeels een zelfregulerend mechanisme dat zijn eigen verstoorde DNA herstelt na slechts de geringste aansporing daartoe uit de buitenwereld.

'Niet piekeren, het lost zich vanzelf op,' zei haar stiefmoeder altijd. En ze had gelijk. Over het algemeen loste alles zich vanzelf op. Het probleem met haar is tenslotte óók opgelost, uiteindelijk.

Nee, Rachel zal niet voor problemen zorgen. Dat doen ze geen van allen, dat kunnen ze niet. Rachel loopt straks keurig in de pas, net als alle anderen; en zo niet, dan sterft haar dochter. En ook nog eens op een gruwelijke manier, als voorbeeld voor de rest.

9

Donderdag, 09.42 uur

Op straat voor de bank vecht Rachel tegen de tranen en de opkomende paniek. Wat nu? Ze kan niets doen. Ze gaat de mist in, meteen al in het begin. *O, god, mijn arme kleine Kylie.*

Ze kijkt op haar telefoon. 09.43 uur.

Ze snift, veegt over haar gezicht, haalt diep adem en gaat weer naar binnen.

'Mevrouw, u kunt niet zomaar...' zegt iemand als ze het kantoortje van Colin in beent.

Hij kijkt op van zijn computer, geschrokken en schuldbewust, alsof hij buitengewoon obscure porno zat te googelen. 'Rachel, ik heb toch...'

Ze gaat zitten en weerstaat de neiging om over het bureau heen te springen, hem een mes op de keel te zetten en naar de bankmedewerkers te roepen dat ze haar dat klotegeld moeten geven, in biljetten met niet-opeenvolgende serienummers.

'Ik neem iedere lening aan die deze bank bereid is me te geven, tegen elk rentepercentage, hoe misdadig hoog dat ook is. Ik heb het geld nodig, Colin, en ik ga hier goddomme niet weg voordat ik het heb.'

Ze weet dat ze een gevaarlijke, piraatachtige bankovervallersglinstering in haar ogen heeft, alsof ze wil zeggen: *Kijk maar eens goed, ik ben op dit moment tot alles in staat. Wil je echt je dag beginnen met een vrouw die schoppend en tierend door de bewaking moet worden afgevoerd?*

Colin haalt diep adem. 'Tja, eh... we hebben wel een verbouwingsfinanciering met een looptijd van negentig dagen die...'

'Hoeveel kan ik krijgen?' onderbreekt Rachel hem.

'Is 15.000 genoeg voor... eh... je dak?'

'Ja.'

'Het rentepercentage ligt wel ruimschoots boven onze...'

Ze luistert niet meer en laat hem zijn blablaverhaal opdreunen. De rente en de servicekosten interesseren haar niet. Ze wil gewoon dat geld. Als hij uitgepraat is, zegt ze met een glimlach dat het allemaal prima klinkt.

'Ik moet nog wel de papieren in orde maken.'

'Kan het geld rechtstreeks op mijn rekening gestort worden?'

'Heb je dat liever dan een cheque?'

'Ja.'

'Dat is mogelijk.'

'Ik kom over een uur terug om te tekenen,' zegt ze, en dan bedankt ze hem en gaat naar buiten.

Daar kijkt ze op haar haastig neergekrabbelde takenlijstje, dat haar onmiddellijk tot een verdachte maakt.

1. *Losgeld*
2. *Wegwerptelefoons*
3. *Doelwit/slachtoffer uitkiezen*
4. *Wapen, touw, tape, etc. regelen*
5. *Plek zoeken om slachtoffer te verbergen*

Ze is vlak bij de bibliotheek van Newburyport. Misschien kan ze in het tussenliggende uur wat research doen naar een mogelijk slachtoffer? *Ja, doe dat. Opschieten, Rachel.*

Ze rent door State Street naar de bibliotheek, sprint de trap voor de ingang op en zoekt een vrij studieplekje in de Lovecraft-vleugel. Het eerste wat ze doet is de familie Williams uit Dover in New Hampshire googelen. Een gruwelijk uit de hand gelopen woninginbraak, dacht de politie. Een moeder, haar twee kinderen en haar nieuwe vriend zijn eerst vastgebonden en daarna alle vier door het hoofd geschoten. De kinderen zijn uren vóór de moeder gedood, zodat ze ruimschoots de tijd had om te lijden en erover na te denken.

Verkild tot op het bot begint Rachel haar zoektocht naar mogelijke slachtoffers.

Hoe hebben haar voorgangers háár gevonden? Gewoon blind op de kaart geprikt? De gegevens van school bekeken? Haar Uber-profiel?

Facebook. Dat verdomde Facebook.

Ze start haar MacBook Air op, logt in op Facebook en scrolt de volgende drie kwartier langs namen en gezichten van vrienden van vrienden.

Een adembenemend aantal mensen heeft een openbaar profiel en openbare berichten die voor iedereen te zien zijn. George Orwell had het mis, denkt ze. In de toekomst is het niet de overheid die iedereen in de gaten houdt met uitgebreide bewaking, het zijn de mensen zelf. Zij doen het werk voor de overheid door voortdurend hun locatie, interesses, voedselvoorkeuren, restaurantkeuzes, politieke opvattingen en hobby's te uploaden naar Facebook, Twitter, Instagram en andere social media. Wij zijn onze eigen geheime politie.

Sommigen, zo ontdekt ze nu, maken het nog gemakkelijker door om de paar minuten hun Facebook en Instagram bij te werken, zodat potentiële ontvoerders of inbrekers altijd persoonlijke informatie over tijd en locatie tot hun beschikking hebben.

Het is allemaal bruikbaar, en Rachel besluit op jacht te gaan naar doelwitten in Boston en omgeving en in North Shore. Succesvolle mannen en vrouwen die hun zaakjes goed voor elkaar hebben en nooit in aanraking zijn geweest met de politie; mensen met een groot huis maar een klein gezin, die eruitzien alsof ze losgeld kunnen betalen en de Ketting kunnen voortzetten.

Ze haalt haar notitieboekje tevoorschijn en maakt een voorlopige lijst met kandidaten.

Dan sluit ze de computer af, pakt haar leren jasje, stopt de lijst in haar zak met de rits en gaat terug naar de bank.

Colin zit al op haar te wachten. Ze tekent het formulier en als dat achter de rug is, zegt ze dat ze daar blijft tot het geld op haar rekening staat. Het is in een oogwenk gebeurd.

Ze bedankt hem en gaat naar Panera Bread op Storey Avenue. Daar bestelt ze een beker koffie, gaat ermee in een afgeschermd hoekje zitten, logt in op de gratis wifi, start de Mac weer op en downloadt zoekmachine Tor, die er uiterst onbetrouwbaar uitziet. Ze klikt evengoed op het icoontje, en voor ze het weet bevindt ze zich op het darkweb. Daar had ze wel eens van gehoord, en ze weet dat je er wapens, moeilijk legaal te verkrijgen geneesmiddelen en drugs kunt bestellen.

Als ze de plek gevonden heeft waar je bitcoins kunt kopen, leest ze hoe het werkt, maakt een account aan en schaft met haar Visa voor 10.000 dollar aan bitcoins aan. Dan koopt ze er nog eens voor 15.000 dollar van het geld dat First National zojuist op haar rekening heeft gestort.

Als ze de bitcoinrekening van InfinityProjects heeft gevonden, maakt ze het geld over. De transactie kost minder dan een seconde.

En dan heeft ze zomaar het losgeld betaald. Jezus.

Wat nu? Zouden ze haar bellen? Ze kijkt naar haar telefoon en wacht af. Neemt kleine slokjes van haar koffie en staart naar de andere klanten bij Panera. Deze mensen hebben geen idee wat voor droomleven ze leiden. Ze hebben geen idee hoe gruwelijk je hele wereld op zijn kop gezet kan worden.

Ze pulkt aan een los draadje van haar blouse.

Haar telefoon pingt en er komt een nieuwe foto van Kylie binnen – deze keer zit ze op een matras in een kelder – met een bericht van de anonieme beller. *Nadere instructies volgen. Denk erom: het gaat niet om het geld, het gaat om de Ketting. Ga nu door naar deel 2.*

Door naar deel 2? Wil dat zeggen dat ze het geld ontvangen hebben? Ze hoopt maar dat ze het niet verknald heeft.

Maar dit was natuurlijk het makkelijke gedeelte.

Ze sluit de Mac af en gaat naar buiten, naar de auto.

En nu? Terug naar huis? Nee, niet terug naar huis. Ze moet prepaidtelefoons en een pistool kopen, en dat kan het best zo ver mogelijk van haar buren en hun nieuwsgierige blikken vandaan, ver weg van de wapenwet in Massachusetts, over de staatsgrens in New Hampshire.

Ze rent naar haar Volvo, stapt in, start de motor en rijdt met grommende koppeling en piepende banden weg, opnieuw in noordelijke richting.

10

Donderdag, 10.57 uur

Op de radio heeft iedereen het over een neergeschoten agent van de staatspolitie in de buurt van Plaistow. Aangezien er in New Hampshire hooguit vijf moorden per jaar worden gepleegd, is dit groot nieuws, en het is op alle zenders te horen.

Rachel wordt er nerveus van, ze zet de radio uit.

In Hampton, net over de staatsgrens van New Hampshire, vindt ze de zaak die ze zocht: wapenhandel en schietbaan Fred. Ze is er al duizenden keren langsgereden, maar het is nooit bij haar opgekomen om er te stoppen.

Tot vandaag. Ze parkeert de Volvo en gaat naar binnen. Haar maagstreek doet nog zeer van de stomp; ze trekt een pijnlijk gezicht onder het lopen.

Fred is een lange, zware zestiger met een gemoedelijk voorkomen, in een denim overhemd en spijkerbroek. Ondanks zijn zwaar pokdalige gezicht is het een knappe oude kerel. Misschien wel het opvallendst aan hem is de wapenriem die hij laag om zijn middel draagt. Er zitten twee semiautomatische pistolen aan, in open holsters; Rachel vermoedt dat ze bedoeld zijn om potentiële dieven af te schrikken. 'Morgen, mevrouw,' zegt hij. 'Wat kan ik voor u doen?'

'Ik kom voor een wapen. Iets wat ik in mijn slaapkamer kan leggen voor... U weet wel, als persoonlijke bescherming. Er zijn inbrekers actief bij ons in de wijk.'

'Komt u uit Boston?' vraagt de man, met een blik die eraan toe lijkt te voegen: *De stad van Noam Chomsky, de debatingclub van Harvard en Ted Kennedy?*

'Newburyport,' antwoordt ze, en dan vraagt ze zich af of ze niet beter een fictieve woonplaats had kunnen noemen.

'Zoekt u een pistool? Een .38 misschien? Iets eenvoudigs?'

'Ja, precies. Ik heb mijn rijbewijs meegenomen.'

'Ik zal uw naam invoeren in het systeem. Er is een wachttijd van twee dagen waarin we uw gegevens natrekken.'

'Wat? Nee, ik heb het eerder nodig.' Ze doet haar best het niet verdacht te laten klinken.

'Tja, mevrouw. Vandaag kan ik u een buks of een jachtgeweer verkopen, iets uit dat vak daar.' Fred wijst naar een rij geweren. Rachel is één meter drieënzeventig, maar ze lijken allemaal te groot voor haar en te lomp om onder een jas te verbergen wanneer ze straks zo'n arm kind met zich meevoert.

'Hebt u niet iets compacters?'

Fred wrijft over zijn kin en werpt haar een kille, doordringende blik toe. Was ze maar knapper. Aantrekkelijke vrouwen krijgen niet dat soort blikken... of in ieder geval minder. Toen ze in de twintig was, leek Rachel volgens Marty op Jennifer Connelly in *Hulk* van Ang Lee, maar dat is nu natuurlijk allemaal verleden tijd. Ze heeft holle ogen met kringen eronder en de blos op haar wangen is voorgoed verdwenen.

'De wet is wat minder streng voor geweren met een lange loop, misschien is dit wat?' Fred haalt een wapen onder de toonbank vandaan en vertelt haar dat het een Remington Model 870 Express Synthetic Tactical-pompgeweer is.

'Dat zou geschikt kunnen zijn,' antwoordt ze.

'Uit 2015, gebruikt. Die mag u hebben voor driehonderdvijftig.'

'Ik neem hem.'

Fred trekt een gezicht. Hij had duidelijk verwacht dat ze zou afdingen, maar Rachel is zo wanhopig dat ze bereid is de vraagprijs te betalen. Ze ziet zijn blik naar het parkeerterrein gaan; hij kijkt naar haar aftandse oranje Volvo 240. 'Weet u wat? Ik zal er een doos patronen en een schietlesje bij doen. Wilt u dat ik u voordoe hoe het werkt?'

'Graag.'

Fred neemt haar mee naar de overdekte schietbaan.

'Hebt u ooit eerder een geweer afgevuurd?'

'Nee, alleen vastgehouden. Een jachtgeweer, in Guatemala. Maar ik heb er niet mee geschoten.'

'Guatemala?'

'Vredeskorps. We sloegen putten. Marty – mijn ex – en ik studeerden vrije kunsten, dus natuurlijk werden wij de jungle in gestuurd voor een irrigatieproject. We deden maar wat. We hadden onze baby bij ons, Kylie. Krankzinnig eigenlijk, als je erover nadenkt. Marty heeft een keer een jachtluipaard zien rondsluipen bij het kamp, zegt hij. Niemand geloofde hem. Hij heeft zijn arm opengehaald bij het schieten met dat jachtgeweer.'

'Dan zal ik u nu leren hoe het wél moet.' Fred geeft haar oorbeschermers en doet voor hoe ze het wapen moet laden. 'Strak tegen de schouder houden. Er komt een flinke terugslag, het is een 20-kaliber. Nee, dichter tegen de schouder. Ondersteun hem met het lichaam. Als er een gat valt, ramt het wapen zich in het sleutelbeen. Denk aan de derde wet van Newton: kracht gaat altijd gepaard met een even grote, maar tegengestelde kracht.'

Fred drukt op een knop en er verschijnt een doelwit dat aan een rail aan het plafond hangt. Op een meter of zeven, acht afstand blijft het stilstaan. In de ruimte hangt een benauwende lucht van smeer en kruit. Het doelwit is een angstaanjagende man die zelf ook een wapen heeft, geen doodsbang kind.

'Haal de trekker over. Goed zo, rustig aan.'

Ze knijpt in de pal, er klinkt een enorme knal en Fred had gelijk met zijn opmerking over de wet van Newton. De loop slaat keihard tegen haar schouder. Als ze haar ogen opendoet en naar het papieren doelwit kijkt, ziet ze dat het beschadigd is.

'Acht meter of dichterbij moet wel lukken. Als iemand verder weg is en gaat rennen: laten rennen. Snapt u wat ik bedoel?'

'Als hij naar je toe rent kun je hem alsnog doodschieten en als hij wegrent bel je de politie.'

Hij geeft haar een knipoog. 'U leert snel.'

Ze pakt de patronen en betaalt met het geld uit haar noodzakje. Dan bedankt ze Fred, loopt naar de auto en legt het geweer naast zich op de passagiersstoel. Als ze haar op de een of andere manier in de gaten houden via haar telefoon, zullen ze hopelijk inzien dat ze dit serieus neemt en volop bezig is alles te regelen.

11

Donderdag, 11.18 uur

Het winkelcentrum in Hampton is de ideale plek om een prepaid-telefoon te kopen. Ze zet haar auto op een vrije plek in de parkeergarage, maakt de kofferbak open en rommelt erin op zoek naar Kylies Red Sox-petje. Haar eigen Yankees-pet trekt soms de aandacht, terwijl niemand opkijkt van een pet van de Sox of de New England Patriots. Als ze hem gevonden heeft, zet ze hem op en trekt de klep laag over haar gezicht.

Haar maag draait om als de telefoon gaat. 'Hallo?' zegt ze automatisch, zonder eerst te kijken wie het is.

'Dag, Rachel, je spreekt met Jenny Montcrief, Kylies klassendocent.'

'O, eh, hallo, Jenny.'

'We vroegen ons af waar Kylie vandaag is.'

'Ja, ze is ziek. Ik wilde net bellen.'

'Dat moet vóór negen uur.'

'De volgende keer zal ik het op tijd doorgeven, beloofd. Het spijt me. Ze komt vandaag niet, ze voelt zich niet lekker.'

'Wat heeft ze dan? Toch niks ernstigs?'

'Gewoon een verkoudheid. Hoop ik. O ja, en ze moet ook overgeven.'

'O jee, wat vervelend. Hopelijk zien we haar morgen weer. Ze schijnt veel werk te hebben gemaakt van haar spreekbeurt over Toetanchamon.'

'Eh, morgen... dat weet ik niet. We kijken wel. Zoiets is niet te voorspellen. Zeg, ik moet ophangen, ik ben onderweg om medicijnen voor haar te halen.'

'Hoe lang blijft ze thuis?'

'Dat weet ik niet, ik moet ophangen.' Er komt een ander telefoontje binnen, van een anoniem nummer. 'Doei, Jenny, ik moet nu echt gaan. Ziek kind en zo.' Ze schakelt over naar de tweede beller.

'Ik hoop dat je hard je best doet, Rachel. Ik reken op je. Mijn zoontje wordt pas vrijgelaten als jij iemand hebt meegenomen die zijn plaats kan innemen,' zegt de vrouw die Kylie heeft ontvoerd.

'Ik doe mijn best,' antwoordt Rachel.

'Ze zeiden dat ze je een boodschap hebben gestuurd en dat ze je hebben verteld over de familie Williams.'

'Klopt.'

'Als dit straks voorbij is, moet je je mond houden, anders zijn de gevolgen voor jou net zo ernstig als voor hen.'

'Ik hou mijn mond. Ik werk mee. Ik doe mijn uiterste best.'

'Ga daarmee door, Rachel. En onthoud goed: als ik hoor dat jij problemen veroorzaakt, zal ik niet aarzelen om Kylie te doden.'

'Zeg dat alsjeblieft niet. Ik ben...'

Maar de vrouw heeft al opgehangen.

Rachel kijkt naar de telefoon. Haar handen trillen. De vrouw is duidelijk zo gespannen als een veer. Kylie is in handen van iemand die op het punt staat een zenuwinzinking te krijgen.

Een jongeman stapt uit zijn auto in de rij tegenover haar. Hij kijkt haar even bevreemd aan en knikt dan grimmig.

Is dit ook weer iemand van de Ketting?

Zijn ze overal?

Rachel onderdrukt een jammerkreetje, stopt de telefoon in haar tas en haast zich door de klapdeuren het winkelcentrum in.

De supermarkt is open en het is er al druk. Ze grist een mandje mee, snelt langs de uitstalling met Thanksgiving-spullen en zoekt het rek met betaalbare mobiele telefoons. Ze kiest een toestel uit dat er goed uitziet, een goedkoop ding van AT&T waarmee je nog wel foto's en filmpjes kunt maken. Het kost 14,95. Ze legt twaalf stuks in haar mandje en gooit er dan nog twee bij. Veertien. Zou dat genoeg zijn?

Er hangen nog maar zes telefoons aan het rek. Wat kan het haar schelen, ze neemt de laatste zes ook mee.

Als ze zich omdraait ziet ze Veronica Hart lopen, haar excentrieke buurvrouw van vijf huizen verderop in de straat op Plum Island. O, god. Rachel is nu juist hierheen gekomen om eventuele bekenden te ontlopen. Als Veronica die telefoons ziet, vraagt ze vast aan Rachel of ze zich aan het voorbereiden is op het einde der tijden, met een of ander grapje over zombies die tijdens de apocalyps ook de telecomtorens zullen neerhalen. Dat wordt een heel gesprek. Rachel duikt weg achter de Thanksgiving-handel en wacht tot Veronica heeft betaald en is vertrokken.

Ze rekent de telefoons af bij de zelfscankassa. Dan gaat ze naar de doe-het-zelfzaak en koopt touw, ijzeren kettingen, een hangslot en twee rollen ducttape.

Achter de kassa zit een hipster met lange Elvis-bakkebaarden en een zonnebril. 'Zevenendertig vijftig.'

Ze geeft hem twee briefjes van twintig.

'Nu moet u zeggen: "Het is niet wat je denkt,"' zegt de kassajongen.

Rachel heeft geen idee wat hij bedoelt. 'Sorry?'

'Deze spullen.' Hij stopt haar aankopen in twee plastic zakken. 'Het lijkt wel een *Fifty Shades of Grey*-set voor beginners, maar er is vast een onschuldige verklaring voor.'

De echte reden is een stuk angstaanjagender. 'Nee, hoor, het is precies wat je denkt,' zegt ze, en ze haast zich de winkel uit.

12

Donderdag, 11.59 uur

Kylie heeft geen telefoon, dus ze weet niet hoe laat het is, maar ze denkt dat het waarschijnlijk nog ochtend is. Ze hoort niets, maar door het kelderraam ziet ze licht.

Ze gaat rechtop zitten in de slaapzak. Het is zo koud hierbeneden dat er rijp op de zijkanten van de ramen zit. Misschien helpt hardlopen op de plaats?

Kylie wurmt zich uit de slaapzak en gaat op haar sokken op de ijskoude betonnen vloer staan. Dan loopt ze zo ver als de ketting toelaat, wat niet erg ver is. Een rondje om het bed en terug naar het grote gietijzeren fornuis. Is dat ding zo zwaar als het eruitziet? Ze loopt erheen en geeft er, met haar rug naar de camera, een duw tegen. Het fornuis geeft niet mee. Geen centimeter. Ze schuifelt terug naar de slaapzak, kruipt erin en spitst haar oren om te horen of de kelderdeur opengaat, maar er komt niemand.

Ze zijn iets anders aan het doen. Ze houden haar niet in de gaten via de camera. Althans, niet de hele tijd. Waarschijnlijk hebben ze dat ding aangesloten op een laptop en kijken ze zo nu en dan naar haar. Als ze het fornuis zou kunnen verschuiven, wat dan? Dan zit ze nog altijd aan dat stomme ding vastgeketend en staat ze hier onder aan de trap zonder ontsnappingsmogelijkheid.

Onder de slaapzak bekijkt ze de handboei om haar pols. Er is nauwelijks ruimte tussen metaal en huid. Misschien een paar millimeter. Zou ze met dat minuscule beetje speling de boei van haar hand kunnen schuiven? Dat lijkt haar onwaarschijnlijk. Hoe deed Houdini dat toch? Haar vriend Stuart volgde die miniserie over Houdini en heeft haar toen aangespoord om ook te kijken. Ze kan zich in ieder geval niet herinneren dat Houdini een act had waarbij hij een handboei van zijn pols wurmde. Hij maakte het slot altijd open met een verborgen sleuteltje. Als zij hier ooit nog wegkomt, moet ze ook wat van die overlevingstrucs leren. Zelfverdediging, handboeien openmaken. Ze bekijkt het ding aandachtig. De woorden PEERLESS HANDCUFF COMPANY zijn in het metaal geslagen, onder een klein sleutelgat. Je moet het sleuteltje in het slot steken en het met de klok mee of tegen de klok in draaien, dan gaat de handboei open. Wat zij nodig heeft is iets wat de plaats van het sleuteltje kan innemen, iets om het mechanisme open te klikken. De rits van de slaapzak is niet geschikt. In de kartonnen doos zit ook niks bruikbaars, behalve misschien…

Ze kijkt naar de tube tandpasta. Waar is die van gemaakt? Van metaal? Plastic? Ze weet dat olieverf in aluminium tubes zit, maar tandpasta? Hoe aandachtig ze de tube ook bekijkt, ze kan het niet zien. Het is Colgate Cavity Protection. Zo te zien is het een oude tube die jarenlang ongebruikt ergens in een badkamer heeft gelegen. Zou het puntige deel onderaan te gebruiken zijn om het slotje van de handboei open te klikken?

Ze prikt wat in het sleutelgat en het lijkt haar niet onmogelijk. Ze zal de onderkant van de tube voorzichtig moeten losmaken en dan proberen er een soort sleuteltje van te vormen. Als die vrouw ontdekt dat Kylie probeert te ontsnappen, vermoordt ze haar vast. Het is een sprong in het diepe, maar dat is beter dan helemaal geen sprong.

13

Donderdag, 12.15 uur

Er staat een kleine man voor haar huis. Het geweer ligt op de passagiersstoel. Als Rachel het parkeervak in rijdt, tast ze ernaar. Ze draait het raampje open en legt het geweer in haar schoot. 'Hallo?' zegt ze op vragende toon.

De man draait zich om. Het is de oude dokter Havercamp, die twee huizen verderop aan het getijdenbassin woont.

'Hallo, Rachel,' antwoordt hij opgewekt, met zijn sterke plattelandsaccent.

Rachel legt het geweer terug op de passagiersstoel en stapt uit. Dokter Havercamp heeft iets in zijn hand.

'Ik geloof dat deze van Kylie is,' zegt hij. 'Haar naam staat op het hoesje.'

Rachels hart maakt een sprongetje. Ja, het is Kylies telefoon; misschien geeft die haar een aanwijzing over Kylies verblijfplaats. Ze grist het toestel uit Havercamps hand en zet het aan, maar het enige wat ze te zien krijgt is het toegangsscherm: een foto van Ed Sheeran die gitaar speelt, met een vakje om de viercijferige ontgrendelingscode in te vullen. Rachel weet de code niet en ze verwacht die ook niet te kunnen raden. Als je drie keer de verkeerde intoetst, blokkeert de telefoon zichzelf voor vierentwintig uur.

'Die is van Kylie. Waar hebt u die gevonden?' vraagt ze zo nonchalant mogelijk.

'Bij de bushalte. Ik was Chester aan het uitlaten en ik dacht: hé, daar ligt een telefoon. Ik heb hem opgeraapt en toen zag ik Kylies naam op het hoesje staan. Waarschijnlijk heeft ze hem laten vallen terwijl ze op de schoolbus wachtte.'

'Wat zal ze opgelucht zijn. Dank u wel.'

Ze vraagt hem niet binnen voor een kop koffie. Dat is bijna een misdaad in dit deel van Massachusetts, maar ze heeft geen tijd.

'Eh, ik ga maar eens. Ik moet nog hozen. Tot ziens,' zegt hij. Ze kijkt hem na als hij door het riet naar zijn boot loopt.

Als hij weg is, brengt ze het geweer en de andere aankopen naar binnen, drinkt een glas water en zet haar Mac aan. Wanneer de computer flakkerend tot leven komt, kijkt ze er even met andere ogen naar. Houden ze haar in de gaten via de camera van de Mac en die van haar iPhone? Ze heeft ergens gelezen dat Mark Zuckerberg een stukje tape over de camera's van al zijn elektronische apparaten plakte als beveiligingsmaatregel. Ze pakt een rol tape uit de keukenla en doet hetzelfde: ze dekt de lenzen van het cameraatje op haar telefoon, haar Mac en haar iPad af.

Dan gaat ze aan de tafel in de woonkamer zitten.

Aan de slag nu.

Ze moet een kind ontvoeren? Ze lacht verbitterd. Hoe is zoiets in hemelsnaam mogelijk? Het is gekkenwerk. Volkomen krankzinnig.

Hoe kan ze zoiets doen?

Opnieuw vraagt ze zich af waarom ze haar hebben uitgekozen. Wat zagen ze in haar waardoor ze meenden dat zij in staat zou zijn tot zoiets inslechts als het ontvoeren van een kind? Ze is altijd een braaf type geweest. Hoge cijfers op de middelbare school. Probleemloos toelatingsexamen gedaan en door het aanmeldingsgesprek voor Harvard gerold. Ze rijdt nooit te hard, betaalt netjes belasting, komt nooit te laat en ze vindt het al verschrikkelijk als ze een parkeerboete krijgt. En nu zou zíj een van de ergste dingen moeten doen die iemand een gezin kan aandoen?

Ze kijkt door het raam naar buiten. Een mooie, heldere herfstdag. Op het getijdenbassin wemelt het van de vogels, en een enkele visser wroet in de modder op zoek naar aas. Dit gedeelte van Plum Island is een microkosmos van dit stukje Massachusetts. Aan deze kant van het getijdenbassin staan de kleinere huizen; aan de oostkant vind je de grote, leegstaande zomerhuizen die uitkijken op de golven van de Atlantische Oceaan. Aan de westkant van het bassin zie je alleen arbeiders, brandweerlieden, leraren en de krabvissers die hier het hele jaar door wonen. De oostkant vult zich vanaf mei of juni met de welgestelde zomerbewoners. Marty en zij dachten destijds dat ze hier goed zaten, veilig. Veiliger dan in Boston. Veilig – wat een lachertje. Niemand is veilig. Waarom zijn ze zo naïef geweest om te denken dat je waar dan ook in Amerika veilig zou kunnen wonen?

Marty. Waarom belt hij verdorie niet terug? Wat moet hij in godsnaam in Augusta?

Ze pakt de lijst met namen erbij die ze via Facebook heeft geselecteerd en scrolt er nog een keer doorheen.

Al die blije, glimlachende gezichten.

Een grijnzend jochie of meisje dat zij straks onder dreiging van een geweer haar auto in zal sleuren. En waar moet ze dat arme kind in hemelsnaam vasthouden? Niet in haar huis, dat is uitgesloten. De wanden zijn van hout en niet geluiddicht. Als er iemand gilt, kunnen zeker zes buren dat horen. En ze heeft geen kelder of zolder. Zoals Colin Temple al zei: het is nauwelijks meer dan een veredeld strandhuisje. Misschien kan ze haar intrek nemen in een motel? Nee, dat is idioot. Te veel vragen.

Ze kijkt door het raam naar de grote huizen helemaal achteraan langs het bassin en opeens schiet haar een veel beter plan te binnen.

14

Donderdag, 12.41 uur

Ze rent naar haar slaapkamer, doet haar rok uit en trekt een spijkerbroek en sneakers aan met haar rode trui, Kylies Red Soxpetje en een hoodie met rits. Dan loopt ze door de openslaande tuindeuren naar buiten, de veranda op.

Ze gaat het zandpaadje op dat tussen het riet door langs het bassin voert.

Koude wind, rottend wier. Uit de huizen aan het water komen geluiden van radio en tv.

Rachel blijft dicht bij de oever, tot ze halverwege het bassin is aan de oceaankant. Daar steekt ze over naar Northern Boulevard en bestudeert zo onopvallend mogelijk de grote huizen aan de waterkant, die uitkijken over de Atlantische Oceaan.

Alle seizoengasten zijn vertrokken, maar welke huizen zijn van zomereigenaren en welke van bewoners die het hele jaar blijven? Van die laatste groep zijn er meer nu Plum Island zijn eigen water- en rioolvoorziening heeft, maar de oud-geldtypes zijn gewoontedieren, die komen aan op Memorial Day en vliegen weer weg op Labour Day, als plevieren.

Vaststellen dat een huis bewoond is, is zo gebeurd: lichten aan, auto op de inrit, stemmen. Vaststellen dat een huis verlaten is, maar slechts voor korte duur, is ook tamelijk makkelijk: geen licht aan, geen auto op de inrit, maar wel een hoop post in de brievenbus, en het gas is niet afgesloten.

Vaststellen dat een huis leegstaat en waarschijnlijk nog wel een poos leeg zal blijven staan is wat lastiger, maar minder lastig dan je misschien zou denken. Lichten uit, elektra afgesloten, wifi uitgeschakeld, geen post in de brievenbus, de gaskraan dichtgedraaid. Maar dat kunnen nog steeds huizen zijn van mensen die alleen in het weekend komen, mensen die van maandag tot en met vrijdag in Boston of New York werken en op zaterdagochtend opduiken met hun L.L.Bean-laarzen en -jassen, en zij zouden toch raar opkijken als er ineens een wildvreemde in hun keuken stond, naast een op een stoel vastgebonden kind.

Wat Rachel zoekt is een huis dat geschikt is voor de koude winters. De noordoostenwind is in deze tijd van het jaar behoorlijk guur, en hoewel de meeste huizen die uitkijken over zee hoog op een duin staan, kunnen de golven bij hoogwater en hevige stormen ook over de veranda slaan en hun dure ramen verbrijzelen. Dus timmeren huiseigenaren die pas met Kerstmis of in het voorjaar terugkomen de ramen aan de oostkant steevast dicht met houten platen.

Dat is bij diverse grote panden gebeurd, en tegen het einde van de rij, helemaal bij het verste punt, ligt een huis dat haar bijzonder aanstaat. Het is van steen, een zeldzaamheid in deze omgeving, want bijna alle andere panden op het eiland zijn van hout. Nog beter dan de stenen muren is het feit dat het huis een echte kelder heeft. Dat betekent dat het gebouwd moet zijn vóór 1990, het jaar waarin speciale verordeningen zijn ingevoerd die eisen dat alle nieuwe panden op Plum Island bestand zijn tegen hoogwater en overstromingen – wat inhoudt dat ze op palen boven de grond moeten staan.

Rachel loopt naar het veelbelovende huis om daar op onderzoek uit te gaan. De ramen die op zee uitkijken zijn dichtgespijkerd, net als die aan de zijkant. Ze wipt over het hekje om de zekeringkasten en de kabels te bekijken. Gas en elektra zijn afgesloten en er ligt helemaal niets in de brievenbus; blijkbaar wordt alle post doorgestuurd of bewaard op het postkantoor. Volgens het naamplaatje op de brievenbus is het huis van de familie Appenzeller. Die kent ze een beetje. Een ouder echtpaar. Hij is eind zestig, oorspronkelijk afkomstig uit Boston, een gepensioneerde scheikundedocent op Emory. Zijn vrouw Elaine is iets jonger, eind vijftig. Het is voor beiden het tweede huwelijk. Als Rachel het zich goed herinnert, brengen ze de winter door in Tampa.

Ze gaat naar de veranda achter het huis, die op het oosten ligt en aan de zijkanten is afgeschermd, zodat er geen inkijk is voor degenen die buiten zitten, behalve van de mensen die pal voor de veranda over het strand lopen. En daarvan zijn er in deze tijd van het jaar niet zo veel.

De achterdeur komt rechtstreeks uit in de keuken. Er is een hordeur, die opengaat als ze er een flinke duw tegen geeft. De keukendeur heeft een gewone deurknop.

Die bekijkt ze aandachtig, en ze neemt er een foto van met haar telefoon. Na tien minuten googelen op afbeeldingen weet ze dat het een quasi-antieke Schlage F40 is, die volgens de sites van verschillende sleutelmakers open te breken is door met hamer en beitel het mechanisme te klieven.

Maar wat haar verontrust, is het bordje voor het keukenraam met de waarschuwing dat het huis wordt beveiligd door Atomic Alarms. Als ze de achterdeur al openkrijgt, heeft ze misschien dertig seconden om het kastje van het alarm op te sporen, en als ze de code dan niet snel genoeg intoetst, barst de hel los, of niet? Alleen ziet het bordje van Atomic Alarms er stokoud uit. Wat ooit felblauw is geweest, is nu verschoten naar lichtgrijs. Zou het alarm nog werken nu de stroom is uitgeschakeld?

Het huis heeft voor Rachel één heel groot probleem: de Appenzellers wonen pal naast een van de vele paden die dwars door de duinen naar het strand van Plum Island voeren. Op dit uur van de dag is er niemand, maar ze stelt zich voor dat het pad 's ochtends druk gebruikt wordt door mensen die hun hond uitlaten en bewoners tijdens hun dagelijkse wandelingetje. Een kind dat gaat schreeuwen is op het pad goed te horen als ze de kelder niet geluiddicht kan maken. Misschien helpt een grote houten plaat voor het kelderraam, maar ideaal is het niet. Hm. Ze denkt aan Voltaires waarschuwing: het beste is de vijand van het goede. Ze zou een week lang kunnen zoeken naar het beste beschikbare huis, een week waarin

Kylie opgesloten zit in iemands zelfgemaakte kerker. Afgezien van de alarmsticker en het pad door de duinen is het huis van het echtpaar Appenzeller vrijwel ideaal. Het ligt op enige afstand van de andere onderkomens in dit rijtje en het wordt deels afgeschermd door de duinen. Het staat zo'n vijftien meter van de weg en de Appenzellers hebben cipressen geplant om het nog verder af te schermen tegen de ondergaande zon in het westen.

Ze gaat in een van de houten tuinstoelen op de achterveranda zitten en toetst het nummer van de meldkamer in.

'Meldkamer Newbury Home Security, u spreekt met Jackson, wat kan ik voor u doen?' antwoordt een man wiens regionale accent zo sterk is dat je er verf mee zou kunnen afbijten.

'O, hallo, ik heb een vraagje over een alarm.'

'Zegt u het maar.'

'Je spreekt met Peggy Monroe, ik woon op het eiland. Mijn dochter zou de mastino napoletano van Elsie Tanner uitlaten terwijl zij weg is en Elsie heeft haar de sleutel gegeven, maar er zit een oude sticker van Atomic Alarms op het raam, en nu is mijn dochter bang dat het alarm af zal gaan als ze de deur openmaakt. Hebt u enig idee...'

Het spel van liegen is nieuw voor Rachel. Ze weet niet of het beter is om zo weinig mogelijk te zeggen of om er juist op los te babbelen en volop namen en details te noemen om eventueel wantrouwen weg te nemen. Ze heeft voor het laatste gekozen, en nu is ze bang dat ze het verknald heeft.

Jackson geeuwt. 'Tja, mevrouw, ik zou kunnen komen kijken als u wilt, maar de voorrijkosten zijn vijftig dollar.'

'Vijftig? Dat is meer dan ze krijgt om de hond uit te laten.'

'Ja, dat dacht ik al. Moet u horen, ik denk dat uw dochter zich geen zorgen hoeft te maken. Atomic Alarms bestaat al sinds de jaren negentig niet meer. Het grootste deel van hun klandizie is overgenomen door Breeze Security, maar die jongens van Breeze hebben overal de stickers van Atomic van de ramen gehaald, dus als er nog een oude Atomic-waarschuwing zit, is de kans groot dat het alarm nergens op is aangesloten. Hebt u ook nog nieuwere stickers gezien?'

'Nee.'

'Dan zou ik zeggen dat het wel goed zit. Mochten er problemen van komen, belt u me dan terug, dan kom ik langs om te kijken of ik iets voor haar kan betekenen.'

'Heel hartelijk bedankt.'

Ze loopt terug naar haar huis aan de andere kant van Plum Island en zoekt naar een hamer en beitel in Marty's oude gereedschapskist. Hij heeft dat ding eigenlijk nooit ergens voor gebruikt. Zijn broer Pete was de technische man, de automonteur en de klusser, niet Marty. Toen ze pas hierheen verhuisd waren, was Pete degene die het huis leefbaar maakte, in de periodes dat hij terug was van een van zijn uitzendingen met het leger.

De moed zakt haar in de schoenen. Als er iets met Kylie gebeurt, zal Pete het niet overleven. Oom en nichtje zijn dol op elkaar. Rachel voelt de tranen weer opkomen en slikt ze weg. Met janken krijgt ze Kylie niet terug.

Ze stopt de hamer en beitel in een sporttas en pakt een zaklamp. Ze heeft het geweer ook nog, mochten er problemen komen. Het past net in de tas.

Als ze langs het water loopt, begint het te miezeren. De lucht is nu grijs en in het westen hangen onheilspellende zwarte wolken. Regen zou goed van pas komen. Dat schrikt hondenuitlaters en bemoeials af.

Ze vraagt zich af of de ontvoerders Kylie wel op een warme, veilige plek vasthouden. Het is een gevoelig meisje, ze heeft verzorging nodig. Rachel maakt een vuist en stompt ermee tegen haar bovenbeen. *Ik kom eraan, Kylie. Ik kom eraan.* Ze zet haar capuchon op en loopt langs Northern Boulevard naar het huis van de Appenzellers. Ja, die cipressen voor de deur zijn heel geschikt om duistere zaken te verbergen die zich binnen afspelen. Ze steekt het zandpad over en springt weer over het hekje. Dan bekijkt ze aandachtig het rechthoekige kelderraam, dat op zo'n vijftien centimeter boven de grond zit. Het is een kleine meter breed en zo'n dertig centimeter hoog. Ze tikt tegen het glas; het ziet er niet al te dik uit, maar als ze het afdekt met acrylfolie of een dikke houten plank, kan ze geluiden die vanbinnen komen waarschijnlijk wel goed dempen.

Ze loopt naar de veranda aan de achterkant en doet de hordeur open. Haar hart roffelt. Het voelt idioot om dit op klaarlichte dag te doen, maar ze moet opschieten.

Ze pakt de beitel uit de tas en plaatst die in het midden van het sleutelgat. Dan heft ze de hamer en geeft een mep op de beitel. Er klinkt een metalige krak, maar als ze de deurknop probeert, laat die zich niet omdraaien. Ze zet de beitel opnieuw op het slot en slaat veel harder. Deze keer mist ze de beitel en de hamer ramt de houten deur.

Jezus, Rachel.

Ze haalt nogmaals uit met de hamer en slaat voor de derde keer. Het complete binnenwerk van het slot knalt open en vliegt naar buiten. Rachel legt de beitel en de hamer neer en probeert voorzichtig de deur.

De knop geeft mee, en als ze tegen de deur duwt, gaat die piepend open.

Ze pakt het geweer en de zaklamp en gaat naar binnen, trillend over haar hele lichaam.

15

Donderdag 13.24 uur

Rachel staat in het huis waarin ze zojuist heeft ingebroken. Een halve minuut van angst.

Er komen geen honden op haar af. Geen alarmgeluiden. Niemand gilt.

Het is niet zomaar een kwestie van geluk. Ze heeft het goed uitgezocht.

Het huis is muf en verlaten. Op het aanrecht en in de rest van de keuken ligt een dun laagje stof. Hier is sinds begin september niemand meer geweest. Ze doet de keukendeur achter zich dicht en verkent het huis.

Drie oninteressante verdiepingen en een zeer interessante kelder, met stenen muren en een betonnen vloer, waar niets staat behalve een wasmachine, een droger en een boiler. Het huis wordt gedragen door een reeks betonnen pilaren, en ze bedenkt vol afschuw dat ze aan een daarvan iemand zou kunnen vastketenen. Ze bekijkt het raampje boven de droger. Dat gaat ze afdekken met een houten plaat die ze moet kopen bij de doe-het-zelfzaak in de stad.

Rachel huivert, een mengeling van fascinatie en afkeer. Hoe kan ze zo lichtvaardig denken over zoiets akeligs? Gaat dat zo als je een trauma oploopt?

Ja.

Het doet haar denken aan haar chemotijd. Dat verdoofde. Het gevoel in een afgrond te storten en maar te blijven vallen, steeds dieper.

Ze loopt weer naar boven, gaat naar buiten via de achterdeur, sluit die af, doet de hordeur dicht en verzekert zich ervan dat de kust veilig is voordat ze de trap af loopt naar het strand.

Dan keert ze terug naar haar eigen huis, door een nevel van opwaaiend zeewater en motregen.

Aan tafel in de woonkamer klapt ze haar MacBook open en bekijkt de Facebook-pagina's van haar mogelijke doelwitten.

Het is heel belangrijk om het juiste doelwit te kiezen. Je moet het juiste slachtoffer selecteren met de juiste familie, mensen die niet doordraaien en naar de politie gaan, mensen die het geld hebben om het geëiste bedrag te kunnen betalen, maar ook de emotionele middelen om een ontvoering te doorstaan zodat ze hun kind terugkrijgen.

Opnieuw vraagt Rachel zich af waarom ze uitgerekend haar hebben geselecteerd. Ze zou zichzelf nooit gekozen hebben. Echt niet. Zij gaat iemand kiezen die de boel beter op orde heeft. Een echtpaar misschien, mensen met geld.

Ze pakt haar schrijfblok erbij en noteert een paar criteria waarmee ze haar eerste lijst kan inkorten. Niemand die haar kent of haar stem zou kunnen herkennen. Niet iemand in Newburyport, Newbury of op Plum Island. Maar ook niet te ver weg. Niet in Vermont of Maine of nog onder Boston. Ze moeten rijk zijn. Stabiel overkomen. Geen politie, journalisten of politici.

Ze scrolt nog een keer langs de namen en gezichten en verwondert zich er opnieuw over dat mensen blijkbaar bereid zijn om hun intieme geheimen op het web te gooien, voor iedereen zichtbaar. Adres, telefoonnummer, beroep, aantal kinderen, de school van die kinderen, plus al hun hobby's en activiteiten.

Een kind is waarschijnlijk de beste gok. Kinderen zijn het volgzaamst. De kans dat ze zich verzetten of ontsnappen is kleiner, en ze werken het sterkst op het gemoed van hun dierbaren. Maar kinderen worden in de huidige tijd wel nauwlettend in de gaten gehouden. Het zal misschien lastig worden om er ongezien een mee te nemen.

'Behalve mijn eigen kind. Dat kan iedereen zomaar van straat plukken,' zegt ze, en ze snift.

Ze kijkt opnieuw op Facebook, Instagram en Twitter, nu met haar selectiecriteria bij de hand, en ze kort haar lijst in tot ze vijf kinderen overhoudt. Die zet ze in volgorde van voorkeur.

1. *Denny Patterson uit Rowley*
2. *Toby Dunleavy uit Beverly*
3. *Belinda Watson uit Cambridge*
4. *Chandra Singh uit Cambridge*
5. *Jack Fenton uit Gloucester*

'Ik kan bijna niet geloven dat ik dit echt doe,' zegt Rachel tegen zichzelf. Hoewel ze natuurlijk niks hóéft te doen. Ze zou ook naar de politie of de FBI kunnen stappen.

Ze neemt de tijd om erover na te denken. Om er écht over na te denken. De FBI, dat zijn professionals, maar de vrouw die haar dochter heeft ontvoerd is niet bang voor het strafrechtelijke systeem, die is bang voor de Ketting. Degene die boven haar staat in de Ketting heeft haar zoon. En als Rachel wordt gezien als een lastpost, moet deze vrouw volgens de instructies Kylie vermoorden en een nieuw doelwit uitkiezen. Ze klinkt gespannen en dat wordt steeds erger. Rachel twijfelt er niet aan dat ze alles zal doen om haar zoontje terug te krijgen...

Nee, geen FBI. En bovendien, als zij straks de volgende in de reeks gaat bellen, moet ze net zo vastberaden en gevaarlijk klinken als de vrouw die háár heeft gebeld.

Dan bekijkt ze de aantekeningen die ze heeft gemaakt over haar diverse doelwitten. Haar eerste keus ziet er zeer goed uit: Denny Patterson. Twaalf jaar. Woont in Rowley met zijn moeder Wendy, alleenstaand, vader niet in beeld. Ze is niet bankroet. Sterker nog, ze lijkt in goeden doen te zijn.

Rachel denkt er even over na. Wat willen die lui van de Ketting? Het belangrijkste is dat de Ketting zelf wordt voortgezet. Sommige betrokkenen zullen rijker zijn dan anderen, maar van groter belang dan hun rijkdom is de vereiste dat ze slim en discreet genoeg zijn om de boel gaande te houden. Elke individuele schakel in de Ketting is waardevol. De doelwitten moeten geld hebben, maar ook competent en flexibel zijn, en bang. Zoals zij nu is. Een sterke schakel met een paar honderd dollar op de bank is beter dan een zwakke schakel die miljonair is.

Kierkegaard heeft ooit gezegd dat verveling en angst de wortel van al het kwaad zijn. Het is de snode figuren achter de Ketting ook te doen om het geld dat ze binnenhalen, en ze vrezen het individu dat de hele boel in elkaar laat donderen.

Dat individu zal Rachel niet zijn.

Terug naar Denny. Denny's moeder heeft een eigen bedrijf gehad, dat destijds is opgekocht door America Online. Ze is dol op haar zoon, schept voortdurend over hem op. Ze komt stoer over, niet iemand die zal instorten. Vijfenveertig jaar. Heeft twee keer de marathon van Boston gelopen, in 2013 en vorig jaar nog een keer. Vorig jaar was ze sneller. Vier uur en twee minuten.

Denny houdt van videogames, Selena Gomez en de bioscoop, en het mooiste is – vanuit Rachels standpunt bekeken – dat hij gek is op voetbal. Gaat na school drie keer per week naar de training en loopt dan vaak naar huis.

Loopt naar huis.

Krullen, een leuk, normaal kind. Geen allergieën, geen gezondheidsproblemen, is niet groot voor zijn leeftijd. Hij lijkt zelfs een beetje kleiner te zijn dan gemiddeld. Hij is vast niet de keeper van zijn elftal.

De moeder heeft één zus, die in Arizona woont. Vader niet aanwezig, woont in South Carolina. Hertrouwd.

Geen politie in de familie, geen politieke connecties.

Wendy doet volop mee aan de digitale toekomst: ze laat op Instagram en Twitter zo'n beetje iedere minuut van de dag weten waar ze zich bevindt of wat ze doet. Dus als Rachel dat joch in de kijker heeft bij zijn voetbaltraining, laat Wendy haar intussen vast wel weten waar ze uithangt.

Kind 1 klinkt dus veelbelovend. Dan bekijkt ze kind 2: Toby Dunleavy, ook twaalf, woont in Beverly. Heeft een jonger zusje. Moeder meldt de hele dag door op Facebook wat ze allemaal doen.

Rachel haalt de Facebook-pagina van Helen Dunleavy erbij. *Ik ben niet neurotisch. Ik heb het te druk om neurotisch te zijn*, staat er onder haar foto. Helen woont in Beverly met haar man Mike en hun zoon en dochter, Toby en Amelia. Mike werkt als managementconsultant bij Standard Chartered in Boston. Helen is parttime-kleuterleidster op een school in North Salem.

Amelia is acht, vier jaar jonger dan Toby. Rachel scrolt langs de Facebook-berichten. Helen geeft twee ochtenden per week les op haar school en lijkt de rest van haar tijd te besteden aan het bijhouden van haar Facebook-pagina om haar vrienden alles te vertellen over de bezigheden van haar gezin. Mike Dunleavy maakt blijkbaar lange dagen in Boston en komt meestal pas heel laat thuis. Dat weet Rachel omdat Helen laat weten welke trein Mike neemt en of de kinderen al dan niet mogen opblijven om op hem te wachten. Rachel zoekt Mikes cv op via LinkedIn. Hij is negenendertig, komt oorspronkelijk uit Londen en heeft nog niet zo lang geleden in New York gewoond. Geen politieke of politieachtergrond, en hij komt stabiel genoeg over. Hij heeft een foodblog, houdt van voetbal, en voordat hij managementconsultant werd, was hij veilingmeester. Zijn claim to fame is de verkoop van een blik *Merda d'artista* van Piero Manzoni.

Helen heeft twee zussen, ze is het middelste kind. De twee anderen zijn thuisblijfmoeder. Eén is getrouwd met een jurist, de andere gescheiden van een voedselwetenschapper. De kinderen worden elke dag van school gehaald, zonder uitzondering, maar wat Toby aantrekkelijk maakt is het feit dat hij sinds kort aan boogschieten doet. Twee keer per week gaat hij naar de boogschuttersclub van Salem.

Boogschieten is Toby's nieuwste, grote hobby. Op zijn Facebook-pagina staat een link naar een schattig YouTube-filmpje waarin hij op verschillende doelwitten schiet, op de muziek van 'Here Comes the Hotstepper' van Ini Kamoze. En het mooie is dat hij vanaf de boogschuttersclub te voet naar huis gaat. Helemaal alleen. Brave jongen. Dat zouden kinderen vaker moeten doen, denkt Rachel, en dan realiseert ze zich dat zíj juist de reden is waarom ouders vaak overdreven beschermend zijn tegenover hun kinderen.

Kind 1 en kind 2 zijn allebei veelbelovend, en ze heeft nog drie goede reservekandidaten.

Rachel sluit de computer af, pakt haar jas en rijdt naar de doe-het-zelfzaak in de stad. In de auto gaat haar telefoon. 'Hallo?'

'Dag, ik zou graag Rachel O'Neill spreken.'

‘Dat ben ik.’

‘Hallo, Rachel, je spreekt met Melanie van de Chase-bank, afdeling Fraude. Ik wil je graag wijzen op ongebruikelijke transacties met je Visa-card vanochtend.’

‘Oké.’

Melanie stelt haar een aantal vragen om vast te stellen dat ze werkelijk de rekeninghouder is en komt dan ter zake: ‘Je creditcard is blijkbaar gebruikt voor de aanschaf van bitcoins ter waarde van 10.000 dollar. Weet je daar iets van?’

‘Jullie hebben de bestelling toch niet geannuleerd, hè?’

‘Nee, dat niet. Maar, eh… we vroegen ons af…’

‘Dat was ik. Ik heb ze gekocht. Niks aan de hand. Het is een investering die ik samen met mijn man doe. Sorry, ik was net ergens mee bezig, ik moet ophangen.’

‘Dus er is geen sprake van een verdachte transactie?’

‘Nee. Er is niets verdachts aan. Alles prima hier. Maar bedankt voor het bellen. Ik moet nu echt gaan, tot ziens.’ Ze hangt op.

Bij de doe-het-zelfzaak laat ze een plaat hardboard op maat zagen voor het kelderraam van de Appenzellers, en als ze weer naar huis rijdt, belt Marty. Eindelijk!

Het kost haar moeite om niet in tranen uit te barsten bij het horen van zijn gebruikelijke amicale en opgewekte ‘Hé, liefje, hoe gaat-ie?’

Om de een of andere reden is het onmogelijk een hekel aan Marty te hebben, hoe graag je dat ook zou willen. Het heeft iets te maken met die groene ogen en dat donkere, golvende haar. Rachels moeder heeft haar destijds nog gewaarschuwd dat hij niet deugde, maar dat soort opmerkingen van moeders werkt juist averechts.

‘Tammy zei iets over een lekkend dak?’ zegt Marty.

‘Wat?’

‘Het dak. Het regent binnen, zei Tammy.’

‘Waar ben je nu, Marty?’ vraagt ze, en bijna voegt ze eraan toe: *Ik heb je nodig.*

‘In Augusta. We zijn hier voor een retraite.’

‘Wanneer kom je terug?’

‘Ik haal Kylie vrijdagavond gewoon op voor het weekend, maak je geen zorgen.’

Rachel onderdrukt een snik. 'O, Marty,' fluistert ze.

'Dat is morgen al, schat. Nog even volhouden.'

'Doe ik.'

'Het gaat niet om het dak, hè? Wat is er, liefje? Er is iets mis. Zeg het nou gewoon.'

Afgezien van het feit dat ik waarschijnlijk doodga en dat onze dochter ontvoerd is? zegt ze bijna, maar ze doet het niet. Ze doet het niet omdat Marty dan meteen naar de politie zou gaan, hij zou het niet begrijpen.

'Gaat het om het geld? Ik heb de laatste tijd niet netjes betaald, dat weet ik. Ik zal mijn leven beteren, beloofd. Heb je al een aannemer?'

'Nee, ik heb geen hulp,' zegt ze toonloos.

'Hoe erg lekt het dak?'

'Dat weet ik niet.'

'Moet je horen, ik heb het weerbericht bekeken. Er komt vanavond echt niemand langs in die regen. Misschien kan Pete je helpen?'

'Pete? Waar is Pete?'

'In Worcester. Dacht ik.'

'Ik ga hem een bericht sturen. Dat mag wel, geloof ik.'

'Waar heb je het over? Van wie mag dat?'

'Niks. Niemand. Ja, misschien vraag ik Pete wel. Ik zal erover nadenken.'

'Goed, lieverd, ik moet nu echt ophangen, oké?'

'Oké, Marty,' zegt ze treurig.

'Doei.' Hij hangt op. Zonder zijn geruststellende bariton wordt het weer kil en stil in de auto.

16

Donderdag, 14.44 uur

Tenzij je jaagt met pijl-en-boog, in een rolstoel zit, liefhebber bent van oude vuurwapens of jonger dan achttien jaar, begint het jachtseizoen in Massachusetts niet voor 27 november.

Maar Pete heeft zich nooit veel aangetrokken van de logica van het jachtseizoen – of eigenlijk van de meeste wetten, regels en voorschriften.

Hij weet dat als hij wordt betrapt door een boswachter of sheriff, hij een boete kan krijgen of erger. Maar ze zullen hem niet betrappen. Pete kent de bossen hier ten westen van Worcester even goed als andere mensen de kroegen rond Fenway of de werkschema's van de meiden bij Hurricane Betty kennen. Hij joeg er als kind al. Toegegeven, zijn zintuigen zijn wat minder scherp vanwege zijn huidige probleempjes, maar desondanks zal hij zich nooit laten verrassen door een stuntelige hulpsheriff of een boswachter in zo'n opzichtig gekleurd hesje.

Hij denkt er vaak over om naar Alaska te verhuizen, waar nóg minder boswachters en sheriffs zijn, maar hij blijft hier wonen voor Kylie, in ieder geval tot ze straks gaat studeren. Kylie is zijn enige nichtje en hij is gek op haar. Ze appen bijna elke dag en hij neemt haar mee naar het soort films dat haar moeder niet kan uitzitten.

Pete volgt de hertenbok dieper het berkenbos in. Het dier heeft geen idee dat het in de gaten gehouden wordt. De wind staat de andere kant op en Pete verplaatst zich geruisloos tussen de bomen. Hij is hier heel goed in. Bij het Marine Corps was hij officier technische dienst, maar na een paar jaar bruggen bouwen onder mortiervuur heeft hij een sabbatical genomen om de verkennersopleiding in Camp Middleton te volgen. Hij eindigde als een van de besten van zijn jaar. De hoge heren hadden hem willen overplaatsen naar een verkenningsbataljon, maar hij had de opleiding alleen gevolgd om zichzelf op de proef te stellen.

Hij richt het vizier van zijn geweer op de oude hertenbok en mikt onder het hart, maar net als hij de trekker wil overhalen, trilt zijn telefoon in zijn zak. Ik had dat ding af moeten zetten, denkt hij. Ik had niet gedacht dat ik hier bereik zou hebben.

Hij kijkt op het display. Twee berichten, een van Rachel en een van Marty. Allebei met dezelfde vraag: waar zit je?

Hij probeert Rachel een antwoord te sturen, maar het wordt niet verzonden. Het berichtje van Marty negeert hij. Hij heeft niets tegen Marty, maar ze hebben weinig gemeen. Er zit zes jaar leeftijdsverschil tussen hen, en tegen de tijd dat Marty fatsoenlijk kon lopen en praten en interessant voor hem werd, wilde Pete niets liever dan het huis uit. Hij vertrok, en hoe. Op twaalfjarige leeftijd 'leende' hij de Chevrolet Impala van een buurman en reed daarmee helemaal naar East Franklin in Vermont. Eigenlijk wilde hij naar Montreal – uitgerekend Montreal – maar bij de Canadese grens werd hij aangehouden en gearresteerd.

En verder gebeurde er niets. Helemaal niets. De jury in de rechtbank hing een standaard blablaverhaal op en tikte hem op de vingers. Foei. Daarna heeft Marty vaker auto's gestolen, maar hij werd wel voorzichtiger. Geen pogingen meer om de grens over te steken, en niet racen. Op de middelbare school ging hij met de verkeerde types om, maar dat kon niemand wat schelen zolang hij voldoendes bleef halen, en dat deed hij. School interesseerde hem niet, maar op de een of andere manier slaagde hij erin om toegelaten te worden tot de universiteit van Boston, waar hij civiele techniek studeerde. Hij wist zijn gemiddelde net op een zesje te houden. Het grootste deel van zijn tijd bracht hij door met nieuwe computersoftware, waarop hij de meest uitzinnige hangbruggen ontwierp die nooit gebouwd zouden kunnen worden en ouderwetse cantileverbruggen die niemand wilde. In mei 2000 studeerde hij af zonder plannen of ideeën voor de toekomst.

Hij verhuisde naar New York en probeerde daar de kost te verdienen als cybersecurity-expert op het world wide web, dat toen net in opkomst was. Iedereen zei dat internet de nieuwe bron van goudkoorts was, maar Pete schepte waarschijnlijk met zijn zeef in de verkeerde virtuele rivieren. Hij verdiende amper genoeg geld om maandelijks zijn studieschuld af te kunnen lossen.

Maar een jaar later kwam 11 september.

De volgende morgen ging hij naar Times Square. Niemand die in die periode in New York was zal de dag na 11 september ooit vergeten. Het was een compleet nieuwe wereld. Voor het aanmeldingsloket voor hulpverleners op Times Square stond een rij die doorliep tot aan 34th Street. Petes opa had bij de marine gezeten. Met Petes universitaire technische studie en zijn achtergrond raadde de organisatie hem de marine of het Marine Corps aan. Pete koos voor de mariniers. En dat was het dan voor de komende dertien jaar. Officiersopleiding, technische functie, zeven keer uitgezonden naar het buitenland, vijf keer in oorlogsgebied. Na de mariniers heeft hij nog wat gereisd en uiteindelijk is hij teruggekeerd naar Worcester.

Dat hoofdstuk van zijn leven is nu afgesloten. Tegenwoordig is hij gewoon een werkloze kerel van veertig die op jacht moet naar gratis wild om de winter door te komen.

De hertenbok buigt zijn kop om te drinken uit een beekje. Er loopt een litteken over zijn linkerflank. Ze hebben allebei oorlogswonden.

Pete kan hem nu raken, maar iets zegt hem dat het hert zal moeten wachten. Hij krijgt dat bekende tintelende gevoel achter in zijn nek: er is iets aan de hand. Er is iets mis.

Hij kijkt nog een keer naar het berichtje. *Waar ben je?*

Zit Rach in de nesten? Pete hangt het geweer over zijn schouder en zoekt naar enigszins hoger gelegen terrein waar hij misschien wel bereik heeft, maar nu meldt zijn telefoon dat er nog één procent van zijn batterij over is.

Hij beklimt het heuveltje boven de waterval en probeert daar zijn bericht te verzenden, maar in de twee minuten die hem dat kost, raakt zijn telefoon natuurlijk helemaal leeg. De grote hertenbok draait zich om en kijkt naar hem. Drie tellen lang staren ze elkaar strak aan.

Geschrokken schiet het beest weg tussen de bomen. Spijtig kijkt Pete het na. Voedselbonnen hebben hun beperkingen. Hij vergrendelt zijn geweer en loopt terug naar zijn pick-up.

En dan begint zijn huid te prikken. Is het al zo laat? Hij kijkt naar de hemel. Drie uur? Dat kan niet. Maar blijkbaar is het echt zo. Door het herfstbos loopt hij terug naar de brandgang, waar hij zijn pick-up aantreft zoals hij hem heeft achtergelaten. Helaas heeft hij zijn telefoonoplader niet meegenomen, dus zal hij moeten wachten tot hij terug is in zijn appartement in Worcester voordat hij te weten komt wat Rachel van hem wil.

17

Donderdag, 15.27 uur

Kylie zit rechtop in haar slaapzak, met in haar ene hand de tube tandpasta. Haar pols doet zeer van het proberen het slotje van de handboei open te prutsen. Ze denkt aan een YouTube-filmpje dat Stuart haar wilde laten zien, met drie manieren om jezelf uit handboeien te bevrijden. Stuart is gek op dat soort dingen, Houdini, goochelen, ontsnappingstrucs. Ze heeft het filmpje niet bekeken, ze zocht op haar eigen telefoon naar een video over de ontdekking van een nieuwe geheime grafkamer in de piramide van Cheops.

De volgende keer moet ze wél opletten. Als er een volgende keer komt, denkt ze in een vlaag van doodsangst.

Ze haalt diep adem en doet haar ogen dicht. Zelf houdt ze ook van goocheltrucs. De wereld van de Egyptenaren werd beheerst door goden en demonen. Hier zijn ook demonen, maar dat zijn mensen.

Ze vraagt zich af of haar moeder doet wat de ontvoerders van haar willen. Ze vraagt zich af of de ontvoerders haar moeder hebben aangezien voor iemand anders. Iemand die toegang heeft tot een bankkluis of staatsgeheimen…

Ze haalt nog een keer diep adem en blaast langzaam uit. En nog een keer.

Ze is rustiger nu. Niet rustig, maar rustiger.

Ze luistert naar het niets.

Nee, niet niets. Er is altijd iets. Krekels. Een vliegtuig. Een rivier in de verte. De seconden tikken voorbij, en dan de minuten. Ze wil dat de rivier haar meevoert, weg van hier, van deze mensen, weg van dit alles. Het maakt niet uit waarheen. Ze wil op haar rug gaan liggen en door de stroom meegevoerd worden, via het moerasgebied naar de Atlantische Oceaan.

Nee. Dat is niet echt. Een droom. Dít is echt. Deze kelder. Deze handboeien. *Leef in het nu*, zei de leraar mindfulness tijdens de lessen die ze allemaal belachelijk hebben gemaakt. *Blijf in het hier en nu en kijk naar alles wat daar te zien is.*

Ze doet haar ogen open.

En ze kijkt. Kijkt écht.

Ze ziet alles wat er te zien valt.

18

Donderdag, 15.31 uur

Wendy Patterson haalt Denny op van de basisschool in Rowley, brengt hem naar voetbaltraining op de middelbare school en rijdt dan door naar Ipswich, waar ze bij Starbucks een soja chai latte voor zichzelf bestelt. Ze plaatst een foto van de latte op Instagram, met de Thanksgiving-koek erbij die ze voor Denny heeft gekocht.

Denny heeft zich inmiddels omgekleed en doet nu in voetbalkleding dribbeloefeningen met de rest van zijn elftal. Rachel kijkt naar hem vanuit haar geparkeerde Volvo 240 aan de overkant van de straat terwijl ze op haar telefoon Wendy's tweets, Facebook- en Instagramberichten bijhoudt. Als ze naar Denny kijkt, wordt ze misselijk van de twijfel. Hoe kan ze dit dóén? Het is het ergste wat je een moeder, een gezin, kunt aandoen. Maar dan denkt ze aan Kylie die opgesloten zit in de kelder van een gestoorde vrouw. Het mag dan het ergste zijn wat je kunt doen, het moet wel gebeuren.

Ze kijkt toe hoe Denny voetbalt, en als de training voorbij is ziet ze dat Wendy – jawel – nog steeds bij Starbucks in Ipswich zit. Het motregent niet meer en het ziet ernaar uit dat Denny lopend naar huis gaat. Wendy meldt op Facebook niet dat ze hem gaat ophalen.

Zou Rachel hem nu kunnen meenemen?

Eigenlijk was dit bedoeld als een verkenningstochtje, niet als missie om hem te ontvoeren. Ze heeft het huis van de Appenzellers nog niet voorbereid. De houten plaat is nog niet voor het kelderraam gespijkerd, er ligt nog geen matras beneden. Maar ja, als de gelegenheid zich voordoet...

Ze rijdt achter het jochie aan terwijl hij met een vriendje naar huis loopt. Ze kan natuurlijk niet twee kinderen haar auto in sleuren, dus zal ze moeten wachten tot ze uiteengaan.

Ze weet dat ze erg verdacht moet overkomen, zoals ze met een slakkengang van nog geen tien kilometer per uur achter twee jongetjes aan rijdt.

Rachel heeft hier niet goed genoeg over nagedacht. Ze heeft ook geen idee in welk gedeelte van Rowley Denny woont. Aan de hoofdweg? Aan het einde van een doodlopende straat? Ze vervloekt zichzelf omdat ze de route van de middelbare school naar zijn huis niet heeft nagetrokken op Google Maps.

Het vriendje loopt nog een paar straten met Denny mee, neemt dan afscheid en zwaait nog een keer, en Denny blijft alleen achter.

De kleine Denny, helemaal alleen.

Rachels hartslag versnelt. Ze kijkt naar de passagiersstoel. Wapen, bivakmuts, handboeien, blinddoek.

Ze laat het raampje zakken en kijkt in de spiegels.

Er zijn getuigen. Een oude man met een hond. Een hardlopende scholiere. Rowley is een slaapstadje, maar vandaag is het niet slaperig genoeg.

En dan loopt Danny ineens een oprit in, haalt een sleutel uit zijn zak en gaat zijn huis binnen.

Rachel parkeert de Volvo aan de overkant van de straat en kijkt op Wendy's Facebook. Nu komt ze wél naar huis, ziet Rachel.

Ze heeft zo'n acht à negen minuten waarin Denny alleen thuis is. Is hij eigenlijk wel alleen? Hebben ze misschien een hond of een huishoudster?

Kan Rachel gewoon de bivakmuts opzetten, de straat oversteken en aanbellen? Hoe krijgt ze hem de auto in als ze weinig tijd heeft en moet maken dat ze wegkomt? In de film gebruiken ontvoerders die in hun eentje te werk gaan altijd een doek met chloroform om hun slachtoffer mee te verdoven. Kun je dat bij de drogist kopen, chloroform? En als ze te veel gebruikt en dat kind verdorie een hartstilstand krijgt?

Ze slaat haar handen voor haar gezicht.

Hoe kan dit haar overkomen? Wanneer ontwaakt ze uit deze nachtmerrie?

Die gedachten blijven maar komen, tot het te laat is. Wendy's witte SUV stopt voor het huis en Wendy stapt uit.

Rachel vervloekt zichzelf.

Ze heeft het verknald. Bijna opzettelijk. Bijna opzettelijk, uit pure lafheid.

Maar zodra zijn moeder verschijnt, komt Denny naar buiten en gaat met een buurjongetje basketballen bij het net van de buren.

Gretig bekijkt Rachel het tweetal. Zoals een roofdier zijn prooi observeert.

Ze zouden allebei prima geschikt zijn. Als ze een van hen alleen te pakken kon krijgen...

Ze kijkt op haar horloge. Nog geen vijf uur. Toen ze vanmorgen wakker werd, was ze nog een totaal ander mens. Zoals J.G. Ballard al zei: beschaving is niets meer dan een dun, kwetsbaar laagje over het recht van de sterkste. *Liever jij dan ik. Liever jouw kind dan het mijne.*

Als het potje een-tegen-eenbasketbal is afgelopen, gaat Denny weer naar binnen. Maar even later stopt er een patrouillewagen van het politiekorps van Lowell voor het huis van de Pattersons, en er stapt een geüniformeerde agent van misschien wel één meter negentig uit.

Rachel laat zich onderuitzakken op haar stoel, maar de politieman komt niet voor haar. Hij heeft een grote doos Lego bij zich. Als hij aanbelt bij het huis van de Pattersons doet Wendy open. Ze geeft hem een kus en Rachel kijkt toe terwijl de politieman naar binnen gaat. Door het raam van de huiskamer ziet ze dat hij de kleine Denny door zijn haar woelt en hem de Lego geeft.

Dus Wendy zet niet álles op Facebook en Instagram, denkt Rachel. En daar gaat kind nummer 1. Geen politie, de regels zijn duidelijk. Ze pakt haar notitieblok en haar telefoon. Kind 2 wordt nu kind 1.

Toby Dunleavy.

Rachel bekijkt de Facebook-pagina van Helen Dunleavy. Ze heeft Helen uitgekozen omdat zij tot de mensen behoort die de behoefte voelen om zo'n beetje elk half uur te melden wat ze allemaal meemaken. Maar het lijkt haar een aardige vrouw, en een goede moeder. Zo iemand moet je hebben: een goede moeder die alles zal doen om haar kind terug te krijgen.

Rachel verdiept zich verder in Mike, Helens echtgenoot. Standard Chartered is een veilig, saai bedrijf om voor te werken. Hij is waarschijnlijk gewend aan stress en kan het losgeld vast goed betalen. Mike is Engelsman, maar hij heeft jarenlang in Manhattan gewoond. Hij heeft een foodblog, en Rachel stuit op een grappig stukje van zijn hand met de titel 'Wat was er eerst: Zabar's of de Upper West Side?' Ook een aardige man. Niet iemand die je door een hel wilt laten gaan.

Maar van de andere kant zou niemand moeten doormaken wat zij doormaakt.

Ze pauzeert even en piekert opnieuw over een manier om hieraan te ontsnappen, maar ze kan niets verzinnen. *Volg de Ketting.* Meer is het niet. *Als je de Ketting volgt, krijg je je kind terug. Zo niet…*

Als ze op Toby's Tumblr zit te kijken, gaat haar telefoon. ANONIEM, staat er in het schermpje.

'Hallo?' zegt Rachel aarzelend.

'Lukt het een beetje, Rachel?' vraagt een stem, die is vervormd met speciale apparatuur. Degene die haar vanmorgen als eerste belde toen ze op de I-95 reed.

'Wie ben jij?' vraagt ze op felle toon.

'Ik sta aan jouw kant, Rachel. Ik zal je steeds de waarheid vertellen, hoe bitter die ook mag zijn. Je bent toch filosofe?'

'Zoiets, ja…'

'Je weet wat ze zeggen: de levenden zijn niet meer dan een ondersoort van de doden, toch? En nog een zeldzame ondersoort ook. De wieg schommelt boven de afgrond. Je dochter heet Kylie, klopt dat?'

'Ja. Het is zo'n fijn kind. Ze is alles wat ik heb.'

'Als je wilt dat ze in het land der levenden blijft, als je haar heelhuids terug wilt zien, dan zul je je handen vuil moeten maken.'

'Ik weet het. Ik was al aan het zoeken naar het juiste doelwit.'

'Mooi. Dat willen we zien. Heb je papier bij de hand?'

'Ja.'

'Schrijf op: 2-3-4-8-3-8-3-H-U-D-Y-K-D-Y-2. Herhaal dat voor me.'

Rachel herhaalt het.

'Dat is het Wickr-account van dit deel van de Ketting. Wickr, W-I-C-K-R. Je moet de app downloaden op je telefoon. Stuur de gegevens over jouw beoogde doelwitten daarnaartoe, dan kan iemand hier je lijstje natrekken. Misschien zitten er keuzes bij die we afwijzen. Soms weigeren we alle kandidaten, en soms komen we zelf met een voorstel. Is dat duidelijk?'

'Ik denk het wel.'

'Is het duidelijk of niet?'

'Ja. Luister, ik heb hier misschien hulp bij nodig, maar ik weet niet of ik Marty erbij moet halen, mijn ex. Hij zou best eens meteen naar de politie kunnen willen stappen.'

'Dan zou ik hem er niet bij halen,' zegt de vervormde stem snel.

'Zijn broer, Pete, heeft bij het Marine Corps gezeten, maar hij is zeker geen voorstander van de autoriteiten. Hij heeft als kind problemen gehad met de politie, en ik geloof dat hij vorig jaar een keer is gearresteerd in Boston.'

'Dat wil niks zeggen. Ik heb gehoord dat je in Boston voor het minste of geringste wordt opgepakt.'

Daar ziet Rachel een kansje. Er wordt een zaadje geplant dat misschien nooit zal ontkiemen, maar een zaadje is een zaadje.

'Ja,' zegt ze, en ze voegt er zo onverschillig mogelijk aan toe: 'Daar word je al gearresteerd voor oversteken buiten een zebrapad of *banging a uey.*'

De vervormde stem onderdrukt een lach en mompelt: 'Helemaal waar,' om daarna meteen weer ter zake te komen. 'Misschien laten we die ex-zwager van je wel toe. Stuur me zijn gegevens via Wickr.'

'Zal ik doen.'

'Heel goed. We boeken vooruitgang. Zo gaat het al vele, vele jaren. De Ketting sleept je hierdoorheen, Rachel,' zegt de stem en dan wordt de verbinding verbroken.

De politieman komt het huis van de familie Patterson uit en loopt naar zijn auto. Wendy komt naar de deur om hem uit te zwaaien.

Het is tijd om de straat en dit stadje te verlaten.

Rachel steekt de sleutel in het contact van de Volvo. De uitlaat knalt en de agent draait zich om om naar haar te kijken. Ze kan niet anders dan naar hem zwaaien door het raampje. Weer iemand die haar vandaag raar of verdacht gedrag heeft zien vertonen.

Ze rijdt over Route 1A naar Rolfe's Lane, neemt de afrit naar de snelweg en dan de brug naar Plum Island.

Een halve straat van haar huis verwijderd ziet ze Kylies vriendje Stuart aan komen lopen. Shit!

Ze draait haar raampje open en zet de auto stil. 'Hoi, Stu,' zegt ze nonchalant.

'Mevrouw O'Neill, eh, ik bedoel mevrouw Klein, ik vroeg me af... Ik vroeg me af waar Kylie vandaag was. Ze heeft me niet geappt. De juf zegt dat ze ziek is.'

'Dat klopt, Kylie voelt zich niet lekker.'

'O? Wat heeft ze dan?'

'Eh, buikgriep, zoiets.'

'Goh. Echt? Gisteren was er nog niks aan de hand.'

'Het is heel plotseling opgekomen.'

'Dat moet wel. In haar berichtje van vanmorgen heeft ze er niks over gezegd. Ik dacht dat ze misschien onder die spreekbeurt over Egypte uit wilde komen, maar dat zou heel gek zijn, want...'

'Ze is de expert, ik weet het. Zoals ik al zei, eh... het kwam ineens op.'

Stuart reageert verbaasd en lijkt niet helemaal overtuigd te zijn. 'Maar we hebben haar allemaal geappt en ze heeft niemand geantwoord.'

Rachel probeert een aannemelijke verklaring te bedenken. 'Eh, ja, de wifi bij ons thuis is uitgevallen, daarom heeft ze geen contact gehouden. Ze kan geen berichten versturen en niet op Instagram en zo.'

'Maar ze had toch nog beltegoed op haar telefoon?'

'Nee.'

'Zal ik anders even langskomen om naar de wifi te kijken? Misschien is het de router.'

'Nee, doe maar niet. Ik begin zelf ook buikgriep te krijgen. Het is erg besmettelijk. Ik zou niet willen dat jij ook ziek wordt. Ik zal zeker tegen Kylie zeggen dat je naar haar hebt gevraagd.'

'Eh, oké. Nou, dag,' zegt hij, en ze kijkt hem strak aan tot hij, niet onder de indruk, zich omdraait, nog even zwaait en dan weer de straat in loopt.

Rachel rijdt de laatste vijftig meter naar haar huis. Daar had ze nog niet aan gedacht: Kylies schoolvrienden sturen elkaar de hele dag door allerlei berichten. Bij een radiostilte van meer dan een uur van Kylies kant ontstaat er natuurlijk een enorme leegte in hun leven. En binnenkort heeft ze geen plausibele smoesjes meer. Weer iets om zich zorgen over te maken, naast al het andere.

19

Donderdag, 17.11 uur

Pete is nog niet thuis, maar hij trekt het niet langer. Hij is de hele dag in het bos geweest.

Zijn huid prikt en brandt. Het is, zoals de ouwe De Quincey al zei, een vorm van jeuk waartegen krabben niet helpt.

Hij neemt in zijn Dodge Ram de afslag op Route 2 naar het natuurreservaat, Wachusett Mountain State. Daar is een meertje waar nooit iemand komt.

Hij buigt zich over de stoel om zijn rugzak te pakken.

Dan speurt hij de weg af, maar er is niemand te zien. Uit de rugzak haalt hij een plastic zakje met Mexicaanse heroïne van de beste kwaliteit. Het harde optreden van de DEA, de dienst ter bestrijding van drugshandel, tegen wettelijk toegestane opiaten heeft gevolgen gehad voor alle patiënten die voor hun medicijnen afhankelijk zijn van de militaire veteranenbond. Pete heeft het gat een tijdje kunnen opvullen via het darkweb, maar toen werd de DEA ook daar actief. Tegenwoordig is heroïne zelfs een stuk makkelijker verkrijgbaar dan oxycodon, en bovendien is het een stuk effectiever, vooral het spul uit de gouden driehoek en de nieuwste heroïnevariant uit Guerrero.

Pete pakt een lepel en zijn Zippo, een injectiespuit en een rubberen band voor zijn arm. Hij kookt de heroïne, bindt een ader af, zuigt de drug op met de spuit en tikt dan tegen de naald om de luchtbelletjes te laten ontsnappen.

Hij injecteert zichzelf en bergt snel de spullen op in het handschoenenkastje, voor het geval hij out mocht gaan en er een parkopzichter nieuwsgierig zou worden.

Door de voorruit van de pick-up staart hij naar de herfstkleuren van de bomen en het azuurblauwe water van het meertje. De bomen zijn nog niet op hun hoogtepunt, maar ze zijn evengoed prachtig. Felle kleuren oranje en rood en waanzinnig gebronsde geeltinten. Hij ontspant zich en laat de heroïne oplossen in zijn bloedbaan.

Pete heeft nooit naar de cijfers gekeken, dus hij heeft geen idee hoeveel oorlogsveteranen op de een of andere manier verslaafd zijn aan opiaten, maar hij stelt zich zo voor dat het percentage behoorlijk hoog is. Vooral onder degenen die meerdere keren zijn uitgezonden naar een oorlogsgebied. Tijdens de troepentoename van 2008 is iedereen in zijn compagnie wel in meer of mindere mate gewond of geblesseerd geraakt. Na een poos meldden ze zich niet eens meer bij de medische post. Wat had het voor zin? Niemand kon iets uitrichten tegen een hersenschudding, een gebroken rib of een gekneusde rug. Je nam alleen maar een bed in beslag terwijl je maten buiten de wegen vrijmaakten of explosieven van bruggen verwijderden.

Wat de opiaten doen, wat heroïne doet, is de pijn tijdelijk wegnemen. Alle pijn die zich heeft opgehoopt in de loop van de tientallen jaren dat je op aarde rondloopt. De pijn van het knarsen van bot op bot, van het vallen, de pijn nadat anderen per ongeluk een zware balk op jou terecht lieten komen, de pijn door de incompetente bediening van machinerie, de pijn van een tien meter diepe val in een wadi of de schokgolf die een geïmproviseerd explosief op tien meter afstand achter je heeft veroorzaakt.

En dat is alleen nog maar de fysieke kant.

Pete zet zijn autostoel achterover en laat de heroïne zijn zorgen verzachten, zoals zelfs slapen dat niet kan. De μ-opiaatreceptoren in zijn hersenen activeren een proces dat leidt tot de aanmaak van dopamine en een aanhoudend prettig gevoel.

Zijn blik flitst langs de rare dunne boompjes aan de overkant van het meertje, de vallende bladeren en de watervogels die op hoge poten door het zilvergrijze oppervlak waden. Als hij gebruikt, gaan er altijd vele herinneringen en beelden door zijn hoofd. Meestal slechte. Meestal herinneringen aan de oorlog. Soms aan 9/11. Hij denkt terug aan Cara en aan Blair. Pete is nog maar net de veertig gepasseerd, maar hij is al twee keer getrouwd geweest en weer gescheiden. Bijna iedereen die hij kent zit natuurlijk in hetzelfde schuitje, en onder militairen is het erger. Sergeant McGrath, die hij kent van zijn laatste missie, is víér keer gescheiden.

Cara was gewoon een jeugdige vergissing, ze zijn maar dertien maanden getrouwd geweest, maar Blair... ach, Blair was als een liedje van Townes Van Zandt. Ze heeft een grote hap genomen uit zijn hart, zijn leven en zijn geld.

Geld. Ook een bron van zorgen. Als hij nog zeven jaar bij de mariniers was gebleven, had hij kunnen stoppen met werken tegen de helft van zijn salaris. Maar de waarheid is dat hij met moeite aan de krijgsraad heeft kunnen ontkomen voor wat er in Bastion is gebeurd, in september 2012.

Vrouwen, geld, die klote-oorlog... weg ermee, denkt hij en hij sluit zijn ogen en laat de heroïne alles beter maken.

Heroïne maakt alles beter.

Stukken beter.

Hij slaapt ruim een kwartier, wordt wakker en rijdt dan naar een tankstation om een pakje Marlboro en een fles Gatorade te kopen. De bezorgdheid om Rachel is even vergeten.

Hij stapt weer in zijn pick-up en zet de radio aan. Ze draaien Springsteen. Een nieuw nummer, en hij kent de nieuwe nummers geen van alle, maar dat geeft niet. Hij steekt een sigaret op, neemt kleine slokjes van de Gatorade en rijdt dan naar Holden, waar hij de 122A neemt naar het centrum.

Hij is nu een maand of twee terug in Worcester. Hij heeft geen sentimentele gevoelens bij het stadje. Er woont hier geen familie meer van hem en nog maar heel weinig vrienden van vroeger.

Zijn appartementje bevindt zich in een oude, verbouwde molen, niet meer dan een plek om te slapen en post te ontvangen.

Hij parkeert de auto en gaat naar binnen.

Daar pakt hij een flesje Sam Adams-bier uit de koelkast en hangt de iPhone aan de oplader. Als het toestel weer tot leven komt, ziet hij een tweede bericht van Rachel.

Ik mag jou erbij halen, zeggen ze. Bel me alsjeblieft!

Hij toetst haar nummer in, en ze neemt meteen op. 'Pete?'

'Ja, wat is er?'

'Ben je thuis?'

'Ja. Wat is er aan de hand?'

'Ik bel je onmiddellijk terug,' zegt ze.

De telefoon gaat. ANONIEM, staat er in het schermpje. 'Rachel?'

'Ik bel nu met een wegwerptelefoon. O, Pete, ik moet met iemand praten. Ik heb Marty al gebeld, maar hij zit in Georgia. O, god.' Ze begint te snikken.

'Is er een ongeluk gebeurd? Wat is er?'

'Kylie. Ze hebben haar te pakken. Ze is ontvoerd.'

'Wat? Weet je zeker dat ze niet gewoon...'

'Ze is ontvoerd, Pete!'

'Heb je de politie gebeld?'

'Dat mag niet. Ik mag niemand bellen.'

'Bel de politie, Rachel. Nu meteen!'

'Dat gaat niet, Pete. Het ligt ingewikkeld. O, het is echt veel erger dan je je kunt voorstellen.'

20

Donderdag, 18.00 uur

Pete heeft dezelfde, steeds terugkerende gedachte als Rachel: als ze Kylie ook maar een haartje krenken, zal hij hun hele wereld verschroeien en eigenhandig de smeulende as uittrappen. Hij zal de rest van zijn leven wijden aan het opsporen en vermoorden van de daders, een voor een.

Niemand doet Kylie iets aan, en ze krijgen haar terug.

Pete rijdt in de Dodge Ram met een noodgang naar het toegangshek van het terrein met opslagloodsen aan Route 9, waar hij de pick-up parkeert voor unit 33. Het is de grootste maat opslagruimte die hier te huur is, met de omvang van een paar garageboxen. Hij is eerst overgestapt van een kleine opslagruimte naar een middelgrote, en nu huurt hij de deluxe-versie. Hij maakt het hangslot open, schuift het metalen rolluik omhoog, tast naar de lichtknop en trekt het luik weer achter zich dicht.

Toen zijn moeder het ouderlijk huis verkocht om in de buurt van Scottsdale te gaan wonen, heeft Pete al zijn spullen hier gedumpt – en in de loop der jaren is er nog van alles bij gekomen. Totdat hij het appartement kocht waar hij nu woont, heeft hij nooit een burgerhuis gehad. Hij woonde op het terrein voor getrouwde soldaten in Camp Lejeune en heeft een hele rits slaapvertrekken gehad in Irak, Qatar, Okinawa en Afghanistan. Deze anonieme opslagplek tussen de snelweg en de resten van een oude vrachtspoorbaan komt voor hem nog het dichtst in de buurt van een vaste verblijfplaats.

Hier kan hij urenlang rommelen tussen zijn oude troep, maar vandaag laat hij de nostalgie van de verhuisdozen links liggen en loopt in een rechte lijn naar de wapenkast tegen de achterwand. Rachel klonk verward en onsamenhangend aan de telefoon. Kylie is ontvoerd en Rachel wil in dit stadium blijkbaar niet naar de politie gaan. Ze wil meewerken met de ontvoerders en doen wat ze van haar vragen. Als hij haar niet kan overhalen de FBI erbij te betrekken, zullen ze allebei goedbewapend moeten zijn. Hij ontgrendelt de kast en haalt er zijn beide vuistwapens uit: de .45 ACP van zijn opa uit het leger en zijn eigen Glock 19, en tot slot zijn Winchester 12-kaliber. Zijn jachtgeweer ligt al in de pick-up.

Hij neemt voor alle wapens extra munitie mee en pakt ook een paar flitsgranaten die hij ooit mee naar huis gesmokkeld heeft. Als dit een reddingsmissie wordt, wat heeft hij dan nog meer nodig? Hij zoekt zijn inbrekersgereedschap bij elkaar – spullen om sloten open te breken en alarmsystemen onklaar te maken, een moker, latexhandschoenen, een zaklamp – en de afluister- en anti-afluisterapparatuur die hij heeft aangeschaft voor zijn klussen na het Marine Corps.

Hij laadt alles in de Dodge Ram en vraagt zich af: wat nog meer?

Dan pakt hij het afsluitbare plastic zakje met zijn voorraad heroïne uit het handschoenenkastje.

Dit zou een mooi moment zijn om in één klap te stoppen. Kappen met dat spul. Het hier achterlaten en wegrijden.

Hij heeft nu andere prioriteiten.

Zo'n kans krijgt hij nooit meer.

Ga het te lijf. Dwars door de pijn heen. Zorg dat je Kylie terugkrijgt.

Twee wegen. Robert Frost en al die shit.

Hij staat daar maar.

Aarzelt.

Denkt na.

Dan bergt hij het zakje op in zijn jas, sluit de opslagruimte af, verlaat het terrein en rijdt naar de snelweg.

21

Donderdag, 20.30 uur

Rachel heeft alle informatie over de familie Dunleavy nageplozen tot haar ogen ervan traanden en haar hoofd tolde. Ze kent hen beter dan ze zichzelf kennen.

Iedere blog, iedere Facebook- en Instagram-post heeft ze gelezen. Elke tweet en retweet. Ze weet dat Toby is begonnen met boogschieten na het zien van een YouTube-filmpje van een Deense *speed*-schutter, niet door het voorbeeld van zijn vader. Ze weet dat Amelia Dunleavy een pinda-allergie heeft en dat pinda's om die reden verboden zijn op haar basisschool.

Ze heeft alle stukjes op Mikes tamelijk nieuwe boogschuttersblog gelezen, en zijn foodblog helemaal tot aan de eerste post, uit 2012, met een recept voor een chocoladetulband.

Ze weet dat Helen wel weer fulltime zou willen gaan werken, maar dat ze bang is niet genoeg energie te hebben om hele dagen voor de vijfde klas te staan. Dat soort dingen. Sommige posts zijn nuttig voor Rachel, de meeste niet.

Ze sluit de bestanden op haar computer en kijkt naar haar aantekeningen. Ze heeft een plattegrond van Beverly uitgeprint en daarop alle mogelijke routes van de boogschuttersclub naar het huis van de familie Dunleavy getekend. Hoewel ze ook een doelwit B en een doelwit C heeft, weet ze dat het de kleine Toby Dunleavy gaat worden.

Het is nu helemaal donker rond het getijdenbassin. De boten zijn binnengehaald voor de nacht.

Overal slingeren kleren, de kattenbak is niet verschoond, de ontbijtborden staan er nog; het huis lijkt verdorie wel een modern kunstwerk van Tracey Emin, een ode aan onschuldiger tijden die nooit meer terugkomen.

Rachel onderzoekt haar linkerborst. Die voelt niet anders, maar haar arts is waarschijnlijk terecht bezorgd: er kan daar makkelijk weer iets kwaadaardigs groeien. Als ze niets doet, zal die kwaadaardige aanwezigheid haar dood worden, haar uit het bestaan wegvagen. Wat zou dat aangenaam zijn.

Ze staart door het raam naar buiten. Het licht is niet langer helder en de woelige hemel heeft een donkere, blauwzwarte tint aangenomen.

De miezer is overgegaan in harde regen.

Ze hoort iets wat klinkt als een naderende pick-uptruck.

Ze sprint naar buiten.

Pete stapt uit zijn auto, ze holt naar hem toe en hij slaat zijn armen om haar heen, en samen staan ze zo vijftien tellen in de stromende regen, zonder iets te zeggen. Pete helpt haar naar binnen en ze gaan aan de tafel in de huiskamer zitten.

'Vertel me het hele verhaal vanaf het begin,' zegt hij.

Rachel vertelt hem alles wat er is gebeurd sinds dat eerste telefoontje, ook wat ze zelf heeft gedaan: losgeld betaald, telefoons gekocht, een geweer aangeschaft, ingebroken in het huis van de Appenzellers en nauwkeurig uitgezocht wie ze moet ontvoeren. Ze vertelt hem niet over de teruggekeerde bezorgdheid van haar oncoloog – dat is iets tussen haar en de dood.

Pete luistert en zegt niets. Hij laat haar praten.

Hij probeert het allemaal te bevatten.

Wat een ongelooflijk verhaal.

Hij heeft het kwaad van dichtbij gezien in Afghanistan en Irak, maar zoiets klinisch en duivels als dit, in Amerika, dat had hij niet verwacht. Zelfs in zijn ergste dromen had hij zich niet kunnen indenken dat zijn familie geconfronteerd zou worden met iets wreeds als dit. Dit is een serieuze vorm van georganiseerde misdaad, misschien een kartel.

'Wat zeg jij ervan?' vraagt Rachel na afloop.

'Ik vind dat we naar de politie moeten gaan, Rachel,' zegt hij nuchter.

Dat antwoord had ze al verwacht. Ze laat hem het verhaal over de familie Williams zien op haar laptop, en terwijl hij het leest, vertelt ze hem over de man die voor de bank stond. Ze pakt zijn hand. 'Jij hebt hem niet horen praten, Pete. Ik wel. De vrouw die Kylie te pakken heeft, is als de dood dat er iets met haar zoon gebeurt. Als ze haar opdragen Kylie om te brengen, dan doet ze dat. Ik weet het zeker. Ze zal Kylie doden en een ander slachtoffer kiezen om met die lui op goede voet te blijven. De Ketting in stand houden is onze enige optie.'

Ze weet dat ze klinkt als een sektelid, maar daar heeft ze nu ook wel wat van weg. Ze zit hier tot over haar oren in, ze gelooft hen en wil dat Pete hen ook gelooft.

'Dus om Kylie terug te krijgen, moeten wij iemand ontvoeren.' Hij schudt vol afschuw zijn hoofd.

'We moeten wel, Pete. Zo niet, dan vermoorden ze haar. Als we naar de politie gaan, vermoorden ze haar. Als we hier ooit met anderen over praten, vermoorden ze haar.'

Pete moet denken aan de verplichte cursus ethiek die hij op Quantico heeft gevolgd. De gastdocent van het Israëlische leger hield toen een presentatie om uit te leggen dat de weigering om een onwettig bevel op te volgen moreel juist was. Zelfs in het leger kwam het moraalsysteem om de hoek kijken. En wat Rachel nu overweegt is niet alleen onwettig, het is bovendien moreel gezien volkomen verwerpelijk, vanuit elke mogelijke invalshoek bekeken. Het zou ethisch gezien de juiste stap zijn om onmiddellijk naar de FBI te gaan. De dichtstbijzijnde FBI-post opzoeken en daar het hele verhaal vertellen.

Maar dat zou Kylies dood worden. Daar is Rachel van overtuigd, en hij gelooft haar. En Kylies veilige terugkeer is voor Pete het enige wat telt.

De beslissing is genomen. Als ze een ander moeten ontvoeren om haar terug te krijgen, dan doet hij dat. Als hij iemand moet doden om haar terug te krijgen, doet hij dat ook. Als hij erin slaagt haar terug te halen en ze zetten hem daarna voor vijftig jaar achter de tralies, dan wordt het uitzitten van die straf een makkie, want dan is Kylie in veiligheid.

'Vanmorgen hebben ze me een foto van Kylie gestuurd om te laten zien dat ze oké is,' zegt Rachel, en ze reikt Pete trillend haar telefoon aan.

Pete kijkt naar de foto van de kleine Kylie die met een blinddoek om op een matras in een kelder zit. Hij ziet weinig aanwijzingen die haar locatie zouden kunnen verraden. Ze heeft een flesje water, Poland Spring, en crackers, maar die kun je overal kopen. Kylie lijkt lichamelijk ongedeerd te zijn, maar ze moet onvoorstelbaar bang zijn. Hij gaat naar de keuken en schenkt koffie voor zichzelf in. Dan neemt hij even de tijd om de situatie in te schatten. 'Dus de politie is uitgesloten? Zeker weten?' vraagt hij.

'De stemmen van de Ketting en de vrouw die Kylie vasthoudt waren allebei heel duidelijk. Als ik me niet aan de regels hou, moeten ze Kylie doden en doorgaan met een ander doelwit.'

'Hoe kunnen ze weten of jij je aan de regels houdt?'

'Dat weet ik niet.'

'Hebben ze afluisterapparatuur in je huis geplaatst? Is er kortgeleden ingebroken of heb je ongebruikelijk bezoek gehad?'

'Nee, dat niet, maar ik denk dat mijn telefoon eerder vandaag gehackt is. Ze wisten dat er een politieauto achter me reed op de snelweg. En ze weten met wie ik bel en wat ik bespreek. Het lijkt wel of ze steeds precies bijhouden waar ik ben. Ik denk dat ze meekijken via de camera van mijn telefoon, kan dat?'

Pete knikt, zet Rachels iPhone uit en bergt hem op in een la. Dan klapt hij haar MacBook dicht en legt die bij de telefoon. 'Jazeker. Je had wegwerptelefoons gekocht, zei je?'

'Ja.'

'Gebruik die vanaf nu voor alle uitgaande gesprekken. En laat je computer uit. Ik heb de mijne meegebracht. Ze hebben waarschijnlijk de camera van je telefoon en die van je computer gehackt en het lampje uitgeschakeld, zodat ze je in de gaten kunnen houden zonder dat jij doorhebt dat de camera aanstaat. Je moest eens weten wat er allemaal mogelijk is bij geheime militaire operaties.'

'Ik heb de camera afgeplakt met tape.'

'Dat is een goed idee, maar hou er wel rekening mee dat ze je misschien ook afluisteren. Ik zal het huis doorzoeken op zendertjes. Er is dus niet ingebroken? Is er dan misschien onaangekondigd iemand langsgekomen om de tv te repareren, of een loodgieter of zo?'

'Nee, niets.'

'Mooi. Het kan ook gewoon spyware zijn. Wat heb je trouwens tegen Marty gezegd?'

'Tot nu toe niets. Hij is in Augusta aan het golfen.'

'Hij is mijn jongere broertje en ik hou van hem, maar Marty kan zijn mond niet houden, en als je bang bent dat iemand naar de FBI zal stappen...'

'We doen niks wat Kylie in gevaar kan brengen.'

Pete pakt haar koude, trillende hand beet. 'Het komt goed.'

Ze knikt en kijkt hem in zijn donkere ogen, die zo veel betrouwbaarheid uitstralen. 'Weet je het zeker?'

'Ja. We krijgen haar terug.'

'Waarom hebben ze mij uitgekozen, denk je? Waarom mijn gezin?'

'Ik weet het niet.'

'Die vrouw zei dat ze me online had nagetrokken. Ze heeft gezien dat Marty en ik dat vredeskorpsproject hebben gedaan in Guatemala. Ze las "Harvard" en "kanker overleefd" en ik leek haar iemand die haar zaken op orde had. Dat ben ik niet. Ik ben een loser, Pete. Een zwakkeling.'

'Niet waar, je...'

'Ik heb mijn hele leven vergooid. Alleen maar in Marty geïnvesteerd. Het lukt me niet eens om op mijn eigen dochter te letten!'

'Hou op, Rach.'

'Ik had geen vuurwapen. Ik heb er een moeten kopen. Vandaag.'

'Ook een slimme zet van je.'

'En ik heb vandaag voor het eerst van mijn leven met zo'n ding geschoten.'

Pete neemt nu allebei haar handen in de zijne. 'Geloof me nou maar, Rachel, je kunt dit. En nu ben ik er om je te helpen.'

'Heb jij bij de mariniers... Ik weet dat je een technische functie had, maar heb je ooit... Is het ooit voorgekomen dat je...'

'Ja,' zegt hij eenvoudig.

'Meer dan één keer?'

'Ja.'

Ze knikt en ademt diep in. 'Ik ben naar New Hampshire gereden om het wapen en allerlei benodigdheden te kopen. Ik werd bijna gezien door iemand van het eiland, maar ik denk dat ik haar heb afgeschud.'

'Dat is ook mooi.'

'Hoe kunnen mensen ooit iets crimineels uithalen in New England terwijl iedereen elkaar hier kent?'

Pete glimlacht. 'We komen er wel uit, Rach. Wat heb je nog meer gedaan?'

'Dit zijn mijn doelwitten.' Ze geeft Pete de lijst met kwetsbare kinderen die aan haar criteria voldoen.

'Je zoekt stabiele ouders die eruitzien alsof ze niet naar de politie zullen gaan en die bereid zijn iemand te ontvoeren?' vraagt Pete.

'Ze mogen niet blut zijn en geen band hebben met politiemensen, journalisten of politici. En ze moeten kinderen hebben in de juiste leeftijd. Geen bijzondere zorg nodig, geen diabetes of dat soort aandoeningen.'

'Kun je niet iemands wederhelft ontvoeren in plaats van een kind?' vraagt Pete.

'Je weet nooit precies hoe mensen over hun partner denken. Kijk maar naar ons. Samen zijn we drie keer gescheiden. Maar alle ouders houden van hun kinderen, of niet dan?'

'Dat is waar. Nou, dit ziet er wel goed uit. Is die Toby Dunleavy je eerste keus?'

'Ja. Ik had eerst een andere nummer één, maar zijn moeder heeft iets met een politieman.'

'Ben je al bij het huis van de familie Dunleavy geweest?'

'Nee. Daar ga ik vanavond naartoe. Maar eerst moet je me helpen met het matras en de houten plaat bij de Appenzellers.'

'Waar is dat huis?'

'Aan de andere kant van het bassin. Kom, dan laat ik het je zien.'

Ze gaan naar buiten en lopen in de regen langs het water. 'Veel van die grote huizen staan leeg in deze tijd van het jaar,' legt Rachel uit.

'Heb jij in je eentje ergens ingebroken?'

'Ja. Ik wist dat de Appenzellers weg waren. Ik was een beetje bang voor een eventueel alarm, maar dat is er niet.'

'Goed gedaan. Ik heb zelf een paar keer ergens ingebroken en het blijft eng.'

'We kunnen door de achterdeur naar binnen,' zegt Rachel als ze bij het pad naast de woning van de Appenzellers komen.

'Goed uitgekozen, Rach. Mooi, een stenen huis. Hoe heb je het slot opengekregen?'

'Niet. Ik heb het kapot geramd met een hamer en beitel.'

'Waar heb je dát geleerd?'

'Google.'

Ze gaan naar binnen, en boven in de logeerkamer pakken ze een matras en beddengoed en zeulen die naar de kelder. Rachel heeft de houten plaat die voor het raam gespijkerd moet worden al naar beneden gebracht. 'We gebruiken de oude elektrische boor van Marty. Die maakt minder lawaai dan een hamer, denk ik,' zegt Pete.

Ze bevestigen de plaat en proberen de ruimte zo aangenaam mogelijk in te richten, met lakens en dekens en wat speelgoed en spelletjes die ze al eerder heeft meegenomen. Het is een afschuwelijke gedachte dat als dit lukt, als ze niet gedood of gearresteerd zullen worden, hier straks een bang jongetje zal zitten. Rachel heeft een zware ketting aan een betonnen zuil naast het matras bevestigd, en bij de aanblik ervan trekt er een rilling langs Petes ruggengraat.

Ze sluiten de achterdeur van de Appenzellers af en gaan terug naar Rachels huis. 'En nu?' vraagt Pete.

'Kun jij nagaan of er afluisterapparatuur is aangebracht in mijn huis? Ik vind het een akelig idee dat ze precies kunnen horen wat ik doe.'

Pete knikt. 'Dat kan ik.'

Hij haalt het draadloze detectieapparaatje uit zijn tas. Vroeger, in de tijd van de analoge anti-afluisterapparatuur, had je een radio-ontvanger en allerlei ingewikkelde opsporingsspullen nodig, maar tegenwoordig heb je genoeg aan een draadloos ding van vijftig dollar. Pete doorloopt het hele huis en gaat dan aan de slag met de telefoon en de computer.

'Het is grotendeels oké,' zegt hij uiteindelijk. 'Ik heb het huis van onder tot boven grondig gescand, ook de kelder en zelfs de kruipruimte boven de keuken.'

'Zei je nou *grotendeels* oké?'

'Ja. Er is geen afluisterapparatuur hier in huis. Maar ik vermoed wel dat er met je Mac is geknoeid.'

'Hoe dan?'

'Er zit een spywarebot op die de camera overneemt zodra je je Mac aansluit op het wifinetwerk, en dan wordt er live een screenshot verstuurd van alles wat er op dat moment te zien is op je scherm. Daarmee is het niet al te moeilijk geweest om je wachtwoord te achterhalen. De bot heeft een willekeurig gekozen naam die verder niks betekent. De bestemming van de informatie is ook versleuteld.'

'Hoe weet je dat allemaal?' vraagt Rachel, onder de indruk.

'Je kent me, ik rommel al met computers sinds het stenen tijdperk van internet. Daar probeer ik nu weer serieus mee aan de slag te gaan. Particuliere beveiliging is een enorme groeisector voor oud-militairen.'

'Kun je die bot weghalen?'

'Dat is relatief makkelijk. Maar als ik dat doe, merken ze meteen dat hij verwijderd is.'

'Dus dan weet degene die mij gehackt heeft dat ik hem of haar dóórheb?'

'Precies. En als ze dat weten, zullen ze ongetwijfeld andere maatregelen nemen. Gebruik gewoon je Mac en je telefoon niet meer totdat Kylie terug is. Dan schakel ik die bot voor je uit en veeg ik je andere apparaten schoon.'

'Ze bellen me op mijn iPhone, die heb ik nodig.'

'Zolang je je er maar van bewust bent dat je wordt afgeluisterd, en op je telefoon zit natuurlijk ook nog een gps-zender.'

'Zou het kunnen dat ze het huis ook fysiek in de gaten houden?' vraagt Rachel.

'Dat kan wel,' antwoordt Pete. 'Misschien zien ze ons nu ook. Maar ik denk het niet.'

Rachel huivert. 'Ik zie steeds Kylie voor me in die kelder. Wat zal ze bang zijn.'

'Ze is veerkrachtig. Het is een taaie, die kleine.' Misschien wel te taai, denkt Pete. Ik hoop maar dat ze geen domme dingen doet.

22

Vrijdag, 01.11 uur

Kylie wacht tot ze denkt dat het heel laat is, al heeft ze natuurlijk geen idee van de tijd. Geen iPhone, geen iPad, geen Mac. En uiteraard geen horloge, maar wie draagt er tegenwoordig nog een horloge?

Terwijl ze op het matras ligt, hoort ze het verkeer op een weg in de verte, en zo nu en dan het veranderende motorgeluid van een vliegtuig dat de daling inzet naar Logan Airport.

Ze zit op het matras met haar rug naar het oog van de camera en knabbelt op een droge cracker. Haar eerste plan is mislukt. Ze krijgt de handboeien niet open met de tandpastatube. Urenlang heeft ze het geprobeerd, en het liep uit op een fiasco. Maar haar tweede plan zou wel eens beter kunnen werken.

Toen het donker werd heeft de man haar een hotdog en een glas melk gebracht. Hij zette het dienblad naast haar neer op de vloer. Het pistool zat in de zak van zijn sweatshirt. De vrouw is later naar beneden gekomen om het dienblad weg te halen, met het pistool in haar rechterhand. Ze zijn altijd gewapend. Kylie is een meisje van dertien dat vastgeketend zit aan een fornuis van honderd kilo, maar ze nemen geen enkel risico. Ze hebben altijd een pistool bij zich als ze naar beneden komen.

En dat gaat haar helpen, besefte Kylie daarstraks ineens.

Ze had het eerder die middag al gezien. Toen de zon langzaam lager naar de horizon kroop, zag ze iets glinsteren in een hoek van de kelder. Ze is ernaartoe gekropen, zo ver als ze kon komen, en toen zag ze dat het een moersleutel was, nauwelijks zichtbaar tegen de muur onder de boiler. Een moersleutel die iemand heeft laten vallen en verder vergeten is, misschien wel jaren geleden. De man en de vrouw hebben de kelder duidelijk voorbereid op haar komst, maar om de moersleutel op te merken moet je op de vloer liggen en recht naar de boiler kijken op het moment dat de middagzon door het raam naar binnen schijnt.

Die moersleutel is voor haar dé sleutel.

Ze wacht. En wacht.

In de kleine uurtjes – althans, dat vermoedt ze – lijkt het verkeer op de weg af te nemen en zijn er minder vliegtuigen.

Ze moet steeds aan die politieman denken. Hebben ze hem vermoord? Dat moet wel. En dat betekent dat ze wordt vastgehouden door twee moordenaars. Ze komen niet over als moordenaars, maar ze zijn het wel. Kylie probeert zich te verzetten tegen die angstaanjagende gedachte, maar waar ze ook aan probeert te denken, de gedachte blijft op de loer liggen…

Ze denkt aan haar moeder.

Haar moeder moet wel dodelijk ongerust zijn. Ze stort vast helemaal in. Ze is niet zo sterk als ze zich voordoet. De chemo is nog geen jaar geleden. En haar vader – haar vader is hartstikke leuk, maar hij is misschien niet de meest betrouwbare man op aarde.

Ze kijkt weer naar de camera bij de trap. Hoe laat is het nu? Slapen die twee eigenlijk wel vannacht? Ze zullen toch ook slaap nodig hebben.

Toch wacht ze nog af.

Het is nu misschien wel twee uur 's nachts. Oké, daar gaat-ie dan, denkt ze.

Ze staat op, trekt de ketting strak en begint uit alle macht aan het fornuis te rukken. Dat ding is natuurlijk loodzwaar, maar de vloer is van glad beton en geeft weinig wrijving. Kylie heeft daarstraks al water onder de gietijzeren poten gegoten, in de hoop dat dat ook zal helpen.

Ze sjort met alle kracht die ze in zich heeft aan de ketting en leunt naar achteren alsof ze deelneemt aan een touwtrekwedstrijd. Ze zweet ervan, haar spieren doen pijn en het lijkt voor een klein meisje als zij onmogelijk om…

Het fornuis schiet met een ruk naar voren. Ze struikelt en valt en belandt met een doffe plof op haar stuitje.

Ze moet op haar lip bijten om het niet uit te schreeuwen.

Ze rolt over de grond. *Godverdegodverdegodver.*

Als de pijn zakt bekijkt ze zichzelf zo goed en zo kwaad als het gaat. Zo te zien is er niets gebroken. Kylie heeft nog nooit een botbreuk gehad, maar ze stelt zich voor dat de pijn daarvan erger zou zijn dan wat ze nu voelt. Toen Stuart zijn pols had gebroken bij het schaatsen op het meer van Newbury Common, brulde hij het uit.

Maar ja, zo is Stuart.

Ze komt overeind en schudt de pijn van zich af. Pijn is zwakte die je lijf verlaat, heeft haar gekke oom Pete ooit gezegd. Dus ik ben nu veel sterker geworden, houdt ze zichzelf voor, maar ze gelooft het niet echt.

Ze pakt de ketting beet en trekt er hard aan. Opnieuw schiet het fornuis naar voren, en deze keer blijft het heel langzaam schuiven terwijl zij trekt. Het is, zo herinnert ze zich van natuurkunde, een kwestie van wrijving en vaart. Het fornuis is gigantisch, maar de natte vloer is glad.

Het is zwaar, loodzwaar, maar het beweegt. Millimeter voor millimeter, maar het beweegt. Het geeft een akelig geluid, een hoog, snerpend geschraap; hopelijk niet zo hard dat het buiten de kelder hoorbaar is, of erger nog: in de rest van het huis.

Twee minuten lang blijft ze zwetend aan de ketting trekken en dan stopt ze ermee, volkomen uitgeput. Hijgend gaat ze op het randje van haar matras zitten.

Slecht op haar gemak kijkt ze om naar de camera, maar daar wordt ze niet wijzer van. Er brandt geen lichtje om aan te geven dat hij aanstaat. Ze moet ervan uitgaan dat hij áltijd aanstaat.

Dan kruipt ze naar de moersleutel onder de boiler. De ketting aan haar linkerpols wordt strak gespannen en als ze zich lang maakt, zoals Mr. Fantastic, blijft er nog een kleine meter over tussen haar hand en de moersleutel. Ze kruipt weer in de slaapzak en begint te rekenen. Misschien kan ze vannacht het fornuis nog een centimeter of dertig verschuiven. Waarschijnlijk kost het haar nog eens een hele nacht om bij de sleutel te komen, maar het zal haar lukken.

Ze is opgetogen. Ze heeft een plan, en nu weet ze ook een manier om dat plan uit te voeren. Het zou haar dood kunnen worden, maar als ze niets doet, overleeft ze dit misschien ook niet.

23

Vrijdag, 04.20 uur

Poseidon Street ligt net buiten het centrum van Beverly, dicht bij het water. Het is een straat die typerend is voor New England, met aan twee kanten bomen, in een woonwijk waar koloniale pandjes – twee verdiepingen, minuscule ramen en een puntdak – ongemakkelijk naast nieuwere panden met meer vloeroppervlak en grotere ramen staan. Nummer 14, waar de familie Dunleavy woont, is een van de nieuwere huizen, een quasi-oud, chic pand van drie verdiepingen met eiken kozijnen die retro mosterdbruin gelakt zijn. In de voortuin staat een prachtige rode esdoorn, waar een schommel in hangt. In het licht vanaf de straat is te zien dat er kinderspeelgoed ligt, een voetbal en een honkbalhandschoen.

Rachel en Pete hebben de auto helemaal aan de andere kant van de straat geparkeerd, in de schaduw van een grote treurwilg die nog wat laatste blaadjes heeft.

Ze kunnen niet voorkomen dat ze er enigszins verdacht uitzien. Maar hoewel dit niet het soort buurt is waar mensen in hun auto slapen, is het gelukkig wel een buurt waar mensen doen alsof ze niet zien dat iemand om vier uur 's nachts half slapend in zijn auto zit.

Pete bekijkt de socialmedia-activiteit van de Dunleavy's op zijn laptop. 'Nog niemand wakker.'

'Over een uur staat Mike op, daarna Helen en dan de kinderen. Mike neemt soms de trein van zes uur naar South Station, soms die van half zeven,' vertelt Rachel hem.

'Hij kan beter met de auto gaan. Er is geen verkeer op dit vroege uur. Hé, weet je waar we op moeten letten?'

'Nee?'

'Gps-zendertjes in de schoenen. Veel overbezorgde ouders stoppen zo'n ding in de rugzak of de schoenen van hun kinderen. Als ze dan zoekraken, kunnen de ouders ze met een speciale app binnen een paar seconden opsporen.'

'Gebeurt dat echt?' vraagt Rachel verbijsterd.

'Nou en of. Als je een kind ontvoert dat met zo'n zender rondloopt, staat voordat je het weet de FBI voor je neus.'

'Wat doen we daaraan?'

'Ik scan dat joch eerst om te kijken of hij signalen uitzendt. Dan gooien we zijn iPhone en zijn schoenen weg, dat moet genoeg zijn.'

'Helen lijkt me het type dat zou opscheppen over zo'n systeem om haar kinderen op te sporen, maar ze heeft er niets over gezegd,' zegt Rachel, en ze is verbaasd over de verbittering die doorklinkt in haar observatie. Ze moet denken aan Tacitus' uitspraak over de haat die je voelt voor degene die je iets hebt aangedaan. Of in dit geval degene die je op het punt staat iets aan te doen.

'Misschien heb je gelijk, maar toch moeten we de schoenen controleren.'

Ze nippen van hun koffie terwijl ze het huis observeren en afwachten.

Geen teken van leven op straat. De melkboer is al lang verleden tijd. De eerste hondenuitlater verschijnt pas om half zes.

De vroegste aanwijzing dat er iemand wakker is in het huis van de familie Dunleavy komt om één minuut over zes, als Mike een tweet van Tom Brady retweet. Daarna begint Helen te facebooken. Ze liket een stuk of tien posts van haar vrienden en deelt een filmpje over vrouwelijke soldaten die tegen IS strijden in Syrië. Helen is gematigd Democraat. Haar man lijkt een gematigd Republikein te zijn. Ze zijn begaan met de wereld, het milieu en hun kinderen. Het zijn onschuldige mensen, en Rachel kan zich voorstellen dat ze onder totaal andere omstandigheden met hen bevriend zou zijn.

De kinderen zijn ook heel leuk. Niet verwend, niet vervelend, gewoon gezellige kinderen.

'Kijk,' zegt Pete, 'Helen heeft net een foto op Instagram geplaatst van een restaurant in Salem: Seafarer in Webb Street.'

'Op Facebook ook.'

'Ze gaat daar ontbijten met haar vriendin Debby. Hoe ver is Salem vanaf hier?'

'Niet zo ver. Vijf minuten rijden, misschien tien als het druk is op de weg.'

'Niet ideaal. Maar een ontbijt met een oude vriendin duurt toch minstens drie kwartier, of niet?'

'Geen idee. Als ze alleen koffie en een muffin nemen, kan het sneller. Maar aan de andere kant: als ze alleen koffie en een muffin zouden nemen, zouden ze wel gewoon naar Starbucks gaan. Hoezo, waar dacht je aan?'

'Als Mike de deur uit is en de kinderen zitten veilig op school terwijl Helen dus ergens aan het ontbijten is, is het huis leeg.'

'En dan?'

'Dan ga ik via de achterdeur naar binnen. De boel verkennen. Misschien wat spyware uploaden in de gezamenlijke laptop van het gezin.'

'Kun je dat?'

'Jazeker.'

'Hoe dan?'

'Inbreken is makkelijk zat, zoals jij al hebt gemerkt bij de Appenzellers. Dat met die spyware heb ik geleerd van mijn vriend Stan toen ik na het Marine Corps voor hem werkte.'

'Ik weet het niet, hoor.'

'Het geeft ons een voorsprong. Dan weten we wat ze denken. Als we Toby ontvoeren, wordt het menens.'

'Is het veilig?'

'Is ook maar iets van waar we mee bezig zijn veilig?'

Om kwart over zeven vertrekt Mike Dunleavy eindelijk naar zijn werk. Hij rijdt naar het treinstation van Beverly en parkeert daar zijn BMW. Helen komt om 08.01 uur met de kinderen naar buiten.

Het is eigenlijk niet koud genoeg voor winterjassen, maar toch heeft Helen ze dik ingepakt. Rachel vindt ze er schattig uitzien in hun grote parka's, mutsen en sjaals.

'Wil je ze volgen?' vraagt Pete.

'Nee, dat heeft geen zin. Helen laat het ons wel weten als ze ze heeft afgezet op school en bij het restaurant is aangekomen.'

Ze blijven in de Volvo zitten wachten en inderdaad, om kwart over acht plaatst Helen op Facebook een selfie die is genomen bij Seafarer.

Pete speurt de straat af. Een eindje verderop mikt een wat oudere tiener met een bal op een basket en aan de overkant komt een klein meisje naar buiten, dat begint te springen op een trampoline die is afgeschermd met een net. 'Kijk daar. De voordeur is dicht, dat kind op de trampoline is helemaal alleen. Zij zou perfect zijn.'

'Ja,' zegt Rachel instemmend. 'Maar dat is het plan niet.'

'Niet? Oké, ik ga naar binnen.'

Rachel pakt zijn hand. 'Weet je het zeker, Pete?'

'We moeten zo veel mogelijk informatie over die mensen hebben. Bij een inval verzamel je eerst dagenlang gegevens, soms zelfs wekenlang, voordat je toeslaat. Maar we hebben geen dagen of weken, dus moeten we zo snel mogelijk zo veel mogelijk informatie zien te verzamelen.'

Daar zit wat in, beseft Rachel.

'Daarom ga ik naar binnen nu er niemand in huis is – althans, daar gaan we van uit. Mocht hun gekke oom Kevin binnen zitten met een geweer, dan ben ik de lul. Als ik binnen een kwartier niet terug ben, moet je vertrekken.'

'Wat ga je precies doen?'

'Zo veel als ik kan in een kwartier.'

'Oké, dan hou ik half negen aan.'

'Ja.'

'En als je om half negen niet terug bent?'

'Dan is er iets misgegaan. Ik hou natuurlijk mijn mond, maar dan moet jij doorgaan met doelwit B, of beter nog: zoek een totaal nieuw doelwit waar ik niets van weet.'

'Ik bel je als er problemen zijn hier op straat.'

'Goed, maar mocht het echt mis zijn, maak dan dat je wegkomt.'

Pete slingert zijn rugzak over zijn schouder, speurt om zich heen om zich ervan te verzekeren dat er niemand kijkt en gaat dan op een drafje naar het hek dat het huis van de familie Dunleavy scheidt van het groepje bomen tussen het strand en de weg. Rachel ziet hem over het hek klimmen, de tuin in.

Ze spitst haar oren; geen gil, geen gekke oom Kevin die zijn jachtgeweer afvuurt.

Via de achteruitkijkspiegel kijkt ze naar het meisje dat aan de overkant van de straat op haar trampoline speelt. Er lijkt niemand toezicht op haar te houden. De voordeur van het huis zit potdicht. Het zou heel makkelijk zijn om over te steken en het kind mee te nemen.

Jezus, wie denkt er nou aan dat soort dingen? Wat voor iemand ben jij geworden, Rachel?

Ze kijkt op haar telefoon. 08.22 uur.

Ze sluit haar ogen en denkt aan Kylie. Zou ze wel hebben geslapen? Kylie kennende heeft ze waarschijnlijk de hele nacht aan haar moeder en haar vader gedacht, en zich zorgen over hen gemaakt.

O, god, Kylie, ik kom je halen. Ik haal je terug. Ik zal je nooit meer uit het oog verliezen. Ik word een betere moeder. Ik zal je beschermen. Weg met alle social media. Ik vertrouw niemand meer. Ik word zo'n aluhoedje.

Ze kijkt weer op de telefoon. 08.23 uur.

Er komt een wit busje stapvoets door de straat gereden, het type gehavende witte bestelwagen dat nooit veel goeds voorspelt. Maar de bestuurder let niet op haar en rijdt door.

Ze graait in haar jaszak naar Marty's sigaretten, maar kan ze niet vinden. Verderop blaft een hond als een bezetene.

Maar waar is dat? De Dunleavy's hebben geen hond. Als ze een hond hadden, had Rachel het geweten.

Misschien hun buren? Misschien heeft een buurhond Pete naar binnen zien gaan en had het beest door dat hij een vreemde is?

Op de telefoon is het nu 08.28 uur.

Ze zet de radio aan. Er is zo'n eindeloze herhaling van *Car Talk* bezig. Een van de twee broers gaat helemaal los op Volkswagen-busjes.

Het is nu 08.31 uur.

Waar blijft Pete?

De hond is harder gaan blaffen.

Het meisje komt van de trampoline af, pakt een blikje fris of iets wat daarop lijkt van de grond en klimt er weer op.

Géen goed idee, liefje, in dat mooie jurkje van je, denkt Rachel.

08.34 uur.

Er verschijnt een zwart-witte surveillancewagen van de politie van Beverly in haar achteruitkijkspiegel. 'O, nee,' mompelt Rachel. Ze draait de contactsleutel van de Volvo om, en de betrouwbare oude motor komt grommend tot leven.

De politieauto rijdt langzaam door de straat. Er zitten twee agenten in. Ze komen haar kant op.

En het is nu 08.37 uur.

Het geblaf wordt nog luider.

De politieauto komt dichterbij.

Ze zet de Volvo in de eerste versnelling, haar linkervoet op de koppeling, haar rechter- boven het gaspedaal.

Het meisje op de trampoline doet het onvermijdelijke en knoeit met de frisdrank. Ze zit helemaal onder en begint te gillen. De twee agenten draaien zich naar haar om.

Pete verschijnt op het hek van de familie Dunleavy. Hij laat zich tussen de bomen zakken, komt naar de Volvo toe gerend en gaat hijgend achterin zitten. 'Rijden!' roept hij.

'Is alles oké?' vraagt Rachel geschrokken.

'Ja, alles goed.'

'Wat is er gebeurd daarbinnen?'

'Niks. Eitje. Het raam aan de achterkant stond open, dus ik was binnen twee tellen in huis. In een studeerkamer beneden zag ik een pc die nog aanstond. Daar heb ik een worm op geladen. Ik kon geen vaste telefoon vinden, dus daar heb ik helaas geen afluistervirus op kunnen installeren. Veel mensen hebben geen vast nummer meer. Maar zodra ze de computer aanzetten, kan ik de wachtwoorden van hun e-mail, Skype, FaceTime en iMessage lezen.'

'Holy shit,' zegt Rachel onder de indruk.

'Ja.'

'Heb je dat allemaal van je vriend Stan geleerd?'

'Het meeste wel. Ik ben nu eenmaal altijd een beetje een outlaw geweest.'

'Ja. Marty vertelde me dat je als kind van elf een auto hebt gestolen en ermee naar Canada bent gereden.'

'Neuh, Canada heb ik niet gehaald. En ik was twaalf,' zegt Pete vol valse bescheidenheid.

'Maar je hebt het kwartier daarnet wel overschreden.'

'Ik weet het. Ik had Toby's kamer gevonden en ben even op onderzoek uitgegaan. Een gewoon kind. Geen gezondheidsproblemen, voor zover ik kon zien. Houdt van de Red Sox, *x-Men* en *Stranger Things*, dat is een of andere tv-serie. Een volkomen normaal kind.'

'Dus hij is geschikt?' vraagt Rachel treurig.

'Ja, met hem moet het lukken.'

Ze rijden de brug over naar Plum Island.

Rachel gaapt als ze bij haar huis aankomen.

'Wanneer heb je voor het laatst geslapen?' vraagt Pete bezorgd.

Ze wuift de vraag weg. 'Ik zet nog een pot koffie. We moeten aan de slag.'

Rachel gaat naar boven om het whiteboard op Kylies kamer te halen. Als ze de deur opendoet, verwacht ze bijna dat Kylie zich daar zal schuilhouden en dat dit allemaal een wrede, gestoorde grap is.

De kamer is verlaten, maar hij ruikt naar haar kleine meid. Dat goedkope parfum van Forever 21 waar ze zo van houdt. De schelpenverzameling, de overvolle wasmand, de boeken over astronomie en Egypte. Een doos met daarin alle verjaardagskaarten die ze ooit heeft ontvangen. De posters van Brockhampton en *Pride and Prejudice*, de versie met Keira Knightley. Haar keurig gerangschikte huiswerkmappen. De fotocollage van vrienden en familie.

Rachel voelt haar knieën knikken. Ze pakt het whiteboard, loopt de overloop op en doet voorzichtig de deur achter zich dicht.

Beneden zetten ze samen het leven van de kleine Toby uit in een stroomdiagram. Vanavond en zondagavond gaat hij naar boogschieten. De les is om zeven uur afgelopen en dan gaat hij te voet naar huis. Dat is een kans. 'De boogschuttersclub komt bijeen in de Old Customs Hall, een zaaltje vlak bij het water in Beverly. Vanaf daar is het minder dan een *klick* lopen naar het huis van de Dunleavy's,' zegt Pete met een blik op Google Maps.

'Wat is een klick?'

'Sorry… een kilometer. Ik heb de route nu een paar keer bekeken op Google Streetview. Hij loopt vanaf de Old Customs Hall naar Revenue Street, gaat linksaf Standore Street in, rechtsaf bij Poseidon, en dan is hij al thuis. Het kan hem niet meer dan zeven of acht minuten kosten. Hooguit tien misschien.'

Het is krap, dat beseffen ze.

'We moeten toeslaan tussen zeven uur en tien over zeven. Sterker nog: dit gaat alleen lukken als we hem te pakken nemen in Standore Street, aangezien er in Revenue te veel mensen rondlopen en we hem ook niet pal voor zijn huis in Poseidon kunnen meenemen, want misschien wacht zijn moeder hem op.'

Pete wrijft over zijn kin. Het is inderdaad krap, zowel qua tijd als afstand, maar dat zegt hij niet hardop. Dit is het kind waar ze hun plannen op afgestemd hebben. Als hij ziet dat Rachel een geeuw onderdrukt, zegt hij: 'Als jij nou een dutje gaat doen, rij ik er nog een keer naartoe. Deze keer bekijk ik de hele route.'

'Ik hoef niet te slapen. Kom, we gaan samen.'

'Nu?'

'Ja.'

Ze gaan naar buiten, stappen in de Volvo en zijn binnen een kwartier in Beverly. Misschien is het stadje iets te dicht bij Rachels woonplaats, maar daar is niets aan te doen.

Het is er nu drukker. Een zorgwekkend aantal eikels, in Rachels ogen, is met een hond aan het wandelen. Eikels, want waarom zijn ze zo onbezorgd en vrolijk terwijl de hele wereld instort? Of al is ingestort.

De Old Customs Hall is bij het water, en ook hier blijkt een populair wandelpad voor hondenuitlaters en plaatselijke hangjeugd te zijn.

'De weersverwachting is bijgesteld,' zegt Pete met een blik op zijn laptop. 'Vanavond motregen, geen hevige buien. Hopelijk is dat genoeg om wandelaars van de straat te houden, maar niet te nat om zijn moeder ertoe te bewegen hem op te halen.'

'Als ik Kylie terug heb, laat ik haar tot haar vijftigste nooit meer ergens alleen naartoe lopen,' mompelt Rachel, hoewel ze weet dat dat een meelijwekkende verdronken-kalf-gedempte-put-opmerking is.

Ze rijden vanaf de Old Customs Hall door Revenue Street en Standore naar Poseidon Street, een ritje van zo'n drie minuten door de nietszeggende buitenwijk. Standore Street is omzoomd met grote, oude eiken die het blad nog niet verloren hebben. 'Prima dekking,' merkt Pete op.

Ze keren en rijden terug naar het centrum.

'Oké, het plan is als volgt,' verkondigt Rachel. 'Eén: we rijden naar de Old Customs Hall. Twee: we wachten tot de kinderen naar buiten komen. Drie: we volgen Toby door Revenue en Standore. Alstublieft, God, laat hem alleen zijn. Vier: we stoppen pal naast hem. Vijf: we pakken hem en gooien hem in de auto. Zes: we rijden weg.'

'Zal ik hem pakken?'

Ze knikt. 'Dan rijd ik.'

'Oké.'

Ze kijkt hem aan. 'Er kan zo veel misgaan, Pete. Ik ben blij dat jij bij me bent.'

Pete denkt terug aan die avond in Camp Bastion, in september 2012, toen alles misging. Hij bijt op zijn lip. 'Ja, het komt helemaal goed, Rach.'

'Maar zelfs als alles volgens plan verloopt,' antwoordt ze doodongelukkig, 'is het nog meer dan verschrikkelijk.'

24

Vrijdag, 11.39 uur

Kylie wordt wakker in een slaapzak. Waar…

Met een kreetje van afschuw herinnert ze zich waar ze is en wat er is gebeurd. Ze ligt in een kelder ergens ten noorden van Newburyport, waar twee mensen, man en vrouw, haar vasthouden tot haar moeder losgeld heeft betaald. Kylies keel wordt dichtgesnoerd. Ze gaat rechtop in de slaapzak zitten, hyperventilerend. De lucht hier is muf en verstikkend.

Toch zuigt ze haar longen vol, en ze dwingt zichzelf om verdorie rustig te worden. *Ze gaan me vermoorden, ze gaan me vermoorden, ze… Nee. Dat doen ze heus niet. Het zijn geen psychopaten. Ze zullen me geen kwaad doen als mama zich aan hun eisen houdt. Wat er met die politieman is gebeurd was een ongeluk.*

En ze is nog niet dood.

Ze was bezig met een plan. De moersleutel… dat was het!

Aan de stand van de zon te zien heeft ze lang geslapen. Ze vindt het ongelooflijk dat ze zelfs maar een oog heeft dichtgedaan. Nu moet ze nodig plassen. Ze draait haar rug naar de camera, pakt de emmer en gebruikt de verfrommelde slaapzak om zichzelf mee af te schermen.

Een paar minuten later gaat de deur open en ziet ze de man boven aan de trap staan. Achter hem ligt een tuin, er staat een boom. Hij laat de deur openstaan als hij naar beneden komt met een dienblad in zijn handen. De man is in pyjama en heeft een bivakmuts op. Ze hoort hem zwaar ademen, alsof het tamelijk wat inspanning kost om de trap af te lopen.

'Goedemorgen,' zegt hij. 'Als het nog morgen is. Ik denk het wel. Ik heb een, eh... laat ontbijt voor je meegebracht. Je houdt toch wel van Cheerios?'

'Ja, hoor.'

Hij loopt de kelder door en zet het dienblad naast haar op de grond. Een kom Cheerios met melk, een glas sinaasappelsap en nog een fles water. De handgreep van het pistool steekt uit de broekzak van zijn pyjama naar buiten.

'Sorry voor het wachten. We lagen gisteren pas heel laat in bed. We hadden, eh... niet verwacht dat het allemaal zo zou lopen. Je zult wel honger hebben. Heb je nog kunnen slapen?'

Ze schudt zwijgend het hoofd.

'Dat verbaast me niet. Het zijn krankzinnige omstandigheden. Wie had nou gedacht dat ik ooit nog eens...'

'Waarom doet u het dan?'

Hij haalt diep adem. 'Omdat ze ons zoontje ontvoerd hebben,' zegt hij dan zacht. 'Heb je nog naar de boeken kunnen kijken?'

Daar ziet Kylie een kansje. 'Ja. *Moby Dick* had ik nog niet gelezen, dat leek me altijd saai.'

'Maar je vond het goed?' vraagt de man gretig.

'Ja. Wat ik ervan gelezen heb.'

'O, wat fijn. Een klassieker. Eerst is het misschien even saai, voor iemand van jouw generatie. Maar als je eenmaal gewend bent aan die manier van denken, dan gaat het heel soepel.'

'Ja, dat klopt. Ik vond die ene met die tatoeages leuk.'

'Queequeg? Die is fantastisch, hè? Melville heeft bijna een jaar tussen de eilandbewoners in de South Pacific geleefd en hij schrijft heel liefdevol over hem, vind je ook niet?'

Kylie probeert koortsachtig te bedenken wat ze nog meer kan zeggen, iets waarvan haar leraar Engels onder de indruk zou zijn als ze in de les opeens iets moest zeggen over een boek dat ze niet had gelezen.

'Ja, en het hele boek... Het is toch allemaal één grote metafoor?'

'Natuurlijk. Ja! Heel goed. Jij...'

'Zet gewoon dat dienblad neer en kom terug naar boven!' klinkt een stem boven aan de trap.

'Ik moet gaan,' fluistert de man. 'Eet maar lekker op, en doe alsjeblieft geen gekke dingen. Zo ken ik haar niet.'

'Hier komen!' schreeuwt de vrouw, en de man loopt de trap op en draait de deur achter zich op slot, zodat Kylie weer alleen achterblijft.

Deze keer had hij ook een pistool.

Het pistool, daar gaat het allemaal om.

25

Vrijdag, 15.13 uur

Haar telefoon laat een melodietje horen. Ze heeft een alarm ingeschakeld waarmee ze bericht krijgt zodra het laatste deel van het losgeld in bitcoins is vrijgegeven en op haar Zwitserse bankrekening is gestort. Soms wordt de transactie geblokkeerd door Visa, MasterCard of vooral American Express, maar blijkbaar is deze keer het volledige bedrag betaald.

Haar broer lacht haar uit om haar micromanagement. Als ze hem de Ketting laat runnen, beweert hij dat hij vrijwel niets doet. Hij laat de hele boel zichzelf in stand houden, zegt hij. Maar zij houdt liever de vinger aan de pols. Het is háár kindje.

Zc kijkt op haar telefoon. Jawel, 25.000 dollar door de bitcoinwitwasstraat gehaald, niet meer na te trekken.

Dat is aan de ene kant goed, maar als ze zo snel met het geld over de brug komen, wil dat zeggen dat ze veel meer hadden kunnen betalen. Dat is haar fout. Zij heeft het losgeldbedrag bepaald. Zij heeft naar Rachels bankrekening en haar inkomen gekeken en beslist dat 25.000 dollar het maximum was. *Ik bedoel, kom op, tot een paar weken geleden was ze nog Uber-chauffeur, en ze komt niet uit een familie met geld.*

De filosofie is om mensen niet kaal te plukken, om het te betalen bedrag haalbaar te houden. *Het gaat niet om het geld, blablabla.*

Maar toch…

Ze heeft Rachels computer gekloond op haar telefoon, maar Rachel heeft haar Mac sinds gisteravond niet meer aangezet. Dat is een aanwijzing dat Rachel niet helemaal achterlijk is.

Ze kijkt uit het raam naar de regen die zinloos in Boston Harbor valt. Probeert Rachel haar te slim af te zijn? Dat zou een heel grote fout van haar zijn.

Ze opent de Wickr-app en stuurt Rachel een bericht: *Ben je er klaar voor om aan de slag te gaan met je doelwit Toby Dunleavy?*

Na een pauze van vijf minuten antwoordt Rachel: *Ja. We doen het vanavond als het kan en als het niet lukt wordt het zondagavond.*

Waarom niet morgenavond? Of morgenochtend? typt ze.

De jongen heeft boogschietles en loopt daarna naar huis. Boogschieten is vanavond en zondagavond, antwoordt Rachel.

Rachels toon staat haar niet aan. Ze klinkt niet bang genoeg. Niet nederig genoeg. Rachel beseft niet dat zij het gammateefje is dat tegen de alfa spreekt.

Ik kan jou uitroeien, Rachel, denkt ze. Eén knip met mijn vingers en je bent zo dood als een goedkope crackhoer.

Stuur me een bericht via Wickr zodra je dat joch hebt, draagt ze haar op. *Ik handel het eerste telefoontje naar de familie af. Jij belt ze vijf minuten later. Het eerste wat je zegt is: 'Onthoud dat je niet de eerste of de laatste bent. Het gaat niet om het geld, het gaat om de Ketting.' Is dat duidelijk?*

Ja, stuurt Rachel terug.

Ook nu weer klinkt ze kortaf en zelfverzekerd. Dat bevalt haar niet.

Ze sluit de app en blijft een paar minuten zitten peinzen.

Olly zegt altijd dat ze het niet tot haar persoonlijke leven moet laten doordringen. Alsof hij ouder en wijzer is dan zij. Ja, ouder – een paar minuten. Hij heeft gelijk als hij zegt dat er geen haast bij is. Het gaat niet om snelheid. Het enige wat telt, is dat alles wordt voortgezet.

Volgens Olly's berekeningen wordt de kans dat iemand zich verzet groter naarmate er meer mensen aan de Ketting worden toegevoegd. Daarom is angst zo belangrijk. Dat is de mentale component.

Mensen zijn wezens die hun leven laten sturen door diepe instincten. Het zijn net muizen, muizen op een akker tussen het hooi, en zij is de slechtvalk die overvliegt en precies ziet wat ze allemaal doen.

Ze denkt aan Noah Lippman. Zij wilde echt met hem verder, maar Noah maakte het uit en vertrok met een nieuwe vriendin naar New Mexico. Op de een of andere manier heeft de Ketting toen zijn tentakels helemaal tot in de woestijn uitgeslagen. In Taos heeft Noahs leven diverse rampzalige wendingen genomen. Zijn vriendin is doodgereden – door een onbekende automobilist die op de vlucht sloeg –, hij is ontslagen door het ziekenhuis waar hij werkte en vervolgens beroofd en in elkaar geslagen, en nu werkt hij in een hospice in Santa Fe, waar hij te veel uren draait voor te weinig geld. Tegenwoordig heeft Noah grijs haar, en sinds de overval loopt hij mank.

De Ketting hoeft niet altijd iets slechts te zijn, denkt ze. Soms worden mensen erdoor geholpen. Ze hebben ervan geleerd zich te focussen op wat echt belangrijk is. En in zekere zin doet ze die muizen in het hooi een plezier. Ik bedoel maar, denkt ze, je weet nu tenminste wat je doel is, of niet dan, Rachel? Je weet wat je moet doen als je die lieve kleine Kylie nog wilt terugzien. De blinde paniek die je voelt, die adrenalinekick, die roep om actie... die heb je te danken aan de Ketting. De Ketting heeft je bevrijd.

Ze sluit de laptop af.

Niet mee bemoeien, zegt Olly. Laat het gaan.

Maar soms gun je jezelf een pleziertje.

Ze klikt de Wickr-app weer aan en stuurt een bericht naar Heather Porter: *Het losgeld dat Rachel moet betalen wordt verdubbeld naar 50.000 dollar. Dat bedrag moet vandaag betaald worden. Laat het haar onmiddellijk weten. Verder moet ze deel 2 van het proces vandaag voltooien. Als ze om middernacht het losgeld niet heeft betaald of haar ontvoering niet heeft uitgevoerd, moet je Kylie O'Neill ombrengen en een nieuw doelwit kiezen.*

Ja, dat zal wel helpen, denkt ze met enige tevredenheid.

26

Vrijdag, 15.57 uur

Rachel staat onder de douche. Ze laat het water beurtelings gloeiend heet en ijskoud worden, maar het helpt niet – ze bevindt zich nog steeds in een nachtmerrie. Je kind kwijtraken, dat is iets wat andere mensen overkomt, mensen die niet goed opletten. Mensen die een meisje van dertien in haar eentje naar huis laten lopen vanaf een verlaten bushalte, ergens in Mississippi of Alabama. Zoiets gebeurt niet in het stadse, beschaafde, veilige noorden van Massachusetts.

Ze stapt hoofdschuddend op de koude badkamervloer. Juist door deze zelfingenomen, snobistische houding hebben ze haar kind kunnen ontvoeren. Ze voelt zich licht in het hoofd. Haar linkerborst doet pijn. Ze is op drift geraakt, stuurloos. Opnieuw stelt ze zich haar gezicht voor in de niet-bestaande badkamerspiegel. Dat stomme, afgepeigerde, holle, lelijke gezicht dat totaal niet op dat van Jennifer Connelly lijkt. Het wegdoen van de spiegels, wat een lachertje was dat. Niets anders dan het verbergen van de waarheid. Al die kapotgeslagen spiegels in de vuilcontainer. Het brengt ongeluk, dat is wel gebleken.

Camus zei ooit: 'In het diepst van de winter ontdekte ik eindelijk in mijzelf een onoverwinnelijke zomer.'

Wat een bullshit.

Ze voelt alleen maar pijn, angst en ellende. Vooral angst. En dit is wel degelijk het diepst van de winter. Ze bevindt zich midden in de ijstijd op de Noordpool, waar de zon nooit schijnt. *Mijn dochter is ontvoerd en om haar terug te krijgen moet ik een onschuldig jongetje van de straat grissen en hem en zijn familie bedreigen. Serieus bedreigen. Ik moet het echt menen als ik zeg dat ik hem zal vermoorden, want als ik dat niet doe, zie ik Kylie nooit meer terug.*

Ze trekt een T-shirt, haar rode trui en een spijkerbroek aan en loopt de huiskamer in.

Pete kijkt op van zijn computer.

Hij kan niet weten welke kwelling zich in haar hoofd afspeelt. Hij weet niets van haar angst en twijfels. Hij wil dit niet doen. Het is een goede kerel. Een veteraan. Ze moet het op de Macbeth-manier aanpakken. 'Goed, we zijn er klaar voor,' zegt ze op kille toon.

Pete knikt. Hij komt net terug van het huis van de Appenzellers.

'Hoe staat het huis erbij?' vraagt ze.

'Perfect. Doodstil in de kelder. Een emmer om in te plassen. Ik heb stripboeken gehaald, zodat dat jochie zich niet hoeft te vervelen. Een paar knuffelbeesten en games. En snoep.'

'Weersverwachting?'

'Nog steeds motregen. Geen plensbuien.'

'Wat is het gezin nu aan het doen?'

'Mike is nog op zijn werk. De rest is thuis. Helen Dunleavy zit een heel verhaal te typen op Facebook, over de vijgenboom in de achtertuin. O ja, Toby heeft in ieder geval geen pinda-allergie.'

'Mooi. Ik heb ooit in het vliegtuig gezeten met een vrouw die allergisch was voor pinda's en zij kreeg al een aanval als ze een boterham met pindakaas rook. Een nachtmerrie,' zegt ze met een diepe zucht. 'Fijn dat je bent gekomen, Pete. Mijn rots in de branding. Zonder jou zou ik dit niet redden.'

Pete kijkt haar aan en slikt moeizaam. Zijn mond gaat open en weer dicht. Er zijn twee dingen die hij haar moet vertellen. Hij moet haar vertellen over de heroïne en over het voorval bij Camp Bastion. Hij is geen rots in de branding. Hij is onbetrouwbaar. Een mislukkeling. Als hij niet zelf uit het leger was gestapt, zou hij voor de krijgsraad gesleept zijn. 'Er is iets wat je moet weten...' begint hij.

Rachels telefoon gaat. Anoniem nummer.

Ze zet de telefoon op de speaker voordat ze opneemt. 'Ja?'

'De plannen zijn gewijzigd,' zegt de vrouw die Kylie ontvoerd heeft.

'Hoezo?'

'Je moet 25.000 dollar extra storten op de rekening van Infinity-Projects.'

'We hebben de borg al betaald. Het...'

'Het is veranderd. Soms veranderen ze iets. Je moet nog eens 25.000 betalen. Verder moet deel twee van het plan vandaag afgerond worden. Snap je dat? Als je die dingen niet vandaag doet, moet ik Kylie vermoorden.'

'Nee, alsjeblieft! Ik heb alles gedaan wat jullie zeiden. Ik werk mee!'

'Dat weet ik. Ik heb net bericht gekregen. We moeten doen wat ze zeggen, Rachel. Nog eens 25.000 voor middernacht en deel twee ook voor die tijd. Zo niet, dan moet ik Kylie doden. En als ik dat niet doe, vermoorden ze mijn zoon, dus ik kan niet anders.'

'Nee, dat is krankzinnig. We werken mee, we doen...'

'Heb je begrepen wat ik zei, Rachel?'

'Ja, ik...'

De verbinding wordt verbroken.

Nog eens 25.000 dollar, vandaag? Hoe dan?

'Een auto!' zegt Pete, en hij kijkt door het raam van de huiskamer naar buiten.

'Komt hij hierheen?'

'Ja. Er zitten twee mensen in, een man en een vrouw. Ze parkeren naast mijn truck. Wat voor auto rijdt Marty tegenwoordig?'

Rachel sprint naar het keukenraam. Er komt een witte Mercedes aan, met Marty achter het stuur, en ze is er tamelijk zeker van dat de vrouw die naast hem zit Tammy is. Rachel heeft Tammy pas één keer ontmoet, bij de overdracht van Kylie, maar van die ene keer weet ze dat Tammy lange benen en een strak blond bobkapsel heeft, en Marty's passagier heeft in ieder geval hetzelfde haar.

'Het is Marty!'

Pete komt naar het keukenraam gesneld. 'Jezus, inderdaad. Wat doet hij nou hier? Ik dacht dat je zei dat hij in Georgia zat.'

Rachel kreunt. 'Het is vrijdagavond. Hij komt Kylie halen voor het weekend.'

'De tijd dringt, we moeten hem zien te lozen.'

'Vertel mij wat!'

Marty wenkt haar door het raam. Rachel blijft vol afgrijzen aan het aanrecht staan en kijkt toe terwijl Marty en Tammy het trapje naar de achterdeur op lopen. Marty komt binnen, glimlacht, buigt zich naar haar toe en geeft haar een kus op de wang. Hij ziet er goed uit. Het is een knappe man. Filmsterrenknap. Hij is wat afgevallen, heeft kleur op zijn wangen en is eindelijk bij een kapper geweest die raad wist met zijn dikke krullen. Zijn groene ogen twinkelen, maar als hij haar aankijkt, fronst hij zijn zware wenkbrauwen.

Ze verzet zich tegen de zwakke, atavistische neiging om zich op zijn borst te storten, haar armen om zijn hals te slaan en in huilen uit te barsten. Ze snift, vermant zich en glimlacht.

'Wat zie jij er goed uit.' Marty liegt alsof het gedrukt staat. Achter hem schraapt iemand haar keel en dan schuift hij Tammy naar voren. 'Je kent Tam natuurlijk nog wel.'

Tammy is lang en knap, met nietszeggende blauwe ogen. 'Rachel!' roept ze voordat ze haar omhelst. 'Hoe gaat het met je?'

'Goed, hoor.' Rachel slaakt een diepe zucht.

Nu ze over de schok van hun komst heen is, heeft ze maar twee doelen: zorgen dat ze zo snel mogelijk ophoepelen, en voorkomen dat ze wantrouwen krijgen over Kylies afwezigheid.

'Pete, wat doe jij nou hier?' vraagt Marty.

Pete beent de keuken door en omhelst zijn broer. 'Ha die Marty.'

'Jezus, Pete, wat goed om jou te zien. Wauw, je bent zo bruin als een noot, man. Tammy, dit is mijn grote broer Pete.'

'Fijn om je eindelijk eens te ontmoeten,' zegt Tammy en ze geeft Pete een kus op de wang.

Marty lacht. 'Het is wel duidelijk dat ik de knappe en de slimme van ons tweeën ben, hè? Hoe ben jij hier nou verzeild geraakt, grote broer?'

Rachel ziet de radertjes in Petes hoofd knarsen en probeert snel iets te verzinnen. 'Ik heb hem gebeld om me te helpen met het dak.'

'Ja, het dak,' zegt Pete. 'Ik heb het geregeld.'

'Sorry daarvoor nog, schat,' zegt Marty knorrig. 'Je zat er nogal mee, begreep ik aan de telefoon.'

'Het is al goed.' Met een schuin oog kijkt ze op de klok.

'Waar is mijn kleine meid? Zijn we soms een beetje te vroeg?' Marty is zichtbaar opgelucht dat er geen ruzie volgt over het lekkende dak. Hij kijkt om zich heen op zoek naar Kylie.

'Gaan jullie nog iets leuks doen?' vraagt Pete, net iets te krampachtig nonchalant.

'Kylie mag een weekendje genieten van haar papa en haar gekke tante. En dan ben ik dus de gekke tante,' jubelt Tammy.

'Kylie!' roept Marty naar boven.

'O, dat zou ik bijna vergeten. Deze is voor jou.' Tammy heeft een plastic tasje bij zich, waar ze een fles champagne uit haalt. 'Je hebt wat te vieren, hè? Het is binnenkort een jaar.'

'Een jaar?' vraagt Rachel zich hardop af. 'We zijn pas in februari gescheiden.'

'Nee, dat bedoel ik niet. Je laatste chemo is bijna een jaar geleden. Dat vertelde Marty me. Je bent een jaar verder en het is niet teruggekomen.'

'O, dat. Is dat al een jaar geleden? De tijd vliegt,' zegt Rachel, nog steeds woest op zichzelf omdat ze was vergeten dat Marty zou komen.

'Een vol jaar in remissie. Dat is niet niks,' zegt hij. 'Dat moet je vieren. Je hebt de rest van het weekend vrij, waarom trakteer je jezelf niet? Ga lekker naar dat concert van Max Richter waar je mij nooit mee naartoe kreeg!' Rachel zet de nu ironisch zwaarbeladen fles champagne op het aanrecht. Het zou wel zo beleefd zijn om hun een glas aan te bieden, maar dat zou weer kostbare minuten opslokken. Ze denkt koortsachtig na. Ze kan niet zeggen dat Kylie ziek is, dan zou Marty haar beslist willen zien.

'Zeg, eh… Augusta?' zegt Pete aarzelend, niet om een gesprek te beginnen, maar om tijd te winnen om na te denken.

'Moet je daar nu echt over beginnen?' Tammy maakt lachend een gebaar alsof ze zichzelf ophangt.

'O, man, de golfclub daar is zo mooi en…' begint Marty.

'Waar blijft Kylie? Is ze nog niet klaar?' vraagt Tammy zich hardop af. Ze pakt Rachels hand, grijnst breed en kijkt even op haar telefoon.

Die jonkies zijn zo irritant, denkt Rachel, en ze trekt haar hand los. Je kunt wel van alles verbergen achter die glimlach. De gekste…

Ineens bedenkt ze iets.

Iets verschrikkelijks.

Iets duivels.

'Wat een mooie ketting heb je om,' zegt ze tegen Tammy. 'Ik denk er ook over om een *ketting* te kopen. Zou dat iets voor mij zijn?'

Tammy kijkt op van haar telefoon. 'Wat?'

'Ik wil misschien ook een ketting. Net als de jouwe. Het gaat niet om het geld, toch? Het gaat om de ketting.'

'Je mag deze wel hebben als je wilt, schat. Het was een uitverkoopje.'

Ze vertrok geen spier. Ze heeft niks te maken met de Ketting. Dat kan niet. Het selectieproces is vrijwel volledig willekeurig. Dat maakt het zo slim. Rachel wendt zich tot haar ex: 'Marty, luister. Het is heel lullig, echt stom van me. Ik had je moeten bellen. Kylie is weg.'

'Weg?'

'Het is mijn schuld dat jullie helemaal hierheen zijn gereden. Ik was het glad vergeten. Ik zit zo in de stress omdat ik na al die jaren weer les ga geven, en nu dat dak nog, en ik wilde mijn colleges voorbereiden en daardoor is het me gewoon ontschoten dat je zou komen.'

'Waar is Kylie?'

'In New York.'

'New York?' herhaalt Marty verbaasd.

'Ja, ze moet een spreekbeurt houden over Toetanchamon en er is een minitentoonstelling in het Metropolitan Museum. Ze doet het de laatste tijd zo goed op school dat ze daar van mij naartoe mocht.'

'In New York?'

'Ja. Ik heb haar op de bus gezet en haar oma heeft haar opgehaald bij Port Authority en haar meegenomen naar haar appartement in Brooklyn. Ze blijft een paar dagen logeren, dan kan ze zo veel Egypte bekijken als ze maar wil.'

Marty fronst zijn voorhoofd. 'In november. Zit je moeder dan niet in Florida?'

'Nee, dit jaar niet. Ze blijft wat langer in New York omdat het zo warm is.'

'Wanneer komt Kylie terug?'

'Over een paar dagen. Misschien gaan ze ook nog naar een voorstelling. Eh… mijn moeder kon kaartjes krijgen voor *Hamilton*.'

'O, daar wil ik het graag met Kylie over hebben. Welke avond gaan ze, dan stuur ik haar een appje,' zegt Tammy.

'Heb jij Kylies nummer?' vraagt Rachel verschrikt.

'Natuurlijk. En we volgen elkaar op Instagram. Maar volgens mij heeft ze niets geplaatst over New York.'

'Nee, eh...'

'Wat raar,' zegt Tammy dan, en ze kijkt op haar telefoon. 'Kylie heeft sinds gisterochtend niks meer geplaatst op Instagram. Normaal gesproken zet ze er twee of drie keer per dag iets op.'

'Er is toch niks aan de hand?' vraagt Marty bezorgd.

'Nee, niks. Ik denk dat haar oma haar telefoon in beslag genomen heeft. Ze zegt altijd dat je naar de echte wereld moet kijken in plaats van steeds maar weer dat schermpje op een paar centimeter afstand voor je neus te houden.'

Marty knikt. 'Ik hoor het Judith zeggen. Maar verdorie, Rachel, had je niet even kunnen bellen? Of een simpel berichtje kunnen sturen? Dat had ons een hoop moeite bespaard.'

Rachel zet haar stekels op. Hoe durft hij! Hij is hier de man die aan het golfen was in Augusta op het moment dat zijn dochter werd ontvoerd. De man die zijn echtgenote, nota bene toen ze herstellende was van kanker, heeft verlaten voor een jongere vrouw. De man die...

Nee.

Dit is niet het moment om ruzie te maken. Ze moet zich nu superberouwvol tonen en hier een einde aan maken. 'Het spijt me echt, Marty. Het is mijn schuld, ik ben een sukkel. De druk is groot, snap je? Nieuwe baan. Lesgeven. Het dak. Het spijt me.'

Marty is van zijn stuk gebracht door Rachels zelfverwijt. 'Ach ja, dat is ook zo. Geeft niks, schat, kan gebeuren.'

Gooi ze buiten! brult een stem in Rachels hoofd.

'Willen jullie anders blijven eten?' vraagt ze. Het is een gok. 'Het is zonde om na dat hele eind rijden meteen weer terug te gaan. Dan maak ik...' Ze probeert zich te herinneren wat Marty's minst favoriete gerecht ook alweer was. Mosselen? Ja. Hij heeft altijd een hekel gehad aan mosselen met knoflook. '... een grote salade, en op de vismarkt hebben ze nu heerlijke mosselen.'

Marty schudt zijn hoofd. 'Nee, we kunnen beter gaan, dan zijn we de files voor.'

‘Files?’ vraagt Tammy verbaasd. ‘Die zijn er nu niet, hooguit de andere kant op.’

‘Jawel, er zijn files,’ zegt Marty stellig.

‘Sorry dat ik er een zootje van heb gemaakt.’

Marty knikt begripvol. ‘Geeft niet. Zullen we dan afspreken voor volgend weekend?’

‘Goed. Ik breng haar wel naar Boston, zodat je niet weer helemaal op en neer hoeft te rijden. Dat is het minste wat ik kan doen.’ Ze vraagt zich af of Kylie volgend weekend terug zal zijn. Als ze veilig thuis is, is verder niets belangrijk. Al neemt Marty haar tot het einde der tijden elk weekend mee op pad.

‘Dat hoeft niet.’ Marty omhelst haar even ten afscheid. Tammy geeft Rachel een kus op de wang. Binnen vijf minuten staan ze weer buiten en stappen ze in de auto.

Pete en Rachel zwaaien hen uit voor het huis, gaan naar binnen en doen de deur dicht.

Tien voor half zes. Al die verloren tijd. Het boogschieten begint om zes uur en Toby Dunleavy loopt om zeven uur terug naar huis.

‘Ze willen vóór middernacht nog eens 25.000 dollar, anders vermoorden ze Kylie,’ zegt Rachel, en ze probeert de paniek op afstand te houden.

‘Daar ben ik al mee bezig,’ antwoordt Pete, en Rachel kijkt toe terwijl hij inlogt op een site waar je bitcoins kunt kopen op het darkweb.

‘Wat ga je doen?’ vraagt ze.

‘15.000 op de ene creditcard en 10.000 op de andere, geen probleem.’

‘Heb je wel genoeg geld om dat straks af te lossen?’

‘Dat doet er toch niet toe? Het enige wat telt is dat we Kylie terugkrijgen.’

Ze geeft hem een kus in zijn nek en helpt hem bij het openen van een rekening en het overschrijven van het geld. ‘Hou je wel de klok in de gaten?’ vraagt ze dan.

‘Ik ben bijna klaar. Start jij de Dodge maar vast. En vergeet de bivakmutsen en handschoenen niet.’

Ze holt naar buiten, laadt de auto in, steekt de sleutel in het contact en start de motor.

Het is nu vijf voor zes.

'Klaar,' zegt Pete als ze weer binnenkomt. Hij kijkt op Helen Dunleavy's Facebook-pagina. 'Ze is onderweg naar de boogschuttersclub. We moeten gaan. Ik pak het wapen.'

'Ik wil dat jongetje geen kwaad doen.'

'Ik denk dat we niemand kwaad hoeven doen, maar we zullen misschien wel een schot in de lucht moeten lossen om al te behulpzame omstanders af te schrikken. Ik heb een Colt .45 die daar geschikt voor is, die maakt een hoop lawaai,' stelt Pete haar gerust.

Rachel knikt. Ze denkt aan haar eigen woorden: *Ik wil dat jongetje geen kwaad doen.*

Dat jongetje.

Het jongetje heeft een naam: Toby. Hij heet Toby Dunleavy. Maar het is makkelijker om hem te zien als *dat jongetje*. Als iets abstracts. Niet als een mens. Niet als een echt kind. Misschien moeten ze *dat jongetje* straks wel bedreigen. Sterker nog: misschien moeten ze het dreigement ook uitvoeren.

Ze huivert. Pete staart haar aan. 'Oké. We gaan,' zegt ze.

Ze stappen in de Dodge en rijden via Route 1 naar Beverly. Onderweg is het drukker dan normaal, maar daar maken ze zich geen zorgen over. Het is maar twintig minuten rijden en ze hebben een uur de tijd voordat de boogschietles voorbij is.

Pete pakt haar hand en geeft er een kneepje in. 'Misschien moet je even je moeder opbellen en haar instructies geven voor het geval Marty haar belt en hij Kylie wil spreken.'

'Goed idee.' Ze toetst het nummer van haar moeder in Florida in.

'Ik sta op het punt om te gaan bridgen, wat is er?' zegt Judith als ze opneemt.

'Mam, luister even. Ik heb net tegen Marty gezegd dat Kylie bij jou in New York is.'

'Hè? Waarom?'

'Hij kwam vandaag langs om Kylie op te halen. Het is zijn weekend, maar Kylie heeft een hekel aan Marty's nieuwe vriendin en ze wilde niet naar hem toe, en toen heb ik in een soort paniekreactie gezegd dat ze een paar dagen bij jou in New York logeert.'

'Maar ik zit in Florida.'

'Ja, mam, ik wéét dat je in Florida zit, maar als Marty belt, moet je zeggen dat je in Brooklyn bent en dat Kylie bij jou is.'

'Wat doen we dan in New York?'

'Kylie wil al die Egyptische dingen in het Metropolitan zien.'

'Dat is wel echt wat voor haar, ja.'

'En jullie hebben kaartjes voor *Hamilton.*'

'Hoe zijn we dáár nou aan gekomen?'

'Weet ik veel, misschien ken jij een oud vrouwtje dat kaartjes had en zelf niet kon gaan.'

Er valt een lange stilte terwijl Judith erover nadenkt. 'Dat is nogal een web van leugens waarin je me betrekt, Rachel. Nu moet ik tegenover mijn voormalige schoonzoon doen alsof ik *Hamilton* heb gezien als hij belt. Wat moet ik dan zeggen?'

'Jezus, mam, kun je niet een beetje improviseren? O ja, en je hebt Kylies telefoon in beslag genomen,' zegt Rachel terwijl ze langs het bord BEVERLY, VOLGENDE AFRIT rijden.

'Waarom zou ik mijn kleindochter van dertien haar telefoon afpakken?'

'Omdat je het zat bent dat ze helemaal naar New York is gekomen en dan de hele dag alleen maar naar een glazen schermpje op vijftien centimeter van haar neus loopt te staren.'

'Ja, daar zit wat in.'

'Oké, mam, hartstikke bedankt, je bent een engel. Ik moet nu ophangen,' zegt Rachel als ze Beverly binnenrijden.

'Pas goed op jezelf, lieverd, ik maak me zorgen om je.'

'Hoeft niet, mam. Het gaat prima hier.' Ze hangt op.

Het motregent en er staat een koude wind vanaf het water. 'Dat weer bevalt me niet,' zegt Pete. 'Dadelijk bedenkt Helen zich nog en gaat ze Toby ophalen in plaats van hem naar huis te laten lopen. Ik check het even.'

Op Facebook is niks te vinden, maar dankzij de worm op de pc bij de Dunleavy's thuis zien ze dat Helen haar zus een berichtje stuurt waarin ze laat weten dat ze op haar aanraden samen met Mike *Atomic Blonde* zit te kijken.

Dit is hun kans.

Om half zeven parkeren ze in Revenue Street, maar om de een of andere reden komt er al een hele sliert kinderen en volwassenen de Old Customs Hall uit gelopen.

'Wat krijgen we nou? Wie zijn die kinderen? Jezus, volgens mij is dat de boogschietclub!' roept Pete uit.

'Ja, kijk, allemaal bogen en zo. Dat zijn ze! We hebben het nu al verkloot!'

'Rijden! De geplande route!' zegt Pete, en ze zet de auto in de versnelling.

'Ik ga al.'

'Ik snap er niks van. Ze zouden tot zeven uur les hebben. Waarom gaan ze nu al weg? Een half uur te vroeg! Dat is toch raar?'

'O, god, o, god,' herhaalt Rachel keer op keer.

'Het geeft niet,' mompelt Pete toonloos. 'Ze komen net pas naar buiten, het lukt nog wel.'

Rachel rijdt snel Revenue Street in. Ze slaat af bij Standore en daar, na zo'n honderd meter, staat een kind in een parka met een sporttas waar iets uit steekt wat een schuttersboog zou kunnen zijn. Het kind heeft zijn capuchon op en loopt in de richting van het huis van de Dunleavy's.

'Is hij dat?'

'Geen idee, maar volgens mij steekt er een boog uit zijn tas. En er is verder niemand te zien in de straat. Op dit moment.'

'Bivakmutsen op,' zegt Rachel, en ze doet wanhopig haar best om de blinde paniek uit haar stem te weren.

'De kust is veilig.'

Uiteindelijk zouden ze de bomen of het donker niet eens nodig gehad hebben om zich te verschuilen, want de regen heeft potentiële getuigen afgeschrikt. Ze zet de ruitenwissers aan, doet de lichten uit, rijdt verder de straat in en stopt voor het kind.

'Niemand in de buurt,' zegt Pete terwijl hij beide kanten van de straat afspeurt.

'Ga dan!'

Hij springt aan de passagierskant uit de auto, met de .45.

Rachel ziet hem met het kind praten. Hij draait zich om en schudt nee. Er is iets mis. Hij komt zonder het jongetje terug naar de auto. Wat is er in godsnaam aan de hand?

'Wat nou?' vraagt ze op felle toon.

'Het is een meisje,' antwoordt Pete.

Rachel trekt de bivakmuts omlaag en stapt uit. En inderdaad, het is een klein, mager meisje met bruin haar, van een jaar of acht, negen. Ze heeft een sporttas bij zich die veel te groot voor haar lijkt.

'Kom jij van de boogschuttersclub?' vraagt Rachel aan haar.

'Ja,' antwoordt het meisje.

'Waarom was het vroeger afgelopen?' informeert Pete.

'De verwarming was kapot, dus we moesten naar huis. Waarom hebt u van die dingen voor uw gezicht?'

'Hoe heet je?' wil Rachel weten.

'Amelia Dunleavy.'

'Waar is je broertje Toby?'

'Die ging met Liam mee. Ik moest zijn tas mee naar huis nemen.'

'Wat nu?' vraagt Pete aan Rachel.

'We pakken haar,' zegt ze grimmig.

'Dat was niet het plan.'

'Nu wel,' laat ze hem weten. Ze weet dat ze dit niet nog een keer zal kunnen. En als ze niet doorzet, is Kylie dood.

'Kom maar, Amelia,' zegt hij. 'Dan brengen we je naar huis.'

Hij zet haar in de auto, maakt haar gordel vast, gaat naast haar zitten en doet het portier op slot. Rachel keert de auto en rijdt naar de afrit voor Route 1A.

'Doen we dit echt? En haar allergie dan?' vraagt Pete.

'Dat lossen we wel op. Geen pinda's of producten met pinda. We kopen een EpiPen en... Shit!' Rachel slaat met haar vuist tegen het dashboard.

'Dat mag je niet zeggen,' zegt Amelia.

'Daar heb je gelijk in. Sorry, liefje. Hoe oud ben jij?'

'Acht,' antwoordt ze. 'In december word ik negen.'

'Wie laat er nou, in de wereld waarin we tegenwoordig leven, een kind van acht 's avonds alleen naar huis lopen? In de regen? Wie doet zoiets?' mompelt Rachel.

'Toby zou bij me zijn. Ik had vanavond mijn eerste boogschietles. Ik kan al met de juniorboog. Hij moest met me mee naar huis lopen, maar omdat we eerder klaar waren, ging hij met Liam mee.'

'En Toby heeft jou alleen gelaten?'

'Hij zei dat ik al groot ben. Ik mocht zijn tas dragen.'

'Je gaat nu met ons mee. Je moeder vindt het goed. Het is een avontuur,' zegt Rachel.

Ze ziet in de binnenspiegel dat Amelia nee schudt. 'Ik wil niet met u mee. Ik wil naar huis.'

'Dat gaat niet. Je moet met ons mee,' houdt Rachel vol.

'Ik wil naar huis!' Amelia begint te huilen.

Rachel moet kokhalzen als Amalia tegenstribbelt en probeert haar gordel los te maken.

'Ik wil naar huis!' brult ze, en Pete houdt het spartelende meisje tegen met zijn grote handen.

Als ze de stad uit is, stuurt Rachel de Dodge naar de kant van de weg, op een afgelegen stuk van Route 1A, ergens in het moerassige stukje bos tussen Beverly en Wenham. Ze stapt uit de cabine, doet de bivakmuts af en begint te braken.

Ze spuugt en braakt nog een keer. Haar mond is zuur en haar keel brandt. De tranen stromen over haar wangen.

Ze geeft over tot er niets meer uit komt.

Pete maakt het portier open om Amelia's schoenen en de sporttas uit de auto te gooien. 'Die moeten het moeras in,' zegt hij. 'Voor de zekerheid. Er kan een zendertje in zitten.'

Rachel stopt de schoenen in de sporttas, ritst die gedeeltelijk dicht en gooit hem in het water, waar hij even blijft drijven. Ze heeft geen tijd voor een scène à la Norman Bates met de zinkende auto, dus waadt ze het water in en duwt de ellendige tas met haar voet dieper omlaag. Dan zet ze de bivakmuts weer op.

'Zal ik rijden?' vraagt Pete als Rachel weer in de pick-up stapt. Ze schudt nee en draait zich om naar Amelia, bij wie de tranen nu over het gezichtje stromen. Ze zet grote ogen op en is duidelijk doodsbang.

'Het komt goed, lieverd,' zegt Rachel. 'We nemen je gewoon voor een paar daagjes mee. Het is een spelletje. Je papa en mama weten er alles van.'

'Doen zij ook mee aan het spelletje?' vraagt Amelia verbaasd.

'Ja. Het komt goed, beloofd.' Rachel schakelt en rijdt weer weg.

'Je moet deze blinddoek om, liefje,' zegt Pete. 'Dat hoort bij het spelletje.'

'Zoals bij blindemannetje?'

‘Ja, zoiets,’ antwoordt Pete.

‘Dat heb ik wel vaker gespeeld.’

Ze doet de blinddoek om en Pete en Rachel zetten hun bivakmutsen af.

Ze zijn bijna in Newbury als Rachel de politieauto ziet in haar achteruitkijkspiegel. ‘Politie,’ zegt ze kalm.

Pete kijkt om. ‘We hebben niets verkeerds gedaan. Gewoon doorrijden, niet te snel, maar ook niet langzamer gaan rijden.’

‘Dat weet ik ook wel,’ snauwt ze. ‘Maar geef me een wapen. Als ze ons aanhouden, kletsen we ons hier onmogelijk uit.’

‘Rachel…’

‘Geef op!’

Pete geeft haar de .45 en ze legt het wapen in haar schoot. ‘Je weet hoe je het moet gebruiken?’

‘Ja. Zijn we het erover eens wat we doen als ze ons aanhouden?’

‘Ja,’ zegt hij en hij houdt zijn adem in.

27

Vrijdag, 18.57 uur

De politiewagen volgt hen een halve minuut, komt dan langzaam naast hen rijden en voegt vervolgens in op de snelle baan.

Natuurlijk.

Rachel heeft niets verkeerds gedaan.

Ze rijdt rechtstreeks naar het huis van de Appenzellers.

Amelia is versuft of doodsbang. Het doet er niet toe wat de reden is, ze werkt braaf mee, daar gaat het om. 'Breng jij haar naar binnen, dan handel ik de telefoontjes af,' zegt Rachel tegen Pete.

Zodra de straat verder verlaten is, haalt Pete Amelia uit de Dodge en neemt haar mee naar de kelder.

Rachel blijft in de auto zitten en opent de Wickr-app op haar telefoon. *Klaar*, stuurt ze naar haar contactpersoon.

Wat is klaar? luidt het antwoord.

Ik heb Amelia Dunley ontvoerd en hou haar nu vast.

Haar telefoon gaat. 'Mooi. Heel goed,' zegt de vervormde stem. 'Ik ga nu haar familie bellen. Jij belt hen dadelijk en dan vraag je om 100.000 dollar, te betalen in bitcoins op dezelfde rekening.'

'100.000? Is dat niet…'

'Het is maar de helft van wat ze op hun spaarrekening hebben staan. Ze kunnen het makkelijk betalen. Het gaat niet om het geld, Rachel.'

'Ik weet het. Het gaat om de Ketting.'

'Juist. Ik bel ze nu om te zeggen dat ze pen en papier bij de hand moeten houden. Jij belt ze over vijf minuten met een wegwerptelefoon. Ze verwachten je telefoontje dan.'

De verbinding wordt verbroken.

Rachel belt Pete op een van de wegwerptoestellen. 'Hallo?' zegt hij.

'Is alles oké?'

'Ze flipt natuurlijk helemaal. Uit angst. Ik heb gezegd dat we vrienden van haar ouders zijn. Ze gelooft het ergens wel, maar ergens ook niet.'

'Pas goed op haar, Pete. Geen noten in haar buurt. Ik weet niet hoe gevoelig ze ervoor is, maar we moeten het zekere voor het onzekere nemen. Laat ons niet de domme oppas uit de film zijn.'

'Dat gebeurt niet.'

'We moeten de etiketten van alles wat we haar geven goed lezen en we moeten een EpiPen kopen.'

'Doen we. Ik zoek het wel op. Volgens mij kun je die dingen op eBay bestellen. Heb je de familie al gebeld?'

'Ga ik nu doen.'

'Gebruik een andere telefoon dan deze. En rijd bij het huis vandaan als je gaat bellen.'

'Goed idee. Doe ik.'

Ze rijdt snel naar het parkeerterrein aan zee. Daar toetst ze het nummer van de Dunleavy's in. 'Hallo?' zegt een vrouw gespannen.

'Ik heb uw dochter Amelia. Ze is ontvoerd. U mag de politie niet bellen. Als u de politie of een andere instantie inschakelt, vermoord ik haar. Begrepen?'

Helen begint te gillen.

Rachel brengt haar tot bedaren door te zeggen dat als ze niet kalmeert, zij haar dochter een kogel door het hoofd zal jagen.

Het gesprek duurt tien minuten.

Als het voorbij is, stapt Rachel uit de auto en begint weer te braken, net zo lang tot er niets meer in haar lijf zit.

Ze staart naar de golven van de zwarte oceaan die stukslaan op de kust.

Als ze in het zand gaat zitten, begint het te regenen, koud en hard.

Rachel heeft hoofdpijn. Het voelt alsof haar schedel op ontploffen staat.

Ze blijft nog vijf minuten zitten, komt dan overeind, stampt de telefoon kapot en gooit de stukken in zee. Ze heft haar gezicht naar de stromende regen en smeekt het water haar te zuiveren. Het werkt niet.

Dan belt ze Pete met een nieuwe telefoon. 'Klaar. Alles goed daar?'

'Niet echt. Ik heb haar de handboeien omgedaan en haar vastgeketend aan de paal. Dat vond ze niet eens zo erg. En ze gilt niet of zo, maar ze huilt en wil naar haar moeder en zegt dat ze hier niet kan blijven zonder Mister Boo. Dat is een beer, schijnbaar. Er zijn genoeg andere knuffels, maar ze moet Mister Boo hebben.'

'Dat snap ik,' zegt Rachel.

Ze rijdt naar huis en gaat naar boven, naar Kylies kamer. Daar pakt ze Marshmallow, Kylies roze pluchen konijn. Hoe kan Kylie slapen zonder Marshmallow of haar kat?

Ze neemt Marshmallow mee, trekt een hoodie aan en holt door de regen naar het huis van de Appenzellers.

Daar klopt ze op de achterdeur, en Pete laat haar binnen. Hij is aan het telefoneren en kijkt bezorgd.

'Wat is er?' fluistert Rachel.

Hij dekt met zijn hand het spreekgedeelte van de telefoon af. 'American Express trekt de betaling na.'

'Dat deed Visa bij mij ook. Als het geld vanavond niet binnen is, vermoorden ze Kylie.'

'Ik weet het. Ik los het op,' antwoordt hij. Pete ziet er niet goed uit. Hij is schrikachtig, heeft grote ogen, en hij zweet.

'Gaat het wel?'

'Ja, prima. Ik los het op.'

Rachel zet haar bivakmuts op en loopt naar de kelder.

Amelia is doodop. Ze heeft gehuild, zich verzet en nog meer gehuild, en nu wil ze waarschijnlijk alleen maar slapen, maar dat kan ze niet zonder Mister Boo. Ze zit op het matras op de slaapzak, omringd door Lego en spelletjes en de verkeerde knuffelbeesten.

Rachel gaat naast haar zitten. 'Ik weet dat je bang bent, liefje, maar dat hoeft helemaal niet. Je bent hier veilig, echt waar. Ik zorg ervoor dat jou niets overkomt.'

'Ik wil naar mijn moeder,' zegt Amelia.

'Dat weet ik. Je mag gauw terug naar huis. Kijk eens. Ik hoorde van Mister Boo en wij hebben geen Mister Boo, maar dit is Marshmallow, de speciale vriend van mijn dochtertje. Ze heeft hem al vanaf haar geboorte. Hij is heel, heel bijzonder. Er zit dertien jaar liefde in.'

Amelia kijkt wantrouwend naar Marshmallow. 'Ik wil Mister Boo.'

'We hebben geen Mister Boo, maar we hebben wel Marshmallow,' zegt Rachel. 'Marshmallow is een vriend van Mister Boo.'

'Echt?'

'Jazeker, ze zijn goede vrienden.' Rachel geeft het knuffelbeest aan Amelia, die het aarzelend aanneemt.

'Zal ik je een verhaaltje vertellen?' vraagt Rachel.

'Goed dan.'

'Hou je van melk en koekjes?'

'Ja.'

'Wacht even, dan haal ik wat voor je.'

Ze gaat weer naar boven. Pete staat op de veranda en probeert American Express ervan te overtuigen dat ze zijn opdracht moeten uitvoeren. Als het hem niet lukt, zal dat gestoorde mens binnen twee uur haar dochter vermoorden.

Ze klopt op de keukendeur, en Pete draait zich naar haar om. 'Wat zeggen ze?' vraagt ze.

'Ik ben nog met ze in gesprek.'

Rachel leest het etiket van een pak koekjes en googelt voor de zekerheid de ingrediënten. Helemaal notenvrij. Dan gaat ze weer naar beneden met de melk en de koekjes.

Ze vertelt Amelia het verhaal over Goudhaartje en de drie beren, en Amelia is tevreden omdat ze het kent. Dan vertelt ze over Hans en Grietje, en ook dat verhaal kent Amelia. Kinderen die gevaar overleven in het bos.

De arme kleine Amelia. Het is een lief kind. Een slim kind. Rachel vindt haar leuk. Hoe zou ze haar níét leuk kunnen vinden? En hoe kan ze dit kind in hemelsnaam iets aandoen?

Een half uur later verschijnt Pete boven aan de trap. Hij steekt zijn duim op naar Rachel.

'Is het geld overgemaakt?'

'Ja.'
'Goddank.'
'Hoe is het met Amelia?'
'Kom maar kijken.'
'Ze slaapt. Hoe heb je dat voor elkaar gekregen?' fluistert Pete als hij onder aan de trap is.
'Melk, koekjes en natuurlijk Marshmallow.'
'Wat voor koekjes?'
'Ik heb het gecontroleerd, er zit niks verkeerds in.'
'De EpiPen is onderweg. Ik heb er een besteld op eBay.'
'Je laat hem toch niet hierheen sturen?'
'Nee, naar een speciaal eBay-afleveradres in Newbury.'
'Goed zo.'
'Ik blijf vannacht wel hier,' zegt Pete. 'Ga jij naar huis, je ziet er afgepeigerd uit.'
'Ik kan beter hier blijven.'
'Nee joh, ga alsjeblieft naar huis.'
Ze wil niet tegen hem in gaan. Ze is kapot. Volledig verslagen. Met een van de wegwerptelefoons maakt ze een foto van Amelia. 'Die zal ik ze sturen.'
'Ga slapen, Rachel.'
'Ik ben niet moe,' houdt ze vol.
Pete krabt aan zijn arm en is bezweet. Hij ziet er afwezig uit, ongezond.
'Weet je zeker dat het wel goed met je gaat?' vraagt ze.
'Met mij? Prima. Ga jij nu maar naar huis, ik red me hier wel.'
Ze knikt en loopt de keldertrap op. De veranda over. Het pad langs het strand. Naar huis.
Ze is blij met de ijskoude regen. Ze verdient ongemak en ellende en pijn. Als ze voor haar huis staat belt ze de familie Dunleavy.
'Ja?' zegt Helen ademloos, tussen paniekerig gehijg door.
'Ik hoop voor jou dat je bezig bent met het geld en een doelwit. Ik stuur je een foto van Amelia. Ze slaapt, het gaat goed.'
'Ik wil haar spreken!'
'Ze slaapt. Ik stuur een foto.'
Als de foto verzonden is, vernietigt Rachel de telefoon en loopt haar huis binnen.

Ze zet een kop koffie en bekijkt de activiteiten van de Dunleavy's op de gekloonde pc. Geen e-mail of andere berichten naar de politie.

Om middernacht gaat Rachels iPhone. 'Hallo?'

'Rachel?' fluistert een stem.

'Ja.'

'Ik mag je eigenlijk niet bellen, maar ik wil je laten weten dat mijn zoontje een uur geleden is vrijgelaten. Hij is weer thuis!'

'Je hebt je zoon terug?'

'Ja. Ik kan het gewoon niet geloven! Ik ben zo blij! Hij is veilig bij ons terug. Ik durfde er niet op te hopen, maar... hij is er weer.'

'Maar... dan... Kun je Kylie nu niet laten gaan?'

'Nee. Je weet dat dat niet gaat. De Ketting moet worden voortgezet. Je moet vertrouwen hebben in het proces. Als ik de Ketting verbreek, zal zich dat wreken. Dan loop ik gevaar, net als mijn zoontje en jij en Kylie.'

'Tenzij het allemaal bluf is.'

'Het zijn er niet de types naar om te bluffen. Ik denk dat ze ervan zouden genieten als het misging, als wij elkaar zouden afmaken. Je hebt gezien wat er met die andere familie is gebeurd.'

'Ja.'

'Ze hebben me verteld wat er jaren geleden is gebeurd toen iemand medewerking weigerde, en de straf ging terug tot zeven niveaus verder in de Ketting.'

'Shit!'

'Maar ik wil je laten weten dat je een stap dichter bij Kylies terugkeer bent. Het duurt nu niet lang meer, Rachel. Echt, dit gaat voorbij.'

'O, god, ik het hoop het.'

'Echt waar.'

'Hoe heb jij het gered? Hoe heb je je hierdoorheen geslagen? Waar haalde je de kracht vandaan?'

'Ik weet het niet, Rachel. Misschien moet je je gewoon het moment voorstellen dat je weer samen bent met Kylie. Alles wat je doet, iedere keuze die je maakt, is een middel om dat te bereiken, snap je?'

'Ja.'

'Er is iets gebeurd toen we Kylie meenamen. Iets verschrikkelijks. Niet met haar, met haar is alles oké. Maar ik heb iets heel ergs moeten doen, en de oude ik zou daar vreselijk door gekweld worden. Maar weet je wat ik voel? Niks. Alleen maar opluchting. Ik heb gedaan wat ik moest doen en ik heb mijn zoontje terug. Dat is het enige wat telt.'

'Ik denk dat ik het wel begrijp.'

'Je moet gewoon nog even volhouden.'

'Zal ik doen.'

28

Zaterdag, 00.07 uur

Mike Dunleavy kijkt naar zijn vrouw, die snikkend in foetushouding op de badkamervloer ligt. Hij gaat naast haar liggen en begint ook te huilen.

Hij legt het wapen op de vloer. Er is nu geen reden om met een geladen pistool door het huis te lopen.

Het pistool is nutteloos. Er is niemand om te vermoorden.

'Hoe is het met Toby?' vraagt Helen aan hem, en de tranen stromen over haar gezicht.

'Hij slaapt. Ik heb gezegd dat Amelia een paar dagen bij een vriendinnetje logeert.'

'Geloofde hij dat?'

'Het kan hem niet schelen. Hij wilde alleen maar weten waar zijn boogschietspullen waren. Veilig opgeborgen, heb ik gezegd.'

'Denk je dat het oké is om te bidden voor Gods hulp?' vraagt Helen zich af.

'Gaan we dit echt doen?'

'We moeten wel.'

'We moeten niks. We zouden ook naar de politie kunnen stappen.'

'Als we dat doen, vermoorden ze haar. De vrouw die haar te pakken heeft is een monster. Dat hoor ik aan haar stem. We zijn de slechtste ouders van heel Amerika. Je hebt toch van die lui die een overdosis nemen in hun eigen auto? Wij zijn nog stommer dan zij.'

Helen begint weer te jammeren. Grote, hijgerige snikken, alsof ze stervende is. In het schemerlicht dat door het badkamerraam naar binnen valt kijkt hij naar haar gezicht.

Ze ziet er breekbaar uit, gebroken, volkomen verloren. Hij kan geen woorden vinden.

'Hoe moet Amelia nou slapen zonder Mister Boo?' vraagt ze.

'Ik weet het niet.'

'We krijgen haar toch wel terug? Zeg dat we haar terugkrijgen,' zegt Helen.

'We krijgen haar terug. We gaan er alles aan doen. Al moet ik die schoften stuk voor stuk omleggen, we krijgen haar terug.'

29

Zaterdag, 05.38 uur

Het is nog donker buiten, maar misschien wordt het in het oosten al wat lichter. Kylie kan niet slapen. Ze heeft geen oog dichtgedaan sinds het haar is gelukt de moersleutel te pakken.

De adrenaline raasde de hele nacht door haar heen en slapen was onmogelijk. Ze krijgt één kans en die moet ze grijpen.

Het plan is simpel. Goede plannen zijn altijd simpel. Ja, toch?

Stap in de boot, zoek de walvis, dood die.

Stap in de boot, zoek de haai, dood die.

De man of de vrouw komt straks de trap af met een dienblad waar een kom cornflakes of iets dergelijks en een glas sinaasappelsap op staan. Hij of zij moet bukken om het dienblad neer te zetten. Dan pakt hij of zij de kom en het glas van het blad.

Dat is het moment dat Kylie hem of haar zal slaan met de moersleutel.

Een klap op het hoofd, zo hard als ze kan. Met twee handen, hard genoeg om hem of haar bewusteloos te slaan.

Die persoon ligt dan op de grond, buiten westen. Als ze geluk heeft, heeft hij of zij het sleuteltje van de handboeien bij zich. Dan kan Kylie zichzelf bevrijden, de trap op rennen en buiten de dichtstbijzijnde weg opzoeken. Maar als er geen sleuteltje is, komt het pistool om de hoek kijken. Het pistool is cruciaal. Ze waren steeds gewapend als ze naar beneden kwamen, zonder uitzondering.

Zonder sleuteltje gaat Kylie het pistool pakken en dan wacht ze tot de man of de vrouw bijkomt, waarna ze het op zijn of haar hoofd zal richten en dan roept ze de ander erbij en zegt tegen beiden dat ze zal schieten als ze haar het sleuteltje van de handboeien niet geven.

Als ze niet geloven dat ze echt zal schieten, jaagt ze degene die ze heeft neergeslagen een kogel door de knieschijf. Ze heeft een paar keer geschoten, in het bos met oom Pete. Ze weet hoe een revolver werkt. Veiligheidspal eraf, patroonkamer controleren, trekker overhalen. Dan gaat de ander het sleuteltje voor haar halen, maar als een van hen moeilijk doet, zal Kylie een deal met hen sluiten: als zij straks weer thuis is, bij haar moeder, zal ze tegen de politie zeggen dat ze niet meer weet waar ze is vastgehouden. Dat houdt ze dan een hele dag vol. Zo hebben die twee vierentwintig uur de tijd om het land uit te komen.

Kylie is tevreden over haar plan. Het is logisch en rationeel, en ze ziet niet in waarom het niet zou werken. Het lastigst is de eerste stap, en die is in een tel voorbij. Je kunt het, Kylie. Echt, je kunt het, houdt ze zichzelf voor. Maar ze trilt van angst in de slaapzak.

'Trillen' is niet het juiste woord. Het lijkt eerder op stuiptrekkingen. Maar dapperheid zit in de familie. Ze denkt aan haar moeder die al die chemobehandelingen heeft ondergaan. Ze denkt aan haar oma en haar jarenlange strijd tegen de universiteit van New York om in de faculteitswoning te mogen blijven nadat opa ervandoor was gegaan met een van zijn studentes. En Kylie denkt aan haar overgrootmoeder Irina, het vastberaden meisje dat haar familie net zo lang aan het hoofd zeurde tot er een ezelwagen kwam, waarmee ze samen met het terugtrekkende Rode Leger naar het oosten reden en daar een trein namen naar die vreemde stad met de koepels, Tasjkent. Vier jaar brachten ze daar door als straatarme verschoppelingen, en toen ze in het najaar van 1945 terugkeerden in de sjtetl in Wit-Rusland kwamen ze tot de ontdekking, natuurlijk, dat iedereen die daar was achtergebleven was vermoord door de Duitsers. Zonder de moed van haar overgrootmoeder zou Kylie er nu niet geweest zijn.

Die heeft zij nu nodig, de moed en vastberadenheid van de kleine

Irina, van haar moeder en haar oma. Van al die vrouwen, tot ver terug in de tijd. Ze kijkt nog eens goed naar de moersleutel. Zwaar. Wel bijna twintig centimeter lang. Waarschijnlijk achtergelaten nadat iemand de boiler had gerepareerd. Eerder een loodgieter dan een van de huiseigenaars, want zij lijken haar er de types niet naar om een boiler te repareren. Het is geen moersleutel waarmee je een ketting kunt slopen, maar misschien is hij groot genoeg om iemand de hersens mee in te slaan.

Ze zal het gauw genoeg weten.

30

Zaterdag, 06.11 uur

Rachel kijkt steeds of er amber alerts zijn, of politieberichten of belangrijk nieuws over een vermist kind, en ze houdt voortdurend met één oog de gekloonde pc van het gezin Dunleavy in de gaten. De kleine uurtjes. 'Skunk Hour' van Robert Lowell. Zo laat. Zo moe. *Niet in slaap vallen, niet in slaap vallen, niet in slaap vallen...*

Ze doet héél even haar ogen dicht.

Leegte.

Zonlicht.

Vogelzang.

Shit.

Wat voor dag is het? De uren zijn als jaren en de dagen als decennia. Hoeveel millennia duurt deze verdomde nachtmerrie inmiddels?

Het is weer ochtend. Dat gevoel in haar maag, die angstvlinders, de verscheurende paniek. Een mens weet niet wat angst is tot iets of iemand zijn kind in gevaar brengt. Doodgaan is niet het ergste wat je kan gebeuren. Het ergste wat een mens kan overkomen is dat er iets met zijn kind gebeurt. Als je een kind krijgt, word je in één klap volwassen. Absurditeit is de ontologische wanverhouding tussen het verlangen naar zingeving en het onvermogen de zin van het leven te vinden. Absurditeit is een luxe die de ouders van vermiste kinderen zich niet kunnen permitteren.

Ze gaat aan tafel zitten in de huiskamer. Naast haar miauwt Eli de kat. Hij heeft bijna twee dagen geen eten gekregen.

Ze doet voer in zijn bakje, drinkt een beker koude koffie en stapt de veranda op. Dan trekt ze een jas aan en loopt over het pad langs het water naar het huis van de Appenzellers.

De zon komt op boven de Atlantische Oceaan en de grote huizen aan de oostkant van het eiland. Haar iPhone gaat. ANONIEM. Haar maag krimpt samen. Wat nu weer? 'Hallo?'

'Ik heb je hulp nodig! Kom gauw!' roept Pete.

'Ik ben vlakbij, twee minuten.'

'Rennen! Je moet me helpen.'

Ze sprint over het pad naar Northern Boulevard. Met bonzend hart rent ze het paadje naar het strand op, en dan het trapje achter het huis van de Appenzellers.

Tot haar grote schrik staat de achterdeur open.

Ze gaat naar binnen.

Op de keukentafel ligt Petes .45, met daarnaast een zakje waar iets in zit wat op drugs lijkt. What the fuck... Is Pete een gebruiker? Haar hoofd tolt.

Is hij wel te vertrouwen? Jezus, hij zal toch niet bij hen horen?

Rachel denkt Pete te kennen, maar kun je een ander wel echt kennen? Hij is dol op Kylie, maar hij is vroeger ook ooit gearresteerd, en wat heeft hij al die jaren na het Marine Corps gedaan?

Nee, kom op, het is Pete. De paranoia mag niet de overhand krijgen. Tammy heeft niets met de Ketting te maken en Pete evenmin.

Maar drugs? Dat is een ernstige zaak. Ze zal moeten...

'Rachel! Hierbeneden! Zet je bivakmuts op.'

Ze zet haar bivakmuts op en holt de keldertrap af.

Pete staat daar met Amelia in zijn armen. Ze is in een handdoek gewikkeld en spartelt en schokt. De vloer ligt vol ontbijtgranen.

'Ik heb haar Rice Krispies gegeven! Dat kon wel, dacht ik. Ik had de kleine lettertjes niet gelezen. Daar staat dus in dat dat spul sporen van noten kan bevatten.'

'Mijn god!'

'De EpiPen wordt pas later op de ochtend bezorgd,' zegt Pete in totale paniek.

Amelia's lippen zijn gezwollen en ze ziet lijkbleek. Er zitten vlokjes schuim in haar mondhoeken en haar ademhaling is oppervlakkig en rasperig.

Rachel voelt met de rug van haar hand aan Amelia's voorhoofd.

Koorts.

Ze trekt Amelia's truitje omhoog.

Bulten en vlekken.

Dan doet ze Amelia's mond open en kijkt erin. Geen dichte keel. Haar tong is niet dik. Nog niet.

'Heb je moeite met ademen, Amelia?' vraagt Rachel. 'Krijg je wel genoeg lucht? Geef eens antwoord.'

Amelia knikt.

'Wat doet je moeder als dit gebeurt?'

'Dokter.'

Ze is nat van het zweet en gaat steeds zwaarder ademen.

'We moeten haar naar een ziekenhuis brengen,' zegt Pete.

Rachel draait zich naar hem om. Hoe haalt hij het in zijn hoofd? Het ziekenhuis? Ze kunnen onmogelijk met haar naar een ziekenhuis. Als ze dat doen, is het spel uit, en dan is Kylie er geweest. 'Nee.'

'Ze heeft een allergische reactie.'

'Dat zie ik ook wel.'

'Er moet een dokter naar haar kijken. We hebben geen EpiPen.'

'Geen dokter,' houdt Rachel vol. 'Ik hou haar wel vast.'

Ze neemt het meisje van Pete over, en dan begrijpt hij het eindelijk. 'Weet je het zeker?'

'Ja. Mijn besluit staat vast.'

Het is een afschuwelijk besluit, maar een waartoe de Ketting haar heeft gedwongen.

Dit meisje zal hier ter plekke sterven in haar armen of ze komt er op de een of andere manier bovenop.

'Ik blijf bij haar. Zorg jij dat je een EpiPen te pakken krijgt!'

'Hoe dan?'

'Voor mijn part beroof je een apotheek, weet ik veel. Schiet op!'

Pete rent naar boven. 'Ik laat het pistool bij je achter,' roept hij vanuit de keuken.

'Mij best. Ga nou!'

Ze hoort de achterdeur met een klap dichtslaan.

Rachel houdt Amelia in haar armen.

‘Dokter,’ zegt Amelia.

‘Ja, liefje.’

Hier komt geen dokter aan te pas, en ook geen ziekenhuis.

Als Amelia doodgaat, zullen Pete en Rachel het huis achter zich laten en het opnieuw proberen. Dan vindt de politie straks een dood kind, vastgeketend aan een pilaar, helemaal onder het spuug en braaksel, omringd door poppen en speelgoed en spelletjes. Ze zullen het beschouwen als een van de wreedste plaatsen delict die ze ooit hebben gezien.

Amelia’s gezicht ziet spierwit. Haar ogen staan glazig. Ze begint te hoesten.

In het ziekenhuis zouden ze haar kunnen redden.

Een ambulance uit Newburyport zou haar kunnen redden.

Maar Rachel gaat geen ambulance bellen, geen dokter en geen ziekenhuis. Als ze die route zou volgen, zou dat Kylies dood worden. Als Rachel moet kiezen tussen Amelia en Kylie, kiest ze voor Kylie.

Rachel begint te huilen. ‘Probeer wat langzamer te ademen,’ zegt ze tegen Amelia. ‘Rustig, heel diep in en uit.’

Ze voelt Amelia’s pols. Haar hartslag wordt zwakker. Amelia ziet groen. Ze is drijfnat, alsof ze net uit bad komt. ‘Ik wil papa,’ mompelt ze kreunend.

‘Er komt hulp, echt waar.’

Rachel wiegt het meisje in haar armen. Ze is stervende. Amelia is stervende en Rachel kan niets doen.

Zou antihistamine kunnen helpen? Misschien ligt er boven iets in het medicijnkastje.

Ze pakt haar telefoon en googelt ‘pinda-allergie en antihistamine’. In het allereerste artikel dat verschijnt wordt gewaarschuwd om een kind dat een hevige allergische reactie vertoont geen antihistamine te geven, omdat het niet werkt tegen anafylaxie en het de zaak alleen maar erger zou maken.

‘Schiet nou op, Pete,’ zegt Rachel hardop. ‘Schiet op.’

Amelia is slap en warm, en ze heeft schuim op haar lippen. ‘Mama,’ zegt ze, en ze kreunt weer.

‘Het is al goed,’ liegt Rachel. ‘Stil maar.’ Ze drukt het kleine meisje stevig tegen zich aan.

De minuten tikken voorbij. Amelia's toestand verbetert niet, maar wordt ook niet slechter.

Het is stil in huis.

Ze hoort de meeuwen, de zee, geklop. *Klop-klop-klop...*

Hè? Ze gaat op het matras zitten en spitst haar oren.

Opnieuw *klop-klop-klop.*

Wat is dat?

'Elaine?' zegt iemand. Er wordt op de voordeur geklopt.

Er is iemand boven. Een vrouw.

Ze legt Amelia neer op het matras, rent stilletjes de keldertrap op en sluipt de gang in.

Opnieuw *klop-klop-klop*, en dan weer: 'Elaine? Ben je thuis?'

Rachel drukt zich plat op de vloer.

'Elaine? Is daar iemand?'

Amelia's stemmetje is te horen door de open kelderdeur. 'Mama...'

'Elaine? Zijn jullie daar?'

Rachel kruipt de gang door naar de keuken. Het zakje met drugs is weg, maar Pete heeft de .45 laten liggen. Ze pakt het pistool van de keukentafel en sluipt de gang weer in. Wat een dom mens is dat daar voor de deur. Ook al was Elaine thuis, dan zou ze vast niet willen dat er om half zeven 's morgens iemand op de deur stond te kloppen.

'Uhh,' kreunt Amelia.

Met het hart in haar keel sluipt Rachel de keldertrap af, waarbij ze verdomme bijna uitglijdt en haar nek breekt. Ze snelt naar Amelia toe en legt een vinger tegen haar lippen. 'Sst.'

'Elaine, ben je nou thuis of niet?' vraagt de stem achter de voordeur op dwingende toon. 'Ik dacht dat ik je zag lopen!'

Amelia kreunt nog harder en Rachel kan niet anders dan een hand over de mond van het meisje leggen. Amelia krijgt niet genoeg lucht binnen door haar neus. Ze begint te spartelen, maar ze is te zwak om zich te verzetten tegen Rachels greep.

'Sst,' fluistert Rachel. 'Rustig. Stil maar, stil maar.' Ze houdt haar stevig vast. Geen geluid meer van boven.

Er verstrijken tien seconden.

Vijftien.

Twintig.

Dertig.

'Dan zal er wel niemand thuis zijn,' zegt de stem buiten.

Rachel hoort de vrouw het trapje van de veranda af lopen, en even later valt de zware poort voor het huis dicht. Rachel haalt haar hand weg van Amelia's mond, en het meisje hapt naar lucht.

Rachel holt naar boven, naar het raam op de benedenverdieping. De bemoeial is een oudere dame die overschoenen draagt, en een paarse regenjas. 'Poeh,' zegt ze in zichzelf. Volkomen uitgeput gaat ze op de vloer zitten wachten tot de politie verschijnt.

Als dat niet gebeurt, gaat ze terug naar Amelia. Het lijkt een beetje beter te gaan met haar. Of is de wens hier de vader van de gedachte? Ze belt Pete, maar hij neemt niet op. Ze wacht twee minuten en belt nog een keer. Niks. Waar zit hij toch? Wat is hij in godsnaam aan het doen? Zaten er inderdaad drugs in dat zakje? Was hij high? Ze weet dat hij afgelopen jaar een paar keer opgenomen is geweest in de kliniek voor veteranen in Worcester, maar ze heeft niet gevraagd waarvoor. Pete is nooit zo'n prater geweest, en ze wilde niet aandringen. Waar is hij naartoe? Is hij ervandoor gegaan?

Amelia ligt nu op haar zij te hoesten. Rachel stopt het meisje in onder de slaapzak en slaat haar armen om haar heen zoals een moeder zou doen. Ze streelt haar voorhoofd en wiegt haar. 'Het komt goed, liefje,' zegt ze zacht. 'Lieverd, echt, over een paar uur voel je je weer beter.'

Ze houdt haar vast en praat tegen haar en voelt zich de grootste vuile leugenaar op aarde. Vijf minuten kruipen in slow motion voorbij. Daarstraks was Rachel bereid Amelia te laten sterven. Ze zou haar hebben laten doodgaan. Ze is nog steeds bereid haar dood te laten gaan als...

KLOP.

KLOP.

KLOP.

Rachel sluipt de keldertrap weer op.

KLOP.

KLOP.

KLOP.

Stilletjes loopt ze de trap op naar de slaapkamer op de eerste verdieping en kijkt uit het raam. Er staat een politieagent voor de deur. De oude dame die op zoek was naar Elaine heeft verdorie wel degelijk de politie gebeld.

'Hallo?' zegt de politieman, en hij klopt nog een keer. Ze houdt haar adem in. Als Amelia er nu in slaagt te gaan gillen, dan zal die agent dat zeker horen. 'Is er iemand thuis?' vraagt hij. Hij kijkt door de brievenbus en loopt langs de ramen.

Rachel deinst terug achter het gordijn. Als hij het niet vertrouwt, trapt hij vast de deur in. En wat dan? Hem neerschieten lost het probleem niet op. Dat trekt alleen maar meer politie naar het huis. En nog meer. En dan gaat de ontvoering niet door en wordt Kylie vermoord. Maar als hij Amelia ontdekt, wordt Rachel gearresteerd en dat zou óók Kylies dood worden.

De agent doet een paar passen achteruit en kijkt naar de zijkant van het huis. Als hij dadelijk ziet dat er kortgeleden een raam is dichtgespijkerd...

Rachel vliegt de trap af.

Amelia ligt rochelend in de kelder. Een akelig geluid, alsof ze stikt. Misschien heeft ze op dat moment wel een hartstilstand. Rachel loopt door naar de keuken en steekt de .45 achter in de tailleband van haar spijkerbroek. Ze moet die politieman tegenhouden. Als het spel uit is, gaat Kylie eraan. Zo simpel is het. Ze sprint de achterveranda af en rent over het zandpad naar de voorkant van het huis. 'Hallo!' zegt ze vanaf de straat.

De agent draait zich naar haar om. Ze herkent hem. Ze heeft hem een paar keer gezien bij de ijssalon in Ipswich, en Marty heeft ooit een bekeuring van hem gekregen toen ze de auto te dicht bij een brandkraan geparkeerd hadden. Hij is halverwege de twintig. Kenny nog wat. 'Hallo,' zegt hij.

'Kom je wegens mijn telefoontje?' vraagt ze.

'Hebt u de politie gebeld?'

'Elaine Appenzeller had me gevraagd een oogje in het zeil te houden terwijl zij in Florida zit. Ik zag hier een paar kinderen rondhangen. Ik heb gezegd dat ze moesten maken dat ze wegkwamen, anders zou ik de politie bellen. En... nou ja.'

'Ze maakten niet dat ze wegkwamen?'

'Nee. Nu zijn ze er natuurlijk niet meer, omdat jij er bent. Sorry, had ik het anders moeten aanpakken? Ik bedoel, ze hebben hier toch niks te zoeken, op andermans terrein?'

'Hoe zagen ze eruit?'

'O, maar ik wil geen aangifte doen of zo. Ze waren hooguit een jaar of tien. Het spijt me, ik blufte eigenlijk gewoon toen ik zei dat ik de politie zou bellen, en toen ze brutaal naar me keken, zoals jongetjes van die leeftijd dat kunnen doen, zei ik: "Ik doe het echt, hoor," en toen heb ik de beltoets ingedrukt, denk ik.'

Kenny glimlacht. 'Dat hebt u goed gedaan, mevrouw. Ik weet niet of we jochies van tien kunnen bekeuren wegens het betreden van privéterrein, maar als je ze niet op jonge leeftijd een halt toeroept, is inbraak misschien de volgende stap. U zou ervan staan te kijken als u wist hoeveel van die grote leegstaande huizen buiten het seizoen ongewenst bezoek krijgen.'

'Echt?'

'Nou en of. Meestal natuurlijk van kinderen, heel weinig echte inbrekers, maar vaak gaan ze zo'n huis binnen om softdrugs te gebruiken of immorele handelingen te verrichten.'

'Immorele handelingen?'

Kenny wordt vuurrood. 'Seks,' zegt hij.

'O.'

Ze staren elkaar aan.

'Goed, ik controleer nog even of de voor- en achterdeur afgesloten zijn en dan ga ik weer.'

Dat kan Rachel niet laten gebeuren. De achterdeur zou haar meteen verraden.

Ze vraagt zich af of Amelia nog leeft, daar in de kelder. Dan vraagt ze zich af hoe de Rachel van nu zo nonchalant en kil een dergelijke gedachte kan hebben. De Rachel van gisteren zou het afschuwelijk gevonden hebben. De Rachel van gisteren is dood en begraven.

Ze plukt aan een los rood draadje op haar trui en voelt de .45 achter haar rug. Zijn pistool zit in de holster. Ze zou hem onder bedreiging van haar eigen wapen naar binnen kunnen dirigeren, hem uitschakelen en dan Amelia meenemen naar een ander, veilig huis.

'Heb ik jou niet een paar keer gezien bij White Farms, de ijssalon in Ipswich?' vraagt Rachel.

'Ja, daar kom ik wel eens,' antwoordt hij.

'Ik neem altijd butterscotch, wat is jouw lievelingssmaak?'
'Frambozen.'
'Dat heb ik nog nooit geprobeerd.'
'Lekker, hoor.'
'Weet je welk ijsje ik altijd eens heb willen proberen? Wilde Waanzin. Dat is van alles een beetje.'
'Ja, ik weet het. Klinkt raar.'
'Als je nog geen plannen hebt, kunnen we misschien...' zegt ze met een glimlach.
Kenny is nogal traag van begrip, en Rachel gokt dat het hem niet dagelijks gebeurt dat een niet al te onaantrekkelijke oudere vrouw met hem flirt, maar uiteindelijk heeft hij het door. Sterker nog, waarschijnlijk denkt hij dat ze het hele verhaal over de kinderen in de tuin heeft verzonnen om deze ontmoeting mogelijk te maken.
'Als je me je nummer geeft, dan kan ik...'
'Ja. Deze week gaat niet meer lukken, maar als je het volgende week niet te druk hebt... We kunnen ook ergens wat gaan drinken. Misschien is het te koud voor ijs,' voegt ze er met haar stralendste glimlach aan toe.
Kenny lacht terug.
'Heb je pen en papier?' vraagt ze als ze nergens een notitieblokje ziet. 'In je auto misschien?'
Ze loopt met hem mee naar de surveillancewagen en raakt daarbij een paar keer per ongeluk expres zijn arm aan. Ze geeft hem haar nummer en bedankt hem voor zijn komst. 'Ik zal de sloten nog even nakijken. Ik moet toch naar binnen om de vissen te voeren.'
'Zal ik met je meegaan?' biedt Kenny aan.
'Neuh, hoeft niet. Ik heb een echt leeuwenhart... daarom is me levenslang de toegang tot de dierentuin van Boston ontzegd.'
Die had Kenny nooit eerder gehoord en hij moet lachen. Hij stapt in de politieauto, en ze glimlacht nog een keer naar hem als hij wegrijdt.
Zodra hij uit het zicht is, rent ze naar de achterdeur, gaat via de keuken naar binnen en vliegt de keldertrap af, waarbij ze onderweg haar bivakmuts opzet. 'Hou vol, liefje! Hou vol!'
Amelia zit onder de uitslag en is helemaal bezweet, maar opmerkelijk genoeg leeft ze nog.

Nog net.

'O, mijn god, meisje, hou alsjeblieft vol.'

Amelia kwijlt en gaat steeds oppervlakkiger ademen.

Rachel haalt haar uit de slaapzak.

Ze gloeit. Haar ogen knipperen.

Haar ademhaling wordt steeds langzamer, langzamer, en houdt dan helemaal op.

'Amelia?'

Ze ademt niet meer.

O, mijn god! Mond-op-mondbeademing! Hoe moet...

Rachel herinnert zich wat ze moet doen en begint. Ze haalt diep adem en blaast dan Amelia weer leven in. Eén keer, nog een keer.

Ze gaat verzitten en pompt hard en snel op Amelia's borstkas, dertig keer.

Het meisje ademt weer, maar ze heeft hulp nodig, nu meteen. Rachel toetst het alarmnummer in op haar telefoon, maar ze maakt geen verbinding.

Eén telefoontje en er komt een ambulance om Amelia's leven te redden.

De redding van Amelia betekent de dood van haar eigen dochter.

Ze knijpt zo hard in de iPhone dat ze bang is dat het glas het zal begeven.

Amelia's gezicht.

Kylies gezicht.

Nee. Ze kan het niet. Snikkend op de betonnen vloer legt ze de telefoon weg.

31

Zaterdag, 07.27 uur

De deur boven aan de keldertrap gaat open.

'Vandaag is het ontbijt wel op tijd,' zegt de man, en hij komt de trap af gelopen met een kan sinaasappelsap, geroosterd brood en een kom ontbijtgranen. Kylie zoekt naar het pistool en dan ziet ze het, aan de voorkant in zijn broeksband gestoken, iets wat je volgens oom Pete nooit moet doen met een vuurwapen.

'Ben je wakker?' vraagt hij.

'Ja,' antwoordt Kylie, en ze gaat rechtop zitten in de slaapzak.

'Mooi zo. Hou je van marmelade? Ik ben er dol op. Ik had het nooit gegeten, tot ik een paar jaar geleden naar Londen ging. Daar at ik toast met marmelade als ontbijt.'

'Ja, ik vind het lekker. Mijn moeder koopt het wel eens.'

'Het brood in driehoekjes gesneden. Lokale boter, van koeien die buiten hebben gestaan natuurlijk, en Coco Pops en sap. Daarmee kun je er weer even tegen als het goed is.'

Hij zet het dienblad op de grond.

Ze heeft expres *Moby Dick* op de vloer gelegd, opengeslagen met de rug naar boven, op twee vijfde van het einde. Ze weet dat hij het zal oppakken, dat hij onder de indruk zal zijn.

'Jeetje, je gaat lekker. Je bent al over de helft.'

Terwijl hij gebukt staat, geeft Kylie hem een klap op het hoofd met de moersleutel. Het feit dat hij een bivakmuts draagt maakt het voor haar makkelijker, want dan kan ze ze zich inbeelden dat ze helemaal geen mens slaat. De man kreunt en ze slaat hem nog een keer.

Hij valt voorover en landt met een bijna zielige bons op de rand van het matras.

Ze heeft geen idee waar ze hem precies op het hoofd heeft geraakt, maar de klap heeft zijn werk gedaan. Hij is buiten westen.

Nu is het een race tegen de klok, dat weet ze.

Ze moet hem omdraaien, het sleuteltje van de handboeien uit zijn zak halen, zichzelf bevrijden en de trap op rennen.

Misschien loopt er buiten in de tuin een hond of zo, of die vrouw. Maar ze heeft straks de revolver. Ze zal moeten schieten. Als er niemand is, moet ze zo hard als ze kan doorlopen naar het hek. En als ze inderdaad in het gedeelte van New Hampshire is waar ze denkt te zijn, is het buiten drassig en moerassig, maar in oostelijke richting zou ze moeten uitkomen bij de I-95 of bij Route 1, of aan zee. Ze zal blijven rennen, ook al roepen ze dat ze moet blijven staan.

De man is zwaar, maar ze slaagt erin hem op zijn rug te draaien, sjorrend en trekkend aan zijn zweterige borst en zijn oksels, die naar uien ruiken.

Dan pakt ze de revolver uit zijn broeksband en zoekt in al zijn zakken naar het sleuteltje van de handboeien.

Geen portefeuille, geen identiteitsbewijs, niks. Maar vooral geen sleuteltje.

Ze zoekt nog een keer, voor alle zekerheid. Hij heeft een ouderwetse bruine pantalon aan met diepe zakken, maar die zijn leeg. De broek heeft geen kontzakken, maar er zit wel een borstzakje in zijn overhemd. Dat zou de ideale opbergplaats zijn voor een sleuteltje.

Yes! denkt ze, maar ook daar treft ze geen sleuteltje aan. Shit.

Over naar plan B. Kylie bekijkt het wapen. Er zitten zes kogels in de cilinder. Oké, denkt ze, nu hoeft hij alleen maar wakker te worden.

Er verstrijkt een minuut.

Twee.

O, god, heeft ze hem vermoord? Ze heeft hem alleen maar een klap gegeven met die moersleutel. In de film gaan mensen daar ook niet van dood. Het was niet haar bedoeling...

De man verroert zich.
'Au, mijn hoofd,' zegt hij met een flauw lachje. 'Midden op mijn knar, je hebt me goed geraakt.'
Hij kreunt, en na een paar tellen gaat hij rechtop zitten en kijkt haar aan. Ze heeft de revolver in haar hand. De geladen revolver.
'Waar heb je me mee geslagen?' Hij steekt zijn handen onder de bivakmuts en wrijft kreunend in zijn ogen.
'Ik had een moersleutel gevonden op de vloer,' zegt Kylie.
'Een moersleutel?'
Kylie steekt met haar linkerhand de moersleutel omhoog.
'Ach jee. Hoe hebben we die nu kunnen missen?'
'Hij lag onder de boiler.'
'Dat kan niet! Ik heb de hele ruimte nagekeken.'
'Hij was alleen op een bepaald moment van de dag te zien vanaf een bepaalde plek. Ik dacht aan de woorden van Howard Carter na het vinden van de grafkamer van Toetanchamon. Je moet kijken, niet alleen zien.'
De man knikt. 'Mooi gezegd. Je bent een pienter meisje, Kylie. Goed, wat zou de volgende stap in je plan moeten worden?'
'Ik heb uw zakken doorzocht. U hebt het sleuteltje van de handboeien niet, dus dan moet zíj het hebben. Ik wil dat u haar roept en zegt dat ze het sleuteltje van de handboeien moet brengen.'
'En anders?'
'Anders schiet ik u neer.'
'Denk je dat je dat zou kunnen?'
'Ja, dat denk ik. Mijn oom Pete heeft me een paar keer op doelwitten leren schieten. Ik weet hoe het moet.'
'Maar op een papieren doel schieten is toch heel wat anders dan op een mens?'
'Ik schiet eerst in uw been, om te laten zien dat het menens is.'
'En dan?'
'Dan geeft zij me het sleuteltje en ben ik weg.'
'Waarom zou ze je laten gaan?'
'Omdat ik u anders doodschiet,' zegt Kylie. 'Maar ik weet dat jullie dit allemaal niet zo hebben gewild, dus zal ik iets beloven: als ik hier weg ben, zal ik tegen mijn moeder zeggen dat ik me niets kan herinneren. Ik wacht vierentwintig uur voordat ik de politie vertel over

deze plek. Dan hebben jullie een dag de tijd om het vliegtuig te nemen. Naar een plek waar ze geen... hoe heet dat...'

'Uitleveringsverdrag?'

'Ja.'

De man schudt treurig het hoofd. 'Het spijt me, Kylie. Goed geprobeerd, maar je hebt het verkeerd ingeschat. Heather geeft niks om mij. Ze zou me zo laten neerschieten. Je mag van haar zo veel kogels door me heen jagen als je maar wilt.'

'Natuurlijk geeft ze wel om u! Roep haar dan. Zeg dat ze het sleuteltje moet brengen!'

'Nee.' Hij zucht. 'Ze geeft al jaren niks meer om me, als ze al ooit van me heeft gehouden. Jared is haar zoon uit een eerder huwelijk. Ik was voor haar een soort noodoplossing, denk ik. Een noodoplossing waar ze nu mee opgescheept zit. Ik hou van haar, maar ik denk niet dat het ooit echt wederzijds is geweest.'

Kylie knoopt de twee namen die hij met zijn versufte hoofd heeft laten vallen in haar oren: Heather en Jared. Die informatie kan later wel eens van pas komen, maar nu moet ze hier weg zien te komen.

'Dat kan me allemaal niet schelen, meneer. Ik wil hier weg, en het is geen bluf.'

'Dat verwachtte ik ook niet. Je lijkt me een zeer vastberaden jongedame. Haal gewoon die trekker over.'

'Ik doe het, hoor.'

'Ga je gang.'

Ze gaat staan, richt de revolver op de knieschijf van de man en haalt de trekker over zoals ze van oom Pete heeft geleerd.

De hamer landt op het slaghoedje. Er volgt een klik, en dan een stilte. Ze haalt de trekker nogmaals over. De kamer draait, de hamer gaat eerst naar achteren en komt dan neer op het volgende slaghoedje. Weer een klik, en opnieuw stilte. Ze haalt de trekker nog vier keer over, tot ze alle zes de kogels in de revolver heeft gehad.

'Ik snap het niet,' zegt ze.

De man steekt zijn arm uit en neemt de revolver van haar over. Hij klikt hem open en laat haar de zes glimmende, *lege* koperen patroonhulzen zien die hij in het wapen heeft gestopt.

32

Zaterdag, 07.35 uur

Geluiden boven in de keuken.
Is de agent terug?
Rachel pakt het pistool en richt dat op de bovenkant van de keldertrap. 'Wie is daar?' Ze mikt met één oog. Houdt haar adem in.
Pete komt de trap af gehold. 'Ik heb de EpiPen. Hij was al bezorgd op het afleveradres!'
'Goddank.'
Rachel deinst terug als Pete Amelia in haar been injecteert. Het spul werkt vrijwel onmiddellijk. Het lijkt verdomme wel een wonder. Amelia hapt twee keer naar adem en begint dan te hoesten.
Ze hoest, zuigt lucht naar binnen en hoest opnieuw.
Pete geeft haar water, waar ze hijgend en piepend van drinkt.
Hij pakt haar pols. 'Hartslag weer normaal. En ze ademt beter.'
Rachel knikt, gaat naar boven, zoekt de drankkast van de Appenzellers op en schenkt voor zichzelf een groot glas whisky in.
Ze drinkt het leeg en schenkt opnieuw in.
Drie kwartier later komt Pete naar boven en voegt zich bij haar.
'Hoe gaat het met haar?' vraagt Rachel.
'Een stuk beter. De koorts is flink gezakt.'
'Het ging helemaal mis. Volgens mij ademde ze niet meer.'
'Het was mijn schuld. Ik had die Rice Krispies niet gecheckt.'

'Ik zou haar hebben laten doodgaan, Pete.'

Pete schudt het hoofd, maar hij weet dat het waar is, en hij weet ook dat hij waarschijnlijk hetzelfde zou hebben gedaan.

'Ik ben net zo geworden als zij,' fluistert Rachel.

Heel even staren ze elkaar aan. In hun ogen is hetzelfde verhaal te lezen: schaamte, zware vermoeidheid, angst.

'Toen jij weg was, kwam er een vrouw aan de deur die Elaine Appenzeller zocht. Ze is weggegaan, maar ze heeft de politie gebeld.'

'En is de politie gekomen?'

'Ja.'

'Zijn we erbij?'

'Ik denk het niet. Ik heb geflirt met die agent, en volgens mij denkt hij nu dat ik een geil oud mens ben dat de politie belt omdat ze graag een date wil.'

'Je bent niet oud,' zegt Pete met een glimlach, in een poging de stemming wat luchtiger te maken.

Ik ga waarschijnlijk dood, Pete, denkt Rachel. Hoe oud wil je het hebben? 'Dus met Amelia gaat het goed?'

'Ja, ze is aan de beterende hand.'

'Ik ga even bij haar kijken.'

Het duurt nog een half uur voordat Amelia's ademhaling en huidskleur weer helemaal normaal zijn. Als ze al zo reageert op het kleinste spoortje pinda of noten, zou een echte dosis beslist haar dood geworden zijn.

'Waarom hebben jullie de hele tijd van die mutsen op die jullie gezichten bedekken?' vraagt Amelia aan Rachel.

'Als we je teruggeven aan je mama, willen we niet dat je haar gaat vertellen hoe wij eruitzien,' zegt Rachel.

'Weet mama dan niet hoe jullie eruitzien?'

'Nee.'

'Dan moet je vrienden met haar worden op Facebook, zodat ze het wél weet,' zegt Amelia stellig.

'Misschien doe ik dat wel. Wil je een pakje sap?'

'Is het appelsap?'

'Ja,' zegt Rachel en ze geeft haar het pakje.

'Ik lust geen appelsap. Iedereen weet dat ik appelsap vies vind.' Amelia kreunt en werpt het pakje sap van zich af, en daarna smijt ze het Lego-paard weg waarmee ze aan het spelen was. Het valt in zes stukken uit elkaar. 'Ik haat het hier en ik haat jou!' schreeuwt ze.

'Je moet niet zo gillen, liefje,' zegt Rachel. Ze hebben de boel heel aardig geluiddicht gemaakt, maar toch...

'Waarom niet?'

'Als je gilt, moeten we je mond dichtplakken met tape om je stil te krijgen.'

Amelia kijkt haar verbijsterd aan. 'Hoe moet ik dan ademen?'

'Door je neus.'

'Zou u dat echt doen?'

'Ja.'

'U bent een gemenerik.'

Rachel knikt. Het meisje heeft gelijk. Ze is gemeen. Zo gemeen dat ze bereid was haar hier in de kelder te laten sterven.

Rachel pakt een wegwerptelefoon uit haar tas. 'Wil je je moeder bellen?' vraagt ze.

'Ja!' roept Amelia uit.

Rachel toetst het nummer van Helen Dunleavy in.

'Hallo?' zegt Helen. Ze klinkt vermoeid, dodelijk vermoeid, en bang.

'Wil je Amelia spreken?'

'Ja, graag.'

Rachel zet de telefoon op de speaker en geeft hem aan het meisje.

'Liefje, ben je daar?' vraagt Helen.

'Mama, mag ik naar huis?'

'Heel gauw, lieverd, heel gauw.'

'Ik vind het hier niet leuk. Het is donker en eng. Wanneer komt papa me halen? Ik voel me niet lekker. Ik verveel me.'

'Heel gauw, lieverd. Hij komt je heel gauw halen.'

'Mis ik nu veel school?'

'Ik denk het wel. Ik weet het niet.'

'Ik wil geen ketting om mijn hand. Rotketting!'

'Ik weet het.'

'Zeg maar dag tegen je mama.' Rachel steekt haar hand uit naar de telefoon.

'Ik moet ophangen,' zegt Amelia.

'Dag, schatje, ik hou van je!'

Rachel neemt de telefoon van haar over en loopt ermee de trap op. 'Zoals je hebt gehoord, is ze gezond en ongedeerd. Nog wel. Je moet opschieten met deel één en deel twee.' Ze doet de kelderdeur achter zich dicht en loopt de keuken in.

'Ik denk dat we het geld vanavond kunnen overmaken.'

'Doe het nu meteen! En ga dan op zoek naar een doelwit. We zullen Amelia doden als dat nodig is. Ik wil mijn dochter terug en jij staat dat verdomme in de weg,' zegt Rachel, en dan breekt ze de telefoon in tweeën. Ze haalt de achterkant eraf, verwijdert de simkaart en trapt ook die doormidden. De resten gooit ze in de vuilniszak die Pete in de keuken heeft staan.

Ze trilt van woede en frustratie.

Er zweven horizontale banen stof in de zonnestralen die door de luiken voor de ramen naar binnen vallen. Ze kan de golven horen stukslaan op het strand honderd meter vóór haar, en beneden neuriet het meisje wat voor zich uit.

Rachel ademt in en uit, in en uit. Het leven is een waterval van momenten die boven op elkaar storten zonder enige betekenis, zonder doel. Van alle filosofen was Schopenhauer de enige die dat inzag.

'Ik ga naar huis,' roept ze naar Pete, en als de kust veilig is, glipt ze door de achterdeur naar buiten en steekt de duinen over. Het liefst zou ze nu een potje huilen, maar ze is uitgehuild. Ze is van steen. De Rots van Gibraltar. En daar is weer die gedachte: de Rachel van gisteren bestaat niet meer. De tranen zijn al een eeuwigheid op, verdrongen à la Lady Macbeth, en ze is nu een ander mens.

33

Zaterdag, 07.41 uur

De man neemt een paar minuten de tijd om tot zichzelf te komen. Kylie staart hem vol ongeloof aan.

Haar oorspronkelijke plan A kan ze vergeten. En plan B ook.

Er is geen plan C.

'Ik snap het niet... waarom hebt u het wapen niet geladen?' vraagt Kylie uiteindelijk.

'Denk je nou echt dat ik een geladen revolver op een kind zou richten? Ik? Terwijl ik van beroep... O, mijn hoofd. En al helemaal niet na dat voorval met de... Na wat er is gebeurd toen we jou meenamen. Zo zeg, mijn hoofd bonst nog steeds. Heb je me twee keer geslagen? Dat was me wat. Geef me nu eens braaf die moersleutel.'

Kylie geeft hem de moersleutel, die hij op het dienblad legt.

'Ik moet zeggen dat ik bewondering voor je heb, Kylie. Je bent vindingrijk, vastberaden en dapper. In een andere situatie zou ik duimen dat je slaagde in je plannen.'

'Laat me dan alstublieft...'

'Maar je moet niet denken dat ik iemand ben die makkelijk om te praten is, dat het mij niet menens is. Want dat is het wel degelijk. We zijn er nu zo dichtbij. En we hebben zo veel doorstaan. Ik ben bang dat ik je zal moeten straffen als je nog eens zo'n streek uithaalt.'

'Dat doe ik niet. Dat kan ik niet.'

'Het is een beetje laat voor een plechtige belofte.'

Hij buigt zich naar voren en geeft haar zo'n harde klap dat de ketting met een ruk straktrekt en Kylie met een draai zijwaarts op de betonnen vloer belandt.

Een pieptoon in haar hoofd.

Witte vlekken voor haar ogen.

Duisternis.

De tijd valt weg.

Weer witte vlekken.

Pijn.

Het bloed stroomt uit haar neus en mond.

Waar is ze?

In een bedompte ruimte.

Op een zolder?

In een kelder?

Een…

O, ja.

Hoe lang is ze bewusteloos geweest? Een minuut? Twee minuten? Een dag?

Als ze haar ogen opendoet, is de man weg. Hij heeft de moersleutel en de revolver meegenomen. Het dienblad met het ontbijt staat er nog.

Haar gezicht gloeit. Ze voelt zich licht in het hoofd.

Ze gaat rechtop zitten. Als ze nu probeert te gaan staan, zal ze vast en zeker omvallen.

Het lukt ook niet haar blik scherp te stellen. De achterste muur van de kelder is één vaag kleurvlak.

Het bloed uit haar neus druipt op de slaapzak.

Drup. Drup. Drup.

Het vuurrode bloed vormt een plasje op het glimmende nylon; het neemt de vorm aan van Zuid-Amerika.

Ze doopt een vinger in de kom met melk waar de Coco Pops in drijven. Nog koud. Ze is dus maar een paar minuten bewusteloos geweest.

Ze begint te huilen. Ze is zo eenzaam en bang. In de steek gelaten door de hele wereld, zonder ideeën, zonder hoop of plan.

34

Zaterdag, 16.00 uur

Rachel rijdt naar het winkelcentrum in New Hampshire en komt terug met een EHBO-doos, poppen, dvd's, een prinsessentent en spelletjes. Puur schuldgevoel. Het gaat nu beter met Amelia. Ze heeft al een bordspel gedaan met Pete en een boterham met ham gegeten.

Ze zetten het koepeltentje op en stoppen *Frozen* in de draagbare dvd-speler. Een uur lang kijken ze naar Amelia die de dvd kijkt, tot er een signaal klinkt van de Wickr-app op Rachels telefoon. Ze gaat naar boven om het bericht te lezen.

Het is afkomstig van 2348383hudykdy2.

Losgeld Dunleavy is betaald, staat er alleen.

Rachel pakt een van de opgeladen wegwerptelefoons en toetst het nummer van de familie Dunleavy in.

'Hallo?' zegt Helen.

'Het losgeld is betaald. Je weet wat je nu te doen staat.'

'Hoe kunnen we dat nou doen? Het is gekkenwerk. Onmogelijk.'

Er klinkt wat geschuifel en dan zegt iemand: 'Nee.'

Mike Dunleavy komt aan de telefoon. 'Moet je eens even goed luisteren...' begint hij, maar Rachel kapt hem af.

'Geef me onmiddellijk je vrouw weer, of je dochter is er geweest.'

'Ik wil weten wie...'

'Geef me je vrouw, eikel! Nu! Ik heb een pistool op Amelia's hoofd gericht!' schreeuwt ze.

Een seconde later heeft ze Helen weer aan de lijn. 'Het spijt me...'

'Het zal je straks nog veel meer spijten, trut. Doe wat je wordt opgedragen of je ziet Amelia nooit meer terug. Als jullie een lijst met doelwitten hebben opgesteld, stuur je die via Wickr naar de contactpersoon, voor de definitieve goedkeuring,' snauwt Rachel, en ze hangt op.

Ze haalt de simkaart uit de telefoon en trapt die samen met het toestel stuk op de keukenvloer. De kapotte telefoon gooit ze in de vuilniszak.

Een paar minuten later kijkt ze via Petes laptop naar de activiteiten op de gekloonde computer van de Dunleavy's, en ze ziet dat ze braaf op Facebook en Instagram aan het speuren zijn. Zo gaat dat tegenwoordig.

Pete komt naar boven. 'Nieuws?'

'Ze hebben het losgeld betaald.'

'Ze konden het missen. Maar het tweede deel...'

'Ja. Hoe is het met die kleine?'

'Gaat wel. Ze zit nog steeds Disney-films te kijken. Ik heb beloofd straks nog een spelletje met haar te doen.'

Rachel knikt afwezig.

'Rach, luister nou, jij kunt gewoon naar huis gaan. Ik red het hier wel.'

'Nee, ik blijf vannacht bij Amelia,' zegt Rachel stellig.

'Ze heeft gevraagd of ik kan blijven, en niet jij,' zegt hij voorzichtig.

'Waarom?'

'Ze is bang voor jou.'

'O.'

'Het is beter als ik hier blijf. Ik ben het gewend, ik kan overal slapen. In een slaapzak op de grond is voor mij geen punt.'

Rachel knikt. 'Dat moet dan maar.'

'Ja.'

Ze staren elkaar aan zonder iets te zeggen. Rachel bekijkt hem aandachtig. Ze weet dat er iets niet klopt, maar ze kan er de vinger niet op leggen. Heeft het te maken met dat zakje waarvan ze dacht dat er drugs in zaten?

'Is er echt niks, Pete?'
'Nee, hoor.'
'Ik steun nu helemaal op jou.'
'Goed zo. Vertrouw maar op mij.'

Pete weet dat zij het weet. Hij heeft dringend een nieuwe dosis nodig. Zijn lijf snakt ernaar. Hij had nog even gedacht dat hij deze ervaring zou kunnen gebruiken als een manier om zichzelf te dwingen ermee te stoppen, maar zo eenvoudig is dat niet. Hij heeft behoefte aan een shot.

Dan staat Rachel eindelijk op. 'Bel me.'

'Doe ik.'

Ze zwaait nog even treurig naar hem en gaat dan naar buiten.

De zee geselt de duinen en Rachel wordt begroet door een ijskoude, gure noordenwind. De regen valt schuin omlaag en boven de Dry Salvages, vlak voor Cape Ann, flitst de bliksem.

Thuis pakt ze een blikje Sam Adams uit de koelkast, maar bier is nu niet afdoend. Ze schenkt een glas voor de helft vol met wodka en vult het aan met tonic. Dan denkt ze aan de eerste anonieme beller. Die stem aan de telefoon. De opmerking over de levenden die niets anders zijn dan een ondersoort van de doden. Typisch zo'n opmerking die zij tegen haar medestudenten maakte in het begin van haar studietijd. Dingen die je in je jonge jaren als diepzinnig beschouwde. Ze zou bijna denken dat degene die achter de Ketting zit zich wil voordoen als een wijze vrouw van vijftig, maar in werkelijkheid van haar eigen leeftijd of jonger is.

Rachel dacht ooit dat er een heel leven voor nodig zou zijn om iemand te laten uitgroeien tot zo'n kwaadaardig mens, maar dat blijkt niet zo te zijn. *En kijk eens naar jezelf, Rachel. Ontvoerder, kinderkweller, een slechte moeder. Je bent het allemaal. En je weet diep in je hart dat je Amelia zou hebben laten doodgaan. De intentie was er, en daar draait het allemaal om in de moraalfilosofie – en in het leven.*

Je bent oneindig diep gezonken, en razendsnel. Je zit in de kooi die omlaag stort naar de hel. En het wordt nog erger. Het wordt altijd erger. Eerst de kanker, dan de scheiding, dan wordt je dochter ontvoerd en vervolgens word je een monster.

35

Zondag, 02.17 uur

Mike en Helen Dunleavy zijn precies zoals Rachel had gehoopt. Na hun aanvankelijke getreuzel en paniek op zaterdagmorgen hadden ze gisteren, zaterdagmiddag, hun zaakjes keurig voor elkaar.

Ze hebben een kind uitgekozen in East Providence, Henry Hogg, een jongen in een rolstoel wiens vader onderdirecteur is van een oliemaatschappij, zodat hij zonder met zijn ogen te knipperen 150.000 dollar losgeld kan betalen. Zaterdagavond had Henry's vader een diner bij de Rotaryclub in Boston, en om negen uur ging Henry's stiefmoeder Henry ophalen bij een vriendje dat drie blokken verderop bij hen in de straat woont. Ze duwde zijn rolstoel in haar eentje door de straten van Providence.

De Dunleavy's zorgden er vervolgens voor dat hij niet thuis aankwam.

Kylie weet dat allemaal niet, maar die zondag, een paar uur na middernacht, gaat de kelderdeur open en zegt de vrouw – Heather – tegen haar dat ze moet opstaan.

Rachel weet daar niets van, totdat die nacht om 02.17 uur haar telefoon gaat.

Ze ligt thuis ineengedoken op de bank, waar ze zo nu en dan indommelt. Ze is in alle staten. Ze eet niet meer, doucht niet meer.

Het lukt haar niet om langer dan een paar minuten achter elkaar te slapen.

Haar hoofd bonst onafgebroken. Haar linkerborst doet pijn.

De *I Tjing* ligt naast haar, opengeslagen bij het hexagram Tjiè – bevrijding. Haar vinger blijft hangen bij de regel *U doodt drie vossen in het veld en ontvangt een gele pijl.* Is de gele pijl een teken dat haar dochter veilig is?

Door het telefoontje wordt ze ruw opgeschrikt uit haar apathie, en ze graait het toestel naar zich toe alsof het een reddingsvest is.

ANONIEM.

'Hallo?'

'Rachel, ik heb heel goed nieuws voor je,' zegt de vrouw die Kylie heeft ontvoerd.

'Ja?'

'Kylie wordt binnen een uur vrijgelaten. Ze krijgt een wegwerptelefoon mee en zal je daarmee bellen.'

Rachel barst in tranen uit. 'O, god, echt?'

'Ja. En het gaat goed met haar, ze is ongedeerd. Maar onthoud goed dat jij én zij allebei nog steeds groot gevaar lopen. Jij moet je slachtoffer vasthouden tot je groen licht krijgt van de Ketting. Als je de boel probeert te saboteren, vermoorden ze je. Denk aan de familie Williams. Ik kan opdracht krijgen om jou en Kylie te doden, en dat zal ik doen ook om mijn zoon te beschermen. Als ik het niet doe, laten ze ons vermoorden, mij en jou en onze kinderen, door de mensen boven mij in de Ketting. Het is menens. Ze zijn inslecht.'

'Ik weet het,' zegt Rachel.

'Het was heel verleidelijk om Kylie vrij te laten toen ik mijn zoontje veilig terug had. Ik wilde die hele toestand achter me laten, maar ik wist dat als ik dat deed, ik haar en jou en mezelf en mijn zoon in gevaar zou brengen.'

'Ik beloof je dat ik ons niet in gevaar zal brengen. Waar is mijn Kylie?'

'We doen haar een blinddoek om, we rijden drie kwartier met haar rond en dan zetten we haar af bij een wegrestaurant. We geven haar een telefoon waarmee ze jou kan bellen om te zeggen waar ze is.'

'Dank je wel.'

'Jij bedankt, Rachel, dat je het niet verpest hebt. Wij hebben vreselijke pech gehad, maar dat is nu achter de rug. Laat het alsjeblieft voorbij zijn, en laat de mensen die jij hebt uitgekozen het in godsnaam niet bederven. Dag, Rachel.'

Ze hangt op.

Rachel belt Pete bij de Appenzellers om hem het nieuws te vertellen. Pete is door het dolle heen. 'Ongelooflijk! Ik hoop maar dat het waar is.'

'Ik ook,' zegt ze. 'Ik bid dat het echt zo is.'

'Ik ook.'

'Hoe is het met Amelia?'

'Ze ligt te slapen in de prinsessentent.'

'Ik moet de lijn vrijhouden.'

'Hou me op de hoogte.'

Er verstrijkt een uur.

Een uur en een kwartier.

Een uur en twintig minuten.

Een uur en vijfentwintig minuten.

'Er zal toch niet iets zijn ge...'

Rachels telefoon gaat. ANONIEM.

'Hallo?'

'Mama!' zegt Kylie.

'Kylie, waar ben je?'

'Dat weet ik niet. Ik moest één minuut wachten voordat ik de blinddoek afdeed. Ze zijn nu weg en ik sta buiten, ergens op een verlaten weg. Het is donker.'

'Zie je iets?'

'Volgens mij is er verderop een grotere weg.'

'Loop daarheen. O, Kylie, hebben ze je echt vrijgelaten?'

'Mam, ik ben vrij. Kom me halen!'

'Waar ben je, lieverd? Zodra ik dat weet, kom ik eraan.'

'Volgens mij zie ik een bord van Dunkin' Donuts. Ja, die zit hier. Bij een benzinestation, ik zie de borden!'

'Zijn ze open?'

'Ik geloof van wel.'

'Ga erheen en vraag daar waar je bent. Niet ophangen, voorzichtig met oversteken en blijf aan de lijn.'

'Nee, ik moet ophangen. Ze hebben deze telefoon niet helemaal opgeladen, ik heb maar één blokje batterij. Ik bel je zo bij de benzinepomp.'

'Nee, Kylie! Niet ophangen, alsjeblieft!'

De verbinding wordt verbroken.

'Nee!'

Vijf minuten gespannen stilte voordat de telefoon weer gaat. 'Oké, mam, ik ben bij het Dunkin' Donuts-gedeelte in benzinestation Sunoco aan Route 101.'

'Bij welke plaats hoort dat?'

'Dat weet ik niet, mam. Ik wil het niet nog een keer gaan vragen. Volgens mij vonden ze het al raar dat ik op dit tijdstip hier opdook en dat ik niet wist waar ik was.'

'Jezus, Kylie, vraag het gewoon.'

'Mam, luister nou. Googel het dan. Ik ben in New Hampshire op de 101, vlak bij de I-95.'

Rachel googelt het benzinestation. 'Is het de Sonoco bij Exeter?'

'Ja. Ik zie een bord met Exeter.'

'Ik ben er binnen twintig minuten! Kun je nog twintig minuten wachten?'

'Jawel.'

'Drink maar een paar slokken water als je geen geld hebt om iets te eten te kopen.'

'Nee, ze hebben me geld gegeven. Ik neem een donut en cola. Ik heb ook mijn telefoon teruggevraagd, maar ze zeiden dat ze die niet hadden.'

'Wij hebben je telefoon gevonden,' zegt Rachel terwijl ze naar de auto rent.

'Kun je die meebrengen?'

'Dat komt later wel, ik zit al in de auto.'

'Wat heb je tegen Stuart gezegd?' vraagt Kylie.

'Dat je ziek bent, en tegen je vader dat je in New York zit. O, god, Kylie, ben jij het echt? Kom je echt bij me terug?'

'Ik ben het echt, mam. Ik heb honger, ik ga een donut halen. Misschien wel twee. Ik hang nu op om een donut te gaan halen, mam.'

'Niet ophangen! Ik ben er bijna,' zegt Rachel, maar Kylie is alweer weg.

De I-95 is maar een paar minuten rijden en Rachel racet er met honderddertig kilometer per uur overheen, zo'n beetje het maximum dat de Volvo kan halen.

Google Maps brengt haar naar de afslag van de 101, en dan ligt benzinestation Sunoco ineens pal voor haar.

Kylie zit in haar eentje aan een tafeltje voor het raam bij Dunkin' Donuts. Haar bruine haar, het gezicht met de sproeten, het zilveren haarbandje. Ze is het echt!

Wat lijkt ze klein en fragiel onder die felle lampen.

'Kylie!' roept Rachel. Ze parkeert de Volvo in een van de vakken, doet het portier open en rent naar haar dochter toe.

Ze omhelzen elkaar en barsten in tranen uit.

Kylie huilt. Rachel huilt.

Het is echt.

Het is helemaal echt.

Haar kleine meid is terug. De *I Tjing* beloofde een gele pijl als het allemaal achter de rug zou zijn. Er is hier geen gele pijl te zien, maar Kylie is weer terug in haar wereld. *Dank U wel, God. Dank U, dank U.*

'O, mama, ik dacht dat ik je nooit meer zou zien,' zegt Kylie.

Rachel kan het niet bevatten. Ze weet niet of de wereld wel groot genoeg is voor alle opluchting en blijdschap die ze nu voelt. 'Ik wist zeker dat ik jou weer zou zien! Dat ik je terug zou krijgen.' Ze drukt Kylie stevig tegen zich aan. Haar kleine meisje ruikt naar haar kleine meisje. Ze bibbert en voelt koud aan. Ze heeft natuurlijk honger en ze is vast heel, heel bang.

De tranen vloeien. Emmers tranen van opluchting en vreugde. Een vreemde, onevenwichtige, merkwaardige vreugde.

'Heb je honger?' vraagt Rachel.

'Nee. Ik heb net een donut op en die mensen gaven me daar ook te eten.'

'Wat kreeg je dan?'

'Gewone dingen. Cornflakes en crackers.'

'Kom, we gaan hier weg. Ik neem je mee naar huis. Oom Pete is er ook.'

'Oom Pete?'

'Hij heeft me geholpen.'

'Heb je het papa niet verteld?'
'Nee.'
'Omdat hij nu met Tammy is?'
Rachel knikt.
'Ze hebben gezegd dat we allemaal gevaar kunnen lopen als ik mijn mond niet hou,' zegt Kylie.
'Dat zeiden ze tegen mij ook. Kom, dan gaan we naar huis.'
'Ik moet naar de wc.'
'Ik ga met je mee.'
'Nee, mam, dat hoeft niet.'
'Ik verlies je niet meer uit het oog.'
'Mam, je gaat niet met me mee naar de wc. Ik ben zo terug.'
Rachel loopt met Kylie mee naar het toilet van Dunkin' Donuts en blijft voor de deur wachten. Het is één wc voor zowel dames als heren, dus er kan onmogelijk iemand naar binnen glippen en Kylie door het raampje meesleuren of iets dergelijks, maar toch vindt Rachel het vreselijk om haar dochter zelfs maar voor een paar tellen niet te kunnen zien.
De vrouw van middelbare leeftijd achter de kassa vangt haar blik. 'Is dat uw dochter?' vraagt ze.
'Ja.'
'Ik wilde de politie al bellen. Ik dacht dat ze van huis weggelopen was.'
Rachel glimlacht en stuurt Pete een berichtje dat alles goed is met Kylie.
'Je moet ze goed in de gaten houden als ze de tienerleeftijd bereiken,' zegt de vrouw aan de kassa. 'Het is een lastige periode. Ik kan het weten. Vier dochters.'
'Deze hier is mijn hele wereld,' vertelt Rachel.
De vrouw knikt. 'Je kunt ze geen moment uit het oog verliezen.'
'Vertel mij wat.'
Kylie komt het toilet uit en Rachel omhelst haar weer. Hand in hand lopen ze het benzinestation uit.
'Als we thuis zijn, wil ik heel lang onder een warme douche,' zegt Kylie in de auto.
'Natuurlijk. Wat je maar wilt.'
'Ik voel me vies.'

'Er is toch niks gebeurd? Hebben ze aan je gezeten, je pijn gedaan?'

'Nee... Jawel. Die man gisteren. Welke dag is het vandaag?'

'Zondagmorgen, geloof ik.'

'Ik probeerde te ontsnappen en toen heeft hij me geslagen,' zegt Kylie op nuchtere toon.

'O, jezus. Hij heeft je geslagen?'

'Ja, en het gekke is dat hij niet eens de slechterik was van de twee. Dat was zij. Ze was zo eng.' Kylie begint weer te huilen.

Rachel drukt haar tegen zich aan.

'Kom, ik wil naar huis. Naar mijn kat en naar oom Pete,' zegt Kylie.

Rachel start de auto, doet de lichten aan en rijdt in zuidelijke richting.

'Er is nog iets, mam.'

'Wat dan?' Rachel verwacht meteen het ergste.

'Ik weet het niet zeker, maar ik denk dat ze een politieagent hebben neergeschoten. We werden aangehouden op de snelweg en volgens mij hebben ze toen geschoten.'

Rachel knikt. 'Er was donderdagmorgen iets op het nieuws over een agent van de snelwegpolitie die is neergeschoten, dacht ik.'

Kylie slaakt een geschrokken kreetje. 'Is hij dood?'

'Dat weet ik niet,' liegt Rachel.

'We moeten naar de politie.'

'Nee! Dat is te gevaarlijk. Dan vermoorden ze ons allemaal. Ze weten ons te vinden. Jou, mij, Pete, je vader, we gaan er allemaal aan. We mogen niks zeggen en niks doen, Kylie.'

'En nu dan?'

'Nu niks. We houden onze mond en proberen dit achter ons te laten.'

'Nee!'

'We zullen wel moeten, Kylie. Het spijt me, maar het kan niet anders.'

Als ze tien minuten later thuiskomen op Plum Island, staat Pete al op hen te wachten. Hij omhelst Kylie als ze uit de auto stapt, tilt haar op en zwiert haar in het rond.

'Lieverd, je bent veilig thuis!' zegt hij als hij haar naar binnen helpt.

Eli springt naast Kylie op de bank, en ze tilt hem op en kust hem.

'Hoe gaat het met...' fluistert Rachel tegen Pete.
'Ze slaapt. Ik ga zo terug. Ik wilde jullie even zien,' antwoordt Pete.
'Oom Pete.' Kylie steekt haar armen uit voor een nieuwe omhelzing.
Rachel gaat aan de ene kant naast haar zitten en Pete aan de andere. Eli kruipt bij Kylie op schoot. Het is een wonder, en dat is het, denkt Rachel. Soms komen kinderen terug, maar vaak ook niet, zeker meisjes niet.
'Weet je wat er allemaal is gebeurd?' vraagt Kylie aan Pete.
'Ja, ik heb je moeder geholpen.'
'Groepshug,' zegt Kylie, en ze begint weer te huilen.
Pete slaat zijn armen om hen beiden heen.
'Ik kan het gewoon niet geloven,' zegt ze dan. 'Ik dacht dat ik daar over duizend jaar nog niet weg zou zijn.'
Zo blijven ze een tijdje zitten, tot Kylie opkijkt en hen grinnikend aankijkt. 'Ik heb honger.'
'Zeg maar waar je zin in hebt,' zegt Rachel.
'Pizza.'
'Ik doe er meteen een in de oven.' Ze wil opstaan om naar de keuken te lopen, maar Kylie laat haar niet los.
'Gaat het verder wel goed, Kylie?' vraagt Pete. 'Hebben ze je niks aangedaan?'
'Die man heeft me geslagen nadat ik hém had geslagen, toen ik probeerde te ontsnappen. Het deed echt pijn,' antwoordt Kylie.
'Shit.' Pete balt zijn vuisten.
'Wat moet je bang zijn geweest,' zegt Rachel.
Kylie begint te praten en Rachel luistert.
Ze vertelt hun alles.
Ze laten de woordenstroom komen. Als Kylie erover wil praten, moeten ze haar laten praten. Ze is er het type niet naar om dingen op te kroppen, en daar is Rachel dankbaar voor. Ze streelt haar dochters haar en glimlacht om haar dapperheid.
Terwijl zij een pizza opwarmt, gaat Pete terug naar het huis van de Appenzellers om te zien hoe het met Amelia gaat.
Kylie gaat naar haar slaapkamer om naar al haar spullen te kijken. 'Mam, mag ik nu Stuart en al mijn vriendinnen appen? Dat kan toch wel?'

'Ja, maar dan moet je dus zeggen dat je buikgriep hebt gehad, goed?'

'Hm, oké. En tegen papa?'

'O, shit, dat is nog een heel verhaal. Je moet tegen je vader zeggen dat je in New York zat.' Rachel legt de situatie met Kylies vader, Tammy en haar oma uit.

'Ik wil mijn telefoon terug!'

Rachel gaat het toestel halen. 'Ik kon geen nepberichtjes namens jou sturen, want ik had de pincode niet.'

'Dat is niet zo moeilijk: 1-2-9-4.'

'Wat is dat dan?'

'De geboortedatum van Harry Styles! Oh my God, ik heb tig miljoen berichten!'

'Je moet tegen iedereen zeggen dat je ziek was.'

'Zal ik doen. Maar ik wil maandag weer naar school. Welke dag is het morgen?'

'Maandag.'

'Ik wil naar school.'

'Dat lijkt me geen goed idee. Ik wil je bij de dokter laten nakijken.'

'Dat is niet nodig. Ik wil naar school! Ik wil iedereen zien.'

'Zeker weten?'

'Ik heb geen zin om weer opgesloten te zitten in een huis.'

'Maar je gaat niet meer met de schoolbus. Hoe heb ik zo stom kunnen zijn.'

'Waar is mijn pluchen konijn? Waar is Marshmallow?'

'Die zal ik vanavond voor je meebrengen.'

'Dus hij is niet kwijt?'

'Nee.'

Kylie stuurt berichtjes naar haar vriendinnen, die waarschijnlijk allemaal slapen. Zelf gaat ze bij Rachel op bed liggen, en samen kijken ze haar favoriete YouTube-clips: 'Take On Me' van a-ha, de dans met de vissen van Monty Python, een stuk of vijf video's van de rapgroep Brockhampton en de scène uit *Duck Soup* waarin Groucho zijn eigen spiegelbeeld niet vertrouwt.

Kylie gaat douchen en vraagt wat tijd voor zichzelf, en als Rachel een half uur later bij haar gaat kijken, ligt ze te slapen als een roos. Rachel stort snikkend in elkaar op de bank.

Om zes uur 's morgens komt Pete terug, en hij gooit een paar blokken hout op het vuur. 'Alles goed daarginds?' vraagt Rachel.

'Amelia slaapt nog.'

Hij zet een pot koffie en ze gaan bij het vuur zitten.

Alles lijkt weer als vanouds. Vissersboten varen de Merrimack op. Bernstein is op WCRB. De *Globe* wordt bezorgd in een plastic wikkel in de tuin voor het huis.

'Ik kan gewoon niet geloven dat ze weer thuis is,' zegt Rachel. 'Er zijn momenten geweest dat ik dacht dat ik haar voorgoed kwijt was.'

De blokken hout worden langzaam wit en veranderen in as. Rachels telefoon gaat. ANONIEM. Ze zet het toestel op de speaker voor ze opneemt.

Het is de vervormde stem. De Ketting spreekt rechtstreeks tegen haar: 'Ik weet wat je nu denkt. Dat denkt iedereen die zijn dierbare terugheeft. Jij denkt dat je je gijzelaar kunt vrijlaten en hier een einde aan kunt maken. Maar het punt is dat je je niet kunt verzetten tegen de traditie. Weet je wat een traditie is, Rachel?'

'Hoe bedoel je?'

'Een traditie is een levend argument. Een levend argument voor een praktijk die lang geleden begonnen is. En voor onze eigen traditie werkt het. Als jij de Ketting saboteert, zal die zich zeker tegen jou en je familie keren. Je kunt het land uit gaan, vertrekken naar Saoedi-Arabië of Japan of wat dan ook. Je naam veranderen, of je identiteit. We zullen je altijd vinden.'

'Begrepen.'

'Ja, heb je het begrepen? Ik hoop het, want het is nog niet voorbij. Het is pas voorbij als de mensen die jij hebt ingeschakeld doen wat ze moeten doen zonder het te verkloten, en als de mensen die zíj hebben ingeschakeld netjes hun werk doen. Er is nu al heel wat jaren niemand geweest die de Ketting saboteerde, maar het komt voor. Mensen die denken dat ze het systeem te slim af kunnen zijn. Maar dat kunnen ze niet. Dat kan niemand, jij ook niet.'

'De familie Williams.'

'Er zijn ook anderen die het hebben geprobeerd. Het is alleen nooit iemand gelukt.'

'Ik hou me aan mijn woord.'

'Doe dat vooral. We hebben vanmorgen 10.000 dollar op je bankrekening gestort, dat is tien procent van het geld dat de Dunleavy's hebben betaald. Het is afkomstig van dezelfde bitcoinrekening als waarop zij het hebben gestort. Ik ben benieuwd hoe je dat zou willen verklaren aan de autoriteiten. Zelfs al zou je er op de een of andere manier in slagen te ontkomen aan onze huurmoordenaars, iets wat nog nooit iemand is gelukt, dan zou je in de gevangenis belanden zodra wij al deze informatie vrijgeven. Alle bewijzen tonen aan dat jij het brein bent achter een ingenieuze keten van ontvoeringen. Je bent slim, je ziet het grote geheel toch wel?'

'Ja, ik zie het.'

'Mooi,' zegt de stem. 'Waarschijnlijk spreken wij elkaar niet meer. Vaarwel, Rachel, het was aangenaam zaken met je te doen.'

'Ik kan helaas niet hetzelfde over jou zeggen.'

'Het had erger gekund. Veel erger zelfs.'

Rachel huivert als het gesprek beëindigd is, en Pete slaat zijn armen om haar heen. Wat ziet ze bleek en wat is ze mager en breekbaar, en haar hart klopt razendsnel. Als een gewond vogeltje dat je in een schoenendoos langzaam weer tot leven wekt, in de hoop dat het op een dag weer zal kunnen vliegen.

36

Zondag, 16.00 uur

Kylie komt eindelijk naar beneden. Ze heeft haar iPad in de ene hand en haar telefoon in de andere, en Eli ligt over haar schouder.

'Ik had meer dan honderdvijftig berichten op Facebook, Instagram en Twitter,' zegt ze, en ze probeert het opgewekt te laten klinken.

Rachel glimlacht. Daar gaat haar plan om een aluhoedje te worden en alle social media te verbieden. Kylie beantwoordt haar moeders glimlach. We houden ons allebei groot voor de ander, denkt Rachel. 'Je bent populair.'

'Ik heb Stuart gesproken. Het lijkt erop dat iedereen gelooft dat ik ziek was. En ik heb oma ook geappt. Komt goed. En papa heb ik een mailtje gestuurd.'

'Sorry dat dat nodig was door mijn schuld.'

Kylie knikt. Ze zegt niet: 'Geeft niks', want het geeft wel. Het geeft wel degelijk iets als je dochter door jouw toedoen moet liegen tegen haar vrienden en familie.

'Heb je wel op je woorden gelet?'

'Ja.'

'Als je ook maar één ding loslaat op social media, kan de hele wereld het zien.'

'Dat weet ik, mam. Ik mag het nooit aan iemand vertellen, hè?'

'Nee... Gaat het wel een beetje, lieverd?' vraagt Rachel, en ze streelt Kylies gezicht.

'Niet echt. Ik was zo bang in die kelder. Er waren momenten dat ik dacht dat ik zou... ik weet niet. Verdwijnen? Je hoort wel eens dat sommige mensen denken dat ze niet meer bestaan als anderen de kamer verlaten, weet je wel?'

'Solipsisme?'

'Ik dacht dat dat met mij gebeurde daar in die kelder. Dat ik langzaam ophield met bestaan omdat niemand nog aan me dacht.'

Rachel drukt haar stevig tegen zich aan. 'Ik heb al die tijd alleen maar aan jou gedacht! Elke minuut en elke seconde, elke dag.'

'En soms dacht ik ook dat die twee me misschien wel gewoon daar zouden achterlaten. Dat ze bang waren dat iemand het had ontdekt en dat ze daarom zouden verdwijnen, en dan zou het eten opraken en het water en dan was ik daar gewoon doodgegaan.'

'Dat had ik nooit laten gebeuren,' zegt Rachel. 'Echt niet. Ik zou je gevonden hebben, hoe dan ook.'

Kylie knikt, maar Rachel ziet dat ze haar niet gelooft. Hoe had ze haar ook moeten vinden? Ze zou haar niet gevonden hebben. Haar dochter zou voorgoed daar gevangen hebben gezeten.

Kylie loopt naar de hordeur en kijkt uit over het water.

'Je sloffen onomatopeeën,' zegt Rachel, in een poging de stemming wat luchtiger te maken.

Kylie draait zich naar haar om. 'Mam?'

'Ja?'

'Ze hebben me uitgelegd dat ze me niet mochten vrijlaten totdat jij de Ketting had voortgezet.'

Rachel kijkt naar de vloer.

'Mam?'

Rachel slikt moeizaam. Ze kan hier niet over liegen, dat zou alles nog erger maken. 'Dat klopt,' zegt ze dan.

'Dan... Wacht even. Heb jij...' vraagt Kylie vol afschuw.

'Het spijt me. Ik... ik... ik moest wel.'

'Heb je iemand ontvoerd?'

'Dat moest.'

'Hou je nog steeds iemand vast?'

'Ja. Ik mag diegene pas laten gaan als de Ketting wordt voortgezet.'

'Jezus!' Kylie zet grote ogen op. 'Waar?'

'We hebben... Ik heb een leegstaand huis gevonden aan de andere kant van het water. Een huis met een kelder.'

'En daar zit nu iemand gevangen? Alleen?'

'Pete is daar.'

'Is het een jongen of een meisje?'

'Hoe minder je weet, hoe beter.'

'Ik wil het weten!'

'Een meisje.' Ze wordt overspoeld door een enorme schaamte. Een rivier van schaamte, bruin als mest.

'Kun je haar niet gewoon laten gaan?'

Rachel verzet zich tegen haar kokhals- en vluchtneigingen en dwingt zichzelf om de realiteit onder ogen te zien. Ze kijkt Kylie strak aan en schudt nee.

'K-kunnen we niet naar de FBI gaan en vragen of ze ons verstoppen, of we een nieuwe identiteit kunnen krijgen of zoiets?' vraagt Kylie.

'Zo makkelijk gaat dat niet. We... Ik heb wel degelijk iemand ontvoerd. Daarvoor zou ik de gevangenis in gaan. En jij bent ook niet veilig. Ik geloof wat ze zeggen, dat de Ketting nog nooit met succes verbroken is. Ik denk dat ze ons overal zouden weten te vinden. Dat risico kan ik niet nemen.'

'Mag ik dat meisje zien? Mag ik met haar praten?'

Rachel huivert bij de gedachte dat ze Kylie hier nog verder bij zou moeten betrekken. 'Nee, jij gaat weer naar school. Wij lossen dit verder op, Pete en ik.'

'Hoe heet ze?'

'Het is beter als je dat niet weet.'

'Heeft zij Marshmallow?'

'Ja.'

Rachel probeert haar armen om Kylie heen te slaan, maar Kylie duwt haar weg. 'Blijf van me af!'

'Ik kan Marshmallow voor je terughalen. Ik...'

'Daar gaat het niet om! Het gaat me niet om Marshmallow. Het gaat me om wat je hebt gedaan. Hoe kun je nou iemand ontvoeren, mam? Hoe kún je?'

'Ik weet het niet. Ik moest wel.'

'Heb je haar pijn gedaan?'

'Nee. Niet echt,' zegt Rachel, en opnieuw zwemt ze in die rivier van leugens en schaamte.

'Hoe kon je zoiets doen, mam?'

'Ik weet het niet.'

Kylie doet een stap achteruit en dan nog een, tot ze tegen de hordeur botst.

Rachel kijkt naar haar groezelige nagels en vangt een glimp van zichzelf op in het raam. Ze ziet eruit als een magere, gestoorde profeet die haar best doet een afvallige gelovige terug te winnen Nee, dat is het niet, het is erger. Ze is een duivel die haar dochter met zich meesleurt naar de hel. Zij is het tegenovergestelde van de goede, vriendelijke Demeter. Ze heeft Kylie gedwongen te liegen. Ze heeft haar betrokken bij een misdaad. Dit scheurtje tussen hen zal uitgroeien tot een enorme kloof. Niets zal ooit nog worden zoals het was.

Ze kijkt Kylie aan. Aan haar betraande ogen is te zien dat ze zich verraden voelt.

Rachel beeldt zich in een zwavellucht te ruiken. Nee, ze zijn nog niet aan de hel ontsnapt. Deze ontsnapping kost maanden, misschien wel jaren.

Kylie begint te snikken. 'Moest je het doen om mij terug te krijgen?'

'Ja.'

'Samen met oom Pete?'

'Ja.'

Kylie doet de schuifdeur open en er komt een koude wind vanaf het getijdenbassin naar binnen. 'Ga je mee naar buiten?'

'Het is steenkoud.'

'Dan slaan we een deken om ons heen. Ik wil niet binnen blijven.'

Ze lopen de veranda op.

'Mag ik je even knuffelen?' vraagt Rachel aarzelend.

'Ja,' antwoordt Kylie gedwee. Ze gaat bij haar moeder op schoot zitten in de houten leunstoel, met een deken om zich heen, de lange ceintuur van Rachels badjas om hen heen gewikkeld als een navelstreng. Ze praten niet, zitten daar alleen.

De dag komt langzaam ten einde, met een sliert rood- en geeltinten aan de kant van Merrimack Valley. Het wordt donker, en als de sterren verschijnen worden moeder en dochter opgeslokt door de avond. Het wordt een lange, afschuwelijke nacht.

37

Zondag, 22.45 uur

Haar voorgevoel klopte dus. Het gaat verdomme helemaal mis met de Ketting. Nou ja, haar voorgevoel klopte gedeeltelijk. Maar het probleem is niet Rachel Klein. En het probleem is ook niet Helen Dunleavy. Het probleem is Seamus Hogg. Ze heeft met behulp van standaard spyware de telefoons van de Hoggs gekloond en Seamus' e-mails gelezen. Hij heeft een bericht gestuurd aan zijn oom, een zekere Thomas Anderson Hogg in Stamford, Connecticut, en hij heeft hem gevraagd morgenochtend om tien uur naar een Starbucks in Stamford te komen.

Dat is een groot probleem, want Thomas Anderson Hogg is een voormalig U.S. Marshal. Federale politie.

Seamus gaat de boel verlinken.

En niet eens bij de gewone politie, maar nota bene bij die verdomde U.S. Marshals Service.

Ze kijkt nog eens naar de gegevens van Rachel. Tot nu toe een oninteressante maar verrassend competente schakel. Ze heeft alles goed aangepakt. Het losgeld snel betaald, het verhoogde bedrag meteen neergeteld, een succesvolle ontvoering bewerkstelligd.

Rachel is capabel en goed. Haar ex-zwager helpt haar. Ook een interessante kerel. Eervol ontslag bij het Marine Corps, maar hij heeft wel moeten boeten voor het voorval in Camp Bastion in september 2012. Geen pensioen, minimale gezondheidszorg vanuit het leger. In 2017 gearresteerd in Worcester, Massachusetts, wegens het bezit van een gram bruine heroïne. Aanklacht vervolgens ingetrokken. Op de politiefoto is een opgejaagde, stugge, vroegtijdig middelbare man te zien.

Helpt de ex haar ook?

Ze googelt Rachels voormalige echtgenoot, Marty O'Neill.

Zo, dat is nog eens een knappe kerel. Een heel knappe kerel. Het verbaast haar dat ze hem niet eerder is tegengekomen. De vijver met beschikbare vrijgezellen in Boston is opvallend ondiep. Gestudeerd aan Harvard, jurist, heeft nu iets met een of ander onnozel blondje. Geboren in Worcester, woont in Boston, is partner bij het prestigieuze advocatenkantoor Banner and Witcoff. Ja, hij is de pientere van de familie.

Goed, eens kijken of ze met z'n allen een kleine tegenslag aankunnen.

Ze logt in op de Wickr-app en stuurt Rachel een bericht: *Seamus Hogg saboteert de boel. Hij gaat ons verraden. Heeft zijn oom gemaild, een voormalig U.S. Marshal, en ze hebben morgenochtend om tien uur afgesproken in Stamford, Connecticut. Deze ontmoeting mag uiteraard niet doorgaan. De Dunleavy's hebben het verkloot. Ze hebben een onbetrouwbaar doelwit uitgekozen. En hun miskleun is jouw miskleun, Rachel. Dood je gijzelaar en kies een ander doelwit, of voorkom dat ze elkaar treffen en herinner de Dunleavy's en de Hoggs eraan dat ze deel uitmaken van de Ketting. Als je dat niet doet, zullen de gevolgen voor jou en je familie ernstig zijn. We weten waar je woont. Je kunt nergens heen, er is geen plek waar we je niet zullen vinden.*

38

Zondag, 22.59 uur

De zee is zwart. De hemel is zwart. Hier en daar wat vage sterren. Rachel zit op de veranda een sigaret te roken als er een geluidje klinkt van de Wickr-app op haar telefoon. Een bericht voor haar.

Ze leest het, laat het tot zich doordringen, raakt in paniek, roept zichzelf tot de orde, pakt een wegwerptelefoon, belt Pete bij de Appenzellers en leest hem het bericht voor.

'Is dit niet iets wat de Dunleavy's moeten oplossen?' vraagt hij.

'Die schoften van de Ketting hebben míj deze boodschap gestuurd. Dit zijn die gevolgen waar ze het over hadden, Pete. Als de Hoggs het verkloten, betekent dat dat de Dunleavy's het verkloten, en dan moet ik Amelia doden en een nieuw slachtoffer kiezen, anders nemen ze mij te grazen.'

'Ik kom eraan, wacht op mij. Amelia slaapt.'

Rachel toetst het nummer van Helen Dunleavy in, maar de telefoon blijft overgaan en uiteindelijk krijgt ze de voicemail. Ze probeert het nog een keer, maar er wordt niet opgenomen. Na een minuut of wat wachten toetst ze het nummer opnieuw in, maar weer niets... Die domme trut is dood of ze heeft haar telefoon uitgezet.

De pc staat ook uit. Verder is er geen spoor van andere elektronische apparaten. Wat is er in godsnaam met hen gebeurd?

Ze logt in op Wickr en stuurt een bericht naar 2348383hudykdy2: *Dunleavy neemt niet op.*

Er komt onmiddellijk een reactie: *Dat is niet ons probleem, Rachel, dat is jouw probleem.*

Even later komt Pete binnen. 'Wat zeiden de Dunleavy's?'

'Er wordt niet opgenomen. Die idioten hebben hun telefoon uitgezet.'

'Wat nu?'

'Ik ben niet van plan Amelia te vermoorden en opnieuw te beginnen.'

'Natuurlijk niet.'

Pete hoopt maar dat Rachel zijn glazige blik niet opmerkt. Hij heeft een kwartier geleden een shot gezet. Hij dacht dat ze klaar waren voor vanavond, en zijn lichaam schreeuwde om opiaten. Hij móést eraan toegeven, en hij heeft zichzelf geïnjecteerd in de keuken van de Appenzellers.

'Pete?' zegt Rachel.

'Ik kan niks meer verzinnen,' reageert hij toonloos.

'We gaan naar de Dunleavy's toe, vanavond nog, om te zeggen dat ze hun doelwit tot de orde moeten roepen.'

'Bel ze dan op.'

'Dat heb ik net gedaan! Ze nemen niet op. Luister je wel?'

'Wie laat zijn telefoon nou niet aan staan als zijn dochter is ontvoerd?' zegt hij verbaasd.

'Misschien zijn ze al dood. Misschien zijn ze vermoord, als vergeldingsmaatregel, en zijn wij de volgenden.'

'Misschien zijn de daders al onderweg hierheen.'

'We brengen Kylie naar het huis van de Appenzellers. Niemand weet van het bestaan ervan, alleen wij.'

'Ik maak de boel vast in orde.'

Rachel gaat naar Kylies kamer. Kylie is nog wakker, ze is bezig met haar iPad. 'Sorry, schat, het is hier vanavond niet veilig voor jou. Er is iets aan de hand in de Ketting.'

Kylie reageert doodsbang. 'Wat? Komen ze hierheen?'

'Nee. Nog niet. Ik moet iets regelen. Ik breng je naar het huis van de familie Appenzeller. Daar ben je veilig.'

'Ze komen me halen, hè?'

'Nee. Nee, dat is het niet. Je bent veilig. Niks aan de hand. Het is gewoon een voorzorgsmaatregel. Oom Pete en ik lossen het op. Pak jij even een tas in.'

Rachel en Kylie rijden naar de Appenzellers en glippen via de achterdeur naar binnen. Pete wacht hen op in de keuken met zijn .45 en Rachels geweer.

Kylie kijkt naar de wapens, slikt moeizaam en omhelst Pete. 'Is dat meisje hier?'

Rachel knikt.

'Waar is ze?'

'Kelder. Slaapt,' zegt Pete.

'Pete en ik moeten weg. Amelia wordt waarschijnlijk niet wakker, maar als je naar beneden moet, doe deze dan op,' zegt Rachel, en ze geeft haar een zwarte bivakmuts.

'Zodat ze me niet kan identificeren,' zegt Kylie, gefascineerd en vol afkeer.

'Ik had zó gehoopt dat jij er niet verder bij betrokken hoefde te raken, maar als Amelia begint te huilen, zul je toch naar beneden moeten gaan om haar te troosten. Ze mag niet te veel lawaai maken.'

'Ik denk dat ze wel doorslaapt tot morgenvroeg,' zegt Pete. 'Ik heb haar daarstraks een uur laten touwtjespringen.'

'Waar gaan jullie naartoe?' vraagt Kylie aan haar moeder.

'Pete en ik moeten iets regelen, een noodgeval.'

'Wat voor noodgeval?'

'Niks ernstigs, liefje, het komt goed, maar we moeten het samen doen en jij moet hier bij Amelia blijven.'

'Zeg nou wat er aan de hand is!'

Rachel knikt. Kylie heeft er recht op. 'Een van de gezinnen verderop in de Ketting overweegt om naar de politie te stappen. We moeten ze tegenhouden. Als ze naar de politie gaan, zouden we allemaal gevaar kunnen lopen.'

'Waar ga je dan nu naartoe?'

'Naar Providence.'

'Jullie gaan erheen om te zeggen dat ze het losgeld moeten betalen en alles moeten doen wat jullie ook hebben gedaan?'

'Ja.'

'En stel nou dat... dat jullie niet terugkomen? Wat dan?'

'Als we morgenvroeg niet terug zijn, moet je je vader bellen en zeggen dat hij je moet komen halen. Blijf in dit huis. Niet naar ons eigen huis gaan. Als hij er is, vertel je hem alles. Tot die tijd laat je je telefoon uit staan.'

Kylie knikt plechtig. 'Hoe laat morgenvroeg?'

'Als je om… laten we zeggen elf uur niks van ons hebt gehoord, van ons allebei niet, dan betekent dat waarschijnlijk dat het foute boel is,' zegt Pete.

'Dat jullie dood zijn?' Kylies lip trilt.

'Dat hoeft niet. Er kan ook iets misgegaan zijn,' zegt Rachel.

Kylie geeft haar moeder en Pete een knuffel. 'Ik red me wel. En ik zal goed op haar passen.'

Haar dochter is nu door hen betrokken bij een ontvoeringsplan. Rachel schaamt zich dood en is kwaad. Maar ze kan niet te lang bij die gevoelens stilstaan. De tijd dringt. Ze veegt de tranen van haar wangen. 'Kom op, aan de slag,' zegt ze tegen Pete. 'Ik rijd.'

39

Zondag, 23.27 uur

Links het moeras, rechts drassige weidegrond. Hoge lichtbundels van de koplampen. De geur van wapenolie en angstzweet. Geen van beiden zegt iets. Rachel rijdt, Pete zit naast hem met de wapens.

Beverly, Massachusetts.

Oude houten huizen. Eikenbomen. Hier en daar een appartementencomplex. Stilte. Blauw schijnsel van televisies, inbraakalarmen.

Poseidon Street.

Er brandt geen licht in het huis van de Dunleavy's.

'Rijd even een blok om,' zegt Pete. 'Niet stoppen.'

Rachel rijdt rond en parkeert dan een straat verderop.

Stil stadje. Niemand te zien. Slechts één vraag: waarom neemt Helen Dunleavy verdomme haar telefoon niet op?

Rachel ziet in gedachten het hele gezin al in de keuken zitten, met doorgesneden keel op hun stoelen vastgebonden.

'We kunnen door de bosjes naast het huis sluipen,' zegt Pete. 'En dan door de achterdeur naar binnen.'

'Hoe dan?'

Hij houdt een moersleutel en een setje lopers omhoog. 'Als we dit echt doorzetten.'

'We zijn er nu bij betrokken,' antwoordt ze.

Dat is nog zacht uitgedrukt. Ze zal weer moeten overschakelen op de Macbeth-stand. Ernaar handelen. Erin geloven. Ze moet zo zíjn. Voor Pete, voor zichzelf, voor Kylie; het leven van haar familie staat op het spel.

'Ik heb een setje elektromagneten om de alarminstallatie uit te schakelen, mochten ze die hebben. Eenmaal binnen gebruiken we vuistwapens.' Hij geeft haar zijn .38-revolver uit het handschoenenvakje.

De wapens. Het struikgewas.

Pete heeft moeite om over het hek van de Dunleavy's te klimmen. Rachel kijkt verbaasd toe. Wat is er toch met hem aan de hand? Ze vraagt zich nogmaals af of hij iets heeft gebruikt of anders een blessure heeft opgelopen waarvan hij haar niets heeft verteld. Hij moet nu honderd procent in orde zijn.

'Gaat het wel goed, Pete?' vraagt ze ernstig.

'Ja! Prima. En met jou?'

Ze kijkt hem in het donker dreigend aan.

'We moesten maar naar binnen gaan, hè,' zegt hij dan.

'Ja.'

De achtertuin van de Dunleavy's. Speelgoed, tuinmeubilair, een schommel. De achterdeur, die uitkomt in de keuken.

'Kom op,' zegt ze.

Zaklampen en elektromagneten in de aanslag.

Pete morrelt aan het slot. Zijn rechterhand trilt licht.

'Krijg je het open?'

'Ja. Ik heb dit vaker gedaan. Dat slot houdt zijn verzet niet lang vol, let maar eens op.'

Drie minuten. Vier minuten.

'Weet je het zeker?'

Dan gaat de deur eindelijk open. Pete duwt de klink omlaag. Er zit geen nachtslot op de deur en er gaat geen inbraakalarm af.

'Kunnen we?' vraagt Rachel.

'Ja.'

Ze zetten hun bivakmutsen op en gaan de keuken binnen. Rachel knipt haar zaklamp aan en schijnt ermee door de keuken.

Geen lijken. Geen moordenaars.

'Weten we waar we moeten zijn?' fluistert ze.

'Ja. Ik ga voorop.'

Ze loopt achter hem aan naar boven.

Tapijt op de vloer. Prenten aan de muur. Een grote klok boven aan de trap. Een spiegel waar ze even van schrikt omdat ze er iemand met een pistool in ziet.

'Eerste slaapkamer links,' fluistert Pete.

Door de slaapkamerdeur naar binnen. Lijflucht. De geur van sterke drank. Een snurkende vrouw op het bed. De zaklampen schijnen in alle hoeken. Verder niemand te zien. Pete sluipt naar het bed, knielt naast de vrouw neer en legt zijn hand over haar mond. Ze gilt onder zijn hand en hij drukt haar omlaag.

Rachel kijkt in de aangrenzende badkamer terwijl Pete met zijn grote klauw haar gegil smoort.

'Niemand,' zegt Rachel.

'Ben jij Helen Dunleavy?' vraagt Pete. 'Alleen knikken.'

Ze knikt.

'Waar is je man? Antwoorden met één woord. Welke kamer. Fluisteren. Als je lawaai maakt, ben je er geweest.'

'Kelder,' zegt ze schor.

'Je nam je telefoon niet op. Herken je mijn stem?' vraagt Rachel.

'Jij hebt Amelia ontvoerd.' Helen begint te huilen.

'Waar is dat jongetje? Henry Hogg?'

'Kelder.'

'Met je man?'

'We blijven om beurten…'

Rachel kijkt naar Pete. 'Ga haar man halen. Ik blijf bij deze hier.'

Ze doet het grote slaapkamerlicht aan en richt de .38 op Helen terwijl Pete naar beneden gaat.

'Wat is er met je telefoon aan de hand?' vraagt Rachel ziedend. 'Waarom staat die niet aan? Waarom slaap je niet met je telefoon onder je kussen zoals een normaal mens in deze situatie zou doen?'

'Ik… ik weet het niet. Ligt hij daar niet ergens op de ladekast?' vraagt Helen. Ze ziet er afgetrokken en angstig uit. Rode, holle ogen. Dat is tenminste iets.

Rachel kijkt op de ladekast. De telefoon is leeg. 'Je bent hem vergeten op te laden.'

'O… dat wist ik niet.'

'Gewoon gaan liggen slapen terwijl je dochter ontvoerd is? Wat mankeert jou in hemelsnaam?'

'Ik deed alleen even...' begint Helen, voordat de slaapkamerdeur opengaat.

Mike Dunleavy komt binnen met zijn handen omhoog. Hij ziet er anders uit dan op de foto's op internet en op Facebook. Veel ouder, grijzer, dikker, dommer. Het was toch een slimme kerel met geld? Hij ziet er precies zo uit als al die stomkoppen van vaders die hun kind te laat van school halen omdat ze vergeten waren dat het hun dag is. Geen wonder dat deze sukkels het verprutst hebben. Hoe zijn ze er überhaupt in geslaagd een kind te ontvoeren? Misschien hebben ze zelfs daarover gelogen.

'Zit dat kind in de kelder?' vraagt Rachel aan Pete.

'Nou en of,' antwoordt hij, en hij fluit even alsof hij wil aangeven dat het geen prettig gezicht was, daarbeneden.

'Zijn dit die lui die Amelia hebben?' Mike heeft een heel vaag Brits accent.

'Wij hebben haar, ja.'

'Is alles goed met haar?' vraagt Helen wanhopig.

'Ja. We zorgen voor haar.'

'Wat komen jullie doen?' zegt Mike. 'We hebben alles gedaan wat jullie vroegen.'

'Dat heb je niet. Jullie hebben het verknald. We probeerden jullie te bellen, maar de telefoon is leeg en jullie computer stond uit.'

Helen kijkt haar bevreemd aan. Jezus, als ze nu iets zegt als 'Ik geloof dat ik weet wie jij bent,' dan moet ik haar ter plekke neerschieten, denkt Rachel.

'Het gaat zeker over de familie Hogg?' zegt Helen. 'Ze hebben iets gedaan.'

'Het gaat eerder om wat ze van plan zijn te doen,' antwoordt Pete.

'O, god! Wat dan?'

'Seamus heeft een oom bij de U.S. Marshals, en met hem heeft hij voor morgen afgesproken in Stamford,' laat Rachel haar weten.

'W-wat wil dat zeggen?' vraagt Helen geschokt.

'In theorie betekent het dat jullie de kleine Henry moeten doden en opnieuw moeten beginnen, of anders moeten wij Amelia doden en opnieuw beginnen. Zo simpel is het. Ik laat de Ketting niet aan mij of mijn familie komen. Begrepen?' snauwt Rachel.

'Er moet toch een andere...' begint Mike.

'Die is er ook. Wij rijden met z'n drieën naar Providence en leggen een en ander persoonlijk uit aan Hogg,' zegt Rachel.

'Met z'n drieën?' informeert Pete.

'Met z'n drieën,' antwoordt Rachel. 'Deze twee prutsers zijn niet te vertrouwen.'

Dan richt ze zich tot Helen. 'Jij blijft hier om op dat kind te passen. Je man gaat met ons mee. We nemen jouw auto. Een BMW is het toch?'

'Ja,' antwoordt Mike.

'Die is snel genoeg. Trek eens schoenen aan, man. O, en ga Mister Boo halen. We moeten Mister Boo hebben,' voegt Rachel eraan toe.

'Mister Boo?' zegt Mike niet-begrijpend.

'Amelia's beer. Ze vraagt erom.'

Helen gaat Mister Boo halen.

'Als je de politie belt of de familie Hogg waarschuwt of iets anders stoms doet terwijl wij weg zijn, gaat Amelia eraan. Dan vermoorden ze haar eerst en daarna komen ze jullie en Toby halen, is dat duidelijk?'

Helen knikt.

Ze lopen naar buiten, naar Mikes BMW, een duur zwart gevaarte. Het is het soort auto waarin de grootverdieners bij Standard rijden. Chic, comfortabel, snel.

Mike geeft Rachel de sleutels. Ze gaat achter het stuur zitten.

Pete kruipt met Mike achterin.

Ze draait de contactsleutel om en de auto komt grommend tot leven.

Rachel kijkt in de binnenspiegel. Pete is nog steeds een beetje suf. Mike doet het in zijn broek van angst. Ze kan hen allebei aan. Zij is die twee de baas.

'Gordels vast,' zegt ze.

40

Zondag, 23.59 uur

Ze voegt in.

De snelweg gonst. De snelweg zingt. De snelweg licht op.

Het is een adder die zuidwaarts trekt.

Diesel en benzine.

Water en licht.

Tl en neon.

Interstate 95 om middernacht. De ruggengraat van Amerika, die levens, bestemmingen en onsamenhangende verhalen met elkaar verbindt.

De snelweg is op drift. De snelweg droomt. De snelweg neemt zichzelf onder de loep.

Al die draden van het lot die samengevlochten worden in deze koude nacht.

Stadjes en afritten glijden in zuidelijke richting, sluiten andere mogelijkheden uit, andere wegen. Peabody. Newton, Norwood.

De kaart van Google vormt zijn eigen dierenriem.

Pawtucket.

Providence.

Afslag Brown University. Het land van Lovecraft. De onverharde weg naar East Providence, ooit bedoeld voor paard-en-wagen. Grote huizen. Nog grotere huizen.

Maple Avenue. Bluff Street. Narragansett Avenue.
'Hier is het,' zegt Mike.
'Hier?'
'Ja.'
Het huis is groot en lelijk, zogenaamd oud en klassiek, maar gebouwd ergens na 2000, een protserig pand in een straat vol soortgelijke huizen.
Ze rijden eraan voorbij en parkeren de auto verderop in de straat.
'Voor- of achterdeur?' vraagt Rachel aan Pete.
'Moeilijk te zeggen,' mompelt Pete. 'We weten niet of ze honden hebben, een alarm, dat soort dingen.'
'Dan de achterdeur,' beslist Rachel.
Het drietal stapt uit de BMW, loopt om het huizenblok heen naar de achtertuin van de familie Hogg en klimt over het metalen hek. Er komen geen honden op hen af gerend. Er wordt geen zoeklicht ingeschakeld en er galmen geen geweerschoten door de nacht.
De achterdeur ziet er solide uit, maar er is een soort bijkeuken aan de zijkant van het huis met een eigen ingang. Die is afgesloten met een simpel veerslot, zichtbaar achter het kleine raam. Pete haalt zijn elektromagneten tevoorschijn en slaat het glas in.
Ze wachten op een reactie. Op een kreet. Licht dat aangaat.
Niets van dat alles.
Pete steekt zijn hand door het kapotte raam naar binnen en maakt het slot open.
Ze gaan de bijkeuken binnen. Het is een klein, smal houten hok vol jassen en laarzen.
Zaklampen aan.
Van de bijkeuken via de keuken naar de eetkamer.
Een eetkamers met foto's aan de wand.
Rachels zaklamp beschijnt een familieportret. Twee jongens, een man en zijn vrouw. Lange man met inktzwart haar. Kleine, mollige, aantrekkelijke vrouw die er vriendelijk uitziet. De kinderen zijn ongeveer even oud, misschien dertien of veertien. Een van de twee jongens zit in een rolstoel. Waarom hebben de Dunleavy's uitgerekend de zoon in de rolstoel ontvoerd? Waarom maken ze het zichzelf zo moeilijk?
Wie ontvoert er nou een gehandicapt kind?

Maar ja, wie ontvoert er een kind dat het risico loopt te sterven aan een anafylactische reactie op pinda's?

Wie ontvoert er überhaupt een kind?

Ze lopen een speelkamer in met een volwaardige biljarttafel, een dartbord en een Nintendo Wii-console. De Hoggs hebben in ieder geval geld, zo te zien.

'Neem jij deze maar,' zegt Pete afwezig, en hij geeft Mike een 9-millimeterpistool.

Rachel kijkt hem verbijsterd aan. Waarom geeft hij...

Mike draait zich om en richt de 9-millimeter op Rachels hoofd. 'Zo, vuile bitch, nu ben jij aan de beurt. Je laat Amelia vanavond vrij, of anders...'

'Anders wát?' bijt Rachel hem toe. 'Denk je nou echt dat we zo stom zijn om jou een geladen pistool te geven?'

Mike staart naar het wapen. 'Ik...'

Ze grist het pistool uit zijn hand en geeft het terug aan Pete, die eindelijk zijn fout lijkt in te zien.

Rachel drukt de loop van de .38 tegen Mikes wang. 'Je snapt nog steeds niet hoe het werkt, hè? Zelfs al zouden we jullie Amelia teruggeven, dan is het nog niet voorbij. De Ketting moet worden voortgezet. Zo zit het in elkaar. Ze zouden jou vermoorden, en Amelia en je vrouw en Toby. Ze zouden iedereen vermoorden en opnieuw beginnen. Ze zouden mij en mijn familie ook omleggen.'

Mike schudt het hoofd. 'Maar ik...' begint hij.

Rachel zwaait met de .38 vlak langs zijn gezicht. Hij krimpt in elkaar en deinst achteruit, tegen een aquarium aan. Ze pakt hem bij de revers van zijn jasje om te voorkomen dat hij valt. Trekt hem naar zich toe. 'Is het je nu duidelijk?'

'Ik denk het wel,' piept Mike.

Ze duwt het pistool onder zijn kin. 'Is het duidelijk?' herhaalt ze.

'Het is duidelijk,' jammert hij, en dan begint hij zowaar te huilen.

Ze trekt zijn bivakmuts af en laat het pistool zakken. Kijkt hem aan en houdt zijn blik vast; één tel, twee, drie.

'Doe je ogen dicht,' zegt ze dan. Hij sluit zijn ogen en dan neemt ze haar eigen bivakmuts af, trekt zijn hoofd omlaag en drukt haar voorhoofd tegen het zijne. 'Snap je het dan niet? Ik red jullie, Michael,' zegt ze heel zacht. 'Ik red jou en je gezin.'

Hij knikt.

Nu begrijpt hij het. Voorhoofd tegen voorhoofd. Slachtoffer en medeplichtige. Medeplichtige en slachtoffer.

'Het komt goed,' fluistert ze.

'Weet je het zeker?'

'Ja. Beloofd.'

Ze zet haar bivakmuts weer op en geeft Mike de zijne.

Dan kijkt ze kwaad naar Pete. 'Wat mankeert jou verdomme? Verman je een beetje,' fluistert ze op dringende toon.

Uit een zijdeur komt een hond aangelopen, een grote lichtbruine herder. Het beest verstart als het hen ziet. 'Hé, jochie,' zegt Pete. De hond loopt naar hem toe, snuffelt aan zijn hand en lijkt tevreden te zijn met wat hij daar ruikt.

Pete geeft het beest een klopje op zijn kop. De hond snuffelt aan Rachel en Mike en loopt dan gerustgesteld naar de keuken.

In een kamer ergens vooraan in het huis schalt een tv.

Ze volgen het geluid door een gang waar nog meer familieportretten hangen.

In de huiskamer treffen ze een dikke man aan die in een relaxfauteuil ligt te slapen voor Fox News. Een vlezige, sterke man, gevallen, onderuitgehaald door de gebeurtenissen, net als Gulliver.

Hij heeft in de Bijbel zitten lezen. Die is naast hem op de vloer gevallen. In zijn schoot ligt een pistool.

Rachel knikt naar Pete.

Pete pakt het wapen voorzichtig op en steekt het in de zak van zijn eigen jasje. 'Is dat Seamus Hogg?' fluistert Rachel.

Mike knikt.

Rachel pakt de bijbel.

Hij zat in Deuteronomium te lezen.

Maar nu, denkt ze, wordt het tijd om hem een nieuwe religie bij te brengen.

41

Maandag, 04.17 uur

Verlaten strand. Onverschillige hemel. Telkens terugkerende golven vanaf de koude, zwarte oceaan.

Rachel loopt het trapje achter het huis van de Appenzellers op.

Van buitenaf lijkt het huis verlaten.

Naar binnen via de keuken.

Naar de keldertrap.

'Kylie?'

Stemmen beneden.

Schuine invalshoek. Spanning op Rachels gezicht. Wat nu?

Ze haalt de 9-millimeter tevoorschijn, richt die voor zich uit en loopt de trap af.

Kylie en Amelia zitten in het koepeltentje.

Ze doen een bordspel. Kylie heeft haar bivakmuts niet op. Ze eten chips en Amelia giert het uit van het lachen.

Het is de eerste keer dat Rachel haar lach hoort.

Ze gaat op de bovenste trede zitten en doet het wapen weg.

Eigenlijk moet ze boos worden op Kylie omdat ze zich niet aan de regels heeft gehouden, maar ze kan het niet. Kylie zorgt voor het meisje zoals een mens voor een medemens hoort te zorgen.

Kylie heeft meer empathie dan zij. Kylie is dapperder dan zij.

Rachel gaat weer naar boven.

Ze legt het wapen op de keukentafel en gaat zitten. Vervuld van zelfhaat en weerzin. Dit zou allemaal niet gebeurd zijn als zij een betere moeder was geweest.

Even vraagt ze zich af hoe het zou zijn om de loop van de 9-millimeter in haar mond te steken. Het koele koolstofstaal op haar tong te voelen alsof het daar hoort. De gedachte maakt haar bang, en ze schuift het wapen weg.

'Wanneer komt hier een einde aan?' fluistert ze tegen de duisternis.

De duisternis zwijgt in alle talen.

42

Maandag, 18.00 uur

Seamus Hogg heeft zijn les geleerd. Hij begrijpt het nu helemaal. Hij maakt een plan en voert dat vliegensvlug uit. En blijkbaar is hij een snelle leerling op het gebied van kinderontvoering. Hij rijdt naar Enfield in Connecticut en wacht voor het footballterrein tot Gary Bishop naar buiten komt, een veertienjarige *defensive tackle.*

Rachel heeft geen verstand van football, maar ze weet wel dat de defensive tackle altijd groot en breed is. Dat baart haar zorgen, maar het doelwit is goedgekeurd door de contactpersoon op Wickr. Hoe zorgvuldig trekken ze dit soort dingen na? Kan het die lui eigenlijk wel wat schelen als het misgaat? Hópen ze juist dat het zo nu en dan misgaat? Hoe werkt de psychologie van een monster?

Ze kijkt op de klok boven de waterstandmeter.

Eén minuut over zes.

Ze loopt de veranda op om buiten te wachten.

Kylie is huiswerk aan het maken in de woonkamer. Ze zit daar aan haar wiskunde alsof alles normaal is, maar soms hoort Rachel een zacht jammerkreetje. Het liefst zou ze bij haar gaan zitten, maar dat wil Kylie niet. Rachel houdt haar van achter het glas in de gaten. Vandaag op school ging het wel oké, zei Kylie. Ze ziet er belabberd uit, dus het was niet moeilijk om iedereen ervan te overtuigen dat ze ziek geweest is.

Pete is nu bij Amelia in het huis van de Appenzellers. Amelia doet weer een spelletje in de prinsessentent, deze keer in haar eentje. Amelia haat Rachel. Dat heeft ze tegen Pete gezegd. 'Niet die mevrouw. Ik haat haar.'

Rachel kan het haar absoluut niet kwalijk nemen.

Ze kijkt op haar telefoon en op het wegwerptoestel dat ernaast ligt. Kwart over zeven.

Als het allemaal weer misloopt, kan ze dan van de Dunleavy's verwachten dat ze Henry Hogg zullen doden om met een schone lei te beginnen?

Als ze dat niet kunnen, moet zij dan de kleine Amelia vermoorden, daar in het huis van de Appenzellers? Dat doodsbange, verdrietige, lieve meisje in de tent? De .38 zit in de zak van haar badjas. Zij zal het moeten doen. Het zou laf zijn om het aan Pete over te laten. Pete heeft al eerder mensen neergeschoten, dat weet ze. Waarschijnlijk fatale schoten. Hij is in Afghanistan bij meerdere vuurgevechten betrokken geweest, en in Irak zelfs zo vaak dat hij de tel is kwijtgeraakt.

Maar zij heeft hem hierbij gehaald. Ze moet het zelf doen. Dat kan niet anders.

Ze zou Pete vragen in de keuken te wachten en dan op haar sokken de keldertrap af lopen. Amelia zou haar niet horen aankomen op de betonnen vloer. Ze zou Amelia in het achterhoofd schieten terwijl ze zat te spelen. Amelia zou er niets van merken. In één klap van bestaan naar niet meer bestaan.

Een kind vermoorden – het ergste wat een mens kan doen.

Maar liever dat dan dat Kylie weer die wereld in gezogen zou worden. Rachel begint te huilen. Grote golven van pure ellende en woede. Zou dit een glimlach op hun gezichten brengen? Deugdzame mensen dwingen verschrikkelijke dingen te doen. Je kunt iedere mens die op deze aarde rondloopt dwingen zijn of haar diepste overtuigingen en principes te schenden. Is dat niet om te gieren?

Ze wacht tot 07.25 uur en belt dan de Dunleavy's. 'En?'

'We hebben Seamus Hogg net gebeld. De ontvoering is geslaagd. Het kind heeft amper problemen opgeleverd. Hij heeft hem.'

'Dat is mooi.'

'Hoe is het met Amelia?'

'Goed. Ze zit te spelen, ongedeerd.' Rachel hangt op.

Ze loopt haar slaapkamer in en gaat op de rand van het bed zitten.

Ze legt de .38 op de ladekast, trekt voorzichtig de haan naar achteren en vergrendelt de veiligheidspal. Dan klikt ze de cilinder open, haalt de kogels eruit, legt die in de la en ademt uit.

Een uur later pingt de Wickr-app op Rachels telefoon. Haar contactpersoon laat haar weten dat ze Amelia Dunleavy mag vrijlaten.

Na wat niet meer dan een kleine hindernis is gebleken dendert de Ketting vrolijk door.

Rachel belt Helen Dunleavy op een wegwerptelefoon.

'Hallo?'

'We laten Amelia binnen een half uur vrij. Ik bel nog met instructies,' zegt Rachel en ze hangt op.

Ze gaat naar het huis van de Appenzellers, zet haar bivakmuts op en bevrijdt samen met Pete de kleine Amelia van de ketting, waarna ze haar meenemen, de kelder uit. Ze trekken haar handschoenen aan en Rachel kleedt Amelia in een gloednieuwe, vingerafdrukvrije spijkerbroek en trui. Als de kust veilig is, draperen ze een handdoek over haar hoofd en zetten haar op de achterbank van Petes pick-up.

Ze rijden naar de speeltuin bij Rowley Common en zetten Amelia daar uit de auto. Ze zeggen tegen haar dat ze met de handdoek over haar hoofd tot zestig moet tellen en pas daarna op de schommel mag gaan spelen, tot haar moeder haar komt halen. Ze laten haar achter met een schoongeveegde Mister Boo en een speelgoedoctopus waaraan ze nogal gehecht is geraakt.

Dan parkeren ze de Dodge aan de overkant van de straat, waar Pete Amelia met een verrekijker in de gaten houdt terwijl Rachel de Dunleavy's belt. Ze herinnert hen nogmaals aan de Ketting, en aan de vergeldingsmaatregelen die zullen volgen als ze hun slachtoffer voortijdig vrijlaten of hun mond voorbijpraten. Datzelfde verhaal hebben ze al te horen gekregen van de stem van de Ketting, en ze verzekeren haar dat ze zich aan de regels zullen houden.

Rachel vertelt waar hun dochter is en hangt op.

Pete en zij blijven zitten wachten in de Dodge Ram.

Een klein meisje helemaal alleen op een schommel in het Amerika van begin eenentwintigste eeuw. Hoe eng is dat?

Er verstrijken vijf minuten.

Amelia begint zich te vervelen.

Ze stapt van de schommel af en loopt naar de rand van Route 1. De auto's razen met tachtig kilometer per uur voorbij.

'Verdomme!' zegt Pete.

Rachels hart klopt in haar keel.

Er zijn nu meer mensen in het park, een paar tieners in hoodies. 'Dadelijk wordt ze doodgereden,' zegt hij.

'Laat mij maar.' Ze zet haar bivakmuts weer op, stapt uit en holt naar Amelia toe. 'Amelia, deze weg is gevaarlijk. Ik had toch gezegd dat je bij de schommels moet wachten! Je papa en mama zijn er over vijf minuten.'

'Ik wil niet schommelen,' zegt Amelia.

'Als je niet naar de schommels gaat, Amelia, zeg ik tegen je papa en mama dat je niet wilt dat ze je komen halen, en dan komen ze niet!'

'Zou je dat echt doen?' vraagt Amelia, plotseling bang.

'Ja! Dat zou ik echt doen. Ga nu terug naar de schommels.'

'Gemenerik! Ik haat jou!' Amelia draait zich om en loopt in de richting van de speeltuin.

Rachel sprint de weg over voordat de tieners de kans krijgen om de bivakmuts op te merken, want ze zouden zich misschien afvragen of er iets mis is. Als ze zeker weet dat ze niet kijken, stapt ze in de Dodge.

Amelia zit in haar eentje met een somber gezicht op een schommel als de twee tieners een speelhuisje in gaan, waarschijnlijk om een joint te roken.

De tijd kruipt voorbij.

Dan komt eindelijk de auto van de Dunleavy's aanrijden. Ze stappen uit, hollen naar hun dochter en knuffelen haar huilend.

En dat was het dan.

Zij zijn niet langer het middelpunt, en ze kunnen alleen maar hopen dat de mensen verderop in de Ketting niet alles verpesten, omdat dan de hele ellende zich weer op hen zou richten.

Ze gaan naar huis om bij Kylie te gaan kijken en rijden dan meteen door naar de Appenzellers om al hun sporen te wissen. Ze ruimen de kelder leeg en halen de houten plaat voor het raam weg, leggen het matras weer boven neer en vegen alle vingerafdrukken weg.

Ze herstellen het slot van de achterdeur en sluiten de deur zo goed en zo kwaad als het kan af. De Appenzellers zullen beslist merken dat er iets mis is als ze hier in het voorjaar terugkeren, maar het voorjaar is nog ver weg.

Ze brengen het vuil naar de stort in Lowell. Als ze terugkomen is het al laat, maar Kylie is nog wakker.

'Het is voorbij,' zegt Rachel. 'Het meisje is weer terug bij haar ouders.'

'Is het nu echt klaar?' vraagt Kylie.

Rachel verdrijft ieder spoor van onzekerheid uit haar toon en kijkt Kylie strak in haar grote bruine ogen. 'Ja.'

Kylie barst in tranen uit en Rachel slaat haar armen om haar heen.

Ze bestellen pizza en later gaat Rachel naast Kylie liggen tot ze in slaap valt. Als haar dochter eindelijk onder zeil is, stuurt ze haar oncoloog een berichtje om door te geven dat ze haar de volgende morgen zal bellen. En nu maar hopen dat ze niet doodgaat. Dat zou een heftige uitsmijter zijn na dit alles.

Ze gaat naar beneden. Pete staat buiten in zijn joggingbroek hout te hakken. Er liggen al zes stapels haardblokken, stapels van bijna twee meter hoog. Dat is in ieder geval genoeg hout om de winter door te komen – en een paar zombieapocalypsen. Hij komt binnen met zijn arm vol blokken en steekt de haard aan.

Rachel geeft hem een flesje Sam Adams, waarmee hij naast haar op de bank komt zitten. De aanblik van Pete die hout aan het hakken was heeft iets in haar losgemaakt. Een belachelijk oergevoel.

Ze heeft Pete nooit goed genoeg gekend om verliefd op hem te kunnen worden. Hij was altijd ver weg. Irak, Camp Lejeune, Okinawa, Afghanistan of gewoon op reis. Pete is totaal anders dan Marty. Langer, slanker, duisterder, chagrijniger, stiller. Marty is van vijftig meter afstand een knappe vent, Pete is meer iemand die je langzaam aantrekkelijk gaat vinden. Ze lijken niet op elkaar, niet qua uiterlijk en niet qua gedrag. Pete is introspectief, Marty extravert. Marty is het middelpunt van ieder feest, Pete is degene die in een hoekje de boekenkast staat te bekijken en stiekem op zijn horloge gluurt om te zien of hij al stilletjes kan wegglippen.

Pete giet het bier in één teug naar binnen en gaat nog een flesje pakken. Ze steekt een Marlboro voor hem op uit Marty's noodvoorraad uit zijn examentijd. 'We hebben deze ook nog,' zegt ze, en ze haalt een fles twaalf jaar oude Bowmore tevoorschijn en schenkt voor hen allebei twee vingers in.

'Lekker, dit.' Hij geniet van het gevoel. De lichte roes van de drank. Die was hij bijna vergeten. Het is totaal anders dan high zijn van opiaten. Heroïne is als een beschermende deken die je over jezelf heen gooit. De mooiste deken op aarde, een die de pijn wegneemt en je laat wegzinken in een verrukkelijke, herfstachtige wereld.

Drank maakt dat je buiten jezelf treedt. Zo ervaart hij het in ieder geval. En toch vertrouwt hij deze emoties nog niet helemaal.

'Ik kijk even of de deuren goed afgesloten zijn.' Hij schraapt zijn keel. Dan staat hij abrupt op, pakt de 9-millimeter uit zijn tas, loopt het huis door en doet alle deuren op slot.

Als de taak erop zit, rest hem niets anders dan weer op de bank te gaan zitten. Hij neemt een besluit. Het is tijd om Rachel de waarheid over hemzelf te vertellen. Beide grote geheimen. 'Er is iets wat je moet weten,' begint hij aarzelend.

'O?'

'Over de mariniers. Ik ben... ik ben wel eervol ontslagen, maar het scheelde weinig of het was anders gelopen. Ik heb op het nippertje een zitting voor de krijgsraad kunnen voorkomen, vanwege de gebeurtenissen bij Bastion.'

'Welke gebeurtenissen?'

'14 september 2012,' zegt hij toonloos.

'In Irak?'

'Afghanistan, Camp Bastion. De taliban infiltreerden in het kamp en liepen in Amerikaanse legeruniformen langs de hekken. Ze betraden de basis en begonnen te schieten op vliegtuigen en tenten. Ik was officier van dienst bij de genieafdeling in hangar 22. Alleen... alleen was ik er niet. Ik zat stoned in mijn tent. Gewoon van de wiet, maar toch. Ik had een sergeant opdracht gegeven de boel te bewaken.'

Rachel knikt.

'Toen ik daar aankwam, was de hel losgebarsten. Lichtspoorkogels en granaatwerpers, totale verwarring. Luchtmachtbewakers die op mariniers schoten die weer op soldaten schoten. We werkten ook met particuliere bewakers, die daar op dat moment toevallig waren, en zij hebben voorkomen dat het echt een bloedbad werd. Ik had in geen 100.000 jaar verwacht dat een talibanploeg zo diep zou kunnen doordringen tot de basis. Prins Harry van Engeland was er die avond ook. De vipruimte lag op tweehonderd meter van het vuurgevecht. Het was een ramp, zoals je je wel kunt voorstellen, en dat was voor een groot deel mijn schuld.'

'Pete, kom op, het is zes jaar geleden,' werpt Rachel tegen.

'Je begrijpt het niet, Rachel. Er zijn mariniers omgekomen, en daar heb ik een rol in gespeeld. Ik ben gestraft onder Artikel 15, maar als ze niet bang waren geweest voor negatieve publiciteit, was het de krijgsraad geworden. Een paar jaar later ben ik uit mezelf opgestapt, zes jaar voordat ik de twintig zou volmaken. Nauwelijks pensioen en geen ziektekostenregeling. Ik ben een enorme lul.'

Ze buigt zich naar hem toe en kust hem zacht op de mond. 'Stil maar.'

De kus beneemt hem de adem.

'Wat ben je mooi,' zou hij willen zeggen, maar hij kan het niet. Ze is uitgeput, mager en kwetsbaar, maar nog altijd prachtig. Dat is het punt niet. Het punt is het uitspreken van zijn gevoelens. Hij voelt zijn wangen rood worden en wendt zijn blik af.

Ze strijkt een donkere lok van zijn gefronste voorhoofd.

Dan kust ze hem nogmaals, deze keer serieuzer. Het is iets wat ze al een tijdje wilde doen. Ze is bang dat het een anticlimax zal zijn.

Dat is het niet.

Zijn lippen zijn zacht maar zijn kus is stevig, krachtig. Hij smaakt naar koffie, sigaretten, whisky en andere lekkere dingen.

Pete beantwoordt haar kus gretig, maar kort daarna aarzelt hij.

'Wat is er?'

'Ik weet niet of ik dit kan,' zegt hij zacht.

'Hoe bedoel je? Vind je me niet...'

'Dat is het niet. Helemaal niet. Je bent heerlijk.'

'Ik ben vel over been, ik...'

'Nee, je ziet er prachtig uit. Daar gaat het niet om.'

'Waar dan wel om?'

'Ik heb al... heel lang... niet...' Het is niet eens gelogen. Hij denkt aan zijn tweede grote geheim – de heroïne – en vraagt zich af of hij wel zal kunnen presteren.

'Ik weet zeker dat je het niet verleerd bent.' Ze trekt hem mee naar de slaapkamer.

Ze kleedt zich uit en gaat op het bed liggen.

Ze weet het zelf niet, maar ze is waanzinnig sexy, denkt Pete. Dat bruine haar en die oneindig lange benen.

'Kom dan,' zegt ze plagend. 'Is dat een pistool daar in je zak of ben je gewoon... O, het is een pistool.'

Hij legt de 9-millimeter op het nachtkastje en trekt zijn T-shirt uit. Als hij zijn joggingbroek laat zakken, ziet hij tot zijn lichte verbazing dat alles nog prima werkt.

'Zo, zo, zo,' zegt ze.

Hij grijnst. Wat een opluchting, denkt hij, en hij gaat naast haar op het bed liggen.

Het is pure wij-hebben-samen-een-vliegramp-overleefd-seks. Verhit, beladen, wanhopig, hongerig.

Twintig minuten later bereikt zij een hoogtepunt en bereikt hij een hoogtepunt.

Een spectaculaire oase na maanden van droogte.

'Dat was...' begint hij.

'Ja,' bevestigt ze.

Ze gaat de sigaretten en de whisky halen. 'En ook... gek. Pervers zelfs. Ik bedoel, jezus, twee broers, wie doet dat nou?'

'Als je maar van mijn vader afblijft. Ik denk niet dat zijn hart het aankan.'

'Getver!'

Pete staat op, loopt naar de woonkamer en bekijkt haar vinylverzameling, die voornamelijk bestaat uit Motown en jazz. Haar cd's zijn allemaal van Max Richter en Jóhann Jóhannsson en Philip Glass.

'Jezus, Rachel, heb je nooit van rock-'n-roll gehoord?'

Hij zet *Night Beat* van Sam Cooke op.

Als hij terug komt lopen naar het bed, ziet ze de gebruikssporen op zijn armen. Het verrast haar niet, ze vermoedde al zoiets. Ze raakt de littekentjes aan en kust hem dan zachtjes. 'Als je wilt blijven, zul je clean moeten worden.'

'Ja.'

'Nee, Pete, ik meen het. Je hebt Amelia het verkeerde eten gegeven.

Je gaf dat pistool aan Mike Dunleavy. Je moet echt stoppen met die rommel.'

Pete voelt haar blik branden. Hij schaamt zich. 'Het spijt me heel erg. Je hebt gelijk. Jij verdient het, Kylie verdient het. Het gaat niet meer alleen om mij. Ik ga stoppen.'

'Je moet het me beloven, Pete.'

'Ik beloof het.'

'Chemo is natuurlijk niet hetzelfde, maar ik heb het soms ook zwaar gehad. Ik ben er voor je.'

'Dank je wel, Rachel.'

'Wat was dat nou gisteren in East Providence? Bij Seamus Hogg thuis? Was je high?'

'Nee, niet high, maar...'

'Maar?'

'Het spul was nog niet helemaal uitgewerkt. Ik was er met mijn hoofd niet bij toen ik Mike Dunleavy dat pistool gaf. Sorry, hij had ons wel dood kunnen schieten.'

'Maar dat deed hij niet.'

'Nee.'

Ze gaat op zijn borst zitten en kijkt hem strak aan. 'Zonder jou zou ik het niet gered hebben, Pete. Dat meen ik.' Ze kust hem op zijn mond.

'Je hebt het zelf gedaan, schat. Jij hebt je gezin gered,' zegt Pete overtuigend. 'Het was jouw werk. Je kunt alles.'

'Ha! Ik heb me de afgelopen jaren een ontzettende mislukkeling gevoeld. Met mijn werk als serveerster en al die andere flutbaantjes zodat Marty rechten kon studeren. En daarvóór al. Toen ik Marty hielp met het toelatingsexamen voor zijn rechtenstudie haalde ik honderdzeventig punten voor de oefentest. Zelf had hij honderdnegenenvijftig punten. Ik had de kwaliteiten, Pete, en ik heb er niks mee gedaan.'

'Maar je hebt je wel omhooggewerkt, Rach. En het is heel knap hoe je ervoor hebt gezorgd dat je Kylie terugkreeg.'

Ze schudt haar hoofd. Dat Kylie terug is, is een wonder – en je gaat jezelf niet feliciteren met een wonder.

Rachel legt haar hand op zijn borst, en ze voelt zijn hart kloppen. Kalm, langzaam, vastberaden. Hij heeft drie tatoeages: een ouroboros, het logo van het Marine Corps en het Romeinse cijfer v.

‘Waar staat die v voor?’

‘Vijf keer uitgezonden.’

‘En de ouroboros?’

‘Om mezelf eraan te herinneren dat er niets nieuws onder de zon is. Mensen hebben wel ergere dingen doorstaan.’

Ze slaakt een zucht en kust hem nog een keer, en ze voelt onder zich iets herrijzen. ‘Wat zou het fijn zijn als dit moment eeuwig kon duren.’

‘Het duurt ook eeuwig,’ antwoordt hij tevreden.

Nee, denkt ze, dat is niet waar.

DEEL 2

HET MONSTER IN HET LABYRINT

43

Een vage hippiecommune in Crete, New York, eind jaren tachtig. Het is een vroege voorjaarsmorgen, grauw en miezerig. De commune is gebouwd rondom een aantal bouwvallige boerenschuren. Het verval baart de leden al zorgen sinds de zomer van 1974, maar sindsdien is er niemand toegetreden die aantoonbaar goed was in landbouw en veeteelt of zelfs maar de basisbeginselen van onderhoud.

De naam van de commune is de afgelopen vijftien jaar meerdere keren veranderd. Eerst was het Children of Asterion, toen Children of Europa, toen Children of Love, enzovoort. Maar de naam doet er niet toe. Als de gebeurtenissen van die bewuste herfstmorgen later de *New York Daily News* halen, zal de pakkende kop eenvoudigweg luiden: MASSAMOORD IN SEKS- EN DRUGSSEKTE.

Maar op dit moment is alles nog rustig.

Een peuter van een jaar of twee, een jochie met de naam Moonbeam, speelt buiten met zijn tweelingzusje Mushroom en een groepje andere peuters, enkele oudere kinderen en een paar honden. Ze spelen in het modderige weiland achter de stallen, zonder toezicht van volwassenen. De kinderen zien er vrolijk uit, ook al zijn ze nat en vies.

In de grote schuur zitten een stuk of tien jongvolwassenen in een kring te trippen op Orange Barrel- en Clearlight-lsd. Eind jaren zeventig zouden hier dertig of veertig mensen gezeten hebben, maar dat was in de hoogtijdagen van dit soort experimenten rond alternatieve leefvormen. Lang geleden. De jaren tachtig hebben een heel andere vibe en de commune sterft een langzame dood.

De gebeurtenissen van vandaag zullen een akelig laatste hoofdstuk vormen.

Een stationcar stopt aan de rand van het terrein. Een oude en een jonge man stappen uit. De mannen kijken elkaar aan en zetten bivakmutsen op. Beiden zijn gewapend met lelijke, goedkope .38 revolvers met een korte, stompe loop.

De mannen lopen de schuur in en vragen aan de trippende aanwezigen waar Alicia is.

Niemand lijkt te weten waar Alicia is, of zelfs maar wíé Alicia is.

'We proberen het in het huis,' zegt de oude man.

Ze gaan de schuur uit, lopen langs een roestige tractor en betreden de enorme, oude woonboerderij.

Binnen is het een doolhof, en een hindernisbaan. Overal slingeren matrassen, meubelstukken, kleding, speelgoed en dozen met spelletjes. De mannen trekken hun wapens en lopen de kamers beneden en die op de eerste verdieping langs.

Ze kijken langs de trap omhoog naar de tweede verdieping. Daar klinkt ergens muziek.

De jongste man herkent het album *Sticky Fingers* van de Rolling Stones, en dat was een van Alicia's favorieten.

Als ze de trap op lopen, wordt de muziek luider. Ze betreden een grote slaapkamer op het moment dat 'Sister Morphine' overgaat in 'Dead Flowers'.

In de kamer treffen ze Alicia, een jonge blonde vrouw, naakt aan met een andere jonge vrouw en een roodharige man met een rossige baard. Het drietal ligt op een groot, ouderwets hemelbed. Alicia en de man met de baard bevinden zich midden in een trip. De andere vrouw lijkt diep in slaap te zijn.

De oudste man knielt naast Alicia neer, slaat haar tegen de wang en probeert een reactie uit te lokken. 'Waar zijn de kinderen, Alicia?' vraagt hij, maar ze geeft geen antwoord.

De jonge man schudt haar door elkaar en stelt dezelfde vraag, maar ook hem geeft ze geen antwoord.

Uiteindelijk houdt hij op met vragen.

De oude man pakt een kussen en geeft dat aan de jonge man.

Die kijkt er alleen maar naar.

'Het is de enige waterdichte manier,' zegt de oude man. 'Via een advocaat krijgt ze ze zo weer terug.'

De jongere man denkt er even over na, knikt en drukt dan, eerst schoorvoetend maar dan met toenemende woede, het kussen op Alicia's gezicht. Alicia stribbelt tegen, krabt de handen van de jonge man open en trappelt met haar benen.

De man met de baard komt bij en ziet wat er gebeurt. 'Hé!' roept hij.

De oude man trekt zijn revolver en schiet de man met de baard door het hoofd. Hij is op slag dood.

De jonge man laat het kussen vallen en trekt zijn .38.

'Tom?' zegt Alicia hijgend.

De oude man schiet ook haar door het hoofd.

Ondanks alle commotie is de andere jonge vrouw niet wakker geworden, of misschien houdt ze zich slapende. De oude man schiet haar evengoed dood.

Veertjes vliegen in het rond en de lakens zijn doorweekt van het bloed.

De badkamerdeur gaat open en een naakte jongeman komt de slaapkamer binnen met een rol wc-papier in de hand. 'Wat is er aan de hand?' vraagt hij op dwingende toon.

De oude man richt zorgvuldig en schiet de perplexe jongeman in de borst. Het schot in het hart is waarschijnlijk dodelijk, maar de oude man loopt de kamer door en schiet hem voor alle zekerheid nog eens door het hoofd.

'Jezus, wat een puinhoop,' zegt Tom.

'Ik los dit verder wel op, ga jij de kinderen zoeken,' zegt de oude man tegen hem.

Tien minuten later treft Tom Moonbeam en Mushroom spelend aan in het zand achter de schuur. Hij neemt hen mee naar de stationcar.

De oude man heeft met een jachtmes vier vingers van Alicia's linkerhand afgesneden – de vingers waarmee ze de jonge man heeft gekrabd en waar zijn DNA op zit.

Als hij een jerrycan met benzine heeft opgespoord, sprenkelt hij de inhoud om zich heen in woonboerderij. Dan veegt hij de jerrycan schoon met een zakdoek, gaat naar de gootsteen in de keuken en schenkt voor zichzelf een glas water in. Hij drinkt het leeg en veegt de vingerafdrukken van het glas.

Hij loopt de hordeur door, houdt de deur open met zijn voet, steekt een mapje lucifers aan en gooit dat op de keukenvloer.

Een streep van vuurrode vlammen trekt over het zeil.

De oude man voegt zich bij Tom in de stationcar.

Ze rijden weg, bij de commune vandaan, met de oude man aan het stuur en Tom samen met de kinderen op de achterbank.

Ze komen geen andere auto's tegen op de smalle weg vanaf de boerderij – en dat is een geluk voor iedereen.

Tom kijkt door de achterruit en ziet de vlammen uit de woonboerderij slaan.

Ze rijden drie kwartier door, tot ze bij een reservoir komen. De oude man zet de stationcar aan de kant van de weg, stapt uit en veegt de twee pistolen en het jachtmes schoon met een zakdoek.

Hij stopt het jachtmes in de papieren zak waar Alicia's vingers in zitten. Dan maakt hij een gat in de zak en gooit die samen met beide pistolen in het spiegelgladde water.

Ze zinken onmiddellijk.

Drie kringen van golfjes in de vijver raken elkaar even, als de triskelion die te vinden is bij de ingang van ganggraven in neolithisch Europa.

De kringen ebben weg en het zwarte wateroppervlak wordt weer glad.

'Kom,' zegt de oude man. 'We gaan.'

44

Een sneeuwstorm. Kou. De bundeltjes aan haar voeten zijn bevroren vogels die uit de bomen zijn gevallen. De sneeuw bijt in haar gezicht, maar ze voelt het amper. Ze is hier en niet hier. Ze kijkt naar zichzelf alsof ze een biecht in een film aanschouwt.

Het enige wat ze probeert is terugkeren naar het huis vanaf de brievenbus, maar ze ziet geen hand voor ogen in de witte, doorschijnende nevel van Old Point Road.

Ze is bang de verkeerde kant op te gaan en in het moeras terecht te komen; ze loopt uiterst behoedzaam, op haar sloffen en in haar badjas.

Waarom is ze zo dun gekleed? Zo onvoorbereid? Ze is hier niet klaar voor.

Het moeras wacht tot zij een afwezigheid aanvult. *Je bent de leegte een leven verschuldigd omdat je je dochter terug hebt.*

Op het water vliegen de eenden geschrokken op. Er ligt iets op de loer aan de rand van het getijdenbassin.

Vóór haar laat de wind de sneeuw rondkolken. Wat bezielde haar om met dit weer naar buiten te gaan?

Het witte niets wordt donkerder en neemt een vorm aan. Een man. Door de deuk in zijn capuchon lijkt het alsof hij hoorns heeft.

Misschien heeft hij die ook wel. Misschien heeft hij het lichaam van een man en het gelaat van een stier.

Hij komt dichterbij.

Nee, het is een man. Hij draagt een lange zwarte jas en heeft een vuurwapen bij zich. Het wapen is op haar borst gericht. 'Ik zoek Kylie O'Neill,' zegt hij.

'Die is niet thuis. Ze… ze is naar New York,' stamelt Rachel.

De man heft het geweer…

Ze schrikt wakker.

Het bed is leeg. Pete is verdwenen. Het is stil in huis. Deze droom heeft ze al eerder gehad. Variaties op hetzelfde thema. Je hoeft geen genie te zijn om deze nachtmerrie te interpreteren: je hebt een schuld in te lossen. Je zult altijd bij anderen in het krijt staan. Als je eenmaal deel uitmaakt van de Ketting, is dat voor altijd. En als je zelfs maar overweegt om je ervan te bevrijden, zullen er repercussies volgen.

Het is net als met haar kanker. Die zal er altijd zijn, op de achtergrond, klaar om toe te slaan. Voor de rest van haar leven. Voor de rest van hun leven.

Kanker.

O, ja.

Ze kijkt op het kussen en jawel, er liggen tientallen bruine en zwarte haren en – goh, heel charmant – nu ook behoorlijk wat grijze.

Toen ze die noodlottige dinsdagmorgen bij haar oncoloog kwam, heeft dokter Reed haar meteen doorgestuurd om een MRI te laten maken. De uitslag daarvan was dermate zorgwekkend dat dokter Reed nog diezelfde middag een operatie aanraadde.

Het was dezelfde crèmekleurige kamer in het Massachusetts General Hospital.

Dezelfde vriendelijke Texaanse anesthesist.

Dezelfde Hongaarse no-nonsense chirurg.

Zelfs dezelfde symfonie van Sjostakovitsj op de achtergrond.

'Meid, het komt allemaal tiptop in orde. Ik tel langzaam terug vanaf tien,' zei de anesthesist.

Jezus, wie zegt dat nou, 'tiptop in orde', dacht Rachel.

'Tien, negen, acht…'

De operatie was geslaagd. Ze had 'slechts één ondersteunende chemokuur' nodig. Dokter Reed had makkelijk praten, zij hoefde het allemaal niet te ondergaan. Zij kreeg dat gif niet in haar aderen gedruppeld.

Maar eens in de twee weken, vier maanden lang, dat kan Rachel wel aan. Niets is onoverkomelijk nu ze haar kleine meid terug heeft.

Ze veegt de losse haren van het kussen en zet de akelige droom uit haar hoofd. Boven hoort ze Kylie in de douche. Vroeger zong ze tijdens het douchen. Dat doet ze niet meer.

Rachel opent de jaloezieën en pakt de beker koffie die Pete voor haar naast het bed heeft neergezet. Zo te zien is het mooi weer. Het verbaast haar dat er geen sneeuw ligt. De droom voelde zo echt. De slaapkamer ligt op het oosten en kijkt uit op het getijdenbassin. Rachel neemt een slokje koffie, doet de glazen schuifdeur open en loopt de veranda op. Het is tintelend fris buiten, en overal op de moerasvlakte lopen waadvogels.

Ze ziet dokter Haverkamp door de duinen voor het huis wandelen. Hij zwaait en ze zwaait terug. Hij verdwijnt achter een flinke struik, een strandpruim of *beach plum*, waaraan het eiland zijn naam dankt. De pruimen zijn nu rijp. Vorig najaar hebben Kylie en zij strandpruimenjam gemaakt en de potten verkocht op de biologische markt. De opbrengst hebben ze verdeeld. *Jammakerij Vineland*, had Kylie op de zelfgemaakte etiketten geschreven. Ze vond het prachtig om te horen dat er misschien wel ooit gevaarlijke Vikingpiraten op Plum Island waren geweest. Dat was een tijd waarin je nog vanaf een veilige plek kon verlangen naar gevaar.

Rachel trekt de ceintuur van haar badjas strakker aan en loopt de huiskamer in. 'Liefje, zal ik een ontbijtje voor je maken?' roept ze naar haar dochter.

'Geroosterd brood, graag,' roept Kylie ergens boven.

Rachel loopt door naar de keuken en stopt twee sneeën in de broodrooster.

'Fijne Thanksgiving,' zegt iemand achter haar.

'Shit!' Ze draait zich met een ruk om en houdt het broodmes omhoog.

Stuart steekt op een komische manier zijn handen in de lucht.

'Stuart, sorry. Ik wist niet dat je hier was.'

'Doet u dat mes nu maar weg, mevrouw O'Neill,' antwoordt Stuart quasi-angstig.

'En sorry dat ik sh… dat ene woord zei. Niet tegen je moeder zeggen.'

'Geeft niks. Het zou best eens kunnen dat ik dat woord vaker heb gehoord, in verschillende, eh... contexten.'

'Wil je een boterham?'

'Nee, dank u wel. Ik kwam alleen even langs bij Kylie voordat jullie vertrekken.'

Rachel knikt en roostert toch een snee brood voor Stuart. Kylie, Pete en zij gaan met Thanksgiving naar Boston. Omdat de feestdag zo kort na haar chemodinsdag valt, twee dagen maar, is Marty te hulp geschoten en heeft hij hen allemaal uitgenodigd bij hem thuis.

Het komt goed. Het komt allemaal goed.

Rachel zet twee sneetjes geroosterd brood in het toastrekje.

Pete komt terug van het hardlopen, buiten adem maar tevreden. Hij heeft de afgelopen twee weken veel gelopen en wordt steeds sterker. De veteranenkliniek in Worcester heeft hem een methadonprogramma verstrekt, zodat hij langzaam de opiaten uit zijn lichaam kan verdrijven. Tot nu toe werkt het. En het zal moeten blijven werken, want haar gezin gaat voor alles. Pete weet dat.

Hij kust haar op de mond.

'Lekker gelopen?' vraagt ze.

Hij kijkt haar aan. Hij ziet het. 'Akelig gedroomd?' fluistert hij.

Ze knikt. 'Weer hetzelfde.'

'Je zou eens met iemand moeten gaan praten.'

'Je weet best dat dat niet kan.'

Ze mogen niemand vertellen dat hun hele leven op z'n kop is gezet en dat ze terechtgekomen zijn in een wereld waar de nachtmerries werkelijkheid zijn.

Pete schenkt koffie voor zichzelf in en gaat naast Rachel aan de eetkamertafel zitten.

Hij heeft nooit officieel gevraagd of hij bij haar mocht intrekken. Hij is gewoon naar Worcester gereden om de spullen te halen die hij om zich heen wilde hebben – dat waren er niet veel – en daarna is hij min of meer gebleven.

Van hen drieën doet Pete het nog het best.

Als hij al akelige dromen heeft, zegt hij er niets over, en het methadon helpt voor een groot deel tegen de zucht naar heroïne.

Van hen drieën gaat het met Kylie beslist het slechtst.

Die avond in het huis van de Appenzellers is ze naar de kelder gegaan, naar Amelia. Die was wakker geworden, en Kylie heeft haar getroost en gezegd dat het allemaal goed zou komen. Maar daar gaat het niet om. Waar het om gaat, is dat ze naar haar toe is gegaan. Daarmee werd ze een deel van het hele apparaat dat Amelia gevangenhield. Dat maakte dat Kylie behalve slachtoffer ook dader is. Net als zij allemaal. Slachtoffers en medeplichtigen. Dat doet de Ketting met je. De Ketting kwelt je en maakt je vervolgens deelgenoot van de kwelling van anderen.

Kylie had vanaf haar vierde niet meer in bed geplast, maar nu zijn de lakens vrijwel iedere morgen drijfnat.

Als ze droomt, zijn de dromen altijd hetzelfde: ze wordt in een kerker gegooid en ligt daar moederziel alleen dood te gaan.

Alles is nu anders op Plum Island. Kylie loopt niet meer alleen naar school, of waar dan ook naartoe.

Vroeger deden ze zelden de deuren op slot, nu altijd. Pete heeft alle sloten vervangen en verstevigd. Hij heeft Rachels telefoon plus al haar andere apparaten ontdaan van spyware, en zijn vriend Stan is langsgekomen om het huis professioneel afluistervrij te maken en gps-zendertjes in Kylies schoenen te stoppen. Als Kylie ergens naartoe gaat, houden ze haar constant in de gaten, vooral wanneer ze bij haar vader in de stad is.

Kylie weet dat ze niet aan haar vader mag vertellen wat er is gebeurd. Niet aan haar vader, niet aan Stuart, niet aan de klassenleraar, niet aan haar oma, aan niemand. Maar Marty is niet gek, hij ziet heus wel dat er iets aan de hand is. Misschien heeft het iets met een jongen te maken? Hij dringt niet aan. Hij heeft zijn eigen problemen. Tammy is plotseling vertrokken: verhuisd naar Californië, waar ze vandaan komt, om voor haar moeder te zorgen, die een ongeluk heeft gehad. Ze had geen zin in een langeafstandrelatie. Een paar korte mailtjes en dat was het dan. Tot kijk, Marty.

Pete keek er niet van op. Marty heeft Tammy leren kennen toen ze bankroet was, hij heeft al haar rekeningen betaald, haar juridische ellende opgelost, en vervolgens zei ze: hartelijk dank, ik ga er maar eens vandoor. Ze heeft misbruik van hem gemaakt, denkt Pete. Hij kent meer types zoals Tammy; sterker nog, hij is ooit getrouwd geweest met een vrouw die vrijwel precies zo was als Tammy. En hij kent ook een heleboel mannelijke Tammy's.

Kylie komt eindelijk naar beneden. Ze heeft haar pyjama verruild voor een joggingbroek en een T-shirt. Rachel weet wat dat betekent. De pyjamabroek ligt in de wasmand.

'O, hoi, Stuart,' zegt Kylie.

Wat ziet ze er treurig uit. Hopelijk zal Thanksgiving haar een beetje afleiding bezorgen. Rachel doet alsof ze in haar filosofieboeken leest terwijl ze haar dochter in de gaten houdt. Stuart praat en Kylie geeft hem zo nu en dan vaag, halfslachtig antwoord.

Dan neemt Stuart eindelijk afscheid, waarna ze met z'n drieën ontbijten en zich aankleden.

Om één uur rijdt Pete met hen naar Marty's nieuwe huis in Longwood, zo'n beetje op homerunafstand van Fenway Park. Goeie buurt. Advocaten, artsen, accountants. Hekjes om de tuinen, goed onderhouden gazonnetjes. 'Ik weet niet hoeveel alimentatie Marty je betaalt voor Kylie, maar ik zou meer vragen,' zegt Pete terwijl hij de Dodge parkeert.

Marty heeft niet eens geprobéérd om zelf te koken. Hij heeft alles online besteld bij een chique traiteur, en dat is prima. Het huis is amper ingericht en hij heeft nog geen nieuwe vriendin klaarstaan, wat Rachel enigszins verbaast. Marty leek haar altijd het type voor plan A en plan B.

Ze krijgen de details te horen over Tammy's plotselinge vertrek en Marty's loopbaan. Hij baalt ervan dat Tammy het met een appje heeft uitgemaakt en dat ze hem nu negeert in Californië, maar Marty is er de man niet naar om bij de pakken neer te zitten. Hij hangt hele verhalen op over cliënten, maakt hen aan het lachen met een hilarische anekdote over een voorgelezen testament en vertelt dan een paar van zijn betere advocatengrappen.

Hij vraagt niet aan Kylie hoe het op school gaat. Hij weet al dat haar cijfers gekelderd zijn en het lijkt hem beter er niet over te beginnen.

Kylie is afwezig en Rachel is te moe om iets te zeggen, maar deze keer houdt Pete voor de verandering het gesprek gaande. Hij vertelt dat hij overweegt om te gaan kajakken en weidt uit over de netelige aspecten van het Cape Cod-kanaal en de Chesapeake.

Rachels moeder belt vanuit Florida, en Marty staat erop haar te spreken. Even klopt Rachels hart in haar keel als hij haar vraagt naar

Hamilton, maar Judith is niet vergeten dat ze daarover moest liegen.

Als Judith Rachel weer aan de lijn heeft, zegt ze tegen haar dochter dat ze zich moet losmaken van de familie O'Neill. Rachel hoort het aan, zegt ja, wenst haar een fijne Thanksgiving en hangt op.

'Wat heb jij vorig jaar met Thanksgiving gedaan, oom Pete?'

'Toen was ik op reis, in Singapore. Ik deed niet veel aan Thanksgiving, je kon daar geen kalkoen krijgen.'

'Wat was je laatste echte Thanksgiving thuis? Met familie?' vraagt Rachel zich af.

Pete denkt even na. 'Dat was een paar jaar geleden. De laatste viering die ik me herinner was in Okinawa, in Camp Butler. In de eetzaal kregen we kalkoen met aardappelpuree. Lekker.'

Rachel luistert glimlachend. Ze houdt onder de tafel Kylies hand vast en speelt wat met haar eten, zodat het lijkt of ze toch wat binnenkrijgt. Ze kijkt naar Kylie, die nu lacht om de grappen van haar vader, maar eruitziet alsof ze ieder moment in tranen kan uitbarsten. Ze kijkt naar Pete, duister en stil, maar hij doet zijn uiterste best om het gesprek gaande te houden. Dan kijkt ze naar Marty, knap en uitgelaten en geestig. Tammy is gek, Marty is iemand die je niet moet laten gaan.

Ze excuseert zich en gaat naar de wc.

Op de gang vangt ze een glimp van zichzelf op in de spiegel. Ze begint weer weg te kwijnen. Ze gaat langzaam op in de achtergrond.

Op de wc plukt ze weer aan dat irritante losse draadje op haar rode lievelingstrui.

Daar zit ze dan, met haar hoofd in haar handen op de toiletpot, te piekeren.

Een signaal op haar telefoon. Een nieuw bericht op de versleutelde Wickr-app. Ze heeft maar van één persoon berichten ontvangen via Wickr: de anonieme beller. De Ketting.

Ze opent het.

Wees dankbaar voor het afgelopen jaar, Rachel. Wij hebben je je dochter teruggegeven. En je leven. Wees dankbaar voor onze barmhartigheid en vergeet niet dat wanneer je eenmaal deel uitmaakt van de Ketting, dat voor altijd is. Je bent niet de eerste en je zult niet de laatste zijn. We houden je in de gaten, we luisteren mee en we kunnen je ieder moment komen halen.

Rachel gooit de telefoon op de grond en onderdrukt een gil.

Ze barst in tranen uit. Het zal nooit voorbij zijn. Nooit.

Ze laat zich op de vloer zakken en denkt er pas na een paar tellen aan dat ze moet blijven ademen.

Ze huilt, wast haar gezicht, spoelt de wc door, haalt een keer diep adem en voegt zich dan weer bij haar familie.

Iedereen kijkt naar haar. Iedereen weet dat ze heeft gehuild. Twee van hen kunnen raden waarom.

45

Fruit Street 55 in Boston.

Ze zegt dat ze niet mee hoeven gaan. Ze wil wel dat ze meegaan, maar ze zegt altijd dat het niet hoeft. Pete moet haar natuurlijk wegbrengen, maar Kylie en Marty hoeven er niet bij te zijn, dat is nergens voor nodig.

Voor een ex-echtgenoot staat Marty in hoog aanzien.

Ze wachten in de speciale familiekamer.

De familiekamer is prima. Er is een tv die staat afgestemd op CNN en er ligt een stapel *National Geographic*'s met nummers die teruggaan tot de jaren zestig. Uitzicht op de haven van Boston. Je kunt de USS Constitution nog net zien liggen.

Ze is blij dat ze niet bij haar in de kamer zijn als ze het uitgilt van de pijn wanneer de verpleegkundige het infuus aanbrengt, blij dat ze het gif niet kunnen zien stromen en er geen getuige van zijn wanneer het trillen begint en de hele kamer tolt door de misselijkheid.

Chemo is een kleine dood die je vrijwillig binnenlaat om de grote dood buiten op de stoep tegen te houden.

Als de vernedering en de doffe ellende achter de rug zijn, rijden ze haar de herstelruimte in, en ze glimlachen naar haar. Een knuffel van Kylie en van Pete. Marty die iedereen de oren van het hoofd praat.

Dat heb je nodig. Familie. Vrienden. Steun.

Dokter Reed is tevreden over de behandeling. En de prognose is goed. De grafiek vertoont een stijgende lijn.

Maar de akelige geheime waarheid is dat het niet goed met haar gaat.

Haar lichaam laat haar in de steek.

Ze wordt steeds zwakker.

En ze weet dat het niet de kanker is die haar van binnenuit opvreet. Die K is het niet.

Nee, niet de kanker.

Dat andere.

De Ketting.

46

Een gezin heeft net de verhuizing achter de rug naar een woning in Bethesda, Maryland. Het was een lange dag, maar nu zijn de mannen van de verhuiswagen weg en staan alle dozen binnen.

Het gezin poseert voor een foto voor hun nieuwe huis. Een gelukkig viertal in een zonovergoten buitenwijk. Het is een soort beginjaren-negentigversie van Robert Bechtles schilderij *'61 Pontiac*, alleen zijn de kinderen hier even oud. Een tweeling. De echtgenoot, Tom Fitzpatrick, is een kleine, slanke man met donker haar in een wit overhemd met een smalle zwarte stropdas. Hij lijkt een beetje op de eerste Darrin uit *Bewitched*. Ogenschijnlijk geen kwaad in de zin. Zijn nieuwe vrouw Cheryl is zwanger. Ze heeft lang, steil, goudblond haar met een pony die tot op een paar centimeter boven haar mooie bruine ogen valt. Je zou best kunnen zeggen dat ze wel iets weg heeft van Samantha Stephens.

Het jongetje, Moonbeam, heet nu Oliver. Het is een mollig ventje dat er onschuldig uitziet; hij heeft hooguit iets vaag engs door zijn strakke blik. Het meisje, Mushroom, heet voortaan Margaret. Ook zij kan je griezelig strak aankijken zonder met haar ogen te knipperen, maar bij haar valt het minder op, door haar rode krulletjes en haar drukke gedrag; ze is voortdurend in beweging. Als Tom er de man naar was om met zijn kinderen naar een psycholoog te gaan, zou Margaret waarschijnlijk ritalin slikken, maar Tom houdt niet van dokters. Daar is hij ouderwets in.

'Je hoeft niet voor ieder kwaaltje een pil te slikken,' zegt zijn vader altijd.

Twee dagen na de verhuizing geven ze een housewarming, waarvoor ze alle buren uitnodigen. In de straat wonen Congres-medewerkers, mensen van Buitenlandse Zaken en het ministerie van Financiën.

Eigenlijk zijn er die avond drie feestjes tegelijk aan de gang in hun huis. Je hebt het feest waar de mannen elkaar leren kennen. Tom doet het niet slecht. Hij komt over als een wat rechtlijnige, saaie man, met zijn G.I. Joe-haar, de balpennen in zijn borstzakje en een koelkast vol Coors Light.

Dan is er het vrouwenfeestje. Cheryl is knap, weinig interessant en misschien een beetje eenvoudig. Een typische buitenwijkmoeder die ooit haar eigen dromen had, maar deze heeft opgegeven om haar man te steunen. Cheryl had eigenlijk bakker willen worden, net als haar opa.

En verder is er nog het kinderfeestje, dat plaatsvindt in de tv-kamer. Het kinderfeestje is het interessantst. De jongetjes ontleden de platencollectie en stellen vast hoe suf die is: John Denver, Linda Ronstadt, Juice Newton, de Carpenters. De meisjes vertellen familiegeheimen door. Teds vader is aan de drank en heeft een verhouding met zijn secretaresse. Mary's moeder heeft twee jaar geleden een fietsster doodgereden met haar auto. Janines moeder vindt dat de buurt naar de filistijnen gaat nu er een gezin uit India is komen wonen.

Terwijl het feest doorgaat tot ver na kinderbedtijd, krijgt Oliver te horen dat de Jets en de Giants allebei waardeloos zijn, maar de Giants zijn het ergst want die zitten in dezelfde divisie als de Redskins.

Oliver zegt dat hij niet van football houdt. Een zekere Zachary, een jongen van tien, noemt Oliver een mietje en zegt dat hij stinkt. Verder laat Zachary hem weten dat zijn moeder erbij loopt als een hoer.

Oliver vertelt de jongen kalm dat zijn moeder dood is. Zijn moeder is vermoord en haar lijk is in stukken gesneden en daarna verbrand.

Zach trekt wit weg. En hij wordt nog bleker nadat Margaret hem heeft uitgedaagd om het halfvolle blikje bier dat ze heeft gevonden leeg te drinken. Zachary klokt het naar binnen en zegt dat hij het wel vaker heeft gedronken. Dat kan wel zo zijn, maar er was vast niet eerder een theelepel braakwortelsiroop door het bier gemengd.

Zachary begint te projectielbraken, en daarmee is het feestje afgelopen.

47

Ze staart naar het computerscherm. Een lege pagina met een knipperende cursor.

Het is een ijskoude decembermorgen, een uur voor hoogwater. Het getijdenbassin wemelt van de overwinterende ganzen en eidereenden.

Ze haalt een keer diep adem en typt dan: *College 2, inleiding op het existentialisme. De existentialisten meenden dat ons leven één grote poging zou zijn om betekenis te geven aan een bestaan dat geen betekenis heeft. Voor hen is de wereld een ouroboros – een slang die zichzelf opeet. Patronen herhalen zich. Er is geen vooruitgang. Beschaving is als een touwbrug die boven een afgrond bungelt.*

Ze schudt het hoofd. De verkeerde toon. Ze klikt op 'delete' en ziet al dat harde werk in een oogwenk verdwijnen.

Kylie komt naar beneden in haar nieuwe rode jas. Ze ziet er opgewekt uit vandaag. Daar is ze goed in, net als haar moeder, doen alsof ze opgewekt is. De mondhoeken licht gekruld in een glimlach, en een gespeeld blije toon. Maar haar ogen vertellen een ander verhaal.

Kylie heeft de laatste tijd vaak buikpijn. De dokters kunnen niets vinden. Het is waarschijnlijk stress, zeggen ze. Stress waardoor ze dubbelklapt van de pijn, nachtmerries heeft en in bed plast.

Ze draagt het dapper, maar Rachel weet wel beter.

'Kunnen we nu gaan?' vraagt Kylie.

'Ja, hoor. Dit wordt toch niks.' Rachel klapt de laptop dicht.

'Geef me vijf minuten om te douchen, dan zijn we weg,' zegt Pete. 'We moeten niet te laat komen, lijkt me.'

'Als hij vijf minuten zegt, dan is het ook vijf minuten,' zegt Rachel. Op een planeet vol onbetrouwbare mannen – vaders die hun gezin in de steek laten, echtgenoten die ervandoor gaan met een jongere vrouw – is Pete iemand die niet teleurstelt. Toch wil ze niet hebben dat haar dochter onder één dak woont met een verslaafde, dus verzekert ze zich ervan dat Pete zich strikt aan zijn methadonprogramma houdt. Dat doet hij, en om zijn geloofwaardigheid als verstandige kostwinner nog te vergroten, heeft hij een bewakingsklus aangenomen om zijn plotseling torenhoge creditcardschuld af te lossen.

Exact vijf minuten later zitten ze in de Volvo, op weg naar de stad. Ze parkeren bij Starbucks, waar Rachel aan een tafeltje voor het raam een beker warme thee drinkt terwijl Kylie en Pete inkopen doen.

Het is een drukke zaterdagmorgen en Newburyport is gevuld met zowel plaatselijke bewoners als toeristen. Straks komt Marty hen halen met zijn nieuwe vriendin. Natuurlijk heeft hij een nieuwe vriendin. Toch nog een plan B. Maar in plaats van elkaar te treffen op Plum Island hebben ze afgesproken op veiliger, neutraler terrein: Starbucks in Newburyport.

Zodra Kylie uit het zicht verdwenen is, pakt Rachel haar telefoon en kijkt op de app van de gps-zender in Kylies schoenen. Ja, daar loopt ze, eerst High Street door en dan linksaf de Tannery in. Ieder kind is een bron van zorgen voor iedere ouder, maar niet iedere ouder wordt daar zo levendig aan herinnerd als zij.

Ze ziet Pete lopen aan de overkant van de straat, beladen met winkeltasjes. Ze zwaait naar hem, hij komt Starbucks binnen en kust haar op de wang.

'Wat heb je gekocht?' vraagt ze.

'Een paar dingen voor Kylie.'

'Je hebt toch niet te veel geld uitgegeven, hè? Je hebt al meer dan genoeg...'

'Sst. Een van de grote vreugden in mijn leven is cadeautjes kopen voor mijn nichtje.'

Ze blijven een tijdje zitten praten terwijl ze op Marty wachten. Hij is te laat, zoals gewoonlijk.

'Eindelijk, daar zal je hem hebben,' zegt Pete, en hij tikt op zijn horloge voordat hij opstaat. 'Natuurlijk, de nieuwe vriendin is weer een schoonheid. En... mijn god, nog jonger dan de vorige, zo te zien.'

Marty komt binnen, breed glimlachend. Hij draagt een vale spijkerbroek, een grijs T-shirt met V-hals en een leren Armani-jack. Zijn haar is kortgeknipt en hij heeft ergens een bruin kleurtje opgedaan.

De vriendin is klein en tenger, met blonde stekeltjes. Ze is kleiner dan Marty, in tegenstelling tot Tammy, en bloedmooi. Een schattig wipneusje, donkerblauwe ogen, kuiltjes in de wangen. Ze lijkt de middelbare school maar nauwelijks ontgroeid te zijn.

Iedereen stelt zich voor. Ze schudden elkaar de hand. Rachel slaat de naam bewust niet op, want deze vrouw zal binnen een paar weken ongetwijfeld weer worden opgevolgd door een soortgelijk nieuw exemplaar.

Kylie komt binnen, omhelst haar vader en geeft de nieuwe vriendin een hand. De nieuwe vriendin zegt dat Kylie er leuk en hip uitziet in haar rode wollen jas, en dat doet Kylie deugd.

Ze maken een praatje, Rachel glimlacht en verdwijnt al snel naar de achtergrond. Het is heel makkelijk om te verdwijnen als je zo licht bent. Als het enige wat je nog wat gewicht geeft het gif in je aderen is.

'Tijd om te gaan,' zegt Marty, en dan wordt er weer volop geknuffeld en gekust, waarna ze vertrekken in Marty's witte Mercedes.

'Kylie heeft het daar vast naar haar zin,' zegt Pete die avond onder het eten. 'Ze vindt de nieuwe vriendin leuk.'

'Ze kan zich maar beter niet aan haar hechten; waarschijnlijk komt er volgende week eentje die nog jonger is,' reageert Rachel enigszins verbitterd, waarmee ze zichzelf verrast.

Na het eten kijken ze op de gps waar Kylie zich bevindt (bij Marty in huis) en facetimen ze met haar.

Later gaat Pete naar de wc om zijn methadon te nemen. Hij mengt er tegenwoordig een klein beetje Mexicaanse bruine heroïne doorheen, gewoon om de avond en de nacht beter door te komen. Rachel weet dat niet, maar zelf heeft ze tegenwoordig twee slaappillen en twee vingers whisky nodig om te kunnen slapen. Nu zit ze achter de computer en probeert weer aan haar college te werken, maar het wordt niets. Ze kijkt nog even wat YouTube-filmpjes, maar zelfs Ella Fitzgerald die Cole Porter zingt kan haar niet opbeuren.

Een lege pagina op het scherm. Knipperende cursor.

Rachel geeft de kat eten en besluit het huis te gaan schoonmaken. Wie kan er nou werken in een vies huis?

Ze gaat naar boven, naar Kylies kamer, en haalt het bed af. De lakens zijn drijfnat en het matras is vochtig. Ze had het bed vanmorgen moeten verschonen. Het is tegenwoordig elke nacht raak. Niemand kan slapen. Iedereen heeft akelige dromen. Kylie ligt 's nachts bij haar vader op twee badlakens, zodat hij er niets van hoeft te merken.

Rachel gaat op de rand van Kylies bed zitten en slaat haar handen voor haar gezicht. Op de vloer bij haar voeten ziet ze Kylies Moleskine-notitieboekje liggen. Ze pakt het op en verzet zich tegen de aandrang om het open te slaan. Dit is privé, Kylies eigen plekje is heilig.

Niet doen, niet doen, niet doen.

Ze slaat het boekje open en begint te bladeren. Er staan tekeningen in, dagboeknotities, lijsten met favoriete songs en films, namen van potentiële honden en dergelijke, vanaf de eerste dag van het jaar. Dat alles stopt bij de dag van haar ontvoering. Na die datum bevat het boekje willekeurige gewelddadige krabbels, bladzijden die helemaal zwart gekleurd zijn en een tekening van de kelder waar Kylie is vastgehouden, met informatie over haar ontvoerders erbij: *Man was waarschijnlijk leraar. Vrouw heette Heather. De zoon Jared.* Er is een verwijzing naar de Houdini-goocheldoos die ze als vervroegd kerstcadeau heeft gekregen, met bijgevoegde tips over ontsnappen uit handboeien. Nog meer zwarte bladzijden en gekras, zo hard doorgedrukt dat het papier gescheurd is. Een van de laatste dagboekaantekeningen, van eergisteren nog maar, bevat het adres van een website waarop manieren worden besproken om pijnloos zelfmoord te plegen. *Pillen? Verdrinking?* heeft Kylie in de kantlijn geschreven.

Rachel slaakt een geschrokken kreetje.

Dit gaat nooit voorbij, zegt ze in zichzelf.

Ze gaat naar beneden, naar haar computer, en stuurt Kylie een berichtje om te vragen hoe het met haar gaat. Een half uur later appt

Kylie terug dat alles goed is. Ze zitten met z'n allen *The Maze Runner* te kijken.

Rachel klapt haar laptop dicht en staart in het donker voor zich uit.

'Ik ga het doen,' fluistert ze tegen de nacht.

Ook al is haar eigen computer grondig ontdaan van wormen en spyware, Rachel besluit toch die van Pete te gebruiken. Ze controleert of de virusscanner en het antispywareprogramma soepel lopen. Dat is het geval. Dan start ze een programma op waarmee ze haar IP-adres kan verbergen. Ze logt in op Tor. Vanuit Tor gaat ze naar Google en daar maakt ze een valse identiteit aan: thegirlcalledariadne@gmail.com, omdat alle andere varianten op de naam Ariadne al bezet zijn.

Ze zoekt het bloggersplatform van Google op en logt in met haar nieuwe nep-e-mailadres. Ze maakt een blog aan met een minimalistisch template en geeft dat de naam 'Informatie over de Ketting'.

Het webadres is simpel: dekettinginfo.blogspot.com.

Als omschrijving van haar blog noteert ze: *Dit is een blog waar iedereen anonieme tips of informatie kan achterlaten over dat wat wij kennen als De Ketting. Opmerkingen hieronder plaatsen. Wees a.u.b. voorzichtig. Alleen anoniem commentaar.*

Zou de Ketting haar op de een of andere manier kunnen opsporen? Ze denkt van niet. Ze kunnen hooguit de neppersoon die zij zojuist in het leven geroepen heeft op het spoor komen. Zelfs Google weet niet wie ze is. *Blog nu aanmaken?* wordt haar gevraagd.

Ze klikt op *Ja*.

48

Vandaag gaan ze weer verhuizen. Het is 1997. De tweeling heeft nu een broertje, Anthony. Deze keer vertrekken ze naar Anaheim. Tom heeft promotie gekregen. Hij is nu de baas over iets. Iets met medicijnen of zo. Het is een baan met veel stress, zegt hij, maar hij lijkt zich er niet al te druk om te maken.

Oliver en Margaret zijn ogenschijnlijk opgegroeid als heel gewone kinderen. Margaret heeft sproetjes en opvallend oranjerood haar, net als haar opa, maar ook net als de man met wie haar moeder het bed deelde in de commune. Oliver is mollig, heeft een heel bleke huid en donkerder rood haar. Hij kan je nog steeds zo strak aankijken, zonder met zijn ogen te knipperen, iets waarmee hij als baby al mensen op de zenuwen werkte.

De nieuwe straat in Anaheim is bijna identiek aan hun straat in Bethesda.

De kleine Anthony speelt op de stoep met een hele meute nieuwe vriendjes.

Oliver en Margaret kijken boven achter het raam toe. Ze trekken niet veel op met leeftijdgenootjes. Margaret is de sociaalste van de twee, maar ze wil haar tweelingbroer niet alleen laten.

Cheryl treft hen aan in de slaapkamer. ‘Vooruit, naar buiten jullie, net als je broertje.’

De tweeling verroert zich niet.

Cheryl wil het huis voor zichzelf hebben, zodat ze een paar diazepammetjes en een wodka-tonic kan nemen.

'Ik wil niet naar buiten,' zegt Oliver.

'Wil je nou naar Disneyland of niet?'

'Ja,' antwoordt Oliver.

'Ga dan als de donder naar buiten! Ga spelen, zoals normale kinderen.'

Die eerste dag buiten spelen in de nieuwe straat verloopt niet goed.

Een klein meisje dat aan de overkant woont, het alfavrouwtje, Jennifer Grant, doet bazig tegen Margaret en maakt haar aan het huilen. Ze noemt Margaret lelijk en lacht haar uit omdat ze de liedjes van het touwtjespringen niet kent.

Oliver weet dat hij geen meisjes mag slaan, maar hij doet het toch. Jennifer holt naar binnen, en dan komt haar oudere broer het huis uit. Hij pakt Oliver bij de keel, tilt hem van de grond en hij rammelt hem zo hard door elkaar dat Oliver bijna stikt. Hij krijgt geen lucht en kan niet schreeuwen. De oudere jongen smijt hem tegen het asfalt, en dan komt Jennifer weer naar buiten en gaat met haar armen over elkaar staan lachen, net als een paar andere kinderen. Zelfs de kleine Anthony lacht mee, maar je kunt hem niet kwalijk nemen dat hij zich achter de meerderheid schaart.

Het is een tafereel dat je zou verwachten in een tv-serie over pesten. Het voelt niet echt. Maar dat is het wel. En het duurt maar even, de kinderen raken algauw verveeld en verspreiden zich weer.

De tweeling glipt naar binnen, verstopt zich in de garage en wacht tot hun vader thuiskomt.

Hij is laat. Hij werkt op het FBI-kantoor op Wilshire Boulevard, een heel eind van huis.

Die avond aan tafel zegt de tweeling niets over het voorval, en Anthony is het zelfs al vergeten. Tom praat honderduit. Hij vertelt over zijn nieuwe baan en de nieuwe kansen. Cheryl herinnert hem eraan dat hij de kinderen iets wilde vertellen. Tom grijnst en vraagt of ze zin hebben om aanstaande zaterdag al naar Disneyland te gaan. Ze zeggen allemaal ja.

Maar die zaterdag moet Tom werken. Hij belooft dat ze volgend weekend zullen gaan.

'Ik durf te wedden dat het er nooit van komt,' zegt Margaret die avond profetisch tegen Oliver in hun slaapkamer.

'Dat denk ik ook,' zegt Oliver instemmend.

'Doet je keel nog zeer?'

'Nee,' antwoordt Oliver, maar ze kan zien dat hij liegt.

Margaret gaat op bed zitten lezen in een boek uit de *The Baby-Sitters Club*-reeks. Het is het verhaal waarin Mary Anne een kettingbrief krijgt en daar erg door van streek raakt. Haar vriendinnen zeggen dat ze de brief gewoon moet verscheuren, dat er dan heus niks ergs zal gebeuren.

Mary Anne verscheurt de brief. Er gebeurt niks. Dat is het probleem met kettingbrieven.

Margaret krijgt een idee.

Er moet éérst iets ergs gebeuren.

De dinsdag daarop ontsnapt het konijn van Jennifer Grant uit zijn hok en loopt weg.

De volgende dag op school treft Jennifer een briefje aan in haar lunchtrommeltje: *Knoei druivensap over jezelf in de pauze, anders gaat je konijn eraan.*

Jennifer knoeit in de kantine, waar iedereen bij is, druivensap over haar kleren.

Ze krijgt steeds nieuwe briefjes.

De eisen worden steeds akeliger.

Jennifer staat op in de klas en zegt: 'Shit.' Ze vraagt vijf keer in één les of ze naar de wc mag.

Het meest verontrustende is het briefje waarin Jennifer opdracht krijgt om 's morgens om zes uur naakt naar buiten te gaan en tien tellen voor het huis te blijven staan. Als ze dat doet, krijgt ze haar konijn terug.

Jennifer gaat tien tellen naakt voor het huis staan, en die dag ligt er een briefje in haar kluisje waarin staat waar ze haar dode konijn kan vinden.

Margaret en Oliver verstoppen de polaroid die ze van de naakte Jennifer hebben gemaakt onder de ladekast in hun kamer. Hij zal vast nog eens goed van pas komen.

Het leven gaat zijn gangetje. De kleine Anthony doet het goed op zijn nieuwe school en met zijn nieuwe vriendjes. De tweeling lijkt ook eindelijk te wennen.

Cheryl is eenzaam en verveelt zich. Ze belt haar moeder, en haar moeder zegt dat ze gewoon moet doorzetten. Er zijn genoeg mensen die het veel zwaarder hebben dan zij. Cheryl blijft zich verdoven met diazepam, wodka-tonic en cuba libre.

Twee maanden nadat hij is begonnen met zijn baan in L.A. komt Tom dronken thuis. Hij heeft een deuk in de auto gereden en is daar woest over. Cheryl en hij krijgen vreselijke ruzie. Tom geeft haar een klap en ze valt als een zak zand op de vloer.

De kleine Anthony begint te jammeren, maar Oliver en Margaret kijken koel en onverschillig toe.

49

De praktijk van de therapeute in Brooklyn zit in een nieuw kantorencomplex, boven een winkel waar op maat gemaakte paraplu's verkocht worden. *Très* hipster.

Rachel wacht in de luxueuze ontvangstruimte, waar ze nerveus door oude nummers van de Britse *Vogue* bladert.

De regen striemt tegen de ramen en de minutenwijzer van de gerestaureerde antieke klok kruipt voort. Ze staart naar een reproductie van Manets *Devant la glace*, waarop een vrouw in een spiegel kijkt. Maar je ziet haar gezicht niet, wat Rachel wel toepasselijk vindt in het licht van haar eigen spiegelfobie. De ingeblikte muziek is afkomstig van een van de latere Miles Davis-albums. *You're Under Arrest*, denkt ze, en dat is tevens een soort ironisch commentaar op haar situatie.

Rachel vraagt zich af wat Kylie nu bespreekt. Ze heeft haar gezegd dat ze niets mag vertellen over de Ketting of wat haar is overkomen, maar Rachel hoopt dat de therapeute haar dochter nieuwe strategieën zal aanleren om haar suïcidale gedachten, het bedplassen en haar angsten de baas te worden.

Kylie en zij weten allebei dat het niet zal werken, maar ze moeten het toch proberen. Wat kunnen ze anders?

Vijftig minuten later komt de therapeute naar buiten, en ze geeft Rachel een bemoedigend knikje. De therapeute lijkt ergens halverwege de twintig te zijn. Wat weet iemand van haar leeftijd nou van het hart van de mens, of van wat dan ook? denkt Rachel en ze glimlacht terug.

In de auto naar huis zegt Kylie niets.

Ze rijden over de brug naar Plum Island, nemen de tolweg en dan de laan naar hun huis. Rachel wil niet aandringen, maar Kylie laat helemaal niets los.

'En?' vraagt Rachel uiteindelijk.

'Ze vroeg of ik seksueel misbruikt ben. Nee, zei ik. Toen vroeg ze of ik op school gepest word. Nee, zei ik. Of er problemen waren met een vriendje. Nee, zei ik. Ze zegt dat ik de kenmerken vertoon van iemand die een fysiek trauma heeft ondergaan.'

'Dat klopt wel. Ze hebben je geslagen.'

'Ja, maar dat mag ik haar dus niet vertellen, hè? Dat mag niemand weten. Ik moest daar maar een beetje zitten liegen over tienerproblemen en stress, over de spanningen van *high school* straks. Ik mag haar niet vertellen dat er voor mijn neus een politieman is vermoord, dat ik onder schot gehouden ben en dat ze dreigden mij en mijn moeder dood te schieten. Ik mag niet vertellen dat ik op de vloer moest liggen met een klein meisje dat was ontvoerd door mijn eigen moeder. En dat ze misschien nog wel terugkomen om ons te grazen te nemen als ik mijn mond voorbijpraat,' zegt Kylie en ze begint te huilen.

Rachel steekt een hand naar haar uit terwijl de regen op het dak roffelt en langs de ramen van de Volvo gutst.

'We kunnen geen kant op, hè, mam? Als we naar de politie gaan, gooien ze Pete en jou in de gevangenis wegens ontvoering. En dan nog zullen die figuren van de Ketting ons proberen te vermoorden. Toch?'

Daar heeft Rachel niets op te zeggen.

Als ze binnenkomen, is het koud in huis. Pete is in de weer met de houtkachel. 'Hoe is het gegaan?' vraagt hij.

Rachel schudt nee en zegt geluidloos: *Vraag maar niks.*

Aan tafel zwijgen ze. Kylie speelt met haar eten. Rachel krijgt geen hap door haar keel. Pete maakt zich vreselijke zorgen om hen allebei.

Als Pete en Kylie naar bed gaan, logt Rachel in op haar blog. Er is een reactie gekomen. Anoniem. Ze scrolt omlaag en leest het bericht.

Delete je blog onmiddellijk, voordat ze het zien. Hou de contactadvertenties van The Boston Globe in de gaten.

Dat hoeft ze zich geen twee keer te laten zeggen. Ze logt in op Blogger en klikt op *Blog verwijderen.*

Weet u zeker dat u deze blog en de volledige inhoud ervan wilt verwijderen? vraagt Blogger haar.

Ze klikt op *Ja* en logt uit.

50

Woensdagmorgen vijf uur. Rachel kan niet slapen.

Ze staat op, trekt haar fijne rode trui en een ochtendjas aan en zet koffie. In de donkere woonkamer blijft ze een poos zitten kijken naar de lichtjes in de huizen aan de andere kant van het getijdenbassin.

Dan gaat ze naar buiten om te wachten. Ze plukt aan het losse draadje aan haar trui. Eli de kat komt kijken wat er aan de hand is, laat zich een paar keer aaien en glipt dan weg door het zand en het riet om de strijd aan te gaan met de buidelratten.

De waakzaamheid zet haar haartjes overeind en wekt de zenuwuiteinden in haar nek. Het is een oneindig diepgewortelde reactie. De mens is zowel roofdier als prooi.

Het hardnekkige bonken van haar hart. Het onheilspellende getril van haar ledematen.

Vandaag wordt een belangrijke dag.

Het doek gaat op voor het derde bedrijf.

De fletse ochtendzon staat laag en het is koud, maar niet snijdend guur.

De geur van het moeras.

Het geluid van vogels.

Het gele schijnsel van de koplamp van een fiets op Old Point Road.

Paultje Weston fietst vrijwel in een rechte lijn naar haar toe. Bijna niemand krijgt de *Globe* nog aan huis bezorgd. Paul rijdt de straat door. Ze zwaait vanaf de stoep om te voorkomen dat hij van haar zal schrikken, maar hij schrikt toch.

'Jezus, mevrouw O'Neill! Ik krijg een hartverzakking.'

'Sorry, Paul. Ik kon niet slapen en ik dacht, ik ga buiten op de krant wachten.'

In plaats van de *Globe* grofweg in de richting van het huis te gooien, komt hij naar haar toe gefietst en drukt haar de krant in de hand. 'Fijne dag vandaag,' en weg is hij.

Ze gaat naar binnen, slaat de krant open op de tafel in de huiskamer en doet het grote licht aan.

Ze negeert de koppen en gaat rechtstreeks naar de contact- en verkoopadvertenties. Ondanks eBay en andere onlineplatforms staan er elke dag nog tientallen persoonlijke berichten in *The Boston Globe.*

Ze bekijkt vluchtig de overlijdensadvertenties, liefdesoproepen en tweedehands auto's, tot ze eindelijk heeft gevonden wat ze zocht, onder het kopje DIVERSEN: 'Kettingen, in- en verkoop, tel. 1-202-965-9970.'

Ze maakt Pete wakker en laat hem de advertentie zien.

'Ik weet het niet.'

'We gaan dit doen,' dringt Rachel aan.

'Waarom?'

'Omdat er nooit een einde aan dit alles zal komen als wij niets doen. Kylie gaat eraan onderdoor en het ligt nog steeds op de loer, we worden erdoor gestalkt. Het vergeet ons niet, en het zuigt steeds nieuwe gezinnen naar zich toe, nieuwe moeders, nieuwe kinderen.'

'Je praat over de Ketting alsof het een levend wezen is.'

'Dat is het ook. Het is een monster dat om de paar dagen een mensenoffer eist.'

'Ik weet het niet, Rachel. Slapende honden.'

'Ze slapen niet. Dat is juist het probleem. Ik ga dit nummer bellen met een van de wegwerptoestellen.'

'Misschien moet ik het doen. Ik geloof niet dat iemand bij de Ketting mijn stem kent. Mocht het een valstrik zijn, bedoel ik.'

'Ik verdraai mijn stem wel. Ik doe het accent van mijn oma na.'

Pete loopt naar de kast om de zak met wegwerptelefoons te pakken en ze kiezen er lukraak een uit, waarmee ze de veranda op lopen om Kylie niet wakker te maken. Pete kijkt op de klok. Het is pas half zeven. 'Is het niet te vroeg om te bellen?'

'Ik wil het doen voordat Kylie opstaat.'

Pete knikt. Hij vindt het maar niks, maar het is Rachels verhaal en hij moet zich naar haar voegen.

Ze toetst het nummer in.

Er wordt onmiddellijk opgenomen. Een mannenstem. 'Hallo?'

'Iek bel over die advertentie in die krant,' zegt Rachel met een accent dat op dat van haar Poolse oma moet lijken.

'Wat is daarmee?' vraagt de man.

'Iek heb problemen met een kettink en iek vroeg mij af of u dezelfde problemen hebt. Miskien kunnen wij elkaar helpen,' zegt Rachel.

Er valt een geladen stilte.

'Ben jij degene die de blog geschreven heeft?' vraagt hij dan, met een zware bariton waar ook vaag een buitenlands accent in doorklinkt.

'Ja.'

Weer een lange stilte.

'Ik weet niet of ik je kan vertrouwen. En je moet mij ook niet zomaar vertrouwen. Geef me geen persoonlijke informatie, oké?'

'Oké.'

'Misschien luisteren ze mee. Sterker nog: wie zegt dat jij niet een van hen bent. Of ik. Begrijp je wel?'

'Ja.'

'Begrijp je het echt? Het gevaar is reëel.'

'Dat weet ik, ik heb het van dichtbij meegemaakt,' zegt Rachel, waarbij ze het accent min of meer achterwege laat.

Er verstrijken een paar seconden. Dan zegt de man: 'Aangezien jij jezelf Ariadne noemt: noem mij maar Theseus. Misschien betreden we samen het labyrint.'

'Ja.'

'Ik hoop dat je geen dwaas bent, Ariadne. Je blog was een dwaze actie. Dit telefoontje is dat ook.'

'Ik geloof niet dat ik een dwaas ben. Ik ben gewoon iemand die hier een einde aan wil maken.'

'Dat is hoog gegrepen. Waarom denk je dat je deze figuren een halt zou kunnen toeroepen?'

Rachel kijkt Pete aan. 'Ik heb een paar dingen achterhaald.'

'Je meent het. Oké, Ariadne, ik wil dat je het volgende doet. Ga vanmiddag om twaalf uur naar Logan Airport. Koop een ticket voor een binnenlandse vlucht, maakt niet uit waarheen, als hij maar vanuit terminal A vertrekt. Ga door de security en wacht in de lounge. Ik heb het nummer van deze telefoon. Neem hem mee. Misschien bel ik je, misschien ook niet. Hou in je achterhoofd dat een labyrint niet bedoeld is om je te verstoppen, maar om je in hinderlaag te leggen.'

De verbinding wordt verbroken.

'En?' vraagt Pete.

'Ik ga erheen.'

'Je kunt niemand vertrouwen. Ook hem niet.'

'Dit moet ophouden. Ik ga erheen,' houdt ze vol.

'Nee, je gaat niet. Het is gekkenwerk.'

Hij is oprecht bezorgd, maar zijn twijfel is ook deels te wijten aan zijn eigen problemen. Rachel weet niet dat het methadon minder goed zijn werk doet dan de bedoeling is. Als je moet afkicken van pure, goudbruine Mexicaanse heroïne van de hoogste kwaliteit, is Bayer-methadon niet de oplossing die de verslavingsbegeleiders van de veteranenkliniek denken dat het is.

Hij is nerveus, schrikachtig, kan niet helder denken. En om dan in deze toestand dit nieuwe project op zich te nemen? Terwijl Rachel nog chemotherapie krijgt?

Het is inderdaad gekkenwerk. De hele zaak ligt achter hen. Ze moeten het loslaten.

'Jij bepaalt niet wat ik wel of niet doe, Pete. Ik ben het zat dat iedereen me de wet voorschrijft!' zegt ze.

'Je speelt met je leven. En met dat van Kylie.'

'Dat weet ik ook wel! Denk je dat ik dat niet weet? Ik probeer juist om ons leven te redden.' Ze pakt zijn handen. 'We moeten dit doen, Pete,' fluistert ze.

Hij kijkt haar aan. Rachel wordt iedere week in Fruit Street 55 letterlijk vergiftigd. Ze houdt zich staande. Ze redt het. Ze leeft nog. 'Oké, maar dan ga ik met je mee.'

51

Rachel heeft Logan nooit een fijn vliegveld gevonden. De mensen zijn er gespannen; 9/11 is hier begonnen. Lange rijen. Een grimmige sfeer. Overal souvenirs van de Red Sox.

Pete en zij gaan naar de balie van Delta Airlines en kopen tickets voor een vlucht naar Cleveland.

Ze gaan door de security en wachten af. Rachel heeft haar zonnebril opgezet en haar Yankees-pet laag over haar ogen getrokken, alsof dat zal helpen.

Het middaguur komt en gaat.

'En nu?' vraagt Pete.

'Ik weet het niet.'

'Bel dat nummer uit de krant nog eens.'

Ze wacht vijf minuten en belt dan.

'Dit nummer is niet meer in gebruik,' meldt een onpersoonlijke stem afgemeten.

Het wordt half één, en dan gaat eindelijk de wegwerptelefoon.

'Ga naar Legal's Test Kitchen bij de shuttlegates van Delta en bestel daar een Cthulhu Black IPA en een vissoep. Kom alleen,' zegt de stem.

'Ik ben hier met iemand. Hij heeft me geholpen. We doen dit samen.'

'Hm. Goed dan, bestel twee Cthulhu en twee vissoep. Tafel 73 is volgens mij nog vrij. Het is een zitje met twee banken, aan de linkerkant.'

'En dan?'

'Dan zien we wel verder, hè?'

Ze gaan naar Legal's Test Kitchen, nemen plaats aan tafel 73 en bestellen de biertjes en twee vissoep. Ze hebben het gevoel dat iemand hen in de gaten houdt, wat natuurlijk ook zo is.

'Wie denk je dat het is?' vraagt Rachel, en ze kijkt om zich heen naar de klanten en het personeel. De zaak zit bomvol. Er zijn zo veel mensen die hun kant op kijken. Het is onmogelijk te zeggen wie ze moeten hebben.

Ze trekt haar pet verder omlaag.

'Dit is geen goed idee. Nu weet hij wie we zijn, maar wij weten niet wie hij is,' mompelt Pete.

Rachel knikt. Haar intuïtie zei haar dat ze deze persoon kon vertrouwen, maar waarom zou ze dat doen? Petes paranoia is een betere uitgangspositie.

Maar ze maakt zich zo verschrikkelijk veel zorgen om Kylie. Iedere keuze die ze heeft is een slechte. Handelen is verkeerd, niet handelen is verkeerd. Het is een klassieke patstelling. Je bent met je parachute in een mijnenveld geland en er is geen manier om daar veilig weg te komen. Misschien is dit voor de Ketting een manier om mensen op de proef stellen: iemand op pad te sturen als lokaas voor mogelijke overlopers. Iedereen hier zou van de Ketting kunnen zijn. En nu moeten Pete en zij dadelijk...

Een grote, dikke man met een bril komt aangeschuifeld en gaat op de bank aan hun tafel zitten. 'Jullie hebben een groot risico genomen,' zegt hij met een vaag Oost-Europees accent. Hij steekt een harige klauw naar haar uit. 'Als ik de doortastende Theseus ben, moet jij de pientere Ariadne zijn.'

'Ja.' Rachel schudt hem de hand.

Hij is lang, zeker één meter vijfentachtig, en ook zwaar, ze schat hem rond de honderddertig kilo. Hij is misschien begin vijftig. Heeft nog vrijwel al zijn haar, dat lang en sliertig is. Zijn ruige baard begint grijs te worden. Hij draagt een vale bruine spijkerbroek, All Stars en een regenjas over een T-shirt met de opdruk ZEN EN DE KUNST VAN HET MOTORONDERHOUD. Hij komt niet over als het duivelse brein achter de Ketting, maar je weet het nooit. Hij heeft een glas in de hand met daarin iets wat een dubbele whisky zou kunnen zijn.

Pete steekt zijn hand uit.

'Ben jij met haar meegekomen?' vraagt de man terwijl hij hem de hand schudt.

Pete knikt.

De man schenkt hem een kwetsbaar, zwak, treurig, enigszins angstig lachje en giet de laatste slok uit zijn glas naar binnen. 'Jullie kunnen in ieder geval geen wapens, messen of vergif hebben meegesluisd langs de security, maar dat is alleen maar uitstel, nietwaar? Als jullie van de Ketting zijn, weten jullie nu wie ik ben en dan ga ik eraan. Maar als ík van de Ketting ben, weet ik wie jullie zijn en dan gaan jullie eraan.'

'Zou je wel weten wie we zijn? Hoeveel mensen denk je dat er deel uitmaken van de Ketting? Dat moeten er honderden zijn,' zegt Pete.

'Klopt. Honderden. Misschien wel duizenden, wie zal het zeggen? Waar het mij om gaat is dat jullie nu ongetwijfeld een foto van mij hebben, die jullie dan kunnen vergelijken met de database, om mij te laten vermoorden zodra ik het vliegveld verlaat. Je hoeft me maar op de lijst te zetten van de huidige schakel in de Ketting en diegene zal mij en mijn dochter vermoorden. Iedereen is te vinden. Je kunt presidenten, koningen en troonopvolgers vermoorden; eigenlijk iedereen, als je maar gemotiveerd genoeg bent.'

Hij zet zijn bril af en legt die op tafel. Zijn lichtbruine ogen staan helder, intelligent en treurig, denkt Helen. En ze geven hem de uitstraling van een hoogleraar of een priester. Misschien zijn het de lichtbruine ogen van iemand in wie ze moet geloven.

'We zullen elkaar moeten vertrouwen,' zegt Rachel.

'Waarom?'

'Omdat jij op mij overkomt als iemand die hetzelfde heeft doorgemaakt als ik.'

De man bekijkt haar aandachtig en knikt. 'En jij?' vraagt hij aan Pete.

'Ik heb meegeholpen. Op het laatst. Ik ben haar ex-zwager.'

'Militair, zo te zien. Het verbaast me dat ze dat goedgekeurd hebben. Of heb je geprobeerd het voor ze te verzwijgen?'

'Hij is weg bij het leger, en ze vonden het goed. Ik had verder niemand,' legt Rachel uit.

'De Ketting is een kooi die voortdurend op zoek is naar de kwetsbaarste vogels,' mompelt de man, en hij houdt een langslopende ober aan om nog een dubbele bourbon te bestellen.

'Heeft een van jullie ooit iets met *kriging*, matrixprogrammeren of regressieanalyse gedaan?'

'Kriging?' Rachel heeft geen idee wat hij bedoelt.

'De procesregressie volgens Gauss. Een instrument voor statistische analyse. Niet mee bekend?'

Pete en Rachel schudden hun hoofd.

Hij tikt op het tafelnummer. 'Zegt het getal 73 jullie iets?'

'John Hannah, aanvaller bij de New England Patriots,' zegt Pete snel.

'Gary Sanchez heeft een tijdje met nummer 73 gespeeld toen hij pas bij de Yanks was,' zegt Rachel.

De man maakt een ontkennend gebaar.

'Wat betekent het dan voor jou?' vraagt Rachel.

'Het is het eenentwintigste priemgetal. Het getal 21 heeft de priemfactoren 7 en 3. Aangenaam toeval. Tafel 77 daarginds is ook vrij. Dat is natuurlijk geen priemgetal, maar het is wel de som van de eerste acht priemgetallen en het atoomnummer van iridium. Met iridium heeft men uiteindelijk kunnen aantonen waardoor de dinosauriërs uitgestorven zijn, wat in mijn jeugd een groot mysterie was. De aanwezigheid van iridium in de K-T-grens. Atoomnummer 77 kondigde de dood van de dinosauriërs aan. Het is een eindcijfer. Alle boeken zouden moeten eindigen met hoofdstuk 77. Alleen gebeurt dat nooit. Maar wij staan hier juist aan een begin, nietwaar? Vandaar tafel 73, wat net even gepaster is dan 77, ja toch?'

Rachel en Pete kijken hem verbijsterd aan.

Hij zucht. 'Oké, wiskunde is niet jullie sterkste punt, zie ik. Dat doet er ook niet toe. Het verhaal is belangrijker dan de techniek. Hoe lang?'

'Hoe lang wat?'

'Hoe lang zijn jullie er al uit?'

'Ongeveer een maand.'

Er verschijnt een gretige blik op zijn gezicht. Een akelige grijns. 'Mooi. Dat hoopte ik al. Voor mij is het drieënhalf jaar geleden. Het spoor is koud. Ik heb iemand nodig bij wie het nog vers is.'

'Waar heb je dat voor nodig?' vraagt Rachel.

De bourbon wordt gebracht en de man drinkt het glas in één teug leeg. Dan staat hij op en legt een biljet van vijftig dollar op tafel. 'Misschien heb je gelijk, we zullen elkaar moeten vertrouwen,' zegt hij tegen Rachel. 'Hij daar bevalt me niet. Ik kan geen hoogte van hem krijgen. Maar jij... jij liegt niet. Kom, we gaan hier weg.'

Pete schudt nee. 'Ik dacht het niet. We zitten hier prima.'

De man haalt een hand door zijn vlassige haar en bindt het samen in een paardenstaart. 'Goed, dan doen we het zo: ik zit over drie kwartier in de Four Provinces, een kroeg op Massachusetts Avenue in Cambridge. In zo'n achterzaaltje dat je kunt huren. Daar mag ik gebruik van maken, ik ben vaste klant. Misschien zie ik jullie daar, misschien ook niet. Het is aan jullie.'

'Wat is er mis met deze plek?' vraagt Rachel.

'Ik wil een beetje privacy om mijn verhaal te vertellen. En om samen een plan te maken.'

'Een plan waarvoor?'

'De reden waarom we hierheen gekomen zijn.'

'En dat is...' vraagt Pete.

'De Ketting verbreken natuurlijk.'

52

Ze gaan weer verhuizen. Deze keer terug naar het oosten. Nu wat dichter bij huis: Boston. Ze pakken dozen in. Beslissen wat ze zullen houden, wat ze weggeven en wat naar de stort gaat. De kleine Anthony en Tom zullen L.A. wel missen, maar de tweeling en Cheryl hebben zich hier nooit echt thuis gevoeld.

Hoe dan ook, dit weekend wordt er dus weer verhuisd. Als Cheryl de ladekast in de kamer van de tweeling verschuift, vindt ze de polaroid die Oliver heeft gemaakt van Jennifer zonder kleren. Het meisje staat voor haar huis, en de foto is waarschijnlijk in deze kamer genomen vanaf Olivers stapelbed.

Ze laat hem de foto zien en eist een verklaring. Oliver kan niets verzinnen. Maar hij ontkent niet de foto genomen te hebben. Cheryl noemt hem een kleine viespeuk en geeft hem een klap in het gezicht. 'Wacht maar tot je vader thuiskomt.'

Tom komt met lege dozen terug van de supermarkt. Hij is lang weggebleven, hij is op de terugweg gestopt bij een bar. Oliver en Margaret wachten boven. Ze horen Cheryl met Tom praten. Ze horen Tom 'Jezus christus!' roepen.

Tom komt naar boven. Hij pakt Oliver bij de hals van zijn T-shirt, sleurt hem van het bovenste stapelbed en kwakt hem tegen de muur. 'Kleine vuilak! Weet je wat ik denk? Ik denk dat ze lsd in jouw flesje hebben gedaan toen je nog een baby was. Dat kan toch? Ik bedoel, jezus, misschien zijn jullie niet eens mijn kinderen!' schreeuwt hij.

Anthony is naar boven gekomen om het fijne schouwspel bij te wonen. Margaret ziet hem grijnzend in de deuropening staan. Het is een grijns die Anthony het leven zal kosten.

'Het was maar een grapje,' zegt Oliver.

'Ik zal jou eens een grapje laten zien,' antwoordt Tom. Hij pakt Oliver op, sleurt hem naar de badkamer, gooit hem in de douchecabine en zet de koude kraan aan.

Oliver gilt het uit.

'Grappig, hè?' zegt Tom. Hij laat de douchekraan nog twee minuten lopen voor hij hem eindelijk dichtdraait.

Oliver gilt als een speenvarken. Tom kijkt hoofdschuddend naar hem, slaat een arm om Anthony heen en neemt hem mee naar beneden.

Oliver ligt languit in een hoek van de douche, nog steeds snikkend. Margaret gaat naast hem zitten en pakt zijn hand. Oliver schaamt zich voor zijn tranen en voor alles wat er is gebeurd. 'Ga weg.'

Maar hij meent het niet en Margaret weet dat hij het niet meent.

Zijn gesnik gaat over in zacht gejammer. De dag verstrijkt. De zon gaat onder aan Orange Avenue, met aan de hemel de silhouetten van de vliegtuigen die gaan landen op Long Beach Airport.

'Stil maar,' zegt Margaret, terwijl ze de trillende hand van haar broer vasthoudt. 'We krijgen ze wel.'

53

Het drietal zit in een zaaltje achter de Four Provinces in Cambridge. Rachel en Pete tegenover de grote, dikke man. In de kroeg zelf hangt een feestelijke sfeer, maar hier niet. Voor hen staan drie grote glazen Guinness en drie dubbele whisky, zodat ze voorlopig niet gestoord hoeven worden door een van de serveersters. Rachel zet haar honkbalpetje af en legt het naast zich neer. Ze kijkt naar Pete, maar die haalt alleen maar zijn schouders op. Hij weet ook niet goed hoe het nu verder moet.

Rachel kijkt op haar horloge. Het is kwart over twee. Kylie gaat na school naar Stuart, zijn moeder haalt hen op. Stuarts moeder is een bikkelharde advocate, volkomen betrouwbaar. Stuarts vader is oud-militair; hij werkt tegenwoordig vanuit huis en is nog steeds lid van de National Guard van Massachusetts. Behalve Marty zijn Stuarts vader en moeder zo'n beetje de enigen aan wie Rachel Kylie toevertrouwt. Maar de tijd tikt. Ze wil voor het donker naar huis. 'Een van ons zal de eerste zet moeten doen.'

De grote, wat sullige man met de treurige ogen knikt. 'Je hebt gelijk. Ik heb zelf contact met je opgenomen. Eerst het belangrijkste: de veiligheid. Geen blogs, geen e-mail, geen papieren spoor, en als we elkaar treffen, zorg er dan verdomd goed voor dat je niet gevolgd wordt. Stap uit bij willekeurige haltes van de metro, zoals in *The French Connection*. Steeds opnieuw, tot je zéker weet dat niemand je op de hielen zit.'

'Doen we,' zegt Rachel afwezig.

De blik van de man wordt duister. 'Nee, niks "doen we", "doen we" is niet genoeg. Je moet het zeker weten. Je leven hangt hiervan af. Je hebt een gigantisch risico genomen door naar het vliegveld te komen. En nu hier... Hoe weet je dat ik je niet met een smoes hierheen heb gelokt om jullie allebei te vermoorden en dan door de achterdeur naar buiten te glippen?'

'Op het vliegveld was ik niet gewapend, maar nu wel,' zegt Pete, en hij klopt even op de zak van zijn jasje.

'Nee, nee, nee, daar gaat het niet om!'

'Waar gaat het dan wel om?' vraagt Rachel voorzichtig.

'Het gaat erom dat je op je hoede moet zijn. De afgelopen weken... Ik weet het niet. Er is ingebroken bij de wiskundefaculteit. Meerdere kantoren zijn overhoopgehaald, niet alleen dat van mij. Maar dat kan bewust gedaan zijn, om het minder te laten opvallen. Ik mag het dan discreet aangepakt hebben, ik heb toch voor beroering gezorgd. Kleine golfjes gemaakt in de vijver. Misschien doen ze al onderzoek naar me. Hebben ze het op me gemunt. Ik weet het niet. En wat belangrijker is: jíj weet het niet. Je weet helemaal niks van me.'

Rachel knikt. Een paar weken geleden zou ze dit soort praat voor idiote paranoia gehouden hebben. Nu niet meer.

De man slaakt een diepe zucht en haalt een verfomfaaid notitieblokje tevoorschijn uit de zak van zijn regenjas. 'Dit is mijn derde boekje over de Ketting. Mijn echte naam is Erik Lonnrott. Ik werk daar.' Hij wijst met zijn duim achter zich.

'In de keuken?' vraagt Pete.

'Bij MIT. Ik ben wiskundige. De verhuizing naar Cambridge heeft mijn gezin kapotgemaakt.'

'Wat is er gebeurd?' vraagt Rachel.

Eric neemt een grote slok van zijn Guinness. 'Ik zal bij het begin beginnen. Ik ben geboren in Moskou, maar toen ik dertien was zijn mijn ouders verhuisd naar Amerika. Ik ben grotendeels opgegroeid in Texas, waar ik heb gestudeerd aan de A&M University. Ik heb er mijn bul gehaald, wiskunde, en er mijn vrouw Carolyn leren kennen. Zij was kunstschilder. Enorme, prachtige doeken, voornamelijk religieuze onderwerpen. We kregen een dochter, Anna, terwijl ik aan Stanford bezig was met mijn postdoctoraal topologie. Dat was een mooie tijd.'

'En toen verhuisden jullie hierheen,' zegt Rachel.

'We zijn in 2004 naar Cambridge gekomen. Ik kreeg een baan als hoogleraar aangeboden, een vaste aanstelling. Wie slaat dat nou af, aan MIT nog wel. Het ging allemaal goed tot 2010, toen...' Zijn stem klinkt verstikt en sterft weg. Hij neemt nog een slok en vermant zich. 'Mijn vrouw fietste naar huis vanaf haar atelier in Newton en werd aangereden door een SUV. Ze was op slag dood.'

'Wat erg,' zegt Rachel.

Hij glimlacht flauwtjes naar haar en knikt. 'Het was vreselijk. Ik wilde dood, maar ik had een dochter. We hebben ons er samen doorheen geslagen. Als zoiets gebeurt, denk je dat je het niet zult redden, maar toch hou je vol. Het heeft ons vijf jaar gekost. Vijf lange jaren. Maar toen het eindelijk allemaal wat beter ging...'

'De Ketting,' zegt Pete.

'Het was op 4 maart 2015. Anna werd ontvoerd toen ze van school naar huis liep. In Cambridge, op klaarlichte dag. Het was een wandelingetje van vier huizenblokken.'

'Mijn dochter is meegenomen bij de halte van de schoolbus.'

Eric pakt zijn portefeuille en haalt er een foto uit; een pienter uitziend meisje met krullen, in spijkerbroek en een T-shirt.

'Anna was dertien, maar ze was heel verlegen, jong voor haar leeftijd. Kwetsbaar. Toen ik te horen kreeg wat ik moest doen om haar vrij te krijgen, kon ik mijn oren niet geloven. Hoe zou iemand dat zelfs maar kunnen overwegen? Toch deed ik wat me werd opgedragen. Anna is vier dagen vastgehouden, in het donker onder de grond, voordat ze werd vrijgelaten.'

'Mijn god.'

'Ze is er nooit overheen gekomen. Ze kreeg zware toevallen en hoorde stemmen. Een jaar later heeft ze geprobeerd zelfmoord te plegen door in bad haar polsen door te snijden, en nu zit ze in een psychiatrische kliniek in Vermont. Als ik naar haar toe ga, herkent ze me soms niet eens. Mijn eigen dochter. Ze heeft goede en slechte dagen. Heel slechte dagen. Mijn mooie, intelligente Anna wordt met een slabbetje om gevoerd, babyvoeding, met een plastic lepel. De Ketting heeft mijn leven en dat van mijn dochter verwoest. En ik zoek naar een manier om die lui de nek om te draaien.'

'Zou dat kunnen?' vraagt Rachel.

'Misschien,' antwoordt Erik. 'Nu is het jouw beurt om je verhaal te vertellen. Kom maar op.'

Pete schudt het hoofd. 'Dit is geen kwestie van "voor wat hoort wat". Zoals je zelf al zei, weten we helemaal niet wie jij echt bent, en...'

'Ze hadden mijn dochter te pakken,' zegt Rachel. 'Ik moest iemand anders' dochtertje ontvoeren. Sindsdien heb ik nachtmerries. Het gaat heel, heel slecht met mijn kind.'

'En je hebt kanker,' merkt Erik op.

Ze glimlacht en raakt onbewust even haar dunne haar aan. 'Er ontgaat jou niet veel, hè?'

'En je komt uit New York.'

'Misschien ben ik gewoon fan van de Yankees,' werpt ze tegen.

'Dat ook. Je bent een dappere Yankees-fan, iemand die zich niets aantrekt van de vuile blikken die ze krijgt van iedereen hier in de stad.'

'Bleef het maar bij vuile blikken,' zegt ze, en ze slaagt erin nog een keer te glimlachen.

'Ik doe nu ruim een jaar onderzoek naar de figuren die zichzelf de Ketting noemen.' Hij schuift het notitieblokje naar Rachel en Pete toe.

Ze trekken het elastiek los en slaan het open. Het boekje staat vol namen, grafieken, observaties, datapunten, extrapolaties, dagboekaantekeningen en verhandelingen. Allemaal neergekrabbeld met zwarte pen in heel kleine, nauwelijks leesbare lettertjes. Geschreven, valt hun op, in een soort geheimschrift.

'Eerst was er niks te vinden. Iedereen zweeg, uit angst. Maar toen ben ik dieper gaan graven en trof ik in anonieme contactadvertenties in de krant verwijzingen aan naar de Ketting. Ik stuitte hier en daar op een vage hint. Een misdaadverslag dat raar klonk. Ik heb er een *sievemap*-analyse op losgelaten, regressieanalyse, een Markovketen en een temporele analyse. Wat daaruit kwam heb ik teruggevoerd naar het begin, en zo ben ik tot enkele conclusies gekomen. Niet veel, maar wel een paar.'

'Wat voor conclusies?' vraagt Rachel.

'Ik denk dat de Ketting ergens tussen 2012 en 2014 is begonnen. De regressieanalyse voert terug tot 2013 als mediaan. Natuurlijk willen degene die erachter zitten ons doen geloven dat het een eeuwenoude instelling is, al tientallen of zelfs honderden jaren door niemand verslagen, maar volgens mij is dat gelogen.'

'Iets wat eeuwenoud is lijkt nog moeilijker te verslaan,' zegt Rachel instemmend.

'Precies. Maar ik geloof niet dat de Ketting eeuwenoud is,' zegt Erik en hij neemt nog een slok.

'Ik ook niet.'

'Wat voor conclusies heb je nog meer getrokken?' vraagt Pete.

'Het lijkt me duidelijk dat de bedenker van de Ketting zeer intelligent is. Heeft gestudeerd. Het IQ van een genie. Belezen. Waarschijnlijk iemand van rond mijn leeftijd. Waarschijnlijk een blanke man.'

Rachel schudt langzaam het hoofd. 'Dat denk ik niet.'

'Ik heb het uitgezocht. Dit soort roofdieren opereert meestal binnen de eigen etnische groep. Ook al worden de slachtoffers in dit geval tamelijk willekeurig gekozen, hij moet van mijn leeftijd zijn, of misschien iets ouder.'

Rachel fronst haar voorhoofd, maar ze zegt niets.

'De Ketting is een mechanisme dat zichzelf in stand houdt en dat geld binnenbrengt voor de bedenker,' vervolgt Erik. 'Ik denk dat het systeem ergens na 2010 is opgezet door een blanke man van eind veertig, misschien als reactie op de economische recessie en de bankencrisis. Het idee zou overgenomen kunnen zijn uit Latijns-Amerika, waar ook ontvoeringen plaatsvinden die vragen om een nieuwe ontvoering.'

Rachel neemt een slokje van haar Guinness. 'De datum waarop het is begonnen kan wel kloppen, maar de leeftijd en het geslacht zijn niet juist.'

Erik en Pete kijken allebei verrast op.

'Ze is niet zo oud als ze zich voordoet en ze is minder slim dan ze denkt. Ze bluft toen ze tegen mij over filosofie begon,' vervolgt Rachel. 'Dat is niet haar vakgebied.'

'Waarom denk je dat het een vrouw is?'

'Ik kan er niet precies de vinger op leggen, maar ik weet dat ik gelijk heb. Degene die ik heb gesproken was een vrouw die een stemvervormer gebruikte.'

Erik knikt en noteert iets in zijn boekje. 'Hebben ze contact met je opgenomen via een wegwerptelefoon en Wickr?'

'Ja.'

Hij glimlacht. 'De Ketting heeft zijn eigen veiligheid slim gewaarborgd. De anonieme telefoontjes met wegwerptoestellen, anonieme bitcoinrekeningen die na een paar weken verdwijnen, de anonieme, versleutelde Wickr-app waarvan de identiteit regelmatig wordt aangepast. Het inzetten van tussenpersonen die het vuile werk doen. Heel slim. Bijna onfeilbaar.'

'Bijna?'

'Het is gedeeltelijk niet te achterhalen. Volgens mij is de oorsprong van de Ketting onmogelijk op te sporen via al die verschillende schakels. Dat is uiteraard te danken aan de pseudowillekeurige selectie van de slachtoffers. Jij mocht zelf een doelwit uitkiezen, net als ik, et cetera, helemaal terug tot het begin. Het zal niemand lukken dat hele spoor na te trekken. Ik kan het weten, ik heb het geprobeerd.'

'Hoe vinden we die lui die de Ketting runnen dan?' vraagt Pete.

Erik pakt zijn notitieboekje weer en bladert erin. 'Ondanks al mijn onderzoek ben ik weinig opgeschoten. Ik...'

'Je gaat me toch niet vertellen dat we hier onze tijd zitten te verdoen, hè?' onderbreekt Pete hem.

'Nee. Hun aanpak is goed, maar als je met mensen werkt, kunnen er fouten gemaakt worden. Geen enkele tussenpersoon is onfeilbaar in zijn of haar aanpak. Althans, dat vermoed ik.'

'Welke fout heeft de Ketting gemaakt?'

'Ze zijn misschien een beetje zelfgenoegzaam geworden, een beetje lui. We zullen zien. Vertel me eens over jouw laatste interactie met hen.'

Rachel doet haar mond al open om iets te zeggen, maar Pete legt een hand op haar arm. 'Je hebt genoeg verteld.'

'We moeten elkaar vertrouwen,' zegt Rachel.

'Nee, Rach, dat moeten we niet.'

Hij merkt zijn eigen fout niet op, maar Rachel wel en Erik ook. Hij schrijft iets in zijn notitieboekje. *Rachel*, waarschijnlijk.

We zijn nu toch al zo ver gekomen, denkt Rachel, en ze zegt: 'Het was een maand geleden. De eerste week van november.'

'Belden ze je?'

'Ja.'

'En ze gebruikten de Wickr-app?'

'Ja. Waarom is dat zo belangrijk?'

'Hun Wickr-account en de bitcoinrekening zijn beschermd met de zwaarste versleutelingsmogelijkheden die op de commerciële markt te koop zijn; het zou tienduizenden uren op een supercomputer vergen om de codes te kraken. En ik ben ervan overtuigd dat ze, zeker in het begin, hun Wickr-ID regelmatig veranderden om extra zekerheid in te bouwen. En dan kunnen er natuurlijk ook nog diverse loze lagen zijn, lagen die niets toevoegen, of lege accounts. Maar toch meen ik een zwakke plek gevonden te hebben in hun communicatiemethode.'

'Wat dan?'

Een serveerster steekt haar hoofd om de deur. 'Wilt u misschien ook iets te eten bestellen?' vraagt ze met een Schots accent.

'Nee,' zegt Erik op kille toon. Als ze de deur weer dichtgedaan heeft, trekt hij zijn jas aan. 'Ze is nieuw. Ik hou niet van nieuw. Kom, we gaan.'

54

Een bankje op Boston Common. Een koude, gierende wind vanaf de haven. Ze zitten tegenover het monument van Robert Gould Shaw en de mannen van het 54^{e} Regiment. Weinig mensen op de been. Alleen een paar joggers, studenten en wandelaars met kinderwagen.

Rachel kijkt afwachtend naar Erik. Als hij zich eindelijk weer veilig voelt, vervolgt hij: 'Over het algemeen word de standaard opzet van pseudowillekeurige versleutelfuncties beschouwd als lekproof, maar ik geloof daar niet in. En met een slordige aanpak maak je het mensen zoals ik makkelijker.'

'Ik snap er niks van,' zegt Rachel. Ze kijkt Pete aan. Hij kan het ook niet volgen, en hij heeft een softwareachtergrond.

'Ze nemen op twee manieren contact met ons op, en volgens mij zijn die allebei te ontsleutelen.'

'Hoe dan?'

'Wegwerptelefoons zijn niet zo veilig als iedereen denkt, zelfs niet wanneer je belt met een gloednieuw toestel in een kooi van Faraday. Mensen denken altijd dat zulke telefoontjes absoluut niet na te trekken zijn,' zegt Erik met een grijns.

'Maar jij hebt een manier bedacht om dat wél te doen?' vraagt Pete.

Eriks grijns wordt breder. 'Dit is al een jaar lang mijn belangrijkste onderzoeksterrein.'

‘Wat is de truc?’

‘Theoretisch is het mogelijk om powerlevels en antennepatronen te meten met software die je op een smartphone kunt installeren. Dat toestel analyseert dan in real time de binnenkomende telefoontjes.’

‘Heb jij dat voor elkaar gekregen?’ Pete is onder de indruk.

‘Ik heb wat aangeklooid met het concept.’

‘Je kunt een telefoontje vanaf een wegwerptoestel natrekken?’

‘Nee, maar het basisstation van die mobiele telefoon – de dichtstbijzijnde zendmast – is wel te vinden,’ zegt Erik stug.

‘En jij hebt dat voor elkaar gekregen! Of niet?’ dringt Pete aan.

‘Vertel het ons alsjeblieft,’ zegt Rachel op smekende toon.

Erik wacht tot een jogger gepasseerd is voordat hij verdergaat. ‘Ik zit in de afrondende fase van mijn ontwerp voor een hunter-killer-applicatie die het dichtstbijzijnde basisstation kan opsporen bij de locatie vanwaar is gebeld met een mobiele telefoon, zelfs wanneer dat een wegwerptoestel is binnen een kooi van Faraday. Als het basisstation eenmaal is gelokaliseerd, is het misschien mogelijk om de frequentie van het telefoonsignaal nauwkeuriger vast te stellen, waardoor je ruwweg een vector krijgt van de zendmast naar het toestel, een straal van pak ’m beet twee-, driehonderd meter.’

Rachel weet niet of ze het wel helemaal begrijpt. ‘Wat wil dat zeggen?’

‘Dat er misschien een manier is om het spoor te volgen tot in het hart van het labyrint,’ antwoordt Erik.

‘En de Wickr-app?’ vraagt Rachel. ‘Dat is hun belangrijkste manier van communiceren.’

‘Een soortgelijke techniek. Mijn hunter-killer-algoritme kan de versleuteling van het bericht niet ongedaan maken of de afzender opsporen, maar het kan wel zoeken naar het basisstation dat het dichtst bij de plek ligt vanwaar het bericht is verzonden. Als die lui communiceren vanaf Times Square in New York komen we natuurlijk nergens, maar mochten ze bellen vanuit een privéwoning, dan zouden we ze kunnen opsporen.’

‘Waarom heb je dat nog niet gedaan dan?’ vraagt Pete.

‘Omdat mijn laatste contact met hen dateert van tweeënhalf jaar geleden. Omdat de telefoon die ze toen hebben gebruikt al lang vernietigd is en de Wickr-app die ze voor mij gebruikten is aangepast. Het spoor loopt dood. Maar bij jou...' Hij kijkt Rachel aan.

'Wat is er met mij?'

'Als ik me niet vergis in hun aanpak, zou het goed kunnen dat ze nog steeds dezelfde app-ID gebruiken om met jou te communiceren.'

'Klopt. Ze hebben me met Thanksgiving een bericht gestuurd.'

'Perfect!' roept Eric uit.

'Hoe zou dat in z'n werk gaan?' vraagt Rachel.

'Jij zou ze uit hun tent moeten lokken. Je moet ze bedreigen of iets doen waardoor ze zich zodanig zorgen gaan maken dat ze met je willen communiceren. Dan sturen ze je misschien een bericht, of beter nog, ze bellen je met een wegwerptoestel. Als het gesprek lang genoeg duurt, laten we mijn software draaien en dan kunnen we misschien berekenen met welke zendmast hun toestel contact maakt.'

'En als ze op Times Square staan, in een auto zitten of op een andere manier onderweg zijn? Dan hebben we ze kwaad gemaakt, maar kunnen we ze dus niet opsporen. Dan hebben we een schietschijf op onze rug gehangen en is het voor hen heel makkelijk om ons te vinden!' protesteert Pete.

'Het plan is niet vrij van risico's,' zegt Erik.

'Voor ons. Alle risico's zijn voor ons. Jij gaat vrijuit,' zegt Pete.

'Wat zou ik precies moeten doen?' vraagt Rachel.

'Nee! Rachel, je gaat niet...'

'Wat zou ik moeten doen?' herhaalt Rachel.

'Je moet de dialoog aangaan met onze anonieme beller via Wickr of, beter nog, per telefoon, en dan kan ik tijdens dat gesprek de beller natrekken.'

'Hoe bedoel je, "de dialoog aangaan"?'

'Je rekt het gesprek zo lang als je kunt. Het natrekken van Wickr is niet al te nauwkeurig, ik werk nog aan de software, maar als ze bellen... Stel dat het gesprek twee of drie minuten duurt, dat zou geweldig zijn.'

'Wat zou er dan gebeuren?'

'Ik spoor ze op via het hunter-killer-algoritme, en met een beetje mazzel vind ik uiteindelijk de zendmast waar het gesprek vandaan komt.'

'Werkt dat ook met vaste telefoons?' vraagt Pete.

'Als ze zo stom zijn om ons met een vaste telefoon te bellen, heb ik ze binnen twee tellen te pakken.'

'Ik ben bang dat ze mij als een probleemgeval gaan beschouwen,' zegt Rachel. 'Met zo'n lang gesprek. Dan vestig ik hun aandacht op mezelf en mijn familie.'

'Ja,' bevestigt Erik. 'En ik moet bekennen dat de app ook niet vlekkeloos werkt. Ik zit nog flink in de bètafase. Een telefoontje natrekken dat uit iedere hoek van de Verenigde Staten kan komen vergt behoorlijk wat computervermogen.'

'En als je het grootste deel van de VS zou kunnen negeren? Als je je alleen maar op één gebied hoefde te concentreren?' vraagt Rachel.

'Dat zou de zaak een stuk gemakkelijker maken,' zegt Erik. 'Maar dat werkt niet, ze kunnen overal vandaan bellen, zelfs uit het buitenland. Ik...'

'Ze komt uit Boston. En de Ketting lijkt voornamelijk in New England actief te zijn. Hier in de buurt. Ze houden het dicht bij huis. Dat zou ik ook doen, voor het geval er problemen ontstaan.'

'Hoe weet je dat "ze" uit Boston komt?' vraagt Erik. 'Ik heb geen accent gehoord.'

'Dat heeft ze zichzelf afgeleerd. Ze praat heel doordacht en afgemeten als ze die stemvervormer gebruikt. Maar de intonatie raak je nooit helemaal kwijt, hè? Ik begon het te vermoeden, en toen heb ik iets geprobeerd tijdens een van onze gesprekjes. We hadden het over de politie van Boston en ik zei dat je al gearresteerd zou worden wegens "banging a uey". Daar moest ze om lachen – omdat ze het begreep. Ik had die uitdrukking nog nooit gehoord voordat ik hier kwam wonen. Er zullen best genoeg mensen buiten Boston zijn die ook weten wat het betekent, maar ik gok dat ze hiervandaan komt.'

Erik knikt. 'Dat is nuttige informatie. Als de app alleen maar binnen New England hoeft te zoeken, is dat een stuk efficiënter. Dan zijn de ordes van grootte efficiënter. Amerika heeft vijfhonderd miljoen inwoners en miljarden telefoonlijnen. In New England wonen misschien tien miljoen mensen.'

'Dan zou je app vijftig keer sneller kunnen werken,' zegt Rachel.

Erik knikt. 'Zou kunnen.'

'Maar er moet toch ook een andere manier zijn, iets waarmee we niet de aandacht op onszelf hoeven richten?' vraagt Pete.

'Ik heb nog niets kunnen verzinnen. Jullie hebben nog rechtstreeks contact met hen. Het is een risico, maar het is ook weer niet roekeloos. We gebruiken de app, en als we weten wie ze zijn, sturen we de politie een anonieme tip. Misschien moeten we daar een maand of wat mee wachten, zodat ze geen link zullen leggen tussen ons telefoontje en hun arrestatie.'

'Ik vind het maar niks,' zegt Pete.

'De tijd dringt. Binnenkort veranderen ze hun Wickr-ID en dan kunnen we niet meer rechtstreeks met ze communiceren. En die inbraak van laatst heeft me ook aan het denken gezet.' Erik schrijft iets op een stukje papier. 'Dit is het nummer van mijn nieuwste wegwerptelefoon. Jullie zullen gauw tot een besluit moeten komen.'

Rachel pakt het nummer aan. Ze kijkt eerst naar hem en dan naar het oorlogsmonument achter hem. Er schiet haar een dichtregel te binnen over kolonel Shaw in zijn eigen bubbel, die wacht op betere tijden. We zitten allemaal in onze eigen bubbel, denkt ze, en we wachten allemaal op betere tijden. Ze steekt een hand uit naar Erik. Hij beantwoordt het gebaar. Dan staat ze op van het bankje. 'We moeten erover nadenken.'

55

Erik gaat met een goed gevoel naar zijn kantoor bij MIT.

Hij heeft eindelijk weer wat hoop, na de lange periode van informatieschaarste die hem tot op het bot heeft uitgehold. Dit is een kans. Het plan is in werking gezet en die schoften krijgen hun verdiende loon.

Hij had gedacht een advertentie te moeten plaatsen in *The New York Times* om de Ketting uit te dagen hem te bellen; zo niet, dan zou hij hun bestaan bekendmaken. Maar daar zouden ze vast niet op gereageerd hebben, en wat nog erger is, ze zouden vroeg of laat hebben ontdekt wie de advertentie had geplaatst, waarmee zijn eigen leven en dat van zijn dochter groot gevaar zouden lopen.

Het is terecht dat Rachel het eng vindt om de Ketting tegen de haren in te strijken, maar liever zij dan hij, denk hij, en hij voelt zich meteen schuldig om die gedachte.

Het is wij tegen hen. Wij allemaal. Rachel. Het is een godsgeschenk dat ik haar heb ontmoet. Ze is nog slim ook. Zulke goede inzichten. Natuurlijk had hij zich moeten richten op Boston. Bijna alle datapunten die hij heeft gevonden zijn in New England. De potentiële treffers in Colorado en New Mexico waren uitschieters. Ja, dit is echt een vooruitgang.

Bijna lichtvoetig stapt hij in zijn gebutste Chevrolet Malibu en rijdt het parkeerterrein van MIT af. Hij ziet de gespannen vrouw niet die hem door haar voorruit in de gaten houdt. Hij merkt niet dat ze hem volgt tot aan zijn huis in Newton.

Misschien zou hij zich ook niet al te veel zorgen hoeven maken. Hij is niet de enige die wordt gevolgd. Hij staat nog niet boven aan de lijst. Als hij nu een paar dagen vrij zou nemen of op vakantie zou gaan, zoiets, dan zou hij misschien veilig zijn.

Maar helaas voor Erik staat hij te trappelen om actie te ondernemen en heeft hij geen idee dat zijn handelingen en, belangrijker nog, zijn Google-zoekopdrachten allemaal worden gevolgd, vastgelegd en doorgestuurd naar de Ketting.

56

Tom, Cheryl, Oliver, Margaret en de kleine Anthony zijn op een cruise in het Caribisch gebied om Toms promotie bij de FBI te vieren.

Tom en de voltallige afdeling Georganiseerde Misdaad in Boston hebben veel positieve aandacht gekregen in de pers. De criminele familie Patriarca, oorspronkelijk afkomstig uit Providence en eens zo invloedrijk in Boston, is lamgelegd dankzij verraders, afluisterapparatuur en infiltratieoperaties. De Winter Hill Gang is uiteengevallen en Whitey Bulger zelf is voortvluchtig. Tom is nu dé man op zijn werk. Natuurlijk, hij kan opvliegend zijn, maar wie heeft daar nou geen last van? Hij werkt hard en deze vakantie is welverdiend.

Tom heeft voor zijn gezin een juniorsuite geboekt vlak bij het promenadedek. Om de een of andere reden heeft de kleine Anthony zijn eigen bed, terwijl Margaret en Oliver het met een stapelbed moeten doen.

Op zich vinden Margaret en Oliver dat niet eens zo erg, en ze negeren in stilte Anthony's pogingen om het hun in te wrijven.

Het schip doet Nassau aan en vertrekt kort na zonsondergang terwijl er vuurwerk wordt afgestoken. De cruise is bijna afgelopen, ze gaan nu naar Miami. Het was een mooie reis.

Midden in de nacht voelt Anthony een hand op zijn arm. Het is Margaret.

‘Sst,’ fluistert ze. ‘Ik moet je iets heel cools laten zien buiten op het dek.’

‘Wat dan?’ vraagt Anthony slaperig.

‘Het is een verrassing. Een geheim. Maar het is heel cool.’

‘Wat is het dan?’

‘Ga maar weer slapen. Het is alleen voor grote jongens. Oliver is al boven.’

‘Is het een walvis?’

‘Als je meegaat, laat ik het je zien.’

Margaret gaat Anthony voor naar de achtersteven van het schip. Daar staat Oliver inderdaad al op hen te wachten.

‘Wat is er te zien?’

‘Daarginds.’ Oliver wijst in het donker. ‘Kom maar, dan til ik je op zodat je het beter kunt zien.’

‘Nee, ik…’ zegt Anthony, maar daar is het nu te laat voor.

Margaret en Oliver hebben dit maandenlang gepland. Ze hebben zich ervan verzekerd dat ze op een ouder schip zouden zitten, zonder bewakingscamera’s. Bovendien hebben ze een basis gelegd met een paar verzonnen verhalen over Anthony’s komische slaapwandelavonturen.

Nu hijsen ze Anthony op de reling en duwen hem het schuimende water in, in het kielzog van het schip.

57

Een nieuwe overdracht van Kylie in Newburyport. Marty heeft nog dezelfde vriendin. Die kleine blonde. Rachel heeft zich voorgenomen deze keer beter op te letten en in ieder geval haar naam te onthouden terwijl Kylie hun ingewikkelde Starbucks-bestelling gaat halen.

'Rachel geeft tegenwoordig les,' zegt Marty tegen zijn vriendin.

'Wauw, wat goed,' antwoordt het blondje.

'Ik vind het zo gênant, echt waar, maar hoe heet je ook alweer? Je hebt je naam vast al een paar keer genoemd, maar ik was er niet helemaal bij met mijn gedachten, zoals je je misschien wel kunt voorstellen,' zegt Rachel.

Marty kijkt een beetje bezorgd. Niet boos, maar oprecht bezorgd vanwege Rachels geestelijke gezondheid. Chemo kan gekke dingen doen met een mens. 'Ze heet Ginger,' zegt hij vriendelijk.

'En wat doe je voor werk?' vraagt Rachel.

'Je zult het vast niet geloven, maar Ginger werkt bij de *feds*,' zegt Marty, die daarmee opnieuw namens haar antwoordt.

Pete en Rachel kijken elkaar met grote ogen aan. Deze informatie is duidelijk nooit eerder bovengekomen, want Rachel ziet dat Pete net zo verbijsterd is als zij. Kylie heeft er nooit wat over gezegd, maar dat is minder verrassend. Zij heeft thuis ingeprent gekregen dat ze zich niet mogen inlaten met de sterke arm der wet.

'De FBI?' vraagt Rachel.

'De FBI,' zegt Ginger, met een diepe, zware filmtrailerstem.

'Maar ze is niet zomaar agente, ze is ook nog bezig met haar dissertatie criminologie aan de universiteit van Boston. Een druk baasje,' zegt Marty.

'Dat was niet mijn idee, hoor. Ze hebben me op mijn werk min of meer gedwongen,' zegt Ginger bescheiden, met een charmant Bostons accent.

'Je dissertatie? Maar je bent toch veel te jong om...' begint Rachel, en ze vraagt zich af of ze soms te maken hebben met zo'n raar Doogie Howser-type.

'Ze is dertig,' zegt Marty.

Rachel weet niet goed of het verontschuldigend of pocherig bedoeld is. Een vrouw die bijna net zo oud is als hij? Een volwassen vrouw met een volwassen baan? Ja, hij pocht, besluit ze.

'Je lijkt hooguit achttien,' flapt Rachel eruit. 'Dan moet je wel...' Ze zwijgt, omdat ze niet goed weet hoe ze die zin zou moeten afmaken.

'Elke avond baden in maagdenbloed?' doet Marty het voor haar.

'Dat wilde ik helemaal niet zeggen.' Rachels kleine protest gaat verloren in de lachbui van Ginger. Ze vindt Marty reuzegrappig.

'Ik verzorg mijn huid gewoon heel goed,' zegt ze dan.

'En waar hebben de tortelduifjes elkaar ontmoet?' vraagt Pete, die nu ook meer belangstelling krijgt voor Ginger.

'We zijn elkaar bijna letterlijk tegen het lijf gelopen tijdens het joggen in het park,' zegt Marty.

'Zoiets heeft hij al eens eerder geflikt,' zegt Pete. 'Dat is strafbaar, vriend. Er komt een dag dat ze er niet in trappen en dan verdwijn je achter de tralies.'

Daar moet Ginger ook om lachen. Ze vindt de broers om te gieren.

Ze is knap, ze is jong, ze heeft gevoel voor humor en ze is slim. Als ze ook nog uit een rijke familie komt, zit ze gebakken bij Marty, denkt Rachel. 'Kom je hier uit de buurt, Ginger?'

'O, shit, is het zo erg gesteld met mijn accent?'

'Nee, dat bedoelde ik niet. Ik vroeg me gewoon af op welke middelbare school je hebt gezeten. Misschien wel op dezelfde als Marty. Ikzelf kom hier niet vandaan.'

'Nee, zij zat op Innsmouth.' Daar heeft Rachel nooit van gehoord. 'Veel foute types,' legt Marty uit.

'Ik woonde vroeger echt in een achterbuurt,' zegt Ginger. 'Ik mag van geluk spreken dat ik daaraan ontsnapt ben.'

Jaja, denkt Rachel. Een kind uit een achterbuurt dat met een dissertatie bezig is. Maar dat moet zij nodig zeggen, met haar Harvard. Deels dankzij een beurs, maar dan nog.

'Wat doe je precies bij de FBI?' vraagt ze dan, met een snelle blik op Pete.

'Daderprofilering?' oppert Pete.

Ginger lacht. 'Dat zou je denken, hè? Ik heb jaren geprobeerd bij Gedragsanalyse terecht te komen, maar de FBI houdt me in zijn onmetelijke wijsheid vast op de afdeling Witteboordencriminaliteit.'

'Leuk werk?' vraagt Rachel.

Ze praten even over bankiers die de boel oplichten, en als het gesprek stilvalt, informeert Marty hoe Kylie het op school doet. Rachel schudt het hoofd. 'Ze heeft veel last van spanningen.'

'Heb je de mailtjes van haar leraren gelezen?'

'Ja. Maar ik vind niet dat we het daar, eh... hier over moeten hebben.'

'Nee, natuurlijk niet. Alleen, eh... mocht Kylie ergens mee zitten: Ginger werkt samen met psychologen en psychotherapeuten.'

'We zijn al naar een therapeut geweest. Het is ingewikkeld,' antwoordt Rachel.

'Ik ken een paar heel goede mensen,' zegt Ginger behulpzaam. 'Binnen de FBI en ook daarbuiten.'

'Kappen. Daar komt ze aan,' zegt Pete.

Ondanks de bezorgdheid van haar familieleden komt Kylie glimlachend binnenlopen.. Ze heeft een of ander ingewikkeld Starbucksbrouwsel besteld met een heleboel slagroom en chocolade erop.

'We moeten maar eens gaan,' zegt Marty.

'Echt? Kunnen we niet even met z'n allen hier blijven zitten?' vraagt Kylie smekend.

Ze zitten aan hun tafeltje bij het raam terwijl buiten sneeuw dreigt. Marty stelt vast dat geen enkele andere staat zo goed is in Kerstmis als New England.

Rachel glimlacht en probeert een bijdrage te leveren aan het gesprek, maar Pete kan zien dat ze moe wordt. Ze nemen allemaal afscheid en dan rijdt hij met haar naar huis.

Die avond kan ze geen hap eten binnenhouden.

Ze kan niet slapen.

Ze zit met een beker afgekoelde thee in bed. Weer die gedachte waarmee ze zichzelf kwelt: als zij een jaar geleden bezweken zou zijn aan de kanker, was dit allemaal niet gebeurd.

58

En nog altijd komt er geen einde aan. De dromen. De man in de sneeuw. De angst. Het bedplassen. De buikkrampen. Kylie wordt met de dag zwakker. Ze houdt zich groot, maar Rachel ziet het. Ze weet het. En zelf wordt ze ook zwakker. Ze kwijnt weg. Hoe langer de behandeling tegen de kanker duurt, hoe meer tijd het herstel kost.

Ze moeten nu toeslaan.

Pete raadt het hele plan af. Hij heeft zijn eigen demonen. De pijn komt terug. De hunkering. Ook hij faalt.

Kylies nachtmerries. Rachels nachtmerries. Kylie die huilt achter de badkamerdeur. Pete die ertussenuit glipt in de Dodge Ram om alleen te zijn. Rachels haar dat bij bosjes uitvalt. Kylie die logeerpartijtjes weigert omdat ze niet wil dat iemand erachter komt. Ze hebben allemaal gedronken uit het flesje waar DRINK ME op stond. Ze hebben allemaal de kluwen rode draad afgewikkeld. Ze zijn allemaal door de spiegel gereisd, waardoor hun wereld op zijn kop is komen te staan.

Rachel en Pete gaan op de koude veranda achter het huis zitten.

De branding, de oceaan. De maan, een smalle sikkel. De kille, onverschillige winterse sterrenbeelden.

Pete wacht haar beslissing af.

Ze neemt een laatste slok whisky en slaat haar armen om zichzelf heen. 'We moeten het doen,' zegt ze dan.

Pete schudt zijn hoofd. 'We moeten verdomme helemaal niks.'

'Erik is...'

'Hij kan dit. Hij kan het risico nemen.'

'Maar niet zonder ons, zonder mij... dat weet je.'

'We zijn eraan ontsnapt. Op het nippertje. We mogen van geluk spreken. Dat ding was bijna onze ondergang geworden,' zegt Pete.

Ze kijkt hem aan. Dit klinkt niet als de woorden van een officier in het Marine Corps die vijf keer uitgezonden is geweest. Hij wordt lamgeslagen door de twijfel. Of misschien is hij voorzichtiger geworden nu hij iets te verliezen heeft – een gezin. Hij beseft niet dat dat gezin sowieso verloren is als ze niks doen.

'Het is geen ding, Pete. De Ketting is niet iets mythologisch. Niet iets wat zichzelf in stand houdt. Het zijn mensen, het is bedacht door mensen. Het is feilbaar, kwetsbaar, net als wij allemaal. We moeten het mensenhart in de kern van dit alles opsporen en dat zien te raken.'

Pete denkt lang na en knikt dan. 'Oké,' zegt hij zacht.

'Mooi.'

Rachel belt Eriks nummer. 'We doen mee.'

'Wanneer?'

'Mijn dochter moet weg zijn. Op een veilige plek.'

'Wanneer is dat? Het mag niet te lang meer duren, ze passen hun protocollen steeds aan.'

Kylie kan dit weekend wel naar Marty en zijn vriendin, denkt Rachel, en ze zegt: 'Zaterdag.'

'Ik bel je om tien uur 's morgens. Jij moet die lui uit hun tent lokken. Ervoor zorgen dat ze je terugbellen.'

'Dat weet ik.'

'Het wordt gevaarlijk.'

'Dat weet ik.'

'Tot zaterdag.'

59

Marty lacht blij. 'Ik wil dolgraag dat Kylie naar ons toe komt. Sterker nog, het komt perfect uit. Ginger wil dit weekend met me bij haar opa gaan logeren, dan nemen we Kyliemans mee.'

Rachels hart slaat over. 'Goh, zijn jullie al zo ver? Kennismaken met de familie?' vraagt ze, en ze probeert het grappig en luchtig te laten klinken, maar zo voelt ze zich niet bepaald. Marty zou nooit trouwen met iemand als Tammy, maar een superslimme FBI-agente die nog jong genoeg is om hem de zonen te schenken die hij altijd heeft gewild?

'Nee, zo moet je het niet zien. Ik ga niet om haar hand vragen. En het is haar opa, niet haar vader. Geen serieus gedoe, gewoon een ontmoeting. Haar tweelingbroer komt ook. Maar ik vind het leuk als Kylie met ons meegaat. Jij bent trouwens ook welkom, en Pete. Ze hebben schijnbaar een groot, oud huis aan een rivier, met schommels en een stuk bos om in te spelen als het weer zo zacht blijft.'

'Dat klinkt heerlijk, maar ik wil graag een rustig weekend.'

'Waarom ga je niet iets leuks doen, als je eraan toe bent? Een verwendagje of zo, en stuur de rekening maar naar mij.'

'Misschien doe ik dat wel. Weet je dat jij er best mee door kunt voor een ex?'

'Wat een dodelijk compliment.'

Rachel neemt afscheid en gaat dan naar boven om Kylie over de plannen te vertellen.

'Je hebt niet opgelet, mam. Stuart komt dit weekend hier logeren. Zijn ouders gaan naar het afstuderen van zijn stiefzus in Arizona,' zegt Kylie.

'O, shit! Dat is waar ook.'

Ze belt Marty terug. 'Het gaat niet door, stomkop die ik ben. Sorry. Stuart logeert dit weekend bij ons. Zijn moeder moet naar Phoenix.'

'Stuart? Dat rare ventje met de sproeten? Hij mag ook mee, hoor. Dat vindt Ginger vast prima.'

'Dat zul je dan aan Stuarts moeder moeten vragen. Ik betwijfel of ze het goedvindt. Mij vertrouwt ze niet helemaal, en daarom jou waarschijnlijk ook niet.'

'Nee, het werkt juist andersom. Ze ziet natuurlijk in dat ik de betrouwbare van ons tweeën was. Als je me haar nummer stuurt, bel ik haar wel even.'

Rachel appt hem het nummer, en natuurlijk weet Marty Stuarts moeder voor zich te winnen met zijn charmes. Rachel heeft het weekend voor zichzelf.

Iedere andere chemopatiënt zou de tijd gebruiken om rust te nemen en bij te komen.

Rachel gaat op zoek naar het hol van de leeuw.

Ze loopt naar beneden, naar Pete.

'Ik bedoel, het is toch wel verstandig? Als we ze vinden met die app van Erik, dan kunnen ze ons toch niet opsporen of zo, hè?' vraagt ze, hengelend naar geruststelling.

'Zolang je ze niet al te kwaad maakt, zitten we wel goed, lijkt me. Wat we doen is net zoiets als een telefoontje natrekken. Ze merken niet eens dat we ze zoeken. Ik betwijfel of we ze zullen vinden, maar als het lukt, laten we het verder aan de autoriteiten over. Een telefoontje naar de FBI moet genoeg zijn.'

'Dus we zijn veilig?' Rachel denkt meer aan Kylie dan aan zichzelf.

Pete knikt.

'Oké,' zegt Rachel, en ze klopt uit bijgeloof even op het houten tafelblad, om de mogelijkheid dat er iets misgaat uit te sluiten.

60

Een huis in Watertown, Massachusetts, eind jaren negentig. Het is een van de vele Spielberg-achtige buitenwijken vol kinderen die basketballen, fietsen en op straat hockeyen. Er wordt gescholden, touwtjegesprongen, gelachen...

Maar Summer Street 17 is in de rouw, daar is geen vreugde te bespeuren. De cruise met de Princess vanuit Nassau is nu een half jaar geleden. Cheryl is er nog niet overheen. Hoe kom je ooit over zoiets heen? Ze is in therapie geweest en heeft verschillende kalmeringsmiddelen geslikt. Het hielp allemaal niet.

Wat wel helpt is verdoving. Elke morgen zodra Tom en de tweeling de deur uit zijn, schenkt ze voor zichzelf een wodka-tonic in die voornamelijk uit wodka bestaat. Dan zet ze de tv aan, neemt een clonazepam en een Xanax en zakt weg.

De ochtend kruipt voorbij.

Om half twaalf komt de post. Toen ze klein was, kwam de postbode altijd twee keer per dag. Nu maar één keer, om half twaalf.

Ze weet wat hij komt brengen. Een paar rekeningen, wat foldertjes, en weer zo'n brief.

Ze sluit haar ogen, en als ze ze opendoet, is de zon opgeschoven aan de hemel en is het tijd om de post te bekijken.

De reclame en de rekeningen laat ze links liggen, en ze maakt de envelop open die aan haar is gericht. *Beste hoer*, luidt de aanhef.

In de rest van de brief wordt ze ervan beschuldigd een slet te zijn, en een slechte moeder die verantwoordelijk is voor de dood van haar zoon.

Dit is de dertiende brief die ze op deze manier ontvangt. Ze zijn allemaal in blokletters geschreven, met zwarte balpen.

Ze stopt hem bij de andere in een schoenendoos in haar linnenkast.

Dan schenkt ze nog een wodka-tonic in. Ze zoekt er een cocktailparasolletje bij en steekt dat in het glas. Ze kijkt nog even *Days of Our Lives* en gaat naar boven.

Daar gaat ze op de badkamervloer zitten, maakt een potje Nembutal open, slikt twee pillen en neemt een slok. Ze stopt er nog een in haar mond en neemt weer een slok.

Ze neemt het hele potje in en gaat op de badkamervloer liggen.

Om vier uur komen Margaret en Oliver thuis.

Ze zijn het inmiddels gewend om na school alleen naar huis te lopen.

Oliver zet de tv aan. Margaret gaat naar boven om te lezen. Ze is goed in lezen, ze loopt twee jaar voor op haar klasgenoten. Op dit moment is ze bezig in *De tomben van Atuan* van Ursula le Guin. Het is erg meeslepend, maar na een tijdje moet ze naar de wc. In de badkamer treft ze Cheryl languit op de vloer aan.

Het schuim staat op haar mond, haar pupillen zijn groot en star, maar ze ademt nog. Margaret gaat Oliver halen, en de kinderen staren allebei naar Cheryl.

'De brieven,' zegt Margaret.

'De brieven,' bevestigt Oliver.

Ze blijven een poosje staan kijken. Haar gezicht heeft dezelfde tint als het behang in Toms werkkamer, lichtgelig.

Tom komt pas om half acht thuis. De kinderen zitten voor de tv een diepvriespizza te eten. 'Waar is je moeder?' vraagt hij.

'Weg, denk ik,' antwoordt Margaret. 'Ze was er niet toen we thuiskwamen.'

'Maar haar auto staat hier in de straat, aan de overkant.'

'O, echt?' Margaret richt haar aandacht weer op de tv.

'Cheryl!' roept Tom naar boven, maar er komt geen antwoord. Hij stormt de keuken in en pakt een blikje Sam Adams uit de koelkast. Hij neemt een hap pizza.

Als hij eindelijk naar boven gaat, is het te laat. De Nembutal heeft ademhalingsproblemen veroorzaakt, met een hartstilstand tot gevolg. Hij laat zich op zijn knieën zakken en pakt de koude hand van zijn vrouw. Hij begint te huilen. 'Waar heb ik dit aan verdiend?' vraagt hij zich hardop af.

En dan weet hij het weer.

61

Erik is er de hele avond mee bezig geweest. Hij is nu vijf koppen koffie verder en is doorgedrongen tot de zesde laag van die matroesjka van anonimiteit en valse identiteiten. Zorgvuldig wist hij ieder spoor; hij gebruikt een gloednieuwe MacBook met een vals IP-adres dat als locatie het verre Melbourne in Australië heeft. Hij zit diep in het netwerk, maar hij is veilig. Althans, dat denkt hij.

Erik is tevreden over zijn speurtocht. Alle bouwblokken liggen op hun plaats.

Daar hebben ze altijd gelegen.

De Karush-Kuhn-Tucker-voorwaarden zijn optimaal. De informatie is er, als je maar weet waar en hoe je moet zoeken. Al die hints, al die krantenadvertenties, de bekentenissen. Iedereen die voor het eerst met de Ketting te maken krijgt, voegt er een geometrisch niveau van instabiliteit aan toe. De boel staat al een hele tijd op het punt van instorten. Er ontbrak alleen nog een manier om de datapunten in de juiste vorm te dwingen.

Hij nipt van zijn koffie terwijl hij een interessant artikel leest van Maria Schuld, Ilya Sinayskiy en Francesco Petruccione over het voorspellen van lineaire regressie op een kwantumcomputer. Het algoritme is fascinerend. Maar hij beseft dat het alleen maar afleiding is, iets om later te analyseren.

Amazons Alexa speelt voor de derde keer vanavond *Physical Graffiti* af. Hij pauzeert even om naar de openingsriff van 'Trampled Under Foot' te luisteren.

Hij kijkt naar de foto waarop hij met zijn vrouw en zijn dochter voor het MoMA in New York staat, volgens zijn vrouw de mooiste plek op aarde. Zij en hun dochter lachen breed, hij kijkt gekweld.

Hij vecht tegen de tranen terwijl hij zich focust op de bulletpoints op het scherm die hij zal moeten comprimeren voor zijn Ketting-aantekenboekje.

Het gaat redelijk goed. Hij heeft de app nog niet volledig getest, maar hij denkt wel dat die zou moeten werken. En hij werkt alleen voor Rachel, als het goed is.

Hij past de volgorde van de lijst op zijn scherm aan. Dit zijn de punten waar hij tamelijk zeker van is:

1. *Minstens twee individuen. Twee verschillende signaturen en manieren van aanpak. Familie. Broers/zussen?*
2. *Thuisbasis Boston*
3. *Geen georganiseerde misdaad*
4. *Politie- of vergelijkbare achtergrond*

'Trampled Under Foot' is afgelopen en 'Kashmir' begint.

De vrouw houdt hem nu anderhalve minuut in de gaten. Haar hart gaat als een razende tekeer. De instructies die ze heeft gekregen zijn duidelijk: dood Erik, neem zijn aantekenboekje mee.

Ze weet waarom de Ketting haar heeft uitgekozen: ze is twee keer veroordeeld wegens inbraak. Ze denken dat ze een expert is. Dat is ze niet. Het waren jeugdzondes, foutjes uit haar tienerjaren. Ze is nu een respectabele docente aan een middelbare school. Ze mag van geluk spreken dat Erik zo'n oud slot op zijn achterdeur had. Daar heb je geen speciale vaardigheden voor nodig.

Zij heeft geluk gehad.

Erik heeft pech.

Ze heeft al ooit een levend wezen gedood. Een hond op de weg naar Cape Cod. Die had ze aangereden, en ze heeft hem met een sneeuwschuiver uit zijn lijden moeten verlossen.

Misschien verlost ze Erik ook wel uit zijn lijden.

Zijn vrouw is dood. Zijn dochter zit in een gesticht.

Ja, denkt ze, en ze richt het pistool op zijn rug.

62

Petes wekker gaat om vijf uur af. Hij zet hem uit voordat Rachel wakker wordt en stapt snel uit bed.

Zijn huid, zijn ogen en al zijn organen snakken naar een shot. Hij heeft nu al een volle dag niet gebruikt. Dat is bijna een record. Hij is bezig met het uitproberen van een techniek om de tijd tussen twee doses te rekken, hem aanbevolen door een paar mannen in het afkickprogramma. Je wacht zo lang als je kunt tot je volgende shot – een hele dag, dan anderhalve dag, en dan twee. Hij kijkt op de klok. Vijfentwintig uur en vijf minuten. Hij is er bijna. Het record nadert. Hij voelt zich goed. Tot nu toe.

Hij gaat koffiezetten, doet een paar push-ups, loopt naar de badkamer en doet de deur op slot. Wat zou er gebeuren als hij de helft van zijn normale dosis zou nemen? Zou hij er op die manier langzaam van af kunnen komen? Zou dat werken? De helft is waanzin. Twee derde misschien.

Pete meet twee derde van zijn gebruikelijke dosis af, verwarmt het op een lepel, zuigt het op met de naald en injecteert zichzelf met het heerlijke spul.

Hij gaat op de bank liggen, en een uur lang voeren de mooie dromen hem mee.

Dan wordt hij weer wakker.

Hij neemt nog een kop koffie, gaat douchen en maakt pannenkoekenbeslag. Hij denkt aan de wapens en gaat voor de derde keer controleren of ze nog achter slot en grendel liggen in zijn truck. Dat is het geval. Aandachtig bekijkt hij het jachtgeweer, de .45, Rachels geweer en de 9-millimeter.

Gisteren is hij met alle vier de wapens naar de schietbaan gegaan om eens goed te oefenen. Bij het Marine Corps was hij genieofficier, maar welke functie je ook hebt, iedere marinier is op de eerste plaats infanterist.

Rachel wordt wakker.

Ze heeft amper geslapen; midden in de nacht moest ze overgeven. Haar laatste chemobehandeling is elf dagen geleden, maar soms gebeurt dat ineens. Of het zou ook de angst kunnen zijn.

De-man-die-zich-Theseus-noemt zal klokslag tien uur de-vrouw-die-zich-Ariadne-noemt bellen.

Ze komt de slaapkamer uit en gaat aan de eettafel zitten.

Pete drukt een kus op haar kruin. 'Heb je niet geslapen?'

'Jawel. Een beetje. Ik heb weer gedroomd.'

Pete hoeft niet te vragen waarover. Weer dezelfde nachtmerrie. Weer die glimp van de toekomst.

Om acht uur wordt Kylie eindelijk wakker, en Stuart meldt zich keurig om half negen.

'Wie wil er pannenkoeken?' vraagt Pete.

Hij heeft net beslag in de pan gegoten als Marty en Ginger aan komen rijden in Marty's Mercedes, in dat witte slagschip. Pete draait het gas uit en gaat met Rachel en Kylie naar buiten om het tweetal te begroeten.

'Wie we daar hebben! *Lily, Rosemary and the Jack of Hearts*,' zegt Marty, en hij mept Pete joviaal op de rug en kust Rachel en Kylie.

'En dan zijn jullie...' begint Pete, maar hij kan geen goede vergelijking bedenken. Marty is bij hen in de familie duidelijk degene met de vlotte babbel.

Het is een aantrekkelijk stel, denkt Rachel. Gingers haar is wat langer nu, en het is niet meer geblondeerd maar heeft een mooie kopertint, die haar veel beter staat. Marty's ogen lijken op de een of andere manier groener.

'Pete heeft pannenkoeken gemaakt en ik bak er nog wat spek bij,' zegt Rachel.

Ze gaan aan de eetkamertafel zitten voor het ontbijt.

'Ze zijn lekker, grote broer – heb je pannenkoekenmix gebruikt?' vraagt Marty.

'Nee, ik ben het met Mark Bittman eens. Pannenkoekenmix is het teken van een decadente beschaving.'

'Zo was nou mijn hele jeugd,' zegt Marty tegen Ginger en Kylie. 'Je stelt een onschuldige vraag en je krijgt een preek over wat er allemaal mis is met de wereld.'

'Dat liegt hij. Hij was thuis het verwende kind,' werpt Pete tegen.

'Wat voor jeugd heb jij gehad, Ginger?' vraagt Rachel nieuwsgierig.

'Oeh, krankzinnig. Breek me de bek niet open. De jaren in een commune kan ik me niet eens herinneren. We hebben overal gewoond voordat we terugkwamen naar Boston.'

'Vond je de FBI daarom een aantrekkelijke optie? Vanwege de stabiliteit?'

'Niet echt. Mijn vader was FBI-agent en mijn opa heeft bij de politie van Boston gezeten, dus ik denk dat het gewoon in de familie zit.'

'Is het echt niet vervelend dat we jullie opzadelen met twee kinderen?' vraagt Rachel na het ontbijt onder vier ogen aan Marty.

'Ik heb het met Ginger besproken. Ze vindt het hartstikke leuk als Kylie en haar vriendje meegaan naar het huis van haar opa. Het is heel groot en oud en het ligt aan de Inn. De kinderen gaan daar uit hun dak. Het is heerlijk voor ze.'

'Veel van die oude huizen in dat deel van Massachusetts, aan de uiterwaarden, zijn gevaarlijk. Zul je voorzichtig zijn?'

'Maak je geen zorgen, het huis is helemaal opgeknapt. Daar hebben ze een hoop tijd in gestoken.'

'Dus Ginger heeft rijke ouders? Bofkont.'

'Ja, het moet wel oud geld zijn, want zo veel verdien je niet bij de FBI,' zegt Marty.

'Tenzij ze corrupt is natuurlijk.' Ze lacht.

'Kom op, Rach, moet je haar nou zien. Ze is het prototype brave agent.'

Stuart en Kylie zijn eindelijk klaar, en Pete en Rachel lopen met het clubje naar de auto. 'Pas goed op de kinderen,' zegt Rachel.

Ginger stelt haar gerust. 'Wees maar niet bang, bij ons zijn ze in goede handen,' belooft ze.

Ja, het moet wel oud geld zijn, denkt Rachel als ze naar Gingers tas kijkt, een kleine maar bloedmooie Birkin van Hermès.

Er wordt geknuffeld en gekust, en dan rijdt het viertal weg.

Binnen legt Pete een kaart van New England op tafel. 'Hier ergens.'

'Nu moeten we wachten op Eriks telefoontje. Ik ga even kijken of de gps-zendertjes in Kylies schoenen werken.' Ze zet haar telefoon aan en jawel, Kylie verdwijnt in zuidelijke richting.

Ze bekijken de weersverwachting. Motregen, misschien wat natte sneeuw. Het kon erger.

Ze wachten op Eriks telefoontje.

Tien uur komt en gaat.

Kwart over tien.

Half elf.

Elf uur.

Er is iets mis.

'Wat nu?' vraagt Pete.

'Gewoon afwachten, denk ik,' zegt Rachel. Maar ze weet dat er iets verschrikkelijks gebeurd moet zijn.

Pete weet het ook. Het is dat gevoel dat je krijgt vlak voordat het alarm afgaat en er zwaar geschut op je neerdaalt.

Kwart over elf.

Half twaalf.

Er komt een dichte mist aanzetten vanaf de Atlantische Oceaan. Onheilspellend; de gevoelens die de mens toekent aan de natuur.

Om kwart voor twaalf komt er een bericht binnen op Rachels wegwerptelefoon.

Als je dit leest, betekent dat dat er iets misgegaan is. Waarschijnlijk ben ik dood. Ik stuur je een link naar een locatie waar je anoniem de hunter-killer-app voor telefooncommunicatie en tekstberichten kunt downloaden. Even ter herinnering: hoe langer de rechtstreekse communicatie duurt, hoe groter de kans dat je degene die je aan de lijn hebt kunt opsporen. Dus mocht je ervoor kiezen de app te gebruiken, hou degene die belt dan zo lang mogelijk aan de praat. Voor Wickr, Kik en andere versleutelde apps werkt deze app niet optimaal, dat heb ik niet voor elkaar gekregen. Als ze op die manier met je communiceren, lukt het dus niet helemaal. Misschien versie 2.0 als ik nog leef. Succes.

Het volgende bericht is een link naar een site waar ze Eriks app kunnen downloaden.

Ze laat het bericht aan Pete zien en zet de tv aan voor het nieuws.

Het duurt drie kwartier voordat WBZ Boston met de mededeling komt. 'Een hoogleraar van MIT is vanochtend vermoord. Erik Lonnrott is in zijn woning met drie kogels...' De nieuwszender meldt verder dat er geen getuigen zijn van de moord. De politie gaat voorlopig uit van de theorie dat het een uit de hand gelopen inbraak zou zijn, aangezien het huis overhoopgehaald lijkt te zijn en er diverse spullen zijn verdwenen.

'Hij heeft mijn naam in zijn notitieboekje geschreven,' zegt Rachel.

63

Een paar weken na de dood van Cheryl belooft Tom de kinderen een nieuwe start. Hij is een ander mens geworden, een beter mens, zegt hij. Hij gaat hun reisje naar Disneyland boeken. Minder werken. Vanaf nu zal zijn leven vooral om hen draaien.

Het kletsverhaal over 'een beter mens' blijft een dag of tien geloofwaardig. Dan zit het Tom tegen op zijn werk en doet hij op weg naar huis een bar aan.

De bar wordt zijn stamkroeg op de terugweg van de FBI.

Op een avond pikt hij in de bar iemand op en komt hij helemaal niet naar huis.

Oliver en Margaret vinden het niet erg.

Ze kunnen voor zichzelf zorgen. Oliver brengt veel tijd door achter de computer. Margaret leest nog steeds veel. Detectives en romannetjes zijn bij haar favoriet. Ze schrijft ook. Anonieme brieven.

Een jongen die ze leuk vond heeft een ander meisje mee uit gevraagd naar de disco. Het meisje ontving een brief waarin haar duidelijk werd gemaakt dat ze beter niet naar de disco kon gaan.

De docent die Margaret een dikke onvoldoende had gegeven kreeg daarna een brief waarin werd gedreigd dat zijn geheim onthuld zou worden. Dat is een oude truc die ze heeft gelezen in een boek van Mark Twain, maar de docent kwam de volgende dag wel lijkbleek de klas binnen.

Er is nog een ander project waar Margaret aan werkt. Ze besteedt veel tijd aan het imiteren en perfectioneren van haar vaders handschrift.

Op de dag dat Cheryl precies een jaar dood is, komt Tom dronken thuis.

De kinderen horen hem beneden ergens over tekeergaan. Ze wachten trillend in hun slaapkamer het moment af dat Tom de trap op komt denderen.

Ze hoeven niet lang te wachten.

Stamp, stamp, stamp, stamp.

De slaapkamerdeur wordt opengetrapt.

'Waar is dat gebraden gehakt gebleven?' vraagt hij, en het is zo'n idiote vraag dat Margaret bijna begint te giechelen. Als hij het licht aandoet, vergaat het lachen haar. Tom heeft zijn riem afgedaan.

Hij had Margaret gevraagd wat over te laten van het gehakt, maar Oliver en zij hebben het allemaal opgegeten. Er lag verder niets in de koelkast.

'Luister jij eigenlijk wel eens, domme trut die je d'r bent?' vraagt Tom en hij rukt haar van het bed, zo hardhandig dat haar schouder uit de kom schiet. Hij slaat haar twee keer met de dubbelgevouwen riem en zegt dan dat ze niet moet janken, want hij heeft haar amper aangeraakt. Vervolgens dendert hij de trap weer af.

Margaret vergaat de hele nacht van de pijn, en de volgende dag wordt ze door de schoolverpleegkundige naar het ziekenhuis gestuurd.

Tom gedraagt zich schuldbewust. Hij houdt op met drinken. Hij gaat weer naar de kerk. Margaret en Oliver wachten af.

Het kerkbezoek duurt niet lang.

Een paar maanden later begint Tom pas echt stevig te drinken.

Als hij op een avond stomdronken op de bank ligt, haalt Margaret de revolver uit zijn schouderholster. Oliver en zij duwen voorzichtig Toms mond open en steken de loop van de revolver tussen zijn lippen, waarna ze samen de trekker overhalen. Dan vegen ze hun vingerafdrukken van het wapen en plaatsen dat in Toms rechterhand. Het afscheidsbriefje dat ze hebben geschreven leggen ze op de salontafel. Ze persen er allebei valse tranen uit en bellen dan het alarmnummer.

Nadat ze een poos in een pleeggezin hebben gezeten, worden de kinderen gedumpt bij hun grootvader Daniel in zijn vervallen huis aan de rivier de Inn, ergens in een moerassig deel van Massachusetts, waar het wemelt van de vliegen.

Opa Daniel is een gepensioneerde politieman. Ze hebben hem nog niet vaak gezien, maar hij herinnert zich hen maar al te goed. Hij weet nog dat ze drie turven hoog waren en in een commune ergens ten noorden van New York woonden. Daniel komt niet vaak meer in de stad. Hij leeft van het vissen, jagen en de vallen die hij zet, en zijn huis is versierd met de schedels van vele verschillende dieren.

Hij ontvangt de vrouw van maatschappelijk werk met een geknakt jachtgeweer over zijn schouder. Margaret en Oliver omhelzen hun opa. De maatschappelijk werkster is opgelucht dat de kinderen de oude man blijkbaar kennen en hem lijken te mogen.

'Hun stiefmoeder was niet erg dol op mij en mijn huis, maar ik heb de kinderen wel een paar keer gezien,' legt Daniel uit.

Als de vrouw weg is, neemt Daniel hen mee naar de keuken en geeft hun allebei een blikje Budweiser, dat ze nerveus aannemen. Boven het enorme aanrecht hangt een pas geslacht zwijn. Het bleke vlees ziet zwart van de vliegen. Daniel doet de kinderen voor hoe ze de blikjes bier moeten openmaken. Het is hetzelfde als met cola. Hij zegt dat ze hem Red of opa mogen noemen. Vraagt wat ze later willen worden. Oliver zegt dat hij bakken met geld wil verdienen, misschien iets met computers, en Margaret wil bij de FBI, net als haar vader.

Daniel denkt er even over na. 'We zullen zien. Eerst moeten we iets aan die namen doen.' Hij kijkt de jongen aan. 'Jou noemen we Olly. Vind je dat wat?'

'Ja, meneer,' zegt Olly.

Dan kijkt hij aandachtig naar het meisje. 'Voor jou is het niet zo moeilijk, met dat rooie haar. Jou noemen we voortaan Ginger.'

64

Het monster loopt daar ergens rond, achter het glas in de mist. Het heeft Erik vermoord, en als het de naam Rachel tegenkomt in zijn notitieboekje, zal het ook haar vermoorden. Haar en Kylie en Pete en Marty en Ginger en iedereen die met Rachel te maken heeft. Ze heeft nu geen keuze meer. Keuze was al die tijd een illusie. Er zit maar één ding op.

Pete kijkt haar verwachtingsvol aan.

Ze weet wat ze gaat doen.

Allereerst belt ze Marty omdat ze moet weten of alles goed is met Kylie. Kylie zelf neemt haar telefoon niet op, zoals gewoonlijk, maar volgens de gps-zender zijn ze in het winkelcentrum op Copley Place.

Marty neemt onmiddellijk op. 'Ja, hoor, alles prima, we zijn bijna uitgewinkeld.'

'Heb je haar nu in het zicht?'

'Ja, natuurlijk. Ze is met Stuart in de Adidas-winkel.'

'En dadelijk gaan jullie naar het huis van Gingers vader?'

'Van haar opa, ja. Wat is er, Rach? Ik hoor dat er iets aan de hand is.'

'Ik wil gewoon weten of Kylie veilig is.'

'Ze is veilig. Gingers tweelingbroer komt straks en Ginger is bij de FBI, compleet met penning, terwijl haar opa bij de politie van Boston heeft gezeten. Veel veiliger kan ze niet zijn, lijkt me.'

'Fijn, Marty. Hou haar goed in de gaten, oké?'

'Zal ik doen, liefje. Pas goed op jezelf. Doe het alsjeblieft rustig aan dit weekend. Je hebt je krachten nodig.'

'Zal ik doen.'

Ze nemen afscheid en hangen op.

'En nu?' vraagt Pete. 'De politie?'

Rachel doet haar haar in een staart. 'Kylie is veilig, maar ze komen vast hierheen. We moeten weg uit dit huis.'

'Wat is het plan?'

'We downloaden de app en kijken of die werkt. Als we die lui kunnen vinden, zoeken we uit waar ze wonen en dan bellen we de politie.'

'En als dat niet lukt?'

'Dan bellen we Ginger en vertellen haar alles, en we vragen haar of ze Kylie voor haar eigen veiligheid tijdelijk via de FBI achter slot en grendel kan bewaken. En ik denk dat wij onszelf moeten aangeven.'

Pete kijkt haar aan. 'Hoe lang hebben we nog, schat je?'

'Ik weet het niet. Een paar uur? Laten we meteen beginnen.'

Ze kijkt naar de app van Erik. Het downloaden is gelukt, maar als ze hem wil openen, knippert er een bericht op het scherm. *Toets om deze app in werking te stellen het volgende getal in de reeks in: 8, 9, 10, 15, 16, 20... Bij intoetsen van het verkeerde nummer wordt uw telefoon geblokkeerd en worden alle apparaten die zijn aangesloten op hetzelfde nummer 24 uur uitgeschakeld.*

Rachel laat het bericht aan Pete zien.

'Dit is een sterk staaltje techniek. We moeten het juiste getal weten, anders zijn we de lul,' mompelt Pete.

'Herken je een patroon in die reeks?'

'Het gaat niet om priemgetallen. Het is niet de som van de voorgaande getallen. Dit is geen reeks die ik meteen herken.'

'We hebben maar één kans. Als we het verknallen, kunnen we het pas morgen weer proberen.'

'En morgen is het verdomme te laat.'

'8, 9, 10, 15, 16, 20,' zegt Rachel hardop.

'Ik googel het even,' zegt Pete, maar hij krijgt alleen maar YouTube-filmpjes die zijn bedoeld om kinderen te leren tellen.

Rachel sluit haar ogen en probeert na te denken. Wat is dit voor reeks? Ze heeft hem eerder gezien. 'Een extra beveiligingsprotocol heeft in dit stadium toch geen zin, Pete?' denkt ze hardop. 'Ik bedoel, Erik weet dat ik de enige ben die de app zal downloaden. Toch?'

'Klopt.'

'En misschien de Ketting, als ze zijn notitieboekje te pakken hebben en dat aan het ontcijferen zijn. Wat voor code zou hij hier ingevoerd kunnen hebben waarmee zij worden afgeremd maar die mij vrije toegang zou bieden?'

'Ik weet het niet.'

Rachel legt de telefoon op tafel en ijsbeert door de huiskamer. De regen roffelt op het daklicht. In de verte klinkt de misthoorn van de boot van de kustwacht.

'Iets met je filosofieachtergrond?' oppert Pete.

'Het enige wat hij van me weet is dat ik kanker heb, dat ik moeder ben en dat ik supporter ben van de New York... Shit, ik weet het!'

Ze pakt de telefoon en toetst 23 in.

Er knippert een melding op het scherm: *Dat is het juiste getal. Na invoering van de gebruikersnaam kan de app gestart worden.*

'23?' zegt Pete vragend. 'Dat snap ik niet. Het is een priemgetal, maar 20 is dat niet.'

'Het zijn de rugnummers van voormalige Yankees-spelers. Iemand uit Boston weet zoiets niet, maar een Yankees-fan wel,' legt ze uit.

De app opent een kaart van de oostelijke kustlijn van de Verenigde Staten. De app is eenvoudig en gebruiksvriendelijk. Er zit een groene knop op met START NATREKKEN en een rode met BEËINDIG NATREKKEN. Maar achter die eenvoud gaat heel wat uitgekiend rekenwerk en statistische analyse schuil.

'Wat is de gebruikersnaam?' vraagt Pete.

Rachel typt: *Rachel.*

Gebruikersnaam niet herkend. Nog twee inlogpogingen over, luidt een bericht op het scherm.

Ze toetst *Erik* in.

Gebruikersnaam niet herkend. Nog één inlogpoging over.

Ze typt: *Ariadne.*

Er verschijnt een lap tekst in beeld.

Welkom, Ariadne. Deze app zou moeten werken voor tekstberichten en telefooncommunicatie. De bètaversie werkt tot op zekere hoogte ook voor versleutelde communicatieapps. Versie 2 is straks toepasbaar op de meeste apps met versleutelde berichten. Klik gewoon de groene knop aan als je telefoneert en de app zal op zoek gaan naar de zendmast het dichtst bij de locatie van de beller. Hoe langer je iemand aan de lijn houdt, hoe accurater de app werkt.

Ze laat de tekst aan Pete zien.

Hij leest hem en knikt. 'Dus als zij alleen via Wickr op jouw Wickr-bericht reageren, werkt het misschien niet.'

'Ik denk het niet.'

'Het is dat de tijd dringt, anders zou ik zeggen dat we moeten wachten tot morgenvroeg. Op zondagochtend zijn de meeste mensen over het algemeen thuis. Zaterdagmiddag...'

'Het is nu of nooit. We moeten de gok wagen.'

'Goed dan.'

'Daar gaat-ie,' zegt Rachel.

Ze klikt de Wickr-toets op haar telefoon aan en begint te typen: *Ik heb nagedacht over wat je met Thanksgiving zei. Ik wil weten of er een manier is om voorgoed van de Ketting af te komen. Ik heb nachtmerries. Mijn dochter heeft vreselijke last van buikpijn. Kunnen we ons op de een of andere manier definitief uitkopen? Alvast bedankt.*

Ze laat het bericht aan Pete zien en stuurt het dan naar Wickr 2348383hudykdy2.

Tien minuten later krijgt ze een melding dat haar gesprekspartner een reactie stuurt. Ze klikt op START NATREKKEN en Eriks hunter-killer-algoritme wordt onmiddellijk geactiveerd.

Wat een aangename verrassing om van je te horen. Het is alleen een beetje vroeg voor kerstcadeaus, vind je ook niet? Het spijt me je te moeten informeren dat we de dienst die jij verlangt niet verlenen, luidt het bericht.

De gps-kaart op Rachels telefoon licht op, maar er gebeurt verder niets. De kaart loopt vast, net als de app. Ze priemt verwoed met haar wijsvinger op het scherm, maar dat helpt niet. 'Mislukt,' zegt ze.

'Hij dacht al dat het niet zou werken met de versleutelde apps. Telefoongesprekken natrekken gaat beter, zei hij.'

'Als ik zeg "Bel me alsjeblieft," dan krijgen ze zeker argwaan,' zegt Rachel.

'Ik weet het niet.'

Dan schiet haar iets anders door het hoofd. 'Misschien was die Erik wel gek. Het kan best zijn dat dit helemaal niet werkt.'

'Bij MIT nemen ze niet zomaar iedereen in dienst.'

'Dat wil niks zeggen. Misschien is hij wel gek geworden van verdriet.'

'Denk je dat je het nog een keer kunt proberen zonder ze kwaad te maken?'

'Wat maakt het uit? Zodra ze mijn naam tegenkomen in dat notitieboekje komen ze toch wel hierheen om ons te grazen te nemen.'

'We weten niet of ze dat boekje hebben. Misschien bewaarde hij het in een kluis of zo.'

Rachel kijkt door het raam. 'Ze hebben het. Ze zijn het nu aan het lezen. Vroeg of laat trekken ze de onvermijdelijke conclusie.'

'Mijn schuld. Het spijt me heel erg.'

'Zonder jou had ik Kylie nooit teruggekregen, Pete.'

Rachel opent opnieuw de Wickr-app.

Er moet toch een manier zijn om voorgoed van de Ketting af te komen. Iets wat ik voor jullie kan doen, of een som geld die ik betaal. Om het voor altijd af te sluiten, zodat we weten dat we veilig zijn. Alsjeblieft, zeg me wat ik moet doen. Al was het maar voor mijn dochtertje, typt ze en ze verstuurt het bericht.

Ze hoeven maar twee minuten te wachten op een reactie. Die komt weer via Wickr, niet per telefoon. Ze schakelt de hunter-killer-applicatie in.

Ben jij nou echt zo dom? Wat was het eerste wat we tegen je zeiden? Het gaat niet om het geld. Het gaat om de Ketting zelf. Die blijft altijd in stand. Eén schakel ertussenuit en de hele Ketting begeeft het. Begrepen, stomkop? antwoordt Wickr 2348383hudykdy2.

Het hunter-killer-algoritme zoekt een nieuwe frequentie en Eriks gps-zoeker licht weer op, maar loopt opnieuw vast zonder resultaat. Ook Rachels telefoonscherm bevriest, en ze moet het toestel uit- en weer aanzetten.

'Niks,' zegt Rachel.

'Shit!'

'Ik stuur nog één bericht.'

Alsjeblieft, typt ze. *Ik smeek het je. Doe het voor mijn gezin. Is er ook maar íéts wat ik kan doen om van de Ketting af te komen?*

Ze laat het aan Pete zien. 'Versturen,' zegt hij.

Ze verstuurt het bericht. Deze keer komt er geen snelle reactie.

Er verstrijken vijf minuten.

Tien.

'Dat was het dan,' zegt Rachel.

Haar iPhone gaat.

Ze grist het toestel zo snel van tafel dat het op de vloer valt.

Het belandt stuiterend op de zijkant en er komt een barst in het scherm.

'Shit!' roept Rachel, en ze pakt de telefoon op en zet Eriks app aan. 'Hallo?'

Het is de anonieme beller. De stem is zoals altijd vervormd. 'Je kunt één ding voor ons doen, Rachel. Maak jezelf gewoon van kant, domme trut!'

Het hunter-killer-algoritme komt tot leven en zoomt in op een gedeelte van Massachusetts ten noorden van Boston.

'Alsjeblieft, ik...'

'Vaarwel, Rachel.'

Hou haar aan de praat, zegt Pete geluidloos.

'Wacht, niet ophangen. Ik weet dingen over jullie. Ik heb het een en ander uitgezocht.'

Het blijft even stil, waarna de stem vraagt: 'Wat voor dingen?'

Rachel denkt koortsachtig na. Ze wil niet in verband gebracht worden met Erik; misschien heeft de Ketting zijn notitieboekje toch niet gevonden. Wat zou ze in haar eentje over hen ontdekt kunnen hebben?

'De vrouw die mijn dochter ontvoerd heeft heet Heather. Haar man heeft per ongeluk tegen Kylie gezegd dat haar zoon Jared heet. Het kan niet al te moeilijk zijn om een vrouw op te sporen die Heather heet met een zoon die Jared heet.'

'Wat zou je dan met die informatie doen?' vraagt de stem.

'We zouden het spoor helemaal terug kunnen volgen tot aan het begin van de Ketting.'

'Daarmee zou je je eigen doodvonnis tekenen, Rachel. Het is ontzettend dom van je om op deze manier je eigen leven en dat van je dochter op het spel te zetten.'

En terwijl zij praten, zoomt de app in op een almaar kleiner wordend deel van Massachusetts. Een krimpende cirkel die nu als middelpunt een plekje ten zuiden van Ipswich en ten noorden van Boston heeft.

'Ik wil geen problemen veroorzaken. Ik... wil me alleen maar veilig voelen.'

'Als je nog één keer contact met ons opneemt, ben je dood voordat deze dag om is,' zegt de stem. De verbinding wordt verbroken.

Maar de app heeft zijn werk gedaan. Ze is gebeld vanaf Choate Island of ergens daar vlakbij, in het moerasgebied van Essex County. De dichtstbijzijnde zendmast staat op Choate Island zelf.

Rachel maakt een screenshot van de kaart en laat die aan Pete zien.

'Hebbes!' roept hij.

'We gaan erheen!' zegt Rachel.

Ze rennen naar buiten, naar de pick-up.

Over Route 1A razen ze via Rowley naar Ipswich en daar nemen ze de 133, een smalle weg door natuurreservaat The Great Marsh.

Ze naderen Choate Island zo dicht als ze kunnen, maar op het drassige eiland zelf zijn geen wegen, dus als ze de zendmast willen opzoeken, zullen ze moeten gaan lopen. De mist valt mee, maar de regen is koud en komt schuin op hen af vanaf de oceaan.

Ze parkeren de pick-up en stappen uit. Trekken hun jassen en wandelschoenen aan. Pete heeft zich gewapend met het jachtgeweer, de Glock, de .45 en nog twee flitsgranaten waarvan hij denkt dat ze van pas kunnen komen. Rachel neemt haar eigen geweer. Ze trilt. Ze is zo bang dat ze bijna geen lucht krijgt.

'Maak je geen zorgen, Rach. We krijgen vandaag geen problemen. Dit is gewoon een verkenningsmissie. We verzamelen informatie en dan bellen we de FBI.'

Ze volgen een pad door het moerasachtige gebied rondom Choate. Ondanks de regen en de kou zijn er verrassend veel vliegen. Het terrein aan weerskanten van het pad is overwoekerd met dicht struikgewas waar je claustrofobisch van wordt. Hier en daar vangen ze een glimp op van de rivier, dik en modderig onder een laag bruine algen. De Inn is een zijtak van de Miskatonic, die ergens ten noorden van hen door het moeras kronkelt. Het hele gebied lijkt naar binnen toe ingevallen te zijn en te leunen op een onzichtbare harde kern. Aan de bomen hangt iets wat op Spaans mos lijkt, in de hoogste takken krijsen vogels, en de winter lijkt niet het gebruikelijke uitroeiingseffect gehad te hebben op de steekvliegen.

Rachel is bang. Ze komen in de buurt, ze voelt het. De dromen, de songteksten en de nachtmerries leiden allemaal hierheen. Ze zijn gewaarschuwd om niet op zoek te gaan naar de Ketting, en wat doet zij? Ze volgt de Ketting terug naar het begin, langs de draad van Ariadne.

Maar zo gemakkelijk geeft het labyrint zijn geheimen niet prijs. De volgende drie ijskoude, smerige uren zoeken ze in het moeras en het veen van Choate zonder ook maar iets te vinden.

Geen zendmast.

Geen relaisstation voor mobiele telefonie.

Nauwelijks enig teken van beschaving.

Bij een kleine open plek houden ze halt om uit hun waterflessen te drinken, waarna ze weer op pad gaan. Nog meer frustrerende uren. Als de schemer invalt zijn ze doorweekt, doodop en lekgestoken door de insecten. Rachel weet niet meer of ze nog op Choate Island zijn, op het vasteland of op een ander eiland in een totaal andere rivier. Ze zijn wel honderd verschillende stroompjes en paadjes overgestoken. Ze is kapot. Chemopatiënten banjeren niet in december door het veengebied.

Ze hapt moeizaam naar adem. Dit wordt haar dood, ze sterft hier ter plekke, in het moeras. Pete mag dat niet weten. Ze kijkt naar de dreigende lucht. Hoog oprijzende grijszwarte wolken doemen op boven het drassige gebied ten westen van hen. 'Er was toch sneeuw voorspeld?' vraagt ze.

'Ja, kans op sneeuw. Je wilt hier niet rondlopen als het gaat sneeuwen.'

'Als jij een zendmast zou bouwen, waar zou je dat dan doen? Jij bent de technische man.'

'Op hoger gelegen terrein,' zegt Pete.

'Is er hier hoger gelegen terrein?'

'Wat dacht je van die heuvel daarginds?'

Het is een heuveltje van niets, nog geen tien meter boven de zeespiegel. Het ligt zo'n vijfhonderd meter verderop, achter dicht struikgewas.

'Waarom ook niet.'

Ze zijn op twee derde van de helling als ze de omtrekken van een zendmast zien. De mast is omgevallen, of misschien gedeeltelijk weggezakt in de grond en daardoor gekanteld.

Zwaar ademend bereiken ze de top van de heuvel.

Vanaf hier kun je de Inn met al zijn vertakkingen zien liggen in het westen. De ziekelijk groene, stinkende slijkvlakte is grimmig en oneindig, alsof de glibberige drab een verloren zeeroversstad bedekt die wacht om opgegraven te worden uit zijn eigen riool.

De moed zakt Rachel in de schoenen.

Wat was Erik eigenlijk van plan? Wat had hij gedacht te doen na het vinden van de zendmast bij de locatie waar de Ketting hen had gebeld?

'En nu?' vraagt ze aan Pete.

Pete werpt een blik op de wolken en kijkt dan op zijn horloge. Het is vijf uur. Ze hebben de hele dag gelopen. Het is steenkoud en ze zijn drijfnat, en hij wil niet dat Rachel in het donker in het moeras moet rondlopen. Niet zonder de juiste uitrusting, terwijl er sneeuw op komst is. En hij heeft andere problemen. Vanmorgen heeft hij het verkloot met die domme beslissing om twee derde van zijn vaste dosis te nemen. Zijn huid begint te trekken. Hij heeft droge ogen. De zweetaanvallen worden heviger. Het is nog niet helemaal mis, maar dat zal niet lang meer duren. Hij heeft een shot nodig. Snel. 'Zullen we er voor vandaag mee stoppen?'

Rachel schudt het hoofd. Ze zijn er nu zo dichtbij. Ze moet die lui vinden voordat ze haar te grazen nemen. Een kans als deze krijgen ze niet meer. Het moet nu gebeuren.

'Stoppen?' vraagt Pete nog een keer.

'En dan?'

'Naar de FBI? We vertellen alles. Dan moeten zij maar op zoek gaan naar dat huis.'

'Ze gooien ons in de gevangenis.'

'Misschien werken de Dunleavy's niet mee.'

Rachel schudt nog een keer het hoofd. 'Die helpen ons alleen als ze zeker weten dat er een einde is gekomen aan de Ketting.'

Pete knikt.

'Wat is dat daarginds, aan de noordkant bij de rivier?' vraagt ze en ze neemt de verrekijker van hem over. 'Is dat een blokhut?' Ze tuurt ernaar. Het bouwsel staat ruim een kilometer verderop. Een groot, oud huis met een veranda rondom. En het ligt op een directe vector van de zendmast.

'Het is zeker de moeite waard om daar een kijkje te nemen. Maar dan zullen we weer door het water moeten waden. Volgens mij ligt het op het vasteland.'

Ze banjeren door een ijskoud beekje dat tot hun bovenbenen reikt en lopen dan door een kaal stukje bos, waarna ze het huis of de blokhut tot op een paar honderd meter naderen. Het is groot, deels op palen gebouwd, en het staat aan een rivier. Bij het huis liggen een paar vervallen schuren, half weggezakt in het moeras. Onder de veranda aan de noordkant staan meerdere auto's geparkeerd.

Rachel voelt haar nekharen overeind komen. Iets aan deze omgeving schreeuwt 'ontknoping'.

'Wat zullen we doen, Rach?'

'Laten we proberen er dichterbij te komen. Als we de nummerplaten kunnen ontcijferen…'

'Dan zullen we moeten kruipen. Mooi laag bij de grond blijven. Het struikgewas is hier niet zo dicht, ze zouden ons kunnen zien,' zegt Pete.

Rachel hangt haar geweer over haar schouder, drinkt de laatste slok water uit haar fles en kruipt dan achter Pete aan naar het houten huis.

De grond is drassig en overwoekerd met braamstruiken, distels en strandpruim.

Binnen een halve minuut zitten ze onder de schrammen en sneeën, tot bloedens toe.

Het begint te sneeuwen.

Ze zijn het huis tot op honderd meter genaderd.

Het is een lelijk pand, hoekig en met lompe aanbouwen uit verschillende stijlperiodes, in verschillende houtsoorten. Er is zeer recent nog een stuk bijgebouwd, zo te zien om een paar extra slaapkamers te maken op de bovenverdieping.

Pete haalt de verrekijker tevoorschijn en probeert de nummerplaten van de auto's onder de veranda te lezen, maar het lukt hem niet. 'Rachel, jij hebt goede ogen, wil jij het eens proberen?'

Ze scant de auto's. Een Mercedes, een paar pick-ups, een Toyota.

Dan ziet ze iemand op het balkon verschijnen.

'Kylie! O, mijn god!' Ze krabbelt overeind en begint in de richting van het huis te rennen.

'What the fuck?' roept Pete verbijsterd uit.

Ze heeft een voorsprong van zo'n twintig meter, maar hij haalt haar in zeven seconden in. Hij tackelt haar en ze valt vlak voor een oude boomstronk op de grond.

Hij draait haar naar zich toe. 'Waar ben je nou mee bezig?'

Ze stribbelt fel tegen om zich uit zijn greep te bevrijden. 'Ze hebben Kylie! Ze hebben haar te pakken! Ik zag haar op het balkon staan,' zegt ze buiten adem.

Pete kijkt over de boomstronk heen naar het balkon. Er is niemand te zien. 'Je vergist je.'

'Ze was het echt! Ik heb haar zelf gezien!'

Pete schudt het hoofd. Ze kunnen Kylie onmogelijk hebben. Die is bij Marty en ze zijn heel voorzichtig geweest.

Rachel hyperventileert.

'Het is Kylie niet,' fluistert Pete. 'Dat kan ik bewijzen. We hebben die gps-zender in haar schoenen gestopt, weet je nog? Ik kan je precies laten zien waar ze is, en ik verzeker je dat dat niet hier is.'

'Laat zien dan,' eist Rachel. 'Ik weet heus wel wat ik heb gezien.'

Pete opent de gps-app en laat Rachel zien dat Kylie niet in de buurt is. 'Ze is in Boston.'

Rachel kijkt op de telefoon. Inderdaad, Kylies gps knippert ergens in het centrum van Boston, niet hier. 'Ik wist zeker dat zij het was,' zegt ze verward.

'Kom, we gaan weer achter die bosjes zitten voordat iemand ons ziet.'

65

De high school van Innsmouth. Ginger tijdens de beroepskeuzedag in de vierde klas.

'Wat wil jij later worden, Margaret?'

'FBI-agent, net als mijn vader.'

'Dat is een mooi streven, meisje, maar dan zul je je cijfers voor sommige vakken toch moeten ophalen.'

'Welke vakken?'

'Je Engels is heel goed, maar wiskunde en natuurkunde mogen wat beter. Je broer kan je daar vast wel bij helpen.'

'Ja, hij is dol op de exacte vakken.'

Oliver helpt Ginger met haar huiswerk in het grote, bouwvallige huis van hun opa aan de Inn; in de zomer horren, mierenlokdozen en overal insecten, in de winter houtkachels, kou en kerosinebranders.

Daniel leert de tweeling jagen in de donkere uithoeken van Miskatonic Valley. Daniel leert de tweeling de buit te villen en het vlees te roken en conserveren. Daniel vertelt de kinderen verhalen uit zijn politietijd. Oude oorlogsverhalen.

Ginger en Oliver werken hard en gaan allebei naar de universiteit van Boston, iets waar Daniel trots op is. Olly studeert software-engineering en Ginger psychologie.

Ze doen het allebei heel goed. Het enige wat roet in het eten gooit is het geld dat ze moeten lenen voor hun studie. Daniel is geen rijk man en ze zijn arm opgegroeid.

Maar na hun afstuderen wordt Oliver door headhunters benaderd voor zeker vijf start-ups in Silicon Valley en Ginger wordt gevraagd door de FBI, de CIA en de ATF.

Ze kiest voor de FBI. De genegenheid voor Ginger en haar vader is er groot. *Zo erg wat er met je pa is gebeurd. Zo jammer...*

Ginger werkt hard en maakt snel carrière. Ze bouwt een netwerk op. *Ik heb die ouwe van je nog gekend. Dat was nog eens een agent. We gingen altijd samen...*

Ginger werkt 's avonds tot laat door.

Ginger klimt steeds hoger op de carrièreladder.

Soms vraagt ze zich af of ze het voor zichzelf doet of om haar opa een plezier te doen – of misschien wel omdat ze beter wil worden dan haar vader. Is haar leven een gevolg van de relatie met hem of een reactie daarop?

Ze volgt lessen gedragsanalyse in Quantico, waar ze allerlei psychiaters en onderzoekers hebben die haar kunnen helpen het antwoord te vinden op deze vragen, mocht ze dat willen. Een van haar instructeurs citeert de Duitse dichter Novalis: 'De reis naar binnen is vervuld van mysterie.' Dat vindt ze mooi, en op een dag zou ze graag die reis ondernemen, om door te dringen tot de kern: waarom ze is zoals ze is. Maar dan zal ze de reis zelf maken. Ze zal nooit een psychiater haar verleden en de gedachten in haar hoofd toevertrouwen.

Oliver verhuist naar Californië, waar hij eerst bij Apple, daarna bij Uber en vervolgens voor riskantere start-ups gaat werken, bedrijfjes waarvan hij steeds aandelen krijgt. 'Als er eentje doorbreekt, worden we miljonair.'

Als er eentje doorbreekt... Twee van die bedrijven gaan kort na elkaar failliet.

Het maakt niet uit. Ginger heeft een andere manier bedacht om geld binnen te halen. Serieus geld. Serieuze macht.

Ergens kort na 2010 hoort ze over het Jalisco-kartel.

Het Jalisco-kartel heeft een volslagen nieuw model van heroïnedistributie meegenomen uit Mexico. De kartels en de bendes waren te gewelddadig en te angstaanjagend voor Midden-Amerika. De jongens van het Jalisco-kartel zagen dat in en beseften dat er een gigantische, nog niet aangeboorde markt was voor hun product, mits ze de klanten op de juiste manier zouden benaderen.

Ze deelden gratis heroïne uit voor de ingang van veteranenklinieken, methadoncentra en apotheken, om zo een klantenkring op te bouwen. Het kwistig uitschrijven van recepten voor oxycodon door artsen had gezorgd voor een enorm aantal gebruikers, mensen die verslaafd waren geraakt aan opiaten en pijnstillers en die in paniek raakten nu de DEA eindelijk actie ging ondernemen op dat gebied. Bruine heroïne vulde het gat mooi op. Het werkte beter dan oxycodon of methadon en het was gratis, althans in het begin. En de mannen die het uitdeelden waren niet angstaanjagend. Geen dealers met wapens, en ze glimlachten veel.

Binnen twee jaar had het Jalisco-kartel een miljoen gebruikers.

Het kartel spreidde zijn activiteiten door andere criminele zaken op zich te nemen.

Ginger krijgt een plaats in een onderzoeksteam dat gericht is op het Jalisco-kartel. Ze bekijkt de link tussen Jalisco en de bende in Boston. Met dank aan verklikkers en FBI-infiltratie is er van de criminele familie Patriarca weinig overgebleven, maar het Jalisco-kartel zit juist in de lift.

Ginger stuit op een listige ontvoeringsopzet, waarbij mensen die schulden hebben bij het kartel worden gekidnapt en vastgehouden tot hun familie heeft betaald, maar het heeft ook een menselijke kant: een ander familielid mag de plaats van het ontvoerde slachtoffer innemen.

Het gijzelaarsmodel van het Jalisco-kartel werkt grotendeels met een minimum aan geweld, maar als Ginger ziet wat voor kansen ze laten liggen, vraagt ze zich af of ze deze opzet niet kan aanpassen voor eigen gebruik.

Ze denkt aan de kettingbrieven uit haar jeugd, en hoe effectief die waren.

Ze bespreekt het met Olly.

Met de hulp van haar geniale broer de computerprogrammeur wordt in 2013 in Boston de Ketting geboren.

Het is niet meteen een succes. Er zijn kinderziektes. Een beetje te veel bloed.

Omdat ze zich verre moeten houden van het bloedvergieten, gebruiken ze uitvoerders uit Jalisco en Tijuana, mensen die dringend geld nodig hebben. Die weten niet wie hun opdrachtgever is. De geheimzinnige vrouw die achter het geheel schuilgaat kennen ze als de Mujer Roja of de Muerte Roja. Ze schijnt de echtgenote van een kartelopperheer te zijn. Men zegt dat ze een Amerikaans aanhangster is van Nuestra Señora de la Santa Muerte.

De huurmoordenaars uit Jalisco en Tijuana zijn nogal schietgraag. Ze snappen niet goed dat zakendoen in de Verenigde Staten finesse vereist. In de begintijd wordt er te veel gemoord. De hele opzet staat op instorten.

Ginger ontdoet zich van de Mexicaanse huurmoordenaars en gaat gebruikmaken van haar contacten binnen de kwijnende misdaadfamilie Patriarca in New England. Zij begrijpen tenminste hoe de dood werkt in Amerika. Ze doen dit soort dingen al tientallen jaren.

Uiteindelijk wordt de Ketting een goed geoliede machine.

Alles loopt gesmeerd.

De lomperiken van Patriarca worden gedumpt en de Ketting houdt zichzelf draaiende.

Ginger verstuurt de brieven.

Ginger voert de telefoongesprekken.

Ginger bepaalt wie er omgelegd moeten worden.

Het groeit uit tot een chantage-, ontvoerings- en terrorismeplan waarin miljoenen omgaan, door Oliver en Ginger gerund als een familiebedrijf.

'Het is de fucking Uber van de kidnapping en het terrorisme, waarbij de klanten zelf het meeste werk doen,' zegt Olly.

Als ze hun bedrijf op de beurs konden introduceren, zou het tientallen miljoenen waard kunnen zijn.

Maar ook nu zitten ze er warmpjes bij.

Ze betalen hun studieschuld af. Ze worden rijk.

Ze openen bankrekeningen in Zwitserland en op de Kaaimaneilanden.

De Ketting draait nu uitstekend en er kan niets misgaan.

Oliver heeft er meerdere *red team*-foutenanalyses op losgelaten en hij kan slechts drie zorgwekkende punten ontdekken die mogelijk tot problemen zouden kunnen leiden.

Het eerste punt is Gingers vaak luie aanpak. Hij drukt haar steeds op het hart dat ze voor elke nieuwe fase van de Ketting een nieuw

Wickr-adres, een nieuwe wegwerptelefoon en een nieuwe bitcoinrekening moet gebruiken, maar dat doet ze niet altijd. Het is een hoop gedoe, en meestal verandert ze de adressen en accounts maar ongeveer één keer per maand. Hij heeft ook tegen haar gezegd dat ze nooit een anoniem Ketting-telefoontje mag plegen vanaf haar werk, haar eigen huis in de Back Bay of dat van Daniel aan de Inn.

Ze belooft zich daaraan te houden, al valt het niet mee om naast haar werk bij de FBI en haar dissertatie ook nog eens een ingenieuze criminele onderneming te runnen. Maar gelukkig zitten er genoeg lagen van versleuteling tussen hen beiden en de Ketting. Versleuteling, kooien van Faraday, redundanties…

De tweede bron van zorg is dat Ginger de Ketting gebruikt om persoonlijke kwesties te beslechten. Dat heeft ze nu drie keer gedaan (voor zover Olly weet). Idealiter worden zaken en privé strikt gescheiden gehouden, maar omdat er nu eenmaal mensen in het spel zijn, zullen de grenzen altijd wel vervagen. En de bedenker van het systeem vindt nu eenmaal dat zij nieuwe regels mag improviseren die haar beter van pas komen.

Het beslechten van persoonlijke kwesties heeft ook te maken met zijn derde bron van zorg: Gingers seksleven.

Olly beseft dat hij zelf een buitenbeentje is als het om relaties gaat. Hij heeft nooit een vaste vriendin gehad, geen serieuze romantische betrekkingen. Hij is introvert en houdt niet van feestjes of fysiek contact. Zouden de hippies in zijn vroege jeugd inderdaad de chemische balans van zijn hersenen hebben beïnvloed?

Ginger daarentegen staat volop in het leven. Zij zouden samen een mooi voorbeeld kunnen zijn voor psychologische onderzoeken naar tweelingen. Op de middelbare school en tijdens haar studentenjaren heeft ze altijd vriendjes gehad, en sinds ze bij de FBI is heeft ze minstens tien verschillende mannen versleten, van wie er twee getrouwd waren.

Seks is belangrijk, op intellectueel niveau beseft Olly dat heus wel. Seks is de joker die ervoor zorgt dat het DNA van zoogdieren voortdurend verandert, zodat ze alle virussen en ziekteverwekkers die de soort proberen uit te roeien een stap voorblijven. Op wetenschappelijk en mathematisch niveau begrijpt Olly dat goed. Maar seks blijft onvoorspelbaar, en dat geldt nog sterker voor – God verhoede – liefde.

Macht corrumpeert en absolute macht corrumpeert absoluut. En als je macht combineert met seks, dan krijg je wat Ginger zo nu en dan heeft gedaan met de Ketting. Hij heeft haar er meerdere keren op betrapt dat ze informatie uit de databases van de FBI gebruikte voor doeleinden die niets met de Ketting te maken hadden. Hij vermoedt dat het vaker is voorgekomen, dat er voorvallen zijn geweest waar hij niets van weet.

Dat is niet goed.

Hij moet haar een halt toeroepen.

Oliver gaat in zijn grootvaders studeerkamer zitten met het notitieboekje van Erik Lonnrott in zijn hand. Er brandt een vuur in de haard. Hij ziet de sneeuwvlokken langs het raam dwarrelen.

Olly bekijkt het boekje aandachtig. Het is grotendeels een kopie van een vorig notitieboekje. Of van meerdere zelfs. Erik was hier al behoorlijk lang mee bezig. Olly wist wel dat iemand onderzoek deed naar de Ketting, en hij vermoedde al langer dat dat Erik wel eens zou kunnen zijn. Erik had al te vaak een achtervolger afgeschud om volledig onschuldig te zijn, en veel zoekgeschiedenissen en analyses leidden naar computers bij MIT.

Ze hebben Eriks laptop of telefoon niet gevonden, maar het boekje droeg hij bij zich.

Erik heeft de moeite genomen het grootste gedeelte van zijn teksten in geheimtaal te schrijven. Daar zit Olly niet zo mee. Iedere door mensen bedachte geheimtaal is te ontsleutelen. Bovendien was die arme Erik de laatste paar weken van zijn leven zo enthousiast dat hij zijn aantekeningen niet langer zorgvuldig gecodeerd noteerde, maar eenvoudigweg in het Russisch of Hebreeuws. Alsof hij daar iets mee kon verhullen, de arme dwaas.

Olly is niet onder de indruk als hij naar die laatste aantekeningen kijkt. Erik is niet ver gekomen met zijn inspanningen. Hij had geen verdachten, had nog geen link gelegd met het Jalisco-kartel, en zijn gevolgtrekkingen sloegen nergens op.

De laatste paar aantekeningen zijn niet meer dan losse woorden en namen. Er wordt verwezen naar een app waaraan hij werkte, maar er staat niets over het doel daarvan.

De allerlaatste aantekening in het boekje is duidelijk heel recent – hooguit van een paar dagen geleden. Er staat alleen maar: לחר. Het is een woord dat 'ooi' betekent in het Hebreeuws. Een woord dat in het Engels wordt uitgesproken als *Rachel.*

Olly zucht en kijkt uit het raam. Marty, de nieuwe vriend van Ginger, heeft toch een ex die Rachel heet? Dit familieweekendje wordt een stuk interessanter dan hij had gedacht. Hij pakt zijn telefoon en stuurt zijn zus een bericht: *Ginger, zou ik je even kunnen spreken als je tijd hebt?*

66

Rachel probeert Kylie te bellen, maar ze krijgt haar niet te pakken. 'Geen bereik. Maar ze is gelukkig dus wel veilig.'

Pete kijkt echter bezorgd. 'Shit. Misschien toch niet.'

'Wat is er?'

'Kijk eens naar de tijdsaanduiding van de gps-zender in haar sneakers.'

'O, god! Ze is al negen uur in de Adidas-winkel in Boston!' zegt Rachel. 'Ik snap al wat er is gebeurd. Ze heeft nieuwe schoenen gekocht, de oude weggegooid en niet aan dat zendertje gedacht.'

'Hoe kunnen ze haar nou op klaarlichte dag hebben meegenomen uit het winkelcentrum? Ik snap er niks van,' zegt Pete.

Rachel kan geen woord uitbrengen.

De wereld is onder haar voeten vandaan gerukt.

Alweer.

En deze keer is het honderd procent haar schuld. Ze hebben haar gewaarschuwd. Ze hebben gezegd dat ze blij moest zijn dat ze ontkomen was – en toch heeft zij zich op dit idiote plan gestort.

Ze voelt zich beroerd.

Duizelig.

Misselijk.

Ze kokhalst.

Weer die oude gedachten: *Domme trut. Stom wijf. Waarom ben je niet gewoon doodgegaan toen je de kans had? Iedereen zou beter af geweest zijn zonder jou.*

Haar mooie, onschuldige, bijzondere dochter is ontvoerd.

Haar schuld.

Stom, stom, stom, stom!

Maar nu niet meer.

Ze slingert haar geweer van haar schouder en besluit via de achterdeur onder de veranda naar binnen te gaan. Desnoods schiet ze het slot kapot en knalt ze iedereen die ze tegenkomt overhoop om haar dochter daar weg te halen. Ze veegt de sneeuwvlokken van haar gezicht en beent naar het huis toe.

'Wat ga je doen?' vraagt Pete.

'Ik ga Kylie halen.'

'Je weet niet wat of wie je daarbinnen aantreft.'

'Kan me niet schelen. Jij mag hier blijven als je wilt, ik ga.'

Pete pakt haar bij de arm. 'Nee. We gaan samen. Wacht hier twee minuten, dan ga ik op verkenning uit.'

'Ik ga met je mee.'

Pete schudt zijn hoofd. 'Ik ben de expert, Rachel. Ik heb verkenningsexpedities gedaan bij het Marine Corps. Ik weet precies wat ik moet doen.'

'Ik ga met je mee.'

'Wacht nou twee minuten. Oké? Dan ga ik vooruit.'

'Twee minuten?'

'Twee. Ik geef van onder de veranda een seintje. Wacht hier.'

Pete beseft dat hij deze hele onderneming vandaag in zijn eentje had moeten aanpakken. Hoe haalde hij het in zijn hoofd om een kankerpatiënt mee te nemen?

Hij kruipt over de open vlakte naar de carport onder het huis. Er staan een paar auto's: een witte Mercedes, een rode Mustang, twee pick-uptrucks en een Corolla. Dat kan betekenen dat er een hoop mensen zijn. Gebukt loopt hij langs de auto's. Hij verstart als er een bewakingslamp gaat branden, maar er komt niemand poolshoogte nemen, en langzaam sluipt hij verder. Naast de carport is een garage en daarnaast zo te zien de voordeur, en de grote ramen van een huiskamer op de benedenverdieping. Pete kan niet het risico nemen langs de ramen te lopen, dus gaat hij terug zoals hij is gekomen. Hij probeert de deur naast de garage. Op slot. Maar de garagedeur zelf is niet goed afgesloten. Er zit een kier van zo'n anderhalve centimeter onder de deur. Hij gaat op zijn buik liggen en steekt zijn vingers eronder. Als het gewoon een knik in het aluminium is, hebben ze er niet veel aan, maar mocht het een beschadigde torsieveer zijn...

Hij schuift twee handen in de kier en probeert de kanteldeur op te tillen. Hij gaat langzaam omhoog. Zo gaan ze dadelijk naar binnen, ze moeten te werk gaan als mariniers in de stad. Toegang verschaffen, in de eerste ruimte kijken of er iemand is en dan door naar de tweede; zo werk je het huis laag voor laag af tot je alles gehad hebt. Aantal vijandelijke aanwezigen onbekend, maar Rachel en hij hebben het voordeel van de verrassing.

Als hij overeind komt, wankelt hij even.

O, nee.

Hij is duizelig.

Zijn huid staat in brand.

Het is de zucht naar een shot.

Hij heeft het zelf verkloot vanmorgen. *Je kunt niet zomaar ineens gaan rotzooien met de dosis, dat weet je best, Pete.*

Nog even en er krioelen duizenden mieren over zijn armen en benen, zijn mond in, naar zijn keel...

Hou op! Hou daar onmiddellijk mee op.

Overmoed omdat hij de held wilde uithangen. Onder deze omstandigheden had Rachel beter op verkenning kunnen uitgaan. Ik moet terug, denkt hij, en als hij zich omdraait, loopt hij recht op een man af die daar staat met een jachtgeweer.

'Ja, ik dacht al dat ik iets hoorde,' zegt de man.

Pete denkt na over zijn volgende zet, maar in plaats van erover na te denken had hij beter een zet kunnen dóén. Een klap op de schedel van die kerel met zijn zaklamp. Een ram in het gezicht met de kolf van zijn pistool. Eén man minder. Maar hij heeft niks gedaan. Te traag. Niet omdat hij oud is of omdat zijn spieren dit niet meer trekken, maar omdat hij zichzelf heeft beschadigd met heroïne en oxycodon en alle andere opiaten die hij maar te pakken kon krijgen. En nu denkt Pete precies hetzelfde als Rachel: *stom, stom, stom, stom. Stom en zwak.*

De man doet een stap achteruit en richt het geweer op Petes gezicht. 'Laat die zaklamp en dat wapen vallen.'

Pete gooit de zaklamp en de 9-millimeter op de grond.

'En nu haal je met twee vingers die .45 uit je riem en gooit die ook op de grond.'

Pete pakt zijn dierbare .45 ACP en laat die in de pas gevallen sneeuw aan zijn voeten vallen. Hij voelt zich naakt. De ACP is van zijn opa geweest, zijn legerwapen. Die ouwe heeft er in zijn woede een keer mee geschoten, op een kamikazepiloot die zijn schip ramde tijdens de Slag om Okinawa. In Irak en Afghanistan was het Petes gelukswapen.

'Shit,' zegt hij.

'Ja, jongen, je zit in de shit. Daniel tolereert niemand op zijn terrein. En met "niet tolereren" bedoel ik niet dat hij je gaat overdragen aan de plaatselijke politie. Handen omhoog.'

Pete doet zijn handen omhoog. 'Dit is een misverstand. Ik ben verdwaald,' begint hij, maar de man legt hem het zwijgen op.

'We zullen eens zien wat Daniel daarover te zeggen heeft. Zijn kleinkinderen zijn vandaag bij hem. Ik denk niet dat hij hier blij mee zal zijn. Kniel op de grond en hou je handen achter je hoofd.'

De bewaker geeft hem een trap in zijn rug en Pete zakt op zijn knieën.

Zand. Grind. Sneeuw.

Hij denkt koortsachtig na. Probeert na te denken. Er komt niets.

'Ga daar braaf liggen, jongen. Braaf blijven liggen terwijl ik aanbel en iedereen op de been breng.'

67

Ginger is behoorlijk tevreden over zichzelf als ze de grote, pas aangebouwde slaapkamer in loopt. De Ketting heeft de dreiging van Erik Lonnrott uitgeschakeld en het is dikke mik tussen haar nieuwe vriend en Daniel. Ze zijn allebei groot fan van de Red Sox en Marty weet zelfs waar hij het over heeft als hij met namen als Ted Williams, Carl Yastrzemski en Roger Clemens strooit. Daniel heeft zowaar tegen Marty gezegd dat hij hem Red mag noemen. Een zeldzame eer.

Het was een hele beslissing om hem hier mee naartoe te nemen. Ze stelt echt niet iedere partner voor aan haar opa en haar broer. Maar Marty O'Neill is bijzonder. Hij is grappig. Hij is slim – *ik bedoel, kom op, Harvard College en een rechtenstudie aan Harvard.* Hij is ook tamelijk knap, als je van donker haar met groene ogen en van Iers houdt. En zij houdt ervan.

Inderdaad, hij heeft een dochter, een dochter van dertien, een tamelijk irritante dochter van dertien, maar haar recente beproeving heeft haar duidelijk de wind uit de zeilen genomen, en het kind van dertien weet zowel Marty als zijn nieuwe, jonge vriendin met de coole baan en precies de juiste hipstertaal zeer te waarderen.

Olivier zou ongetwijfeld woest zijn als hij wist dat ze Marty heeft ontmoet door hem via de Ketting te stalken, maar het is nou ook weer niet zo dat Marty een van hun slachtoffers was. Zijn ex heeft hem overal buitengehouden.

En Ginger stuitte min of meer toevallig op zijn Facebook-pagina toen ze onderzoek deed naar Rachel.

Min of meer.

Oké, ze heeft de Ketting ingezet om Marty's vorige vriendin Tammy uit beeld te krijgen, maar verder is ze niet gegaan.

Deze keer niet.

Als Olly wist hoe vaak ze inside-informatie uit de Ketting heeft gebruikt voor haar eigen avontuurtjes, zou hij waarschijnlijk een toeval krijgen, maar wat heb je aan al die macht als je er geen gebruik van mag maken? Het is lekker om zo af en toe je teen in de vijver te steken. Het zou pervers zijn om dat niet te doen.

Per slot van rekening is zij degene die de Ketting heeft bedacht. Het is haar uitvinding. Dat geklets van Olly over een beursgang en internetmiljoenen, dat zijn alleen maar woorden. Hij dankt zijn huis in San Francisco aan de Ketting, zij haar huis in Boston en het appartement aan Fifth Avenue in New York. De Ketting. Haar idee.

Dus als zij met Marty O'Neill wil spelen, dan mag ze dat. Marty is aantrekkelijk, geestig en leuk. Olly hoeft niet bang te zijn, ze heeft alles onder controle. Zij is de spin. De irritante vlieg is natuurlijk de ex-vrouw. Het lef van dat mens op Wickr vandaag. Normaal gesproken zijn ze altijd zo dankbaar. Dankbaar en bang. Misschien is het beter om de ex-vrouw te laten verdwijnen. Daar is maar één telefoontje of bericht voor nodig: *We hebben een nieuwe voorwaarde toegevoegd voor de veilige terugkeer van je kind. Op Plum Island in Massachusetts woont een zekere Rachel Klein-O'Neill. Ruim haar voor het einde van de week uit de weg. Het lijk mag nooit gevonden worden.* Rachel kan ieder gewenst moment uit het plaatje verwijderd worden.

'De kinderen hebben het naar hun zin, zo te zien. Ik zag Kylie net op de veranda,' zegt Marty, en hij komt achter haar staan en kust haar in haar nek.

Ginger draait zich naar hem om en Marty slaat zijn armen om haar heen. 'Dit is zo goed voor Kylie. Ik heb niet heel veel verstand van tieners, maar ik kreeg de indruk dat ze het de afgelopen weken heel zwaar heeft gehad.'

'Ja, ik heb Rachel de naam gegeven van een van onze therapeuten.'

'Rachel heeft het zelf ook niet makkelijk, zoals je wel zult begrijpen.'

Een *ping* op Gingers telefoon geeft aan dat er een bericht voor haar is.

'Wat is er?' vraagt Marty als ze het appje van haar broer leest.

'O, het is Olly maar. Zal wel iets met het eten te maken hebben. Opa probeert de boel vast weer plat te branden met zijn barbecue. Niet weggaan, ik ben zo terug.'

Ginger steekt de overloop op de eerste verdieping over, gaat naar de studeerkamer van haar grootvader, loopt naar binnen, doet de deur achter zich dicht en gaat zitten. Olly straalt iets superieurs uit, dat heeft hij soms, zo'n blik waarmee zelfs het geduld van een heilige op de proef gesteld zou worden.

'Ja,' zegt ze. 'Wat is er?'

'Je hebt de Ketting weer voor eigen gebruik ingezet, hè?'

'Nee.'

'Jawel.'

'Het is allemaal voor ons samen.'

'Je weet best wat ik bedoel. Je hebt dingen naar je hand gezet. Net als toen met Noah Lippman.'

'Niet.'

'Of dat meisje waar je een paar jaar geleden helemaal gek op was. Laura nog wat. Die arme Laura maakte de fout van haar leven door je af te wijzen, en drie maanden later verdween ze spoorloos. Je hebt drie volle maanden gewacht voordat je de Ketting op haar losliet. Heel tactvol van je.'

'Noah leeft nog.'

'Nog net, ja. We gebruiken de Ketting niet om wraak te nemen in persoonlijke kwesties, Ginger – daar hebben we het al eerder over gehad.'

'Dat heb ik niet gedaan.'

'En ook niet om knappe mannen te vinden.'

Ginger kreunt. Hij heeft haar door. 'Weet je hoe moeilijk het is om in deze stad mensen te leren kennen?' protesteert ze.

'Helemaal niet moeilijk. Er zijn duizenden datingapps.'

'Dus ik moet iedere man negeren die misschien ooit in contact is geweest met de Ketting, al is het zijdelings?'

'Ja! Je kent de regels.'

'Wie heeft die opgesteld? Wie heeft de Ketting bedacht?'

'Het is voor de veiligheid, schat.'

'Ik heb het volledig eigenhandig opgezet. Niet jij, ik. Ik mag zelf weten wat ik ermee doe.'

Olly sluit zijn ogen en zucht. Uiteindelijk moet er overal een keer een eind aan komen. Eigenlijk verbaast het hem dat het nog zo lang heeft mogen duren. Volgens alle modellen zou de Ketting na een jaar of drie zijn ingestort. Zo veel mensen intimideren, dat kan niet eeuwig goed gaan. Het aantal personen dat erbij wordt betrokken groeit exponentieel, en geen enkele samenzwering overleeft exponentiële groei. Het is een typisch stochastisch *fast-slow*-systeem, en wanneer het breekpunt bereikt is, zal de breuk ook spectaculair zijn.

Olly strijkt over het sikje dat hij de afgelopen maanden zonder veel succes heeft laten staan. 'We hadden jaren geleden met de Ketting moeten stoppen,' mompelt hij. 'Ik bedoel, waarom zouden we ermee doorgaan terwijl we geld zat hebben?'

'Waarom zouden we ermee stoppen? Je bent gewoon jaloers omdat ik het heb bedacht.'

'Het doel van de Ketting was toch dat we onze schaapjes op het droge zouden hebben? Dat is gelukt.'

'Was dat het doel?' vraagt ze sarcastisch.

Hij fronst en kijkt haar hoofdschuddend aan.

'Je snapt het gewoon niet, hè?' zegt Ginger. Voor Olly geldt dat verhaal van de slechtvalk die boven de akker vliegt niet. Olly is geen echt roofdier, zoals zij. Een echt roofdier doodt soms zelfs als het geen honger heeft. 'Wij samen tegen de rest van de wereld was het toch? Weet je nog?'

Olly's frons wordt dieper.

'Oké, wat is er misgegaan?' vraagt Ginger.

'Het heeft met dat notitieboekje te maken.'

'Heb je dat ontcijferd?'

'Nee, nog niet.'

'Wat dan?'

'Tegen het einde schreef Erik niet alles meer in geheimtaal.'

'En dus?'

'Hoe heette de ex-vrouw van je nieuwe vriend ook alweer?'

'O, shit.'

'Erik heeft, ergens vorige week of zo, afgesproken met een zekere Rachel.'

'Shit, shit, shit.'

'Nou, vertel op.'

Nu is het Gingers beurt om diep te zuchten. 'Weet je wat jouw probleem is, Olly? Je hebt geen gevoel. Je lijkt wel een soort Spock. Daar zou je eens met iemand over moeten gaan praten. Het is niet normaal.'

'Dit is een serieuze zaak, Ginger. Serieus genoeg om snel je spullen te pakken en op een vals paspoort het land uit te vluchten.'

'Hoeveel hebben we in Zwitserland?'

'Genoeg.' Olly loopt naar de wapenkast, ontgrendelt die en doet de deur open. 'Ik heb altijd gedacht dat als we ten onder zouden gaan, dat zou komen doordat jij emotie en zaken niet gescheiden kunt houden.'

Ze glimlacht. 'Jezus, Olly, daar gaat uiteindelijk iederéén aan ten onder. Wist je dat niet? Tegen de biologie kun je je niet verzetten.'

'Je kunt het wel proberen.'

68

Boven in de grote slaapkamer kijkt Marty door het raam naar de stomp van de eik tussen het huis en het kale, drassige stukje bosgrond erachter. De sneeuw valt in grote, poederige vlokken in de rivier, op de levende bomen en de dode eik. Het lijkt verdorie wel een gedicht van Robert Frost.

Het is hier prachtig. Ginger is te bescheiden geweest. Dit is geen maffe oude blokhut ergens in het moeras. Het is een enorme lap grond met een heel mooi huis. Kunst aan de muren. Duur spul. Die ouwe, Daniel, moet flink wat knaken hebben. En het is inderdaad een aparte kerel, zoals ze al had verteld.

De kinderen vinden het heerlijk en Ginger geniet ervan om ermee te pronken. Ginger is een goeie, denkt hij. Rachel was een vergissing. Ze waren allebei nog zo jong. Hij zei destijds tegen iedereen dat hij op Rachel was gevallen door het lezen van haar geweldige boekrecensies in de *Crimson*, maar dat was gelul. Het was puur fysiek. Ze hadden eigenlijk heel weinig gemeen.

Als je de dertig gepasseerd bent, wordt je beoordelingsvermogen beter. Tammy was niet meer dan een kortstondige flirt, maar Ginger is anders. Bijzonder. Met haar zou hij zich wel kunnen settelen. In de stad gaan wonen. Samen nog een paar...

'Ik zat net aan je te denken,' zegt hij als Ginger de kamer binnenkomt. Ze heeft haar handtas bij zich. Een rode lok krult tussen haar borsten omlaag. Hij krijgt plotseling zin om haar op het bed te gooien en haar te nemen.

'Ginger, kunnen de deuren hier op slot? Ik weet dat er kinderen rondlopen, dus...' begint hij, maar dan beweegt er iets net buiten zijn gezichtsveld. Hij draait een slag om ernaar te kijken. 'Wat is dat?'

'Wat?'

'Komt er nou iemand naar het huis gelopen, achter die boom vandaan?'

'Waar?'

'Ik dacht dat ik iemand door de sneeuw zag lopen. Ja, kijk... O, god! Je zult het niet geloven, maar, eh, ik geloof dat dat mijn ex is,' zegt Marty.

Ginger pakt de Smith and Wesson .38 uit haar handtas en richt die op zijn hoofd. 'Ik geloof je wel.'

69

Rachel zet het geweer tegen haar schouder en richt het op de bewaker. 'Blijven staan.'

De bewaker draait zich met een ruk naar haar om. 'Ho, rustig aan, dame. Ik denk niet dat u weet wat u doet met dat ding.'

'Je piept wel anders als ik je doormidden knal,' antwoordt Rachel.

Pete pakt zijn .45. 'Weg met dat geweer, vriend.'

De bewaker legt het geweer op de grond en steekt zijn handen in de lucht.

'Ga op je buik liggen,' beveelt Pete, en de man gehoorzaamt terwijl Pete het geweer wegschopt.

'U hoeft me niets aan te doen. In de garage liggen tape en touw. Ik heb de afstandsbediening van de deur in mijn jaszak zitten,' zegt de bewaker snel.

'Hoeveel gewapende mannen zijn er binnen?' vraagt Pete.

'Ik ben de enige...' begint de man.

'Verroer je niet!' roept iemand, en er klinkt een schot.

Een zoeklicht gaat aan. Bij de voordeur staan Ginger en een man van haar leeftijd – haar tweelingbroer, neemt Rachel aan. Ze hebben allebei een pistool.

'Rachel, ben jij dat? Wat is er aan de hand?' vraagt Ginger onschuldig.

Ginger? What the hell? De twijfel raast door Rachel heen. Heeft de app van Erik op de een of andere manier per ongeluk het signaal opgepikt van de gps-zender die ze in Kylies schoenen hebben gestopt? Kwam dat signaal dan toch van Kylie? Is deze belachelijke speurtocht door het moeras een gigantische vergissing geweest?

O, god, ja. Als het een vergissing is, is Kylie hier veilig. Ja! Rachel moet het uitleggen voordat er gewonden vallen.

'Het spijt me ontzettend, Ginger. Je zult wel denken dat we gek zijn. Ik zei net tegen die meneer hier...'

De garagedeur gaat open en er verschijnt een magere oude kerel met spierwit haar die een wapen bij zich heeft, zo te zien een aanvalsgeweer. 'Wat moet dat op mijn terrein?' vraagt hij op felle toon.

'Opa, laat ons maar!' zegt Gingers broer.

'Ja, Red, wat Olly zegt. We hebben alles onder controle,' zegt Ginger. 'Rachel, jij en je vriend moeten echt die wapens wegdoen.'

'Mensen, alsjeblieft, ik geloof dat we een enorme vergissing begaan hebben. Sorry. Ik had een gps-zender in Kylies sneakers gedaan. Ik dacht dat ze ontvoerd was.'

'Doe alsjeblieft dat wapen weg, Rachel. Waarom zou ze in hemelsnaam ontvoerd zijn?' vraagt Ginger.

'Dat ligt ingewikkeld,' antwoordt Rachel.

Ginger staat onder het zoeklicht boven de deur, en Rachel ziet haar gezicht.

Ze ziet haar gezicht voor het eerst goed.

Dat koperkleurige haar. De blauwe ogen. Mooie blauwe ogen. Kil blauw. IJskoud, als de bodem van een peilloos diepe put. Blauwe ogen die dit hele tafereel met koele minachting aanschouwen.

Ginger lijkt er zelfs van te genieten.

En dan vangt Ginger Rachels blik, en de twee vrouwen kijken elkaar aan. Een eeuwigheid, lijkt het wel, al is het misschien nauwelijks langer dan een seconde.

Die seconde is genoeg.

Ze herkennen elkaar.

Jij.

Jij.

Rachel weet het en Ginger weet het, en Ginger weet dat Rachel het weet.

Eriks app heeft geen fout gemaakt.

De Ketting voert hierheen en Ginger zal hen geen van allen levend laten gaan. Ze hebben een geheim ontdekt, en om dat te beschermen zal Ginger hen allemaal moeten vermoorden. Rachel, Pete, Marty, Stuart en Kylie.

Rachel wilde net tegen Pete zeggen dat ze hun wapen moesten laten vallen en hun handen omhoog moesten doen. Maar als ze dat doen, zal Ginger hen ter plekke vermoorden.

Rachel draait zich naar Pete toe. Ze kijkt naar het zoeklicht boven de veranda. Pete volgt haar blik.

'Zij is de Ketting en ze gaat ons vermoorden,' zegt Rachel.

Pete knikt.

De tweeling staat achter een laag muurtje. Het zal lastig zijn hen te raken, dus in plaats van op hen te mikken, heft hij de .45 en schiet het licht uit.

70

Onmiddellijke duisternis en verwarring. Gegil en gele vlammen vanuit de garage als Daniel het vuur opent met zijn automatische wapen.

'Liggen!' schreeuwt Pete.

Rachel werpt zich plat op de grond.

De lichtspoorkogels uit de loop van het geweer vliegen langs de plek waar Rachel 0,7 seconde geleden nog stond. Als ze niets raken, blijven ze om hun lange assen draaien en reizen duizenden meters door de nacht.

Dan worden alle wapens tegelijk afgevuurd. Een .38, een 9-millimeter en weer het grote aanvalsgeweer. Kogels uit alle hoeken in een driehoek op twee meter boven Rachels hoofd. Ze begraaft haar gezicht in de sneeuw en gilt het uit.

Niets van dit alles is belangrijk. De wapens, het schieten, de weeïg zoete geur van kruit. Het enige wat nu belangrijk is, is Kylie. Ze is ergens in het huis en Rachel gaat haar halen.

Pete telt in gedachten tot tien. Tien seconden op automatisch, dan moet het magazijn van het aanvalsgeweer in de garage leeg zijn. Na tien tellen kijkt hij op. De schutters op de veranda zijn naar binnen geglipt. De oude man heeft zijn magazijn leeggeschoten en is aan het herladen.

Pete schiet drie keer de garage in, zodat de man iets heeft om over na te denken, en neemt dan snel een nieuwe positie in. Schieten en dóór. Dat is het verschil tussen dood en leven in een vuurgevecht met weinig dekking, en die grote ACP-patronen halen je met een schouderschot van deze afstand makkelijk neer. Misschien schakelen ze je zelfs wel uit.

Hij rolt naar rechts in de sneeuw, kruipt achter een struik en schiet opnieuw. Zijn hele lijf doet zeer, snakt naar een nieuwe dosis, maar hij vecht ertegen – en tegen de vijand. ‘Rachel? Gaat het?’ vraagt Pete.

Geen antwoord.

Hij moet een plan bedenken. Wat voor plan dan ook. Bij de infanterietraining heeft hij geleerd dat een onmiddellijk uitgevoerd slordig plan beter is dan een fantastisch plan een uur later. Dat klopt. Als hij hier blijft, gaat hij eraan. Hij moet naar binnen.

Er zijn misschien vijftien seconden verstreken sinds het begin van de schietpartij.

Daar gaat-ie.

‘Niet zo snel, wijsneus,’ hoort hij iemand zeggen, en hij wordt beetgepakt. Hij ontwijkt een vuist die op zijn gezicht afkomt en houdt een mes tegen dat zijn ribbenkast dreigt te raken.

Het is de bewaker die hem daarstraks heeft betrapt. Pete was die eikel helemaal vergeten. De man heeft zijn vuistwapen gepakt en probeert hem te dood te steken met een groot jachtmes. Het mes vliegt op zijn gezicht af; Pete krimpt in elkaar en het mes schampt zijn linkerwang. Hij trapt keihard voor zich uit in het donker en raakt zacht weefsel. Hij bevrijdt zijn hand met het pistool en schiet één keer.

Een misselijkmakende doffe klap en dan wordt het stil.

‘Pete?’ zegt een stem naast hem.

‘Rachel?’

‘Ik ga het huis binnen,’ fluistert ze. ‘Via de garage, dat is de enige manier.’

‘Wat is het plan?’

‘We gaan naar binnen, redden de kinderen en schieten iedereen dood die we tegenkomen, behalve Kylie, Marty en Stuart,’ zegt Rachel.

‘Klinkt goed.’

71

Ze gaan de garage binnen. De schutter is verdwenen, maar een stapel dozen met iets ontvlambaars erin heeft vlam gevat en brandt nu fel naast een stuk of tien spuitbussen met verf. Ze kunnen hier niet blijven.

'Er is een daar deur naar het huis,' zegt Rachel.

Ze is er klaar voor. Dit is het moment waarvoor ze onbewust haar hele leven heeft getraind. De bestraling, de chemo, die zware tijd in Guatemala, de lange diensten als serveerster in het eetcafé, de nachtelijke Uber-ritten naar het vliegveld. Dat alles was ter voorbereiding hierop. Ze kan dit. Alles voor haar gezin, toch? Voor je familie doe je alles. Zelfs een imbeciel weet dat je nooit tussen een moedergrizzly en haar jong moet komen.

Pete haalt een van de twee flitsgranaten uit zijn jaszak. 'Ik ga de deur opendoen en zo'n granaat naar binnen gooien. Doe je ogen dicht en bedek je oren,' fluistert hij tegen Rachel, en hij duwt de deur open en gooit de staaf naar binnen. Een seconde later gaat de granaat af, met oorverdovend gebulder en wit flikkerlicht. Het is in wezen een onschuldig wapen, bedoeld om de tegenstander van dichtbij te overrompelen. De kinderen zullen er geen schade van ondervinden, maar mensen die niet weten wat er gebeurt zullen zich een ongeluk schrikken.

'Wacht hier,' zegt Pete en hij gaat door de tussendeur naar binnen.

Er gaat een tiental rookmelders af. Het is een oud huis, maar het is verbouwd, en bij een van die verbouwingen is een sprinklersysteem aangelegd om de kunstcollectie te beschermen die de kleinkinderen hebben vergaard. Rachel is nog nooit in een huis met een eigen sprinklersysteem geweest, en het is een schok als het koude water haar treft. Ze heeft geen idee wat er gebeurt.

Pete steekt zijn hoofd om de deur. 'Er is nu niemand. We moeten hier weg. Die spuitbussen met verf kunnen ieder moment ontploffen.'

'Welke kant gaan we op?' vraagt Rachel hoestend.

Pete heeft geen flauw idee. 'Kamer voor kamer. Blijf achter mij. Hou de hoeken in de gaten die ik niet kan zien.' Hij beent voor haar uit, maar hij vraagt zich af hoe lang hij het nog zal kunnen volhouden. Hij heeft ademhalingsproblemen. De adrenaline stelt het moment van instorten uit, maar dat kan niet eeuwig blijven duren. *Hou vol, Pete. Hou vol tot Kylie veilig is.*

Er zijn lukraak aanbouwen aan het huis toegevoegd, waardoor het een doolhof van kamers, gangen en nissen is.

Een hal.

Een kamer.

Een grote tv, een bank, jachttrofeeën.

Nog een deur.

Eettafel, stoelen, kunstwerken.

Een schreeuw in de verte.

'Kylie!' roept Rachel.

Geen antwoord.

Terug naar de hal.

Pete trapt een andere deur open en zwaait met zijn wapen langs de hoeken van een keuken. 'Kylie! Stuart!'

Niets.

De lampen in huis knipperen terwijl de rook uit de garage de hele benedenverdieping vult. Het water druipt nog uit de sprinklers en vormt plasjes aan hun voeten. De lucht die er hangt is doordringend, zuur, neolithisch.

In een van de slaapkamers beneden ziet Rachel Kylies jas hangen, maar Kylie zelf is nergens te bekennen.

Het licht gaat uit en weer aan, een boosaardige gele gloed.

De slaapkamer komt uit in een ander vertrek. Pete duwt voorzichtig de deur open en kijkt naar binnen. Niemand, maar ze horen voetstappen verderop in de gang. Rachel wijst naar de deur en drukt een vinger tegen haar lippen. Pete pakt de tweede flitsgranaat uit zijn zak, rukt met geweld de slaapkamerdeur verder open en gooit de granaat de gang in.

Opnieuw een luide explosie en een felwit licht, gevolgd door het geluid van een machinegeweer. Pete wacht tot het schieten ophoudt en glipt dan in één snelle beweging samen met Rachel de kamer uit; hij gaat naar rechts en Rachel naar links.

Daar vóór haar, aan het einde van de gang, is een man zijn aanvalsgeweer aan het herladen. Weer die ouwe. Niet de tweelingbroer. Hij heeft wit haar en zijn houding is afstandelijk, hard, zelfverzekerd. Het is degene die de tweelingbroer opa noemt en Ginger Red.

Rachel richt haar geweer. Ze denkt aan de les op de schietbaan: wacht tot je doelwit dichtbij is of op de vlucht slaat. Maar deze man komt niet op haar af gerend en rent ook niet weg. Hij staat daar maar, aan het einde van de lange gang.

Hij is klaar met laden. Hij kijkt naar Rachel en heft een lang zwart wapen.

Rachel haalt de trekker over.

Ze mist.

De muur rechts van haar barst in vlammen uit. De terugslag ramt haar schouder. De man gilt, laat zijn wapen vallen en strompelt een kamer naast hem in. Pete draait zich om, kijkt of Rachel ongedeerd is en gaat dan achter de man aan de gang in, maar hij is al verdwenen.

Pete raapt een gevallen MP5 op. Een perfect wapen voor dichtbij. Hij ontgrendelt het en zet het aan zijn schouder.

'Ik geloof dat ik geen munitie meer heb,' zegt Rachel. Pete geeft haar de 9-millimeter en ze legt haar eigen geweer weg; dat heeft zijn tsjechoviaanse doel gediend.

Het licht wordt weer gedoofd en blijft deze keer uit.

Het is vrijwel aardedonker.

Duisternis. Rook. Plassen ranzig water.

Wat kunnen ze anders doen dan dóórgaan, bij het licht van hun iPhones?

Ze komen aan bij een grote open huiskamer. Tientallen jachttrofeeën aan de muren, en niet alleen van dieren uit de omgeving: antilopen, jachtluipaarden, leeuwen, een luipaard. Prooien en prooi bij elkaar.

De angst giert door haar heen, maar angst werkt ook bevrijdend. Angst geeft kracht en is de voorloper van actie. Pete is drijfnat van het zweet. 'Voel je je wel goed?' vraagt ze.

'Ja, prima.' Hij voelt zich het tegenovergestelde van prima, maar de MP5 tegen zijn schouder voelt geruststellend. Er zitten nog negen kogels in het magazijn, maar hij heeft ook zijn vertrouwde .45 nog. Komt goed.

'Mama!' Een stemmetje in de verte, ergens buiten.

Ze schuiven een glazen tuindeur open en staan dan ineens in de sneeuw. Er waait een harde, ijskoude noordenwind die de vlokken om hen heen doet rondkolken.

'Die kant op, denk ik.' Rachel wijst naar een rij afgedankte boerenschuren. Er zijn voetafdrukken te zien in de sneeuw die naar de dichtstbijzijnde schuur lopen.

Ze volgen de voetstappen naar de ingang van een oud abattoir. Waarschijnlijk heeft het ooit echt dienstgedaan als slachthuis, maar nu zitten er gapende gaten in de muren en het dak, en alles is bedekt met klimop.

Ze doen het licht van hun telefoon uit en gaan naar binnen. Onmiddellijk slaat de stank van bloed, verrotting en bederf hun in het gezicht. De vloer is bezaaid met glasscherven, die knerpen onder hun schoenen. Ze zien bijna niets, de enige verlichting is afkomstig van de flakkerende vlammen die oplaaien uit het huis achter hen. De wind giert door de kapotte muren en het dak.

Rachel schrikt zich rot als ze bijna tegen een zeug op botst die aan een plafondbalk hangt. De levenloze ogen van het dode varken zijn op gelijke hoogte met die van haar. Als ze aan het donker gewend raakt, ziet ze nog meer dieren aan haken hangen. Fazanten, koeien, een das en een hert.

Het abattoir beslaat twee niveaus, door een trapje met elkaar verbonden.

'Ze zijn boven, denk ik,' fluistert Pete. 'Zo'n trap is een klassieke plek voor een hinderlaag. Kijk uit.'

Rachel knikt en probeert zo weinig mogelijk geluid te maken met haar logge wandelschoenen.

Ze lopen langzaam verder.

Glasscherven, natte sneeuw, bedompte lucht. Roest, opgedroogd bloed, de dood.

Ze zijn pas halverwege het betonnen trapje als er iemand begint te schieten.

'Vuistwapen op drie uur!' schreeuwt Pete en hij beantwoordt het vuur met de MP5 terwijl hij doorrent naar boven. Hij schiet nog drie keer als zijn doelwit wegduikt achter een machineonderdeel en verdwijnt. Hij lacht grimmig in zichzelf. Die klootzakken hebben hun kans verprutst. Hij kijkt naar zijn magazijn. De MP5 is nu leeg. Hij laat hem op de grond vallen en pakt zijn betrouwbare .45.

'Heb je iemand geraakt?' fluistert Rachel.

'Nee.'

'Pas op voor de kinderen,' zegt ze, en ze loopt achter hem aan het trapje op. Haar handen trillen en ze dwingt zichzelf om het pistool steviger vast te houden. Ze mag nu niet de fout in gaan, niet nu ze zo...

Boven hun hoofden gaat een lamp aan.

Rachel maakt een cirkel van 360 graden met de 9-millimeter. Het abattoir is een smerige betonnen ruïne met oude landbouwwerktuigen en overal vuilnis. Vlak bij haar hangen nog twee varkens aan haken in het plafond. Een ervan is pas geslacht; het bloed druipt in een emmer.

Maar dat doet er allemaal niet toe.

Wat er toe doet is wat ze tien meter verderop ziet, aan het einde van de bovenverdieping van het abattoir: daar staat Ginger met haar tweelingbroer Olly, en beiden hebben een pistool op Kylie en Stuart gericht.

Kylie en Stuart huilen en zijn doodsbang; hun polsen zijn geboeid voor hun lichaam. Marty ligt languit naast hen op de vloer, zo te zien slechts half bij bewustzijn. Zijn hoofd bloedt en hij ademt moeizaam, kermend van de pijn. Ginger heeft Kylie beet bij de kraag van haar T-shirt en drukt het pistool tegen haar slaap. Olly heeft een arm om Stuarts nek geslagen en duwt de loop van zijn wapen in Stuarts oor.

Pete en Rachel verstarren allebei.

'Mam!' roept Kylie.

'Laat haar gaan!' schreeuwt Rachel tegen Ginger.

'Die kans is niet erg groot, denk je wel?'

Rachel richt de 9-millimeter op Gingers gezicht. 'Ik vermoord je ter plekke.'

'Heb je er zo veel vertrouwen in dat je me van die afstand zult raken? Hoe vaak heb je nou helemaal een pistool afgevuurd, Rachel?'

'Jou raak ik wel, bitch.'

'Doe dat wapen weg of die kinderen gaan eraan.'

'Wij doen onze wapens niet weg,' zegt Pete. 'Zo gaan we dit niet afhandelen. Jullie laten de kinderen gaan en dan vertrekken wij, zodat jullie genoeg tijd hebben om een tas in te pakken en je vervalste paspoort mee te nemen. Iedereen blij.' Hij staat te wankelen op zijn benen, herstelt zich dan en hervindt zijn evenwicht.

'Ho, niet vallen, zeeman. Ga anders even rustig zitten,' zegt Ginger, met een veelbetekenende blik op Olly.

'Je kunt maar beter naar me luisteren,' mompelt Pete, die voetje voor voetje dichterbij schuifelt. Het is een zelfverzekerd stel. Te zelfverzekerd. Nog een meter of wat en hij zou Olly kunnen raken. Stuart komt maar tot halverwege zijn borst, en als Pete op Olly's kruin mikt, kan hij hem met die grote, krachtige .45 met één schot doden. Hij moet wel snel zijn. De adrenaline in zijn lijf is nu echt tot stilstand gekomen en het gaat snel bergafwaarts met hem.

'Klikken met de hamer is zo'n cliché,' zegt Ginger. 'Moet ik dat nu echt doen? Ik schiet deze kleine meid dood als je godverdomme dat wapen niet wegdoet.'

'Dan ben je er geweest,' zegt Pete. Hij is hen tot op een meter of zes genaderd. Een snel schot zou zijn werk moeten doen.

'Doe dat wapen weg, eikel!' snauwt Olly, kil en dwingend.

Pete richt op Olly's kruin. Hij moet handelen. Hij moet nú handelen. Maar alles doet zeer. Schrijnt. Zijn hand trilt.

'Als je je wapen niet laat vallen...' zegt Olly.

Er klinkt een harde knal, en Pete wordt geraakt door een kogel uit Gingers .38. Hij gaat neer.

Rachel duikt achter een betonnen trog die is bedoeld om bloed op te vangen, en een nieuwe kogel mist haar op een paar centimeter.

'Je hebt hem neergeschoten,' zegt Olly tegen Ginger.

'Ik kreeg de zenuwen van dat theatrale gedoe,' antwoordt ze. 'Kom op, Rachel, jouw beurt. Wapen weg en handen omhoog of we vermoorden Kylie. Olly, hou je arm om de nek van die andere, maar druk je pistool tegen de wang van Kylietje.'

Olly priemt de loop van zijn pistool in Kylies rechterwang.

'Mama!' jammert Kylie.

Rachels maag draait zich om. Haar ogen zijn gevuld met tranen. Pete is geraakt, Marty ligt daar op de grond. En ze is kapot. Weken van deze ellende. Jaren. Alles gaat mis sinds het eerste bericht van de oncoloog in het Massachusetts General.

Ze is gedoemd, en ergens zou ze het liefst op die smerige vloer gaan liggen, haar ogen dichtdoen en slapen.

Maar ze ziet Kylies gezicht, en Kylie is haar hele wereld. Ze kruipt weg achter de bloedtrog en richt over de rand heen de 9-millimeter op Ginger.

'Wapen weg en handen omhoog!' brult Ginger terwijl de sneeuw om haar heen kolkt.

'Nee, jíj doet je wapen weg,' antwoordt Rachel, en de tranen stromen over haar wangen.

'Handen omhoog en we laten jullie gaan. Jou en de kinderen. Je vriend zei het al, we weten dat het spel uit is,' zegt Olly. 'Ginger heeft het verkloot. Niet voor het eerst, trouwens. Wij laten jullie gaan en jullie laten ons gaan. We kunnen een deal sluiten. Geef ons vierentwintig uur de tijd om naar Zuid-Amerika te gaan.'

Rachels hart maakt een sprongetje. Een nieuwe kans. Een sprankje hoop. 'Beloof het! Beloof me dat jullie ons hier ongehinderd laten vertrekken. Als... als jullie het land uit vluchten, hoeven er geen doden meer te vallen.'

'Doe je handen omhoog, laat je wapen vallen en ik beloof dat we jou en de kinderen niks zullen doen,' zegt Olly.

'Je laat me vertrekken met de kinderen?'

Als ze de kinderen in veiligheid heeft gebracht, kan ze de politie bellen en daarna Marty en Pete gaan halen.

Olly knikt. 'Ik ben geen monster. Je mag vertrekken met je gezin. En in ruil daarvoor geef je ons een dag de tijd voordat je de politie belt. Je hoeft alleen maar je wapen weg te leggen en je handen omhoog te doen. Vooruit, laten we samenwerken, dat is voor ons allemaal het beste!'

Haar hersenen draaien overuren. Een collage van beelden strijdt met haar intuïtie. *Vertrouw ze niet, neem de kinderen mee, vertrouw ze niet, neem de kinderen mee...*

Ze moet kiezen, dus besluit ze hem te geloven.

Eerst de kinderen terug zien te krijgen, dan kun je je straks druk maken om zijn bedoelingen, houdt ze zichzelf voor.

Ze komt overeind, steekt haar handen in de lucht en laat de 9-millimeter op de vloer vallen.

'Kom achter die trog vandaan, leg je handen op je hoofd en kniel daar neer,' zegt Ginger.

Rachel doet wat haar wordt opgedragen, en Ginger duwt Kylie naar haar toe. Kylie valt in haar moeders armen en Rachel omhelst haar.

'Deze keer laat ik je nooit meer gaan,' fluistert Rachel.

Olly duwt Stuart naar deze kleine piëta toe en wendt zich dan tot zijn zus. 'Zo doe je dat, Ginger. Niet hiermee...' Hij zwaait met het wapen naar haar. 'Maar hiermee.' Hij tikt tegen de zijkant van zijn hoofd. 'Zag je hoe ik dat deed? Ik heb alleen maar met haar gepraat. Geen wapens, geen geweld... een zelfcorrigerend mechanisme. Het enige wat je nodig hebt is een telefoon en een stem. En een beetje hersenen.'

'Dus je laat ze echt gaan?' vraagt Ginger.

'Natuurlijk niet! Hoe kunnen we ze nou laten gaan? Jezus, Ginger, ik maak me zorgen om je.'

'We vermoorden ze?'

'Ja!' antwoordt Olly geërgerd.

'Dan kunnen we dat net zo goed meteen doen,' zegt Ginger. 'Voor mijn gevoel zijn we al de hele avond spelletjes aan het spelen in de sneeuw. Ogen dicht, mensen, voor jullie is de oorlog voorbij.'

72

Kylies vervroegde kerstcadeau, de Ultieme Houdini-goocheldoos, was echt iets voor nerds, en ze is net op die leeftijd dat haar vrienden haar ermee zullen plagen. *Een goocheldoos? Serieus? Ik bedoel, wie houdt er nou van góóchelen?* Dus heeft ze er niemand over verteld. Behalve Stuart natuurlijk. Ze heeft het Stuart verteld.

En ze heeft een paar trucs geleerd. Zoals ze zichzelf had beloofd toen ze in die kelder vastgeketend zat aan dat fornuis, heeft ze inderdaad geleerd om zich uit handboeien te bevrijden. Ze heeft die YouTube-filmpjes bekeken en geoefend. Veel geoefend. Ze is er goed in. Zo goed als je het maar kunt leren binnen een paar weken. Ze kan in minder dan een halve minuut een standaard handboei loskrijgen. Kunststof kabelbinders zijn een ander verhaal, maar alle metalen handboeien zijn open te krijgen met een universeel sleuteltje, als je weet hoe het moet. Ze draagt het altijd bij zich, als een amulet aan haar sleutelbos, haar eigen handboeien-ontsnappingssleuteltje.

Altijd.

Zonder dat iemand het merkt opent ze het slot van de boeien die haar handen voor haar lichaam bijeenhouden.

En nu? De sneeuw dwarrelt door de gaten in het dak. Haar moeder heeft haar armen om haar heen geslagen, Stuart huilt en vóór haar op de vloer ligt het pistool dat haar moeder heeft weggelegd.

Ze bukt en raapt het op. Het is zwaar. Onmogelijk zwaar. De tweeling staat te praten. 'Dan kunnen we dat net zo goed meteen doen,' zegt Ginger. 'Voor mijn gevoel zijn we al de hele avond spelletjes aan het spelen in de sneeuw. Ogen dicht, mensen, voor jullie is de oorlog voorbij.'

Kylie steekt de 9-millimeter naar voren, richt en haalt de trekker over.

73

Olly's gezicht deukt naar binnen toe in, knalt de achterkant van zijn schedel eraf en sproeit dan over de muur van bouwblokken achter hem. Kylie heeft nog nooit zoiets gezien. Het is meer dan gruwelijk. Maar ze heeft slechts een fractie van een seconde de tijd voor haar afschuw. Ginger zwaait met haar wapen om zich heen en richt het dan op haar.

'Vuil krengetje!' gilt ze en ze schiet in het wilde weg op Kylie.

Kylie vuurt nog een keer, maar nu veel te hoog en de kogel slaat in het plafond.

En brok roest van het dak valt met een plof op de vloer tussen Ginger en het lichaam van haar broer. Geschrokken draait ze zich ernaartoe, om te kijken wat het is. Kylie duwt snel haar moeder en Stuart achter de betonnen bloedtrog.

Ginger herpakt zich en schiet vier keer kort achter elkaar.

Vier kogels ketsen af op de trog.

Ginger schuifelt opzij, doet één oog dicht en richt zorgvuldig op Kylies schouder die achter een scheur in het beton uit piept, maar er komt geen schot meer. De revolver is leeg.

'Shit!' zegt Ginger.

Ze heeft geen munitie meer, denkt Rachel, en ze neemt de 9-millimeter van Kylie over, neemt positie in, richt en haalt de trekker over. De trekker doet niks. De 9-millimeter is leeg of, wat waarschijnlijker is, geblokkeerd. Ze heeft geen idee hoe ze dat moet oplossen.

De twee vrouwen kijken elkaar strak aan.

Weer een blik van herkenning.

Spiegelbeeld Rachel, spiegelbeeld Ginger, jij zou mij kunnen zijn, ik zou jou kunnen zijn.

Rachel schudt haar hoofd. Ze trapt niet in die zo-veel-verschillen-wij-niet-van-elkaar-bullshit. *We hebben allemaal een keuze.*

Ginger glimlacht en laat haar wapen vallen.

'Wacht maar, jij,' gromt Rachel en ze rent naar haar toe.

Ginger neemt snel een verdedigende houding aan, maar Rachel heeft zo veel vaart dat ze beiden tegen de grond smakken. Ginger vliegt overeind, en Rachel tast naar een brok metaal dat op de vloer ligt en slingert dat naar haar toe, maar ze mist en het slaat tegen de muur van bouwblokken achter haar.

Rachel staat op en haalt met haar vuist uit naar Ginger, maar ze is veel te traag en Ginger kan haar gemakkelijk ontwijken door een stapje opzij te doen. Gingers blauwe ogen fonkelen van plezier als ze Rachel, die nu helemaal versuft is, een kopstoot in het gezicht geeft. Rachel heeft nooit eerder een gebroken neus gehad, en de pijn is zo schokkend dat ze er even door verblind raakt. Ginger ramt haar in de ribben, in haar maag en tegen haar linkerborst. Rachel krimpt in elkaar, zakt op één knie en slaagt er dan op de een of andere manier in om weer overeind te komen.

'Vond je dat lekker, bitch? Dan zul je dit helemaal lekker vinden,' zegt Ginger en ze stompt haar tegen de keel, weer op haar linkerborst en dan vol op haar bloedende neus.

Zware, goed geplaatste, welgemikte stompen die zeer pijnlijk zijn.

Rachel zakt in elkaar.

Ginger springt boven op haar en draait haar op haar rug. Ze is zo snel en efficiënt dat Rachel kansloos is.

'Nee, ugh,' brengt Rachel hijgend uit als Ginger haar handen om haar keel vouwt en knijpt.

'Ik wist wel dat jij een lastpak was. Meteen vanaf het begin.' Gingers verwilderde, extatische, gestoorde gezicht hangt nu vlak boven Rachel. Er vliegt spuug uit haar mond. Ze grijnst. Ze geniet hiervan. 'Ik wist het!' zegt ze en ze knijpt harder. In de lessen zelfverdediging bij de FBI heeft ze geleerd om iemand in een paar tellen te wurgen.

Rachels blikveld versmalt.

Alles wordt wit.

'Je gaat eraan, bitch!' gilt Ginger.

Een tunnel.

Wit.

Niets meer.

Rachel weet dat ze nu voorgoed zal verdwijnen.

Ze voelt het leven uit zich wegsijpelen, de smerige betonvloer in. Hoe kan ze Kylie laten weten dat ze van haar houdt, maar dat ze het niet gaat redden?

Gaat niet. Kan niet praten. Krijg geen lucht.

Er is niets meer aan te doen.

Rachel begrijpt nu alles.

De Ketting is een wrede methode om de belangrijkste menselijke emotie – het vermogen om lief te hebben – uit te buiten en er geld aan te verdienen. Die methode zou niet werken in een wereld zonder liefde voor ouders, kinderen, broers, zussen of partners. Alleen een sociopaat die niets van de liefde begrijpt en ervan verstoken is, kan deze voor eigen gewin inzetten.

Liefde is wat Ariadne en Theseus te gronde heeft gericht.

En de minotaurus in het verhaal van Borges.

De liefde, of een onhandige poging om lief te hebben, is Ginger bijna fataal geworden.

Rachel ziet het nu allemaal in.

Ze begrijpt het.

De Ketting is een metafoor voor datgene wat ons verbindt met vrienden en familie. Het is de navelstreng tussen moeder en kind, de weg of het pad dat de held moet afleggen in een zoektocht; het is de rode draad waarmee Ariadne het probleem van het labyrint oplost.

Rachel begrijpt het allemaal.

Kennis is verdriet.

Ze sluit haar ogen en voelt dat ze wordt omhuld door duisternis.

De wereld krimpt, verdwijnt, valt ver weg…

Dan voelt ze iets anders.

Iets scherps. Iets wat snijdt. Iets wat pijn doet. Een lange, dunne glasscherf.

Ze schuift hem met haar duim over de vloer en vouwt haar hand eromheen.

Haar handen zitten onder het bloed, maar haar greep is krachtig.

Rachel Klein, de vrouw die spiegels mijdt, is nu door de spiegel getuimeld en heeft een stuk glas meegegrist.

Dat gaat ze Ginger cadeau doen.

Jazeker.

En met het laatste beetje lucht in haar lijf ramt ze de glasscherf in Gingers keel.

Ginger gilt het uit, laat Rachel los en klauwt naar haar hals. Ze trekt aan het stuk glas en probeert zichzelf te redden, maar de halsslagader is doorgesneden en er spuit al een straal dieprood bloed uit de wond. Rachel rolt bij haar vandaan en hapt naar adem. Ginger zet grote ogen op. 'Ik wist dat je...' zegt ze, en ze zakt in elkaar op de vloer. Dood.

Rachel haalt diep adem, sluit haar ogen en doet ze weer open.

En nu is er alleen nog Kylie die haar omhelst.

Ze omhelst haar moeder twintig seconden, komt dan overeind en drukt een lap stof tegen de wond in Petes buik. Op de een of andere manier hebben de kogels de belangrijke bloedvaten gemist, maar hij heeft medische zorg nodig. Snel.

Kylie zoekt de telefoon van haar moeder en belt het alarmnummer. Ze zegt tegen de telefonist dat ze politie en een ambulance nodig heeft. Dan geeft ze de telefoon aan Stuart en gaat haar vader helpen.

Stuart legt de telefonist precies uit hoe de hulpverleners vanaf de 1A bij hen moeten komen. Als hij ziet dat het huis achter hen in brand staat, zegt hij dat ze ook de brandweer moeten sturen.

'Blijf aan de lijn, jongen, er is hulp onderweg,' zegt de telefonist.

Kylie heeft een paar zeildoeken gevonden en legt er een over oom Pete en haar vader, en een andere over haar moeder en Stuart, als bescherming tegen de wind en de sneeuw die door het abattoir razen.

'Kom eens hier,' zegt Rachel tegen Kylie en Stuart, en ze trekt de twee kinderen dicht tegen zich aan. Ze zegt dat het allemaal goed komt, op die toon die moeders al tienduizenden jaren gebruiken om hun kleintjes gerust te stellen.

'Wat kan ik doen?' vraagt Marty, en hij komt naar hen toe gekropen.

'Oom Pete helpen. Druk de wond goed dicht,' zegt Kylie tegen haar vader.

Marty knikt en drukt de lap stevig tegen Petes buik. 'Hou vol, grote broer, je hebt vast wel ergere dingen meegemaakt dan dit.'

Petes wond ziet er vreselijk uit, maar het vuur in zijn donkere ogen is nog niet gedoofd. De dood zal het moeten opnemen tegen een sjamanistische, ijzersterke vijand.

Er vallen smeulende brokstukken op de restanten van het abattoirdak.

'Jongens, ik denk dat we hier weg moeten,' zegt Marty.

Rachel kijkt naar het verwoestende vuur dat het hele westelijke deel van het huis in zijn greep heeft. 'Kunnen we Pete verplaatsen?'

'Dat zal wel moeten,' antwoordt Marty.

De vlammen slokken de bovenverdieping van het huis op, en de houten veranda stort met een klap in elkaar.

In het slachthuis vermengt de sneeuw zich met de dwarrelende asdeeltjes die uit de zwarte hemel neerdalen.

'Volgens mij hoor ik ze al,' zegt Rachel, als in de nacht het geluid van sirenes klinkt.

Kylie glimlacht en Stuart knikt, en Rachel trekt het zeildoek dichter om hen heen. Het zal nu moeilijker zijn dan ooit om haar dochter te laten gaan. Onmogelijk. Rachel kust Kylie op haar kruin.

Pete is blij dat te zien.

Hij knippert langzaam met zijn ogen.

Hij probeert iets te zeggen, maar er zijn nu geen woorden.

Hij weet dat hij in shock aan het raken is. Hij heeft het zo vaak zien gebeuren. Als hij dit wil overleven, heeft hij snel een arts nodig.

Marty praat tegen hem, maar hij moet eerst... Waar is dat ding?

Zijn vingers tasten over de grond tot ze de Colt .45 van zijn grootvader vinden, het wapen dat die ouwe in zijn woede zou hebben afgevuurd op een militair die het op de USS Missouri gemunt had.

Pete slaagt erin het wapen te heffen.

De .45 van zijn grootvader... het gelukswapen dat zijn vader erdoorheen heeft geholpen in de Pacific en dat Pete vijf keer heeft bijgestaan tijdens zijn missies.

Hij hoopt dat er nog een heel klein beetje geluk over is.

74

Al sinds hij een klein jochie was noemt iedereen hem Red. Eigenlijk heet hij Daniel, vernoemd naar zijn vader, maar die ouwe heeft een beetje te losse vuisten om populair te zijn bij zijn zoon.

In dienst noemen ze hem Red. Of Sergeant. Sergeant Fitzpatrick. Red hoort hij graag.

Het leger is goed voor hem. Het leger leert hem lezen.

Red in de leesles. Red die de bijlagen van de krant doorbladert. Red die geniet van stripverhalen. Een dikke rode Krypton-zon. Superman die over de rode weg loopt.

Het leger zendt hem uit naar het buitenland.

Red in de jungle.

Red in de delta.

Red in een hoerentent in Nha Trang.

Hij weet dat de hoeren bang voor hem zijn. Ze vinden zijn ogen en de geschubde wijnvlek in zijn hals eng. De hoeren noemen hem niet Red of Daniel of Sergeant. Achter zijn rug noemen ze hem ông ma quy, wat zo veel betekent als ‘zeeduivel’.

Red in een heli.

Red in een vuurgevecht in de Ia Drang-vallei. Red die kalm blijft als de mortieren komen. Red die wordt voorgedragen voor de Silver Star.

Red die bij terugkeer in Amerika een baby in handen gedrukt krijgt, een jongetje, door zijn vriendin uit Zuid-Boston.

Red die bij de politie van Boston gaat.

Het is halverwege de jaren zestig en er zijn volop kansen voor een streberige jongeman. Soms moet je wat hardhandiger met de mensen omgaan.

En soms erger dan dat. Veel erger.

Rode vlekken op de vloer van een illegale kroeg in Dorchester.

Rood besmeurde muren in het souterrain van een verrader.

Rode handen. Rode ogen. Kamers vol met rood.

Reds vrouw gaat ervandoor met een andere man en vertrekt naar Michigan. Rode voetafdrukken in de sneeuw bij een huis in Ann Arbor.

Reds zoon groeit op en volgt zijn pa op bij de sterke arm der wet.

Hoogtijdagen.

Het leven is mooi.

Tot het misgaat. Tot die hippietrut in het leven van zijn zoon komt.

Hij is nu een oude man. Zijn haar is spierwit. Maar de oude Red is er nog.

Denken ze dat ze me kunnen omleggen?

Ik ben niet zomaar om te leggen.

Red hijst zich overeind van de bodem van de linnenkast waar hij heeft liggen bijkomen. Hij strompelt naar de kamer naast de bibliotheek. Overal hangt rook. Het huis staat in brand. Als hij de verbandtrommel heeft gevonden, bekijkt hij de schotwond in zijn zij. Hij heeft wel ergere verwondingen gehad. Het was erger tijdens die schietpartij met bendeleden in '77. Het was erger toen in '85 een inval uit de hand liep in Revere.

Maar toen was hij nog jong. Een stuk jonger.

Hij bloedt hevig. Rood verband. Rode watten eronder. Hij strompelt naar het wapenrek. Er wordt geschreeuwd en geschoten buiten in het oude abattoir.

Hij pakt een M16 waar een M203-granaatwerper onder bevestigd is. De enige juiste keuze als je iets overtuigenders nodig hebt. Hij wankelt naar de keuken, hoestend in de dikke zwarte rook. De pijn is onvoorstelbaar. Minstens vier gebroken ribben en waarschijnlijk een doorboorde long. Maar hij redt het wel. Red zou het redden, en hij is nog steeds Red, ook al is zijn haar niet meer rood.

Hij loopt wankelend naar buiten, de sneeuwstorm in, en schuifelt naar het achterste gedeelte van het oude slachthuis. Stapje voor stapje, dwars door de scheurende pijn heen. Hij knippert de sneeuw uit zijn ogen. Het is maar vijftien meter, maar het voelt als drie keer zo ver. Meer dan kruipen lukt niet. Zijn adem komt als bloederig schuim naar buiten. Ja, het is beslist een doorboorde long.

Dan bereikt hij de achterdeur van het abattoir. De poort des doods.

Rood in het zand. Rode deurklink, rode sneeuw.

Ademen gaat moeizaam. Hij heeft maar één werkende long en ook die vult zich met bloed.

Hij loopt de laatste betonnen traptrede op en tuurt over de rand van de achterdeur.

Het licht is aan en hij kan alles zien.

Daar liggen zijn twee geliefde kleinkinderen, dood op de vloer. De kinderen die hij al die jaren geleden heeft gered. De enigen die ooit echt van hem hebben gehouden, de enigen die hem begrepen. Olly en Ginger in de wereld van het rood.

Die vrouw is er, ze zit ineengedoken met twee kinderen onder een dekzeil. Marty en een andere man liggen naast hen op de vloer – zo te zien allebei nog levend. Maar niet lang meer.

Red richt de M16 en legt zijn vinger op de granaatwerper eronder. Die is geladen met een pantserdoorborende *high-explosive* granaat die iedereen in het vertrek zal omleggen. Waarschijnlijk inclusief hemzelf.

Prima, denkt hij, en hij haalt de trekker over.

75

Pratende mensen in de verte. Iets kouds en nats dat op zijn gezicht belandt.

Waar is hij?

O, ja.

Hij was even weg. Marty praat tegen hem. Probeert hem op te tillen. Rachel houdt Kylie en Stuart vast.

Pete houdt zijn .45 vast. Hij volgt de lijn van de vloer en ziet Daniel bij de achteringang van het abattoir staan, op hetzelfde moment dat Daniel hem ziet. De oude man heeft een M16 met een granaatwerper eronder bevestigd.

Rachel heeft het mis. Het is wel degelijk diepzinnig. Het is mythologie. Oud versus jong, leger versus marine, catharsis versus chaos. Het is overduidelijk dat de god van de oorlog puur voor zijn eigen vermaak een van hen in leven laat.

Ze halen allebei de trekker over. De oude man als eerste, en voor hem is er een heel kort moment van verwarring als de metalen trekker niet van zijn plaats komt. Verwarring en dan het besef: hij is vergeten de M203-granaatwerper handmatig te ontgrendelen. De M203 is gevaarlijk. Zo'n ding mag niet bij het minste geringste afgaan. Het moet beveiligd worden en alleen met de hand weer te ontgrendelen zijn.

Shit.

Een fractie van een seconde frunnikt hij aan de logge vergrendeling voordat er een verblindende flits uit Petes wapen komt waardoor Daniels borstkas explodeert in pijn en vuur; zijn ziel wordt gekliefd door een kogel uit een .45 uit de Tweede Wereldoorlog.

76

Gestalten. Sirenes. Sneeuw.
Een deken.

'Sorry, Pete, maar de boel fikt hier af. We moeten je naar buiten brengen.'

Rachel, Kylie en Stuart helpen Marty en Pete naar de uitgang van het abattoir.

Ze strompelen bij het brandende gebouw vandaan en zakken dan in elkaar in de sneeuw. Achter hen exploderen de eerste gasflessen onder de keuken.

'Kom mee!' zegt Rachel en ze trekt hen verder bij het terrein vandaan.

Blauwe vlammen.

Zwaailicht.

Er komt een brandweerwagen van het korps Miskatonic River Valley de weg op gereden. Het woord FIRE staat in spiegelschrift boven een grote gele pijl.

Rachel knikt. Toch nog drie dode vossen en de gele pijl. De verlossing is eindelijk nabij.

Pete wenkt Rachel.

'Ja?'

'Als ik het niet red, zorg dan dat er niet een of andere eikel wordt gecast om mij te spelen in de filmversie hiervan,' zegt hij schor.

Ze grinnikt en kust hem.

'Nog één ding,' zegt hij dan, maar zijn stem sterft weg in zijn keel.
'Ik ook van jou,' zegt ze, en ze kust hem nog een keer.

77

Niemand gaat Pete spelen in de filmversie. Pete is een veel te controversiële figuur voor een speelfilm. Na hun bekentenissen hebben Pete en Rachel ontvoering, vrijheidsberoving en het in gevaar brengen van een kind ten laste gelegd gekregen. Dat alleen al is genoeg voor vijftig jaar celstraf.

En dan is er nog hun expeditie naar Innsmouth. Was dat een reddingspoging door verontruste burgers of een inval?

Het heeft lang geduurd voordat het allemaal was uitgezocht.

Het FBI-team is een week bezig geweest om de documenten van de Ketting te analyseren die ze op Gingers harde schijf hebben aangetroffen.

De Dunleavy's zijn zo heldhaftig geweest om zich te melden, en ze hebben tegen de politie gezegd dat Rachel Amelia met hun toestemming heeft meegenomen, omdat ze had verteld dat ze de Ketting zou gaan verbreken. Dat verklaart ook het geld. De politie gelooft er geen woord van, maar het is duidelijk dat de Dunleavy's niet tegen Rachel zullen getuigen, mocht het tot een rechtszaak komen.

Inmiddels ligt de compassie aan de kant van Rachel, Pete en alle slachtoffers van de Ketting. Het publiek staat met overweldigende meerderheid achter hen; Rachel en Pete zijn sympathieke verdachten, en de kans dat de zaak voor een jury nietig verklaard zal worden is groot. Bij de procureur-generaal weten ze allang uit welke hoek de wind waait. Rachel en Pete worden vrijgelaten gedurende het onderzoek. En zonder belastende verklaring van de familie Dunleavy, terwijl het publiek op hun hand is en er steeds meer bekend wordt over Gingers snode achtergrond, is een dure, impopulaire rechtszaak volgens Rachels advocaten erg onwaarschijnlijk. Rachel heeft het monster gedood. De Ketting is definitief verleden tijd en iedereen die er een schakel in vormde, is bevrijd.

De hele geschiedenis van de Ketting zelf wordt nageplozen door tientallen verslaggevers. Een journalist van *The Boston Globe* heeft ontdekt dat het idee voortkomt uit een ontvoeringsconstructie die is begonnen in Mexico. Er zijn honderden slachtoffers van de Ketting, maar de angst voor vergelding en de wrede, bloedige vergeldingsmaatregelen die een enkele maal zijn genomen waren al die jaren genoeg om vrijwel iedereen het zwijgen op te leggen.

Althans, dat heeft Rachel in de pers gelezen. Dat is de samenvatting van de *Globe*. In de sensatiekranten en op internet verschijnen spectaculairdere verhalen, maar Rachel leest uit zelfbehoud geen sensatiekranten, en eigenlijk heeft ze sinds haar vrijlating nauwelijks nog op internet gekeken.

Rachel geeft geen interviews, ze mijdt alle aandacht en doet niet veel meer dan haar dochter uit school halen en haar filosofielessen voorbereiden, en uiteindelijk wordt ze dankzij die zorgvuldige, ontwintigste-eeuwse maatregelen oud nieuws.

Na een poos is ze niet langer trending topic op Twitter of Instagram. Een andere pechvogel heeft haar plaats ingenomen. Die zal gevolgd worden door weer een ander, en dan weer een ander. Het komt haar allemaal erg bekend voor...

In Newburyport wordt ze nog steeds herkend – hoe kan het ook anders? – maar als ze naar een winkelcentrum in New Hampshire of een buitenwijk van Boston gaat, is ze weer anoniem en dat bevalt haar het best.

Een zonnige ochtend eind maart.

Rachel zit in bed met haar laptop. Ze deletet de twintig nieuwe verzoeken voor interviews in haar mailbox en sluit de computer af. Pete staat onder de douche in de aangrenzende badkamer. Te zingen. Vals. Ze glimlacht. Pete doet het nu echt heel goed met het methadonprogramma en zijn kersverse baan als beveiligingsconsultant bij een hightechbedrijf in Cambridge.

Ze loopt op blote voeten naar de keuken, steekt het gas aan, vult de fluitketel en zet water op. Boven hoort ze zo nu en dan een *ping* van Kylies iPad. Kylie is wakker en ligt diep weggedoken onder de dekens met haar vriendinnen te chatten. Ook zij doet het wonderbaarlijk goed. Ze zeggen altijd dat kinderen veerkrachtig zijn, maar het blijft verrassend om te zien hóé veerkrachtig ze is.

Om acht uur komt Stuart langs. Ze knuffelt hem even en hij gaat de kat zitten aaien terwijl hij geduldig wacht tot Kylie klaar is. Ook Stuart doet het uitstekend, en van hen allemaal lijkt hij degene die het meest geniet van de roem. Hoewel Marty ook niet vies is van alle aandacht. Hij is al meerdere keren op tv geweest om over zijn ervaringen te vertellen, en elke keer wordt zijn eigen rol in de redding een beetje uitbundiger. Marty is oké en zijn nieuwe, érg jonge vriendin Julie lijkt te menen dat ze allemaal samen in een soort romantische comedy terechtgekomen zijn, waarin Rachel, de mistroostige eerste vrouw, uiteindelijk wel zal zwichten voor haar bruisende charmes.

Rachel gaat aan de eetkamertafel zitten en klapt haar laptop weer open. Haar gedachten dwalen af. Ze bladert door Sarah Bakewells *At the Existentialist Café* en wordt even van haar stuk gebracht door een markante foto van Simone de Beauvoir die een broche draagt in de vorm van een labyrint.

Ze slaat het boek dicht en zwaait naar dokter Haverkamp die door het riet waadt om het water uit zijn lekke boot te pompen. 'Ik probeer dit college te beginnen met een grapje, Stuart. Wat vind je hiervan? "Een vriend van me gaat een boekwinkel beginnen met alleen werken van Duitse filosofen. Ik heb gezegd dat dat niks wordt, dat het een te kleine Nietzsche-markt is,"' zegt Rachel met een triomfantelijk gezicht.

Stuart trekt een grimas.

'Niet leuk?'

'Ik kan niet echt oordelen over de, eh…'

'Wat hij eigenlijk wil zeggen, moeders, is dat je komische talent meer geschikt is voor een oudere doelgroep,' zegt Kylie, die over de reling van de overloop leunt.

Pete komt hoofdschuddend de douche uit gelopen. 'Ik hoop niet dat je als alternatief een carrière als stand-upcomedian in gedachten had.'

'Krijg wat, jullie allemaal!' zegt Rachel en ze sluit de laptop af.

Als iedereen klaar is lopen ze naar de auto, en aangezien ze vroeg zijn voor school, rijden ze nog even langs Dunkin' Donuts op Route 1.

Rachel kijkt naar haar dochter die een hap neemt van een donut. Kylie en Stuart kibbelen over spoilers voor seizoen 3 van *Stranger Things*. Ze is weer bijna de oude, zorgeloze Kylie die over flauwekul babbelt. De splinter zal er natuurlijk altijd blijven. De duisternis. Die zullen ze nooit helemaal kunnen verdrijven. Die hoort nu bij haar, bij hen allemaal. Maar Kylie plast niet meer in bed en heeft minder vaak nachtmerries. En dat is al heel wat.

'Oké, deze is echt leuk. Hoeveel hipsters zijn er nodig om een gloeilamp te verwisselen?' vraagt Rachel.

'Mam, niet doen! Alsjeblieft, hou op,' smeekt Kylie.

'Hoeveel dan?' wil Stuart weten.

'Het is een heel obscuur aantal, ik denk niet dat jij er ooit van hebt gehoord,' zegt Rachel, en Pete lacht tenminste.

Ze brengt de kinderen naar school en zet Pete af bij het station van de forenzentrein in Newburyport. Hij moet voor zijn nieuwe baan een pak dragen en dat vindt hij vreselijk. Hij zit voortdurend aan de stropdas te friemelen.

'Afblijven! Je ziet er prachtig uit,' zegt ze, en ze meent het.

Als hij in de trein stapt, loopt ze terug naar de Volvo, rijdt naar de stad en gaat rechtstreeks naar Walgreens.

Als ze zich ervan heeft verzekerd dat Marie Anne, de caissière die ze kent, er niet is, sluipt ze naar het schap met de zwangerschapstesten. De keuze is verbijsterend. Min of meer willekeurig pakt ze er een en loopt daarmee naar de kassa. De caissière is een meisje van middelbareschoolleeftijd dat volgens haar naamplaatje Ripley heet. Ze leest *Moby Dick*. Zo te zien is ze nog niet bij het gedeelte over de zwalkende Rachel. Ze kijken elkaar aan.

'Bij welk hoofdstuk ben je?' vraagt Rachel.

'76.'

'Ik heb ooit een man horen zeggen dat alle boeken zouden moeten eindigen bij hoofdstuk 77.'

'Poeh, was het maar waar. Ik moet nog een heel eind. Maar eh, u kunt beter een Clearblue-test nemen.'

'Clearblue?'

‘Mensen denken dat ze geld besparen met de zwangerschapstest van FastResponse, maar die geeft vaker onterecht een positieve uitslag.’ Ze dempt haar stem. ‘Ik spreek uit ervaring.’

‘Dan neem ik Clearblue.’

Ze betaalt voor de test, haalt nog een koffie bij Starbucks in State Street en rijdt dan terug naar het eiland.

Ze gaat naar de wc, haalt de test uit de verpakking, leest de gebruiksaanwijzing, plast boven de toiletpot over het staafje heen en stopt de stick terug in het doosje.

Het is verrassend warm voor maart, dus neemt ze het doosje mee naar buiten en gaat op de rand van de veranda zitten, haar voeten bungelend boven het zand. Het is hoogwater. De geur van de zee is sterk. De warmte hangt in slierten boven de grote huizen aan de kant van de Atlantische Oceaan. Een gapende witte reiger waadt door het riet terwijl een havik in westelijke richting naar het vasteland vliegt. Vissersboten. Krabvissers. Het lome geblaf van een hond bij de buurtwinkel.

Ze voelt de kracht van de metaforen. Troost, vastigheid, bescherming.

Thoreau noemde Plum Island ‘de sombere Sahara van New England’, maar vandaag is het dat niet.

Ze kijkt naar het doosje in haar hand. Het doosje met daarin twee mogelijke toekomsten. Twee toekomsten die met een snelheid van zestig seconden per minuut op haar afkomen, zestig minuten per uur. Hartslag voor hartslag.

Ze glimlacht.

Elk van beide toekomsten is prima.

Iedere toekomst is prima.

Ze heeft haar dochter gered van de duisternis.

Ze heeft het monster afgemaakt.

Er liggen nieuwe hindernissen vóór haar.

Oneindig veel hindernissen.

Maar ze heeft Kylie terug.

Ze heeft Pete.

Ze heeft het overleefd.

Het leven is kwetsbaar, vluchtig en kostbaar.

Te mogen leven is al wonder genoeg.

Nawoord en dankwoord

'Er zijn slechts twee spiegels tegenover elkaar nodig om een labyrint te creëren.'

– Jorge Luis Borges, *Zeven avonden*

Ik heb de eerste versie van *De Ketting* geschreven in Mexico-Stad in 2012, nadat ik had gehoord over het Mexicaanse concept van de 'uitwisselingsontvoering', waarbij een familielid aanbiedt de plaats in te nemen van een kwetsbaarder ontvoeringsslachtoffer. Dat idee heb ik gekoppeld aan een gebeurtenis uit mijn jeugd in Ierland eind jaren zeventig. Het was in de tijd van de akelige, negatieve kettingbrieven, en de Ierse streek waar ik ben opgegroeid was zo bijgelovig dat wij als kind honderd procent geloofden in de dreiging van wat er zou gebeuren als je zo'n kettingbrief niet doorstuurde. De onderwijzeres van de vijfde klas vroeg ons om kettingbrieven mee te brengen die we niet prettig vonden, en ik gaf haar de brief waarover ik al een tijdje piekerde. Ze verscheurde hem samen met de andere kettingbrieven, ondanks de dreiging van alle onheil dat de ontvanger volgens de schrijver zou overkomen als hij of zij de ketting zou verbreken. Dat voorval heeft op mij als kind diepe indruk gemaakt en het is me altijd bijgebleven. De volgende dertig jaar vroeg ik zo nu en dan aan mijn moeder hoe het met juf Carlisle ging, en het was altijd een opluchting om te horen dat ze relatief ongeschonden door het leven ging. In 2012 had ik *De Ketting* geschreven als kort verhaal, maar ik dacht dat er wel een roman in zou zitten, en eigenlijk heb ik het vijf jaar onvoltooid in een la laten liggen. In 2017 nam ik eindelijk een fulltime literair agent in de arm, Shane Salerno, oprichter van de Story Factory. Ik had toen mijn detectivereeks over Sean Duffy geschreven, verhalen die zich afspelen in het Belfast van mijn jeugd, en hoewel deze boeken goede recensies kregen en ik er zelfs een paar prijzen mee heb gewonnen, braken ze niet echt door zoals ik dat graag had gewild. Sterker nog, ik was blut, ik werkte als Uberchauffeur en dacht erover helemaal te stoppen met schrijven.

Toen Shane me belde met de vraag of ik een Amerikaans boek in me had, legde ik hem het korte verhaal van *De Ketting* voor. Ik hoorde iets kapotvallen in zijn keuken, en hij droeg me dringend op te stoppen waar ik mee bezig was en onmiddellijk te beginnen aan de romanversie van *De Ketting*, en dat deed ik.

Alle boeken zijn in zekere zin een gezamenlijk proces, en ik bedank hierbij mijn vrouw, Leah Garrett, en Don Winslow, Steve Hamilton, Steve Cavanagh, John McFetridge en Shane Salerno voor het lezen van de eerste versies van *De Ketting* en de weloverwogen suggesties die ze mijn kant op stuurden.

Mijn fantastische redacteuren bij Little, Brown – Josh Kendall en Anna Goodlett – hebben zich over het manuscript gebogen met het scherpe oog van een forensisch diagnosticus. Zij zijn erin geslaagd me te verlossen van vele punten die logischerwijs niet klopten, en ze hebben me voortdurend gedwongen me af te vragen of een idee niet strakker of spannender kon. Tracy Roe en Pamela Marshall trokken scherper dan scherp alle feiten na en hielden me qua stijl op het rechte, smalle pad.

Correcties zijn pijnlijk, maar redacteuren die je hard laten werken doen je daar uiteindelijk altijd een groot plezier mee.

Dank ook aan de medewerkers van de openbare bibliotheek van Newburyport, waar ik een groot deel van de research voor *De Ketting* heb gedaan, en de mensen van het George Bruce-filiaal van de bibliotheek in Harlem, New York, die mij een rustig plekje boden om te schrijven.

Misschien was het toeval, misschien een mooie vorm van toverkracht, maar de laatste hoofdstukken van *De Ketting* heb ik geschreven in Praag, waar ik verbleef om in opdracht van een tijdschrift een artikel te schrijven over writer's block. Ik werkte daar in het voormalige kantoor van Franz Kafka (tegenwoordig een hotel) aan Na Poříčí 7.

Ten slotte wil ik graag mijn dochters Arwynn en Sophie bedanken dat ze me – met lichte tegenzin – hebben geholpen met mijn vragen over tienergedrag en -idioom, en grote dankbaarheid gaat uit naar Don Winslow, Daniel Woodrell, Ian Rankin, Val McDermid en Diana Gabaldon, die me in de loop der jaren hebben aangemoedigd en van advies hebben voorzien en me op het hart drukten om vol te houden als ik me weer eens afvroeg of ik wel geschikt was voor dat hele schrijversgedoe.